suhrkamp taschenbuch 3279

Dieser Roman schildert in einem großangelegten Panorama den Zusammenbruch der wilhelminischen Epoche am Beispiel einer Familie. Die Handlung spielt in den preußischen Rheinprovinzen in einem streng katholischen Milieu. Theodor Chindler, das Familienoberhaupt, ist Geschichtsprofessor und wird wegen seiner militanten Haltung im Kulturkampf von der preußischen Regierung aus dem Amt entlassen. Nach dem Ende des Ersten Weltkriegs – Chindler hat nie an einen Sieg der Deutschen geglaubt – schließt er sich opportunistisch der Sozialdemokratie an. Gegen die autoritäre obrigkeitsstaatliche Haltung der Eltern lehnt sich allein die Tochter auf, während beide Söhne eigentlich ohne politische Einsicht aus dem Weltkrieg zurückkommen. Die Tochter schließt sich einer spartakistischen Organisation an und wird vom Vater verstoßen …
Wie in Heinrich Manns Werken *Professor Unrat* und *Der Untertan* werden hier die Wurzeln einer bürgerlichen Familienstruktur bis ins 19. Jahrhundert hinein verfolgt, um durch diese Analyse Entwicklungen des 20. Jahrhunderts zu begreifen.
Bernard von Brentano, 1901 in Offenbach am Main geboren, war in den zwanziger Jahren Korrespondent der »Frankfurter Zeitung« in Berlin. 1933 emigrierte er in die Schweiz. Von 1949 bis zu seinem Tod 1964 lebte er in Wiesbaden. Der 15. Oktober 2001 ist sein hundertster Geburtstag.

Bernard von Brentano
Theodor Chindler

Roman einer deutschen Familie

Suhrkamp

Der Roman *Theodor Chindler* erschien erstmals 1936

suhrkamp taschenbuch 3279
Erste Auflage 2001

Druck: Druckerei Beck, Nördlingen
Printed in Germany

1 2 3 4 5 6 – 06 05 04 03 02 01

Das Gegenteil eines Fehlers
ist ein anderer Fehler

ERSTES BUCH

1

Das Gebäude des »Allgemeinen Anzeigers«, der größten Zeitung der kleinen Stadt, lag am Siegesplatz. Links davon stand, aus rotem Sandstein aufgeführt, die Hauptpost. Schräg ihr gegenüber lag die Mehlhandlung von Werner oder, besser gesagt, das Haus, in dem die Werner-Buben wohnten, zwei Jungens, die ihrer Stärke und bodenlosen Frechheit wegen bei einem Teil der Bevölkerung berühmt, bei andern berüchtigt waren. Es standen noch mehr Häuser auf dem Platz. Aber die genannten waren die bekanntesten, und die Leute, die in den anderen wohnten, kannten, wie man zu sagen pflegt, wahrscheinlich nur sich selber.

Höher als drei Stockwerke war übrigens kein Haus. Alle waren klein und provinzlerisch und der ganze Platz mehr eine Lücke zwischen Häusern als eine durchdachte Anlage. In der Mitte stand das Kriegerdenkmal von 1871, eine unförmige Frau aus Eisen, die ihrer gewaltigen, nur halb bedeckten Brüste wegen von Vorübergehenden oder von Schuljungen betrachtet wurde. Die Kalender zeigten den 1. August 1914. Es war heiß, fast schwül, aber eine große Menge von Menschen drängte sich auf dem Platz zu den Schaufenstern der Zeitung. Jeder wollte mit eigenen Augen das Extrablatt über die Mobilmachung lesen, das die Redaktion ausgehängt hatte.

»Da! Dort! Da bringen sie etwas!« rief jemand. Der Ausruf brachte neue Bewegung in die gezwängte Masse, und die Leute versuchten, wieder nach vorn, dem Redaktionsgebäude zuzudrängen. Ein kleiner buckliger Mensch, der als Austräger des »Anzeigers« stadtbekannt war, öffnete die Ladentür und stand nun, zwischen Tür und Menschen eingekeilt, einen Stoß Extrablätter auf den Armen, ängstlich und ärgerlich vor der Menge. In diesem Augenblick kam ein Offizier, der von einem Trommler und einem Schutzmann begleitet wurde, aus einer Seitenstraße. Der Trommler schlug einen Wirbel. Sofort verstummte die Menge und lauschte. Aber der Offizier verlas seine Meldung so leise, daß ihn nur ein kleiner Teil der Leute

verstehen konnte. »Das ist der Assessor Gerber«, sagte eine Frau, die weit hinten stand.
Als der Offizier fertig war, wurde wieder getrommelt, aber die Menge wartete nicht und begann den Choral zu singen: »Nun danket alle Gott«. Ein paar Schulbuben und jüngere Leute kletterten auf den Sockel des Siegerdenkmals. Als die erste Strophe verklungen war, trat ein Kommis, der sich durch eine kräftige Baßstimme hervorgetan hatte, einem älteren Mann von oben auf den Hut. »Warum singen Sie eigentlich nicht?« fragte er, als sich der Mann wütend umdrehte.
»Wieso?«
»Wieso? Weil Sie den Mund gehalten haben.«
»Jeder nach seiner Art«, antwortete der Mann und drehte sich wieder um.
Der Jüngling gab nicht nach. »Sind Sie vielleicht ein Serbe oder sonst ein ausländisches Vieh?« fragte er so laut, daß man es im ganzen Umkreis hören konnte.
»Ich bin von Mannheim«, antwortete der Mann.
»Hut herunter!« rief nun jemand.
Der Mann bückte sich, zog seinen Hut tief über die Ohren und hielt ihn mit beiden Händen fest. »Ich leide an einer Mittelohrentzündung«, erklärte er seiner Nachbarin. »Ich muß mich vor Erkältung schützen.«
Die Uhr auf der Post schlug eins. »Donnerwetter, ein Uhr, jetzt komme ich zu spät,« sagte ein Junge, der so hoch auf das Denkmal hinaufgeklettert war, daß er sich an dem Schwert der Germania festhalten konnte. Mit zwei Sätzen sprang er herunter, drückte sich, den Kopf vorstoßend, gebückt durch die Menge und lief, was er konnte, durch eine Seitenstraße davon.
Die Stadt war regellos gebaut. Das Villenviertel, in dem die wohlhabenden Leute wohnten, grenzte unvermittelt an einen Stadtteil, in dem viele Fabriken standen. Die Straße lief schnurgerade, aber plötzlich traten die Häuser zurück, kleine Vorgärten erschienen und eine Villa reihte sich an die andere. Vor dem Haus Nr. 100 blieb der Knabe, der so rasch vom Siegesplatz fortgelaufen war, stehen und sah vorsichtig an der Fassade empor, ob wohl jemand aus den Fenstern schaue. Zu seinem Erstaunen waren im Erdgeschoß alle Läden herabge-

lassen. Er versuchte, das schwere eiserne Gartentor zu öffnen. Es war verschlossen. Was ist denn hier los? dachte er und klingelte kurz zweimal, wie es den Kindern des Hauses befohlen war. Die Köchin kam heraus und schloß auf. »Wo bleibst du denn?« fragte sie den Knaben. »Es ist gleich halb zwei Uhr!«
»Ißt man schon?«
»Natürlich! Deine Großmama ist gekommen und das Fräulein Chindler aus Wiesbaden auch.«
Als Leopold Chindler das Eßzimmer betrat, saß die Familie um den Tisch. Der Junge, der noch ganz außer Atem war, wollte sich eben entschuldigen, als er sah, daß der Tisch zwar voll, aber weder sein Vater noch seine Mutter anwesend war. In dem Lehnstuhl, in dem sonst nur der Professor Chindler sitzen durfte, saß Frau von Beaufort, die Schwiegermutter des Hausherrn. Wie immer hielt sie sich starr aufgerichtet, die linke Hand mit den vielen farbigen Ringen auf die Lehne des Sessels gestützt und die Rechte, welche die Gabel hielt, zum Munde führend. Neben ihr saß Tante Friederike, die Schwester des Hausherrn. Ihr folgte die Erzieherin der Tochter, Mademoiselle Du Pont, die neben ihrem Zögling Margarethe Chindler saß. Gegenüber saß Fräulein Wendt, die Erzieherin der Söhne, und Leopold sah sofort, daß sein jüngerer Bruder Hans die Gelegenheit seiner Verspätung benutzt hatte, um ihm seinen Platz neben der Wendt wegzunehmen.
Das rot tapezierte Zimmer war dunkel und kühl. Die schmale Glastür, die über die Veranda in den Garten führte, war geschlossen und die Vorhänge zugezogen. Der Schäferhund saß wie gewöhnlich auf einem Küchenstuhl am Fenster und beobachtete mit gespitzten Ohren die Essenden. Niemand sprach ein Wort. Der Knabe, verwirrt durch den Kontrast zwischen dem begeisterten Jubel auf der Straße und der krankenhausartigen Stille des Raumes, setzte sich schweigend, um seine Suppe zu löffeln.
»Ich habe dich nicht beten sehen«, sagte Frau von Beaufort zu ihrem Enkel, den sie seit seinem Eintritt in das Zimmer nicht aus den Augen gelassen hatte.
Leopold erhob sich, murmelte eine Entschuldigung und hatte eben das Zeichen des Kreuzes gemacht, als sich die Tür zum

Salon öffnete und seine Mutter ins Zimmer trat. Sie hielt ihr kleines, weißes Taschentuch in der Hand, und die Tischgesellschaft sah, daß sie weinte.
»Ach, Mami«, rief Margarethe, als sie ihre Mutter so außer sich sah, und wollte aufspringen, aber Frau von Beaufort machte Mademoiselle Du Pont ein Zeichen, die das Mädchen auf den Stuhl zurückzog.
»Das muß jetzt ein Ende nehmen«, sagte Frau von Beaufort zu ihrer Tochter. »Ich würde einen Arzt kommen lassen. Mir scheint das krankhaft.«
»Er wirft ihn hinaus. Er ist ja ganz verrückt. Sein Herz kann das nicht aushalten. Er wird sterben«, antwortete Frau Chindler. Sie stellte sich vor die Verandatür und als sie sich nun umwandte, schien ihr etwas einzufallen. »Die Kinder«, sagte sie, »sollen hinaufgehen und oben essen. Vielleicht kann ich ihn dann bewegen, hereinzukommen und etwas zu sich zu nehmen.«
Sofort erhoben sich die Erzieherinnen und drängten die beiden erstaunten Knaben aus der Tür. Auch Margarethe, ein Mädchen von neunzehn Jahren, folgte ihnen.
»Weißt du, daß wir Krieg mit Rußland haben?« flüsterte Leopold seiner Schwester ins Ohr.
Das Mädchen sah krampfhaft gradeaus und tat, als höre es nichts.

2

Der Mann, der es an diesem Mittag ablehnte, wie gewöhnlich mit seiner Familie zu essen, war der Professor Dr. Theodor Chindler, der Besitzer der Villa in der Ludwigstraße Nr. 100, ein bekannter, ja, wie viele Leute sagten, ein berühmter Bürger der kleinen Stadt.
Ursprünglich aus Schlesien stammend, war die Familie Chindler unter Friedrich dem Großen (dem II., wie man deutlich betont in der Familie Chindler sagte) ihres katholischen Glaubens wegen nach Süddeutschland gewandert, wo Chindler in Karlsruhe als Sohn eines in badischen Diensten stehenden Geheimen Rates 1851 geboren wurde. Ein hüb-

scher Mensch, ein guter Schüler und ein glühender Bewunderer von Görres, dem nachzueifern er sich bestrebte, machte er seine Examina mit Auszeichnung und hatte sich eben an der Universität Bonn als Privatdozent für Geschichte habilitiert, als der Kulturkampf das katholische Lager in gewaltigen Aufruhr versetzte. Anfangs, nach der Erklärung des Dogmas von der Unfehlbarkeit des Papstes, die Pius XI. 1870 verkündet hatte, war Chindler, wie viele Katholiken, erstaunt und zögernd geblieben. Noch jung, ohne Verpflichtungen an ein Amt und seines Reichtums wegen an eine Kaste, hatte er nachgedacht und mit Freunden debattiert. Hatte nicht die ältere und auch noch die mittelalterliche Kirche die Unfehlbarkeit den allgemeinen Konzilien zugesprochen? Jetzt hieß es, an die Unfehlbarkeit eines einzigen Mannes glauben. Ja, die Definitionen des Papstes sollten an sich und nicht erst durch die Zustimmung der Kirche unabänderlich sein.

Dieser Pius war ein entschlossener Mann. Das Dogma von der Unbefleckten Empfängnis der Mutter Jesu, das er in den fünfziger Jahren verkündet hatte, mochte noch hingehen. Aber dieses neue, diktatoriale Dogma? War nicht der Papst Honorius seines Irrtums wegen vom 6. allgemeinen Konzil verurteilt worden? Konnte nicht Pius irren wie Honorius?

Die Debatten wurden heftiger, und Chindler zog sich zurück, die Kämpfe als theologische bezeichnend, um ihren politischen Charakter nicht untersuchen zu müssen. Auch war er noch jung und das Leben farbig. Von einer Reise nach Genf, die er gemeinsam mit seiner Schwester Friederike machte, brachte er einige französische Bücher mit, die er mit wachsender Bewunderung las. Flauberts »Geschichte der Frau Bovary« fesselte ihn so, daß er Tag und Nacht grübelte und mit benommenem Kopf herumlief. Er zweifelte nicht, daß in diesem Buch die Liebe selber geschildert wurde. Aber wo hatte man in seiner Heimat je solche Liebe und solche Menschen gesehen? Er las »Germinie Lacerteux« der Brüder Goncourt und endlich »Die Elenden« von Hugo. »Solange die drei Probleme des Jahrhunderts nicht gelöst sind«, schrieb er an seine Schwester, »die Entwürdigung des Mannes durch das Proletarierdasein, die Schändung des Weibes durch den Hunger, die Verwahrlosung des Kindes durch die geistige

Finsternis, worin es gehalten wird, solange ...« Aber Fräulein Chindler teilte seine Liebe zu diesen Büchern nicht. Auch seine Freunde blieben stumm. Deutschland war noch zu klein und zu mittelalterlich. Chindler begann zu glauben, in Deutschland könne es keine Proletarier geben, und Frauen wie Frau Bovary für verachtenswerte französische Weiber zu halten. Er kehrte wieder zu seinem geliebten Görres zurück.
Um die gleiche Zeit unterwarf er sich in der Frage der Unfehlbarkeitserklärung. »Das Entscheidende«, dozierte er seinen Freunden, »ist die Unterwerfung unter die Autorität der Kirche und die Annahme einer einzelnen Lehre, *weil* sie von der Kirche vorgetragen wird. Katholisch sein heißt nicht, diesen oder jenen Lehrpunkt als richtig annehmen. Katholisch sein heißt, den ganzen Glauben hinnehmen.«
So war die Bahn frei und der Weg vorgezeichnet, als der Kulturkampf sein Leben änderte. Von Anfang an kämpfte Chindler auf der Seite Roms und gegen Bismarck. In seinem Haß gegen die Berliner Regierung saßen mehr Gründe als nur der religiöse. Im Sommer 1866, bei Verwandten in Darmstadt zu Besuch weilend, hatte er dort den Einmarsch der preußischen Truppen erlebt. Vom Fenster aus sah er die fremden Husaren mit geladenem Karabiner an der Straßenecke stehen, und man saß gerade bei Tisch, als sie eindrangen und in ihrem Dialekt mehr Quartier verlangten, als Platz vorhanden war. Die Erinnerung an diesen Vorfall, die in der Familie gepflegt wurde, vergaß er nicht.
Der Kampf zwischen Berlin und Rom zog sich hin. Chindlers Kollegen warnten. An der Universität Bonn befahl nicht der Papst, sondern die Regierung, und man machte Chindler darauf aufmerksam, daß er sein Leben lang Privatdozent bleiben werde, falls er auf seiner bismarckfeindlichen Haltung beharre. Chindler gab nicht nach.
Verwandte seiner Mutter luden ihn nach Hannover ein und machten ihn mit Windthorst bekannt, dem Führer der katholischen Zentrumspartei. Chindler war begeistert, und von Stund an kämpfte er in zwei Lagern. Als religiöser Mensch verteidigte er die Kirche und die Ansprüche, die Rom an die deutsche Regierung stellte, als Politiker kämpfte er für die Stärkung der Zentrumspartei. An der Universität las er, von

der gesamten Dozentenschaft boykottiert, vor vier Studenten über die Definition der Seele bei Aristoteles.
Um der wachsenden Vereinsamung zu entgehen, trat er einem kleinen Verein bei, der von einem Pfarrer geleitet wurde.

3

Etwas über dreißig Jahre alt verheiratete er sich. Im Hause eines Kaufmanns begegnete er Elisabeth von Beaufort. Man glaubte, er mache der jüngeren Schwester der Hausfrau den Hof und lud ihn fast täglich ein. Aber Chindler beobachtete Fräulein von Beaufort, welche als Kinderfräulein im Hause angestellt war. Sie war arm und nicht schön, aber Chindler liebte sie und wußte nicht, wie er sich verhalten sollte.
»Soll ich sie heiraten?« schrieb er an seine Schwester.
Fräulein Chindler reiste herbei und zog Erkundigungen ein. Fräulein von Beaufort war die einzige Tochter eines ehemaligen Offiziers und Gutsbesitzers. Als ihr Vater ihre Mutter heiratete, stand er als Rittmeister bei einem Kavallerieregiment in Düsseldorf. Kurz nach der Hochzeit nahm er seinen Abschied, um sich, von dem Geld seiner Frau lebend, ganz griechischen und lateinischen Studien widmen zu können, die er schon als Offizier begonnen hatte. Er dachte daran, sich als Dozent niederzulassen, als er über Nacht in Armut versank. Frau von Beaufort war nämlich nicht reich, sondern nur die einzige Nichte eines außerordentlich reichen Kaufmannes in Köln, der ihr, wie alle Welt wußte, seine gewaltigen Besitzungen an der Mosel zu hinterlassen versprochen hatte. Herr von Beaufort hatte nun seine Frau überredet, auf diese ebenso große wie sichere Erbschaft Geld im voraus aufzunehmen. Davon lebte er mit Frau und Kind auf einem kleinen Landhaus in der Nähe von Koblenz.
Da starb jener Onkel, Herr von Beaufort fuhr nach Köln, um den Mann zu beerdigen und das Testament zu öffnen. Tatsächlich war seine Frau die einzige Erbin jener riesigen Besitzung an der Mosel, aber die Besitzung war nicht mehr da. Der Kaufmann, ein alter Herr von achtzig Jahren, hatte sie für 300000 Mark, und das heißt für den zehnten Teil ihres Wer-

tes, an einen Händler verkauft. Noch in Köln nahm Herr von Beaufort einen Rechtsanwalt, der den Händler verklagte. Man behauptete, der alte Kaufmann sei bei Abschluß jenes unnatürlichen Vertrages nicht mehr im Besitz seiner geistigen Kräfte gewesen, aber der Beweis war nicht zu führen. Als der Prozeß verloren und das Geld, das man vorher aufgenommen hatte, zurückbezahlt war, besaß die Familie Beaufort nur noch die Pension, die Herrn von Beaufort als Rittmeister a. D. zustand.

»Es sind sonderbare Verhältnisse«, sagte Fräulein Chindler, als sie ihrem Bruder erzählt hatte, was ihr berichtet worden war.

»Ach was«, antwortete Chindler. »In allen Familien herrschen sonderbare Verhältnisse. Wenn sie mich nimmt, heirate ich sie.«

»Sie ist ehrgeizig...«

»Weil sie gebildet ist. Sie kann Französisch und Englisch, und seit sie mich kennt, hat sie angefangen, Lateinisch zu lernen.«

»Die Art, wie sie sich in ihrer Stellung benimmt, gefällt mir nicht!«

»Weil die Stellung nicht zu ihr paßt.«

»Weil sie hochmütig ist. Das paßt zu uns auch nicht.«

»Besser als wenn sie demütig wäre.«

»Ich halte sie für berechnend.«

»Das ist nicht wahr.«

»Du bist verliebt«, sagte Friederike.

»Natürlich«, antwortete Chindler.

Einige Zeit darauf heiratete er Fräulein von Beaufort.

Der Kulturkampf ging zu Ende. In Rom war Leo XIII. zur Herrschaft gekommen, und Bismarck einigte sich mit ihm, über den Kopf der katholischen Partei hinweg. Außer sich über diesen Verrat, griff Chindler noch einmal in den Streit ein, Windthorst verteidigend, zur Fortsetzung des Kampfes auffordernd. Aber die Kirche war müde und wollte Ruhe haben. Chindler verscherzte sich lediglich noch die Sympathie des Klerus, und saß nun zwischen allen Stühlen. Angewidert und verbittert warf er seine Studien hin, um einen anderen Beruf zu ergreifen. Windthorst erfuhr davon, ließ ihn kom-

men, überredete ihn, sich ganz der Politik zu widmen und verschaffte ihm ein Mandat der Zentrumspartei für den Reichstag im Wahlkreis von Neustadt.
Frau Chindler hatte an dem Leben in Bonn wenig Gefallen gefunden. Die Frau eines Privatdozenten zu sein, der, von aller Welt gemieden, einer Handvoll Studenten unverständliche Dinge beibrachte, langweilte sie. Da war die Politik etwas anderes. Unter ihrem Einfluß folgte Chindler dem Rat des alten Politikers von Hannover. Weil er die Universität für immer verließ, schenkte man ihm zum Abschied den Titel Professor.

4

Außer sich vor Zorn über den unverständlichen Befehl seiner Mutter war Leopold mit seinen Geschwistern und den Erzieherinnen die Treppe bis zum zweiten Stock hinaufgestiegen, wo die Kinderzimmer lagen. Die Köchin brachte etwas Fleisch und Gemüse, aber Leopold stocherte nur in seinem Teller herum. »Warum«, maulte er, »müssen wir oben essen? Ich habe nichts getan. Dafür wird man bestraft. Es ist alles Quatsch wie immer.«
Auch Mademoiselle Du Pont hatte keinen Appetit. Alle Leute sprachen vom Krieg. Sie fürchtete sich. In Frankreich lebte keiner ihrer Verwandten mehr. Wohin sollte sie gehn? Wo ihr Brot verdienen? Margarethe umarmte sie und versuchte sie zu trösten. Aber sie drückte sich so ungeschickt aus, daß sie den Kummer der armen Jungfer zum Überlaufen brachte. Mademoiselle Du Pont bemerkte plötzlich, wie allein sie in der Welt stand, die in eine ihr unerklärliche Bewegung gekommen war. Sie besaß nichts außer einem Koffer. Angst packte sie, und sich abwendend, um nicht gesehen zu werden, fing sie an, leise zu weinen.
Frau Chindler trat ins Zimmer. Sie hielt noch die Serviette vom Mittagstisch in der Hand, was einen komischen Eindruck machte. Aber ihr Gesicht war bleich und ernst, und Leopold sah, daß sie die Lippen fest zusammengepreßt hielt, ein böses Zeichen.
»Was macht ihr hier oben? Ich will, daß ihr alle gleich in den

Garten geht und normale Gesichter macht. Sie brauchen auch nicht zu weinen, Mademoiselle, das regt meine Kinder nur auf.«

Die bestürzte Gruppe verließ das Zimmer. Man wurde heute wirklich viel gejagt. Nur Leopold wurde von seiner Mutter festgehalten. »Dein Vater«, sagte sie, »will wissen, warum du so spät nach Hause gekommen bist?«

Die Frage war unehrlich. Professor Chindler lag in seinem Arbeitszimmer, das er abgeschlossen hatte, und wütete mit Gott und der Welt gegen den Krieg, gegen alle Politiker und alle Menschen. Er hatte gar nicht gemerkt, daß Leopold zu spät zum Essen gekommen war. Aber Frau Chindler liebte es, sich vor den Kindern hinter ihrem Mann zu verschanzen. Sie hatte fünf geboren und ihrer Meinung nach kein einziges davon bisher richtig zu erziehen verstanden. Alle waren nicht so, wie sie sein sollten. Nun versuchte sie, wenigstens an den beiden Jüngsten zu verbessern, was nur zu verbessern war.

»Es ist doch Krieg, Mami«, sagte Leopold zu seiner Mutter.

Frau Chindler stampfte mit dem Fuß auf. »Das ist Unsinn. Wer hat dir das gesagt?«

Ein Auto fuhr auf der Straße vor, und gleich darauf kreischte das Gartentor, das wieder nicht geschmiert worden war. Elisabeth Chindler ließ den Jungen stehen, der sich sofort aus dem Staube machte, und lief ans Fenster. Sie beugte sich weit hinaus, was ihr nicht leicht fiel, weil sie in letzter Zeit dick geworden war, und konnte gerade noch sehen, daß der Telegraphenbote gekommen war. Sein gelbes Rad lehnte an der Buche, die vor dem Hause stand.

Das Auto, ein grüner, offener Tourenwagen, war gegenüber am Hause des reichen Kommerzienrats Weber vorgefahren. Elisabeth Chindler umklammerte die Eisenstange vor dem Fenster. Wie man im Theater den Mann, der den Dolch hinter dem Rücken hält, auf den Helden zugehen sieht, sah sie Webers einzigen Sohn in einer neuen, grauen Uniform, die ihm gut stand, aus dem Wagen steigen und den Säbel nachschleppend auf das Haus zugehen. Gleichzeitig öffnete sich bei Webers die Haustür. Frau Weber, die auf einem Bein gelähmt war und eine blonde Perücke trug, hinkte mit gepeitschter

Hast die Treppe herunter, verlor dabei ihren Stock, lief trotzdem weiter, schwankend, die Hände erhoben, bis sie in die Arme ihres Sohnes fiel.
Also war doch Krieg.
Es klopfte. Die Köchin kam ins Zimmer und brachte zwei Telegramme. »Lies vor«, sagte Frau Chindler, »ich habe meine Brille im Eßzimmer gelassen.« Sie setzte sich in einen Sessel und fügte hinzu: »Ich will tapfer sein.«
Die Köchin riß das Papier auf und las: »Eintreffe 4 Uhr. Karl.«
»Und das andere?«
»Eintreffe zum Abschied fünf Uhr. Ernst.«
Frau Chindler wandte sich ab und schaute wieder aus dem Fenster auf das Webersche Haus hinüber. Das Auto war fortgefahren. Die Straße lag leer, heiß und gelb. Am Himmel waren keine Wolken.
»Ich glaube, Sie sollten hinuntergehen«, sagte die Köchin. »Der Herr Professor röchelt so merkwürdig.«
»Er läßt mich ja nicht in sein Zimmer«, sagte Elisabeth Chindler, »oder hat er jetzt seine Tür aufgeschlossen?«
»Ich weiß es nicht«, sagte die Köchin. Nach einer Weile, als Frau Chindler immer noch schwieg, fragte sie: »Ist denn jetzt wirklich Krieg?«
Frau Chindler antwortete nicht, und die Köchin wiederholte ihren Vorschlag. »Sie sollten wirklich hinuntergehen. Es kann dem Herrn etwas zustoßen. Dann machen Sie sich Vorwürfe.«
Therese Schmelzenbach arbeitete seit zwanzig Jahren im Hause Chindler. In dieser langen Zeit hatte sie so viel Zank und Streit bei denen gesehen, die ihr Befehle erteilten, daß sie sich neuerdings einige Freiheiten herausnahm. Anfangs hatte sie sich gewundert, daß sich reiche Leute so beschimpften wie bei ihr zu Haus betrunkene Bauern. Mit der Zeit aber merkte sie, daß Mensch eben Mensch ist, mit dem einen Unterschied, daß die einen Geld haben und die andern nicht.
»Ich habe mir keine Vorwürfe zu machen«, sagte Frau Chindler. »Was soll aus dem Haus werden, wenn ich mich auch einsperre und die Läden herunterlasse? Ach, ich möchte mich gern gehenlassen! Mein ganzes Leben lang habe ich mich

zusammennehmen müssen...« Sie preßte wieder ihre Lippen zusammen. »Mir erlaubt niemand, mich gehenzulassen... wo meine Söhne kommen... vielleicht zum letzten Male... der Herr Karl und der Herr Ernst...« Sie fing an zu weinen, und weil sie kein Taschentuch zur Hand hatte, trocknete sie sich die Augen mit der Serviette.
Therese betrachtete Frau Chindler. Was da vor ihr saß, war einerseits ihre Arbeitgeberin, anderseits ein unglückliches Weib, das sich anscheinend nicht zu helfen wußte. Sie legte die Telegramme auf den Tisch und ging aus dem Zimmer.

5

1886 hatte Elisabeth Chindler geheiratet. In den ersten Monaten ihrer Verlobungszeit liebte sie Theodor Chindler. Dann merkte sie an der Art, wie er sich in den politischen und religiösen Kämpfen verhielt, daß er (ihrer Ansicht nach) ein schwankender Mensch war. Sie erschrak und überlegte. Heiraten wollte sie, und dieser Mann war nicht nur eine gute Partie, sondern der Ausweg aus der Misere ihres Elternhauses und der bedrückenden Stelle in Bonn, welche eine Folge jener Misere war. Aber sie sagte sich, es werde viel auf sie zukommen. Zunächst nahm sie ihre Sprachstudien wieder auf, die sie im Jubel der ersten Wochen ihrer Liebe vernachlässigt hatte. Aber nach der Hochzeit merkte sie, daß es auf andere Dinge ankommen werde, auf die Führung des Haushalts, auf die Überwachung des kleinen Vermögens und hauptsächlich auf die Karriere ihres Mannes.
Nur keinen Mann haben, der nichts war.
Als der Prozeß ihrer Eltern um die Erbschaft des Onkels endgültig verloren war, fing ihr Vater an zu trinken. Abend für Abend schloß er sich in sein Zimmer ein und soff Rotwein, bis er lallte. Dabei ging er, wie ein Wolf im Käfig fortwährend von einem Zimmer ins andere und schlug jedesmal, so fest er nur konnte, die Tür hinter sich zu. Elisabeth, die mit ihrer Mutter im ersten Stock schlief, zählte die Schläge. Päng... jetzt war er in den Salon gegangen. Bumm... jetzt hatte er die Salontür zugeschlagen. Päng... jetzt war er wieder in seinem

Arbeitszimmer angekommen. So ging das Nacht für Nacht.
»Du bist an allem schuld«, sagte er zu seiner Frau, wenn er mittags aufgestanden war, »du mit deiner verfluchten Verschwendungssucht!«
»Du hast den Salat doch nur gegessen, wenn er gut angemacht war«, antwortete Frau von Beaufort.
»Da hast du deine Mitgift...« sagte er zu seiner Tochter und warf ihr ein leeres Portemonnaie an den Kopf.
Elisabeth Chindler stöhnte. Sie erinnerte sich noch genau an die kleine blaue Geldtasche, die sie in Köln gekauft und ihrem Vater zu Weihnachten geschenkt hatte. Diesen Beutel hatte er ihr an die Haare geworfen.
Nein, nein, nur keinen Mann haben, der nichts war!
Als sie mit ihrem Mann Bonn und die verhaßte Universität verließ, atmete sie auf und schwärmte für Windthorst.
Man zog nach Neustadt. Aber was war das für ein langweiliges Nest. Die Stadt hatte 105 000 Einwohner, davon 85 000 Arbeiter. Der Rest waren Beamte, die sogar in der Mode mit der Regierung gingen, Offiziere, die sich nur ängstlich herbeiließen, mit dem ultramontanen Professor zu verkehren (übrigens Train und Troß, mit dem ein vornehmer Kavallerist wie Elisabeths Vater nie verkehrt haben würde), und reiche, teilweise enorm reiche Fabrikanten, die alle so liberal waren, daß sie nur mit Liberalen umgingen.
Nach einer Weile merkte Elisabeth, daß man vom Regen in die Traufe gekommen war. In Bonn hatte man Chindlers boykottiert; in Neustadt beachtete man sie wenig. Erst als sich ihre finanziellen Verhältnisse besserten und das Ehepaar Diners geben konnte, lockerten sich die Widerstände. Man sprach über sie und begann sie zu besuchen.
Ach ja, die Armut!
Auch Chindler hatte bei einer Spekulation, zu der ihn ein Kölner Bankier verleitet hatte, Geld verloren. Der Rest, der blieb, langte noch zum Leben, aber nur zu einem sehr einfachen Leben, bei dem jede Ausgabe eingeteilt sein wollte und jede unvorhergesehene Rechnung zu Streitigkeiten zwischen den Eheleuten führte, die man zwar voraussehen, aber trotzdem nicht abstellen konnte. Jedesmal, wenn Chindler zu Sitzungen der Fraktion nach Berlin fuhr, brauchte er mehr Geld

als vorberechnet war, und Elisabeth jammerte dann, weil alle Berechnungen wieder kaputt waren.
»Du hast keine Ahnung von Geld«, schimpfte Chindler, »weil du…«
Er wollte etwas Kränkendes sagen, beherrschte sich aber und schwieg. Aber Elisabeth fühlte, was er hatte sagen wollen, und spürte in solchen unvollendeten Sätzen Anspielungen auf die Vorkommnisse in ihrem Elternhaus heraus.
»Ich bin ein Weib«, sagte sie zu ihrer Schwägerin, mit der sie sich befreundet hatte, »ich kann keine Karriere machen. Aber Theodor ist gescheit. Er muß es schaffen. Meinst du nicht?«
Friederike Chindler nickte als Antwort mit dem Kopf.
Theodor Chindler war nicht ehrgeizig. Schon nach kurzer Zeit langweilte ihn seine Statistenrolle in der Politik, und er dachte darüber nach, wie er es anstellen könnte, wieder an einer Universität anzukommen.
»Das geht doch nicht«, sagte Elisabeth Chindler, als sie ihn durchschaute. »Du weißt genau, daß man nie wieder an eine Universität kommt, wenn man einmal eine Professur aufgegeben hat.«
Chindler hörte sie an und wußte, daß seine Frau die Wahrheit sagte. Aber er spürte ihre Freude darüber, daß diese Karriere kaputt war, die sie nicht geliebt hatte. Das erbitterte ihn.
»Wenn kein Geld da ist«, sagte er, »und ich wie ein Kuli leben muß, kann ich auch nur ein Kuli sein. Karriere kann man nur mit Geld machen.«
»Hat Krupp Geld gehabt, als er anfing?« fragte Frau Chindler.
»Bin ich Krupp?«
»Du könntest mehr sein, wenn du nur wolltest!«
»Dann bist du noch lange nicht Frau Krupp…«
»Ich habe fünf Kinder geboren und aufgezogen«, antwortete Elisabeth Chindler. »Ich habe meine Pflicht getan. Und ich habe noch mehr getan. Als wir anfingen, ich meine, als dir dieser Schuft in Köln die Mexikaner aufhängte, die dann alle nichts mehr wert waren, hatten wir 150000 Mark und 6000 Rente. Das war wenig. Aber meine eiserne Sparsamkeit brachte es dahin, daß wir heute 200000 und 8000 Rente haben…«

»...und das Haus...?«
Elisabeth Chindler wachte aus ihren Träumen auf und rollte die Serviette zusammen, die auf ihrem Schoß lag.
Wer hatte eben gesagt: »Und das Haus?« Es war mit der Stimme Chindlers gesprochen worden.
Die Tür stand auf und das Zimmer war leer. Die Köchin war längst wieder in der Küche. Als sich die schwere Frau erhob und in die Mitte des Zimmers trat, senkte sich der Boden. Davon gingen die Türen des großen, weißlackierten Kinderzimmerschrankes auf, die nicht sorgfältig verschlossen worden waren, und breiteten ihre Flügel lautlos auseinander.
Elisabeth Chindler erschrak, aber ihre Erinnerungen waren heftiger als alles, was um sie herum geschah. Der Krieg, der sich vor ihr erhob wie ein Berg, der aus einer Ebene aufsteigt, warf sie zum ersten Male seit Jahr und Tag auf sich selber zurück.
Ja, das Haus! Kurz vor der Jahrhundertwende hatte Chindler von einer Verwandten 60000 Mark geerbt und sofort beschlossen, sich ein Haus bauen zu lassen. Er wollte aus der Etage heraus und wünschte sich einen Garten mit Bäumen und Blumen. Elisabeth Chindler kämpfte gegen diese Absicht, und es kam zu bösen Auftritten.
»Wenn man 180000 Mark hat«, sagte sie, »gibt man nicht ein volles Drittel her, um sich ein Haus zu bauen. Das ist Verschwendung, die an den Bettelstab bringt.«
»Wir haben 240000 Mark«, antwortete Chindler, »und du siehst, daß ich nur ein Viertel hergebe.«
»Wenn du 60 ausgibst«, beharrte sie, »bleiben nach meiner Zählung nur 180...«
Über dieser wirklich etwas närrischen Rechnerei veruneinigten sich die beiden wie kaum je zuvor.
»Ich habe es ein für allemal satt«, donnerte Chindler, als wäre der Tag der Abrechnung gekommen, »ich bin es definitiv leid«, brüllte er, zornbebend im Zimmer auf und ab gehend, »daß du dich noch fernerhin um das Geld kümmerst, das mir und sonst niemanden auf der Welt gehört. Damit wird jetzt Schluß gemacht.«
»Du vergißt, daß wir Kinder haben«, antwortete Frau Chindler, »an die ich denken muß, wenn sonst niemand an sie denkt.«

Nur heraus mit deiner Seele, dachte Chindler, und sagte es auch.
»Kinder... Kinder... von morgens bis abends Kinder. Ich wünsche eine Frau zu haben und nicht mehr mit der Erzieherin meiner Kinder zu leben. Wahrhaftig, die Gelegenheit ist gut, und es ist gut, daß es endlich soweit ist. Du mußt dich jetzt sofort und endgültig entscheiden, Elisabeth. Hundertmal habe ich dich darum gebeten... jetzt verlange ich, daß du mir schwörst, hörst du, feierlich schwörst, von heute an nur noch an mich zu denken, nur noch an mich.«
Niemals, dachte Frau Chindler, werde ich mich davon abbringen lassen, an meine Kinder zu denken. Aber sie sagte es nicht. Um das Gespräch abzulenken, fing sie wieder vom Hausbau an, trotzig bei ihrer Behauptung verharrend, ein solches Unternehmen sei in ihrer Lage unverantwortlich und verschwenderisch.
Chindler ließ sich nicht mehr ablenken. »Ich verlange Antwort«, sagte er.
Elisabeth schwieg. »Unter Schmerzen habe ich meine Kinder geboren«, sagte sie endlich hoffärtig und etwas übertrieben, als Chindler fortfuhr, darüber zu klagen, daß sie seit Jahr und Tag weit weniger sein Weib sei als die Mademoiselle der Kinder und die Schreiberin des Küchenzettels.
Chindler fuhr herum. »Mir wäre es lieber gewesen«, antwortete er, »du hättest sie mit etwas mehr Vergnügen empfangen!«
Dieser Satz saß. Fünfzehn Jahre lang hatte sich Elisabeth Chindler ihrem Mann nicht hingegeben, sondern überlassen, eine Pflicht erfüllend, die sie verachtete. Chindler wußte längst, daß sie über alle Fragen ihres Ehelebens mit ihrem Beichtvater sprach, einem dicken, bäurischen Pfarrer, dessen Unbildung ihm zuwider war. Diesmal stellte er sie zur Rede.
»Du mischst die Kirche in Dinge, die sie nichts angehen«, sagte er, »und soweit sie sie angehen, ist sie auf meiner Seite.«
Elisabeth erkannte sofort die Gefahr. »Das Beichtgeheimnis gilt auch zwischen Eheleuten«, sagte sie.
»Ich will dein Beichtgeheimnis nicht wissen«, antwortete Chindler, »aber ich will, daß du mit mir offen und frei redest und danach dein Verhalten änderst. Du bist mit mir verheira-

tet und nicht mit Herrn Müller. Das ist es, was ich will und was sein muß.«

»Habe ich dir jemals etwas verweigert?« fragte Elisabeth.

Chindler wurde bleich vor Zorn über diese Doppelzüngigkeit. Diese Frau wußte doch ganz genau, was er hatte sagen wollen. Er suchte nach Worten, wie er sich maßvoll ausdrükken könne, dann fuhr es aus ihm heraus: »Alles hast du mir verweigert«, schrie er, »und... vom... vom ersten Tag an... alles!«

Elisabeth lachte. »Dann möchte ich wissen, woher unsere Kinder gekommen sind?«

»Nicht aus deiner Leidenschaft«, sagte Chindler. »Ach, was es mich gekostet hat, Jahr um Jahr mit einem Menschen zu leben, dessen Körper ein Stein ist und dessen Seele...«

»Dir Jahr um Jahr treu gewesen ist«, unterbrach ihn Elisabeth.

»Du warst deinem Kopf treu... alles was du sagst ist falsch... den Umständen, den Verhältnissen warst du treu. Du hast vom ersten Tag an getan, was *du* wolltest, und was ich wollte, war dir so Wurst, so gleichgültig...«

Elisabeth Chindler erschrak und änderte den Ton. »Was hast du denn gewollt?« fragte sie. »Was willst du denn?«

»Paß auf«, sagte Chindler. »Du meinst, ich sei in der Falle. Du glaubst, das wäre ein gutes Eisengitter: die Kinder, du, die Verhältnisse, meine Stellung, die Religion. Irre dich nicht, sage ich dir, irre dich nicht! Wenn man die Welt so verachtet wie ich, wird man es leicht ertragen, sich von ihr verachten zu lassen. Es könnte mir eines Tages einfallen, euch alle aus diesem Tempel hinauszuwerfen! Huiit... in einem schönen Bogen...«

»Laß mich jetzt gehen«, sagte Elisabeth. »Es paßt sich nicht, daß sich ein Mann in deiner Stellung so fahren läßt. Tausende von gläubigen katholischen Männern und Frauen, die dir als ihrem Führer ihre Stimme gegeben haben, wären erschüttert, wenn sie dich so reden hörten.«

»Aber der einzige Mensch, der erschüttert sein sollte beim Anblick dessen, was er durch Hochmut und Pfäfferei anrichtet, bleibt so kalt wie ein alter Tisch dabei.«

Elisabeth stand auf, um aus dem Zimmer zu gehen.

»Du sollst diese Sache mit mir zu Ende reden«, schrie Chindler, »hast du verstanden, Elisabeth?« Dann senkte er seine Stimmer wieder und sagte: »Das ist das einzige, was sich nicht paßt, diese Schweigetaktik zu üben, nicht zu Ende zu reden, zu glauben, das renkt sich wieder ein, weiter zu lügen.«
»Ich bin kein Parlamentarier«, sagte Elisabeth, »ich kann nicht debattieren.«
»Du bist ein Mensch«, sagte Chindler, »du hast eine Zunge.«
»Wenn du ein wenig lauter schreist, werden dir nicht nur die Dienstboten, sondern auch die Nachbarn zuhören können.«
»Ich muß brüllen, weil du deine Ohren gegen meine Worte verstopfst.«
»Ich darf nicht hören, was sich für eine Mutter meiner Stellung zu hören nicht paßt.«
»Wer verbietet das?«
»Gott!«
»Du hast dir einen Gott zurechtgemacht, der dir dient!«
»Ja, Gott stützt meine schwachen Kräfte, damit ich mich behaupten kann. Aber jetzt bin ich müde.«
Elisabeth Chindler öffnete die Tür und wollte hinausgehn. Da sprang Chindler heran und packte sie am Hals.
»Willst du mich vielleicht auch noch prügeln?« fragte Elisabeth.
»Laß doch deinen Hochmut fahren, Elisabeth«, sagte Chindler. »Ich will dich nicht prügeln, sondern *ich* bitte dich darum, *mich* nicht länger zu prügeln. Verstehst du das denn nicht?«
»Ich soll dich geprügelt haben? Du bist verrückt geworden«, sagte Elisabeth. Als ihr Mann sie losließ, schlüpfte sie aus der Tür, lief die Treppe hinauf in ihr Zimmer, warf sich aufs Bett und weinte.

6

Chindler war in sein Zimmer gegangen. Auf dem Schreibtisch lag ein Stoß Akten, den man aus der Parteizentrale gebracht hatte. Als der Abgeordnete die Türe geschlossen hatte, erhob sich aus einem grünen Sessel, der vor dem Bücherschrank stand, Herr Sissmaier, der Sekretär, der seit einer Stunde auf den Befehl wartete, nach Hause gehen zu dürfen. Chindler hielt seinen Zwicker gegen das Fenster, und während er ihn mit seinem Taschentuch putzte, um das Zittern seiner Hände zu verbergen, fragte er den Schreiber: »Wie ist denn die Stimmung für die Wahlen bei euch?«

»Ich weiß es auch gar nicht so recht«, antwortete der Sekretär, ein dicker Fünfziger, mit einem roten Schnurrbart, »meine Frau meint immer, die Sozzen würden halt sehr viel machen. Sie haben ja jetzt alle Freiheiten.«

»Werden sie mich schlagen?«

Der Sekretär staunte über die Frage. Dann lachte er: »Das glauben Sie doch selber nicht, was Sie da sagen, Herr Professor.«

»Heutzutage ist vieles möglich«, sagte Chindler, »die Menschen sind bösartig. Gestern abend war der Polizeidirektor bei mir und bot mir an, über die Wahltage eine Schutzwache in mein Haus zu legen. Da dachte ich, daß es mit meiner Beliebtheit nicht mehr weit her sein kann.«

»Ja, nun, bei den Sozzen sind Sie nicht beliebt. Das ist kein Wunder.«

»Und bei euch?«

Der Sekretär schaute den Abgeordneten an und drehte die Spitzen seines Schnurrbarts. Diese merkwürdigen Fragen wunderten ihn. »Sie meinen bei dem katholischen Volk?«

»Ja.«

»Da stehen Sie hoch in Achtung, wenn ich mich so ausdrükken darf.«

»Warum? Wofür? Weshalb?«

Chindler hatte sich seinen Zwicker wieder aufgesetzt und betrachtete die kleinen Augen des Sekretärs, der keine Antwort gab. »Warum stehe ich hoch in Achtung, Sissmaier, sagen Sie es mir einmal?«

»Aber das wissen Sie doch selber, und können es direkt fühlen, wenn Sie sonntags morgens mit der Frau Gemahlin in die Kirche kommen, und alles guckt und still ist und Ihnen Platz macht und Sie anschaut, und der Herr Pfarrer selber auf der Kanzel sich verbeugt, wenn es einmal bei Ihnen ein bißchen spät geworden ist. Und Sie haben die Frau Gemahlin, die bei

meiner Frau im Verein ist, und die vielen Kinder, die alle ordentlich sind, und das schöne Haus und doch nichts Unmäßiges... ich weiß gar nicht... ich möchte mich beinahe wundern, daß Sie so fragen!«
»Und meine Politik?«
»Ich meine, die wäre richtig. Die katholische Sache macht doch gut vorwärts. Daß man jetzt in Bickenbach drüben, was doch ein Lauseort ist, eine Kirche baut, verdankt man Ihnen, das weiß doch jedes.«
Chindler lachte. Die Schmeichelei war ihm angenehm. Die schwarze Empire-Uhr auf seinem Schreibtisch schlug. »Es ist fünf Uhr«, sagte er, »ich muß zum Bischof fahren, die Akten können ja liegen bleiben.«
»So, zum hochwürdigsten Herrn?« sagte Sissmaier.
»Ja«, antwortete Chindler und verabschiedete den Sekretär.

7

Während des Streites mit Elisabeth hatte Chindler, wie er glaubte, endgültig den Entschluß gefaßt, sich von dieser Frau zu trennen. Es ist unwürdig und unerträglich, dachte er, während er im Zug nach M. saß, der Residenz des Bischofs, die eine halbe Bahnstunde von Neustadt entfernt lag. Ja, unwürdig, das ist die richtige Bezeichnung. Sie ist keifend und dumm und das schlimmste ist, wie sie alles verdreht. Sie hat mein ganzes Leben verdreht. Die katholischen Männer und Frauen wären keineswegs ungehalten, wenn sie erführen, daß ich dieser Person den Star steche, höchstens über mein Verhalten, über meine Knechtschaft, über dieses Dahinvegetieren, das ich betreibe.
Das Abteil erster Klasse, in dem der Abgeordnete fuhr, war leer. Chindler betrachtete den Staub, der auf dem roten Polster lag. Jedesmal, wenn er in neuerer Zeit über sein Leben nachdachte, meinte er, er stecke nunmehr so tief im Sumpf, daß keine Rettung für ihn mehr möglich sei. Bestand nicht sein Leben aus Aufstehen, Zähneputzen, Stumpfsinn, Essen, Stumpfsinn, wieder ins Bett gehen? Seine Einkünfte wurden von seinen Kindern und dem Haushalt gefressen. Wenn er,

der in der Stadt für vermögend galt, sich einmal zwei oder drei Flaschen Wein an einem Abend leistete, gab ihm schon der Gedanke an die Rechnung einen Stich, weil er wußte, daß er diese Ausgabe entweder werde vor seiner Frau verschweigen müssen, und sich in den nächsten Wochen wieder vom Munde einsparen, oder es werde wieder Anspielungen auf Verschwendungssucht setzen.
Der Zug hielt. Chindler setzte seinen schwarzen Sommerstrohhut auf, der ihm das Aussehen eines Geistlichen verlieh, und verließ das Abteil. Vor dem Bahnhof nahm er einen Wagen. Als er vor dem Palais des Bischofs hielt, öffnete sich die Tür des großen Gebäudes und der Domkapitular Schäfer trat heraus. Chindler bezahlte den Kutscher und der Domherr blieb stehen, um zu sehen, wer zum Bischof käme. Da er kurzsichtig war, konnte er über die weitgeschwungene Treppe hinweg den Ankommenden noch nicht erkennen. Chindler stieg die Treppe hinauf, erkannte den Geistlichen und grüßte. Auch Schäfer zog seinen Hut tief herab, und die beiden Männer unterhielten sich eine Weile über die bevorstehenden Wahlen. Als sie sich verabschiedet hatten, trat Chindler in das Palais, blieb aber hinter der Tür stehen. Die Begegnung mit Schäfer hatte ihn aus seiner Verzweiflung geweckt. Schäfer galt nicht nur als der klügste Mann in der bischöflichen Verwaltung, sondern war es auch. Ehrgeizig und gewandt hatte er unter dem Vorgänger des jetzigen Bischofs die Geschäfte eigentlich geleitet und gehofft, als Nachfolger gewählt zu werden. Aber das Domkapitel, das ihn fürchtete, hatte ihm nur wenig Stimmen gegeben, und obgleich man ihn mit einem Reichstagsmandat entschädigte, war er tief getroffen. Nachdem er seinen Schock überwunden hatte, war er daran, sich auch unter dem neuen Bischof die alte ministerartige Stellung wieder aufzubauen, die er unter dem alten innegehabt hatte. Die Eingeweihten wußten, daß er mit Hilfe von Pfarrern und Kaplänen ein Netz von Spionen unterhielt, die ihm laufend über alle Persönlichkeiten der Diözese Bericht erstatteten. Chindlers erster Gedanke nach der Begegnung war: Dieser Mann wird erfahren, warum ich gekommen bin. Der Gedanke erschreckte ihn. Was will ich denn hier? dachte er. Ich fahre zum Bischof persönlich, um mein Privatleben zu

erleichtern? Das ist wahnsinnig. Man wird mich hinauswerfen, sehr höflich natürlich, aber morgen weiß es der Sprengel und übermorgen die Fraktion. Was soll ich eigentlich dem Bischof sagen? Soll ich von ihm die Scheidung verlangen, die er nicht aussprechen kann? Es ist doch immer dasselbe. Man kann nur weiterleben, wenn man oben steht. Ja, wenn ich Macht hätte, wenn ich dem Bischof sagen könnte, ich möchte bitten, in unauffälliger Weise meine Ehe... Aber das gibt es doch alles nicht... Hier gibt es doch Gesetze und keine Ausnahmen und keine Menschen.
Chindler überlegte, ob es nicht besser sei, unangemeldet wieder heimzufahren. Hilf dir selber, dann hilft dir Gott (sogar dieser...) dachte er. Ein Diener, der ihn eintreten gesehen hatte, kam mit leisen Schritten auf ihn zu und meldete höflich, der hochwürdigste Herr lasse bitten.
Verwirrt und verärgert stieg Chindler die Treppe hinauf, unterwegs doch noch den unglücklichen Entschluß fassend, mit dem Bischof von Mensch zu Mensch, gleichsam als Beichtender, wie sich Chindler noch im letzten Moment einredete, über seine Schwierigkeiten zu reden, ohne Bestimmtes zu verlangen, ja zu sagen.
Der Bischof war ein alter Mann, mit einem knochigen Gesicht, der in seinem Leben schon von vielen Kämpfen zwischen Eheleuten gehört hatte. Chindler begann zu reden, aber während er sprach, merkte er, daß der Mann, der ihm zuzuhören schien, an etwas anderes dachte. Ich gefährde meine Stellung, wenn ich auch nur noch zwei Minuten so weiterrede, überlegte Chindler. Dieser alte Fuchs wird Mittel und Wege finden, die Fraktion wissen zu lassen, was er mit mir erlebt hat.
Und die Fraktion...? Chindler sah die Gesichter dieser trokkenen, samt und sonders etwas gebeugten Herren mit runden Manschetten vor sich, die niemals von persönlichen Dingen sprachen, es sei denn von der Karriere ihrer Söhne.
Mit großer Schlauheit und der Erfahrung eines alten Parlamentariers lenkte er das Gespräch von seinem eigentlichen Gegenstand ab, und fragte nur, und sogar das ganz beiläufig, wie lange Herr Pfarrer Müller noch in Neustadt bleiben werde. Er habe Grund, anzunehmen, daß ein gewisser Ein-

fluß, den Müller im Beichtstuhl auf seine Frau nehme, nicht dienlich für das kostbare Gut des Friedens in seiner Familie sei, und er glaube, daß er als treuer Sohn der Kirche und Mann, der an so sichtbarer Stelle in der Öffentlichkeit stehe, die Pflicht habe, hier vorbeugende Maßnahmen mindestens zu erwägen.

»Ich schätze Herrn Müller sehr«, sagte Chindler abschließend, »aber die Einfachheit seines Denkens, die ihm auf der andern Seite wieder eine vorbildliche Würde verleiht, ist in Gefahr, einer etwas komplizierten Situation, wie der meines Lebens und meiner Lage, nicht völlig gewachsen zu sein.«

»Die Einfachheit, mein lieber Professor«, antwortete der Bischof und hob die ringgeschmückte Hand, »die Einfachheit, die Sie übrigens schön geschildert haben, ist oft die beste Arznei gegen das, was wir, oder sagen wir lieber unsere Großstadtnerven manchmal als kompliziert anzusehen geneigt sind. Dann überlegte er eine Weile. Er war etwas verwirrt durch die Rede, die er angehört hatte, aber er hatte wohl gemerkt, daß Chindler, den er lange kannte, anfangs etwas anderes hatte sagen wollen als das, was er schließlich sagte.

Chindler sah, daß der Bischof nachdachte, anstatt zu reden, und fing an, über die politische Lage zu sprechen. Das Zentrum hatte in der abgelaufenen Wahlperiode zusammen mit den Konservativen die Mehrheit im Reichstag gebildet, und Chindler gehörte zu jenem (allerdings schwachen) Flügel seiner Fraktion, der die Ansicht vertrat, man könne einerseits von der Regierung mehr verlangen als geschehe, andererseits aber werde die Sozialdemokratie ernten, was man mit diesem unnatürlichen Bündnis säe.

Aber der Bischof, der sich über den Zweck dieses überfallartigen Besuches immer weniger klar war, ging auf die Politik nicht ein. Dieser Chindler war ein begabter Parlamentsredner, aber ein etwas undurchsichtiger Mensch. Er lenkte das Gespräch zurück und versprach, den Pfarrer Müller einmal kommen zu lassen. Nun lächelte Chindler, als sei dies alles gewesen, was er erbeten habe, küßte dem Bischof den Ring und ging. Genützt habe ich mir mit diesem Besuch nicht, dachte er, als er heimfuhr. Hoffentlich hat er nicht gemerkt, was ich eigentlich wollte.

Unterdessen hatte Elisabeth Chindler von Herrn Sissmaier erfahren, daß ihr Mann auf dem Wege zum Bischof war. Erschrocken kleidete sie sich rasch an und ging zu ihrem Beichtvater.
Der Pfarrer, ein Mann von vierzig Jahren, der aber älter aussah, weil er ziemlich dick war und ein rotes Gesicht hatte, entsetzte sich, als ihm Elisabeth Chindler ausführlich erzählte, was sich zwischen ihr und ihrem Mann ereignet hatte.
»Sie müssen auch dieses Opfer bringen, mein sehr verehrtes Beichtkind«, sagte er schließlich, »und es ist nicht etwa, wie Sie vielleicht denken könnten, meine schwache Stimme und meine geringe Erfahrung, die jene Forderung an Sie erheben, sondern der ausdrückliche Wille der heiligen Kirche selber.«
Elisabeth Chindler ärgerte sich. Sie fühlte es und beschloß, auch diesen sündigen Ärger noch zu beichten, zuvor aber die andere Sache ganz zu klären. Sie könne sich, sagte sie, ihrem Mann nicht mit Freuden hingeben. Sie habe es nie gekonnt und jetzt sei sie schließlich eine alte Frau, alt, nicht vielleicht den Jahren, aber den Erlebnissen nach, und schließlich habe sie schon viele Kinder geboren. Sie könne nicht, ja, sie wolle auch nicht.
Der Beichtstuhl des Pfarrers stand neben dem Portal der Kirche an einen hölzernen Verschlag gelehnt, den man als Windfang eingebaut hatte. In dieser Ecke war es noch dunkler als in der übrigen Kirche. Trotzdem schmiegte sich Frau Chindler dicht an das kleine Holzgitter, hinter dem der Geistliche saß. Sie hatte ihm eben geantwortet, als sie ein Geräusch hörte und sofort innehielt. Auch der Pfarrer schien es gehört zu haben, denn er schlug den grünen Vorhang auseinander, der ihn verbarg, und beugte sich aus dem Verschlag hinaus. Ein Mädchen von ungefähr acht Jahren, das von einer jüngeren, schlanken Frau begleitet wurde, war eingetreten. Der Pfarrer setzte seinen Zwicker auf und erkannte Margarethe Chindler und Mademoiselle Du Pont.
»Ihre Tochter ist gekommen«, sagte er, sich wieder zurücklehnend, zu Frau Chindler.
Nun beugte sich auch Frau Chindler hinaus und betrachtete

ihre Tochter, die neben dem Beichtstuhl des Kaplans Kozelka niedergekniet war. Sie soll das Haar nicht offen tragen, wenn sie in die Kirche geht, dachte sie, das gehört sich nicht. Danach wandte sie sich wieder dem Geistlichen zu, um sich Ratschläge geben zu lassen. Aber der Beichtvater schwieg. Er gestand sich ein, daß er verwirrt war und überlegte, ob es eine Möglichkeit gäbe, die Beichte zu unterbrechen.

»Haben Sie mich nicht verstanden?« flüsterte Elisabeth Chindler in die Dunkelheit hinein.

Was soll ich nur sagen? dachte der Pfarrer und merkte, daß seine Hände naß vor Nervosität waren. Dann bezwang er sich und begann gleichfalls flüsternd und in halb singendem Ton zu sprechen: »Mulieres viris suis subditae sunt, sicut Domino ...«

Ach, das weiß ich doch, dachte Elisabeth Chindler, die etwas ganz anderes wissen wollte.

»... quoniam vir caput est mulieris sicut Christus caput ecclesiae ...« fuhr der Geistliche fort.

»Daran liegt es nicht«, flüsterte Elisabeth. Sie war unterdessen auch nervös geworden und überlegte, ob sie wohl recht daran tue, einen einfachen Menschen wie diesen Pfarrer über so schwierige Probleme zu befragen. Würde es nicht schicklicher sein, hierüber den Rat eines erfahrenen Jesuiten einzuholen?

Aber sie bezwang sich aus Trotz und fing noch einmal an, von ihrem Haß gegen ihren Körper zu sprechen.

Dieses Wort befreite den Pfarrer. »Ist nicht der Leib das Gefäß unserer Seele?« fragte er. »Also dürfen wir das Gefäß nicht hassen ...«

Plötzlich fiel ihm etwas ein. Die Stimme noch einmal senkend, sagte er zu Elisabeth, da er sie und ihren Glauben kenne, werde er die Verantwortung tragen, und ihr ein Buch leihen, aus dem sie Antwort auf jene Fragen schöpfen könne, die sie bedrückten. Damit brach er die Beichte ab.

Zu Hause angelangt, begab sich Elisabeth sofort in ihr Schlafzimmer. Sie läutete und ließ die Köchin heraufkommen.

»Komm, hilf mir beim Ausziehen, ich will mich legen«, sagte sie.

»Sind Sie krank?« fragte das Mädchen.

»Nein. Ich will im Bett essen. Mach mir zwei Rühreier mit viel Schinken und etwas Tee und Brot und Butter dazu.«
Während sie sich auskleidete, lief Elisabeth fortgesetzt im Zimmer hin und her. Eben hatte sie ihre Ringe abgestreift, als ihr etwas einzufallen schien. Sie trat wieder vor ihren Toilettentisch und zog die hübschen, aber nicht besonders wertvollen Steine aufs neue über ihre Finger.
Sie betrachtete sich im Spiegel. Sie hatte ihr Kleid zu Boden fallen lassen und stand nun im Korsett da. Von den schön gerundeten Schultern hingen die weißen, nackten Arme herab. Auch das Hemd war weiß, das Korsett rosafarben und die Hosen waren wieder weiß. Sie waren unter den Knien mit etwas groben Spitzenrüschen besetzt, so daß Elisabeths Beine in den schwarzen Strümpfen kurz wirkten. Dafür waren die Füße klein und besonders wohl geformt.
»Mach das Korsett auf!« sagte sie zu Therese und zog den Bauch ein, so daß die Büste noch mehr hervortrat. Aber als Therese das Korsett aufschnürte, fielen die Brüste herab, und das zerknitterte Hemd blähte sich auseinander.
Elisabeth betrachtete ihre Figur. Kurz und dick, dachte sie und ärgerte sich, so daß sie mit einer plötzlichen Bewegung ihr Hemd zerriß. Sie packte es mit beiden Händen und riß es ganz auf, so daß sie nun, zu Thereses Verwunderung, bis auf Schuhe und Strümpfe nackt vor dem Spiegel stand, der jede Bewegung, die Elisabeth machte, gleichmütig wie ein Echo beantwortete.
»Rasch! Gib mir mein Nachthemd«, sagte Elisabeth. »Ein neues, eins von den spitzenbesetzten im Schrank unten links...«
Therese holte das Hemd, und Elisabeth betrachtete wieder ihre Figur, ihre kräftigen Schenkel und den Bauch, der noch mit kleinen roten Striemen bedeckt war, und das kurze schwarze Haarbüschel unter ihrem Leib. Als Therese mit dem Hemd kam, stand Elisabeth immer noch vor dem Spiegel, unbekümmert, als ob es ihre Gewohnheit sei, so nackt im Zimmer zu stehen, und betrachtete ihre Augen. Sie hatte sich bemüht, über Körper und Liebe und Männer und Schönheit nachzudenken, aber es war ihr nicht gelungen. Nachdenken machte Elisabeth müde, und es wollte ihr nicht gelingen, ihre

Gedanken festzuhalten. Wenn einer kam, kamen immer gleich ihrer Dutzende und purzelten übereinander. Elisabeth vergaß ihren Körper und dachte darüber nach, welche Farbe wohl ihre Augen hätten, und weshalb Leopold wohl in letzter Zeit so schlecht aussah. Ob er krank war?

»So! Danke schön«, sagte sie, als ihr Therese Schuhe und Strümpfe ausgezogen hatte. »Deck' jetzt das Bett vom Herrn auf und bring mir mein Essen.«

Aber als sie gegessen hatte, stand sie noch einmal auf, holte sich eine kleine Flasche vom Waschtisch und besprengte sich und das Bett mit Kölnisch Wasser. Danach öffnete sie das Buch, das ihr der Pfarrer gegeben hatte, und begann zu lesen.

Theodor Chindler kam spät in der Nacht nach Hause zurück. Tagsüber war die Luft schwül, aber gegen Abend bezog sich der Himmel, und ein heftiger Wind rauschte in den Kronen der Bäume. Ein Gewitter war im Anzug. Theodor Chindler ging mit raschen kurzen Schritten eilends seines Weges.

Als er sein Haus betrachtete, wunderte er sich, weil im Schlafzimmer noch Licht brannte. Er stellte seinen Stock in die Garderobe und betrat das Schlafzimmer. Elisabeth lag, von den Kopfkissen im Rücken gestützt, halb sitzend im Bett. Ihr Haar war noch frisiert wie am Tag, und sie roch stark nach Parfum. Da er müde war, sagte Theodor nur kurz »Guten Abend!« und fing an, sich schweigend auszuziehen.

»Ist Post gekommen?« fragte er nach einer Weile.

»Ja«, sagte Elisabeth, »angenehme Nachrichten. Darf ich sie dir vorlesen?«

»Nein. Sage nur, was drin steht.«

»Die Leute von der Phönix haben dich in den Aufsichtsrat gewählt. Das macht 3000 im Jahr. Die können wir gut gebrauchen.«

Wir! immer: wir! dachte Chindler, sagte aber nichts.

»Ferner ein Brief von der Fraktion. Du sollst morgen nach Berlin fahren... der Brief ist sehr höflich... eigentlich anders als die übrigen, die sonst kamen.«

Angenehm, dachte Chindler. Da komme ich aus dem Loch hier heraus. Werde in Berlin bleiben... vielleicht überhaupt nicht mehr zurückkommen... nach Berlin fahren... das ist wirklich angenehm.

Chindler hatte sein Nachthemd übergezogen und ließ sich ins Bett fallen.
»Man sollte jetzt das Licht löschen. Es ist spät.«
»Bist du noch böse auf mich?«
Chindler stieß die Luft durch die Nase. »Böse ist kein Ausdruck für Schwierigkeiten zwischen Eheleuten.«
»Wie soll man also sagen?«
»Ist wirklich gar nichts drin in deinem Kopf oder meinetwegen auch in deinem Herzen, das dir eingibt, wie man sich in solchem Falle ausdrücken soll?«
»Ach, es ist viel ›drin‹, wie du sagst, aber ich meine, es wären Fehler genug gemacht und vielleicht auch gesagt worden, so daß ich dich lieber frage.«
»Warum sprichst du auf einmal so demütig?«
»Weil ich dich liebe!«
»Ach! Jetzt plötzlich.«
»Wäre es wirklich falsch, die Art, wie du sprichst, ein wenig böse zu nennen?«
»Ja, grundfalsch. Die Ehe ist eine Maschine. In der Hochzeitsnacht setzt man sie in Bewegung. Mit dem heraufziehenden Morgen des folgenden ersten Tages beginnt sie zu laufen... zu laufen... ja... was wollte ich sagen... ach so... ja, die Schwierigkeit ist die, daß diese Maschine konstruiert wird, während sie bereits arbeitet. Treten dann Störungen auf, kann man natürlich nicht mit Worten wie ›böse‹ irgend etwas verbessern. Das ist dumm, damit macht man den Schaden nur größer. Was ich von dir immer wieder verlange, ist nachdenken. Wenn du bockst – und das tust du jedesmal – stemmst du ein Rad der Maschine zum Weiterlaufen an, aber die Folge ist, daß es das andere Rad beschädigt, das im Moment aus dem Gleise ist. Innehalten! Nachdenken, wo der Fehler liegen kann, und nicht ihn allein beseitigen... das genügt in keiner Weise, sondern die Ursache abstellen, daß er möglichst nie wieder stören kann. Ach, im Grunde ist das so klar, aber du willst es nicht verstehen.«
»Ich will es verstehen, aber ein bißchen sonderbar ist es schon, daß das eine Maschine sein soll.«
»Alles ist sonderbar. Die Menschen sind sonderbar und wünschen es zu bleiben!«

»Kann man denn glücklich werden, wenn die Maschine so oft...«

»...kaputt ist! Man kann so leben und so leben! Resigniert oder aus dem vollen... arm oder reich, glücklich und unglücklich... ist alles Quatsch... das Atmen geht immer weiter. Kommt bloß darauf an, was dabei herauskommt. Aus mir zum Beispiel könnte mehr herauskommen, wenn ich nicht meine ganze Kraft darauf verwenden müßte, dich auszuhalten!« Chindler schwieg und Elisabeth antwortete auch nichts. Es tut ihm gut, wenn er sich ausspricht, dachte sie. Weil es ihm gut tut, muß ich es eben ertragen, auch wenn es weh tut.

»Du meinst«, sagte Chindler nach einer Weile, »es wäre gut, wenn ich mich ausspreche, während du schweigst. Aber du irrst dich. Ich kann den Fehler allein nicht finden, und wenn du schweigst, läßt du mich eben allein suchen. Das ist alles falsch, alles falsch.«

»Willst du nicht zu mir kommen?«

Die Aufforderung, die er so lange nicht gehört hatte, rührte Chindler. In diesem Augenblick flammte ein Blitz auf und erleuchtete den Himmel und das Schlafzimmer. Ein gewaltiger Donnerschlag folgte unmittelbar hinterher. Ein zweiter Blitz fuhr nieder, mehrere Sekunden lang nach allen Seiten sprühend, aber diesmal dauerte es eine Weile, bis der Donner folgte. Das Gewitter mußte mit großer Geschwindigkeit über die Stadt gezogen sein. Dann regnete es klatschend. Während es blitzte, hatte Chindler den Atem angehalten. Jetzt lauschte er dem Lärm des Wolkenbruchs. Die Temperatur war stark gefallen.

Wie angenehm die Kühle ist, dachte Chindler, und kuschelte sich unter seine Decke. Der Regen soll nur regnen. Mein Haus steht fest. Ach, das ist angenehm, so geborgen zu sein. Wieviel hat sie gesagt, wird der Aufsichtsrat bringen? 3000? Ist nicht viel, aber auch nicht wenig. Übrigens, wenn man mal erst einen hat, hat man auch bald mehrere. 3000 und noch 3000 und vielleicht noch 3000... das läppert sich dann ganz ordentlich. Durchhalten! Soll sie halt die Kinder erziehen. Ich werde...

Chindler hörte neben sich tief atmen.

»Was macht sie denn?« Er stützte sich auf. »Sie träumt. Sie schläft. Ach ja, sie plagt sich eben auch.«

Wenn Chindlers Bemerkung richtig und die Ehe einer Maschine vergleichbar ist, muß man hinzufügen, daß das Öl, mit dem sie geschmiert werden muß, das Geld ist. Im Falle der Familie Chindler stimmte der Vergleich auch weitgehend. Mit den Jahren besserten sich die finanziellen Verhältnisse Chindlers ständig, und je mehr sie sich besserten, desto weniger Reibungen gab es zwischen den Eheleuten. Die Kinder wuchsen heran. Man konnte sie bilden lassen, ohne sich etwas abzuzwacken, und erlebte die Freude, sie die Anfänge ihrer Wege und Karrieren machen zu sehen, vom sicheren Port der eigenen, wohlgegründeten Existenz aus.

9

Der Garten der Villa Chindler war ziemlich groß. An der Rückfront des Hauses hatte man zunächst einen Platz freigelassen, auf dem die Familie sonntags, oder wenn Gäste auf Besuch waren, Krocket spielte. Hinter dem Platz lag eine Wiese, die von Bäumen bestanden war, und in der Mitte schöne Rosenbeete trug. Sie war rings von Wegen umzogen. Durch einen Querweg getrennt, folgte eine zweite Wiese, von der sich Frau Chindler ein Stück Ackerland genommen hatte, um dort Tomaten zu ziehen. Am Ende des Gartens lag eine dritte Wiese, das eigentliche Gebiet der Kinder. Rechts und links von den Wiesen, an den Zäunen, die den Garten von den Nachbargrundstücken abgrenzten, stand dichtes Gebüsch, in dem die Knaben Indianer spielten und sich versteckten. Als Frau Chindler an jenem Augusttag des Jahres 1914 die Kinder in den Garten geschickt hatte, war Leopold Chindler mit seinem Bruder, seiner Schwester und der Französin über die Wiesen in den »Kindergarten« gegangen (wie das letzte Stück hieß). Nach einer Weile schlug er sich seitwärts ins Gebüsch und schlich, wie er's vom Spielen her gewohnt war, am Zaun entlang zum Haus zurück. Als er sah, daß alles still war, rannte er über den Platz und durch die Küche ins Haus. Auf dem Vorplatz im ersten Stock, direkt an das Treppengeländer gelehnt, stand ein alter Toilettentisch, der mit blauem Cre-

tonne umhängt war. Unter diesem Tisch versteckte er sich, um zu beobachten, was im Haus vorgehe.
Aber alles blieb ruhig. In der Küche klapperten die Mädchen mit dem gespülten Geschirr, einmal ächzte der schwere Frankfurter Schrank, der neben dem Versteck des Jungen stand, sonst war kein Laut zu hören. Nach fünf Minuten, die er für eine halbe Stunde hielt, kletterte der Späher wieder aus seinem Versteck und schlich vorsichtig die Treppe zum Kinderzimmer hinauf. Die Türe stand halb offen, und Leopold sah, daß seine Mutter ganz allein auf dem niedrigen, roten Sessel saß. Bleich, den Kopf zurückgelehnt, saß sie da, als wäre sie krank oder vielleicht sogar tot. Angst, Schmerz und Mitleid mit dieser fremdartigen, so schwer verständlichen Mutter überwältigten den Jungen, ein Wirbel von Empfindsamkeit und erhabenen, rührenden Gefühlen, eine plötzliche glühende Liebe zu seiner Mutter packten ihn so heftig, daß er weinen mußte, und, alle Vorsicht vergessend, die er bis dahin so klug geübt hatte, in das Zimmer lief und vor seiner Mutter niederstürzte.
Elisabeth Chindler, jäh aus ihren Träumen aufgeschreckt, fuhr erschrocken zusammen. »Was fällt dir ein, hier heraufzukommen? Habe ich euch nicht befohlen, in den Garten zu gehen?« sagte sie.
Leopold merkte, daß er durch seine Hast seine Mutter erschreckt hatte, und blieb reumütig knien. Sie soll mich bestrafen, weil ich sie erschreckt habe, dachte er. Dann aber soll sie mich lieben, weil ich sie liebe, und weil sie so traurig ist, weil überhaupt alles so traurig ist.
Aber die Kluft, welche die Kinder von den Erwachsenen trennt, ist breit, und doppelt breit in unseren Zeiten der Unbeherrschtheit, der Regellosigkeit und der Unwissenheit. Wenn eine gewisse Ordnung herrscht und etwas da ist, woran man sich halten kann, wird der Mensch geneigt sein, sich beobachtend zu verhalten und, seiner eigenen Empfindungen sicher, anderen einen Platz gewähren. In unseren Zeiten aber wird der Mensch ständig von einer Lage in die andere gejagt, und die Folge ist, daß er, wie ein Fußgänger, der nachts in einem Wald gehen muß, immer an sich denkt, mit allen Gedanken und Empfindungen sich zu erhalten bestrebt ist.

»Erst hast du meinem Befehl nicht gehorcht, dann hast du mich erschreckt und jetzt willst du auch noch trotzig sein«, sagte Frau Chindler.

»Ich bin nicht trotzig«, sagte Leopold.

»Den ganzen Tag bist du unerträglich ungezogen. Zuerst bist du zu spät zum Essen gekommen...«

Ach, wie dumm das ist, daß sie von dieser alten Sache spricht, dachte der Junge. Dann stand er auf, ein bißchen langsam und theatralisch, wie das junge Leute tun, und ein wenig auch in der Hoffnung, die Zeit, die er seiner Mutter ließ, könnte noch einen Umschwung ihrer Gefühle bringen.

»Wie lange willst du mich noch mit deiner Bockigkeit quälen?« fragte Frau Chindler. »Ich warte noch eine halbe Minute. Wenn du dann nicht im Garten bist, wirst du bis zum Abendessen in die Kammer gesperrt!«

In die Kammer gesperrt... wo Krieg ist... und überhaupt... dachte der Junge und ging langsam zur Tür hinaus. Im ersten Stock kroch er wieder unter seinen Tisch. In den Garten gehe ich nicht, dachte er, und zwickte sich seine Nägel in die Haut, um sich wehzutun und sich abzulenken. Denn es waren ihm schreckliche Gedanken gegen seine Mutter durch den Kopf gegangen.

Eine halbe Stunde später schellte es laut an der Haustür. Ein Mädchen aus der Küche öffnete, und gleich darauf hörte Leopold Sporen klirren und das Geräusch von Säbeln, die auf die steinernen Fliesen aufgestoßen wurden. Eine Tür ging auf, und die Stimme seiner Großmutter begrüßte seinen Bruder Karl. Auch Ernst mußte angekommen sein, denn Leopold hörte ihn nach der Mutter fragen.

Unterdessen war Therese die Treppe zum zweiten Stock hinaufgelaufen, um Frau Chindler zu rufen, die jetzt, so rasch sie nur konnte, die Treppe hinunterlief.

»Ernst! Karl! Seid ihr da? Seid ihr zu eurer Mutter gekommen?« rief sie noch auf der Treppe. »Meine Söhne! Seid ihr zu eurem Mütterchen gekommen? Wollt ihr jetzt wirklich in den Krieg ziehen? Ach, Ernst! Wie siehst du aus in deiner grauen Uniform! Und du Karl, hast dir einen Bart wachsen lassen... da muß ich lachen... Und Lilli... bist du auch gekommen? Willst du deinen Mann begleiten? Kommt alle herein ins Eßzimmer. Anna! Therese rasch, richtet etwas zu essen. Die Herren wollen doch noch einmal bei ihrer Mutter gut essen, ehe sie in den Krieg gehen. Kommt jetzt. Denkt nur, ich habe doch gewußt, daß ihr kommt und habe oben im Kinderzimmer geträumt, anstatt euch hier zu erwarten. Kommt herein. Ernst, Karl...«

...

Die Eßzimmertüre fiel zu und es war wieder so still wie vorher im Haus.

Jetzt gehe ich auch zu denen, dachte Leopold, kroch unter dem Tisch hervor und schlich die Treppe hinunter. Im Erdgeschoß blieb er stehen. Auf dem Tisch vor dem Garderobenspiegel lagen zwei Helme, die mit grauem Tuch umwickelt waren. An der Wand stand ein Säbel. Auf der Erde lag eine Koppel, an der eine Pistole hing.

Plötzlich ging die Tür auf. Leopold erschrak. Ein Soldat kam aus der Küche. Als er Leopold sah, stand er stramm. Dann legte er zwei große Satteltaschen aus hellbraunem Leder vorsichtig auf den Boden unter den Tisch und tappte wieder, seine genagelten Schuhe auf den steinernen Boden aufknallend, in die Küche zurück. Leopold betrachtete die Taschen, überlegend, was da wohl drin sei, als wieder (aber diesmal ganz leise) eine Türe aufging. Der Knabe erhob sich und erblickte im Spiegel den Kopf seines Vaters. Der Professor hatte die Tür seines Zimmers geöffnet und seinen Kopf spähend hinausgestreckt. Die Haare hingen ihm ins Gesicht, die Augen waren ganz glasig, und er schielte seinen Sohn von unten heraufschauend eine Weile an. Dann schloß er wieder die Tür.

10

Leopold fürchtete, seine Mutter werde ihn auch aus dem Eßzimmer schicken, aber als er eintrat, beachtete ihn niemand. Die Brüder sagten ihm kurz und abwesend guten Tag. Karl, der älteste, ging mit großen Schritten im Zimmer auf und ab und hatte gerade begonnen, eine Rede zu halten. Leopold wunderte sich über den blonden Bart, der zu den geschorenen Haaren des hageren, langen Mannes nicht paßte. Ernst saß zwischen seiner Mutter und seiner schönen Frau auf dem Sofa. Er trug einen sorgfältig gezogenen Scheitel wie immer, und an seinen langen, hübschen Händen mehrere Ringe und ein dünnes, goldenes Armband. Margarethe hatte sich zu seinen Füßen auf die Erde gesetzt. Frau von Beaufort saß mit Tante Friederike und Mademoiselle Du Pont in der anderen Ecke des Zimmers.

»Was ist da lange zu fragen?« sagte Karl Chindler. »Ich nehme kein Blatt vor den Mund und erkläre, daß ich dieses Verhalten unerhört finde. Wenn man hierhergereist kommt, um sich zu verabschieden, ehe man in den Tod geht...«

»Entschuldige, daß ich dich unterbreche, lieber Freund«, sagte Ernst, »aber ich glaube wirklich, es wäre besser, wir ließen uns erst einmal sagen, was eigentlich geschehen ist. Wenn es Mama zu sehr aufregt, könnte uns ja Tante Friederike kurz Bescheid geben.«

Sofort stürzte Fräulein Chindler in die Mitte des Zimmers. Sie war so klein, daß der lange Karl zu ihr herabschauen mußte. An das grau und schwarz gestreifte Kleid, das sie gewöhnlich trug, hatte man sich in der Familie gewöhnt. »Was ist da lange zu babbeln«, sagte sie. »Er regt sich halt auf. Euer Vater, meine lieben Neffen, war all seiner Lebtag ein gescheiter Mann, und jetzt weiß er eben, daß das kein Krieg ist, sondern eine Katastrophe für die ganze Welt.«

»Wir wollten über unsern Vater sprechen«, unterbrach sie Ernst Chindler, der Tante Friederikes politische Bemerkungen als Beleidigung der Armee empfand.

»Davon spreche ich ja, lieber Ernst«, sagte Fräulein Chindler. »Die Preußen haben diesen Krieg angefangen und ganz Deutschland wird daran zu Grunde gehen. Man hat das Volk verrückt gemacht, und in den Gassen schreien sie durcheinander, als ob Jahrmarkt wäre. Euer Vater weiß, was kommen wird, und ihr wißt es nicht. Aber eines Tages werdet ihr an ihn denken, das sage ich euch hier an diesem Tisch.«

»Wenn wir in diesen Zeiten an uns und unsere Angehörigen denken«, sagte Ernst, »werden wir klein und schwach. Denken wir an unser Volk, an das Vaterland, an Gott, an alles Umfassende, so werden wir mutig und stark. Ich kann verstehen, daß ihr euch aufregt, aber ich bedaure es trotzdem

beinahe, daß ich hierher gekommen bin, anstatt die Stunden des Abschieds allein mit meiner tapferen Frau zu verbringen, die jedenfalls mehr Haltung hat als... ein gescheiter Politiker.«
Fräulein Chindler warf einen wütenden Blick auf Lilli Chindler, die in einem braunseidenen Kleid nach der letzten Mode, eine dünne Perlenkette um den Hals, unbeweglich neben ihrem Mann saß. Sie hatte diese, ihrer Ansicht nach oberflächliche Person, nie leiden können.
»Ach Karl«, rief jetzt Elisabeth Chindler, »kannst du deinem Bruder nicht sagen, er solle nicht so reden? Müssen wir uns denn auch noch beim Abschied streiten? Barmherziger Gott, ich ertrage das nicht. Mein Herz hält das nicht aus. Habt doch Mitleid mit mir, wenn ihr keines mit eurem Vater haben wollt, der euch immer nur Gutes getan hat. Versteht euch doch wenigstens jetzt, wo dieser furchtbare Krieg gekommen ist.«
»Dieser Krieg war notwendig, Mama«, sagte Ernst... Er wollte weitersprechen, als sich die Salontür öffnete und Professor Chindler das Zimmer betrat. Leopold, der sich in eine Nische zwischen zwei Schränke gesetzt hatte, sah, daß sein Vater noch genau so aussah wie vorhin, als er ihn im Spiegel betrachtet hatte. Er trug einen grauen Cutaway, was seine untersetzte Figur schlanker machte. Von seinen dunklen, fast schwarzen Haaren hing ihm eine Strähne in die Stirn, und die weißen, runden Manschetten waren auf seine kleinen Hände gerutscht. Alles schwieg, als der Abgeordnete unter der Tür stehenblieb.
»Sind die Herren Söhne gestiefelt und gespornt?« sagte er nach einer Weile, und ging mit schlürfenden Schritten, die Füße kaum vom Boden hebend, weiter ins Zimmer hinein. »Zwanzigstes Jahrhundert nennt sich das! Kultur...« (er betonte die u's, daß es wie Heulen klang). »Eine Familie wird zusammengeschossen. Alle Familien werden zusammengeschossen! Dafür hat man sie gemacht... jawohl, gemacht, meine Herren Söhne...«
Karl fand die Szene peinlich, obwohl er die Kriegsbegeisterung seines Bruders nicht teilte. Er drehte sich um, nahm eine Weinflasche vom Buffet, goß sich ein Glas voll und stürzte es in einem Zuge hinunter.

»Trinke nur«, sagte Theodor Chindler, jedes Wort unnatürlich betonend, »deines Vaters Niersteiner schmeckt besser als blaue Bohnen... oder sagt man heutzutage, im modernen Krieg, nicht mehr blaue Bohnen?«
Das geht zu weit, dachte Karl Chindler, und hieb das Glas mit einem Ruck auf die Tischplatte, so daß es zerbrach.
Ernst Chindler stand auf. Auch seine Frau erhob sich.
»Na, dann also nicht«, sagte der junge Offizier. »Dann geht man eben ohne Abschied ins Feld. Leb wohl, Mama...«
Mademoiselle Du Pont war wieder die erste, welche die Tränen nicht zurückhalten konnte. Von einem Weinkrampf geschüttelt, rannte sie aus dem Zimmer, den Kopf zwischen die Schultern gesteckt. Der Abgeordnete schaute ihr nach, bis sie aus der Türe war. Dann lachte er plötzlich schallend.
»Da läuft ja der Feind«, schrie er, »warum schießt man eigentlich nicht?«
»Das ist gemein«, sagte Ernst Chindler zu seiner Frau, ohne seinen Vater anzusehen. »Gehen wir.«
Aber Elisabeth Chindler versperrte ihm den Weg. »Theodor«, schrie sie, ihren Sohn am Hals festhaltend, »wenn du deine Söhne in dieser Stunde mit Haß im Herzen ziehen lässest, dann verlasse ich mit ihnen dein Haus.«
Nach diesem Aufschrei blieb die ganze Familie schweigend. Keiner rührte sich oder wußte etwas zu sagen. Da machte Ernst Chindler unwillkürlich eine Bewegung, und Frau Chindler glaubte, er wolle nun wirklich gehen. In ihrer Verzweiflung lief sie zu ihrer Mutter, Frau von Beaufort, die unbeweglich, die Perlen ihrer Enkelin betrachtend, auf ihrem Sessel saß. »Mama!« rief Elisabeth, »kannst *du* mir denn nicht helfen? Ach, jetzt bin ich ein altes Weib und doch so rechtlos, so hilflos. Seht ihr denn nicht, daß ihr alle nur auf meinem Herzen herumtrampelt? Wahrhaftig, ich schwöre euch, daß ihr mich alle nie mehr sehen werdet, wenn ihr euch nicht versöhnt.«
Theodor Chindler war auf einem Stuhl zusammengesunken. Die gelben Flecken an seinen gealterten Händen waren deutlicher sichtbar als sonst. »Was tue ich denn?« fragte er, plötzlich mit leiser Stimme sprechend. »Ich weiß gar nicht, was man von mir will. Niemand hat mich gefragt. Da hat doch

vorhin jemand von Deutschland gesprochen. Ich rede auch davon. Bin ich eigentlich noch Abgeordneter oder nicht? Das frage ich mich seit Wochen jeden Tag. Hat der Kaiser den Reichstag einberufen lassen? Mir ist nichts davon bekannt. Das heißt also: Das Volk gibt es nicht mehr. Die Familie... auch nicht mehr... warum fragt uns denn keiner? Gibt es keine Verfassung mehr?«

Diese politischen Bemerkungen überraschten die Familie so, daß alles, was man eben noch gesprochen hatte, weggewischt zu sein schien. Jeder betrachtete den alten Politiker, und selbst ein Junge wie Leopold konnte deutlich bemerken, wie sich jeder seine Gedanken machte. Nur Frau von Beaufort hatte es sich seit den ersten Jahren ihrer Ehe abgewöhnt, bei Familienstreitigkeiten zuzuhören. Sie wußte aus Erfahrung, das kommt und geht auch wieder vorüber. So betrachtete sie ihren Schwiegersohn erst, als sie alle Blicke auf ihn gerichtet sah. Aber sie dachte nichts dabei.

Elisabeth Chindler, der jetzt plötzlich klar wurde, was in ihrem Mann seit dem Morgen dieses Tages vorging, war gerührt und bereit, sich Vorwürfe wegen ihres Verhaltens zu machen. Karl Chindler nickte mehrmals mit dem Kopf und überlegte, was er sagen solle. Nur Ernst wollte widersprechen. So kam es, daß die allgemein in der Familie als oberflächlich bezeichnete Lilli die größte Sympathie und Bewunderung für den Abgeordneten empfand. Als Tochter eines württembergischen Generals hatte sie den hübschen Ernst Chindler geheiratet, der ihr seines lebhaften Geistes wegen an einem Abend in einer Debatte gut gefallen hatte. Aber Ernst Chindler war oft zu klug, um klug zu sein. Er wollte aus dem Milieu seines Elternhauses heraus und vollständig in die Offizierskreise hineinkommen, die er bewunderte. Da es nun in Deutschland nichts galt, der Sohn eines Parlamentariers zu sein, hatte er seiner Frau seinen Vater als Sonderling hingestellt, der zwar ein sehr gescheiter Mensch sei, aber den Drang habe, nun einmal anders als andere Menschen zu wirken. Sonderling, meinte er, klingt besser als Volksaufwiegler, wie man im Kreise seiner Kameraden Abgeordnete nannte.

Lilli wünschte etwas sagen zu können, ihrem Schwiegervater recht zu geben, ihm zuzustimmen. Aber die Worte fehlten

ihr. Sie konnte gut reiten, mit Ausdauer angeln, ein wenig kochen, sich glänzend anziehen und bezaubernd lächeln. Um aber jetzt etwas sagen zu können, dazu fand sie sich zu ungebildet. Die zweitklassigen Romane, und eine Anzahl Gebetbücher, die sie gelesen hatte, seit sie aus der Schule war, gaben nichts her. Jedoch ihre Unfähigkeit, sich auszudrücken, hinderte ihre Natur nicht, sich zu äußern. Sie lächelte ihrem Schwiegervater zu, ganz nur mit ihm beschäftigt und unbekümmert um alle, die sonst noch im Zimmer waren, und um den Anlaß, der sie vereinte. Die erste, die das Lächeln sah, war Friederike Chindler, und ein wilder, plebejischer Haß gegen diese, wie sie meinte, blödsinnige Person, stieg in ihr hoch. Die Augen hätte sie ihr auskratzen können. Auch Chindler sah das Lächeln des schönen, eleganten Weibes, das er liebte, dieser Tochter, auf die er stolz war, und lächelte zurück, indem er sein Gesicht zu einem schauerlichen Grinsen verzog, hilflos, verwirrt, schon halb besiegt von der Gewalt der Ereignisse, gegen die er sich bis jetzt zornig und verzweifelt aufgelehnt hatte, noch verbittert über die elende Politik der Regierung, und schon gerührt von der schönen Kraft der Männer, die vor ihm standen und seine Söhne waren.
Nachdem sie gelächelt hatte, betrachtete Lilli den Abgeordneten und fand ihn bedeutend und klug aussehend, seinen Kopf wohlgeformt, seine hellen Augen angenehm. In ihrem Elternhaus, wo alles auf Gummisohlen ging, wäre eine solche Szene nicht möglich gewesen. Aber in dieser Familie hier, meinte sie, war mehr Aufrichtigkeit und Kraft. In unaufhörlichem Gehorsam gegen die von Gott verfügte Obrigkeit erzogen, die sie übrigens nur ein einziges Mal in Gestalt eines alten, schlecht rasierten und ein wenig riechenden Königs gesehen hatte, war ihr bis jetzt kaum ins Bewußtsein gekommen, daß sich ihr Mann anschickte, in einen Krieg, und das heißt vielleicht in den Tod zu gehen. Sie drehte sich plötzlich zur Seite und betrachtete Ernst.
Der Offizier machte ein zufriedenes Gesicht. Er war gerade damit fertig geworden, eine wohlüberlegte, aber heftige Antwort an seinen Vater auszudenken. Lilli sah diese hochmütige Zufriedenheit, die sie an ihm kannte, und fand ihren Mann plötzlich unangenehm. Gleichzeitig aber sah sie seinen hüb-

schen Mund, die feste, kräftige Nase, die gebräunte Haut seiner Wangen, die sie so oft mit ihren Lippen berührt hatte – eine jähe Angst packte sie, eine Kugel könnte dieses Gesicht zerreißen, das ihr gehörte, das Kinn zerschlagen... oder diese Augen zischend durchbohren...
Dann dachte sie auf einmal an etwas anderes, an mehreres durcheinander und sah endlich wieder zu dem Abgeordneten hinüber. Dieser Mann hatte allein recht. Man sollte auf die Straße gehen, die Menschen laut anschreien, daß sie aus dem Krieg wieder Frieden machten, die Widerstrebenden packen und schütteln, die Bereitwilligen um sich scharen... heimfahren... etwas ganz anderes tun... nicht hier so lächerlich und verheult herumsitzen wie ihre Schwiegermutter... Sie wollte aufstehen, aber die Hand ihres Mannes, der auf ihrem Arm lag, hielt sie nieder.

11

Es hatte schon zweimal geklopft. Niemand rief herein. Da öffnete sich die Tür, und ehe das Mädchen die Anmeldung vorbringen konnte, betraten drei Herren das Zimmer.
»Ist es erlaubt, verehrte Familie, zu stören?« sagte Pfarrer Müller, der als erster eingetreten war. »Ich komme mit den Kollegen, um in dieser Stunde unserem Vorbild und Führer, Ihnen, Herr Professor, ein Zeichen unserer treuen Gesinnung zu tun.«
Bei diesen Worten verbeugten sich die beiden anderen Ankömmlinge, Rechtsanwalt Dr. Laue, Vorsitzender der lokalen Zentrumspartei, und Herr Pfeiffer, ihr zweiter Vorsitzender.
Niemand war über die Störung erfreut. Elisabeth Chindler stand auf, begrüßte den Pfarrer, ein wenig zu ehrerbietig, und nach ihm die andern Herren, die darauf die Runde durch das Zimmer machten und alle Hände schüttelten. Seinem Rang entsprechend wollte sich der Pfarrer, der bereits seine Rockschöße in der Hand hielt, neben den Hausherrn setzen. Aber Karl Chindler, der die Menschen etwas herablassend und herrschsüchtig zu behandeln liebte, nahm ihn am Arm, zog

ihn in eine Ecke und begann ein Gespräch über die Lage. Die beiden anderen Herren standen eine Weile mit sich selber herum, bis Tante Friederike eine Unterhaltung anfing, an der sich dann auch Frau Chindler beteiligte.
»Hören Sie bloß, Herr Professor«, rief plötzlich Pfarrer Müller und machte einige Schritte auf den Abgeordneten zu, »welche erstaunlichen und vernünftigen Ansichten Ihr Herr Sohn zum besten gibt. Es wird sicher nicht viele Offiziere von so nachdenklicher Art in unserer stolzen Armee geben!«
»Was sagt er denn?« fragte Chindler, der sich an keiner Unterhaltung beteiligt hatte.
Karl Chindler wollte antworten, aber der Pfarrer kam ihm zuvor. »Er meint, die Regierung habe einen Fehler begangen, als sie den Reichstag nicht einberief. Zum Kriegführen brauche man nicht nur eine Armee, sondern vor allen Dingen ein einiges, aufgeklärtes Volk, das wisse, worum es geht.«
»Sind Sie etwa anderer Ansicht?« fragte Chindler schon wieder so bissig, wie er vor einer halben Stunde gesprochen hatte.
Öffentlich Rede und Antwort stehen zu müssen, war dem Geistlichen unangenehm, und er lächelte, während er eine Antwort suchte. »Natürlich«, sagte er schließlich, und glaubte, etwas sehr Gewandtes zu sagen, »wir sind ja hier im Hause eines großen Parlamentariers ...«
Chindler fuhr in die Höhe. »Groß oder klein ... Haus oder Hütte ... was soll das? Was hat das mit unseren politischen Pflichten zu tun? Sind Sie etwa aus der Partei ausgetreten, Herr Pfarrer?«
Erschrocken über den gereizten Ton und die geradezu fürchterliche Frage, er, der geistliche Hirte seiner Gemeinde könnte aus der katholischen Partei ausgetreten sein, hob der Pfarrer beide Hände hoch. Aber Chindler war wieder in seinen alten Zorn zurückgekehrt. »Wozu beschäftigen Sie sich eigentlich seit fünfzig Jahren mit Politik (diese Datierung war eine Übertreibung des Zornes), wenn Sie in einem so politischen Moment wie dem eines Krieges nichts zu sagen und nichts zu fragen wissen?«
»Ich bin ja völlig der Ansicht Ihres Sohnes«, sagte der Pfarrer, aber ärgerlich darüber, daß man ihn so angefahren hatte,

wollte er nun doch seine Selbständigkeit behaupten und etwas Eigenes hinzufügen. »Ihr Sohn sah in dieser Unterlassung der Regierung (wenn wir es einmal so nennen wollen) eine Gefahr für die Einigkeit des Volkes, aber ich meine, wir sind so einig wie nie zuvor.«

Die letzten Worte, die er für eine Pointe hielt, hatte er langsam und triumphierend gesprochen.

»Einig?« fragte Chindler geringschätzig.

»Haben Sie das ›Volksblatt‹ nicht gelesen?«

Chindler schwieg, obgleich er es gelesen hatte. Da griff Herr Laue in die etwas ausgebuchtete Tasche seines grünen Rokkes, holte eine Zeitung heraus und überreichte sie dem Pfarrer. Der Pfarrer nahm seinen Zwicker und las vor, während ihm alle Anwesenden schweigend und mit sichtlichem Interesse zuhörten. Nur der Abgeordnete spielte mit den Pfoten seines Hundes.

»In dieser furchtbar ernsten Stunde«, las der Pfarrer, »müssen alle Parteileidenschaften schweigen. Die Sozialdemokratie hat alles getan, was in ihrer Macht stand, diesen Krieg zu verhindern. Aber jetzt beherrscht uns alle nur die eine Frage (der Vorlesende hob seine Stimme): Werden wir siegen? Wenn jetzt unser Land durch Rußlands Blutzarismus bedroht wird, dann werden wir uns an Pflichterfüllung und Opferwilligkeit von keinem im Lande übertreffen lassen.«

»Bravo!« rief Ernst Chindler, als der Pfarrer schwieg. Auch die übrigen waren erschüttert. Der Pfarrer schaute den Abgeordneten fragend an, während er auf dem Rücken nervös mit den Fingern spielte. Aber Chindler wandte sich an seinen Sohn Ernst. »Es war in meinem Hause«, sagte er, sich räuspernd, um sich besser beherrschen zu können, »niemals üblich, etwas auf die Ansichten dieser Herren Volksverderber und Gottesleugner zu geben. Ich sehe keinen Grund, sie nunmehr zu achten, wo diese Leute ihre elenden Prinzipien nicht etwa geändert, sondern einfach verraten haben!«

Durch die offenstehenden, nur mit Vorhängen verhüllten Fenster des Salons kam der Takt marschierender Kolonnen von der Straße ins Zimmer. Es mußten Truppen sein, die jetzt zu singen begannen. Leopold lief ans Fenster und schaute hinaus.

»Da ziehen sie hin«, sagte der Pfarrer.
Ernst Chindler schaute auf seine Uhr.
»Mußt du gehen, mein Kind?« fragte Elisabeth Chindler.
»Es ist Zeit«, sagte der Offizier und sah seine Frau an.
Herr Pfeiffer fand es richtig, die Familie jetzt unter sich zu lassen, und zupfte seinen Kollegen Laue am Ärmel. Sofort stand Laue auf. In seinem hellgrünen, nicht gerade gut sitzenden Anzug nahm der Rechtsanwalt eine Art militärische, stramme Haltung ein und schmetterte, besonders die beiden Offiziere ansehend, einige Worte ins Zimmer, die ungefähr besagten, wenn an ihn der Ruf gelangen sollte, werde auch er fürs Vaterland zu kämpfen wissen. Dann verabschiedeten sich die Herren.
Lilli war aufgestanden und hielt beide Hände ihres Mannes fest. Der Bursche kam ins Zimmer und meldete, der Wagen sei vorgefahren.
»Segne deine Söhne«, sagte Frau Chindler.
Alles stand auf, während zuerst Karl, dann Ernst, dieser etwas widerstrebend, vor dem Vater niederknieten.
»Ich segne euch«, sagte Chindler so leise, daß man seine Worte kaum hören konnte, »macht es richtig... kommt wieder... geht jetzt... küßt eure Mutter... ich segne euch...«
Theodor Chindler drehte sich um, ging auf die Veranda und stieg, sich am Geländer festklammernd, langsam, mit zurückgeworfenem Kopf, in seinen Garten hinunter. Er weinte, aber er schämte sich seiner Tränen und verbarg sie vor seiner Familie.
Als der Wagen abgefahren war, stand Lilli allein am Tor. Niemand kümmerte sich um sie, weil sich die ganze Familie um Frau Chindler sorgte, die unter der Haustüre ohnmächtig geworden war. Langsam, ihren langen Rock lupfend, ging die junge Frau am Haus vorbei in den Garten. Vor dem Rosenbeet, in der Mitte der Wiese, stand ihr Schwiegervater. Er hatte seine Brille aufgesetzt und betrachtete eine Blüte, die er vorsichtig zu sich herangebogen hielt.
Plötzlich trat Leopold neben Lilli.
»Komm«, sagte Lilli zu dem Jungen, der bleich und verstört aussah, »ich will dir etwas zeigen.« Sie setzte sich auf eine Bank und holte aus ihrer Tasche einige Photos, die sie im

Frühjahr auf einer Reise nach Ägypten gemacht hatte. Ein Bild zeigte sie vor den Pyramiden auf einem Kamel sitzend. »Ach«, sagte Leopold verwundert, als er das Bild längere Zeit angesehen hatte, »bist du so reich, daß du ein Kamel hast?« Lilli betrachtete gerade eine gute Aufnahme ihres Mannes, aber über diese Bemerkung mußte sie lachen.

ZWEITES BUCH

I

Frau von Beaufort war zu ihrem Mann, Fräulein Chindler nach Wiesbaden zurückgekehrt. Mademoiselle Du Pont, die entlassen worden war, hatte ebenfalls das Haus verlassen, um in die Schweiz zu gehen. Nur Lilli Chindler hatte dem Drängen ihres Schwiegervaters nachgegeben und beschlossen, noch einige Wochen in Neustadt zu bleiben. Nun war Platz im Haus. Leopold bekam die Erlaubnis, in Mademoiselle Du Ponts Zimmer zu ziehen, das sogenannte Akazienzimmer. Margarethe hatte es so getauft, weil die Zweige einer großen, alten Akazie bis an seine Fenster reichten.
Gleich in der ersten Nacht versuchte Leopold ein Brett von der Fensterbank zu der Akazie hinüberzulegen, um im Geäst des Baumes zu schlafen. Aber die Brücke fiel mit großem Gepolter in den Garten. In der nächsten Nacht probierte er es mit einer Wäscheleine. Es gelang wieder nicht. Der hohe, gewaltige Baum reizte ihn schon lange. Außerdem hatte er festgestellt, daß man, war man erst einmal auf den Ästen der Akazie, leicht auf eine neben ihr stehende Platane klettern konnte, die direkt vor dem Fremdenzimmer stand, in dem Lilli wohnte. Tag und Nacht dachte er nur an Lilli.
Als sie nach der Abreise der Brüder im Garten über seine Bemerkung mit dem Kamel gelacht hatte, war er zuerst halb zornig, halb verlegen geworden. Dann lachte er auch, und als Lilli immer heftiger lachen mußte, sah er plötzlich ihre schönen, weißen Zähne, die großen Lippen und, da er vor ihr stand, während sie saß, die Furche ihrer Brüste unter den Spitzen des Hemdes.
Seitdem liebte er seine Schwägerin und schlich wie ein Kater um ihr Zimmer. Sie hatte sich drei große Koffer schicken lassen und er hätte ums Leben gern gewußt, was sie verbargen. Aber ihr Zimmer zu betreten, traute er sich nicht.
Lilli merkte seine Verehrung und freute sich. Der Junge gefiel ihr am besten unter allen Verwandten ihres Mannes.
Eines Morgens stand sie früh auf. Als Leopold sein Frühstück

genommen hatte und durch den Garten lief, wartete sie am Tor und begleitete ihn zur Schule. Wieder waren seine Gefühle gemischt. Halb ging er stolz neben ihr, halb ärgerte er sich, daß er noch so klein und ein Schuljunge war, und schließlich fürchtete er, die Kameraden könnten Lilli für eine neue Erzieherin halten und ihn als Schürzenknirps verspotten, der nicht einmal am frühen Morgen allein auf die Straße dürfe.

Lilli ging langsam, obwohl es schon zehn Minuten vor acht war. Sie hatte sich ein Kopftuch umgebunden und sah wie eine Bäuerin aus. Leopold bewunderte sie erstaunt.

»Gehst du gern zur Schule?« fragte Lilli.

Der Junge überlegte, was er antworten solle. Die Schule war etwas Sonderbares. Die Lehrer wurden allgemein verachtet, sowohl von den Erwachsenen, die sie Schulmeister nannten, als auch von den Schülern, die vor keinem einzigen Lehrer der Anstalt Respekt hatten.

Die Schüler entstammten allen Gesellschaftsklassen und hielten wenig Kameradschaft untereinander. Den Wohlhabenden hatte niemand gesagt, daß es ihnen anstehe, auf die ärmeren Kameraden Rücksicht zu nehmen, den Unbemittelten niemand, daß sie an diesem Ort die gleichen Rechte beanspruchen durften. So waren die Reicheren hochmütig, besonders auf die provinzielle Eleganz ihrer Pubertätsanzüge, die Ärmeren demütig (aus Furcht vor den Lehrern) und oft hinterhältig. Hinzu kam ein Religionskampf besonderer Art, indem die evangelische Mehrheit die Katholiken hänselte, beide zusammen aber die Juden verspotteten.

In einer Hinsicht war es nicht ohne Größe, zu sehen, wie hier die Jugend Mathematik studierte und Cäsar las, während nur wenige hundert Kilometer von der Schule entfernt die fürchterlichsten Schlachten wüteten. In einer anderen aber hatte dies auch wieder etwas Grausiges an sich, weil niemand auf das Besondere dieses Zustandes hinwies, den alle wohl fühlten und keiner beim Namen nannte. Dadurch bekam der Betrieb etwas Stures, wie das Verhalten von Schafen stur ist, die in einem Güterwagen transportiert werden.

Leopold wußte nicht, wie er die Frage seiner Schwägerin beantworten solle. Als er sie anschaute, um etwas zu sagen, wurde er rot. Lilli lachte und erklärte, sie sei nicht gern zur Schule gegangen, kein vernünftiger Mensch gehe gern zur Schule. Das war Leopolds Ansicht nicht, der lieber in der Schule war als zu Hause. Aber er schwieg, weil er das nicht erklären wollte.

»Vielleicht hole ich dich mittags wieder ab«, sagte Lilli, als sie vor dem Schulhaus angekommen waren. »Der Spaziergang ist der hübscheste in eurer Stadt.« Leopold zog seine Mütze, aber Lilli gab dem netten Jungen einen Kuß, leichthin, harmlos in ihrer süddeutschen, verwandtschaftlichen Art, und ging weiter.

Leopold rannte ins Haus. Sie hat mich geküßt, dachte er, maßlos erregt. Warum hat sie das getan? Liebt sie mich? Wie soll ich ihr sagen, daß ich sie liebe? Soll ich ihr einen Brief schreiben? Herrgott, wenn doch dieser blöde Vormittag schon herum wäre.

2

Lilli wanderte weiter. Nach einiger Zeit wurden die Häuser spärlicher. Neben der Straße lagen Felder. Lilli sah, daß man Tabak baute und entdeckte kleine Haine von zahmen Kastanien, die Früchte trugen. Auf den Feldern arbeiteten Frauen. »Das wird fad, wenn man bald gar keine Männer mehr sehen wird.« Sie dachte an ihren Mann. »Wo wird er jetzt sein? In Frankreich? In einer Schlacht? Ach, wie überflüssig ist das alles. Die Bäume wachsen doch auch ohne Krieg. Merkwürdig, wie stumm Bäume sind, obgleich sie Wasser trinken und solche Massen von Äpfeln tragen wie dieser da.«

Plötzlich erschienen wieder Häuser, und Lilli betrat ein Stadtviertel, das sie nie gesehen hatte. »Wie sonderbar das ist, erst Häuser, dann Felder, dann plötzlich wieder Stadt. Wer hat das so bestimmt? Warum ist das so? Eigentlich weiß man doch gar nichts.«

Die Straße war elend gepflastert, und ein Wagen rumpelte über die Katzenköpfe. Lilli ging dem Gefährt nach, auf dem ein Bauer lag und schlief. »Wenn man dem Pferd ein bißchen die Peitsche gäbe, würde er ganz hübsch herunterfliegen.«

Vor einem Bahnübergang, dessen Schranke geschlossen war, mußte sie warten. Allmählich sammelten sich viele Leute an, aber die Schranke blieb unten, obwohl kein Zug kam.
»Mach doch auf, Hannes«, rief eine Frau dem Bahnwärter zu, »es kommt doch gar nichts. Man meint grad, du wolltest einen uzen.«
»Es hat geklingelt«, rief der Wärter zurück.
»In deinem Kopf...« rief jemand, da kam der Zug aus der Kurve.
Es war einer der endlosen Militärzüge, die seit Wochen durchs Land rollten. Lilli betrachtete die Soldaten, die aus den Waggons schauten, und wunderte sich, daß niemand rief. Die Vorüberfahrenden schauten stumm und gleichmütig auf die Wartenden, die Wartenden glotzten die Soldaten an. Nur ein paar Kinder rannten heran und riefen etwas.
Als Lilli in das Haus ihrer Schwiegereltern zurückkam, wartete man schon mit dem Essen auf sie.

3

Ende September fuhr Theodor Chindler zu Sitzungen nach Berlin. Elisabeth ging bedrückt im Hause umher. Seit zwölf Tagen hatte man keine Nachricht von Ernst, der im Westen stand. Die Post kam dreimal täglich, aber Frau Chindler war schon so nervös, daß sie dem Briefträger entgegenging. Nur Lilli schien gleichmütig wie immer, elegant und schöner als je. Fast jeden Tag machte sie große Spaziergänge, immer von Leopold begleitet. Eines Abends fragte sie, ob man nicht ein Pferd auftreiben könne, sie wolle Leopold reiten lehren. Frau Chindler erschrak bei dem Gedanken an ein so kostspieliges Tier und protestierte zaghaft.
Die wachsende Freundschaft zwischen Lilli und ihrem Sohn mißfiel ihr. Sie fand, dies passe sich nicht für eine junge Frau, besonders nicht in diesen schweren Zeiten. Aber was konnte man tun? Lilli war der Liebling ihres Mannes, die Frau ihres Sohnes, der im Feld stand, sie fürchtete, eine Anspielung allein könnte Lilli schon verstimmen und schreckliche Fami-

lienszenen zur Folge haben. Da schwieg sie lieber vorläufig noch einmal.
Ihre Schwiegertochter war ihr nicht sympathisch. Lilli war die Tochter eines württembergischen Offiziers, der trotz seiner Armut – er besaß keinen Pfennig Vermögen – eine glänzende Karriere gemacht und eine große Familie aufgezogen hatte. Die Mutter starb, als Lilli vierzehn Jahre alt war. Vier Jahre später verliebte sich ein älterer Major, ein Vetter von Lillis Vater, der ein reicher, rotköpfiger Junggeselle war, in das schöne Mädchen, machte ihr wie ein Jüngling den Hof und schließlich einen Heiratsantrag. Lilli lehnte entsetzt ab. Aber der Major blieb hartnäckig, bis endlich Lillis Vater eingreifen mußte. Kurz darauf starb der Major – einige munkelten, er habe sich auf dem Anstand erschossen, offiziell hieß es, er sei auf der Jagd verunglückt – und Lilli sah sich als Alleinerbin seines Vermögens von 350000 Mark. Das Geld wurde ihr sofort ausbezahlt. Ein Jahr später heiratete Lilli den hübschen Leutnant Chindler.
Als ihr Mann abgefahren war, ließ sich Elisabeth Friederike Chindler aus Wiesbaden kommen. Fräulein Chindler reiste sofort herbei. Als sie eintraf, war sie völlig aufgelöst.
»Fünf geschlagene Stunden bin ich in dem schmutzigen Zug gesessen«, sagte sie, nach Luft schnappend. »An jedem Nest hat er gehalten, als müßte ein Bahnhof eingeweiht werden. Und mitten im Feld auch, wo gar nichts war, denn das Viehzeug haben die Bauern ja umgebracht. Nein, ich sage euch, der Krieg hat alles kaputt gemacht, und was erst noch kommt... na darüber will ich lieber nichts sagen.«
Elisabeth erzählte ihrer Schwägerin, man habe von Ernst keine Nachrichten.
»Das ist schlimm«, sagte Fräulein Chindler. »Da muß man gleich eine geweihte Kerze vor dem heiligen Joseph aufstellen lassen.«
Schließlich sprach Elisabeth über Lillis Freundschaft mit Leopold. Sofort geriet das alte Fräulein in Zorn. »Die Württemberger sind kein guter Menschenschlag«, sagte sie, »das hat mein Vater immer gesagt.«
»Was hat denn das mit Württemberg zu tun?« fragte Elisabeth.

»Weil die Württemberger alle so sind... leichtsinnig und überhaupt von den Franzosen verdorben. Aber ich verstehe dich nicht. Warum machst du dir noch Sorgen dazu? Schick sie doch fort. Ich meine, sie wäre lang genug bei euch gewesen. Sie hat doch eine Bleibe... soll sich um ihr Zeug kümmern... Da würde ich kurze fünfzehn machen... Auf Wiedersehen, liebe Tochter, und komme nächstes Jahr wieder!«
»Was wird Theodor sagen?«
»Der wird sich über diese Schlange noch wundern!«
»Nein...« sagte Elisabeth, »das wage ich nicht. Lieber schicke ich Leopold ein bißchen zu dir.«
»Nur her damit«, sagte Friederike. »Der bekommt bei mir Eingemachtes, das ißt er gern.«

4

In Berlin lief Theodor Chindler von einer Sitzung zur anderen. Im Reichstag ließ er sich im Lift zur Wandelhalle hinauffahren. Neben dem Restaurant stand, vor einer großen Landkarte, umgeben von einigen Zentrumsmännern, der Abgeordnete Erzberger. Als er seinen Fraktionskollegen Chindler erblickte, rief er ihn sofort an: »Herr Kollege, hören Sie doch einen Augenblick zu. Ich kann Ihnen etwas verraten, und man sagt, Sie hätten auch ein wenig gute Stimmung nötig. Also sehen Sie: die Serben... hier... sind schon völlig aufgerollt. Es steht noch nicht in der Presse, aber der österreichische Gesandte hat es mir gesagt und im Auswärtigen Amt haben sie es bestätigt...«
Chindler grüßte höflich, blieb einen Augenblick stehen und betrachtete die Karte. Als Erzberger anfing, von der Überlegenheit unserer Haubitzen zu sprechen, ging er weiter. Im linken Seitengang traf er den Abgeordneten Bassermann, den er als Süddeutscher kannte.
»Haben Sie die Rede Salandras gelesen?« fragte Bassermann. »Die Italiener werden auch noch umfallen. Na, ich muß sagen, weniger hätte unsere Diplomatie an Bündnissen nicht leisten können... alles was recht ist.«
Chindler stimmte ihm zu und ging weiter. Er suchte seinen

Freund Helmberger und wurde zusehends nervöser, als er ihn nirgends finden konnte. Beim Frühstück hatte er mit seiner Frau telefoniert und erfahren, daß immer noch keine Nachricht von seinem Sohn Ernst eingetroffen war. Darauf hatte er beschlossen, mit Helmberger zu sprechen, der durch seine Tätigkeit in einer Kommission gute Beziehungen zum Kriegsministerium unterhielt. Vielleicht konnte man vom Ministerium aus bei der IV. Armee anfragen, bei der Ernst Chindler stand.
Ein Diener, den Chindler ansprach, meinte, er habe Herrn Helmberger eben noch im Gespräch mit Herrn Stein von der »Frankfurter Zeitung« gesehen. Chindler ließ sich zu Stein führen. Der alte Journalist saß in einem Klubsessel, mitten in einem kleinen Privatsee von Zeitungen, die er, sobald er eine durchgesehen hatte, um sich herum auf dem Boden verstreute. Chindler grüßte. Stein erhob sich und sagte, Helmberger habe ihn gerade verlassen. In einer halben Stunde werde er aber bestimmt im Kaiserhof zu treffen sein. Chindler dankte und wollte sich verabschieden, als ihn Stein fragte, mit wie langer Kriegsdauer er rechne.
»Das weiß noch nicht einmal Gott«, sagte Chindler. »Vorläufig brummt mir übrigens der Kopf. Hier sagt ja jeder etwas anderes. Bei uns zu Hause ist man pessimistisch, das will ich Ihnen nicht verschweigen.«
»Ich rechne mit einigen Monaten«, sagte Stein.
Chindler schaute den Journalisten verwundert an.
Die Türe des sozialdemokratischen Fraktionszimmers wurde aufgerissen. Der Abgeordnete Südekum und der Redakteur Fischer vom »Vorwärts« traten auf den Gang.
Stein beobachtete sie scharf und machte, Chindler mit sich ziehend, ein paar Schritte, um den beiden den Weg zu verstellen. »Wie geht es?« fragte er, als die Herren an ihm vorübergehen wollten.
Fischer lief weiter. Südekum sagte: »Danke. Und Ihnen?« und ging ebenfalls weiter. Beide hatten rote Köpfe. »Da hat's Krach gegeben«, sagte Stein und streichelte sich das Kinn. »Liebknecht soll wieder gegen die Kriegskredite aufgetreten sein.«
»Na, da haben sie wenigstens einen anständigen Menschen

unter sich«, sagte Chindler, dem der Vorgang übrigens völlig gleichgültig war.
»Was haben Sie eben gesagt?« fragte Stein, und man sah seinem Gesicht an, daß er fassungslos vor Verwunderung war. »Das nennen Sie anständig?«
Chindler, der Journalisten nicht liebte und lange Gespräche mit Fremden wenig schätzte, geriet in jähen Zorn, als er die Frage hörte. Hatte es der verdammte Aufwiegler von der »Frankfurter Zeitung« nötig, hier Fragen zu stellen wie ein pommerscher Junker? »Anständig nenne ich, wenn einer zwanzig Jahre lang eine Sache predigt und im einundzwanzigsten nicht umfällt.«
»Aber das ist doch Hochverrat, was der Kerl treibt.«
»Ich will Ihnen etwas sagen, Herr Stein«, antwortete Chindler, »wenn sogar ein Mann Ihres Blattes in diesen Zeiten stramm steht und nur mehr das als anständig bezeichnet, was gerade nützlich ist, sehe ich trübe in unsere Zukunft.« Damit ging er.
Im Kaiserhof erhob sich Helmberger von einem Tisch, als Chindler den großen, dichtbesetzten Speisesaal betrat. »Du hast Krach mit Stein gehabt?« begrüßte er Chindler.
»Du mußt gute Ohren haben«, antwortete der Abgeordnete.
»Er hat mir telefoniert, daß du kommst. Aber ich muß dich wirklich warnen, verehrter Freund. Man erzählt sich schon allerlei über deine Stimmung. Wenn du jetzt auch noch für Liebknecht eintrittst...«
»Helmberger«, unterbrach Chindler, vor Erregung die Nägel seiner Hände ineinanderkrallend, »willst du mit solchem Geschwätz unsere alte Freundschaft ruinieren?«
An einigen Tischen hoben sich Köpfe und betrachteten die beiden Zentrumsabgeordneten, die sich mitten im Saal stehend unterhielten. Helmberger sah es und meinte sogar, das leise Gesumm der Gespräche, das den Saal erfüllte, sei verstummt.
»Komm einen Augenblick mit hinaus«, flüsterte er Chindler zu, »an meinem Tisch sitzt jemand. Da kann man nicht reden.«
In der Halle fragte Chindler: »Was hat dir dieser Stein gesagt?«

Helmberger berichtete, was ihm Stein am Telefon gesagt hatte.
»Nennst du das für Liebknecht eintreten?« fragte Chindler.
»Aber verehrter Freund«, besänftigte Helmberger. »Ich mache mich überhaupt nicht zum Richter über dich, weil ich dich schätze. Ich wollte dich nur warnen.«
»Danke schön«, sagte Chindler, der wieder ruhig geworden war. »Aber ich will doch sehen, ob ich in diesem Sauhaufen hier auch noch einen Rüssel aufsetzen muß, um nicht aufzufallen. Daß ich für die Kriegskredite eintrete, wo diese Scheiße nun einmal ausgebrochen ist, das weiß jeder Mensch. Aber das ist kein Grund, den Verstand zu verlieren und das Schwarze plötzlich weiß zu nennen. Ihr redet alle, als würdet ihr vom Generalstab bezahlt! Wäre ich Minister in diesem Lande – aber wir sind ja nur die geladenen Gäste des Herrn Bethmann-Hollweg –, so würde ich diesen Liebknecht wahrscheinlich einsperren. Aber ich würde ihn ebenso achten, wie ich seine Parteifreunde verachte, die einfache Überläufer sind. Das ist meine Meinung, die jeder hören kann... sogar die ›Frankfurter Zeitung‹.«
Helmberger drückte Chindler die Hand. Chindler wackelte mit dem Kopf, wie er immer tat, wenn er wieder gut sein wollte. »Bitte, sage in Zukunft nicht mehr, daß ich für das Rindvieh eintrete, wenn ich einen Ochsenbraten lobe.« Dann trug er sein Anliegen vor. Helmberger, ein Bayer, der zu Chindlers ältesten Freunden gehörte, versprach, gleich nach Tisch ins Ministerium zu fahren.
Chindler wollte sich verabschieden, aber Helmberger hielt ihn zurück. »Was willst du um zwei Uhr mittags allein in Berlin herumsitzen? Komm in den Saal. Wir werden zusammen essen. Kennst du Rathenau? Der frühstückt mit mir. Du wirst einen sehr interessanten Mann kennenlernen.«
Rathenau? dachte Chindler, ach ja, das war ein reicher Industrieller... AEG... oder etwas Ähnliches.

5

Das Essen schmeckte ausgezeichnet. Helmberger hatte einen Burgunder anwärmen lassen, und Chindler merkte plötzlich, daß er im Begriff war, zu viel zu trinken. Er setzte sein Glas ab, das er schon erhoben hatte, und lehnte sich zurück. Die Atmosphäre von Reichtum und Eleganz, die ihn umgab, gefiel ihm. Wenn er allein war, aß er aus Sparsamkeit in kleinen Bierlokalen, an denen in Berlin kein Mangel ist. Ergab sich aber die Gelegenheit, im Kaiserhof oder bei Hiller zu essen, dann lebte er auf und huldigte ausgiebig der deutschen Sitte, bei Kaffee und Schnäpsen bis in den späten Nachmittag hinein am Tisch sitzen zu bleiben.

Rathenau, den Chindler mit großem Interesse beobachtete, sprach in einer merkwürdigen Art, indem er sich zwar an Helmberger wandte, aber durchaus Chindler als Zuhörer zu meinen schien. Er zitierte Goethe, Briefe von Beethoven und verbreitete sich über seine Meinung, alles sei geistig, der Tisch, das Glas, der Teller, den er dabei mit beiden Händen und einer schönen, kräftigen Gebärde hochhob. Chindler hörte zu, ohne sich Mühe zu geben, alles zu verstehen.

Als Helmberger aufstand, um ins Ministerium zu gehen, wurde das Gespräch politisch. »Können Sie mir sagen, Herr Chindler«, fragte Rathenau, »warum wir diesen Krieg führen? Ich weiß es nämlich nicht.«

»Ich auch nicht«, sagte Chindler. »Der einzige Mensch, der das zu wissen scheint, ist mein zweiter Sohn, der im Felde steht.«

Er griff in die Tasche, holte ein Bündel Briefe heraus, die teilweise riesige Eselsohren hatten, setzte seinen Zwicker auf, las eine Weile und zitierte dann: »›Wenn ich auch überzeugt bin, daß ich im Frieden mehr für das Vaterland und das Volk tun kann als im Krieg, finde ich es doch verkehrt und unmöglich, solche abwägenden, fast rechnenden Betrachtungen anzustellen. Denn das Entscheidende ist doch immer die Opferbereitschaft, *nicht* das, *wofür* das Opfer gebracht wird ...‹ Verstehen Sie das?« fragte Chindler, als eine Zeitlang keine Antwort kam. »Ich verstehe es nicht. Was für Menschen sind das, unsere Kinder? Haben Sie auch Kinder?«

Rathenau schüttelte den Kopf. Er war nicht verheiratet und hatte keine Kinder.

»Von wem hat er solche Sätze gelernt?« fuhr Theodor Chindler fort. »Von mir nicht ... aber ich glaube manchmal, von mir hat er gar nichts gelernt ... ich habe ihn nichts lehren können. Mit dieser Jugend können skrupellose Leute machen, was sie wollen.«

»Wissen Sie, wieviel uns dieser Krieg kostet?« fragte Rathenau nach einer Weile.

»Ich nehme an: alles«, antwortete Chindler.

»Nach meiner Berechnung 150 Milliarden«, sagte Rathenau.

»In ein paar Tagen werde ich einige neue Milliarden bewilligen«, sagte Chindler.

»Jetzt muß bewilligt werden«, antwortete Rathenau. »Das ist keine Frage. Aber man sollte wissen, wofür das Geld gebraucht wird, und wer es in die Finger bekommt. Wir haben keine Strategen, keine Staatsmänner. Auf allen Gebieten leistet Deutschland Ausgezeichnetes, in der Technik, in der Industrie, in den angewandten Wissenschaften. Dort kommen die Fähigen vorwärts. In der politischen Verwaltung ist das leider anders ...«

»Das walte Gott«, sagte Chindler.

»Die erwerbenden Stände kümmern sich bei uns nicht um Politik.«

»Wollen Sie vielleicht Reichstagsabgeordneter werden? Den einzigen Beruf ergreifen, der in Deutschland nicht bezahlt wird?«

»Liegt es an den fehlenden Diäten?«

»Nicht allein, aber das zeigt, was wir sind. Nicht die Vertreter der Nation, sondern die Zuhörer der Regierung. Wir haben keine Funktion. Darum benehmen sich so viele von uns wie Schulbuben. Aber jeder Mensch wird sich schließlich wie ein Schuljunge benehmen, wenn man ihn zwingt, etwas zu scheinen, was er nicht ist. Bismarck hat Deutschland groß gemacht und die Deutschen klein. Jetzt sind wir klein, wo wir groß sein müßten, energisch, klug, tapfer, rücksichtslos ...«

»An der Front«, sagte Rathenau, »haben die Männer alle diese Tugenden.«

»Und verbluten dabei. In dieser Stadt hat ein gescheiter General gelehrt, der Krieg sei eine Fortsetzung der Politik mit anderen Mitteln. Darum hat man bei uns sofort die wenigen Reste von Politik abgeschafft, als der Krieg ausbrach!«

»Ich halte die Staatsform nicht für wichtig. Wer ist der Kaiser?

Es kommt nicht auf die Person des Monarchen an. Die weiblichen Regenten in England, Rußland und Österreich waren die besten. Franz Joseph von Österreich hat noch nie eine Schlacht gewonnen, noch nie etwas erreicht, sein Land von Stufe zu Stufe hinabgeführt, und ist ein vergötterter Monarch. Vielleicht wäre ein Idiot der beste König.«
»Wenn er nur König wäre, aber nicht auch noch Diktator im Nebenberuf...«
»Er ist Diktator, weil wir es ihm erlauben...«
»Und wir erlauben es ihm, weil er eben Diktator ist.«
»Sie sprechen wenigstens aus, was Sie denken«, sagte Rathenau und lehnte sich in seinen Stuhl zurück.
Habe ich zuviel gesprochen? dachte Chindler. Aber er hat ja noch mehr gesagt! »Wissen Sie«, fuhr er laut fort, »bei mir daheim führt man solche Gespräche nicht. Da geht es gemäßigter zu.«
Rathenau lächelte. »Was soll man Ihrer Ansicht nach tun?« fragte er.
»Frieden machen«, sagte Chindler.
Rathenau schwieg. Chindler wollte zahlen. Der Kellner trat an den Tisch und erklärte dem Abgeordneten flüsternd, Herr Helmberger habe schon alles bezahlt.
Was ist das für ein Mensch? dachte Rathenau, Chindler von der Seite betrachtend. Er hatte den Namen Chindler nie gehört, aber wer kannte schon alle Zentrumsabgeordneten?
»Wir können jetzt nicht Frieden machen, selbst wenn wir wollten«, sagte er leise.
»Warum nicht?« fragte Chindler. »Bismarck hat gesagt, er würde in einem neuen Krieg den Franzosen nach den ersten Siegen Frieden anbieten. Also biete man an.«
Rathenau schaute sich um. »Wir haben noch nicht gesiegt.«
Diesmal war Chindler erstaunt. »Sie scheinen ja verdammt pessimistisch zu sein, Herr Rathenau. Mir langt es, daß wir halb Frankreich erobert haben!«
Rathenau holte seine Brieftasche heraus, blätterte in den Papieren und sagte nach einer Weile: »Darf ich Ihnen auch etwas vorlesen?«
»Ich bitte darum«, sagte Chindler.
»Unsere Truppen stehen fünfzig Kilometer vor Paris, aber

wir haben in der Armee kaum noch ein Pferd, das eine andere Gangart als Schritt gehen kann. Wir wollen uns nichts vormachen. Wir haben Erfolge gehabt, aber wir haben noch nicht gesiegt. Sieg heißt Vernichtung der Widerstandskraft des Feindes. Wenn sich Millionenheere gegenüberstehen, hat der Sieger Gefangene. Wo sind unsere Gefangenen? Einige 20000 in der Lothringer Schlacht, und da und dort noch 10000 oder 20000. Wir haben Antwerpen und Ostende erobert, aber bei Ypern sind wir nicht durchgekommen. Auch die verhältnismäßig geringe Anzahl der eroberten Geschütze zeigt mir, daß sich die Franzosen planmäßig und in voller Ordnung zurückgezogen haben. Das Schwerste steht uns noch bevor...«
Chindler war sehr erschrocken. »Wer sagt das?« fragte er. »Wer hat das geschrieben?«
»Der Chef von's Janze«, sagte Rathenau, »der Generaloberst von Moltke.«
Chindler warf eine Streichholzschachtel, die er zerdrückt hatte, auf den Tisch und atmete erleichtert auf.
»Den hat man Gott sei Dank davongejagt, weil er nichts gekonnt hat, der neue Falkenhayn ist ein besserer Mann.«
»Aber mittlerweile stehen wir auch nicht mehr fünfzig Kilometer vor Paris, sondern zweihundertfünfzig Kilometer.«
»Von diesen Dingen«, antwortete Chindler, »versteht man nichts. Das wird seine Gründe haben. Ich bin kein General. Aber an Falkenhayn glaube ich!... An den Mann glaube ich einfach. Anderseits haben Sie vielleicht recht. Es wird noch schlimm kommen.«
Rathenau merkte, daß er im Begriff war, einen Fehler zu machen. Aber er war erbittert und stieß weiter vor. »Die Herren Abgeordneten sind alle zu bescheiden«, sagte er. »Die Kriegskunst ist kein Geheimnis. Das Militärische kann jeder Mensch verstehen, und eine Schlacht ist leichter zu überblikken als eine Bilanz. Könnten Sie nicht im Reichstag Auskunft über unsere Lage verlangen...? Klar, deutlich, offen, damit das Volk endlich erfährt, daß wir Krieg haben und nicht Sieg... Noch nicht Sieg.«
»Der Reichstag tagt nicht.«
»Aber die Ausschüsse.«
»Man wird mir sagen, was in den Zeitungen steht.«

»Zitieren Sie die englischen...«
»Die lügen noch schlimmer als unsere.«
»Sind Sie davon überzeugt?«
»Ja. Außerdem kann ich nicht von einer Sache reden, von der ich nichts verstehe. Meine Partei würde es sich energisch verbitten, wollte ich mich plötzlich in das Militärressort eindrängen. Das geht mich nichts an. Nein, nein, das hat alles seine Ordnung. Da kann der Einzelne nichts machen. Und das ist auch richtig. Das gäbe ja ein heilloses Durcheinander, wenn da jeder alles machen wollte. Ich kann mir nicht denken, daß das bei Ihnen in der Industrie anders ist.«
»Ein wenig anders ist es bei uns«, sagte Rathenau.
»Natürlich«, antwortete Chindler. »Es handelt sich ja auch um ganz verschiedene Dinge.«
Jetzt quatscht er, dachte Rathenau resigniert, und ist ein Esel wie alle anderen.
Chindler erhob sich, dankte für die interessanten Ausführungen und ging.
Da ist einer ein Abgeordneter des Reichstages, dachte Rathenau, aber fordert man ihn auf, er möge sich erkundigen, wie die Dinge des Reiches eigentlich liegen, so wird er nervös wie ein Mädchen... Diesem Volk ist nicht zu helfen... Hätte ich diesem Goi gesagt, daß wir die Schlacht an der Marne haushoch verloren haben, so hätte er mich bei der Polizei angezeigt, dachte er weiter, als er seinen Wagen bestieg, um in sein Büro im Kriegsministerium zu fahren. In diesem Land taugen nur die Generale etwas; man muß sie zwingen, den Krieg zu gewinnen, aber das wird nicht einfach sein.
Diese Juden sind Defätisten, dachte Chindler, als er das Hotel verließ. Was hat der Mann überhaupt gesagt? Er ist für Frieden, aber die Siege langen ihm noch nicht. Die Herren Millionäre sind unzufrieden.

6

Auf sechs Uhr war eine Besprechung der parlamentarischen Vertrauensleute in den Reichstag einberufen, welche die Sitzung vom 2. Dezember vorbereiten sollte. Als Chindler das

Gebäude betrat, wurde er angerufen. »Gut, daß Sie kommen. Die Regierung ist sehr nervös, da brauchen wir ruhige Männer wie Sie, Herr Kollege.«
Es war der Sprecher des Zentrums, der alte Landgerichtsrat Gröber, der Chindler begrüßte, während er sich von einem Diener aus dem Mantel helfen ließ.
»Warum ist man nervös?« fragte Chindler.
»Weil die Herren immer noch nicht wissen, daß sich die Zeiten geändert haben. Wenn wir an der Front wie alle anderen kämpfen, verlangen wir auch die gleichen Rechte. Die werden jetzt angemeldet.«
Chindler nickte mit dem Kopf und betrat, dem alten Gröber den Vortritt lassend, den Saal. Der Staatssekretär des Innern, Herr von Delbrück, eröffnete die Besprechung und las die Wünsche der einzelnen Fraktionen vor. Zum Schluß verlas er die Forderung der Zentrumspartei. »Herr Gröber«, sagte er, »verlangt im Namen seiner Fraktion von der Regierung die sofortige Aufhebung der, wie hier geschrieben wird, Ausnahmegesetze gegen den Orden der Jesuiten. Meine Herren! Darauf kann ich nur das eine antworten: Dazu ist doch jetzt nicht die Zeit!«
»Warum denn nicht jetzt?« rief Gröber. »Gerade jetzt! Oder will die Regierung an dem Kaiserwort drehen und deuteln, daß Seine Majestät nur noch Deutsche kennt? Wir verlangen, auch die deutschen Jesuiten als Deutsche anerkannt zu sehen.«
Der Staatssekretär nahm seinen Zwicker ab und schaute sich in dem Kreis der Männer um. »Ich kann das nicht finden. Wenn Sie, meine Herren vom Zentrum, mit solchen Beispielen vorangehen, werden morgen die Sozialdemokraten kommen...«
»Nanu!« unterbrach Gröber abermals. »Sie wollen doch nicht sagen, Exzellenz, daß man bei der Regierung das Zentrum und die Sozialdemokraten auf eine Stufe stellt?«
»Ich habe nur bemerkt«, antwortete Delbrück, »daß die Fraktion des Zentrums in dieser Zeit für sich Ausnahmegesetze gegen sogenannte Ausnahmegesetze verlangt.«
»Das ist mir zu geistreich«, rief Gröber. »Aber geben Sie sich keine Mühe, mich umzustimmen. Es ist Beschluß der Partei.

Wir halten unsern Antrag aufrecht, bis wir am Ziel sind.«
Chindler war nicht bei der Sache. Das Gespräch im Kaiserhof ging ihm nicht aus dem Kopf, und er merkte, daß ihm Rathenau weit mehr Eindruck gemacht hatte, als ihm während des Essens klar geworden war. Er schrieb einige Zeilen auf ein Stück Papier und ließ den Zettel an Gröber durchgehen. Gröber las ihn, schüttelte den Kopf und schrieb auf die Rückseite: »Um Gottes willen. Nur das nicht. Wenn Sie jetzt wegen Frontlage anfragen, vermasseln Sie uns die ganze Jesuitensache. Außerdem ist Delb. nicht zuständig und die Lage an der Front ausgezeichnet. Gruß!«
Der Staatssekretär hatte den Briefwechsel der beiden Abgeordneten verfolgt. »Meine Herren«, sagte er nach einer kurzen Pause, »der Herr Reichskanzler ist überzeugt, daß wir innenpolitisch eine Neuorientierung brauchen...«
Sofort erhob sich der sozialdemokratische Abgeordnete Scheidemann. »Darf ich von dieser Äußerung Gebrauch machen?« fragte er.
»Ich verstehe Sie heute gar nicht, meine Herren«, antwortete Delbrück, »wir sind doch hier unter uns. Es wird doch geraucht. Hier ist doch kein Plenum. Ich muß auf das entschiedenste erklären, daß von den heutigen Äußerungen kein Gebrauch gemacht werden darf. Es muß zunächst genügen, wenn die Regierung ein solches Wort sagt.«
Die Rechte klatschte demonstrativ Beifall, und die Besprechung wurde aufgehoben.
Im Fraktionszimmer der Partei zog Gröber Chindler in eine Ecke. »Aus welchem Grund wollten Sie denn vorhin den armseligen Delbrück über die militärische Lage interpellieren?«
Chindler erzählte einiges aus seiner Unterhaltung mit Rathenau, ohne aber Namen zu nennen. Gröber hörte, den Kopf gesenkt und nach vorn gebeugt, aufmerksam zu. »Ach was«, sagte er, als er eine Zeitlang schweigend mit den Fingern seiner rechten Hand von unten nach oben durch seinen Bart gefahren war, »die Lage ist ausgezeichnet. Aber selbst wenn sie es nicht wäre, würde es uns kein Mensch sagen, und wenn die hohen Herrn es sagten, würden wir zwei alten Männer auch nichts ändern können. Das geht jetzt alles seinen Gang. Aber

die Jesuiten kriegen wir frei. Verlassen Sie sich darauf. So hat alles auch seine gute Seite. Wollen Sie mit mir zu Abend essen?«
»Danke. Ich fahre heim«, sagte Chindler.

7

Der süddeutsche Schnellzug wartete in der Halle, als Chindler den Anhalter Bahnhof betrat. Unter der erleuchteten Uhr, die im Nebel wie ein kleiner Mond glänzte, stand ein Haufen Menschen, laut redend und gestikulierend. Chindler trat näher. »Jetzt kommt auch noch der Herr Professor, wo ich keinen einzigen Platz mehr habe«, sagte der Schlafwagenschaffner, der in der Mitte der Gruppe stand.
»Das ist aber nicht freundlich von Ihnen«, sagte Chindler, »wo soll ich denn schlafen?«
»In Berlin, Herr Abgeordneter«, rief ein Mann und begrüßte, seinen Hut tief abziehend, Chindler. »Die Eisenbahnverwaltung läßt einen einzigen Schlafkarren laufen, wo halb Süddeutschland heim will.«
»Es gibt halt nicht mehr Wagen«, unterbrach der Schaffner, »die Wagen werden auch an der Front gebraucht, meine Herren.«
»Bei mir können Sie neue kaufen, lieber Mann«, sagte ein Passagier, der einen prächtigen Nerzmantel trug.
»Ach, was Sie nicht sagen«, rief der Schaffner, »da hätten Sie uns aber einen mitbringen können!«
Alles lachte, und man begann die vorhandenen Plätze noch einmal zu verteilen. Chindler kam in ein Abteil mit dem Waggonfabrikanten, den er gut kannte. »Was haben Sie denn in Berlin gemacht?« fragte Chindler, als der Zug aus der Halle rollte.
»Krieg geführt«, sagte der Unternehmer. Chindler lachte.
»Wahrhaftiger Gott, Krieg gegen eine Übermacht bewaffneter Generale. Es war zum Fürchten. Aber Spaß beiseite. Sehen wir einmal ganz davon ab, daß unsereiner auch leben muß, auch die Regierung wünscht, daß wir den Export zu den Neutralen pflegen. Es ist ja auch klar. Wurst wider Wurst. Die

liefern nur, wenn wir auch liefern. Ich habe also einen Posten Ware nach Schweden zu liefern, aber wie das Zeug in Saßnitz ankommt, erblickt es ein General und verweigert die Ausfuhr mit der Bemerkung: Kriegswichtiges Gut.«
»Ist vielleicht auch so«, sagte Chindler.
»Keine Rede davon. Wenn ich mir die Mühe machte, das Zeug nach Rostock schaffen zu lassen, ging es glatt hinaus, weil man dort vernünftiger ist. Aber was kostet ein solcher Umtransport? Ganz genau meinen ganzen Verdienst. Soll ich den herschenken? Fällt mir nicht im Traum ein.«
»Deswegen waren Sie in Berlin?«
»Ja. Ich schrieb mit einer Anzahl anderer Leidtragender einen langen Schreibebrief, notabene nicht den ersten, an den Präsidenten der Reichsbank, und Herr Havenstein versammelte uns gestern mit den Generalen, nicht den richtigen übrigens, sondern den stellvertretenden, einer fürchterlichen Sorte von Diabetikern, die alle nur recht haben, wo unsereiner seinen Verstand hat. Herr von Delbrück, übrigens ein ganz ausgezeichneter Mann, wie ich sagen muß, hielt eine lange Rede und versuchte den Paschas klar zu machen, die wirtschaftlichen Gesichtspunkte seien für den Gang des Krieges reichlich so bedeutend wie die militärischen. Da hätten sie die Feldherren sehen sollen. Ich saß bei der Tür, weil ich nicht gern dabei bin, wenn einen alten Mann der Schlag rührt!«
»Was kam dann heraus?«
»Gar nichts, außer Spucke. Herr Havenstein schlug vor, eine Zentralstelle zu schaffen, der strittige Fälle zur Entscheidung vorgelegt werden sollten. Wurde glatt abgelehnt. Jetzt muß sich Herr von Bethmann um die Sache kümmern.«
»Was machen Sie mit Ihrer Lieferung in Saßnitz?«
»Die wird nach Rostock gefahren, und ich mache dem Reich einen Prozeß. Sehr einfach, oder richtiger gesagt, sehr kompliziert.«
Es klopfte. »Herein, wenn es kein Schneider ist«, rief der Fabrikant, ohne sich um Chindler zu kümmern, der etwas verlegen seinen Mantel über seine nackten Füße legte.
»Ist aber einer«, sagte der Eintretende, ein Tornisterfabrikant aus Neustadt, den Chindler ebenfalls kannte. »Wenn Sie Ihr Herz ausschütten, Herr Waßmann, kann meines nicht voll

bleiben. Sehen Sie mal, Herr Professor, was das für eine neue Ordnung ist. Ich mache gern Geschäfte...«
»Glaube ich«, sagte Chindler.
»...und hohe Preise sind mir lieber als niedrige. Aber alles, was recht ist, da hat jetzt jedes Armeekommando seine Einkäufer, verrückte Hummeln, die mit Gebrumm von Nest zu Nest fliegen und einkaufen, was das Zeug hält. Was für ein Unsinn! Letzte Woche waren bei mir in einer Stunde drei verschiedene von dieser Sorte und weil ich dem dritten mit bestem Willen keine Lieferung mehr abgeben konnte, bot er mir um 50 Prozent höhere Preise an. Wer zahlt denn das alles?«
»Ich«, sagte Chindler und legte sich in das untere Bett, »meine Kinder, meine Enkel, und die Enkel Ihrer Enkel!«
Der Zug hatte Leipzig passiert und donnerte über die Weichen einer kleinen Station.
»Sie können wohl auch nicht schlafen, Herr Professor?« fragte der Fabrikant, zur Decke hinaufsprechend.
»Nein«, antwortete Chindler. Er dachte an das stumpfsinnige Gesicht Gröbers, der von seinen Jesuiten gesprochen hatte, wie ein Bauer von seinen Hühnern spricht. Aber das waren die Folgen. Man hatte die Leute von der allgemeinen Politik ferngehalten, nun machten sie eben diese Politik.
»Sehen Sie«, sagte der Fabrikant, »jetzt ist Krieg... das heißt, in irgendeinem Nest wie Bitterfeld, bloß französisch ausgesprochen, liegen Leute und schießen auf andere Leute... aber das wollte ich gar nicht sagen... sondern... aber entschuldigen Sie, störe ich Sie mit meinem Geschwätz?«
»Nein«, sagte Chindler gegen die Matratze über seinem Gesicht. »Reden Sie weiter. Ich höre Ihnen gern zu.«
»Ich habe nämlich... ich meine, ich möchte Sie beileibe nicht stören, weil ich eine große Verehrung für Sie habe, wenn ich das so sagen darf...«
Wieso hat er eine Verehrung für mich, dachte Chindler. Kennt mich doch kaum...
»...also ich wollte sagen: Da fährt ein Schnellzug wie unserer mit achtzig Stundenkilometern durch die Nacht, und wir liegen drin, obgleich es in der ganzen Welt keinen Menschen gibt, der Kraft genug hätte, ihn anzuhalten.«
»Versteh ich nicht«, sagte Chindler. »Der Zugführer braucht

nur zu bremsen, dann steht die Maschine... Was reden Sie denn?«
»Schon richtig... ich habe noch nicht zu Ende gesprochen. Die stärksten Männer, die es auf der Welt gibt, sind die türkischen Lastträger. Ich habe mir die Burschen in Konstantinopel genau angesehen... erstens waren sie entsetzlich dumm, ganz pferdeartig, und was ihre berühmte Kraft angeht, sind sie, verglichen mit der Kraft dieses Zuges, genau so schwach wie meine Tochter Henriette, die sieben Jahre alt ist.«
»Halt«, rief Chindler. »Sie übersehen bei Ihrer Meditation hoffentlich nicht, daß Ihre Henriette...«
»...daß sogar die Kraft dieses Kindes genügt, um die Bremse dieses Zuges zu ziehen. Übersehe ich nicht. Aber das ist es ja gerade, was ich sagen will. Da machen die Menschen Dinge, die sie mit Dingen antreiben und mit anderen Dingen wieder festhalten. Wenn nun so ein Ding versagt? Ein General im Krieg ist auch ein Ding. Da hat man nun den Krieg in Fahrt gesetzt, und er fährt mit Volldampf, wie wir ja alle wissen. Was wird aber sein, wenn die Bremse des Krieges kaputt geht?«
»Da werden Sie, Verehrtester, mehr Geld verdienen als drei Banken aufnehmen können!«
»Richtig. Aber was ich sagen wollte... daß zwar die Bremse von Menschen abhängt, aber der Mensch auch von der Bremse... davor graut mir manchmal. Dieser Zustand kann nicht andauern.«
Chindler antwortete nicht mehr. Er war eingeschlafen.

8

Lilli Chindler erwachte. Das Fenster stand offen, aber die Vorhänge waren dicht zugezogen und das Zimmer dunkel. Die Türklinke wurde leise heruntergedrückt und wieder losgelassen. Dann klopfte es. Jetzt erst kam der Schläferin ins Bewußtsein, daß man schon mehrmals geklopft hatte und sie davon aufgewacht war. »Was ist denn los?« rief sie.
»Ich habe das Frühstück, gnädige Frau«, antwortete eine Stimme hinter der Tür.
Mit einem Satz sprang Lilli aus dem Bett. Aber als sie die Türe

öffnen wollte, fiel ihr etwas ein. Sie drehte sich um, betrachtete ihr Bett und blieb unschlüssig stehen. »Einen Augenblick, Luise«, sagte sie durch die geschlossene Türe... »Nein... hören Sie, stellen Sie den Kaffee ins Eßzimmer... Ich bin noch müde.«

Sie trat vor den Spiegel, schaltete Licht ein, kämmte sich die Haare aus dem Gesicht, puderte tupfend die Haut, zog ihren schwarzen Morgenrock an, dachte noch einmal nach und verließ das Zimmer, die Türe sorgfältig wieder schließend.

»Wieviel Uhr ist es denn?« fragte sie, als sie Luise in der Küche Kartoffeln schälen sah.

»Halb elf.«

»Oh lieber Gott, so lange habe ich geschlafen!«

Luise lächelte, ohne von ihrer Arbeit aufzusehen. Lilli schaute sie an. Plötzlich fiel ihr etwas ein. Sie trat auf den Flur und betrachtete die Garderobe. An einem Haken hing neben ihrem weißen Regenmantel ein Offizierssäbel und auf den Spitzen des Gehörns eines Bockes, den ihr Mann einmal geschossen hatte, saß eine Militärmütze. Dieser Esel, dachte sie und ging in die Küche zurück. »Sie müssen mir einen Gefallen tun, Luise. Haben Sie ein Stück Papier da?«

Luise nahm aus dem Haushaltungsbuch einen Briefbogen, und Lilli schrieb, auf die Anrichte gebeugt: Liebste Anna, laß Luise eine gute Stunde bei dir warten und gib ihr dann einen Roman für mich mit. Kuß L. Sie faltete das Papier zusammen und sagte: »Ich hole noch ein Kuvert.«

Ohne die Küche aus den Augen zu lassen, huschte sie rasch ins Wohnzimmer, nahm einen Briefumschlag und lief in die Küche zurück. »So, hier«, sagte sie und gab dem Mädchen den Brief, den sie sorgfältig zugeleckt hatte. »Sie kennen ja Frau Hey. Sie müssen gleich hinfahren und etwas für mich abholen.«

»Und das Essen?« fragte das Mädchen.

»Wir essen später. Ich esse sowieso zu viel. Gehen Sie nur gleich los.«

Während sich Luise vor einem kleinen Spiegel den Hut aufsetzte, schaute Lilli in alle Töpfe, die auf dem Tisch standen. Dann ging sie in ihr Schlafzimmer zurück, riß die Vorhänge auf und drehte sich um.

»Guten Morgen«, sagte ein Mann, der in ihrem Bett lag.
»Pst«, flüsterte Lilli und legte den Finger vor die Lippen. Gegen die Wand gelehnt, horchte sie an der Tür, bis sie hörte, daß Luise die Wohnung verlassen hatte. »Jetzt können Sie reden«, sagte sie zu dem Liegenden, »aber besser wäre, Sie stünden auf.«
»Sie? Sie... sagen... sagst du zu mir?«
»Sie würde ich nicht auf Patrouillen schicken«, sagte Lilli. »Was haben Sie sich eigentlich gedacht, als Sie Ihren Säbel in meine Garderobe stellten, als ob es Ihre wäre?«
»Gar nichts«, antwortete der Liegende.
»Mein Mädchen wird sich eine ganze Menge gedacht haben.«
»Warum soll ich denken, wenn ich liebe?«
»Warum soll ich lieben, wenn ich denke«, antwortete Lilli.
Der Liegende sprang auf, errötete, als er aufrecht stand und fühlte, daß er nackt war, riß eine Decke vom Bett, wickelte sie um seinen Leib und ging um das Bett herum auf Lilli zu.
»Guten Morgen, du wunderbare Frau«, sagte er, als er vor Lilli stand.
»Wenn Morgen ist, müssen Sie gehen«, antwortete Lilli. Sie drehte sich um und zog die Vorhänge wieder zu. »Lassen wir noch eine Stunde Nacht sein. So, jetzt können wir reden. Aber nur eine Stunde. Dann mache ich Tag und bin wieder allein... wie gestern und vorgestern. Ja...? Gut! Das haben Sie mir also jetzt versprochen!«
Wie soll man sich mit dieser sonderbaren Frau benehmen? dachte Hey, der von dem merkwürdigen Erwachen ziemlich verwirrt war.

9

Der Oberleutnant Konrad Hey, der so erstaunt vor Lilli Chindler stand, hatte vor zwei Tagen zehn Tage Urlaub bekommen und sofort sein Regiment, das in der vordersten Linie stand, verlassen. Im Bahnhof von Charleroi begegnete er seinem Kameraden Ernst Chindler. »Glücklicher Mensch«, fragte Chindler, »fährst du nach München zu deiner Frau?«
»Natürlich!«

»Meine Frau wohnt jetzt auch in München, gleich am Englischen Garten, in der Königinstraße. Könntest du ihr einen Besuch machen und ihr erzählen, daß es mir gutgeht?«
»Mit Vergnügen«, antwortete Hey. Im Zug erinnerte er sich an ein Gespräch über Ernst Chindlers Frau, die er nicht persönlich kannte. Sie könnte, hatte jemand erklärt, eine der schönsten Frauen sein, wäre sie nicht so dumm. Konrad Hey hatte damals über diesen Satz lange nachgedacht. Mußte eine Frau klug sein, um vollendet schön zu sein? Er war nicht dieser Ansicht und kam zum Schluß, es genüge, wenn eine Frau schön sei, seine eigene sei eher zu gescheit, wodurch sie eigentlich unweiblich wirkte.
Wie soll ich sie besuchen? dachte er. Allein? Mit Anna? Wie lernt man eine solche Frau besser kennen?
Der Zug hielt. Hey, der vermögend war und erster Klasse fuhr, öffnete das Fenster und beugte sich hinaus. Hinter seinem Rücken wurde die Abteiltür aufgerissen. Hey drehte sich um und sah, wie ein älterer Soldat einen blutjungen Offizier in das Abteil führte. Der Eintretende mußte schwer verwundet oder krank sein (er trug allerdings nirgendwo einen Verband); denn er war totenblaß, und als ihn der Soldat einen Augenblick losließ, plumpste er rücklings auf das Polster und schloß sofort die Augen. Der Soldat betrachtete den Ruhenden eine Weile, dann stieß er einen tiefen Seufzer aus und setzte sich vorsichtig neben Hey.
Der Zug wurde gestürmt. Alle Augenblicke wurde die Tür, deren Vorhang der Soldat sorgfältig vorgezogen hatte, aufgerissen. Wenn die Suchenden das rote Polster der 1. Klasse sahen, gingen sie jedesmal weiter. Im Gang stauten sich die Urlauber.
Der Zug hatte sich wieder in Bewegung gesetzt, als die Tür noch einmal aufgerissen wurde. Ein älterer Stabsarzt, dessen mächtiger Körper in einer viel zu engen Uniform saß, betrat das Abteil, schaute sich um und warf seine Mütze ins Gepäcknetz. Der Leutnant, der den Eintretenden mit halbgeschlossenen Augen beobachtete, hob sichtbar mit großer Anstrengung ein Bein aufs Polster, so daß er nun halb lag, und sagte mit schneidender Stimme: »In diesem Abteil ist alles besetzt.«

Der Arzt, erstaunt, betrachtete den Liegenden, zählte eins, zwei, drei laut die Anwesenden und ließ sich mit der Bemerkung: »Na, für einen alten Mann ist hier noch reichlich Platz vorhanden!« auf den Sitz neben den Leutnant fallen, so daß die Federn krachten. Darauf holte er eine Zigarre aus seinem Etui, biß die Spitze ab und entflammte ein Streichholz.
»Ich verbiete Ihnen zu rauchen«, sagte der Leutnant, der wieder genau zugesehen hatte. Der Arzt drehte sich empört um, aber der Offizier schloß die Augen und deutete, ohne die Hand zu heben, nur den Zeigefinger ausstreckend, auf ein weißes Schildchen, das zwischen Hey und dem Soldaten neben einem Spiegel über dem Polster hing. Der Arzt stand auf und las, daß in der 1. Klasse das Rauchen nur mit Zustimmung aller Mitreisenden gestattet ist.
Der Vorgang, die fast unglaubliche Arroganz eines jungen Mannes einem erheblich älteren gegenüber, war Hey unangenehm. Er schloß ebenfalls die Augen, um nicht in einen möglichen Streit verwickelt zu werden. Sofort erinnerte er sich wieder an Lilli Chindler und, sei es nun, daß ihn das anmaßende Benehmen seines Gegenübers zu einem so sonderbaren Entschluß anregte, oder mögen es andere Gründe gewesen sein, er beschloß, Frau Chindler sofort und als erste in München zu besuchen, noch vor seiner eigenen Frau. Das ist natürlich nicht ganz fair gegen Anna, dachte er... aber es ist auch ritterlich, den Auftrag eines Kameraden so prompt auszuführen... ritterlich ist natürlich ein zu großes Wort für eine Sache, die einem Spaß macht... ach, was... denken... ich gehe eben zuerst zu ihr hin und dann erst heim... Punktum. Anna braucht es gar nicht zu erfahren, dachte er nach einer Weile weiter... ach so, ich glaube sie kennt Lilli Chindler... um so besser... Teufel und eins... dieses blöde Zerdenken, das ich immer mache... ich gehe hin! Überhaupt gelten im Krieg andere Gesetze.
Der Wagen, in dem Hey fuhr, sollte gegen fünf Uhr nachmittags in München ankommen. Als Hey erwachte, war es vor den Fenstern dunkel. Im Abteil brannte eine blaue Lampe, die ein undeutliches Licht verbreitete. Hey richtete sich auf und sah sich um. Alles schien zu schlafen. Der Arzt hielt den Mund weit offen und schnarchte. Der Soldat hing vornüber-

gebeugt, nur der junge Offizier saß starr in seiner Ecke. Hey betrachtete ihn. In seinem Leben hatte er noch nie so weiße Hände an einem Menschen gesehen. Der Mann ist tot! dachte er plötzlich, der hat ja keinen Tropfen Blut mehr im Gesicht. Er stand auf und knipste das große Licht an. Der Waffenrock des Sitzenden war blutüberströmt.

»Um Gottes willen!« rief Hey laut, »Herr Doktor...«

Der Arzt fuhr sofort in die Höhe. Hey zeigte auf den Schlafenden.

»Ein Messer!« rief der Arzt und blickte dem Sterbenden ins Gesicht. Der Soldat, der aufgestanden war, holte sein Messer aus der Tasche und klappte es auf. Aber der Arzt beachtete es nicht. Mit großer Gewandtheit hatte er den Waffenrock aufgeknöpft, das blutige Hemd auseinandergerissen und betrachtete einen ganz durchgeweichten Verband, der wie ein Panzer die Brust des Verletzten umspannte. »Und so was lassen sie reisen!« sagte er nach einer Weile.

Der Offizier schlug die Augen auf.

»Wo sind Sie verwundet, Herr Leutnant?« fragte der Arzt.

Der Leutnant riß seine Augen weit auf und betrachtete die Männer, die ihn umstanden, erst den Arzt, dann Hey, zuletzt den Soldaten. »Ich bin getötet«, sagte er mit großer Anstrengung. Er versuchte sich aufzurichten, aber es gelang ihm nicht. »Herrgott«, flüsterte er mit zuckender Stimme, »nur dreiundzwanzig Jahre...«

Dann fiel er zurück.

»Soll man die Notbremse ziehen?« fragte Hey.

Der Arzt schüttelte den Kopf. Als der Zug in München einfuhr, war der Verwundete gestorben. Hey blieb vor dem Waggon stehen, bis man den Toten hinausgetragen hatte. Dann ging er die fremde Frau besuchen und war froh darüber, nicht in sein eigenes Haus fahren zu müssen.

10

»Ich gehe jetzt ins Badezimmer und ziehe mich an«, sagte Lilli Chindler. »Wenn ich fertig bin, können Sie sich dort waschen und – so weiter...«

Herrgott! dachte Hey, als er allein im Zimmer stand, die spricht ja wie eine Nutte. Er war derart vor den Kopf geschlagen, daß er wortlos gehorchte. Holt die sich wirklich einfach nur so die Männer nach Haus, weil ihr Mann draußen ist? Ich kann das nicht glauben! Gestern abend war sie doch entzükkend! Wie ein Kind... wie ein Mädchen... überströmend von Zärtlichkeit... es ist ein anderer Mensch, der eben das Zimmer verlassen hat. Könnte ja sein, daß ich verrückt bin. Der Krieg macht einen nicht normaler. Oder sollte ich sie gekränkt... verletzt haben? Sie war doch wach, als ich aufwachte. Ich habe ja kein Wort gesagt... nichts als: Guten Morgen...

Das Licht des Mittags kam durch die Vorhänge und erhellte das Zimmer. Hey zog Socken und Hosen an und betrachtete den Raum. Über einem kleinen, niedrigen Tisch, der neben dem breiten ebenfalls niedrigen Bett stand, hing ein Bogen Papier, der mit einer Stecknadel an die Wand geheftet war. Hey beugte sich und las:

O das Neue, Freunde, ist nicht dies,
daß Maschinen uns die Hand verdrängen.
Laßt euch nicht beirren von Übergängen,
bald wird schweigen, wer das »Neue« pries.

Denn das Ganze ist unendlich neuer
als ein Kabel und ein hohes Haus.
Seht, die Sterne sind ein altes Feuer,
und die neuern Feuer löschen aus.

Glaubt nicht, daß die längsten Transmissionen
schon des Künftigen drehn,
denn Äonen reden mit Äonen.
Mehr, als wir erfuhren, ist geschehn.
Und die Zukunft faßt das allerfernste
ganz in Eins mit unserm innern Ernste.

Rainer M. Rilke.

Verstehe ich nicht, dachte Hey. Wieso ist das Ganze neuer? Die Zeile über die Sterne ist allerdings schön.

Über dem Gedicht hing, ebenfalls mit einer Stecknadel befestigt, eine sehr gute Reproduktion einer Zeichnung Dürers, welche er nunmehr aufmerksam betrachtete. Da ging die Tür auf und Lilli Chindler, die ein entzückendes, dunkelblaues Wollkleid trug, stand lächelnd im Rahmen. »Gehen Sie jetzt rasch ins Bad, damit wir bald frühstücken können«, sagte sie.
Eine Viertelstunde später betrat Hey den kleinen Salon, in dem er frühstücken sollte. Lilli erhob sich und schenkte ihm, sich über den Tisch beugend, Kaffee in seine Tasse. »Ich wünschte, Sie könnten nach so langer Fastenzeit in Ruhe essen, aber ich fürchte, Sie müssen sich ein wenig beeilen, denn ich habe eine Dummheit gemacht.«
Hey, der wieder keine Silbe von Lillis Worten verstanden hatte, sah sie erstaunt an. Lilli lächelte, dann steckte sie den Nagel ihres rechten Daumens zwischen die Zähne und sagte: »Es kann nämlich sein, daß Ihre... daß Anna Hey herkommt.«
»Wer?« fragte Hey.
»Der dumme Säbel ist schuld«, sagte Lilli leise. »Ich mußte doch das Mädchen entfernen, und als ich mir den Kopf zerbrach, wohin in ganz München ich sie schicken könnte, fiel mir nur Anna ein, weil die doch so weit weg wohnt, in Geiselgasteig.«
»Sie haben meiner Frau geschrieben, sie solle herkommen?«
»Ich bin nicht verrückt«, sagte Lilli. »Ich habe ihr geschrieben, sie möge Luise warten lassen und ihr dann einen Roman für mich mitgeben. Jetzt denke ich aber, daß sie vielleicht selber kommt, wenn sie den Brief sonderbar findet.«
»Wünschen Sie, daß ich meine Frau hier erwarte?« fragte Hey.
»Was denken Sie sich aus! Sie sollen in Ruhe mit mir frühstücken und dann gehen, wie ich es gesagt habe. Ich wollte Ihnen nur erklären, warum ich so unhöflich sein muß, Sie anzutreiben. Sonst nichts.«
»Ich kann nichts nehmen«, sagte Hey und schob seine Tasse zurück.
»Ich habe mich doch entschuldigt, indem ich sagte, daß ich eine Dummheit gemacht habe...«
»Es ist nicht das allein...«

»Ich weiß es. Ich habe Sie schon im … Schlafzimmer gekränkt.«
»Wenn Sie es selbst sagen – ja!«
»Wie steht es an der Front?«
»Darüber kann ich jetzt nicht reden«, sagte Hey. Er fühlte, daß er diesmal zu schroff gesprochen hatte, und fügte leise hinzu: »Vielleicht kann ich darüber überhaupt nicht reden.« Dann schwieg er.
Lilli schaute ihn eine Weile an. Dann sagte sie: »Man darf nicht schweigen.«
Hey erwiderte ihren Blick und erinnerte sich, daß man ihm erzählt hatte, Lilli Chindler sei dumm. War diese Frau dumm? Absurder Gedanke. Hey fand Lilli mehr als gescheit, er fand sie raffiniert. »Warum quälen Sie mich so?« fragte er.
»Gestern abend gaben Sie sich große Mühe, mich zu erfreuen, mir zu gefallen. Warum geben Sie sich jetzt keine Mühe mehr?«
»Gestern abend hast du mich geliebt, Lilli«, sagte Hey.
»Gestern war der 11. Dezember. Heute ist der 12. Dezember. Das hat mit Liebe nichts zu tun. Trotzdem ist heute ein neuer Tag und ein anderer Tag.«
»Ich kann nicht sagen, was ich eben gedacht habe.«
»Sagen Sie es.«
»Ich kann es nicht.«
»Es ist nicht besonders schwer zu raten, was Sie gedacht haben.«
»Sprechen Sie es nicht aus …«
»Doch. Sie haben gedacht, eine Nacht lang lieben nur …«
»Ich bitte Sie …«
»… Straßenmädchen. Sie irren sich. Der gestrige Abend hat Sie so glücklich gemacht, daß Sie seitdem bis jetzt denken und wünschen, es solle immerfort gestern abend sein. Aber der Tag ist nicht die Fortsetzung der Nacht. Wissen Sie das nicht?«
Hey schüttelte den Kopf.
»Doch, doch, es ist so. Der Tag ist nicht die Fortsetzung der Nacht und die Nacht nicht die des Tages. Tag ist eins und Nacht ein anderes, und ein Tag einer und ein anderer ein anderer. Verstehen Sie immer noch nicht? Nein? Dann will ich

es genau erklären, obgleich ich nicht wünsche – hören Sie, *nicht* wünsche, daß Sie tun, was ich nur erklärend sage: Fangen Sie doch wieder an mich zu lieben und mich liebend zu machen, wenn Sie so sehr an dem hängen, was sich gestern ereignete.«

»Aber ich liebe dich doch, Lilli!«

»Sie sagen da ein paar Worte, von denen eines das Wort Liebe ist. Damit ist nichts getan... gar nichts getan... das ist grauenhaft!« Lilli stampfte mit dem Fuß auf. »Sie müssen jetzt etwas essen und dann gehen«, sagte sie, »oder wollen Sie rauchen?«

»Ich kann nicht von dir fortgehen. Ich liebe dich.«

»Sie haben eine Frau und ich einen Mann!«

»Das haben wir auch gestern gewußt.«

»Ich nicht.« Lilli stand auf und setzte sich in einen Sessel am Fenster. »Finden Sie dieses Zimmer hübsch?« fragte sie.

Hey steckte sich eine Zigarette an und rauchte.

»Warum sind Sie nach München gezogen, wo Ihr Mann bei einem Nürnberger Regiment steht?« fragte er nach ein paar Minuten.

»Wenn man allein ist, kann man überall leben. In München glaubte ich es außerdem weniger zu sein.«

Lilli sah auf ihrer Uhr, daß es ein Uhr durch war. Er muß gehen, dachte sie, aber wenn ich's ihm noch einmal sage, geht er wahrscheinlich erst recht nicht.

»Wohnten Sie nicht die ersten Monate bei Ihren Schwiegereltern?« fragte Hey. »Warum sind Sie dort weggegangen?«

Lilli legte die Hände ineinander und betrachtete ihre Finger.

»Man hat mich dort... schlecht behandelt. So. Jetzt müssen Sie aber unbedingt gehen.«

Sie stand auf, und Hey folgte ihrem Beispiel. »Wann werde ich Sie wiedersehen?« fragte er.

»Besuchen Sie mich... Machen Sie Ihren Mantel richtig zu, es ist sehr kalt draußen... besuchen Sie mich, aber überlegen Sie zuvor, was Sie mir sagen könnten!«

11

Gegen zwei Uhr kam Luise nach Hause zurück und brachte ein Buch und einen Brief mit, in dem Anna Hey mitteilte, sie werde Lilli anderntags – wenn es ihre Zeit irgendwie erlaube – besuchen. Lilli warf das Buch unbesehen auf den Tisch und blieb auf dem Sofa liegen. Es wurde dunkel, aber sie rührte sich nicht und war froh, daß niemand kam und Luise in der Küche arbeitete. Um fünf Uhr kam die Post.

»Machen Sie bitte Licht«, sagte Lilli, als Luise ihr zwei Briefe brachte. Zuerst las sie den Brief ihres Mannes. »Liebste Lilli«, schrieb er, »wir sind schlechter Laune, denn plötzlich sagt alle Welt, der Krieg werde noch eine geraume Zeit dauern. Aber was sein muß, muß sein, und ob die Franzosen ihre fürchterlichen Verluste lange Zeit aushalten, bleibt fraglich. Du wirst jetzt übrigens den Mann deiner Freundin Anna kennenlernen, Konrad Hey. Er hat Urlaub bekommen, und ich bat ihn, dich zu besuchen. Er gilt allgemein als tapferer Offizier, sonst weiß ich wenig von ihm, er ist wohl auch verschlossen. Gestern schrieb meine Mutter, mein Vater vermisse dich sehr. Eigentlich tut es mir leid, daß du mit meiner Sippe so wenig anfangen kannst.

PS. Wir haben uns jetzt sozusagen wohnlich eingegraben und vertrauen auf unsere Artillerie, die es schaffen muß.«

Die tun also auch nichts, dachte Lilli. Ich liege auf dem Sofa und die auf dem Boden. Was soll das alles?

Der zweite Brief war von Lillis kleinem Schwager Leopold Chindler. »Liebe Lilli. Alle vermissen Dich sehr! Mama sagt von Zeit zu Zeit, sie verstehe gar nicht, warum du seinerzeit so plötzlich abgereist seiest, und Margarethe pflichtet ihr leider bei. Aber Papa brummt dann, und ich denke mir schweigend mein Teil. An sich ist es enorm schade, daß du allein in München sitzest, wo wir hier so gut zusammen sein könnten. Ich hätte auch viel zu erzählen, denn ich habe einen neuen Freund, der sehr interessant ist. Eigentlich nicht so sehr einen neuen Freund, als den ersten Freund meines Lebens überhaupt. Wir kennen uns erst seit kurzem und verstehen uns vollständig. Er hat mir die Gedichte von Hofmannsthal geschenkt. Kennst du das? Es läuft der Frühlingswind / Durch

kahle Alleen... Ich finde es besser als Goethe. Schreibe mir doch einmal. Ich schreibe jetzt an meinen Freund, denn wir schreiben uns.
PS. Mama ist natürlich gegen meinen Freund!!«
Soll ich Weihnachten zu ihnen fahren? dachte Lilli. Aber sie schüttelte gegen sich selber den Kopf und warf die Briefe auf den Tisch.
Luise kam ins Zimmer und fragte, was sie zum Abend kochen solle. Lilli, nachdenkend, betrachtete das Mädchen und sah plötzlich, daß es rotverweinte Augen hatte.
»Warum haben Sie geweint, Luise?« fragte sie.
Luise drehte sich um und mußte so heftig losweinen, daß es sie schüttelte. Lilli sprang auf und faßte das Mädchen um die Schulter. »Was ist denn, Luischen«, sagte sie leise. »Mir können Sie alles erzählen. Das ist besser als weinen.«
»Sie reden ja auch nicht mit mir«, sagte die Schluchzende.
»Setzen Sie sich mal hier aufs Sofa. Hier... nehmen sie mein Taschentuch... und jetzt setze ich mich zu Ihnen, und Sie erzählen mir.«
Mit zwei kurzen Bewegungen streifte Lilli ihre Schuhe ab und hockte sich auf ihre Fersen in die andere Ecke des Sofas. Luise weinte noch eine Zeitlang. Sie hatte natürlich gemerkt, daß Hey die Wohnung nicht verlassen hatte, andern Morgens seine Mütze und den Säbel hängen sehen und Lillis Manöver mit dem Brief durchschaut. Aber gerade das, daß Lilli sie weggeschickt hatte, hatte sie bitter gekränkt. »Bin ich denn so eine, die herumschwätzt?« fragte sie. »Ich kenne Sie doch erst ein paar Wochen«, sagte Lilli, aber das hätte sie besser nicht gesagt, denn sofort fuhr Luise wieder auf: »Das ist es ja! Sie sind mißtrauisch... für schlecht halten Sie mich... und ich... ich...« Sie hörte plötzlich mitten im Satz auf und stand auf. »Mir ist nicht gut«, sagte sie... »o Gott... ganz schlecht...« und ehe Lilli noch aufspringen konnte, fiel sie wie ein Kartenhaus in sich zusammen auf die Erde. Mit aller Kraft versuchte Lilli das Mädchen auf das Sofa zu betten, aber es ging nicht. Das Mädchen war zu schwer. Sie lief in die Küche und spritzte der Leblosen Wasser ins Gesicht. Luise rührte sich nicht.
Vielleicht ist sie tot! dachte Lilli und erschrak so, daß sie sel-

ber Herzklopfen bekam. Die viel zu großen, grobbeschuhten Füße der Ohnmächtigen hingen einwärts übereinander, als ob sie gebrochen wären. Man muß ihr Luft machen, dachte Lilli, und als sie in der Hast an dem blau-weiß gestreiften Leinenkleid die Knöpfe nicht finden konnte, griff sie in den Ausschnitt und riß das Kleid von oben bis unten auseinander, daß es knirschte. Um das durchschwitzte Korsett aufzuhaken, mußte sie die Leblose auf die Seite drehen und mit der einen Hand festhalten. Als sie fertig war und losließ, fiel der Körper wieder auf den Rücken zurück. Hilft denn alles nichts, dachte Lilli verzweifelt und riß nun auch noch das Hemd auseinander. In diesem Augenblick seufzte das Mädchen und das Bewußtsein begann langsam zurückzukehren. Aber Lilli beachtete das nicht mehr. Kniend, die Hände auf ihre Schenkel gestützt, betrachtete sie die Schönheit der Brüste und des Bauches, die sich vor ihren Augen aufgetan hatte. Erstaunt und bezaubert beugte sie sich langsam nieder und, als sie sich fürs erste sattgesehen hatte, legte sie ihr Ohr auf den warmen Körper, nicht, um etwa zu lauschen, ob das Herz, das da lag, wieder schlage, sondern um ihre Wange an die vollendet weiße, weiche Haut zu bringen, die sie völlig entzückt hatte. Herrgott, dachte sie, wenn das schlecht ist, was ich hier tue, wie ist es aber doch schön und süß!

Das Mädchen schlug die Augen auf und regte sich. Lilli hob den Kopf und strich der Liegenden mit der Hand über die Stirne. »Bleib ruhig«, flüsterte sie. »Ich pflege dich.« Sie sprang auf und holte Franzbranntwein, um die Liegende einzureiben. Als sie zurückkam, hatte das Mädchen mit der einen Hand die zerrissenen Kleider über die Brust zusammengenommen und hielt sie dort fest. Lilli erblickte die abgearbeitete, rote, rissige Hand und schauderte. Aber gleich darauf packte sie wieder die Erinnerung an das, was sie vorhin gesehen hatte. Sie kniete nieder, legte vorsichtig die Hand auf die Erde zurück und rieb die Tinktur auf den Körper des Mädchens, das sich sanft und mit dem geschwächten Erstaunen seines Zustandes wehrte.

Der Hausmeister stocherte in der Zentralheizung, und Lilli erwachte. Sie fühlte sich frisch, vergnügt und kräftig, wie schon seit langer Zeit nicht mehr. Gegen ihre sonstige Gewohnheit, die leeren Vormittage zu verschlafen, sprang sie sofort aus dem Bett, setzte sich vor ihren Spiegel und pfiff sich an. Luise klopfte und brachte das Frühstück herein. Lilli betrachtete sie etwas ängstlich durch den Spiegel. Aber Luise sah freundlich und unbekümmert wie immer aus. Lilli hatte gerade beschlossen, den gestrigen Abend nicht mehr zu erwähnen, oder, falls Luise die Rede darauf bringen sollte, den Vorfall als den natürlichsten von der Welt auszugeben. Aber als Luise eintrat, mußte sie plötzlich sprechen: »Es ist ein Unglück geschehen«, sagte sie, »ich bin wieder zum Leben erwacht, aber es ist gar kein Leben da. Was soll man nur machen, Luise? Telefonieren Sie die Schneiderin an. Ich will jetzt viele Menschen sehen, jeden Tag soll jemand eingeladen werden.« Sie lehnte sich zurück und begann zu frühstücken, während sie ihren Pantoffel auf dem rechten Zeh balancierte.

»Sie wollten heute zu meiner Schwester gehen«, sagte Luise.

»Das hätte ich beinahe vergessen. Natürlich, ziehn Sie sich an, wir gehen gleich hin.«

Beim Frühstück dachte Lilli an Hey. Die Schnelligkeit, mit der sich der hübsche, kräftige Bursche aus einem steifen Leutnant, als der er zur Türe hereingekommen war, in einen Liebhaber verwandelt hatte, der willfährig wie ein Hampelmann zu ihren Füßen lag, hatte sie ebenso entzückt wie verwundert. In dieser Stunde hatte sie ihn geliebt, aus Liebe, Dankbarkeit, Verwunderung und Stolz auf sich selber. Und dann? Ist das nun immer so? dachte sie, wenn man... wenn man... wie nennt man das eigentlich? Flirt ist doch weniger... Verhältnis mehr. Mein Gott, war das nachher scheußlich. Nein... bis zum Morgen war es schön... aber das Aufwachen... was er für Kuhaugen machte... von Schmerzen triefend, die er gar nicht empfand. Nein, nein, in der Nacht war er auch dumm, alles, was er sagte, war albern, als ob er bei einer Negerin läge. Ob er mich jetzt liebt?

Je länger Lilli über Hey nachdachte, desto heftiger wünschte

sie, ihn wieder zu sehen. Er mußte noch deutlicher erfahren, als sie ihm bis jetzt hatte zeigen können, daß er genommen und weggeworfen war. Gleichzeitig fürchtete sie sich vor einem Wiedersehen. Konnte so etwas einen Skandal geben? Unter keinen Umständen durfte ihr Mann von dieser Sache erfahren. Sollte sie sich Heys wegen scheiden lassen? Alles verlieren, um nichts zu gewinnen als einen Mann, den sie nie im Leben heiraten würde? Mein Vermögen können sie mir ja nie nehmen, dachte sie, und als sie sich an die elegante, kleine Privatbank erinnerte, in der ihr Geld lag, und an den freundlichen Direktor, der sie immer ein wenig devot empfing, wenn sie an den Schalter kam, fühlte sie sich sehr erleichtert.
Gegen Mittag verließ sie mit Luise die Wohnung. »Ich werde jetzt sehr viele Menschen sehen«, sagte sie unterwegs. »Ich bin lange genug eine Gans gewesen. Warum soll ich traurig sein wie diese Zeit, die gar nicht traurig ist? Fällt mir nicht ein. Die andern sind es auch nicht, sagen es nur, aber man weiß so wenig, man kann leicht Dummheiten machen. Man weiß nie, wie so was weitergeht.« Sie hörte auf zu plappern und betrachtete sich die Ludwigstraße, die strahlende, steinerne Allee des Klassizismus, die es in Deutschland kein zweites Mal gibt. An der Feldherrnhalle bogen die beiden Frauen in die Theatinerstraße ein, wo Lilli vor jedem zweiten Laden stehen blieb, während Luise mit ihren Gedanken schon bei der Wirtschaft ihrer Schwester war.
Therese, Luisens älteste Schwester, hatte vor Jahren einen Maschinenschlosser geheiratet und fünf Kinder bekommen. Am 2. August war Oberholzer als Reservist mit dem Leibregiment ins Feld gegangen. Da die Löhnung eines Mannes nicht einmal für eine, geschweige denn für sechs Personen langte, hatte Therese Oberholzer Arbeit in einer Fabrik angenommen. Seitdem waren die Kinder sich selber überlassen, und vor einigen Tagen hatte Therese ihrer Schwester geschrieben, sie möge doch einmal zu den Kindern gehen, das Jüngste sei krank und wolle gar nicht gesund werden. Sie könne nicht helfen, die Arbeit in der Fabrik dauere den ganzen Tag.
Oberholzers wohnten in einer Straße am Ostbahnhof. Lilli, die in ihrem Leben noch nicht in dieser Gegend gewesen war,

erinnerte sich ihrer Spaziergänge in Neustadt, als sie Leopold zur Schule begleitet hatte, und war neugierig. Sie betrat ein kleines, graues Mietshaus. Drei Treppen rechts stand auf einem sorgfältig geputzten Messingplättchen: »Oberholzer«, und darunter »Mechaniker«.

Luise schellte. Sofort öffnete sich in der Wohnung eine Tür, und die Stimme eines Kindes rief durch die gläserne Flurwand: »Wer ist draußen?«

»Ich bin's«, antwortete Luise. »Tante Luise, dreh' den Schlüssel um und mach' uns auf!«

»Tante Luise ist gekommen«, rief das Kind. Dann stellte es sich wieder an die Glaswand und sagte: »Ich kann nicht aufmachen. Mutti hat den Schlüssel mitgenommen.«

Die beiden Frauen beratschlagten, wie nun in die Wohnung zu kommen sei, als sich die Tür der benachbarten Wohnung öffnete und im Türspalt ein sorgsam ondulierter, weißhaariger Frauenkopf erschien. »Sie sind's, Fräulein Luise. Ich habe den Schlüssel. Warten Sie nur.«

Die Frauen betraten die Wohnung, und Lilli wollte geradeaus in ein Zimmer gehen. Aber auch diese Tür war abgeschlossen.

»Das Zimmer hat Mutti abgeschlossen«, sagte das Mädchen, das Lilli in dem dunklen Flur nur undeutlich erkennen konnte. Die Frauen gingen in die Küche. Luise hängte Mantel und Hut an einen Haken, während Lilli sich auf einen Stuhl setzte und die Einrichtung betrachtete. Anna, das älteste Kind Oberholzers, ein rothaariges, zwölfjähriges Mädchen, stand am Abwaschtisch und betrachtete, einen Finger im Mund, die fremde Dame.

»Das ist Anna, die Älteste«, sagte Luise, auf das Mädchen deutend. »Das sind Marie und Franzerl, die Zwillinge«, fuhr sie fort, auf zwei Sechsjährige zeigend, die sich verlegen am Boden krümmten. »Wo ist denn Ludwig?« fragte sie dann.

Die Kinder lachten. Als Luise ihre Frage wiederholte, zeigte Anna mit der Spitze ihres Fußes auf einen Tisch. Luise bückte sich und sah einen Knirps hinten an der Wand sitzen.

»Wer ist krank«, fragte Lilli.

»Karl«, antwortete Anna.

»Wo ist er denn?«

»Im Bett«, antwortete das Kind vorwurfsvoll.

Der Kranke, ein Knabe von drei Jahren, lag im Schlafzimmer. Als Lilli die Tür öffnete, wehte eine Wolke kalter und verbrauchter Luft auf den Vorplatz. Die Wohnung bestand aus zwei Stuben und Küche. Die gute Stube hatte Frau Oberholzer abgeschlossen; im Schlafzimmer schlief sie mit den vier Jüngsten; Anna schlief in der Küche.
»Was fehlt ihm denn?« fragte Lilli und betrachtete das große Bett; in dem das Kind bis an die Ohren zugedeckt lag. Sein Gesicht war rot und heiß die Stirn, schweißbedeckt. Anna, die mitgelaufen war, zuckte die Achseln.
»Habt ihr keinen Arzt?« fragte Lilli. Anna schüttelte den Kopf.
»Gehen Sie gleich einen Arzt holen«, sagte Lilli zu Luise.
Als sie mit den Kindern allein in der Wohnung war, versuchte sie mit Anna zu sprechen. Aber das Mädchen starrte sie unverwandt an und gab keine Antwort.
»Habt ihr schon gegessen?« fragte Lilli. Anna wurde knallrot im Gesicht, und als Lilli neben sie trat und sie streichelte, wandte sie sich ab, mit einem bösen Zug um den Mund. »Wo ist denn euer Essen?« fragte Lilli.
»Da ist es«, rief jetzt Marie, die vom Boden aufgestanden war und deutete mit ihrem dicken Händchen auf einen Schrank. Lilli schaute hin und sah auf dem Sims des Schrankes, so hoch, daß die Kinder nicht dran konnten, eine große Flasche Milch, eine kleinere und drei Pakete. Sie nahm ein Paket herunter und sah, daß es drei belegte Brote enthielt, die aber alle drei angebissen waren. Als sie sich, das Päckchen in der Hand, umdrehte, sah sie, daß Marie wieder unter den Tisch gekrochen war und Anna mit funkelnden Augen und förmlich zähnefletschend ihren Bewegungen folgte. Sie staunte noch über die ihr rätselhafte Veränderung des Kindes, als Anna plötzlich auf sie zuschoß, das Paket aus ihrer Hand riß, auf den Schrank warf und sagte: »Das ist nichts für Sie!«
Die Zwillinge hatten die Vorgänge ebenfalls beobachtet. Als nun das Paket auf den Schrank zurückflog, brachen sie in ein mörderisches Gebrüll aus, und Lilli wurde zornig. »Ruhe jetzt!« rief sie. Die Kinder schwiegen erschrocken. Dann setzte sie sich kurzerhand zu den Zwillingen auf den Fußboden und erfuhr nach zahllosen Fragen, daß die Päckchen mit

den Stullen, die auf dem Schrank lagen, das Essen der Kinder war, das die Mutter ihnen morgens, ehe sie zur Arbeit ging, richtete. Anna, die Älteste, war beauftragt, es mittags an die Geschwister zu verteilen. Aber das Kind war teils gefräßig, teils hungrig und ging von Zeit zu Zeit an den Schrank, und biß sich bald von den Stullen ein Stück herunter, bald nahm es einen Schluck Milch aus der Flasche für die Kleinen. Die Geschwister sahen dann ängstlich, hungrig und machtlos zu.
Der Arzt kam und stellte eine Halsentzündung fest, mittleres Fieber, nichts Gefährliches. Als er gegangen war, wurde Anna mit Geld heruntergeschickt, Kohlen zum Heizen zu kaufen, und Luise kochte Essen. Über alledem wurde es Abend, und plötzlich betrat Frau Oberholzer, die niemand hatte kommen hören, die Wohnung.

13

Luise überschüttete ihre Schwester mit Worten, erzählte alles, was sich ereignet hatte (nur nicht die Geschichte vom angeknapperten Essen der Kinder, die Lilli für sich behalten hatte), bis Frau Oberholzer gerührt aufstand und sich bei Lilli bedankte. Lilli wehrte ab und fragte, ob es denn gar nicht zu ändern gehe, daß die Kinder den ganzen Tag allein in der verschlossenen Wohnung seien.
»Ach, wenn's nur das wäre«, sagte die Oberholzer. »Das wäre noch das wenigste. Aber der böse Kerl, der Hauswirt, will uns doch aus der Wohnung werfen. Das ist viel schlimmer, wo ich jetzt gar keine Zeit für so was habe, und wo mein Mann so an den Stuben hier hängt.«
»Warum will er das?« fragte Lilli. »Können Sie die Miete nicht bezahlen?«
»Auf Heller und Pfennig ist alles bezahlt«, sagte die Oberholzer, »aber der Mensch mag keine Kinder leiden. Als mein Mann noch bei uns war, brummte er schon, aber mein Mann ist ein kräftiger Mensch (die Luise kennt ihn ja, nicht wahr, Luise?), vor dem hatte er Angst. Seit ich aber allein stehe, und die da draußen den Krieg machen, ist der Mensch unsagbar frech. Die ersten Wochen nahm ich die Kinder alle zusammen

morgens um fünfe mit, und brachte sie in einen Schuppen, der bei der Fabrik steht. Aber jetzt, wo es Stein und Bein friert, würden sie ja eingehen wie die Mäuse. Da muß ich sie doch hier beim Herd lassen. Nein, wissen Sie, das ist das ärgste, was man unsereinem antun kann, wenn einer so gemein gegen Kinder ist, und ist doch selber auch einmal eins gewesen! Jetzt hat er mir auf Januar gekündigt.«

Lilli war sprachlos vor Staunen. Dies war also möglich, gegen eine arbeitende Frau, deren Mann noch dazu im Felde stand, so vorzugehen? »Dem wird ein Prozeß gemacht«, sagte sie.

»Und wer bezahlt das«, fragte Frau Oberholzer, ungläubig lächelnd.

»Ich«, sagte Lilli.

»Na ja, wenn Sie so was machen, gewinnen Sie vielleicht. Aber das Geld, das so was kostet... dafür kann man ein Jahr lang woanders wohnen.«

»Nein, nein«, sagte Lilli, »der Kerl muß öffentlich angeprangert werden.«

»Und der nächste ist aufs Haar genau so«, sagte Frau Oberholzer.

»Dann bekommt er auch einen Prozeß«, sagte Lilli.

»Da muß aber eins viel Geld haben«, sagte Frau Oberholzer, »wenn es die Münchener Hauswirt' ändern will.«

Lilli konnte sich nicht beruhigen. »Hat Ihr Mann keine Freunde?« fragte sie.

»Und ob er Freunde hat. Der ist ein ganz besonderer Mensch. Im Skatklub hielten sie zusammen, daß es eine Freude war.«

»Könnten da nicht einmal ein paar Freunde Ihres Mannes diesem Hauswirt einen Besuch machen?«

Frau Oberholzer verstand Lilli nicht.

»Ich meine, wenn ein paar kräftige Männer...«

»Verhauen, meinen Sie«, sagte die Oberholzer, die jetzt erst begriff.

»Wenn es nicht anders geht«, sagte Lilli.

Frau Oberholzer sah sich erschrocken um und legte die Hand vor den Mund. »Oh, lieber Gott, was Sie da aber sagen, Frau Baronin, da macht sich einer ja strafbar, wenn er das bloß denkt. Wir sind doch keine Radaubrüder.«

»Aber der Hauswirt ist einer«, sagte Lilli.

»Nein, nein«, sagte Frau Oberholzer. »Sie kennen ihn nicht. Der ist ganz still. Der sagt gar nichts. Der macht alles schriftlich...«
Lilli ärgerte sich und brach das Gespräch ab. Luise mußte Namen und Adresse des Wirtes aufschreiben, dann verabschiedete man sich. Anna drängte sich neben ihrer Mutter mit zur Flurtür, und machte einen Knicks. Lilli lachte ihr zu, und sah erst jetzt, wie hübsch das Mädchen war. »Da haben Sie aber ein hübsches Nichtchen«, sagte sie auf der Straße zu Luise.
»Ich wollte es schon die ganze Zeit sagen«, antwortete Luise, »die ist vorehelich.«

14

Konrad Hey kam in schlechter Laune nach Hause. Er hatte das Abendbrot auf sieben Uhr bestellt, weil er um halb neun mit seiner Frau zu einem Rout beim Ministerpräsidenten befohlen war, mit dem er durch seine Mutter verwandt war. Trotz des elenden Wetters, es schneite und regnete durcheinander, war er zwei Stunden lang im Englischen Garten umhergelaufen, ständig die Königinstraße beobachtend, in der Hoffnung, Lilli Chindler zu sehen. Er konnte sich nicht entschließen, zu ihr zu gehen und ebensowenig darauf verzichten, sie wiederzusehen. Der Abschied, den sie ihm gegeben hatte, hatte ihn verletzt, angeekelt, wie er manchmal laut vor sich hinsagte. Aber jedesmal, wenn er sich über die Lilli jenes unbegreiflichen Morgens in Wut gedacht hatte, kehrten seine Gedanken zu der Lilli des vorausgegangenen Abends zurück. Er erinnerte sich ihrer Schönheit, ihrer weichen Stimme, ihrer verrückten Einfälle, der verzaubernden Zartheit ihrer Zärtlichkeiten, und er gestand sich, daß er sie wiedersehen und sprechen müsse.
Zu Hause erwartete ihn nichts Gutes.
Durch einen Zufall hatte Anna Hey erfahren, daß ihr Mann hinter ihrem Rücken und allein bei Lilli Chindler gewesen war. Das heißt, sie hatte es eigentlich nicht so deutlich erfahren; ein Bekannter hatte Hey auf der Treppe vor Lillis Woh-

nung gesehen, dies einem zweiten erzählt, der einem dritten und so war es zu Anna Hey gekommen. München ist eine kleine Stadt, und für die schöne Lilli Chindler interessierten sich viele Leute. Zum Glück hatte Anna Hey den Brief nicht sonderbar gefunden.
Sie lag auf dem Sofa, als Hey das Zimmer betrat.
»Bist du noch nicht angezogen?« fragte Hey. »Es ist gleich sieben Uhr.«
»Du kannst allein gehen«, sagte Anna, ohne aus einem Buch aufzuschauen, in dem sie las.
»Fühlst du dich nicht wohl?«
»Was liegt dir schon daran, wie ich mich fühle.«
Hey, der eheliche Szenen auf den Tod nicht leiden konnte, wollte umkehren und aus dem Zimmer gehen, bezwang sich aber und fragte: »Du siehst ja, daß ich mich dafür interessiere, sonst würde ich mich nicht erkundigen. Bist du krank?«
Anna Hey warf das Buch auf den Boden. »Du sprichst so zärtlich, als ob du mit... mit Frau Chindler plaudertest. Aber du irrst dich, mein Freund. Ich bin nur deine Frau.«
Hey setzte sich langsam in einen Sessel, nahm eine Zigarette aus der Tasche, zündete sie an und rauchte. Dann sagte er: »Wer hat dir das in den Kopf gesetzt?«
»Ach, das ist also das einzige, was dich an dieser Sache interessiert, wer mich informiert? Das allein bekümmert dich, daß ich deine Seitensprünge erfahren habe?«
Hey stand auf. »Ich muß mich jetzt umziehen, weil wir um halb neun eingeladen sind, und ich bitte dich, das gleiche zu tun. Was unser Gespräch angeht, so bitte ich dich, mich zu fragen, was ich tue, und mit wem ich umgehe, nicht aber irgendwelchen Spionen zu erlauben, unsere Beziehungen zu vergiften.«
Damit ging er aus dem Zimmer. Während er sich umkleidete, lauschte er, ob Anna in ihr Schlafzimmer gehe. Aber nichts rührte sich. Das ist ja eine blöde Sache, dachte er. Plötzlich fiel ihm etwas ein, was ihm das Herz stillstehen machte. Sollte etwa Lilli selber... Lilli... mit Anna gesprochen haben. Er gestand sich ein, daß er diese Frau zu allem fähig hielt. Aber welchen Grund konnte Lilli haben, etwas so Wahnsinniges zu tun?

Er zog seine Lackschuhe an, die ihn drückten, und ging wieder zu Anna zurück.
Anna hatte sich mit einer Pelzdecke zugedeckt, die er ihr einmal geschenkt hatte, und weinte.
»Anna«, sagte Hey, »findest du es vernünftiger, mit deinen Gedanken zu weinen, als mit deinem Mann zu sprechen?«
»Ich habe ja keinen Mann mehr«, schluchzte Anna. »Ich habe ja nur noch meine Gedanken. Nicht einmal Kinder habe ich. Nichts. Gar nichts. Nur Betrug und Verrat.«
»Wenn du deine Augen aufmachst, wirst du sehen, daß du einen Mann hast, denn er steht vor dir.«
Anna setzte sich auf. Ihre Haare waren zerzaust, ihre Augen rot verweint, und Hey sah ihre nackten, dicken Arme, die er immer häßlich gefunden hatte. »Warum bist du zu dieser heimtückischen Person gegangen?«
»Ihr Mann hatte mich gebeten, ihr seine Grüße zu bestellen«, antwortete Hey.
»Du warst also wirklich dort?« schrie Anna. Bis zu diesem Augenblick hatte sie immer noch geglaubt, das Ganze sei nur ein Gerücht. Jetzt erfuhr sie von ihrem Mann selber, was sie nicht hatte glauben wollen.
Herrgott, dachte Hey, im Zimmer auf und ab gehend, man soll doch nie die Wahrheit sagen. Leugnen, schwindeln, die Menschen so lassen, wie sie sind, aber wie ist das alles dumm und langweilig, und wie wenig Kraft habe ich noch, um mit dieser Frau zu sprechen.
»Du warst also wirklich dort?« wiederholte Anna. »Na, dann kann ich ja meine Koffer packen.«
»Warum willst du deine Koffer packen?«
»Weil ich mich scheiden lasse!«
»Warum willst du dich scheiden lassen?«
»Weil du mich betrogen hast!«
»Bist du dessen so sicher?«
»Du hast es ja vor einer Minute selber gesagt!«
»Ich sagte dir, daß ich Frau Chindler Grüße ihres Mannes gebracht habe.«
»Warum bist du hinter meinem Rücken zu ihr gegangen?«
»Weil du so eifersüchtig bist.«
»Ich bin also schuld ... ich ... ich ... aber das ist doch närrisch.

Ich habe doch nicht mit diesem Weib geschlafen! So etwas gibt es ja gar nicht.«
»In einem gewissen Sinn bist du ein wenig schuld.«
»So«, sagte Anna, »du gehst zu diesem Biest, und ich bin es dann, die die Ehe gebrochen hat. Das wagst du mir zu sagen!«
»Du hattest mich gefragt, warum ich *heimlich* zu Frau Chindler gegangen sei?«
»Und warum gingst du heimlich hin, wie du selber zugibst?«
»Weil du, wie ich schon gesagt habe, so eifersüchtig bist.«
»Das ist eine ganz gemeine Lügerei. Lilli ist... nein, war meine Freundin. Wir hätten sehr gut zusammen zu ihr gehen können.«
»Das ist richtig.«
»Na also.«
»Aber ist das ein Grund für dich, dich scheiden zu lassen, wenn ich einen Fehler begehe? Ich habe dir oft gesagt, du solltest mich nicht wie eine Erzieherin bewachen, sondern wie eine Frau verstehen!«
»Ich habe immer Angst«, sagte Anna leise, »immer, immer, immer! Früher waren alle Weiber hinter dir her. Jetzt bist du im Feld, weit weg, wo sie auf dich schießen, ohne daß ich dich beschützen kann. Kaum aus diesem Schlund des Todes zurück, und für eine Woche, für eine einzige Woche, sind die Weiber schon wieder auf deiner Spur. Kannst du das nicht verstehen, daß ich Angst habe?«
Hey, der immer Lilli vor sich sah, erinnerte sich, was ihm Lilli gesagt hatte, man dürfe nie alles zu Ende sprechen.
»Zieh dich jetzt an, Anna«, sagte er, »die Gesellschaft wird uns auf andere Gedanken bringen, wir werden früh weggehen und irgendwo zusammen Sekt trinken! Das macht wieder lustig!«
Anna nahm einen Spiegel vom Tisch und betrachtete ihr Gesicht. »Du muß ohne mich gehen. Ich habe drei Stunden geheult. Jetzt sehe ich aus wie fünfzig.«
Hey sagte, er wolle auch zu Hause bleiben, aber Anna sprang auf und überredete ihn unter Küssen, ohne sie zu gehen. Plötzlich drehte sie, während sie mit der linken Hand Hey umhalst hielt, mit der rechten das Licht aus, so daß nur noch ein schmaler Streifen des Zimmers durch eine Straßenlaterne

beleuchtet wurde. »Du mußt mich nicht sehen, wenn ich so häßlich verheult bin, überhaupt... so dumm. Es ist alles gut. Geh jetzt... komm bald zurück... nein, nein, bleib solange es dir gefällt... du kommst ja zurück... geh jetzt.«
Als die Haustür zugefallen und Hey wirklich gegangen war, hockte sie sich in das dunkle Zimmer und machte sich Vorwürfe, daß sie ihn hatte allein gehen lassen. »Er ist so hübsch und reich, und ich bin arm und häßlich. Und diese verfluchte Chindler ist auch reich... aber hübsch ist sie nicht, mit ihrer gemeißelten Larve, die aussieht, als ob sie der langweilige Stieler gemalt hätte...«

15

Die Räume im Palais des Ministerpräsidenten v. Hertling füllten sich mit Menschen. Der Hausherr, ein kleiner untersetzter Mann, mit einer fest über die Ohren zurückgezogenen Brille, stand im ersten Zimmer, das direkt an der Treppe lag und begrüßte die Gäste, die in kleinen Gruppen aus der Garderobe heraufstiegen. Nur als der Vertreter des Papstes beim König von Bayern erschien, der Nuntius Aversa, verließ der Minister für kurze Zeit seinen Platz, um den angesehenen und politisch wichtigen Gast ins Innere der Festsäle zu geleiten. Als er nach fünf Minuten wieder zurückkam, wollte sich sein Stellvertreter, Herr v. Sennefeldt, Beamter im bayerischen Ministerium des Auswärtigen, respektvoll wieder beiseitestellen. Aber der Ministerpräsident langweilte sich. Da im Augenblick keine neuen Gäste sichtbar waren, redete er Sennefeldt an: »Haben Sie das spöttische Gesicht bemerkt, mit dem der Nuntius die Treppe heraufkam?«
»München ist ihm zu klein«, antwortete Sennefeldt, »er will Berlin um sich haben.«
»Ich habe in meinem langen Leben viele römische Prälaten kennengelernt«, antwortete Hertling, »fromme, kluge, asketische, listige, auch wenig Begabte, aber einen Mann wie diesen Aversa habe ich noch nicht getroffen. Man weiß nie, ist er klug oder verschlagen oder naiv.«
Sennefeldt wollte antworten, als der preußische Gesandte mit

seiner Frau die Treppe heraufkam. »Nach meiner Liste der letzte Gast, Herr Graf«, sagte er rasch.
»Gott sei Dank!« Hertling begrüßte den Gesandten, nahm den Arm der Gesandtin und verschwand in den Räumen.
Es war ein sogenannter Bierabend, und auf Befehl des Hausherrn durften die Diener nur Bier, etwas Tee für die Damen und einfache, belegte Brötchen reichen. Da das etwas Neues war, wurde es allgemein sehr interessant und den ernsten Zeiten entsprechend gefunden, und alle Welt unterhielt sich glänzend.
»Was gibt's?« fragte der Dichter Hollmann und trat zu einer Gruppe von Herren und Damen. »Wird heute nacht nur geschwätzt, oder gibt's auch was Lustiges?«
»Sie wollen ins Feld gehen?« fragte ein Abgeordneter.
»Ich will und ich muß«, antwortete Hollmann.
»Wieso müssen denn Sie...?« fragte eine Dame.
»...alter Mann, wollten Sie eben sagen, Gnädigste«, sagte Hollmann.
»Nein... nein...«
»Doch, aber ich will Ihnen sagen... sehen Sie, bei mir in Rottach hat letzte Woche einer ins Feld gehen müssen, der acht Kinder hat, und schießen kann er auch nicht. Da kann man nicht daheimbleiben!«
Man unterhielt sich über den Fall, als Lilli Chindler am Arm ihres Schwiegervaters den Saal betrat. Hollmann, der sich immer so benahm, wie es ihm gefiel, drehte sich um, betrachtete Lilli mit weit aufgerissenen Augen und gerunzelter Stirn und sagte schließlich laut: »Das ist aber eine schöne Person! Wer ist sie denn?«
Die Damen neben Hollmann lächelten etwas zornig verlegen.
Chindler ging langsam an der Gruppe vorüber, einem anderen Zimmer zu. Er kannte Hollmann nicht, hatte aber die Bewunderung des Mannes für Lilli wohl gesehen und freute sich darüber. »Ich kenn' hier keine Katze außer dem Hausherrn«, sagte er zu Lilli. »Du wirst mir mit deinen Bekannten aushelfen müssen.«
Lilli trug ein graues Kleid, das am Hals von einem breiten Chinchillakragen geschlossen wurde. Sie hatte ihr dunkles

Haar aus der Stirn zurückgekämmt, was ihr schmales Gesicht noch schlanker machte.
Helmberger, der neben Hollmann stand, trat auf Chindler zu, begrüßte ihn und ließ sich Lilli vorstellen.
»Das ist Helmberger«, sagte Chindler, »mein alter Freund Helmberger, der damals an die IV. Armee telefonieren ließ, als wir keine Nachricht von Ernst hatten.«
Lilli, die nach der Begrüßung den Kopf wieder dem Saal zugewendet hatte und halb neugierig, halb suchend das Menschengewimmel betrachtete, drehte ihr Gesicht Helmberger zu, und betrachtete ihn mit dem festen Blick ihrer braunen Augen. Die ruhige Gelassenheit ihrer Bewegungen entzückte selbst diejenigen, die ihre Schönheit zu regelmäßig fanden.
»Donnerkeil«, dachte Helmberger, »die kann einen aber anschauen!« Dann wandte er sich Chindler zu und sagte, er müsse ihn leider von seiner sehr verehrten Frau Schwiegertochter trennen, aber im Rauchzimmer würden einige Gespräche geführt, die Chindler nicht versäumen dürfe. Chindler ließ Lillis Arm los und setzte sich wie ein gehorsamer Droschkengaul in Fahrt. Lilli ärgerte sich und folgte den beiden. Im Rauchzimmer hingen bereits so dicke Schwaden blauen Rauches schwerer Zigarren in der Luft, daß man die Anwesenden kaum noch unterscheiden konnte. Chindler durchquerte den Raum und dankte einem jüngeren Mann, der ihm seinen Platz anbot. Er wollte sich gerade setzen, als das Gespräch verstummte und alle Blicke sich nach der Tür richteten, in der Lilli erschienen war. Chindler drehte sich um. Aber Lilli hatte schon gemerkt, daß hier der Eintritt für sie verboten war; sie lächelte ihrem Schwiegervater zu und ging weiter. Sofort wurde das Gespräch wieder aufgenommen.

16

»Man informiert uns nicht in Berlin«, sagte der Graf Arco, der mit gekreuzten Beinen vor dem Kamin stand. »Der Geheimrat Brentano, der letzte Woche aus Florenz zurückgekommen ist, erzählt, daß dort alle Welt von einer gewaltigen deutschen Niederlage an der Westfront spricht. Bei uns zu Land weiß davon kein Mensch etwas.«

»Die genannte Quelle«, sagte der Hausherr, »ist manchmal nicht die klarste.«
Der Mann am Kamin schwieg. Er hatte vergessen (was ihm aber jetzt wieder einfiel), daß Brentano ein naher Verwandter des Ministerpräsidenten war, die Herren aber nicht sonderlich gut miteinander standen. »In Wien«, fuhr er fort, »soll man schon die Möbelwagen bereitstehen haben, um die Archive des Außenministeriums nach Salzburg schaffen zu lassen...«
»Daß die Österreicher in Ostgalizien geschlagen worden sind, ist bekannt«, sagte Helmberger. »Aber diese Niederlage ist durch die Schlacht bei Limanowa wieder in Ordnung gebracht. Der russische Vormarsch ist zum Stehen gekommen, das ist die Hauptsache.«
Der Mann am Kamin schüttelte ärgerlich den Kopf. »Wir reden hier nicht von den Siegen unserer Truppen, die man kaum zählen kann, sondern davon, daß man in Berlin schweigt und uns nicht informiert. Das ist ein Fehler, das muß anders werden.«
»Daß man in Berlin schweigt, kann man gerade nicht behaupten«, sagte jetzt ein jüngerer, glatzköpfiger Mensch, der einen hohen türkischen Orden um den Hals trug. »Ich war letzte Woche in Berlin und erschrak über die uferlosen Gedanken, denen sich nicht nur die Regierung, sondern auch gescheite Fabrikanten aus Rheinland und Westfalen hingeben. Eine Landung unserer Armee in England sieht man als selbstverständlich an. Die Wegnahme der besten englischen Kolonien braucht nicht mehr diskutiert zu werden. Daß wir Calais, Boulogne, Antwerpen und Ostende behalten, ist längst beschlossen. Die englische Flotte hat sich im Rahmen der unsrigen zu halten, und die Kriegsentschädigung schwankt zwischen dreißig und vierzig Milliarden.« Diese etwas schneidend vorgetragenen Ausführungen wurden mit allgemeinem Schweigen entgegengenommen. Als der Glatzköpfige schwieg, entstand eine Pause, bis sich ein alter, eisgrauer General aus seinem Sessel erhob.
Chindler beobachtete ihn und merkte, daß eine Rede bevorstand, denn der General benahm sich, als wolle er ans Glas klopfen.

»Was die Ausführungen betrifft, die wir soeben gehört haben«, sagte der General, nachdem er sich vorbereitet zu haben schien, »möchte ich mir nur die Frage erlauben, ob die Anwesenden der Meinung sind, daß unser braves Heer diesen Krieg führt, damit München – bayrisch bleibe?«
Der General hielt seine Frage, die ziemlich scharf war, anscheinend für witzig, denn als niemand lachte, kicherte er selber. Der Mann am Kamin wollte antworten, aber der Hausherr kam ihm zuvor. »Ich muß in einem Punkt zustimmen«, sagte er, obgleich er niemandem zustimmte, »aber die Zeit für Erörterung von Kriegszielen scheint mir noch nicht gekommen. Etwas anderes aber ist weise Voraussicht, da hätte ich gern gehört, was man in Wien über Rumänien denkt.«
Ein Journalist, der sich angeredet fühlte, setzte sich in seinem Stuhl zurecht und antwortete: »Auch in dieser Sache scheint man in Berlin mal wieder die alten Fehler wiederholen zu wollen. Letzte Woche hätten wir eines der größten und einflußreichsten rumänischen Blätter kaufen können. Ich erfuhr in Wien davon, ging gleich zum Ballhausplatz, aber die Österreicher sagen, Berlin sei ebenso reich wie sie arm, Berlin solle es machen. Ergo fuhr ich nach Berlin, wo man mich abblitzte. Denn die Neunmalweisen dort haben schon ein Blatt gekauft, das allerdings nur 2000 Auflage hat und von einem alten Esel redigiert wird, der den Verkauf an uns aller Welt erzählt hat.«
»Das ist das geschickte Händchen, das unsere Diplomaten in solchen Dingen haben«, sagte jemand. Der Journalist fühlte, daß sein Bericht auf allgemeine Zustimmung stieß, geriet in Feuer und stand auf. »Man glaubt nun, man habe gespart, denn mein Blatt hätte zehn Millionen Lei gekostet, während die Berliner für ihr Blättchen nur drei Millionen bezahlt haben. In Wirklichkeit hat man diese drei hübschen Millionen zum Fenster hinausgeworfen, denn in zwei Monaten wird das Blatt keinen einzigen Abonnenten mehr haben. Dann kommt ein Befehl von oben, daß es alle Militärkasinos auszuhängen haben, und statt die Rumänen klärt man sich selber auf. Für drei Millionen.«
Hertling, der die Geschichte dieser rumänischen Zeitung schon zweimal gehört hatte, langweilte sich. Er fand die Ge-

spräche zu scharf und wäre am liebsten aufgestanden und in sein Büro gegangen, wo ein Haufen unerledigter Akten lag. Da trat der Nuntius ins Zimmer. Wie es seine Gewohnheit war, blieb er auf der Schwelle einen Augenblick stehen, um die Anwesenden zu betrachten und sich von ihnen betrachten zu lassen. Er war es so gewohnt, von den Deutschen bewundert zu werden, daß er es nie versäumte, ihnen Gelegenheit dazu zu geben. Helmberger, der ihn kannte, ging ihm ein paar Schritte entgegen und fragte: »Sagen Sie, Exzellenz, was hat der Papst zum Memorandum deutscher Katholiken über den gegenwärtigen Krieg gesagt?«
Aversa mußte einen Moment überlegen, worum es sich handele. Dann erinnerte er sich, daß eine Anzahl angesehener deutscher Katholiken durch einen in Rom weilenden Prälaten dem Papst und den Kardinälen eine Denkschrift hatte überreichen lassen, die Deutschlands Unschuld am Kriege beteuerte.
»Seine Heiligkeit hat mir gesagt«, antwortete Aversa lächelnd, »er habe seit Jahren kein so vollendetes Latein gelesen.«
Chindler hatte eine ausweichende Antwort erwartet, aber diese Bemerkung fand er doch sehr überheblich. Die genannte Denkschrift war fast ganz sein Werk und ein politischer Akt, von dem er sich einiges versprochen hatte. Jetzt sah er sie wie einen Schulaufsatz kritisiert. Er überlegte eine Antwort, aber es fiel ihm nichts ein. Sein anerzogener Respekt vor einem hohen Kirchenfürsten war zu groß. Er zu Hertling hinüber, der unbeweglich auf seinem Stuhl saß.

17

Im Nebenzimmer fing jemand an, Klavier zu spielen. Chindler lauschte hinüber. Da erhob sich der Ministerpräsident. »Zu Ehren unserer österreichischen Freunde und Gäste wird uns ein Künstlertrio einiges von Mozart vortragen«, sagte er. »Wir können uns ja später noch einmal hier versammeln.«
Chindler huschte als einer der ersten aus dem Zimmer. In dem angrenzenden, sehr großen Saal hatten sich die Gäste im

Halbkreis um den Flügel gesetzt, vor dem eine Sängerin und eine Geigerin standen. Chindler suchte die Plätze ab und entdeckte Lilli, die in der hintersten Reihe saß. Auch sie hatte ihn gesehen und deutete auf einen Stuhl, der neben ihr leer war. Chindler ging auf Zehenspitzen zu ihr.

Als er sich gesetzt hatte, schaute er sich in der Runde um und wunderte sich wieder einmal über die geradezu andächtige Haltung, in der viele Zuhörer die Musik in sich hineinfließen ließen. Er wußte nie, was er sich bei den Tönen denken sollte, die ihm ins Ohr hüpften, und fand eigentlich nur Melodien hübsch, oder grelle Dissonanzen, die ihn erregten.

Rauschender Beifall dankte den Vortragenden. Die Geigerin, die ein hübsches, gelbseidenes Kleid trug, setzte sich auf einen Stuhl, und die Sängerin sang, diesmal nur vom Flügel begleitet, ein neues Lied. Lilli betrachtete sie und hörte aufmerksam zu. »Mädchen lieben stets zu naschen, läßt man sie allein... Mädchen lassen sich gern haschen, weiß man sie zu überraschen...« In diesem Augenblick wurde hinter Chindler ein Stuhl gerückt. Lilli drehte sich um und sah Konrad Hey, der eingetreten war und sich soeben hingesetzt hatte. Sie begrüßte ihn mit den Augen, während er ihr eine Verbeugung machte. »Darum sperrt die Zuckerplätzchen, sperrt die hübschen, sperrt die jungen Mädchen ein...« sang die Sängerin. Lilli fühlte die Blicke Heys auf ihren Hals gerichtet und mußte lächeln.

Der Sängerin wurde ein Strauß gelber Rosen überreicht, und man sah, daß Pause war. Theodor Chindler erhob sich. Lilli wollte ihm etwas sagen, als Hey vor ihr erschien und ihr mit einer tiefen Verbeugung die Hand küßte. »Wie geht es Ihnen«, fragte er. »Ich bin glücklich, daß ich Sie hier treffe. Heute nachmittag...« Lilli unterbrach ihn. »Darf ich Sie meinem Schwiegervater vorstellen?« fragte sie.

Hey machte ein erstauntes Gesicht, als habe er Lilli nicht verstanden, und schaute intensiv nach rechts, wo ein kleines, eisgraues Männchen stand, das sich mit zitternder Hand eine lange Zigarre anzündete. Theodor Chindler hielt Hey schon die Hand hin, so daß Lilli Hey am Arm nehmen und nach links umdrehen mußte. »Oberleutnant Hey ist ein Kamerad meines Mannes«, sagte sie zu dem Abgeordneten.

Die Begrüßung zwischen dem lang aufgeschossenen Offizier und dem etwas gebückten Professor war possierlich. Chindler betrachtete den jungen, hübschen Menschen, der ihm schon darum gefiel, weil er ein Kamerad seines Sohnes Ernst war, mit treuherzigem Wohlgefallen, während der fromm protestantische Nürnberger Patrizier Hey überlegte, daß er eben zum ersten Male einem Zentrumsabgeordneten die Hand zu geben im Begriff war. Als er sich vor Chindler mit starrem Gesicht verbeugt hatte, richtete er sich wieder auf und verharrte schweigend, zwischen Lilli und dem Professor hindurch in den Saal schauend.
»Setzen wir uns doch«, sagte Lilli. Hey rückte ihr einen Sessel heran, und während sich Chindler neben seine Schwiegertochter setzte, ließ sich Hey den beiden gegenüber nieder.
Ein kurzes Gespräch erlosch nach ein paar zähen Phrasen; die drei Sitzenden hingen, jeder für sich, ihren Gedanken nach. Nichts auf der Welt hätte Hey mehr erstaunen können als Lillis Auftreten auf dem Fest des Ministerpräsidenten. Im Regiment hatte man gelegentlich von der hübschen, aber dummen Lilli Chindler gesprochen, und mit dieser Vorstellung war er zu ihr gegangen. Ihre einfache und kleine Wohnung hatte ihn überrascht; aber nach zehn Minuten war er von dieser Frau mehr hingerissen als je von einer andern in seinem Leben. Dann war jener rätselhafte Morgen gekommen, an dem ihn Lilli eigentlich hinausgeworfen hatte, ihr unbegreifliches Benehmen, ihre spöttischen Bemerkungen.
Während des Konzertes, als er hinter ihr saß, hatte sich Hey vorgenommen, Lilli wegen ihres Verhaltens ernste Vorwürfe zu machen, in jeder Weise den Beleidigten zu spielen. Aber je länger er darauf warten mußte, mit Lilli zu sprechen, desto zaghafter wurde er. Denn hier saß eine dritte, abermals völlig andersartige, ganz unbekannte Lilli vor ihm.
Ein Herr war auf Chindler zugetreten und unterhielt sich mit dem Abgeordneten und mit Lilli.
Hey betrachtete die schöne Frau von der Seite. Der Blick, mit dem sie den Mann anschaute, der mit ihrem Schwiegervater sprach, erschreckte ihn. Lilli musterte den Sprechenden so durchdringend und kalt und doch wieder so ruhig und fest, daß er mit einem Schlag merkte, was er für eine Nacht beses-

sen und wahrscheinlich für immer verloren hatte. Ich bin verrückt, dachte er, wenn ich glaube, ein Mensch wie ich könnte dieser Frau Vorwürfe machen.
Er schaute Lilli wieder an und begegnete ihrem Blick, der ihn aber nur streifte und sofort verließ. Lachte sie über ihn?
Es sah nur so aus, als ob sich Lilli an dem Gespräch beteiligte, das ihr Schwiegervater mit einem Historiker von der Universität führte. Lilli dachte ebenso über Hey nach, wie er über sie. Ihr Zorn war vergangen wie ihre Liebe. Hey war hübsch, das fand sie auch jetzt noch, aber er war dumm, ein lackierter Knecht, ein Mensch mit netten Haaren, ohne Augen und ohne Mund und einem gut gewachsenen Körper. Oder war er einfach zu jung? Sie wollte ihn fragen, wie alt er eigentlich sei, aber sie unterließ es. Besser war, ihn jetzt nichts zu fragen.
Sie schaute in den Saal und beobachtete die Männer, die vorübergingen. Es waren Jünglinge oder Greise. Nun ja – es war Krieg, und die Männer waren draußen, aber auch die dreißig- und vierzigjährigen, die Lilli betrachtete, schienen ihr fad, unreif, unmännlich, bedrückt, wenn sie ernst aussahen oder schauspielerhaft, wenn sie fröhlich dreinschauten.
Durch eine offenstehende Tür kam ein kühler Luftzug, und Lilli fror an den Fußgelenken. Diese Empfindung weckte ihre Erinnerung an die Familie Oberholzer. »Denken Sie, was ich gestern erlebt habe«, sagte sie plötzlich zu Hey und erzählte ihm die Geschichte von Luisens Schwester. Als sie von dem hartherzigen Hauswirt berichtete, sah sie, daß Hey mit den Augen lächelte. Sie hielt inne und betrachtete sein Gesicht. Wie wurde es durch dieses Lächeln entstellt, genau wieder so schafsdumm, ziegenhaft, wie am Morgen nach der Nacht. »Sie scheinen albern zu finden, was ich da gemacht habe?« sagte sie.
Hey fuhr zusammen wie ein Wachtmeister, den ein Oberst ankräht, und sogar Chindler, der gar nicht zugehört hatte, wunderte sich über den plötzlichen Zorn seiner Schwiegertochter.
Der Ministerpräsident kam allein durch den Saal. Als er Chindler erblickte, setzte er sich neben ihn. »Wissen Sie vielleicht«, fragte er, »was unser Kollege Erzberger treibt?«

»Er soll in Rom sein«, sagte Chindler vorsichtig, denn er gehörte zwar nicht zu den Freunden Erzbergers, aber auch nicht zu dessen Feinden wie Hertling.
»So, so«, sagte der Minister, »Sie haben das also auch gehört. Na, da werden wir ja wohl bald die italienische Kriegserklärung bekommen.«
Chindler schwieg.
Hertling fühlte, daß er sich zu scharf geäußert hatte. »Verstehen Sie mich richtig«, sagte er, »wie ich unseren Freund kenne, wird er den Italienern halb Österreich anbieten, um sie friedlich zu stimmen. Wenn dann ernste Männer hinterher erklären müssen, daß dies nicht geht (denn Herr Erzberger ist ja nicht der Besitzer Österreichs), wird der Schlamassel da sein.«
»Ein Fehler ist«, antwortete Chindler, »daß man in unserem Lande einer Begabung und Kraft wie Erzberger keinen Posten gibt.«
»Damit er noch mehr, ich will nicht gerade sagen, Unheil anrichet?«
»Weniger, weniger«, sagte Chindler. Ein Verstand braucht ein Amt, ein Staat muß seine Köpfe füttern...«
Chindler stand auf, um einen Zornanfall zu beherrschen, der ihn gepackt hatte. Dieser Erzberger war ein frecher Patron, aber was taten denn die Schwachköpfe à la Hertling, um Italien daran zu hindern, Deutschland den Krieg zu erklären? Gar nichts, als hier im Sessel sitzen. Chindler fühlte den Haß der Hierarchie (der auch ihm galt) gegen jeden, der nicht zur Clique gehörte, die das Privileg hatte, alles zu ruinieren, aber sich selber zu behaupten!
»Ein Land, das nur aus Küsten besteht, kann sich nicht gegen die englische Flotte wenden«, sagte Hertling achselzuckend. »Der Bruch mit England war der Fehler.«
Politik besteht nun einmal aus Fehlern, wollte Chindler antworten. Aber er schwieg. Seiner Ansicht nach war die Aufgabe seit den Zeiten Alexanders des Großen unverändert die gleiche: Zu sehen, wie man aus dem Engpaß herauskommt, in dem man sich alle Tage einmal befindet.
Unterdessen hatte sich Lilli für den nächsten Tag mit Hey verabredet. Ich muß sie wiedersehen, dachte Hey, und emp-

fand nur noch den einen Wunsch, diesen herrlichen Mund noch einmal zu küssen, von diesen Armen wieder umschlungen zu werden.

Ich werde ihm sagen, dachte Lilli, daß er dumm ist und ihn fortschicken. Hübsch und dumm. Aber dumm.

Als Chindler mit Lilli nach Hause ging, war er immer noch ganz außer sich über sein Gespräch mit Hertling. »Hat Italien vielleicht weniger Küsten gehabt, als man den Dreibundvertrag erneuerte?« sagte er, mit dem Stock auf den Boden klopfend. »Plötzlich entdecken diese Politiker Küsten! Und statt den Wagen aus dem Dreck zu ziehen, setzen sie ihre Brillen auf und untersuchen die politische Zusammensetzung des Dreckes, in dem man steckt. Ein Esel würde genügen, um alles herauszuziehen. Aber bei uns sitzen die Esel halt im Wagen. Da kann man nichts machen! Da kann man nur Zigarren rauchen! Oder Volkslieder singen!«

Vor seinem Hotel wollte sich Chindler verabschieden, aber Lilli sagte, sie wolle erst noch bei ihm nach dem Rechten schauen. »Siehst du«, meinte sie, als sie sich in seinem kleinen Zimmer umschaute, »da ist ja noch gar nichts ausgepackt. Gib mir deinen Schlüssel.«

Sie stellte Seife und Schwamm auf den Waschtisch, breitete ein riesiges, blaugesäumtes Nachthemd über sein Bett und ging im Zimmer auf und ab, während Chindler glücklich und etwas verlegen auf einem Stuhl saß. »Was ist denn das?« fragte Lilli in einem Buch blätternd.

»Ich lerne Sprachen«, sagte Chindler.

»Polnisch?«

»Ja, ist übrigens eine schöne Sprache.«

»So? Sind das deine Pantoffeln? Ich werde dir zu Weihnachten neue schenken.«

»Willst du nicht Weihnachten zu uns kommen?«

»Ich weiß noch nicht, Papa.«

»Bei meiner Frau muß man immer bedenken, daß sie die meisten Dinge nicht so meint, wie sie sie sagt.«

»Ich habe es mir auch gedacht«, sagte Lilli.

»Da freue ich mich jetzt auf Weihnachten«, sagte Chindler.

»Wenn ich nicht kommen kann, kommst du vielleicht zu mir nach München?«

Als Luise am nächsten Morgen das Frühstück brachte, sagte sie: »Herr Hey hat telefoniert, er sei telegrafisch zu seinem Regiment zurückgerufen worden. Er lasse vielmals grüßen.«
Lilli legte sich in die Kissen zurück. Die stumpfsinnige Viereckigkeit des Zimmers, welche die beiden, mit der Schere geschnittenen Fenster noch betonten, war unheimlich. War nicht ein dummer Mensch besser als gar kein Mensch? Als niemand? Als dieses schweigende Alleinsein? Wie lange konnte dieser Krieg dauern? Gestern hatte jemand gesagt, er könne auch jahrelang dauern – also jahrelang allein sein? Wenn er aber morgen zu Ende war und Ernst heimkam? Dann würde er neben ihr in diesem Zimmer sein, oder in einem anderen Zimmer, immerfort, Tag und Nacht. Was würde man eigentlich miteinander reden... zum Beispiel nach drei Jahren?
Sehen wohl alle Minister so aus, wie dieser kleine Zeichenlehrer Hertling? Kann ein Land ganz ohne kluge Leute regiert werden? Wo sind eigentlich die klugen Männer?
»Ist Post gekommen?« fragte Lilli plötzlich. Niemand antwortete. Luise war längst wieder in der Küche. Lilli richtete sich auf und entdeckte auf dem Frühstückstablett einen Brief.
»Liebe Lilli! Papa ist in München. Kann sein, daß Du ihn siehst. Kaum war er fort, wurde Mama wieder einmal unausstehlich. Als mein Freund nachmittags zu mir kam, benahm sie sich so unhöflich gegen ihn, daß ich auf Nadeln saß. Ich kann diese Frau immer weniger verstehen. Sie haßt alle Menschen, die ich liebe. Übrigens hoffen wir, daß du Weihnachten herkommst. Maggie pflegt jetzt Verwundete, aber es setzt täglich Kämpfe, weil sie ganz ins Krankenhaus ziehen will, was Mama natürlich nicht erlaubt. Das verbessert die Stimmung nicht. Nur du könntest helfen, und ich hätte dir überhaupt viel zu sagen. Dein Leopold.«
Lilli ärgerte sich. Wenn er nicht aufhört, mir Jammerbriefe zu schreiben, werde ich ihm den nächsten Brief zerrissen zurückschicken, dachte sie. Dann rief sie Luise und bat sie, bei ihr im Schlafzimmer zu arbeiten, sie wolle nicht allein sein.

DRITTES BUCH

1

Weihnachten war vorübergegangen. Keiner der Söhne Chindlers hatte Urlaub aus dem Feld bekommen; auch Lilli hatte kurz vor dem Fest abgeschrieben; sie sei so erkältet, daß sie nicht reisen könne. So waren nur Fräulein Chindler aus Wiesbaden und Frau von Beaufort als einzige Gäste herbeigereist. Leopold hatte diese Versammlung von Mumien, wie er sagte, mit Mißfallen betrachtet. Als Elisabeth Chindler unter dem Weihnachtsbaum auch noch in Tränen ausbrach, machte der Junge in Gedanken seiner Mutter Vorwürfe, sie benachteilige ihre jüngeren Kinder allzusehr zugunsten der älteren. Er meinte, ein bestimmtes Anrecht auf Liebe und Zärtlichkeit, mindestens auf Achtung zu haben, ob nun Krieg sei oder nicht. Ende Januar gab es ein paar warme Tage und der Gärtner kam, um die Obstbäume zu schneiden. Theodor Chindler war nach dem Essen in den Garten gegangen, um die Arbeit zu kontrollieren. Als der Gärtner vom Essen zurückkam, empfing er ihn zornig, weil der Mann versäumt hatte, einen Ast, den man hatte herausnehmen müssen, von unten anzusägen. Nun war der schwere Zweig abgebrochen, eine tiefe Rißwunde in den guten Baum ziehend. »Das ist aber schlechte Arbeit, mein Lieber«, sagte Chindler und befühlte mit seinen dicken Fingern die Wunde. »Mir hat der Baum auch leid getan, kaum daß es geschehen war«, sagte der Gärtner, »aber ich weiß nicht, wie das kommt, man wird heutzutage gar nicht mehr mit seinen Gedanken fertig, das stört alle Arbeit.« »Ach was«, brummte Chindler und blieb neben dem Baum stehen, während der Gärtner auf der Leiter höher stieg, um die oberen Triebe zu kürzen.

Dabei wurde er selber ebenfalls nicht mit seinen Gedanken fertig, und als ihn plötzlich ein kalter Wind ins Gesicht biß, lief er rasch ins Haus zurück und rechnete an seinem Schreibtisch neben der Heizung weiter. Der Krieg hatte seine finanzielle Lage gebessert, die beiden Söhne brauchten jetzt keine Zuschüsse mehr, was Chindlers Einkommen um 5000 Mark erhöhte. Aber sein Vermögen war zu klein, um seiner Tochter eine anständige Mitgift geben zu können. Dieser Gedanke bekümmerte ihn. Wen sollte denn das Mädel heiraten? Wohlhabende Katholiken gab es in der ganzen Gegend keinen einzigen; sie einem Protestanten zu geben, war völlig ausgeschlossen.

Vor einigen Tagen hatte ihm ein Verleger geschrieben und gebeten, Chindler möge ein Buch für ihn machen, ganz gleich über welches Thema. Damit war etwas Geld zu verdienen, aber Chindler wußte nicht, worüber schreiben, und fürchtete gleichzeitig die Partei. Er hatte *ein* Thema, das ihm am Herzen lag: Die Aufgabe des Reichstags im Kriege! Würde die Zensur ein solches Buch durchgehen lassen? Chindler mußte das bezweifeln und sich gleichzeitig sagen, daß es für einen Mann seiner Stellung unmöglich war, einen Konflikt mit der Zensur, also mit der Behörde vom Zaun zu brechen. Die Partei würde ihn ohne weiteres fallen lassen.

Er stand auf und ging an seinen Bücherschrank. In der letzten Nummer der preußischen Jahrbücher hatte der Herausgeber Professor Delbrück einen Artikel geschrieben, der Chindler sehr geärgert hatte. Der Abgeordnete nahm das Heft in die Hand und las: »Der Kampf der Parteien soll nach dem Krieg mit gegenseitiger ritterlicher Achtung geführt werden. In diesem Sinn ist schon die große ›Freie Vaterländische Vereinigung‹ unter dem Vorsitz des Professors Kahl gegründet worden, um sofort bei *Friedensschluß* in Tätigkeit treten zu können.«

»Bei Friedensschluß! In hundert Jahren!« rief Chindler dem Bücherschrank zornig zu und warf das Heft auf den Tisch. »Nur jetzt nicht handeln! Diese Narren! Als könnte man sich heute für einen Zustand präparieren, von dem kein Mensch weiß, wie er sein wird!«

Er kehrte an seinen Schreibtisch zurück und schrieb: Im ersten Kapitel muß ein für allemal bewiesen werden, daß ein Politiker, der weiter als bis übermorgen denkt, ein Dummkopf ist und ein gefährlicher Phantast... Dann warf er die Feder hin, stand auf und setzte hin und her gehend sein Selbstgespräch fort. »Den Krieg, diesen Krieg, das größte politische Ereignis der Menschheit, überlassen diese Trottel den Gene-

ralen! Was wollen sie eigentlich? Einen Frieden wieder regieren, den sie nicht gemacht haben werden?...« Er lief zu seinem Schreibtisch zurück und schrieb: Im zweiten Kapitel muß dies bewiesen werden: Der Reichskanzler hat selber erklärt, daß wir innenpolitisch eine Neuorientierung brauchen (was für ein Wort übrigens! Jeder kann es sich im eigenen Munde zurechtmachen!). Aber Bethmann hat richtig erkannt, daß dies nötig ist, folglich muß es sofort geschehen. Ein Volkskrieg (Millionenheere) kann ohne Volk nicht geführt werden, aber Hämmel, die zur Schlachtbank geführt werden, sind kein Volk. Regiert man (weiterhin) von oben nach unten, macht man aus einem Volk Hämmel, man muß also umgehend anfangen, von unten nach oben zu regieren, um aus den Hämmeln Menschen zu machen. Dies letztere muß übrigens noch deutlicher gesagt werden. Denn die Massen benehmen sich nur augenblicklich wie Massen, sind aber aus nachdenklichen Menschen zusammengesetzt! »Das ist gut«, sagte sich Chindler. »So muß das Buch werden. Das kann ich rasch schreiben! Jetzt ist Krieg, Herr Delbrück, falls Sie dies etwa noch nicht wissen sollten. Jetzt muß gehandelt werden.«
Therese klopfte und rief zum Abendessen. Während des Essens blieb Chindler schweigsam. Als er hastig etwas Fleisch und Gemüse gegessen hatte, schnitt er sich ein Stück Brot ab und verlangte die Abendzeitung. Er warf einen Blick auf die Überschriften, legte das Blatt wieder neben sich, aber unter seine Hand, lehnte sich im Sessel zurück und betrachtete seine Familie. Hans, der jüngste Sohn, fühlte sich durch den forschenden Blick des Vaters geniert, mußte aus Verlegenheit lachen, verschluckte sich dabei und wurde knallrot im Gesicht. Chindler sah es gar nicht. Er war in Gedanken völlig bei seinem Buch. Als das Mädchen eine Schüssel mit Obst brachte, beugte er sich über die Schale, schüttelte den Kopf, stand auf, nahm die Zeitung und kehrte in sein Zimmer zurück.
Wie viele unentschlossene Menschen, versuchte er, sich anzuspornen, indem er sich einen Termin stellte. »Ich muß das Buch heute noch anfangen«, sagte er sich. »Heute noch.« Er wollte sich an seinen Schreibtisch setzen, als er die Zeitung in seiner Hand fühlte. »Na, was schreiben denn die Kerle«, sagte er, und breitete das Blatt auf den Tisch. Es war die »Frankfur-

ter Zeitung«, die er seit dem Kriege hielt, ihrer freigeistigen Tendenz wegen aber vor den Kindern verbarg.
Chindler begann zu lesen: »Schon Ende Dezember war zu erkennen, daß die feindlichen Heere die Spannkraft zu einer Offensive nicht mehr besaßen. Diese Tatsache ist in den letzten Wochen von neuem bestätigt worden, dagegen haben, umgekehrt, unsere Truppen ihrerseits die Offensive ergriffen und nicht unerhebliche Vorteile errungen. Die Gegend zwischen Laons und Soissons, wo einst im Jahre 1814 die Entscheidung fiel, ist von neuem berühmt geworden, und die dem Kenner des Feldzuges von 1814 geläufigen Namen wie Berry au Bac, Craonne usw. sind wieder durch die Zeitung gegangen... Im Osten dringen die Österreicher wieder vor, nehmen einen Paß nach dem andern und scheinen in die galizische Ebene hinabsteigen zu wollen...«
Chindler unterbrach die Lektüre. »Aber sie siegen ja, sie siegen ja...« sagte er mehrmals vor sich hin. Dann las er weiter. »Die ›Times‹ bringt aus Petersburg die Nachricht, daß es nicht bloß Österreicher, sondern auch Deutsche seien, die sich zu einer neuen Offensive in Galizien vereinigt hätten, und russische Zeitungen melden von Vorbereitungen für die Räumung Lembergs in Erwartung einer großen Schlacht in Galizien, das heißt also im Rücken der zur Zeit noch die Festung Przemysl einschließenden russischen Belagerungsarmee... Sie siegen ja«, wiederholte Chindler, »sie siegen ja.«
Hätte ihn ein Fremder gesehen, wie er so saß, hätte er glauben müssen, Chindler habe soeben eine entsetzliche Nachricht erhalten; so verzweifelt war der Ausdruck seines Gesichtes. Wünschte denn dieser Mann nicht den Sieg seines eigenen Volkes über die feindlichen Armeen? Natürlich wünschte Chindler nichts sehnlicher als dies. Aber wie Tausende der besten Männer damals, überfiel ihn bei dieser Aussicht gleichzeitig eine würgende Furcht. Ein Sieg der deutschen Armee bedeutete eine Stabilisierung der deutschen Generals- und Militärwirtschaft auf unbegrenzte Dauer. Das sollte nicht sein. Manchmal wünschte sich Chindler eher eine Niederlage der eigenen Leute. Aber auch davor fürchtete er sich begreiflicherweise, denn alle Welt sagte, eine Niederlage würde den völligen Bankerott des besiegten Landes bedeuten, und

Chindler glaubte das. Sollte er auf seine alten Tage betteln gehen? Dann schon lieber die Ludendorffs siegen lassen!
»Was willst du eigentlich, mein Lieber?« sagte Chindler wieder zu sich selbst. »Was willst du? Sage es dir einmal selber ganz klar und deutlich! Ich will die Parlamentsherrschaft... So, das willst du?... Ja. Warum denn? Warum? Warum...« Auf diese Frage wußte Chindler plötzlich keine Antwort mehr. Seine politische Bildung reichte nicht aus, um zu erkennen, daß dieser Krieg von Deutschland militärisch nicht zu gewinnen war, sondern nur politisch zu beenden. Darum verwirrten ihn, wie tausend andere, die Siege derart, daß er sich nicht mehr auskannte. Auch in seinem Kopf hatten Schlagworte wie das: Man darf der kämpfenden Truppe nicht in den Arm fallen, eine beträchtliche Verwüstung angerichtet. Zweifellos wäre es nicht die Aufgabe der Politiker gewesen, der Armee in den Arm zu fallen. Aber ihre Pflicht wäre gewesen, sie daran zu hindern, sich zu Tode zu siegen, wie es schließlich geschah, kurz, die Armee wieder zu dem zu machen, was sie ihrer Natur nach ist: Zu einem Instrument der Politik.
Chindler stand auf, ging an den Schreibtisch, las, was er vor Tisch geschrieben hatte, und wollte es in einem Anfall müden Zornes zerreißen. Er besann sich aber anders, faltete die Bogen zusammen und legte sie in eine Schublade. »Man kann nichts machen«, sagte er wieder zu sich selber, »die Dinge müssen ihren Lauf nehmen.«
Solche abstrakten Anstrengungen, in denen ein normaler Verstand ohne die Hilfsmittel praktischer Erfahrungen und bedeutender Bücher, von sich aus, verwirrte Verhältnisse zu durchdringen versucht, machen müde. »Gehen wir schlafen«, sagte Chindler und ging zur Tür. Auch die folgende Reaktion war die übliche: »Was geht das mich an?« fragte er, »meine erste Pflicht ist es, mich um meine Familie zu kümmern.« Vor diese Aufgabe sollte er bald gestellt werden.

2

Es war vierzehn Tage später. Die Familie hatte sich zum Abendbrot gesetzt, obgleich Margarethe noch nicht aus dem

Krankenhaus zurück war. »Es ist halb neun«, sagte Frau Chindler, »wir fangen an.« Als das Mädchen die Suppe brachte, trat Margarethe ins Zimmer, entschuldigte sich mit ein paar hingemurmelten Worten und setzte sich.
»Nach meiner Ansicht«, sagte Elisabeth Chindler, »gehört gerade zu einem Krankenhausbetrieb größte Pünktlichkeit!«
»Es ist aber Krieg, Mama«, antwortete Maggie.
Frau Chindler betrachtete die Tafelrunde, ob alles auch in Ordnung sei, und ihr Blick blieb auf ihrer Tochter ruhen. Das Mädchen hatte sich in den letzten Wochen sehr verändert. Es war dünner geworden, bleich, hatte Ringe unter den Augen und einen entschlossenen Zug um den Mund, den es früher nicht gehabt hatte. »Warum sind deine Hände so rot?« fragte Frau Chindler. »Trocknest du sie nicht ab, wenn sie naß geworden sind? Ich werde dir eine Creme geben... Du mußt daran denken, daß du nicht dein Leben lang in diesem Krankenhaus bleiben wirst...«
Maggi antwortete etwas, als ein Donnerschlag das Haus erbeben machte. Im nebenanliegenden Zimmer krachten die Fenster klirrend zu Boden, ein eiskalter Luftzug sauste durch das Speisezimmer, zerbrach auch hier die Fenster und stürmte in den Garten weiter. Gleichzeitig erlosch das Licht. Die Familie saß noch vor Schreck gelähmt um den Tisch in dem dunklen Raum, als ein zweiter Knall die Luft erschütterte, dem ein dritter, der aber schon schwächer war, und endlich ein vierter folgten. Theodor Chindler sprang auf und fragte in die Dunkelheit, ob Kerzen im Hause seien. Dann liefen die Mädchen aus der Küche herein.
»Was ist denn das?« schrie Elisabeth plötzlich, »ein Tier, ein Tier!«
Vor Angst zitternd war der Hund ihr auf den Schoß gesprungen. »Man bringe doch Kerzen«, rief Chindler, aber niemand schien sich zu regen. In diesem Augenblick fing auf der Straße ein Mensch zu heulen an, so entsetzlich zu schreien, daß es die Nerven der Anwesenden kaum aushielten, und Hans, der Jüngste, plötzlich ebenfalls laut zu weinen begann.
»Eine Explosion«, sagte Margarethe, »ich muß gleich ins Krankenhaus!«

»Du bleibst hier«, rief Frau Chindler.
»Laß mich doch, Mama«, sagte das Mädchen, obgleich sie niemand festhielt, denn das Zimmer war immer noch stichdunkel, so daß keiner den andern sehen konnte. Der Mensch auf der Straße heulte wieder, jetzt vernahm man auch Stimmen von Männern, und schließlich eine Stimme, die laut und gedehnt durch die Nacht rief: »Macht auf, macht eure Häuser auf!«
Chindler tastete sich durch den Flur nach der Haustür, als die Köchin mit einer brennenden Kerze die Treppe herunterkam. Chindler befahl ihr zu leuchten und öffnete die Haustür. Obwohl Schnee lag, war auf der Straße rabenschwarze Nacht.
»Hier ist jemand!« rief Chindler.
»Gut! Aufgemacht!« antwortete eine Stimme, und jemand rüttelte am Gartentor. »Ich komme«, rief Chindler zurück.
Inzwischen hatte Therese Kerzen in der Küche aufgestellt, und die Familie drängte sich um den Herd zusammen, als mehrere Personen einen blutüberströmten Menschen hereinschleppten, und nach einer Weile einen zweiten.
»Margarethe! Margarethe!« rief Frau Chindler, »sie soll den Verletzten verbinden.« Aber Maggie war nicht zu finden. Ohne Hut und Mantel war sie, wie sie ging und stand, ins Krankenhaus zurückgelaufen. Schließlich kniete Frau Chindler selber nieder und begann, von den Mädchen unterstützt, die Verletzten zu verbinden. »Der müßte einen Arzt haben«, sagte sie.
»Woher einen Arzt nehmen«, sagte ein fremder Mann, der den Verwundeten hereingebracht hatte, »wo die halbe Stadt in Trümmern liegt?« »Was ist eigentlich geschehen?« fragte Chindler. »Die Fabrik von Waßmann soll in die Luft geflogen sein.« »Der Krieg kommt näher«, sagte Chindler. »Da haben Sie wahr gesprochen«, sagte eine Frau, die auf einem Küchenstuhl saß.
Leopold schleppte zwei Matratzen in die Küche. Als man die Verletzten vorsichtig gebettet hatte, erzählte die Frau, sie sei mit ihrem Mann und ihrem Schwager in ihrem Wagen die Straße heruntergefahren, als plötzlich ein Donnerschlag ertönt sei, und gleichzeitig ein fürchterlicher Luftdruck ihr Gefährt gegen die Mauer geworfen habe. Als sie dies gesagt hatte,

verdrehte sie die Augen und fiel ohnmächtig vom Stuhl. »Jetzt sind's drei!« sagte Frau Chindler. Dann schickte sie mit einem energischen Befehl die widerstrebenden Kinder ins Bett, legte die Frau auf ein Sofa in das Arbeitszimmer ihres Mannes und kehrte in die Küche zurück, um bei den Verletzten zu wachen. Gegen Morgen, als das Licht wieder angegangen war, kam auch ein Arzt. Chindler, der schlafen gegangen war, kam herunter, um zu fragen, was eigentlich geschehen sei, aber der Arzt erklärte, er sei zum Schweigen verpflichtet worden. Auch in der Morgenzeitung stand kein Wort, und erst am Abend konnte Chindler seiner Frau erzählen, die Waßmannsche Fabrik sei tatsächlich in die Luft geflogen. Außerhalb der Fabrikanlagen sei der Schaden nicht besonders groß; aber innerhalb der Fabrik habe es viele Tote und Verwundete gegeben.
Margarethe war nicht zum Mittagessen gekommen, statt dessen kam am Nachmittag ein Soldat und brachte einen Brief von ihr an die Eltern, in dem sie erklärte, sie könne nicht anders handeln, sie müsse nun ganz im Krankenhaus bleiben, wo soviel Not und Elend sei und ein großer Mangel an ernsten Kräften. »Laß sie gehen«, sagte Chindler, und Elisabeth fügte sich. Aber sie beschloß, sich nun um so energischer um ihre beide jüngsten Söhne zu kümmern, um diese zu frommen und gehorsamen katholischen Christen zu erziehen.

3

Das erste, was sich Frau Chindler vornahm, war, die ihr höchst verdächtige Freundschaft ihres Sohnes Leopold mit dem um ein Jahr älteren Schüler Balthasar Vierling zu trennen. Schon bei der ersten Begegnung fand sie diesen Menschen unangenehm. Sein dunkelblauer Anzug war für einen Schüler zu elegant, sein Gesicht hochmütig, sein Mund falsch, und daß er gar eine weiße Nelke im Knopfloch trug, das fand Elisabeth Chindler so albern, daß sie am liebsten die Blume herausgerissen hätte.
Vierling merkte, daß ihn die Mutter seines Freundes mißtrau-

isch beobachtete; er setzte die Beine, die er übereinandergeschlagen hatte, wieder nebeneinander, richtete sich in dem Stuhl steif auf, rühmte den einfachen und doch vorbildlichen Stil des Chindlerschen Hauses und ging schließlich so weit, Frau Chindler selber Komplimente zu machen. »Wenn man wie ich«, sagte er, »in eine neue Anstalt kommt und in der Pause zum ersten Male das Gewimmel der neuen Mitschüler betrachtet, sieht man fast körperlich neben jedem dieser Knaben eine Mutter stehen. Manche dieser Frauen sind ein wenig nachlässig, und man sieht jene Knaben dann aus schlecht geputzten Zähnen die vorwitzigen Bemerkungen machen, die das Ergebnis der Zügellosigkeit sind. Andere sind zu streng, dann sieht man Knaben, die verschüchtert sind, zu alt für ihre Jugend und zu jung für ihre Blässe. So ging es mir, als ich das erste Mal meinen Freund Leopold sah. Wer hat diesen Jungen erzogen, dachte ich mir, als ich dieses leidenschaftliche und doch so reine Gesicht sah... aber ich will lieber hier abbrechen, denn Leopold ist noch zu jung, um angenehme Wahrheiten ertragen zu können.«
Frau Chindler war verblüfft. So hatte sie in ihrem Leben noch keinen Schüler reden hören. Ihre erste Reaktion war, das Gesagte albern und aufdringlich zu finden. Aber es hatte ihr angenehm in den Ohren geklungen, und sie fand soviel Wahrheit darin, daß sie schließlich lächelte. Den Satz: Leopolds Gesicht sei leidenschaftlich und doch rein, konnte sie lange nicht vergessen. Sie schrieb ihn ihrem Sohn Karl ins Feld und bemerkte dazu, er habe ihr gut gefallen.
Karls Antwort sollte manches ändern. »Mit Bestürzung sehe ich schon seit längerer Zeit«, schrieb er, »daß Ihr in der Heimat anfangt, den Sinn für die Wirklichkeit zu verlieren. Ich finde die Zeiten zu ernst, um derartige Bemerkungen eines geschwollenen Phantasten – für den ich jenen V. nach seiner Bemerkung halte – zu genießen. Außerdem ist es immer ein Kennzeichen solcher Phrasen, daß sie ernster Überlegung nicht standhalten. Ein Gesicht ist entweder leidenschaftlich *oder* rein, beides zusammen kommt nicht vor (vergleiche hierzu das Leben des heiligen Augustin, der in der Zeit seiner Irrungen leidenschaftlich, nach seiner Wandlung aber rein war!!). Was Leopold angeht, so hoffe ich, daß sein Gesicht

weder l. noch r. ist, sondern kindlich (und kindisch), wie es seinem Alter entspricht.« Über diesen Brief war Frau Chindler bestürzt. »Wie nötig brauche ich arme Frau die Erfahrung meiner großen Söhne«, sagte sie zu sich selber. »Wenn sie mir dieser Krieg nimmt, wird er mir alles nehmen, alles.«
Danach konnte sie den kommenden Samstag kaum erwarten, um sich mit ihrem Beichtiger zu besprechen.
»Meine Meinung ist diese«, sagte der Geistliche, als sie ihm den Fall geschildert hatte: »Im jugendlichen Alter ihres Sohnes Leopold kann ein Gesicht leidenschaftlich und rein sein, eine Scheidung tritt erst später ein, wenn der Mensch erwachsen ist. Aber worüber streiten wir? Der Schüler Vierling ist, soviel ich weiß, nicht katholisch. Wozu also Umgang mit ihm pflegen?«
Elisabeth flüsterte, Leopold habe keinen einzigen katholischen Mitschüler in seiner Klasse. Der Pfarrer erwiderte, auch am Umgang mit seinem Bruder könne ein Bruder genug haben.
Verwirrt wie zuvor verließ Elisabeth den Beichtstuhl. Sie wußte, daß ihr Mann einen Verkehr seiner Söhne mit ihren Mitschülern wünschte. Dagegen war also nichts zu machen. Nachdem sie eine Zeitlang gebetet hatte, betrat sie wieder die Straße und damit jene böse Welt, die sie vergebens zu ändern versuchte.
Die Straße war vor der Kirche breit, mit Bäumen bepflanzt und schlecht beleuchtet. Die katholische Bevölkerung hielt dies für eine Schikane des sozialdemokratischen Bürgermeisters; in Wirklichkeit waren alle Straßen schlecht beleuchtet, weil die bürgerlichen Stadtverordneten sich hartnäckig jeder Verbesserung der Beleuchtung in den proletarischen Vierteln widersetzten, worauf die Sozialdemokraten eine Verbesserung in den anderen Quartieren ablehnten. Frau Chindler seufzte wieder einmal über die gefährliche Dunkelheit, als sie plötzlich, etwa hundert Schritte vor sich, im Schein eines erleuchteten Schaufensters ihre Tochter am Arm eines Mannes erblickte. Sie erschrak so heftig, daß sie stehen blieb. Margarethe trug über ihrer Schwesterntracht einen grauen Mantel, und es sei nun, daß ihr der Mantel zu groß war, sei es, daß sie wirklich breiter geworden war, Frau Chindler sah jeden-

falls zum ersten Male, daß ihre Tochter plötzlich den Rücken, die vollen Hüften und den Gang eines Weibes bekommen hatte, nicht mehr den eines Mädchens.

4

Das Paar blieb ebenfalls stehen, und der Mann, ein dürrer, knochiger Mensch, der in Uniform war, und sich auf einen Stock stützte, ließ Margarethens Arm los. Er schien etwas gesagt zu haben, denn Margarethe lachte laut auf, ausgelassen, dachte Frau Chindler, so daß eine vorübergehende ältere Frau einen Bogen um sie machte, sie dabei verwundert ansehend; dann ergriff sie wieder den Arm des Fremden, und die beiden gingen über den Damm auf eine an der Ecke haltende Droschke zu. Jetzt lief auch Frau Chindler so rasch sie konnte, aber als sie an die Straßenkreuzung kam, war das Paar schon in den Wagen gestiegen und davongefahren.

»Ich wußte es ja«, dachte Frau Chindler, »daß das sogenannte Pflegen nur eine Männerwirtschaft ist, ich wußte es ja!«

Alle Familien kommen an einen Punkt, wo sie sich auflösen. Die Töchter heiraten, die Söhne gehen ihre eigenen Wege, und die Eltern bleiben allein zurück. Auch die Familie Chindler näherte sich diesem Punkt.

Elisabeth fürchtete diese Auflösung, denn ihre Familie war nicht nur ihr Besitz, sondern auch ihr Werk. Sie hatte alles aufgebaut und wachte darüber, daß das Begonnene in der richtigen Bahn weiterlief. Ihr Mann war – dies stand für Elisabeth Chindler fest – ein Ausnahmemensch, der durch seine politische Tätigkeit außerhalb stand und der Schonung bedurfte. Außerdem fürchtete sie ihn halb, und halb bewunderte sie ihn, denn er war fromm, tadellos in seinem Lebenswandel und angesehen, und dies war alles, was sie erwartete. Aber die Kinder? Karl, der Älteste, der ihr am nächsten stand, schrieb in seinen Briefen so zynisch über den Krieg und manchmal so erfüllt von Haß gegen die Mißstände in der Armee, besonders in den höheren Offizierskreisen, daß sie sich fürchtete. Der Krieg war ihr im Grunde gleichgültig, aber sie ängstigte sich um die Laufbahn ihres Sohnes. Würde er mit solchen Ansichten Karriere machen können? »Ich zittere manchmal, geliebter Sohn«, schrieb sie ihm, »wenn ich deine Briefe lese. Daß sich der Kronprinz, wie du schreibst, einen Affen hält, und außerdem noch einen galonierten Diener für dieses Tier, ist sicher nicht schön. Aber bedenke die Folgen, die es für dich und dein Leben haben könnte, wenn ein solcher Brief in falsche Hände käme! Ich weiß nicht, was man in einem solchen Fall mit einem Offizier macht. Ich fühle nur, daß du verloren wärest, und mein Lebensglück mit dir.«

»Es freut mich wenig«, schrieb Karl zurück, »daß du beim Lesen meiner Briefe Angst hast. Mein Kopf, in dem solche Gedanken nun einmal drin sind, ist die Zielscheibe englischer Scharfschützen, und ich erlaube mir, was mir paßt.«

Man verlangt zuviel von den Menschen, dachte Elisabeth, das macht sie aufsässig! Ernst war seit dem Krieg verschlossener und schweigsam geworden. Hier gab Elisabeth alle Schuld Lilli, die sie nun einmal haßte. Aber da sie darüber mit niemandem reden durfte, außer mit ihrer Schwägerin, die wie ein Papagei immer ihrer Ansicht war, fraß sie diesen Kummer in sich hinein.

Sollte sie jetzt auch noch ihre einzige Tochter verlieren? Sie hatte sich in den Kopf gesetzt, das Mädchen nur einem Manne zu geben, den sie genau kennen würde. Jetzt lief Maggie per Arm auf offener Straße mit einem Menschen herum, den sie nie gesehen hatte.

Elisabeth Chindler ging langsam nach Hause, setzte sich in ihr Zimmer und wartete auf Maggies Rückkehr aus dem Krankenhaus, um mit ihr zu reden. Aber an diesem Abend ereignete sich jene Explosion, und Margarethe kam einstweilen nicht mehr nach Haus.

Dafür kam am anderen Morgen ein Brief Karls, in dem er sich darüber beschwerte, daß seine Bemerkung über den Schüler Vierling nicht beantwortet worden sei. »Ich mache darauf aufmerksam«, schrieb er, »daß jener Mensch unnatürlich veranlagt sein könnte, und erbitte hierüber deine Ansicht!« Als Theodor Chindler den Brief seines Sohnes las, brauste er auf.

»Wer ist der Vater«, schrie er, »Karl oder ich? Er soll seinen Krieg führen! Meine Kinder erziehe ich!«

Aber der Stachel saß, und Elisabeth begann, Erkundigungen über Balthasar Vierling einzuziehen.

5

Es war wieder kalt geworden, und Leopold Chindler schlenderte, seine Schlittschuhe unterm Arm, dem Eisplatz zu. An der Straßenecke stand ein alter Mann und versuchte, mit einer langen Stange die Straßenlaterne anzuzünden. Seine Bewegungen waren so ungeschickt, daß es ihm immer wieder mißlang. Leopold betrachtete ihn und ging vorüber. Als er eine kleine Böschung hinaufgestiegen war, hörte er Fetzen von Musik und das Sausen und Brausen, das alle Eisplätze erfüllt. Vergnügt über diesen Lärm, den er liebte, und von der glücklichen Hoffnung bewegt, das Mädchen wiederzusehen, an das er dachte, machte er einen Luftsprung und lief dem Platz zu. Er ließ sich die Schlittschuhe anschnallen, spähte dabei ins Gewimmel der hin und her sausenden Menschen, mußte über ein Kind lachen, das platt auf die Nase gefallen war, steckte sich eine Zigarette an, nachdem er sich vergewissert hatte, daß kein Lehrer in der Nähe war, und stand auf. Die Schuhe saßen fest. Er zog zwei Dreier am Ufer, dann schoß er der Mitte des Platzes zu, wo die Musik spielte.

In einer kleinen Stadt kennen sich die Menschen. »Das war der junge Chindler«, sagte die Tochter eines Lehrers zu ihrer Freundin.

»Schaut nicht rechts und nicht links, der Affe!«

»Ist doch mit dem Vierling befreundet. Neulich sah ich die beiden in der Anlage gehen, und denke dir, eingehakt, als ob sie miteinander poussierten!«

»Zwei Buben können doch nicht miteinander poussieren?«

»Deswegen habe ich ja auch gelacht, als ich sah, daß der Vierling seinen Arm um die Schulter des Chindler gelegt hatte, als führe er ein Mädel spazieren!«

Leopold lief an der Musik vorbei dem Ende des Platzes zu, wo unter dem gelblichen Abendhimmel ein schwarzer Wald schweigend stand. Aus der Nähe sah man, daß zwischen Eis und Wald ein Streifen Gras lag, aus der Ferne schien der Wald aus dem Eis zu steigen, was einen großartigen Eindruck machte.

Der Treffpunkt war leer, nur ein paar Kinder warfen sich mit Schneebällen. Der Knabe schaute sich um. Die Musik hatte

wieder zu spielen begonnen, und eine dicke Schlange von Schlittschuhläufern fuhr ums Rondell herum, auf dem die Bläser saßen und bliesen. Ein Paar kam langsam auf ihn zu. Leopold legte die Hände über die Augen und erkannte Else, auf die er gewartet hatte. Er lief ihr entgegen und begrüßte sie. »Ich sah dich kommen«, sagte das Mädchen, »aber ich habe heute keine Zeit, weil ich meinen Bruder unterrichten muß.«
Leopold betrachtete den hilflosen Jungen, der in einem ärmlichen Anzug neben seiner hübschen Schwester stand. Seine Schlittschuhe, rostige Familienerbstücke, waren viel zu groß und schlecht angeschraubt. »Das ist schade, ich bin deinetwegen hergekommen.«
»Deine Schwester ist auf dem Eis«, sagte das Mädchen.
Leopold wußte nicht, daß Maggie Schlittschuh lief.
»Sie fährt einen Verwundeten herum, der in einem Schlitten sitzt«, sagte der Bruder des Mädchens.
Ärgerlich über die dumme Ausrede seiner Freundin verabschiedete sich Leopold und lief, absichtlich ein wenig langsam, der Mitte des Platzes zu, um dem lästigen Anfänger, der ihn mit offenem Mund bewunderte, seine Künste zu zeigen. Maggie war nicht zu sehen; statt ihrer traf er Vierling, der auf dem Holzpavillon saß und mit den Musikern sprach. Seine lange Nase, über die in der Schule viel gespottet wurde, war, wie überhaupt die ganze Mittelpartie des Gesichtes, knallrot. Leopold sah es sofort, aber er sah noch mehr. Vierling hatte sich eine Weste aus Pelz machen lassen. Dazu trug er Pelzhandschuhe und auf dem Kopf eine schwere Pelzmütze, so daß er eigentlich wie eine Frau aussah, mindestens oben, während unten seine langen Beine in dünnen, blauen Hosen steckten. Bei jedem andern hätte Leopold eine Bemerkung über diesen, seiner Ansicht nach lächerlichen Aufzug gemacht. Aber Vierling trug die absonderliche Tracht so sicher und selbstverständlich, daß es schwer war, ihn zu verspotten, weil man seinen Gleichmut bewundern mußte.
»Das ist mein Freund«, sagte Vierling zu dem Bläser, während er seinen rechten Handschuh auszog, um Chindler die Hand zu geben, »der hübscheste und begabteste Schüler der traurigen Kaserne, an der Ihr Schwager den zermürbenden Beruf eines Pedells ausübt...«

Leopold ärgerte sich, während der Musiker aus vollem Halse lachte. »Ich bin noch nicht am Ende, Herr Schloßmann«, fuhr Vierling fort. »Herr Chindler hat soeben von seinem Mädel einen Korb bekommen, weil dieses einen häßlichen Zwerg, den es für seinen Bruder ausgibt, übers Eis führen muß. Jetzt wissen Sie alles.«

»Hast du meine Schwester gesehen?« fragte Chindler, während sich der Musiker immer noch den Bauch vor Lachen hielt.

»Ich habe alle meine Feinde gesehen«, antwortete Vierling. »Du hast mir zwei Stunden Zeit gelassen, auf dich zu warten, und ich habe die langen Stunden benutzt, um Fräulein Else zu bewundern, die dich heute nicht gebrauchen kann, und Fräulein Chindler zu beobachten, die dich nunmehr mir entreißen wird.«

»Wo ist sie?«

Vierling sprang vom Podium, fiel hin und blieb auf dem schneebedeckten Eis sitzen. »Du verlangst zuviel von mir«, sagte er in gänzlich verändertem Tonfall. »Ich kann viel, aber ich kann dich nicht selber von mir wegführen!« Chindler bückte sich und half dem schweren Menschen aufstehen. »Ach«, sagte Vierling, »jetzt hat mich die Berührung deiner Arme schon wieder willenlos gemacht. Darf ich neben dir zu deiner Schwester fahren, oder befiehlst du, daß ich hinter dir herziehe, um dir mit nur geflüsterten Bemerkungen den Weg zu weisen?«

»Weißt du«, sagte Chindler leise, »wie man in unserer Stadt von einem Menschen sagt, der so redet wie du?«

»Ich fürchte das Schlimmste«, antwortete Vierling. »Denn ich weiß, daß diese Stadt eine der gemeinsten Siedlungen ist, die es gibt.«

»Man sagt: ›Der hat Babbelwasser getrunken‹.«

»Wenn du wüßtest, wie häßlich dein Mund war, als du dieses schmutzige Wort aussprachst. Wie wenig hast du in dieser traurigen Kaserne gelernt! Lessing, Herder, Schiller, Goethe, alle haben umsonst für ein Geschlecht gelebt, das nunmehr heranwächst und sich geniert, sich von den Tieren zu unterscheiden, indem es spricht.«

»Du sprichst nicht, du quatschst!« sagte Leopold wütend.

»Komm her! Geh hin! Gu'n Tach! Wie geht's... so bellen die Hunde. Verzeih mir, daß ich kein Hund bin. Entschuldige, daß ich nicht belle. Ach, wenn man doch unsere Jugend lehren könnte zu reden! Hölderlin ist darüber verrückt geworden.«
Leopold hörte eine Stimme, drehte sich um und erblickte seine Schwester. Sie stand neben einem Schlitten, in dem ein Mann von schwer taxierbarem Alter saß. Er trug einen Bart, der ihn älter machte als er war, hatte aber zwei so hellblaue Augen, daß man ihn wahrscheinlich für einen Hirtenknaben gehalten hätte, würde er den Bart nicht getragen haben.
»Das ist mein Bruder Leopold«, stellte Maggie vor, »und das ist Herr Koch!«
Der Mann im Schlitten holte mit großer Anstrengung seine Hand unter der Decke hervor, in die er gehüllt war, und gab sie Leopold. Dabei fixierte er ihn kurz und stechend mit sonderbaren Augen. Dann wandte er den Kopf und sagte zu Vierling: »Ich habe zufällig gehört, was Sie vorhin sagten! Sie haben ganz recht! Wenn unser Volk reden könnte, würde es auch anfangen zu denken. Denn man lernt nicht Reden durch Denken, sondern Denken durch Reden. Und was glaubt ihr jungen Leute, was geschehen würde, wenn die im Schützengraben anfingen zu denken?«
»Entsetzliche Dinge...« sagte Vierling, und man sah ihm an, daß er glaubte, was er sagte.
»Ach, so einer sind Sie?« sagte Koch. »Sie wünschen, daß man draußen schießt, damit Sie hier unbehelligt Schlittschuh laufen können. Aber man wird euch diesen Gefallen nicht tun, man wird anfangen zu denken!... Man wird...«
Der plötzliche Wutausbruch des Mannes hatte etwas Entsetzliches. Koch war vor Aufregung so bleich geworden, daß Maggie für einen Augenblick alle vorbedachte Vorsicht vergaß, sich über den Verwundeten beugte und ihm zuflüsterte, er möge sich doch nicht aufregen, was bedeute schon das Geschwätz eines Schülers. Koch preßte ihr dankbar die Hand, lehnte sich in den Schlitten zurück und bat sie, ihn nach Hause zu fahren, er friere.
»Ich kann diese Menschen nicht ertragen«, sagte Vierling, als die beiden Schüler allein zurückgeblieben waren, »sie stinken

nach Erde, und ihr Gehirn ist leer von Blut, aber erfüllt von Erbitterung. Erbitterte Menschen sind schwach, aber gehässig. Man muß bei Nietzsche über Schwächlinge nachlesen.«
Leopold schwieg. Er dachte über den Vorfall nach und ärgerte sich über Vierling. »Du hast einen Verwundeten gekränkt, das ist gemein.«
»Nein, nein, ich habe dich gekränkt, und das ist tausendmal schlimmer. Komm, ich bitte dich, komm, laß uns von diesem gräßlichen Rummel heruntergehen! Ich hatte zu lange auf dich gewartet, das macht mich immer krank, es überreizt mich. Verzeih mir! Ich weiß, daß ich dich gekränkt habe.«
Leopold stimmte zu. In der dunklen Straße legte Vierling seinen Arm um Chindlers Schulter, aber Leopold wehrte ab. »Laß das«, sagte er kurz.
»Du läßt mich warten«, sagte Vierling, »obwohl du weißt, daß ich nicht die Stunden zähle und nicht die Minuten, sondern die Sekunden einer Sekunde. Dann kommst du, aber nicht *du* kommst, sondern deine Welt rollt an, die Glaskugel, in der du lebst. Du stehst vor mir, aber während ich Narr erwarte, daß du dich freust, mich zu sehen, verrät dein zorniges Gesicht, daß du an ein fremdes Mädchen denkst. Endlich hellt es sich auf, ich möchte einen Luftsprung machen, daß es mir gelungen ist, dich zu erheitern, da ist es deine Schwester, deren Ankunft dich glücklich macht!«
Leopold lächelte; Vierling hatte ihn gut gezeichnet. »Du bist ein Patriot, ich weiß es«, fuhr Vierling fort. »Du liebst Deutschland, du bist stolz auf deine Brüder an der Front und auf deinen Vater, der in einer mir rätselhaften Weise an der Regierung beteiligt ist. (Leopold nickte mit dem Kopf.) Lassen wir meine Gefühle, die sowieso heute nachmittag erfroren sind, und als sie eben unter deinen Augen aufzutauen begannen, von der Axt des Zornes dieses Menschen zertrümmert wurden... Was ist Deutschland? Wenn du mir das sagen könntest?!«
Chindler schwieg, und Vierling blieb vor einem mit Schnee bedeckten Akazienbaum stehen. »Ist das Deutschland? Dieser Baum?« fragte er. »Ich habe ein Gefühl, als lachten die Äste, wenn sie mich so fragen hören.« Vierling legte seinen Arm um das Holz. »Ich umarme ihn«, fuhr er fort, »aber der

Baum antwortet, er wachse auch anderswo! Ist das Deutschland? Oder ist dieser Kaiser Deutschland, der so lächerliche Reden hält und mit dieser hochbusigen Auguste schläft?«
»Die Armee ist Deutschland«, sagte Leopold.
»Wer ist denn die Armee? Diese dummen Offiziere, die alles verachten und nichts wissen? Diese Unteroffiziere, für die der Mensch nur aus einem Hintern besteht, in den man hineintritt? Oder diese Arbeiter, die heute Soldaten sind und wie ausgenommene Hasen aussehen, wenn sie strammstehen?«
»Das könnte man alles auch anders sagen«, sagte Leopold.
»Aber man würde genau so wenig sagen«, antwortete Vierling.
Ein älterer Soldat ging vorüber, dem man ziemlich deutlich ansah, daß er im Zivilberuf Buchhalter oder Postbeamter war.
»Wenn man diesen Mann fragt: ›Sagen Sie uns, bitte: Was ist Deutschland?‹, haut er dir entweder in die Fresse oder er verbittet sich sonstwie die Ruhestörung. Das ist Deutschland!«
»Er würde so reagieren, weil du ihm eine Frage stellst, die er selber gern beantwortet haben möchte!...«

6

Die beiden Schüler waren vor Vierlings Haus angekommen. Leopold wollte sich verabschieden, aber Vierling hielt ihn fest. »Geh noch nicht. Du bist ja gerade erst gekommen.«
Aber Leopold wollte heimgehen. Vierling war der Verzweiflung nahe, als ihm ein Gedanke kam, wie er den Jungen wenigstens noch eine Zeitlang festhalten konnte. »Ich muß dich noch etwas fragen«, sagte er, und merkte sofort, daß seine Spekulation auf die Neugier Chindlers richtig gewesen war.
Die Primanerbude, in welche die beiden eintraten, war überheizt. Vierling zog seine Pelzweste aus, und Leopold sah, daß er darunter einen blauen Sweater aus sehr weicher Wolle trug.
Vierling hatte Leopold beobachtet. »Gefällt dir das Wams?« fragte er. »Faß einmal die Wolle an.« Er nahm Leopolds Hand und legte sie auf den Sweater, gerade auf die Stelle über seinem Herzen. »Fühlst du mein Herz?« fragte er.
Leopold zog die Hand zurück. Jede körperliche Berührung

war ihm unangenehm, sogar von seiner Mutter ließ er sich nicht gern anfassen, und die einzigen Menschen, die er gern umarmt haben würde, waren die Mädchen, in die er jeweils gerade verliebt war. Überhaupt war es ihm in letzter Zeit nicht mehr lieb, mit Vierling allein in einem Zimmer zu sein.
Vierling zog sich die Schuhe aus und legte Pumps an. Leopold, der Füße in Strümpfen nicht leiden konnte, drehte sich um und betrachtete das Bücherregal seines Freundes. Er will schon wieder fortgehen, dachte Vierling. Wie kann ich ihn halten? Soll ich ihn überfallen? Ihm die Kleider herunterreißen? Alles auf eine Karte setzen? Nein, nein, dann werde ich ihn sicher verlieren.
Leopold hatte ein Buch aus dem Fach genommen. »Ist das schön?« fragte er, »George: Teppich des Lebens?«
Vierling wollte jetzt nicht über die Bücher sprechen.
»Liebst du eigentlich deine Schwägerin noch?« fragte er. »Schreibt ihr euch oft?«
Leopold antwortete nicht. Vierling hatte die verblüffende Gewohnheit, Dinge unverblümt beim Namen zu nennen, die Leopold nicht einmal sich selber einzugestehen wagte. Die Erziehung seiner Mutter hatte ihn so vorsichtig gemacht, daß er sogar seine Gedanken zurückwarf, wenn sie ihm gefährlich schienen.
»Und was sagst du zu deinem Schwager?« fuhr Vierling fort.
»Wer soll das sein?« fragte Leopold erstaunt.
»Hast du nicht gesehen, daß deine Schwester diesen Menschen liebt, der mich so dumm angefaucht hat?«
»Das war ja gar kein Offizier«, sagte Leopold.
Vierling wälzte sich vor Lachen auf seinem Sessel.
»Während ein Mensch eines andern Menschen Augen betrachtet, schaust du dem Fremden auf die Achselstücke ...«
Leopold blieb gleichmütig. Ihm war es ganz egal, ob ihn Vierling verspottete oder nicht. Aber die Sache mit seiner Schwester interessierte ihn. »Glaubst du wirklich, daß sie ihn liebt?« fragte er.
»Alle Welt liebt«, antwortete Vierling, »nur du nicht.«
»Woraus schließt du, daß sie ihn liebt?«
»Warum interessierst du dich so sehr für das, was gesagt wird, und so wenig für den, der es sagt?«

Leopold stampfte mit dem Fuß auf. »Sag doch endlich, wieso du auf den Gedanken kommst, daß Maggie diesen Soldaten liebt!«
»Wenn du nicht so jung wärest, würdest du wissen, daß *ich* die Liebe eines Weibes nicht beschreiben kann. Verstehst du das nicht?«
»Nein!«
Vierling stand auf. »Wenn ich dir dieses Nein glauben würde, müßte ich daraus schließen, daß alle Anstrengungen meiner Beziehungen zu dir vergeblich gewesen sind. Wahrhaftig! Manchmal könnte ich das glauben! Du... Leopold... sage mir... warum kommst du zu mir? Was willst du eigentlich hier?«
Leopold erschrak über die Schärfe, mit der Vierling gesprochen hatte. Aber zugleich wurde er zornig und hochmütig. »Du redest viel Zeug, das kein Mensch verstehen kann«, sagte er. »Ich will jetzt gehen und vielleicht überhaupt nicht mehr wiederkommen!«
Vierling krümmte sich im Stehen zusammen und hielt sich beide Fäuste vor die Ohren, während sein Mund verzerrt und seine Augen geschlossen waren. Leopold war schon zur Türe gegangen, als er den Freund in dieser sonderbaren Stellung erblickte. Er wußte nicht, war dies nur Schauspielerei oder echter Schmerz, was er hier sah, und blieb unschlüssig stehen. Da richtete sich Vierling wieder auf, stürzte sich auf den Jungen, umarmte ihn – er war sehr kräftig und Leopold saß in seinen Armen wie ein Fisch in der Faust eines Anglers – und bedeckte sein Gesicht mit Küssen. »Laß das!« sagte Leopold wiederholt, aber Vierling kümmerte sich nicht darum. »Ich allein bin schuld«, sagte Vierling mit seiner heiseren Stimme. »Aber ich habe so gelitten. Diese Dummköpfe glauben, man könne mit siebzehn Jahren nicht leiden. Ich gehe ja kaputt vor Qual, aber manchmal möchte ich nicht kaputt gehen, noch nicht, es ist doch noch zu früh für einen Menschen, jetzt schon zugrunde zu gehen. Du allein kannst mich retten. Aber ich weiß, daß ich das nicht sagen darf. Du sollst es gar nicht wissen. Du bist zu ganz anderen Aufgaben geschaffen, als mich zu retten. Du sollst nur da sein. Wenn du bei mir bist, werde ich gesund, und jener Schimmer von Glück, der mir al-

lein vergönnt ist, beginnt mich zu heilen. Bedenke, daß ich heute krank bin, und vergiß es wieder. Du bist so schön, und ich bin verrückt, daß ich mich dir zeige, wenn ich durch Verzweiflung entstellt bin. Wenn du morgen wieder kommst...«

»...morgen werde ich nicht können«, sagte Leopold, der ganz sachlich zugehört hatte.

Vierling preßte die Zähne aufeinander. Einen Augenblick lang hätte er am liebsten das Gesicht, das ihm so unerschütterlich gegenüberstand, mit einem Faustschlag zerschmettert. Aber er beherrschte sich. »Das macht nichts, fast nichts«, sagte er leise, »dann kommst du übermorgen.«

Leopold freute sich, daß sein Freund so verständig war und gab ihm beide Hände zum Abschied. Als er im Trab nach Hause lief, war er stolz und zufrieden ob seiner Freundschaft mit Vierling, von der kein Mensch auf der Welt ahnte, wie sonderbar und geheimnisvoll sie war.

Vierling stand am Fenster, preßte die Stirn gegen das kalte Glas, und schaute dem Knaben nach, bis er verschwunden war.

7

Es ist an der Zeit, dem Leser ein Wort über die Beziehungen der beiden jungen Leute zu sagen, die er soeben eine Zeitlang beobachten konnte.

Als der Krieg ausbrach, hatte die Schule, die Leopold besuchte, einige Lehrer ins Feld ziehen lassen müssen. Sie zu ersetzen, wurden ältere, bereits pensionierte Lehrer wieder eingestellt, darunter der Mathematiker Vierling, der Vater Balthasar Vierlings. Dieser Mensch, ein ebenso ausgezeichneter Mathematiker wie hilfloser Pädagoge, verstand es nicht, in seinen Unterrichtsstunden Disziplin zu halten. Einsam und wegen seiner unverständlichen Wissenschaft von den Kollegen gemieden, lebte Vierling von dem schlechten Gehalt, das ein Lehrer bei uns bezieht, bis er eines Tages ein junges Mädchen heiratete, die Tochter eines reichen Konditors. Nun baute er sich ein Haus, richtete es hübsch ein und glaubte,

durch angenehme Gesellschaften, die seine Frau gab, seine Kollegen an sich ziehen zu können. Weit gefehlt. Zur Verachtung kam noch der Neid. Man sprach über seine Frau, und ihre Kleider erregten solchen Unwillen, daß die Frauen der anderen Lehrer erklärten, sie würden mit dieser Person nicht mehr verkehren, denn Frau Vierling trage absichtlich teuere Kleider, um ihre alten Fähnchen erst recht fadenscheinig erscheinen zu lassen. Noch einige Jahre schleppte Vierling sein Amt hin, an dem er zäh hing, bis das Ministerium eingriff und den Mann pensionierte. Vierling zog in ein Dorf und vergrub sich in seine Studien, während seine Frau den einzigen Sohn Balthasar erzog. Im September 1914 übersiedelte Balthasar an die Anstalt, an der sein Vater ehedem schon gewirkt hatte. Gleich sein erstes Auftreten machte Sensation. Die Klasse, in die der sechzehnjährige junge Mann eingereiht wurde, mußte einen zweistündigen deutschen Aufsatz schreiben. Vierling gab sein Heft nach der ersten Stunde ab und ging den Rest der Zeit spazieren. Als der Lehrer die Hefte zurückgab und die Noten verlas, erklärte er, Vierlings Aufsatz sei so hervorragend, daß er ihn nicht zensiert habe. Er forderte Vierling auf, ihn seinen Mitschülern vorzulesen. Vierling trat aus der Bank und las seine Arbeit vor. Mit Staunen bemerkte man, daß er lange Zitate von Nietzsche, Fichte und Hölderlin verwendet hatte, die niemand in der Klasse kannte. Sein Ruhm war begründet, der bisherige Primus mußte ihm seinen Platz abtreten.
Leopold hatte um diese Zeit Halsentzündung. Als er in die Schule zurückkam, sprach alle Welt von jenem Vierling, seinem Aufsatz, seinen eleganten Anzügen und seinem hochmütigen Benehmen. Leopold kümmerte sich wenig darum. Einige Tage darauf war er nachmittags im städtischen Schwimmbad und eben dabei, sich abzutrocknen, als der Vorhang seiner Zelle zurück und hastig wieder vorgeschoben wurde und Vierling eintrat. Chindler erschrak und hielt sich sein kurzes Badetuch vor, aber Vierling nahm es ihm weg, setzte sich auf den kleinen Sitz, betrachtete den Knaben und machte ihm derartige Komplimente, daß Leopold halb sprachlos, halb entzückt war. Dann fuhren sie auf ihren Rädern nach Hause und verabredeten, ehe sie sich trennten, am

nächsten Tag eine Spazierfahrt durch den Wald zu machen. Bis zu diesem Tag war für Leopold der Wald, der hinter dem Eisplatz, nahe bei der Stadt, begann, ein Haufen Bäume gewesen, durch die ein Weg führte, auf dem die Familie Chindler ab und zu spazierenging, manchmal bis zu einem kleinen Lokal, »Rudolis Felsenkeller«, wo man Kuchen aß, manchmal aber kehrte man auch schon vorher um und wanderte den gleichen Weg nach Hause zurück, den man gekommen war.
An diesem Tag änderte sich das. Vierling kannte jeden Baum und jeden Strauch. Kleine Blumen, die Leopold bis dahin achtlos zertreten hatte, pflückte er, zeigte sie dem Freunde und erklärte ihm ihre besondere Schönheit. Leopold war erstaunt und begeistert. Zu Hause sprach man höchstens von Rosen oder Nelken; von diesem Zeug hatte niemals jemand geredet.
Aber nicht nur das. Der zwiespältige Zustand, in dem er lebte, bedrückte Leopold. Der Graben zwischen Schule und Leben, der jeden Tag übersprungen werden mußte, wurde immer breiter und tiefer. Zu Hause sprach man vom Krieg, bald niedergeschlagen, wenn jemand schlechte Nachrichten brachte, etwa von neuen gewaltigen Armeen sprach, die die Russen hinter ihren Linien aufzustellen im Begriff seien, bald begeistert, wenn der Generalquartiermeister einen neuen Sieg mitteilte. In der Schule wurde das alte Zeug gelernt, das die Schüler immer weniger achteten und schon darum immer weniger verstanden. Nun verwandelte Vierling mit wenigen Sätzen den alten Stoff in lebendige Lektüre. »Sie schwindeln uns an«, sagte er. »Die Germanen waren durchaus nicht alle so, wie sie Tacitus beschreibt. Du darfst nie vergessen, daß die Bücher, die man uns jetzt zu lesen gibt, zu ihrer Zeit von Schriftstellern geschrieben worden sind. Dieser Tacitus wollte die römische Militärpartei vor den gefährlichen Germanen warnen, wie man bei uns Bücher gegen die englische Gefahr geschrieben hat!«
Leopold hörte mit offenem Munde zu und begriff rasch. »Und Cicero?« fragte er. »Cicero«, antwortete Vierling, »war ein alter, verlogener, aber sehr begabter Advokat. Sie machen uns vor, Catilina sei ein Schweinehund gewesen, aber man könnte die Sache auch anders sehen, wenn die Pauker ihren

eigenen Satz anwenden wollten: audiatur et altera pars!«
»Woher weißt du das alles?« fragte Leopold.
»Ich denke nach, ich lese im Konversationslexikon oder ich frage meinen Vater, der zwar alt ist, aber für einiges ganz brauchbar.«
Leopold hatte niemanden, den er hätte fragen können. Von seinem Vater ging das Gerücht, er sei so mit Politik beschäftigt, daß man ihn nicht stören dürfe. In Wahrheit lag die Sache so, daß sich Theodor Chindler ehedem ein wenig um die Erziehung seiner älteren Söhne gekümmert hatte und jetzt für die der jüngeren kein Interesse mehr aufbrachte. Es gab Tage, und sogar nicht wenige, wo er an seinen Bücherschrank ging, die Werke der Alten herausholte, und zu lesen begann. Hätte man ihm aber gesagt, er möge doch einmal mit seinem Sohn darüber sprechen, würde er geantwortet haben: »Der soll lernen, verstehen kann er das jetzt noch nicht.« Frau Chindler verstand unter Lernen etwas rein Mechanisches, aber dies nicht etwa im Sinn der Chinesen, die sich durch wiederholte Übungen trainieren, bis das biegsam gewordene Gehirn selber tätig wird, sondern im altmodischen Sinn, der diese Übungen des Lehrers wegen macht, mit dem Ziel, eine gute Note zu erhalten, und sich so, wie sich ein Affe von Ast zu Ast schwingt, von Note zu Note schlängelt, den Weg der Karriere hinauf. Oben sein ist alles.
So war Leopold Chindler, was man einen guten Schüler nennt, ein Knabe von heller Auffassungsgabe, aber ein Gehirn, in dem die verschiedenen Eindrücke nicht verarbeitet wurden. Balthasar Vierling war sein erster Lehrer. Aber es wäre nicht richtig, wenn man sagen wollte, Vierling sei ein in jeder Beziehung tadelloser Lehrer gewesen (wobei sich die Frage erhebt, ob es das überhaupt gibt). Vierling mußte Leopold mehr schmeicheln als gut war, um den störrischen Jungen zu halten, ja überhaupt langsam an sich zu ziehen. Denn Chindler hatte bald heraus, daß diese Art Freundschaft, wie er sie mit Vierling hielt, etwas Verbotenes war. Wenn die beiden lange genug im Wald gewandert waren, überredete Vierling seinen Freund, sich ein wenig ins Gras zu legen, und wenn sie nebeneinander lagen, legte er ihm seinen Arm um und küßte ihn. Leopold fand das unangenehm und überflüs-

sig. Aber wenn er sich allzu heftig wehrte, merkte er, daß er Vierling kränkte, und schon fürchtete er, mehr als Vierling ahnte, den interessanten Freund zu verlieren. Das wollte er nicht, und so ertrug er die Küsserei, wie er sagte, indem er sie nach Möglichkeit zu vermeiden suchte. Es reizte ihn, einen Freund zu haben, der so sonderbar war. Das Sonderbare dieser Beziehung, das er wohlweislich vor allen Menschen verbarg, schmeichelte ihm. Die Komplimente Vierlings gingen ihm wie Wasser herunter. Es gefiel ihm. Vierling wollte mehr, er wollte, wie es in seiner Sprache hieß, seinen Freund ganz besitzen, das heißt, ihn verführen. Aber er traute sich nicht. Leopold war noch so ahnungslos, daß er Angst hatte, der Junge könne einen Skandal machen.
Anfangs hatte er versucht, Chindler wenigstens von den Mädchen zu trennen, denen der Junge nachlief. Aber auch das gelang ihm nicht. Leopold verstand gar nicht, was Vierling eigentlich von ihm wollte. Im Glauben, Vierling wisse den Wert des Mädchens, das Leopold gerade anbetete, nicht zu erkennen, schilderte er die Vorzüge der Betreffenden in so glühenden Farben, daß Vierling verzweifelt mit dem Entschluß kämpfte, seine Freundschaft mit Chindler abzubrechen, schließlich aber, von den Schilderungen gefangen, die Augen schloß, um sich einzureden, Leopold rede, indem er von Liebe rede, von seiner Liebe zu ihm.

8

Es ging über seine Kraft. Nach solchen Spaziergängen kam er manchmal so erschöpft nach Hause, bleich, mit fiebrigen Augen, und derart überreizt, daß ihn sein Vater erschrocken betrachtete. Der Alte ahnte, was mit seinem einzigen Sohn los war, aber er schwieg, zermürbt von den Anstrengungen seines Lebens, und allzu verliebt in seine Wissenschaft, in die er, die Hände vor die Ohren haltend, zurückflüchtete. Frau Vierling wußte, daß ihr Sohn litt, aber sie vergötterte ihn. Für sie war er ein Genie, das seine eigenen Gesetze hat, welche die Welt zu respektieren verpflichtet ist, und ihre Rache an der Gesellschaft. In einem Land wie Deutschland verdirbt der

Kastengeist mehr Menschen als man ahnt. Diese Konditorstochter, welche von dem »Paukerpack«, wie sie die Kollegen ihres Mannes nannte, schlecht behandelt worden war und von den angesehenen und reichen Leuten der Stadt, die nicht einmal im Traum daran dachten, mit einem Schulmeister zu verkehren, überhaupt nicht beachtet wurde, saß allein mit ihrer Enttäuschung und ihrem Durst nach Rache. Die Heirat mit dem Professor war für ihren Ehrgeiz vergebens gewesen; sie hatte ihre alten Bekannten verloren und nur Feinde gewonnen. Da hatte ihr das Schicksal einen Sohn, einen einzigen gegeben, der gescheiter war als alle anderen Schüler zusammen, ein Dichter gleich Hölderlin, aber, wie sie glaubte, glücklicher als dieser, weil er eines Tages reich sein würde, ein Mensch, von dem die Welt einmal reden sollte. Obwohl sie katzenfreundlich zu ihm war, haßte sie Leopold, weil er ihren Augen zu blöd für die Liebe ihres Sohnes erschien. Aber sie mußte schweigen, denn nach ihren Vorstellungen durfte Balthasar Vierling nur seinen Gesetzen gehorchen.

Ging sie in die Läden der Stadt, um Einkäufe zu machen, ihren Schirm in der Hand wiegend, dessen Griff ein silberner Entenschnabel war, und war dort eine Verkäuferin zufällig einmal nicht gleich besonders höflich zu ihr, so kräuselte sie die Lippen und dachte: Wenn diese Gans wüßte, daß ich die Mutter des Dichters bin...

Kam sie nach Hause zurück, stieg sie leise zum Zimmer ihres Sohnes hinauf. Traf sie ihn an, war sie glücklich, und jedesmal, wenn sie ihn allein antraf, las er; meistens auf dem Sofa liegend, das sie ihm geschenkt hatte.

Einmal fand sie ihn, wie er mit einem langen Pinsel und roter Tusche ein Gedicht auf die weißlackierte, hölzerne Tür malte. Die Tochter des Zuckerbäckers, der durch Sparsamkeit wohlhabend geworden war, erschrak, weil das Zimmer erst bei ihrem Einzug frisch gestrichen worden war. Aber sie sagte nichts, sondern las, was an die Wand geschrieben stand:

Fort ist die Sonne, fort ist alle Lust;
Die Kirche hat gesiegt, uns deckt die Nacht.
Der milde Ruch des Ostwinds ist geschwunden,
Verpestet geht die Luft, mein Herz schlägt bang.
Die Nachtigall sitzt wimmernd in den Zweigen,

Die Rosen sind entblättert, alles hin!
Die Liebe ist vertrieben. Haß wacht auf.
Ein Gräberfeld ward unsre arme Erde,
Die schwarzen Raben schwärmen durch das Land.
Die Kirche hat gesiegt, uns deckt die Nacht.

»Ist das nicht gegen die Religion?« fragte sie ängstlich und schaute ihren Sohn an, der vor seiner Tür stand, glücklich wie ein Maler vor seinem Bild.

»Die Verse stammen von einem persischen Dichter«, antwortete Vierling, »und wurden im 14. Jahrhundert geschrieben.«

Frau Vierling wunderte sich sehr. Sie wollte Balthasar fragen, ob er denn Persisch könne, aber diese Frage kam ihr doch komisch vor.

Sie schwieg, ging wieder hinunter und setzte sich in ihr Zimmer ans Fenster, wo sie immer saß, vor sich hin träumend, oder ein Buch zu lesen versuchend, eine schwierige Kunst, die sie niemand gelehrt hatte.

Der Winter ging herum, und eines Tages erfuhr sie, daß man in der Stadt über ihren Sohn und seine »merkwürdigen Beziehungen« zu jüngeren Mitschülern spreche. Die Wernersbuben, die am Siegesplatz wohnten, hatten für Vierling den Spitznamen »das Kindermädchen« aufgebracht, weil er kleine Knaben spazierenführte. Eine furchtbare Angst würgte Frau Vierling in der Kehle, eine undeutliche Ahnung, es könne alles auch anders kommen, als ihre Träume vorzeichneten; Gefahr drohe ihrem Kinde und ihr, unaufhaltsame Gefahr, gegen die ihr kein rettendes Mittel einfiel. Überall, wo sie konnte, ging sie den Gerüchten nach; aber sie stieß auf eine Wand aus Schweigen.

Auch Balthasar Vierling hörte von den Gerüchten. Aber seine Liebe zu Leopold quälte ihn so heftig, daß er den Entschluß faßte, sich wie ein Spieler zu benehmen, und alles auf eine Karte zu setzen. Als er jedoch aus dem Verhalten einiger Klassenkameraden entnehmen mußte, daß ihm dieses Mal wirkliche Gefahr drohte, nahm diese in seiner Phantasie sofort übersteigerte Dimensionen an. »Die Götter dürsten...« sagte er wiederholt ganz sinnlos vor sich hin und begann mit dem Gedanken an den Tod zu spielen. Zum Erstaunen seiner Mutter wurde er von da an ruhiger. Und wieder eines Tages ging in der Stadt das Gerücht, Vierling sei in ein Mädchen verliebt.

9

Als letzte erfuhr Elisabeth Chindler von den Gerüchten, die hinter Leopold herliefen. Sie verstand erst gar nicht, was mit dem Ausdruck »Kindermädchen« gemeint war. Dann ging ihr ein Licht auf. »Das Kind ist mein Kind ...« sagte sie, »mein Sohn, den dieser Schurke vielleicht schon völlig verdorben hat! Das ist entsetzlich. Karl hat recht gehabt! Hier muß sofort gehandelt werden.«
Als sie alles genau durchdacht hatte, verließ sie ihr Zimmer, stieg die Treppe hinauf und betrat Leopolds Stube, um mit ihm zu sprechen. Zu ihrer Überraschung sah sie ihre Tochter Maggie, die sie seit Wochen nicht mehr gesehen hatte, auf dem Fensterbrett sitzen. Leopold saß vor seinem Schreibtisch, die Beine auf der Platte, wie er das neuerdings zu tun pflegte. Wäre sie eine Stunde früher eingetreten, so hätte sie ein Gespräch mit anhören können, das sie sicherlich sehr interessiert haben würde.
Maggie war gegen neun Uhr durch den Kücheneingang ins Haus gehuscht, hatte den Mädchen zu schweigen befohlen und war gleich zu ihrem Bruder ins Zimmer gekommen.
»Das ist nett von dir, mich zu besuchen«, sagte Leopold, ehrlich erfreut über den unerwarteten und überraschenden Besuch. »Wie gefällt dir deine Arbeit im Krankenhaus? Ich wollte, ich hätte auch eine. Die Schule wird jeden Tag stumpfsinniger.«
Maggie wollte von etwas anderem reden. Sie setzte sich auf das Fensterbrett, und Leopold sah mit Vergnügen, daß sie sich eine Zigarette ansteckte. Während sie rauchte, betrachtete er sie eine Weile. Plötzlich fragte er (was sie gefragt sein wollte): »Liebst du diesen Koch, mit dem ich dich neulich auf dem Eis traf?«
»Wer hat das gesagt?« fragte Maggie.
»Vierling!«
»Na, ich muß sagen, dieser neue Freund von dir hat sich damals recht daneben benommen!«

»Ich habe es ihm auch gesagt«, antwortete Leopold.
»Das ist nett von dir«, sagte Maggie. »Weißt du... Koch sieht... wie soll ich das sagen... Koch sieht manches anders an... ich meine, er hat Gedanken, zum Beispiel Gedanken über den Krieg, die anders sind... weißt du eigentlich, wie groß unsere Verluste bis Januar waren?«
Leopold schüttelte den Kopf. Maggie hob ihren Rock in die Höhe und entnahm einer Tasche ihres Unterrocks einen kleinen Zettel, den sie sorgfältig entfaltete. »142 500 Tote«, las sie mit leiser Stimme, »540000 Verwundete und 154000 Gefangene!«
»Woher weißt du das?« fragte Leopold erschrocken. Besonders die Zahl der Gefangenen hatte ihn erregt, denn bis zu diesem Tage hatte er niemals gehört, daß sich Deutsche hatten gefangennehmen lassen. Gefangengenommen wurden seiner Ansicht nach nur Russen.
»Koch hat die Zahlen von einem Freund bekommen«, sagte Maggie, welche vor Stolz und Erregung rot im Gesicht war. »Aber du darfst niemandem etwas davon sagen, hörst du, sonst kommen wir alle ins Gefängnis. Gib mir dein Ehrenwort!«
»Unsereiner kommt doch nicht ins Gefängnis!«
»Das glaubst du, weil du nichts weißt«, sagte Maggie ärgerlich. »Übrigens wollte ich etwas anderes sagen. Ich würde Koch gern einmal zu uns ins Haus bringen, aber ich fürchte mich, offen gesagt, vor den Eltern.«
»Ich kenne den Mann ja nicht«, sagte Leopold altklug. Er fühlte sich geschmeichelt, daß ihn seine erwachsene Schwester in einer so wichtigen Sache um Rat fragte.
»Wenn ich ihn kenne«, antwortete Maggie spitzig, »so sollte das genügen.«
»Also liebst du ihn? Willst du ihn heiraten?«
Maggie drehte sich um und schaute in den dunklen Garten. »Du tust immer wer weiß wie, als ob du ein ganz besonderer Mensch wärst, spricht man aber mal ernsthaft mit dir, so stellst du die gleichen törichten Fragen wie alle andern Leute auch.«
Leopold verstand seine Schwester nicht. Warum war sie auf einmal so zornig? Er schwieg. Maggie drehte sich wieder ihm

zu. »Ich möchte wissen, ob ich... ob ich mich auf dich verlassen kann?«
Jetzt wurde dem Jungen klar, daß mit diesem Koch irgend etwas nicht in Ordnung war. Im allgemeinen hätte es seinem Charakter entsprochen, seiner Schwester die Hand zu geben, und ihr zu versichern, sie könne sich durch dick und dünn auf ihn verlassen; an diesem Abend aber ritt ihn ein Teufel und er brachte es nicht über sich, Maggie zu helfen. »Ich stehe grundsätzlich nie auf der Seite unserer Mutter«, sagte er, »aber das bedeutet nicht, daß ich nun grundsätzlich auf deiner Seite stehe.«
Maggie sah ihn kalt an. Leopold hielt ihren Blick aus, obwohl er sich bereits über die Antwort ärgerte, die er ihr gegeben hatte. Aber das Gespräch war nun einmal verfahren; er hatte sich durch Formulierungen, die ihm so in den Mund gekommen waren, in eine Ecke drängen lassen, aus der er im Augenblick wenigstens nicht herausfand.

10

Die Geschwister starrten sich schweigend an, als sich die Tür öffnete und Elisabeth Chindler ins Zimmer trat. Erstaunt darüber, hier ihre Tochter zu finden, die sie schon lange nicht mehr gesehen hatte, blieb sie stehen. Maggie sprang von ihrem Sitz auf der Fensterbank herunter, lief auf ihre Mutter zu, umarmte sie und sagte: »Ich besuche jetzt jeden von euch einzeln, damit man mehr voneinander hat. Heute war ich bei Leopold; morgen komme ich zu dir. Jetzt muß ich aber laufen, sonst ist im Krankenhaus die Tür geschlossen. Das wird der Oberin gemeldet. Auf Wiedersehen, Mama!«
Frau Chindler schloß die Tür, die Maggie offen gelassen hatte, und setzte sich auf den Stuhl, der vor Leopolds Bett stand. Sie war so wütend darüber, daß ihre Tochter heimlich, hinter ihrem Rücken, ins Elternhaus kam, und sich mit ihren Brüdern Rendezvous gab, daß sie Leopold zunächst gar nicht beachtete. Leopold schielte nach seiner Mutter hinüber und versuchte leise mit einer Hand einige Papiere ineinander zu schieben, die auf dem Schreibtisch lagen. Plötzlich stand seine Mutter auf, trat an den Schreibtisch, ergriff die Papiere und

begann zu lesen. »Lieber Mohr...«
»Wer ist Mohr?« fragte sie.
Mohr war der Spitzname, den Leopold seinem Freund Balthasar gegeben hatte, aber er sagte nichts.
»Ich wünsche zu wissen, wem du in der Nacht Briefe schreibst?«
»Findest du es richtig, Mama, daß du einfach in mein Zimmer kommst und meine Briefe liest?«
Frau Chindler faltete den Bogen zusammen und steckte ihn in ihren Gürtel. Sie war noch so erregt über das Verhalten ihrer Tochter, daß ihr die lange Rede, die sie Leopold hatte halten wollen, nicht einfiel. »Über diese Briefschreiberei werde ich mit deinem Vater sprechen«, sagte sie. »Ich teile dir nur mit, daß ich von heute ab jeden weiteren Umgang mit deinem Freund Vierling verbiete. Verbiete! Hörst du! Solltest du versuchen, mit diesem Menschen heimlich weiter zu verkehren, so wisse, daß ich bereits an Lehrer Schmidt geschrieben und ihn gebeten habe, in den Pausen darauf acht zu geben, daß Vierling nicht mit dir zusammenkommt.«
Leopold stand wie vor den Kopf geschlagen.
»Du bist noch zu jung, um die Gründe zu erfahren, die deine Eltern bestimmen, dich aus einer Gefahr zu reißen, in die du geraten bist. Später wirst du uns für unsere Sorge danken...«
»Das werde ich niemals tun«, sagte Leopold.
»Ob du deine Eltern mit Undank belohnen willst, ist deine Sache. Jedenfalls hast du meinen Befehl gehört, und du weißt, daß du dich danach zu richten hast, solange du in unserem Hause lebst!«
Ein junger Mensch, der auf solche Art erzogen wird, fühlt sich verraten und verkauft. Als Frau Chindler das Zimmer verlassen hatte, blieb Leopold noch eine ganze Weile vor seinem Schreibtisch sitzen, ohne Gedanken vor sich hinstarrend. Endlich erblickte er die Papiere, die seine Mutter durcheinander gebracht hatte, als sie den Brief an Vierling an sich nahm. Er wühlte hastig unter den Blättern. Gottlob, sie hatte Balthasars Brief nicht gefunden. Leopold stand auf, nahm den Brief, schaute nach der Tür und lauschte. Als alles still war, kniete er nieder, holte unter seinem Kleiderschrank eine Schachtel hervor, legte den Brief zu andern Briefen, die er

dort aufbewahrte, brachte die Schachtel wieder in das Versteck und stand auf.
Aber damit war nicht viel getan. Diesmal hatte man an alles gedacht. Hätte man ihm nur den Verkehr mit Vierling verboten, so würde er schon hundert Mittel und Wege gefunden haben, um den Freund zu sehen und zu sprechen. Aber jetzt sollte er sogar in der Schule überwacht werden, wo allein er bis dahin vor dem Elternhaus sicher gewesen war?
Ihre ganze Erziehung besteht darin, mir alles wegzunehmen, was ich habe, dachte er, und alles zu verbieten, was mir Freude macht.
Frau Chindler würde den Satz nicht verstanden haben. Ihrer Ansicht nach ging es Leopold sehr gut, eher zu gut als zu wenig gut. Oft hatte sie ihm gesagt, er habe ein schönes und gut geheiztes Zimmer, täglich sein warmes Essen, brave Eltern, vorbildliche Geschwister und, wenn er fleißig sei, eine gesicherte Zukunft vor sich. »Du achtest das alles für nichts«, sagte Elisabeth, wenn Leopold diese beliebte Aufzählung der Vorzüge seines Lebens mit Schweigen oder sogar mit Achselzucken quittierte, »aber vielleicht wird der Tag noch kommen, wo du mit Kummer an diese Dinge denken wirst, die heute noch andere Menschen für dich bereitstellen!«
Es ist wahr, Leopold achtete diese Dinge nicht, ja, je mehr sie ihm aufgezählt wurden, desto mehr war er geneigt, sie zu verachten. »Ich möchte erzogen werden«, schrieb er einmal an Lilli, die diesen Satz übrigens auch nicht verstand und einfach über ihn hinweglas, »das heißt, ich wünschte, man würde mir alle Fragen beantworten, die ich in meinem Kopfe habe.«
Statt die Erzieherin ihres Sohnes zu sein, war Frau Chindler in jeder Stunde, die sie mit ihm zusammen war, seine Vorgesetzte. »Das Leben ist schön ...« sagte Leopold einmal zu seiner Mutter, als sie in einem Wagen über Land fuhren, um eine Freundin der Familie zu besuchen. Wie alle Menschen, die einer Sekte angehören, reizte dieser Satz Frau Chindler.
»Dein Leben ist schön«, antwortete sie, »weil du Eltern hast, die Tag und Nacht für dich sorgen!« »Aber ich liebe dich doch, Mama, ist das nicht schön?« »Wenn du mich liebst, wie du sagst, beweise mir deine Liebe, und gib deinem Bruder die paar Nachhilfestunden in Latein, die er braucht, um Ostern

durchzukommen!« »Vielleicht hast du recht«, sagte Leopold, als er eine Zeitlang still vor sich hingedacht hatte, während die Pferde im Schritt den Wagen einen Hügel hinaufzogen, »ich liebe dich nicht!«

Frau Chindler richtete sich auf und schlug den Kutscher mit dem Griff ihres Schirmes so heftig in den Rücken, daß der Mann die Zügel zurückriß, und die Pferde stehenblieben. »Wenn du nicht sofort um Verzeihung bittest«, schrie sie Leopold an, »steigst du auf der Stelle aus und gehst zu Fuß zurück.«

Der Junge erschrak und schämte sich vor dem fremden Fuhrmann. Er wußte gar nicht mehr recht, was er gesagt hatte. Er hatte mehr laut vor sich hingedacht, als zu seiner Mutter gesprochen. »Aber ich liebe dich doch, Mama«, sagte er verzweifelt. – »Bitte um Verzeihung!« »Verzeihe mir«, flüsterte Leopold. Frau Chindler setzte sich wieder in das Polster zurück, und der Kutscher, der verwundert zugehört hatte, fuhr weiter...

Als Leopold am kommenden Morgen in die Schule lief, war sein einziger Gedanke, sofort Vierling zu sprechen, um ihn von dem Befehl seiner Mutter zu benachrichtigen. Aber Vierling fehlte. Es hieß, er liege zu Bett und sei ziemlich krank. So ging eine Woche herum, als ein neues Ereignis eintrat und Leopold ein wenig von seiner Seelenpein ablenkte.

11

Ernst Chindler hatte von Aachen aus telefonieren lassen, er käme zwischen zwei Zügen zu einem kurzen Besuch ins Elternhaus. Als die Köchin hinaufkam und Frau Chindler von dem Telefonat benachrichtigte, ließ Elisabeth alles stehen und liegen und rannte, ganz außer sich vor Freude, sofort in die Küche hinunter. »Mein Sohn kommt, der Herr Oberleutnant kommt!« rief sie schon von weitem dem Zimmermädchen zu, das am Spültisch stand, »denkt euch nur diese Freude für eine Mutter.« In der Küche sah sie den alten Mehnert auf einem Stuhl sitzen, einen Bauern, der seit Jahr und Tag einmal im Monat in die Stadt kam und einer festen Kundschaft frische

Eier und Butter verkaufte. »Ach, das ist aber ein Glück, daß Sie gerade heute gekommen sind, Herr Mehnert, denken Sie nur, mein Sohn, Sie kennen ihn ja, kommt zum ersten Male aus dem Felde. Lassen Sie uns die beste Butter da! Ihr müßt reichlich nehmen«, wandte sie sich an die beiden Mädchen, »es muß von allem im Haus sein!«

Mehnert kramte in seinem Rucksack, holte eine Gans heraus, hielt sie in die Höhe und fragte, ob das nicht der richtige Festbraten sei. Frau Chindler befühlte das Fett des Tieres. »Ißt Herr Ernst auch gern Gansbraten?« fragte sie die Köchin. »O lieber Gott«, sagte die Köchin, »einen frischen Gansbraten essen alle Herren gerne.« »So kaufe sie«, sagte Frau Chindler und lief in den obersten Stock, um persönlich das Zimmer herzurichten, in dem ihr Sohn schlafen sollte.

Während sie auf einem Stuhl sitzend dem Mädchen Anweisungen gab, fiel ihr ein, daß es sonderbar war, daß Ernst seinen ersten Urlaub bei ihr statt bei seiner Frau verbringen wollte. Sie überlegte die Sache hin und her, konnte aber zu keinem Schluß kommen und dachte, am Ende bleibt er einen Tag bei mir und fährt dann zu seiner Frau. Jedenfalls war sie glücklich, daß er kommen würde.

Leopold war der erste, der seinen Bruder erblickte. Er war auf die Straße gegangen, um Rad zu fahren, als er ganz unten in der Straße einen Offizier kommen sah, der wie Ernst ging. Es war Ernst Chindler, und Leopold konnte sich, neben seinem Bruder hergehend, gar nicht an dessen Erscheinung satt sehen. Der Offizier trug einen langen Mantel und eine Mütze, die etwas nach hinten zurückgezogen war. Beides war nicht gerade schmutzig, aber verstaubt und verbraucht. An dem Koppel hing ein kurzer Dolch und eine unförmig große, hellgelbe Pistolentasche. Wie der Kronprinz sieht er aus, dachte der Junge, als er wie ein Füllen neben den weitausgreifenden Schritten des Bruders herstiefelte.

Frau Chindler erwartete ihren Sohn im Salon. »Er ist ein Held«, sagte sie zur Köchin, »man muß ihn würdig empfangen.« Sie zitterte vor Aufregung am ganzen Körper, und die Tränen rollten ihr über beide Wangen.

Ernst Chindler lächelte, als er sah, wie feierlich man alles für ihn gerichtet hatte. Er küßte seine Mutter, setzte sich in einen

Sessel, streckte die Beine aus und sagte: »Ach, ist das angenehm, wieder einmal zu Hause zu sein und in einem weichen Sessel zu sitzen!«

Eine halbe Stunde später kam Theodor Chindler, aus der Stadt herbeigerufen, eilig nach Hause. Er war bis zum Hals angefüllt mit Fragen, die ihm sein Sohn beantworten sollte, aber Ernst entschuldigte sich und bat, sich umziehen und etwas ausruhen zu dürfen.

Elisabeth begleitete ihn in sein Zimmer. Sie fand ihn sehr verändert, schweigsamer als früher, sogar hochmütig. Aber sie schwieg, und wenn sie ihn ansah, war sie glücklich. Man hatte zwei schwere Koffer gebracht, und Ernst begann, eine Zigarre rauchend, Stück für Stück auszupacken.

»Wie ist es denn im Krieg?« fragte Frau Chindler. »Ist es schrecklich? Bist du nie verwundet worden? Wird es bald aus sein?«

»Verzeih, wenn ich dich unterbreche«, antwortete Ernst, »ich würde gern baden.«

Frau Chindler lief in den ersten Stock und ließ Wasser einlaufen. Während ihr Sohn badete, saß sie still in seinem Zimmer und wartete auf ihn. Sie wollte gern allein mit ihm sprechen; das konnte sie nur in seinem Zimmer. Unten würde immer die ganze Familie dabei sein.

Ernst saß im Bad und betrachtete den Raum, der sich nicht verändert hatte. An einer Stelle der Wanne war der Lack abgesprungen und das graue Zink sichtbar. Er überlegte, ob dies wohl damals schon gewesen sei, als er noch ein Junge war und hier badete. Dann überließ er sich anderen Gedanken und dachte über seinen Vater und seine Mutter nach.

Er hatte sich sehr verändert. Zu Anfang des Jahres hatte ihn ein Freund seines Schwiegervaters von seiner Truppe, dem 1. bayrischen Reservekorps, das sich in der Champagne eingegraben hatte, weggeholt, und nach kurzem Aufenthalt beim Armeeoberkommando war er durch Zufall ins Hauptquartier und zum Chef des Generalstabs der Armee, dem General v. Falkenhayn, versetzt worden. An der Front war man auf alles, was hinten stand, nicht gut zu sprechen, und die Kameraden beglückwünschten Chindler mit spitzigen Bemerkungen zu seinem Urlaub, wie sie sagten. Aber von Urlaub war keine

Rede. Falkenhayn, der nach dem Sturz des Generals v. Moltke, nach der Niederlage an der Marne, von einer Stunde zur andern vom Kaiser zum Oberbefehlshaber der deutschen Armee ernannt worden war, war zwar ein äußerlich beherrschter, aber innerlich nervöser Mann, der seine Untergebenen wie die Hasen hetzte. Es kam nicht selten vor, daß er morgens um vier aufstand und um halb fünf Uhr Berichte verlangte, die auf zehn Uhr bestellt worden waren. Dann sah man durch die dunklen Gassen der kleinen Stadt Mézières Hauptleute, Oberste und Generale laufen, die fluchten und spuckten und mit Mappen unterm Arm zu der Villa rannten, die Falkenhayn bewohnte. Chindler bewunderte Falkenhayn in einer Art, die bald in Schwärmerei ausartete. Er beobachtete, wie der große, elegante, drahtige Mann, von dessen Entscheidungen alle Operationen aller Armeen im Osten und Westen abhingen, mit Menschen sprach, Gespräche anfing und abbrach, Menschen heranzog und wieder stehen ließ, informierte und sich informieren ließ, und kam aus dem Staunen über die gelassene Sicherheit des Feldherrn nicht heraus. Sehr bald aber merkte er, daß hier oben, an der Spitze des Heeres, wenig Einigkeit herrschte und die Feindschaft der Generale gegeneinander oft keine Grenzen kannte. Er fing an, sich zu erkundigen, was ihm nicht schwer wurde, denn eben jener Freund seines Schwiegervaters, der ihn herangezogen hatte, holte ihn oftmals abends in sein Zimmer, um jemanden zu haben, dem er sein Herz ausschütten konnte. Dieser Mann, ein alter württembergischer General namens Horn, sah mit großer Sorge in die Zukunft. »Diese verdammte Höflingswirtschaft«, sagte er, »dieses byzantinische Führersystem wird alles zugrunde richten. Der Kaiser weiß überhaupt nichts von dem, was vorgeht! So möchte ich auch Zeitungen lesen! Jeden Morgen eine Mappe durchblättern, in die man einen Haufen süßer Bonbons geklebt hat... na, es ist ja vielleicht noch ein Glück, daß er nichts weiß! Aber der Chef? Falkenhayn? Ist das eine Kriegführung, was er macht? Man geht nicht vor und nicht zurück! Die Truppe verkommt in den Gräben! Und kein Mensch hat was zu sagen! Alles hat nur zu gehorchen! Glauben Sie mir, junger Freund. Dieser Kadavergehorsam ist der Anfang vom Ende!«

Chindler kam sich solchen Bemerkungen gegenüber sehr gescheit vor. Die kurze Zeit, die er nun in Mézières war, hatte genügt, um ihn sehen zu lassen, daß die Haupttätigkeit der Obersten Heeresleitung darin bestand, Niederlagen zu verhüten und die wenigen Reserven, die der gewaltig ausgedehnten Front im Westen und Osten zur Verfügung standen, bald hierhin, bald dorthin zu schieben, um immer dort ein paar Männer zu haben, wo der Gegner angriff.
Chindler antwortete dem General einmal in diesem Sinne, aber da kam er schlecht an. »Das ist es ja gerade«, schrie der alte Mann, »das ist ja gerade, was ich sage. Falkenhayn weiß genau, daß wir gegen die Übermacht der Entente nicht siegen können, und daß er retten muß, was zu retten ist. Aber wen will er retten? Das Volk? Das Vaterland? Der weiß überhaupt gar nicht, was das ist! Sich will er retten und behaupten, seine Stellung! Seinen Klüngel! Seine Clique! Jetzt ist es zwei Uhr früh. Was glauben Sie, wenn wir jetzt hinübergingen, Falkenhayn in seinem Bettchen wecken würden und ihn fragten: Sagen Sie mal, Exzellenz, was ist eigentlich Deutschland? Was würde er antworten? Ich bin Deutschland, würde er antworten. Denn ich führe es. Ja, das würde er antworten.«
Ernst fand, daß diese Antwort eigentlich richtig sei. Aber der General fuhr fort: »Vielleicht wird es den Männern im Graben gelingen, den Krieg zu gewinnen, obwohl sie von dieser Sippe geführt werden. Aber ich bezweifle es manchmal, und dann bin ich sehr traurig.«
Jedoch aus solchen Gesprächen lernte Ernst Chindler etwas ganz anderes, als ihn der weißbärtige Artillerist lehren wollte. Er merkte, daß es keinen Zweck hatte zu schimpfen, weil man damit doch nicht durchkam. Kein Mensch, den er kannte, dachte auch nur im Traum daran, einer Überzeugung wegen seine Stellung zu riskieren. Alles schaute nur nach oben, um je nachdem dorthin zu kommen, oder sich dort zu behaupten.
Also gewöhnte sich auch Ernst Chindler diese Blickrichtung an und benutzte den alten Horn, um möglichst viel von ihm zu erfahren. Denn etwas vom andern wissen, das gab hier Macht. –
Die Haut an den Fingerspitzen wurde runzlig, und Ernst

merkte, daß es Zeit war, aus der Wanne zu klettern und sich wieder anzuziehen.

12

Als er sein Zimmer betrat, schaute ihn seine Mutter verwundert an. Er trug einen Morgenanzug aus grauem Flanell, an Stelle eines Kragens hatte er sich ein blauseidenes Tuch um den Hals gebunden und an den Füßen Pumps. »Ich fühle mich wie neugeboren«, sagte er vergnügt und betrachtete seine weißen Fingernägel.
Elisabeth Chindler konnte ihre Frage nicht länger zurückhalten. »Wirst du eigentlich deine Frau in deinem Urlaub gar nicht sehen?« Ernst Chindler schaute seine Mutter etwas abwesend an. Nach einer Weile antwortete er: »Sie hat mir telegraphiert, daß sie nicht kommen kann. Ich werde um fünf Uhr mit ihr telefonieren.«
»Es ist ja schon fünf«, sagte Frau Chindler erschrocken.
Ernst beeilte sich gar nicht, und es dauerte noch eine Viertelstunde, bis er mit seiner Mutter wieder ins Erdgeschoß hinabstieg und sich mit München verbinden ließ. Als sich München meldete, machte sich Frau Chindler auf dem Vorplatz zu schaffen, wo der Apparat hing, aber Theodor Chindler öffnete plötzlich die Tür und rief sie in sein Zimmer.
Als Ernst nach einer Weile in das Zimmer kam, sah er, daß ihn seine Mutter fragend anschaute. Er wußte genau, was sie von ihm wissen wollte. Aber er sagte nichts, denn er wollte weder Verhaltungsmaßregeln für sich noch für Lilli anhören.
Elisabeth blieb hartnäckig. »Wie geht es Lilli?« fragte sie, »wann wirst du sie sehen?«
Als Ernst nicht sogleich antwortete, griff der Vater ein. »Hier, sagte er, »nimm eine Zigarre, und laß uns über die Lage sprechen. Du bist nur kurz hier, da möchte ich auch zu meinem Recht kommen.«
Ernst nahm die Zigarre und zündete sie umständlich an. Dabei überlegte er, was er seinem Vater erzählen sollte. Er hatte sich auf seinen Urlaub gefreut und das Elternhaus mit Vergnügen betreten. Jetzt fühlte er sich auf einmal fremd und links von seiner Mutter, rechts von seinem Vater belauert. Ich

muß vorsichtig sein, dachte er, den gealterten Mann betrachtend, der sich in einem Sessel ausgestreckt hatte, sonst berichtet er morgen seiner Partei, was ich ihm heute erzähle.
»Wie kam das eigentlich«, fuhr Theodor Chindler fort, »daß man dich plötzlich ins Große Hauptquartier berief?«
Ernst berichtete von seinem Freunde Horn, der ihn auf Veranlassung seines Schwiegervaters herangezogen habe.
»Dann kennst du also diesen Falkenhayn, der jetzt unser Chef ist?«
»Natürlich«, antwortete Ernst.
»Und was hältst du von ihm?«
»Das ist der beste Mann, den S. M. an diesen Platz hätte berufen können!«
»So? In Berlin ist man neuerdings anderer Ansicht...«
»Wer ist dort anderer Ansicht?«
»Zum Beispiel der General v. Moltke, den man auf sehr sonderbare Weise abgesetzt haben soll.«
Der Angriff auf seinen bewunderten Falkenhayn brachte Ernst in Zorn. »Laß dir doch keine Märchen aufbinden«, sagte er scharf. »Niemand hat Moltke abgesetzt...«
»Weswegen ist er denn nicht mehr der Chef der Heeresleitung?«
»Weil er nach der Sauerei an der Marne zusammenbrach. Als man ihn fragen wollte, was er jetzt zu tun gedenke, fand man ihn an seinem Tisch sitzend, mit glasigen Augen über die Karte gebeugt, den Mund offen, aus dem der Speichel herauslief, unfähig, ein Wort zu sagen! Das ist die Wahrheit.«
»So...« sagte Chindler und betrachtete über die Gläser seiner Brille hinweg seinen Sohn, der ja einiges zu wissen schien.
»Aber wenn das so war, wie du sagst, hätte man ja immer noch die Männer an der Spitze rufen können, die mehr Ansehen im Volk haben...«
»Wen?«
»Tirpitz... oder Hindenburg«, sagte Chindler.
Ernst Chindler stand auf und begann mit seinen langen Schritten im Zimmer auf und ab zu gehen. »Du hast Tirpitz genannt«, sagte er nach einer Weile. »Da will ich dir einmal etwas erzählen. Weißt du, daß der Kaiser Tirpitz einen Schweinehund genannt hat? Daß man sich gezwungen gese-

hen hat, durch eine Kabinettsorder das Marineoffizierskorps, soweit es unter dem Einfluß des Herrn von Tirpitz steht, zum Gehorsam zu mahnen? Zur Zurückhaltung in seinen geradezu verbrecherischen Gerüchten und Verleumdungen über die Seekriegführung?«
»Das wußte ich nicht«, sagte der Abgeordnete. »Ich war anfangs auch für Falkenhayn...«
»Aber ich muß dich bitten, sofort wieder zu vergessen, was ich dir erzählt habe.«
»Schade. Eine derartige Nachricht hätte manchem Mann im Reichstag gutgetan...«
»Wenn du ein Wort sagst«, antwortete Ernst Chindler, »kann ich standrechtlich erschossen werden!«
Elisabeth Chindler, die dem Gespräch der beiden Männer schweigend zugehört hatte, schrie auf, als Ernst den letzten Satz gesagt hatte. »Ich will nicht, daß ihr dieses Gespräch fortsetzt«, rief sie. »Erzähle doch nicht solche furchtbaren Dinge«, sagte sie zu ihrem Sohn gewendet. »Ich beschwöre dich, schweige. Dein Bruder schreibt schon Briefe, die mir das Blut in den Adern erstarren machen. Jetzt kommst du nach Hause und redest Dinge, für die man dich erschießen könnte. Denkt doch an eure Mutter, die schon genug leidet!«
Theodor Chindler, von den Erzählungen seines Sohnes tief betroffen, ward ungehalten, als seine Frau das Gespräch, das ihn gepackt hatte, in dieser Weise unterbrach. »Laß uns doch ein wenig allein, Elisabeth«, sagte er. »Du regst dich über Dinge auf, die unsereiner gewohnt ist.«
Elisabeth Chindler hielt sich mit beiden Händen an der Lehne ihres Stuhles fest.
»Nein!« sagte sie mit einer ganz tiefen Stimme. »Nein, Theodor, das kann ich nicht. Ihr müßt dieses Gespräch abbrechen. Du gehst morgen nach Berlin und ich kenne dich... du kannst deinen Mund nicht halten...«
»Siehst du, mein Lieber«, sagte der Abgeordnete müde zu seinem Sohn, »so hoch wird dein Vater nach sechsundzwanzigjähriger Ehe geachtet!«
Frau Chindler preßte die Lippen aufeinander und schwieg.
»Was ist mit Hindenburg?« fragte Theodor Chindler, als die drei Personen eine Zeitlang geschwiegen hatten.

Ernst betrachtete seine Mutter, die ihn mit Blicken anflehte, keine Antwort auf die Frage zu geben.
»Na, da bin ich also überflüssig«, sagte der Abgeordnete, als es still im Zimmer blieb. »Da kann ich ja gehen!«
Elisabeth wandte sich ihrem Mann zu. »Könnt ihr euch denn nicht über andere Dinge unterhalten?« fragte sie. »Es gibt doch soviel, worüber man reden könnte, wenn man sich in diesem furchtbaren Krieg einmal im Jahr sieht! Laßt doch die Generale den Krieg führen. Sie haben das gelernt, und wir verstehen alle nichts davon. Wenn sich der Tirpitz so benimmt, soll ihn der Kaiser einsperren...«
»Das kann er nicht wagen«, sagte Ernst Chindler vor sich hin.
»Da seht ihr es ja«, fuhr Elisabeth fort, »es ist alles viel komplizierter, als wir wissen. Kommt jetzt zum Abendbrot und laßt uns vergnügt sein, daß wir einander noch haben!«
»Da hast du eine Deutsche«, sagte Theodor Chindler, mit ausgestrecktem Arm auf seine Frau deutend. »Für sie ist das Land in oben und unten geteilt. Die oben sollen tun, die unten sollen lassen. Was kümmert es sie, ob Fehler gemacht werden oder nicht? Nichts! Wenn Tausende in den verfaulten Schlund des Todes geworfen werden, und ihre eigene Brut dabei ist, nennt sie es Krieg, und wenn das Ding einen Namen hat, den ihre Zunge aussprechen kann, hat sie sich damit abgefunden. Das lebt, indem es weiterlebt, und wie die Vögel, wenn es regnet, unter die Äste der Bäume schlüpfen, verkriecht sich das unter seinen eigenen Stumpfsinn. Da ist die Katze noch ein höheres Tier; die macht immerhin einen Bukkel, wenn's donnert.«
Ernst betrachtete seine Mutter, die unbeweglich dastand und den altgewohnten Zorn ihres Mannes über sich ergehen ließ. Wie sich alles haßt und bekämpft, dachte er ruhig, und dieser Gedanke war ihm angenehm, weil er sich wie ein Mann vorkam, den seine Weisheit über die anderen Menschen hinaushebt.
Dabei fiel ihm wieder die Frage seines Vaters nach Hindenburg ein, und er mußte lächeln, als er an die vor Zorn schäumenden Briefe dieses Generals an Falkenhayn dachte, von denen ihm Horn erzählt hatte. Alle Generale der Frontabschnitte verlangten ständig von dem Chef der Heeresleitung

mehr Truppen, mehr Kanonen, mehr Munition. Jeder hielt seine Front für die wichtigste von allen. Falkenhayn wehrte jeden ab, kalt aber höflich; er wollte seinen Krieg im Westen führen, die Franzosen schlagen, die er für den Feind schlechthin hielt, und die Engländer ins Meer werfen, die er haßte. Die übrigen Gegner verachtete er, wie er überhaupt die Menschen verachtete.

»Ich kann unseren Charakter nicht verstehen«, sagte Theodor Chindler. Er war ans Fenster getreten und sprach an die sich beschlagende Scheibe hin. »Man nennt uns tapfer, und man kann nicht leugnen, daß unser Volk den Krieg und alles, was er bringt, mit erstaunlicher... wie soll ich sagen... erstaunlicher Zähigkeit erträgt. Aber was ist das für eine sonderbare, rätselhafte Tapferkeit, ich meine, jene, welche du am deutlichsten an deiner Mutter beobachten kannst...? Alles erträgt sie, nur das Denken nicht. Wahrhaftig... so ist es... alles, nur das nicht! Das will gehorchen... ich glaube manchmal, das will leiden. Ich will nicht gehorchen! Wenn ich das so sage, wird mich ein Dummkopf für einen aufsässigen Menschen halten. Lächerlich... ich bin alles, nur das nicht, obwohl ein Aufsässiger... na ja, ihr kennt ja die Geschichte des Prometheus... vielleicht kennt ihr sie auch nicht... nein, ich will nicht gehorchen, weil es feig ist, jawohl feig, etwas zu tun, was man nicht versteht, genauso feig, wie etwas zu verstehen, und es dann nicht tun!«

Ernst Chindler hörte seinem Vater ohne Anteilnahme zu. Ihm war jede Art von Leidenschaft unangenehm, und er fand seinen Vater zu aufrichtig und daher kleinstädtisch-langweilig.

Man ging zum Essen. Elisabeth Chindler hatte die Gans braten und mit Kastanien füllen lassen, was allen ausgezeichnet schmeckte. Dazu gab es Rotkraut, Apfelkompott und hinterher einen Pudding. Der Abgeordnete ließ einen Burgunder aufmachen, der noch aus Zeiten, die nunmehr vergangen zu sein schienen, im Keller lag. Leopold hob sein Glas (das ihm des festlichen Anlasses wegen zu einem Viertel gefüllt worden war) und deklamierte: »Kein Deutscher wird den Franzmann lieben, doch seine Weine trinkt er gern!« Ernst lachte und die Stimmung besserte sich so, daß man die Köchin hereinrief

und ihre Kochkunst lobte, etwa so, wie man ein Pferd, das einen guten Sprung gemacht hat, auf den Hals klopft. Nach dem Essen kam Margarethe aus dem Krankenhaus. Ernst freute sich, seine Schwester wiederzusehen. »Du bist viel hübscher geworden«, sagte er, »und die Tracht steht dir ausgezeichnet! Die Frauen sollten sich gleichförmiger kleiden, dann würden sie verschiedenartiger aussehen!«
Maggie strahlte über das Kompliment, das ihr kein geringerer als der Mann der schönen Lilli gemacht hatte. Sie war nie schön gewesen, aber Ernst Chindler hatte recht, in letzter Zeit war sie hübscher geworden. Ihre braunen Augen glänzten, und dadurch, daß sie dünner geworden war, hatte sie ihre Pausbacken verloren und nunmehr angenehme, regelmäßige Züge. Das Schönste an ihr war ihr voller Mund und ihre sinnende Stirn. »Wie geht es deiner Frau?« fragte sie ihren Bruder.
Als Theodor Chindler von seiner Schwiegertochter reden hörte, machte er ein trauriges Gesicht. »Lilli ist die gescheiteste von euch allen«, sagte er fast scharf, »diese Frau versteht mehr von Politik als der deutsche Kanzler!« Dann erzählte er umständlich, wie schön und klug Lilli auf dem Fest beim Grafen Hertling in München gewesen sei, wie alle Welt sie bewundert habe, und berauschte sich an seinem eigenen Bericht. Alles hörte zu, als plötzlich Hans, der jüngste Sohn, aufstand, in komischer Weise vom Tisch wegtorkelte, wieder zurückkam und sich über das schöne, neue, weiße Tischtuch hinüber erbrach. Aus Zorn darüber, daß man ihm bei Tisch nichts gegeben hatte, weil er noch zu klein sei, hatte er sich heimlich ein volles Glas Rotwein eingeschenkt und auf einen Zug ausgetrunken. Das war ihm schlecht bekommen.
Elisabeth Chindler regte sich übermäßig auf, während Ernst aus vollem Halse lachte und diesen Abschluß des Abendessens ganz kriegsmäßig fand.
In dem allgemeinen Tumult, der dem Zwischenfall folgte, spähte Maggie nach einer Gelegenheit, ihren Bruder auf die Seite ziehen und unter vier Augen sprechen zu können. Sein Kompliment hatte sie so entzückt, daß sie beschloß, ihm von ihrer Absicht, Kaspar Koch zu heiraten, zu erzählen. Aber Ernst verbeugte sich wie ein fremder Mann vor ihr und bat

um die Erlaubnis, früh schlafen gehen zu dürfen, er sei müde.
In seinem Zimmer öffnete er das Fenster und schaute in den Garten hinunter. Die frische Luft tat nach dem schweren Essen gut, und die ungewohnte Stille beruhigte den Offizier. Hier hörte man nicht das ständige Rollen von Eisenbahnzügen, niemand donnerte mit Kanonen, die Nacht war weich und still und nicht von Leuchtkugeln zerrissen.
Lilli hatte ihm am Telefon Vorwürfe gemacht, weil er über Neustadt statt über München gefahren sei. Er hatte erwidert, er habe die Fahrpläne studiert; so, wie er es gemacht habe, sei es der knappen Zeit wegen allein möglich gewesen. Dann werde man sich dieses Mal eben nicht sehen, hatte Lilli kurz geantwortet.
Wie langweilig waren solche Auseinandersetzungen! Mußte denn in einer Ehe jeder Schritt, den man tat, erklärt, bewiesen und gerechtfertigt werden? Was berechtigte Lilli dazu, hinter seinen Handlungen andere Motive zu suchen als die, die er angab? Befreite nicht der Krieg einen Mann von solchen kleinlichen Kämpfereien?
Vielleicht tut er wenigstens das, dachte Ernst und ging schlafen.

13

Elisabeth Chindler schlief unruhig und stand schon gegen sieben Uhr auf. Kaum war sie hinuntergegangen, als es schellte und ein Telegramm für Ernst abgegeben wurde. Sie schlich hinauf und lauschte an seiner Tür. Im Zimmer war alles still. Wenn er einmal bei seinen Eltern ist, soll er auch ausschlafen, dachte sie und ging wieder hinunter. Aber um neun Uhr hielt sie es nicht länger aus und beschloß, den Adressaten zu wecken. Ernst Chindler lag im Bett, knabberte an einem Apfel und las ein Buch. »Ein Telegramm ist für dich gekommen«, sagte seine Mutter, um ihr Eindringen zu entschuldigen. Ernst öffnete das Papier bedächtig. »Mußt du an die Front zurück?« fragte Frau Chindler ängstlich. »Nein, ich soll über Berlin fahren und dem Reichskanzler ein Schriftstück überbringen, das ich bei mir habe.«

Frau Chindler freute sich und erschrak in einem über die Antwort ihres Sohnes. »Wenn man einen so jungen Offizier wie dich zum Herrn Reichskanzler persönlich schickt«, sagte sie, »muß man viel von dir halten. Ich begrüße das, aber ich rate dir, sei fleißig.« Sie ließ sich auf einen Sessel nieder, um die Gelegenheit, mit ihrem Sohn allein sprechen zu können, voll auszunutzen. Ernst suchte ein Gefäß, in das er den Apfelgrotzen werfen könnte.
»Soll ich dir dein Frühstück herauf servieren lassen?« fuhr Elisabeth fort.
Als Ernst nickte, lief sie gleich zur Tür, rief den Auftrag durchs Treppenhaus hinunter und setzte sich wieder neben das Bett ihres Sohnes. »Siehst du«, sagte sie, »wenn du zu deiner Mutter kommst, wird dir jeder Wunsch von den Augen abgelesen. Bist du zufrieden mit mir?«
»Sehr zufrieden!« sagte Ernst lächelnd.
»Nein«, antwortete Elisabeth rasch, »ich finde nicht, daß du zufrieden bist. Wärst du es wirklich, würdest du nicht so verschlossen gegen deine Mutter sein, sondern mir ein wenig von dir erzählen...«
»Was willst du wissen?«
»Ich weiß ja nicht, was ihr am Telefon miteinander gesprochen habt, aber ich gestehe dir, daß es mich beunruhigt, daß deine Frau nicht hergekommen ist, um dich zu sehen, daß du auch nicht zu ihr fährst, daß du sogar gar nicht von ihr sprichst.«
Therese brachte auf einem Tablett das Frühstück, und Ernst setzte sich in den Kissen zurecht. Während er sein Ei aufklopfte, sagte er: »Du magst Lilli doch gar nicht. Warum willst du sie hier haben?«
Elisabeth stand auf, was sie immer tat, wenn sie erregt war.
»Ich liebe alle meine Kinder«, sagte sie, »und ich liebe alle Menschen, die meine Kinder lieben.«
»Ich liebe meine Frau auch«, sagte Ernst. »Dann ist ja alles in Ordnung. Ich glaube«, fügte er nach einer Weile hinzu, »du machst dir öfter unnötige Gedanken und Sorgen, welche die Folgen solcher Gedanken sind!«
»Ich denke nur an meine Kinder...« sagte Elisabeth.
Ernst wollte sie unterbrechen, aber seine Mutter ließ ihn nicht

zu Wort kommen. »Die Liebe zu meinen Kindern ist der Inhalt meines Lebens. Du bist ja nun ein selbständiger Mann, aber deine jüngeren Geschwister machen mir große Sorgen. Maggie ist in letzter Zeit so sonderbar, daß ich gar nicht weiß, was mit ihr ist. Und dein Bruder Leopold geht auf schlechten Wegen.«

Ernst unterbrach seine Mutter. Er wollte nicht lange Geschichten von seinen Geschwistern erfahren, die ihn wenig interessierten. »Du solltest mehr an dich denken«, sagte er, »das wäre für alle besser und auch für dich.«

Elisabeth schaute ihren Sohn erschrocken an. »Eine Mutter kann gar nicht an sich denken«, sagte sie, »dazu hat sie gar keine Zeit.«

»Das ist ein Fehler...«

»Du sagst schreckliche Dinge...«

»Kein Mensch ist nur Vater oder Mutter, sondern jeder ist Vater oder Mutter und außerdem noch ein Mensch... ich meine, ein selbständiges Wesen, das auch seine eigenen Wege zu gehen hat.«

Elisabeth verstummte vor diesen Sätzen, die sie nicht verstand und nicht verstehen wollte.

»Von dir aus gesehen«, fuhr Ernst fort, »bist du ein pflichtgetreuer Mensch, aber andere Menschen sehen dich... manchmal anders. Lilli hast du zum Beispiel verscheucht. Sie erträgt es nicht, korrigiert zu werden, aber sie würde sich manches merken, wenn du ihr ein Beispiel gäbst, statt sie zu belehren.«

»Soll ich meine großen Erfahrungen nur für mich selber gemacht haben? Ich bin alt; was ich Lilli in der vorsichtigsten Form sagte, sagte ich nur aus Liebe zu ihr und zu dir!«

»Du willst immer andere Menschen belehren oder bessern. Das erbittert.«

»Wie kann ein Kind erbittert sein, wenn ihm seine Mutter etwas sagt? Bist du auch erbittert, wenn ich dir etwas sage?«

»Ich würde es mir nicht gefallen lassen, daß meine Frau mir ein Gespräch derart auseinanderreißt, wie du gestern das Gespräch zwischen Vater und mir unterbrochen hast.«

»Du kennst ihn nicht«, rief Elisabeth. »Du sagst ihm Dinge, von denen du selber sagst, daß man dich dafür erschießen

kann. Er geht nach Berlin und ich weiß, daß er sie seinen Parteifreunden weitererzählt, weil er besessen von seiner Politik ist und immer an Deutschland und den Krieg und die Fehler denkt, die gemacht werden. Soll ich die Mörderin meines eigenen Sohnes werden?«
»Ich würde ihn schon dazu gebracht haben, daß er schweigt. Statt dessen hast du das Gespräch unterbrochen, so daß es ihm wie mir wie ein Bissen im Hals steckt.«
»Niemand liebt mich mehr«, sagte Elisabeth tief aufseufzend. »Aber ich werde nicht aufhören, meine Pflicht zu tun!«
Jetzt ist sie trotzig, dachte Ernst.
Elisabeth nahm ihm das Tablett mit dem Geschirr weg und spielte mit einem Löffel, den sie nervös in ihren schönen Händen drehte. Ernst betrachtete sie, und sie tat ihm leid. Ich darf nicht den gleichen Fehler begehen, dachte er, und Menschen zu ändern versuchen. »Auf welchem Weg wandelt Leopold denn?« fragte er schließlich, um ein neues Gespräch in Gang zu bringen.
Elisabeth legte den Löffel auf das Tablett und erzählte ihrem Sohn, was sich ihrer Ansicht nach zwischen Leopold und Balthasar Vierling ereignet hatte. Ernst hörte schweigend zu. Als Elisabeth geendet hatte, bat er, sich nun anziehen zu dürfen. Es war spät geworden, und sein Zug ging schon mittags.
Elisabeth Chindler verließ sein Zimmer ein wenig erleichtert. Sie hatte sich ihren Kummer über Leopold von der Seele gesprochen; das tat ihr gut. Die vorangegangene Unterhaltung verdrängte sie, wie alles, was sich ihren Absichten in den Weg stellte.
Statt direkt nach Pleß in Schlesien zu fahren, wohin Falkenhayn das große Hauptquartier vorübergehend verlegt hatte, fuhr Ernst also zunächst nach Berlin. In der Reichskanzlei wurde ihm mitgeteilt, Herr von Bethmann wünsche ihn persönlich zu sehen, und man bestellte ihn auf den gleichen Abend gegen neun Uhr. Der Kanzler, der von der Heeresleitung nicht gerade ausgiebig informiert wurde (eine Folge der traditionellen Verachtung der Politik und der Politiker durch die deutschen Militärs), ließ keine Gelegenheit vorübergehen, sich mit Offizieren zu unterhalten, die von höheren Stellen kamen. Obgleich das Volk, besonders allerdings die wohlha-

benden Kreise, Sieg um Sieg flaggte, war Deutschlands Lage in diesem Mai 1915 wieder einmal sehr ernst. Aus Rom waren Telegramme des Sonderbeauftragten Fürst Bülow gekommen, welche die Kriegserklärung des ehemaligen Verbündeten Italien als unmittelbar bevorstehend bezeichneten. Ein U-Boot hatte den amerikanischen Dampfer »Lusitania« versenkt, und der amerikanische Gesandte Gerard hatte eine Note seiner Regierung übergeben, die in entsprechenden Worten Genugtuung verlangte. Die Front war auch im Osten zum Grabenkrieg erstarrt.

Als ihm der Oberleutnant Chindler gemeldet wurde, ließ ihn der Reichskanzler bitten, zu warten. Dieser Präzeptor, der aufs ängstlichste bemüht war, dem Volk die Wahrheit zu verbergen, um es bei Laune zu halten (so war auf seinen Befehl der Wechsel in der Obersten Heeresleitung, die Ersetzung des Generals von Moltke durch den Kriegsminister von Falkenhayn allen denen verheimlicht worden, die keine ausländischen Zeitungen lasen oder lesen konnten), hatte gerade einen Brief an seinen Freund, den Kabinettschef des Kaisers, Herrn von Valentini, geschrieben. Ehe er Chindler empfing, wollte er sein Schreiben noch einmal durchlesen. Der Brief lautete:

»Sehr verehrte Exzellenz! Einen so guten Einblick in die militärische Lage, wie ich ihn neulich in sechs Stunden bei Hindenburg erhielt, bekomme ich bei Falkenhayn nicht in sechs Monaten. Ich muß aber jetzt bald ein klares Bild von den militärischen Möglichkeiten im Westen ebenso bekommen, wie ich es für den Osten zu haben glaube. In Rußland ist momentan von Kriegsmüdigkeit keine Spur, in Frankreich die absolute Siegeszuversicht in beständigem Wachsen. Hier ist die Stimmung eigentlich unerklärlich. Selbst bei den meisten Politikern ist sie nicht nur siegesgewiß, sondern geradezu vermessen. Das erstere brauchen wir, das zweite scheint mir von Übel. Dagegenwirken kann ich nicht. Die Psyche unseres Volkes ist während der letzten fünfundzwanzig Jahre durch Renommisterei so vergiftet worden, daß sie wahrscheinlich zaghaft würde, wenn man die Großsprecherei verböte. Nur eine richtige Redaktion der Tagesberichte der OHL könnte helfen. Bei den Frauen des niederen Volkes, die anfangen ungeduldig zu werden, begegnet man immer wieder der Frage:

Warum machen wir nicht Frieden? Seit sieben Monaten tun wir ja nichts als glänzend siegen (denn von der Marne weiß ja kein Mensch). Die Alldeutschen und Konsorten, über die übrigens Hindenburg sehr hart urteilte, finden darin täglich eine Grundlage für ihr Geschrei. Die wenigen nachdenklichen Leute, die es gibt, vergleichen Wolff mit Havas, schütteln die Köpfe und werden pessimistischer als gut ist.
Wir können den Krieg nur zu einem glücklichen Ende bringen, wenn wir unsere Feinde, außer daß wir sie schlagen, auch moralisch dahin bringen, das Rennen aufzugeben. Bei einer so siegesgewissen Nation, wie der französischen, kann aber das Gefühl der Unterlegenheit unter den Gegner nicht gesteigert werden, wenn dieser Gegner eine glücklich abgeschlagene Offensive, wobei indes viel Gelände verloren ist, zu einem ungeheuren Siege stempelt, und die Beendigung der Schlacht in einem Moment verkündet, wo sie ruhig weitergeht. Das haben die Franzosen nach Ypern nicht getan! Ein Schweizer, der ganz für uns arbeitet und die französische Psyche genau kennt, war ganz traurig, als er gestern mit mir darüber sprach...
Hindenburg und seine Männer beurteilen die östliche Lage zuversichtlich, aber ernst und ohne Illusionen. Sie würden Ostpreußen halten, aber keine großen Entscheidungen mehr herbeiführen...
Mit besten Grüßen aufrichtigst der Ihre

Bethmann-Hollweg.

Empfehlen Sie mich, bitte, allen empfehlenswerten Herren.«
Der Kanzler hatte seinen Brief durchgelesen und überlegte einen Augenblick; dann strich er die Stelle über die Marneschlacht sorgfältig durch. Jetzt war er zufrieden und ließ Chindler eintreten.
Herr von Bethmann trug seit dem Krieg Uniform. Chindler mußte militärisch grüßen, als er das Zimmer betrat. Der Kanzler erhob sich, nahm ihm die versiegelten Papiere ab und forderte ihn auf, Platz zu nehmen. Während er die übergebenen Schriftstücke las, betrachtete ihn Chindler. Das war also der Reichskanzler. Dieser Kopf, dieser Bart, diese langen Hände, dieser faltige Hals, der ein wenig aus der geöffneten Litewka herausschaute. Was macht so ein Mann eigentlich?

dachte Chindler. Es fiel ihm ein, daß er keine Ahnung davon hatte, welche Pflichten, welche Rechte dieser Beamte hatte, wie seine Stellung nach der Verfassung war (auch diese hatte Chindler niemals gelesen) und warum man wohl bei der Heeresleitung mit diesem Mann rechnete. Er beschloß, sich eine Ausgabe der Verfassung zu kaufen und alles genau nachzulesen.

Der Staatssekretär Helfferich wurde gemeldet. Bethmann schaute nervös von seinen Papieren auf, sah auf die Uhr und betrachtete Chindler. Dieser Mensch ist zu jung, dachte er, der weiß ja nichts, man kann ihn nichts fragen. Er nickte mit dem Kopf und ließ Helfferich eintreten. Gleichzeitig wurde Chindler entlassen.

Helfferich erschien in großer Erregung. »Haben Sie gehört«, sagte er, »Falkenhayn will plötzlich die Russen angreifen ...«

»Eben habe ich einen Brief bekommen«, antwortete Bethmann.

»Was ist das für eine Kriegführung? Bis gestern hat er immer erklärt, er wolle die Entscheidung im Westen holen, jetzt macht er auf einmal Krieg im Osten. Sind denn die Österreicher am Ende?«

»Er schreibt, er wolle die Russen zerschmettern ...«

»Und an den Balkan denkt wieder kein Mensch«, sagte Helfferich. »Jeder, der wie ich einmal in der Türkei war, weiß, daß die Türken die Dardanellen nicht aus eigener Kraft halten können, jeder weiß das, nur die Generale nicht!«

Bethmann trat auf die Terrasse hinaus und schaute in den Garten, der hinter dem Reichskanzlerpalais lag. »Ich denke auch erheblich weniger zuversichtlich als Falkenhayn«, sagte er, »aber Sie müssen zugeben, daß es für mich unmöglich ist, dem siegreichen Feldherrn in den Arm zu fallen.«

Helfferich, der ein beschränkter aber zynischer Mensch war, mußte lächeln, als er wieder einmal die von Bethmann so gern gebrachte Phrase vom siegreichen Feldherrn hörte. Er konnte es nicht über sich bringen, diese alten Zigarrenraucher als Feldherrn zu bezeichnen. Außerdem war er zu ehrgeizig und hochmütig, um zuzugeben, es könne jemand von einer Sache mehr verstehen als er. Aber während Bethmann, auf dem einen Extrem verharrend, die Kriegskunst für etwas ganz Ge-

waltiges hielt, das auf dieser Welt nur Generale verstehen können, stand Helfferich auf dem andern Extrem und war innerlich fest davon überzeugt, die Generale verstünden überhaupt nichts und müßten alle Befehle von der Reichskanzlei erhalten.
Man muß zugeben, daß hierin Helfferich der Wahrheit erheblich näher war als der furchtsame Bethmann. Aber der Mut dieser Erkenntnis nützte ihm nichts, weil ihn gleichzeitig eine wachsende Furcht schüttelte. Die Regierung fing an, ohnmächtig zu werden, während die Generale jeden Tag mächtiger wurden. Helfferich sah kein Mittel dagegen. Das einzige, das es gegeben hätte, den Reichstag heranzuziehen, die Vertreter der Wähler an der Politik zu interessieren, verabscheute er aus ganzer Seele, denn der Reichstag bestand für ihn lediglich aus Sozialdemokraten und das heißt aus Menschen, die der jähzornige Staatssekretär am liebsten allesamt aufgehängt haben würde. Die andern Parteien zählten nicht. Die Konservativen, denen er nahestand, kannte er allzugut, um nicht zu wissen, daß sie mit ihren Träumen von der Eroberung der halben Welt kindische Tröpfe waren, die man lediglich in der inneren Politik benutzen konnte, als Bollwerk für Kaiser und... Helfferich, gegen die Massen! Der Krieg fing an, ihm fürchterlich zu werden. Der Hof und alles, was in seinem Namen die Macht hatte und tatsächlich regierte, war in Gefahr. Das wußte niemand besser als Helfferich, der ein Emporkömmling war und die Gefahren, die von unten drohten, weit klarer sah als jene Generale, die das Volk nur in der Gestalt von Rekruten kannten. Was nämlich diese Generale niemals sahen, Helfferich aber mit wachsendem Grauen auf manchem nächtlichen Spaziergang durch Berlin nur zu deutlich merkte, war, daß die Rekruten, welche die Generale so freigebig ins Feuer schickten, Frauen, Kinder, Eltern hatten.
»Man kann Herrn von Falkenhayn nicht in den Arm fallen«, sagte Helfferich, als er lange Zeit geschwiegen hatte, »aber man müßte ihm klarmachen, was uns die Türkei politisch wert ist.«
»Wollen Sie hinfahren und es ihm sagen?« fragte Bethmann. »Er wird Sie gar nicht anhören... nein, nein, mein Verehrte-

ster, hier hilft nur eins, daß jeder auf seinem Platz bis zum Äußersten seine Pflicht tut!«
Jeder auf seinem Posten... dachte Helfferich, das ist die Parole des Laisser-faire, Laisser-aller... das heißt, ich kann es auch nicht ändern...

15

Ernst Chindler war von der Reichskanzlei aus langsam die Wilhelmstraße hinuntergegangen, immer geradeaus, zum Belle-Alliance-Platze wandernd, bis er sich in der fremden riesigen Stadt nicht mehr auskannte. Er nahm ein Taxi und ließ sich zu seinem Hotel am Anhalter Bahnhof fahren. Der kurze Abschied, den ihm Bethmann gegeben hatte, hatte ihn verstimmt, und den schönen Brief gegenstandslos gemacht, den er an Horn hatte schreiben wollen. Im Hotel angekommen, spürte er, daß er hungrig war, und ging noch einmal aus, um etwas zu essen. In einem Bräu am Potsdamer Platz würgte er ein Stück hartes Fleisch hinunter und ging in miserabler Laune, der ganzen Welt und seiner selbst überdrüssig, wieder in sein Hotel zurück. Sogar das ständige Grüßen der Soldaten, die in Berlin anscheinend zu Hunderten auf der Straße herumliefen, langweilte ihn. Er konnte sich kaum noch entschließen, die Hand an die Mütze zu führen. Das geschäftige Treiben der Menschen fand er sinnlos und widerwärtig. Er beschleunigte seine Schritte, um dieser Stadt möglichst rasch zu entfliehen, und eine Welle von Sehnsucht nach der Front, nach den bellenden Witzen der Kameraden, dem Geschrei der Pferde, den kleinen französischen Dörfern, dem ungeregelten Leben überflutete ihn.
Chindler gehörte zu denen, die am deutlichsten den hohlen, geschäftsmäßigen Bürokrieg durchschauten, der geführt wurde. Berge von Akten hatten zur Folge, daß irgendwo ein Schützengraben verlassen und bestenfalls ein in 200 Meter Entfernung gegenüberliegender Graben erobert wurde. Trotzdem floh Chindler – wie übrigens Tausende von Menschen – aus den Städten, die ihm fremd waren, die er nicht verstand, aus einem Leben fort, mit dem er nichts anzufangen

wußte, wenn die ordnenden Befehle fehlten. Er war in keiner Weise ein Held, und in den Gefechten, die er mitgemacht hatte, hatte er sich nur dadurch aufrecht gehalten, daß er an gar nichts dachte, im Gegenteil sogar alle Gedanken verjagte und nur zwei Dinge durchführte: sich so gut beherrschte, daß man ihm seine Gefühle nicht ansehen konnte, und mit äußerster Anstrengung seines Willens die Befehle ausführte, die gegeben worden waren.

Aber vor dem, was er »den Kampf ums Dasein« nannte, hatte er Angst. Vor die Wahl gestellt, in eine Bank einzutreten, um sich durch Fleiß und Klugheit heraufzuarbeiten, oder in den Schützengraben zu gehen, würde er wahrscheinlich den Schützengraben gewählt haben.

Er wollte eben sein Hotel betreten, als er von hinten angesprochen wurde. Er drehte sich um und erkannte einen Artilleriehauptmann, den er im Feld kennengelernt hatte. Der Hauptmann, der anscheinend sehr glücklich über das Wiedersehen war, fragte Chindler, wie es ihm gehe, was er in Berlin mache, und obgleich Chindler anfangs nur sehr einsilbige Anworten gab, ließ der Hauptmann nicht locker. »Es ist doch noch früh am Tag, wie wir Berliner sagen«, meinte er, »hätten Sie nicht Lust, noch ein Stündchen mit mir zusammen zu sein? Ich nehme Sie zu meiner Schwester mit, der ich von Ihnen erzählt habe. Sie freut sich, wenn ich Kameraden anschleppe!«

Ernst Chindler ließ sich überreden, man nahm ein Taxi, fuhr ins Bayrische Viertel, wo Chindler noch nie gewesen war, und stieg die Treppe eines Hauses hinauf, die weiß lackiert war, wie Ernst verwundert bemerkte. Während er seinen Mantel auszog, hörte er, daß hinter einer Glastür, aus der Licht drang, gesungen wurde.

Frau Keller, die Schwester des Hauptmanns, eine große, blonde, dickliche Frau von etwa vierzig Jahren, begrüßte Chindler herzlich, als kenne man sich seit Jahren. Dann stellte sie ihn ihrer Schwägerin vor, die ihr rabenschwarzes Haar kurzgeschnitten trug, und in einem Kostüm, das hauptsächlich aus Shawls bestand, mit untergeschlagenen Beinen auf einem Sofa saß.

Schließlich erhob sich noch aus einer Ecke des Zimmers ein

jüngerer, bleich aussehender Mann, dessen Namen Chindler bei der Vorstellung nicht verstand.
Das Zimmer, das Ernst nachlässig möbliert fand, wurde fast völlig durch einen großen Flügel ausgefüllt, der geöffnet war. Der Hauptmann rieb sich in bester Laune die Hände, ließ sich in einen Sessel fallen, daß die Gurte ächzten, und bat um Zigarren.
»Ach, rauchen Sie doch nicht gleich«, sagte die Schwarzhaarige, die bis dahin nur Chindler betrachtet hatte, »wir sind gerade beim Singen.« Dann wendete sie sich an Chindler und fragte ihn, ob er auch singe.
Ernst war über diese Frage, die ihm noch nie gestellt worden war, erstaunt und wußte nicht, was er antworten solle. Aber die Schwarzhaarige wartete seine Antwort nicht ab, sondern bat ihre Schwägerin, weiterzuspielen. Der Hauptmann schien nicht verwundert zu sein, denn er fragte seine Schwester, was gesungen werden solle.
»Herrliche Lieder«, sagte die Schwarze. »Du kennst sie und du mußt mitsingen. Komm, Annuschka, wir wollen das Lied von der Heirat des Mondes noch einmal singen... es ist ein ganz einfaches Lied«, fügte sie hinzu, sich an die Männer wendend. »Sie können die Wiederholungen gleich mitsingen.«
Frau Keller setzte sich an den Flügel und spielte ein paar Takte, als die Schwarzhaarige mit einer wunderbaren Altstimme zu singen begann:

»Es nahm der Mond die Sonne.«

Als sie diese Zeile gesungen hatte, fiel der Bleiche, der bis dahin geschwiegen hatte, ein, und die beiden sangen zusammen die zweite Zeile:

»Das war der erste Frühling.«

Nun begann auch die Spielende mitzusingen und sie sangen die folgenden Zeilen zu dritt:

»Die Sonne stand schon früh auf.
Der Mond verbarg sich scheidend.
Der Mond wandelte einsam.
Gewann den Morgenstern lieb.
Darob ergrimmte der Donnergott,
Zerhieb ihn mit dem Schwerte.

Was verließest du die Sonne?
Was gewannst du den Morgenstern lieb?
Was wandelst du einsam in der Nacht?«

Die letzten Zeilen wurden wiederholt und nun fiel auch der Hauptmann ein und sang mit. Chindler betrachtete die Singenden mit großer Verwunderung. Anfangs war ihm das Ganze recht einfältig und kindisch vorgekommen. Er hatte nie gehört, daß erwachsene Menschen zusammenkommen und singen. Aber schon nach den ersten Takten war er hingerissen, er bewunderte die herrliche Stimme der Schwarzhaarigen und ärgerte sich, daß er nie gelernt hatte, zu singen.

Das Lied war zu Ende und der Hauptmann meinte, jetzt müsse man etwas Einfacheres singen, damit Herr Chindler mittun könne.

»Es gibt nichts Einfacheres als dieses Lied«, sagte die Schwarze.

»Das meinst du, weil du eine Russin bist und dies ein russisches Lied ist«, sagte der Hauptmann.

»Russische Lieder sind ganz anders«, sagte die Angeredete, »dies war ein litauisches Lied.«

Man einigte sich auf das Lied: »Am Brunnen vor dem Tore«, und wieder begannen alle zu singen. Nur Ernst brachte den Mund nicht auseinander. Solche Lieder sangen seiner Ansicht nach Schulkinder und Soldaten. Er wollte es gerade lächerlich finden, daß man... als ihn der Gesang abermals so bezauberte, daß er zu denken aufhörte und lauschte. Bei der zweiten Strophe versuchte er mitzusingen. Es ging ein wenig, und er sah, daß ihm die Schwarze, die ihn beobachtet hatte, zulächelte. Er errötete wie ein Junge, aber er gab nicht nach und sang weiter, bis ihm alles, die fremde Wohnung, die Menschen, die er nie gesehen hatte, die Musik und der Text der Lieder so gefielen, wie ihm seit Jahren nichts mehr gefallen hatte. Er war ganz und gar glücklich.

»Eure Lieder sind auch hübsch«, sagte die Schwarze, als man fertig war. Der Hauptmann schien nun genug vom Gesang zu haben. Da er aber in bester Laune war und gefühlsselig wie alle Menschen, die mit der Brust singen, ohne zu denken, ließ er sich gehen und grölte: »Bier her, Bier her, oder ich fall um.«

Die Schwarzhaarige sprang auf. »Sei still, du Ochsenmensch«, rief sie und puffte ihn mit ihrer kleinen Faust vor die Brust. »Wenn du Durst hast, kannst du es sagen. So was singt man doch nicht! Gebt ihm Wasser, damit er nüchtern wird.«

Der Hauptmann, der solche Angriffe gewöhnt zu sein schien, lächelte und schwieg. Frau Keller brachte Bier, man trank und rauchte. Da aber die Schwarze kein Wort sprach und ganz versonnen auf dem Sofa hockte, wurden auch die andern allmählich still, und Ernst sah, daß der Hauptmann nach der Uhr schaute. Er faßte sich ein Herz und bat die Schwarze, doch noch ein Lied zu singen. Sie schaute ihn an, schien einen Augenblick nachzudenken und sprang vom Sofa herunter.

»Ich werde euch noch etwas singen, damit ihr... nein... erst singen, dann sprechen.« Und sie sang:

»Ein wenig Liebe, und ich wollte gehen,
ging baren Hauptes und mit bloßen Füßen,
ging hin durch Eis, gehüllt in Lenzeswehen,
ging hin durch Sturm und hört' die Amseln grüßen,
durch Wüstensand – und Taues Perlen fließen.
Ein wenig Liebe, und ich wollte gehen,
An Türen singen, selig und zerrissen!«

»Das ist ein slawisches Lied«, sagte sie, als sie gesungen hatte, »und ich habe es gesungen, damit ihr nicht so viele Russen tötet, die meine Brüder sind. Gute Nacht!«

Sie verließ das Zimmer durch eine Schiebetür, die sie nur einen Spalt breit öffnete und gleich wieder hinter sich schloß.

Nun brachen auch die andern auf, die über die sonderbare Art des Mädchens, sich zu verabschieden, gar nicht verwundert schienen. Als Chindler mit dem Hauptmann die Straße hinunterging, sagte der: »Ein meschuggenes Frauenzimmer... na, wie halt die Russen sind. Finden Sie nicht?«

Ernst ärgerte sich über den herablassenden Ton, in dem der bierselige Artillerist von der Schwarzhaarigen sprach, und verabschiedete sich. Er hatte noch Stücke der Melodie im Ohr und beschloß, seiner Frau zu schreiben, sie möge umgehend Gesangstunden nehmen.

Die Schlacht, von der Falkenhayn an den Kanzler geschrieben hatte, war in vollem Gang, als Ernst in Pleß eintraf. Schon im September 1914 hatten die Österreicher den Rückzug aus ihrer Provinz Ostgalizien antreten müssen. Furchtbare Verluste, Ruhr und Cholera dezimierten ihre Armeen, während die Russen vorrückten und die Serben sich hielten. In dieser Lage nützten alle Siege wenig, welche von den deutschen Armeen in Ostpreußen, später bei Warschau erfochten wurden. Österreich war so gefährdet, daß man schon von einem Rückzug auf die sogenannte Donaulinie Budapest–Wien sprach.
Das Jahr 15 begann nicht besser. Zwar schlug Hindenburg in der Winterschlacht in Masuren die Russen zum zweiten Male, aber je größer die Verluste an den deutschen Abschnitten der endlos langen Front waren, desto hartnäckiger warf das russische Oberkommando alle verfügbaren Kräfte gegen die österreichische Front, um den schwächeren Gegner zu zerschmettern und dadurch die Deutschen in der Flanke packen zu können.
Im März kapitulierte die rings von russischen Armeen eingeschlossene Festung Przemysl. Da entschloß sich Falkenhayn, die Westfront eine Zeitlang sich selbst, das heißt der bloßen Verteidigung zu überlassen, und die Russen in Galizien mit deutschen Kräften anzugreifen. Für das Unternehmen wurden besonders bewährte Truppen ausgesucht, und diese mit so schwerer Artillerie ausgestattet, wie sie bis dahin im freien Felde noch nie verwendet worden war. Um sich vor Verrat der Operationen an die Russen zu schützen, wurde alles mit großer Heimlichkeit und Vorsicht in die Wege geleitet und das österreichische Armeeoberkommando erst benachrichtigt, als schon die ersten Munitionszüge nach Galizien rollten. Der Angriff, den Oberst von Seeckt ausgearbeitet hatte, begann am 2. Mai und gelang, obgleich die englischen Truppen bei Loos, die französischen in der Gegend von Arras zum Angriff vorgingen, um die Russen zu entlasten, welche verzweifelte Funksprüche an ihre Verbündeten sandten.
Joffre gab den Auftrag, hinter der Front Wasserstellen anzulegen und Straßen und Eisenbahnen zu bauen, welche Muni-

tion und Reserven bis dicht an die Front heranführen konnten.
Die russische Front wurde durchbrochen. Tagelang gingen die angreifenden Truppen vor, und als Falkenhayn noch dreieinhalb Divisionen aus dem Westen heranholte, wurden zuerst Przemysl und, Ende Juni, Lemberg zurückerobert. Ungarn war aus der Gefahr eines russischen Einbruchs befreit, die wichtigen Petroleumquellen bei Drohobycz wieder in österreichischem Besitz. Die russische Heeresleitung mußte eine Armee, die in Odessa zu einem Angriff auf die Türken versammelt stand, nach Galizien werfen, um endlich den deutschen Vormarsch zum Stehen zu bringen.
Die Schlacht um Lemberg, ein Meisterstück der Kriegführung, wurde in allen Generalstäben studiert. Als der Sommer heraufzog, beschloß der französische Generalstabschef Joffre, sie zu kopieren und die deutsche Front, diesen Gürtel aus Draht und Schlamm und Menschen, der sich Frankreich um den nackten Leib wand, mit den gleichen Mitteln und nach der gleichen Methode zu sprengen, wie die Armee Mackensen den russischen Ring auseinandergejagt hatte. Joffre war ein Mann von dreiundsechzig Jahren und ein mathematisches Gehirn. »Frankreich«, sagte er zu seiner Umgebung, »verteidigt sich jetzt seit zehn Monaten. So kann das nicht weitergehen. Wir müssen angreifen!« Dabei war er von großen Sorgen bedrückt. Warschau schien in die Hände der Deutschen zu fallen. Die Serben konnten sich nicht entschließen, anzugreifen. Italien, auf das man einige Hoffnungen gesetzt hatte, versagte. Die Türken, tapfere Soldaten, hielten allen Angriffen auf die Dardanellen stand.
Ende Juni stellte Joffre vierzig neue Infanteriedivisionen auf, indem er die Stärke seiner Infanteriekompanien von 220 auf 200 Mann heruntersetzte. Dann fuhr er ins englische Hauptquartier, um die Engländer zu überreden, einen gemeinsamen großen Angriff auf die Deutschen im Artois und in der Champagne zu unternehmen. Marschall French, von der Größe der russischen Niederlage stark beeindruckt, erklärte sich bereit. Joffre fuhr heim und setzte seine Vorbereitungen fort. Anfang August erfuhr er, French habe seine Ansicht geändert und wolle von einem Angriff nichts mehr hören. Joffre

alarmierte die Pariser Regierung. Mitte August erschien Lord Kitchener auf französischem Boden. Joffre fuhr ihm entgegen und begleitete ihn zur Front. Vom Turm einer Kirche herab betrachtete Kitchener lange Zeit die beiden Grabengeflechte. »Ich weiß nicht, was man hier tun soll«, sagte er schließlich. »Das ist kein Krieg!« Joffre hörte schweigend zu, wie man eben einem Ausländer zuhört, der von Dingen spricht, die er nicht versteht.

Am nächsten Tag erreichte er, daß French und die englische Armee praktisch der französischen Leitung unterstellt wurden. Nach diesem diplomatischen Sieg eilte Joffre zu den Belgiern, die ihm versprachen, während seines großen Angriffs kleine Attacken gegen die Deutschen zu machen, und von den Belgiern direkt zu dem italienischen Chef, General Cadorna, welcher sich verpflichtete, Ende September erneut mit aller Kraft am Isonzo anzugreifen.

Nach der Ansicht Joffres verdankten die Deutschen ihren Sieg in Galizien zwei Momenten: dem ausgiebigen Einsatz von schwerster Artillerie im freien Felde und dem Gebrauch von Granaten, welche, mit Gas gefüllt, Tausende von Russen in ihren Gräben erstickt hatten. Er beschloß, beide Mittel in zehnfacher Stärke anzuwenden.

Der Teil der Champagne, in dem die Franzosen angreifen wollten, ist ein menschenleeres, unfruchtbares Gebiet, das im Volksmund die lausige Champagne genannt wird. Auch heute kann man dort, wenn man auf Châlons zufährt, stundenlang auf einer schnurgeraden Chaussee dahinsausen, ohne weit und breit menschliche Siedlungen zu erblicken.

Die Gräben der beiden Gegner lagen an dieser Front teilweise 300 bis 500 Meter weit auseinander. Eine so große Strecke im Sturmangriff zu durchlaufen, war gefährlich. Joffre befahl den französischen Webereien, riesenhafte, graubraune Tücher zu weben. Als diese eintrafen, gingen die französischen Truppen unter dem Schutz dunkler Nächte und der bestellten tarnenden Tuchstreifen über das vor ihren Gräben liegende freie Feld vor und gruben sich, teils 100 Meter, teils nur 50 Meter vor den deutschen Gräben wieder neu ein.

Darauf ließ Joffre von den neuen Stellungen aus Annäherungsgräben nach rückwärts anlegen, welche bis zu 5 Kilo-

meter lang waren. Diese verdeckten Stollen hatten die Reserven ungefährdet durch das gegnerische Sperrfeuer an die Angriffstelle zu bringen.
Auch Kavallerie sollte an dem Angriff teilnehmen, um durch die zersprengte deutsche Front hindurch sofort nach den in der deutschen Etappe liegenden wichtigen Bahnhöfen vorzudringen. Zu diesem Zweck wurden im Hinterland ausgedehnte, überdeckte Bereitstellungsplätze angelegt, von denen Rampen in besonders tief und breit ausgehobene Annäherungsgräben führten. Wie ein Wasserstrahl aus der Erde bricht, sollte die französische Reiterei vor der deutschen Stellung auftauchen und den überrumpelten Gegner völlig niederwerfen.
Joffres gewaltige Vorbereitungen beendete ein Erlaß des Oberbefehlshabers, der allen Offizieren zur Kenntnis gebracht wurde. »Der französische Soldat«, hieß es dort, »schlägt sich um so tapferer, je besser er die Bedeutung der Angriffshandlung begreift, an der er beteiligt ist, und je mehr Vertrauen er zu den von seinen Führern getroffenen Maßnahmen hat. Es ist deshalb notwendig, daß die Offiziere aller Grade von heute an ihre Untergebenen über die günstigen Bedingungen aufklären, unter denen der nächste Angriff unserer Truppen vor sich gehen wird. Es ist alles geschehen, damit dieser Angriff mit erheblichen Kräften und gewaltigen materiellen Mitteln unternommen werden kann. Die Zahl der Maschinengewehre ist weit mehr als verdoppelt worden. Die Feldgeschütze verfügen über einen bedeutenden Munitionsvorrat. Eine beträchtliche Menge schwerer Artillerie steht bereit, und der für jedes Geschütz vorgesehene Munitionsaufwand übertrifft den bisher jemals festgestellten größten Verbrauch.
Der Angriff soll ein allgemeiner sein. Er wird aus mehreren großen und gleichzeitigen Angriffen bestehen, die auf sehr großen Fronten vor sich gehen sollen. Die englischen und belgischen Truppen werden sich beteiligen. Der Augenblick ist günstig, da die Deutschen noch im letzten Monat Truppen von unserer Front weggezogen haben, um sie an der russischen zu verwenden.
Sobald der Feind erschüttert ist, werden die Truppen an den

bis dahin untätig gehaltenen Fronten ihrerseits angreifen, um die Unordnung zu vervollständigen und den Gegner zur Auflösung zu bringen. Es wird sich nicht darum handeln, die ersten feindlichen Gräben wegzunehmen, sondern ohne Ruhe Tag und Nacht durchzustoßen, über die zweite und dritte Linie hinaus bis ins freie Gelände. Die ganze Kavallerie wird an diesen Angriffen teilnehmen. Die Gleichzeitigkeit der Angriffe, ihre Wucht und Ausdehnung, werden den Feind hindern, seine Infanterie- und Artilleriereserven auf einem Punkt zu sammeln, wie er es im Norden von Arras tun konnte. Diese Umstände sichern den Erfolg.«

Kurz vor dem Angriff wurde dieser Befehl durch einen zweiten ergänzt, in dem es hieß: »35 Divisionen unter General de Castelnau, 13 Divisionen unter General Foch, 13 englische Divisionen und 15 Kavalleriedivisionen (darunter 5 englische) sind für den Angriff bestimmt. Sie werden unterstützt durch 2000 schwere und 3000 Feldgeschütze. Alle Vorbedingungen für einen sicheren Erfolg sind gegeben, zumal wenn man sich erinnert, daß unsere letzten Angriffe nur von 300 Geschützen unterstützt wurden. Die größte Schlacht aller Zeiten beginnt!«

17

Auf deutscher Seite hatte man von den bevorstehenden Angriffen zunächst keine Ahnung. Ende Juli begab sich Falkenhayn für einige Tage nach Metz. Fast sämtliche Chefs der Westheere teilten seine Ansicht, daß in nächster Zeit Angriffe der Franzosen und Engländer nicht zu erwarten seien. Darauf beschloß er, sich bei seinem obersten Führer, dem Kaiser, einen besonderen Erfolg zu holen und die immer noch von französischen Truppen besetzten Gebiete im Oberelsaß zu säubern. Jedoch der mit den Vorbereitungen betraute General von Knobelsdorf bewog ihn, diesen Plan aufzugeben, und Falkenhayn reiste, um eine Enttäuschung reicher, nach Pleß zurück.

Da erhielt er Mitte August Agentennachrichten, die zwar mit großer Bestimmtheit von einer kommenden Offensive im

Westen sprachen, Ort und Zeit des Angriffs aber nicht anzugeben vermochten. Falkenhayn schob sie zurück. Er war mit der Vorbereitung eines neuen Feldzugs in Serbien beschäftigt und glaubte nicht, was er nicht glauben wollte. »Frankreichs Opfer sind bereits so groß«, sagte er zu seiner Umgebung, »daß die Regierung die Verantwortung für neue Opfer nicht übernehmen kann. Man wird nicht angreifen. Sollen diese Leute, die sowieso schon keine Kinder machen, auch die letzten, die ihnen noch geblieben sind, in den Tod jagen?«
Einige Tage darauf kündigte ein Überläufer, der vom 7. deutschen Reservekorps eingebracht wurde, große Angriffe für Mitte September an. Nun begab sich der Chef der 3. Armee, General von Einem, selber nach vorne. Der nur von einer dünnen Humusschicht überlagerte Kreideboden der Champagne ließ im Fernrohr alle Erdarbeiten der Franzosen weithin sichtbar hervortreten. In sein Quartier zurückgekehrt, meldete Einem an die OHL, ausgezeichnete Fliegeraufnahmen, die per Kurier folgten, würden beweisen, daß der Feind ausbaue. Die Ausführung sei auffallend gut, werde ohne jede Rücksicht auf Verluste betrieben und durch starkes Feuer gedeckt. Nehme man dazu die neuerdings beobachteten Truppen- und Transportbewegungen, die Aussagen von Gefangenen, den Befund der Toten, die alle mit Sicherheit auf Ablösungen, Verschiebungen und Verstärkungen hinwiesen, so müsse man nicht nur mit der Möglichkeit, sondern mit der Wahrscheinlichkeit eines Angriffes rechnen. Er bitte um Artillerie.
Die OHL drahtete zurück, die gewünschte Ausstattung der Divisionen mit Artillerie sei zur Zeit nicht möglich. Anfang September wurden die Anrufe in Pleß aus dem Westen immer dringender. Gereizt ließ Falkenhayn den Chef des Artilleriewesens ins Große Hauptquartier kommen. Bei einem Bestand von 1021 Geschützen, darunter 265 schweren, bezeichnete der General die Zuweisung einiger schwerer Flachfeuergeschütze als dringend.
Als der General nach Westen zurückreiste, gab ihm Falkenhayn drei Herren seiner Umgebung mit, von denen einer Ernst Chindler war.

Mitte September traf Ernst Chindler in Vouziers, dem Hauptquartier der 3. Armee, ein. Als er am nächsten Tag zum Divisionsstabsquartier weiterfuhr, schien ihm die Schlacht, an die man in Pleß nicht glauben wollte, schon in vollem Gange zu sein. Die ganze Gegend lag unter schwerem französischen Feuer, das von Fliegern ausgezeichnet geleitet wurde. Überall lagen Bahnhöfe, Ortschaften und Wälder, die Ernst noch gekannt hatte, in rauchgeschwärzte Trümmer zusammengeschossen. Landsturmleute arbeiteten daran, das Material für die Gräben nach hinten zu schaffen, ungeheure Mengen von Holz, Draht, Eisenpfählen und Bohlen, von Brettern, Zement und Kies, von Karbidlampen, Kerzen, Hacken, Schaufeln, Spaten, Bohrmaschinen, Horchgeräten, Rohren, Pumpen, Wellblech, Dachpappe, Maschendraht und Fensterglas. Lazarette wurden geräumt und die Verwundeten in die Überreste der Wälder geschafft.
Am 17. bombardierten französische Luftgeschwader die für die deutschen Truppenverschiebungen unentbehrlichen Bahnhöfe von Douai, Somain und Cambrai. Am 18. schoß der Gegner mit Phosphorgranaten, die alles Brennbare entzündeten und die Umgebung in undurchdringliche Rauchwolken hüllten. Am 19. steigerte sich das Feuer gegen die vordersten deutschen Linien derart, daß eine stehende Wand emporgeschleuderter Lehmmassen jeden Einblick von rückwärts her unmöglich machte. Nun, wo man nichts mehr sah, versagte auch noch die Nachrichtenübermittlung. Obgleich von den vordersten Gräben getrennte Infanterie- und Artilleriefernsprechnetze nach rückwärts gelegt waren, schien alles zerschossen zu sein. Das deutsche Artillerieabwehrfeuer wurde dünn und unsicher. Leuchtpatronen, mit denen die Grabenbesatzungen immer wieder und immer energischer besseres Sperrfeuer anforderten, hatten eine zu geringe Steighöhe und vermochten häufig die von den feindlichen Geschossen aufgewirbelten, berghohen Rauch- und Staubwolken nicht zu überwinden.
Am 21. wurde Kriegsrat gehalten. Der General von François erwartete keinen Angriff und hielt die französische Tätigkeit

nur für Demonstrationen. General von Armin erwartete einen Angriff südlich des Kanals von La Bassée. General von Pritzelwitz rechnete mit einem Angriff, und der bayrische General von Fasbender glaubte an einen Angriff gegen seinen rechten Flügel. Darauf erhielt Chindler den Befehl, in die vorderste Linie zu gehen und detaillierte Befehle zu überbringen.

Als er gegen zehn Uhr abends sein Auto verließ, um den Rest des unter Feuer liegenden Weges zu Fuß zu machen, traf er zu seiner Verwunderung einen alten, graubärtigen Bauern, der neben seinem zerschossenen Haus saß. »C'est ça votre maison?« fragte er ihn. »Eh, oui, mon bon monsieur«, antwortete der Alte, »c'est ma maison là, on n'a pas voulu partir, on tient à sa terre!«

»Même sous les obus et la mitraille?« fragte Chindler und ging nachdenklich weiter, ohne eine Antwort des Bauern abzuwarten, der wieder in sein Schweigen zurücksank und dem Offizier noch nicht einmal nachschaute.

Der Meldegänger, der Chindler begleitete, fragte ihn, was er mit dem Bauern gesprochen habe. Chindler erzählte es, und der Soldat schüttelte seinen rötlichen Schnurrbart.

»Würden Sie das nicht tun?« fragte Chindler.

»Nein«, sagte der Mann, »freiwillig würde ich mich in dieser Gegend nicht aufhalten.«

Die beiden Männer gingen schweigend weiter. In der vorausgegangenen Nacht hatte es geregnet, und der Boden quietschte, wenn sie ihre schweren Stiefel aus dem lehmigen Brei zogen, der die Erde bedeckte. Nach einer Stunde Marsch kamen sie an einen Hohlweg, in dem sich der widerliche Geruch verwesender Körper gehalten hatte. »Glauben Sie, daß wir lebend ankommen?« fragte Chindler, als sie wieder im Freien waren. Der Meldegänger blieb stehen und schnupperte in die Dunkelheit. »Nach rechts«, sagte er leise, »wir müssen uns rechts halten. Sie werden gleich hierherschießen.«

»Glauben Sie, daß man uns sieht?«

»Das ist unmöglich«, sagte der Mann, »aber sie bestreichen das Gelände abwechselnd ... ich schlage vor zu laufen, Herr Oberleutnant.«

Chindler lief, so rasch er konnte. Nach einiger Zeit hielt ihn

der Meldegänger fest. »So«, sagte er, »jetzt sollte man wieder gehen können... sehen Sie... drehen Sie sich mal um, jetzt schlägt es hinter uns ein!«
»Woher wußten Sie das?« fragte Chindler erstaunt.
»Das geht alles ganz fabrikmäßig«, sagte der Meldegänger. »Die haben auch keine Lust, lange nachzudenken. Da wird nach einem Schema geschossen, und hat man das einmal heraus, kann man sich mit einiger Sicherheit danach richten.«
Ein gescheiter Kerl ist das, dachte Chindler.
Wenn sie tun, was man ihnen sagt, dachte der Meldegänger, sind sie ganz brauchbar. »Ihr Feldstecher klappert«, sagte er zu Ernst Chindler. »Wir müssen bald in Hörweite sein...«
Ernst nahm das Glas und steckte es in die Manteltasche.
»Verflucht...« sagte der Mann plötzlich und warf sich platt auf den Boden. Chindler ließ sich auf die Knie fallen, als ihn der Mann am Schuh packte und so riß, daß er mit Wucht in den Schlamm flog. Eine Leuchtkugel war aufgestiegen und das Gelände weithin taghell, eine zweite, die rot, eine dritte, die grün war, folgten. »Wenn sie den Christbaum brennen lassen, kommen wir tot an«, sagte der Mann. »Wieviel Uhr haben Sie, Herr Oberleutnant?«
»Ein Uhr 15«, sagte Chindler und steckte seine Uhr vorsichtig wieder ein.
»So früh schießt man doch nicht«, sagte der Mann. »Ich weiß nicht, die Gegend wird mir unheimlich. Die bereiten was vor.«
Die Kugeln erloschen. Die beiden standen auf und gingen rasch weiter. Chindler wischte sich mit dem Ärmel das Gesicht ab. Er hatte so rasendes Herzklopfen, daß er kaum noch atmen konnte. Um halb zwei Uhr trafen sie in der vordersten Linie ein und wurden in einen Unterstand gezogen.
Es war der 22. September. Joffre hatte seine Vorbereitungen beendet. Um 5 Uhr gab er telefonisch Befehl, Punkt 7 Uhr mit dem Trommelfeuer zu beginnen. Es war das erste Feuer dieser Art, und die in den Unterständen zusammengepferchten Grabenbesatzungen warteten von Stunde zu Stunde auf ein Nachlassen der geradezu irrsinnigen, pausenlosen Schießerei. Die Luft in den Erdlöchern verbrauchte sich, und man

konnte kaum noch atmen. Ernst lag auf dem gestampften Boden und döste vor sich hin. Der Hauptmann, der am Tisch sitzend die »Wahlverwandtschaften« las, wurde immer nervöser. »Das gibt einen Angriff«, sagte er von Zeit zu Zeit, »einen Mordsangriff!« Dann las er weiter und lauschte dabei nach dem Feuer, um im selben Moment, wo das Feuer aufhören würde, den Graben zu stürmen. Der französische lag an dieser Stelle knapp 80 Meter entfernt. Zwei Minuten konnten die Entscheidung bringen. Wenn der Gegner stürmte, ehe man im Graben war, konnte man überrannt sein, bevor man bis drei gezählt hatte.

Der Tag ging herum und der Gegner schoß pausenlos. Am 23. früh wurde der Eingang des Stollens verschüttet. »Jetzt aber ran«, schrie der Hauptmann, »sonst geht uns bei lebendigem Leib die Puste aus.«

Die Soldaten arbeiteten, bis der Eingang wieder frei war.

»Das bedenkt man für gewöhnlich gar nicht, wie schön so ein Stück frische Luft ist«, sagte der Meldegänger, der neben Chindler saß. Gegen Mittag schlug ein Lufttorpedo ein und verschüttete den Eingang zum zweitenmal. Chindler sah, daß die Bewegungen der Männer langsamer wurden. Jeder hatte Kopfschmerzen, Hunger, Durst, Atemnot, Übelkeit.

Am 24. schien das Feuer nachzulassen; gegen 8 Uhr hörte es auf. »An die Gewehre«, sagte der Hauptmann, aber während er gestern noch geschrien hatte, flüsterte er diesmal, als wäre er heiser. Alles rannte in die Mulden, die von dem gutgezimmerten Graben noch übrig waren. Im selben Moment begann das Feuer wieder, als ob es nie aufgehört hätte. Die erste Salve zerfetzte die Hälfte der Besatzung, was übrig blieb, rannte in die Stollen zurück. »Das nennt man heutzutage Kriegslist«, sagte der Hauptmann.

Noch einmal ging ein Tag herum und eine endlose Nacht, die ihm langsam folgte. Am 25. morgens gegen halb sieben schwoll das Feuer zu einer Stärke an, die man bis dahin für unvorstellbar gehalten hatte. Herrgott, dachte Chindler, wie viele Kanonen haben die denn? Das ist ja verrückt! Dann begann er zum zehnten Male seine Fingernägel zu putzen.

Am Nachmittag des 24. hatte der General de Castelnau den Sturmangriff für den folgenden Vormittag zehn Uhr fünfzehn befohlen. Als er am Morgen dieses Tages in der vordersten Linie anläutete, wurde ihm mitgeteilt, seit Mitternacht regne es. Das war eine schlechte Nachricht. Wenn der Boden durchweicht war, konnten die Stürmenden steckenbleiben. Aber die Vorbereitungen waren getroffen; wartete man und hielt der Regen an, so konnte die Lage nur ungünstiger werden.

Punkt zehn Uhr vierzehn sprang das Feuer von den ersten deutschen Linien nach den rückwärtigen vor. In den französischen Gräben rissen die Fahnenträger die Hüllen herunter. Den Kopf nach rückwärts geneigt, bliesen die Trompeter das Signal. Neunzehn französische Divisionen erhoben sich und verließen ihre Stellungen, um die Front des Gegners zu durchbrechen, die von acht Divisionen gehalten wurde.

Die französischen Regimenter gliederten sich in drei Bataillons-Angriffswellen, die in Abständen von 50 Metern hintereinander vorgingen. Der ersten Welle voran stürmten Handgranatenwerfer, ältere, ausgesuchte Soldaten. Sonderbarerweise glichen sie Bauern; denn sie trugen Säcke um den Hals gehängt, aus denen sie ihre Handgranaten mit weitausholenden Bewegungen schöpften, um sie dann mit jähen Stößen zu werfen. Dicht hinter ihnen folgte eine Abteilung Grabensäuberer, welche die eroberten Gräben von den Resten der feindlichen Besatzung säubern sollte, Widerspenstige zu töten, Gefangene nach hinten weiterzugeben hatte. Den drei Sturmwellen folgten in geschlossenen Kolonnen die Reserven, welche stellenweise von weithin sichtbaren Offizieren zu Pferd angeführt wurden.

Den Reserven voran gingen schmale Abteilungen von Telefonisten, denen befohlen war, sofort Telefonleitungen zu legen, damit die französische Führung keinen Augenblick die Verbindung mit den vorwärtsrückenden Truppen verliere. Die eigentlichen Kampftruppen sollten sich durch keinerlei Nebenarbeiten aufhalten lassen, sondern unentwegt vorwärtsstürmen.

Die Front, an der die Franzosen angriffen, war 17 Kilometer breit. An vielen Stellen wurde die deutsche Besatzung überrumpelt. Ehe noch die Mannschaft die Unterstände verlassen hatte, waren die Franzosen schon über sie hinweggerannt. An anderen Stellen lebte überhaupt kein Mann mehr. Fast alle Stollen, die weniger als sechs Meter tief unter der Erde lagen, waren von dem gegnerischen Feuer eingeschlagen, die Insassen vernichtet.
In dem winzigen Abschnitt der riesigen Front, den Chindler überblicken konnte, hatte sich die Nervosität des Hauptmanns gelohnt. Als Chindler mit den andern aus dem Stollen rannte, sah er Tausende von Gestalten heranziehen, welche, in lange, hellblaue Mäntel gehüllt, eiserne Helme auf dem Kopf tragend, wie eine gräßliche Vision näherkamen. Da fielen schon die ersten. Das feindliche Feuer hatte den Drahtverhau vor der deutschen Stellung in Fetzen geschlagen, aber die Fetzen lagen mit ihren Stacheln am Boden, ein neues, nur umgeformtes Hindernis bildend. Abermals stürzten einige unter den Stürmenden, und Chindler wunderte sich, daß sie im Stürzen die Arme genau so gen Himmel hoben, wie man es auf Bildern sieht. Der Meldegänger, der neben ihm lag und ein Erdloch als Brustwehr benutzte, schrie etwas von Visier, was Chindler nicht verstand. Dann sagte er, bereits zielend: »So, jetzt müssen eben noch einige Abschiedsgrüße versandt werden!« Ernst zielte auch, als er einen heftigen Schlag gegen den Kopf und den Bauch bekam und ohnmächtig umfiel.

20

Falkenhayn hatte am 21., den Kaiser begleitend, Pleß verlassen. Unterwegs wurden fortgesetzt Meldungen über akute Gefahr gegnerischer Angriffe an seinen Zug abgegeben, aber der Feldherr behielt sie für sich. Er glaubte nicht an einen Angriff und nahm sich vor, den Generalen der Westarmee etwas preußische Ruhe beizubringen. Am 23. traf er in Straßburg ein, wo Besichtigungen stattfanden. Am 24. erschien er in Metz. Als er eben sein Auto besteigen wollte, um weiterzu-

fahren, wurde er dringend ans Telefon gerufen. Der Chef der 3. Armee, General von Einem, teilte ihm mit, das Trommelfeuer habe an seinem Frontabschnitt derartige Ausmaße angenommen, daß er stündlich mit einem Angriff rechne. Falkenhayn wurde zornig. »Ich ersuche Ew. Exzellenz«, sagte er scharf, »sich nicht aus der Ruhe bringen zu lassen. Die Franzosen werden nicht angreifen. Sie haben keinen Schneid!«
»Herr von Falkenhayn ist der Ansicht, daß die Franzosen keinen Schneid haben«, sagte v. Einem zu seinem Adjutanten, als er den Hörer wieder aufgehängt hatte. »Darf ich um etwas Feuer bitten? Meine Zigarre hat auch keinen Schneid.« Dann ließ er sich, vor Zorn knallrot im Gesicht, in einen Sessel fallen.
Am 25., als die gewaltigen Angriffe der Engländer im Artois, der Franzosen in der Champagne bereits in vollem Gang waren, traf der Chef der Heeresleitung, über Montmédy fahrend, mittags in Stenay, dem Hauptquartier der 5. Armee, ein. Es regnete in Strömen. Im Hof der Präfektur kam dem General ein Oberst entgegen. Der Mann war schneeweiß im Gesicht. Falkenhayn blieb unter dem Glasdach der Treppe stehen und hörte den Bericht schweigend an. »Vom Oberkommando der 3. Armee«, las der Oberst, »ist ein Funkspruch an die 5. Armee gekommen: Gegner in Gegend Souain-Somme Py durchgebrochen. Ersuchen um Truppen. Gleichzeitig hat die 6. Armee gemeldet: Britische Truppen durch Gasangriff in die Stellungen des VII. Korps westlich Aubers eingebrochen. Verstärkung unbedingt notwendig. Das ist alles.«
Falkenhayn zog mit dem Zeigefinger der linken Hand den Kragen seines Waffenrockes auseinander. Dann ging er ins nächstbeste Zimmer. Das von ihm bis dahin zäh festgehaltene Bild der Lage hatte sich mit einem Schlag geändert. »Was soll das heißen«, sagte er und warf das Telegramm auf den Tisch, »durch Gasangriff eingebrochen? Seit wann werden solche lyrischen Gedichte telegraphiert? Sie sind eben eingebrochen!«
Er betrachtete die Karte und ließ sich mit der 6. Armee verbinden, wo ihm die Lage als äußerst ernst bezeichnet wurde. Noch von Stenay aus befahl er die sofortige Abbeförderung

der bei Saarburg in Lothringen stehenden 56. Infanteriedivision zur 3. Armee. Dann ließ er sich, in rasendem Tempo, nach Mézières ins Große Hauptquartier fahren.
Unterwegs sah er auf die Uhr. Jetzt ist es 1 Uhr 42, dachte er. Wenn sie um 11 Uhr 30 schon durchgebrochen waren, können sie bereits hinter der Reservestellung sein! Abermals zog er mit dem Zeigefinger seiner linken Hand den Kragen seines Waffenrockes vom Hals weg. Der Kaiser, dachte er weiter, wird der erste sein, der zusammenbricht. Er erinnerte sich einer Szene nach der Schlacht bei Langemarck, in der der Kaiser ihn wie Luft behandelt hatte, während er zu seiner Umgebung laut von gewissen Leuten sprach, die eine einzige Kette von Enttäuschungen seien, und einer anderen, in der ihn der Kaiser unter Tränen umarmt und auf beide Wangen geküßt hatte.
Er sah wieder auf die Uhr. Es war 1 Uhr 52. In einer halben Stunde würde er in Mézières sein und alles wissen. Was sollte man eigentlich machen? Woher Truppen nehmen? Im Grunde wußte Falkenhayn ebensowenig wie irgendein anderer General, wie dieser Krieg zu führen war. Man probierte von Zeit zu Zeit eine Schlacht und vertraute, während sie dauerte, auf Gott und auf die Tapferkeit der Truppen, das heißt der Massen, von denen sonst nicht gesprochen wurde.
Der Kaiser war schon am vergangenen Abend nach Mézières gefahren. Wer ist in Mézières, dachte Falkenhayn, der ihn informieren könnte? In Gedanken ging er alle Namen, besonders die seiner persönlichen Feinde durch, und atmete auf, als er sich sagen konnte, daß menschlichem Ermessen nach niemand im Hauptquartier war, der es wagen konnte, über seinen, des Generalstabschefs Kopf hinweg den Kaiser zu unterrichten.
Aber schon in der nächsten Kurve fiel er wieder in seinen Pessimismus zurück. Der Krieg war nicht zu gewinnen. Man mußte alle Kraft aufwenden, sich zu verteidigen und ausspähen, wie zu einem Frieden zu kommen war. Die Krone ahnte gar nicht, in welcher Gefahr sie war. Leute à la Ludendorff, die der Kaiser neuerdings zu schätzen begann, und die ihn, Falkenhayn, herabzusetzen versuchten, waren heraufgekommene Kleinbürger, die von solchen Erwägungen nicht geplagt

wurden. Er gräbt sich sein eigenes Grab, dachte Falkenhayn vom Kaiser, wenn er sich mit diesen Kerlen einläßt.
»Herrgottsakrament, fahren Sie doch rascher, Mann!« schrie er dem Chauffeur zu. Aber der Gashebel berührte längst den Boden, und mehr Umdrehungen machte die Maschine nicht.
Als Falkenhayn in Mézières einfuhr, war das Wunder geschehen. Im Artois hatten sich die Engländer nur der vordersten Stellung zu bemächtigen vermocht. Als sie weiter vorzudringen versuchten, wurden sie durch Gegenangriffe der Deutschen nicht nur zum Stehen gebracht, sondern an mehreren Stellen sogar zurückgeworfen. Auf Vorschlag des stellvertretenden Chefs der Operationsabteilung schob Falkenhayn eine der letzten Divisionen der Heeresreserven aus dem Elsaß und das x. Armeekorps in die Champagne, das soeben aus dem Osten in Belgien eingetroffene Gardekorps zur 6. Armee.
Dann ging er zum Kaiser und berichtete von der siegreichen Abwehr englischer Angriffe im Artois. Was die Vorstöße der Franzosen in der Champagne angehe, so dürfe man mit gutem Gewissen auf die unvergleichliche Tapferkeit der Truppe vertrauen. Der Kaiser hörte schweigend zu. Da er hörte, was er hören wollte, lächelte er schließlich. Als Falkenhayn schweißgebadet aus dem Zimmer ging, hatte er zwei Siege erfochten; einen über die Engländer und einen persönlichen beim Kaiser. Nun hing alles davon ab, daß die in der Champagne kämpfenden Truppen die in sie gesetzten Erwartungen erfüllten.

21

Ernst Chindler kam davon wieder zu sich, daß ihm der Regen in den offenen Mund lief. Hustend und spuckend setzte er sich auf. Er war nicht verwundet; ein dicker Erdklumpen war ihm gegen den Magen geflogen und hatte ihn betäubt.
»Sie leben ja noch«, begrüßte ihn der Meldegänger.
»Was ist eigentlich los?« fragte Ernst Chindler.
»Ich weiß es auch nicht«, sagte der Mann. »Hier ist alles tot!«
Chindler betrachtete das Schlachtfeld und konnte sich einen

sonderbaren bläulichen Schimmer, der über der Landschaft lag, gar nicht erklären. Plötzlich sah er, daß es gefallene Franzosen waren, die stellenweise buchstäblich wie hingemäht lagen, manchmal einer neben dem andern. »Wo ist der Gegner?« fragte er.
Der Meldegänger zeigte mit dem Daumen nach den rückwärtigen deutschen Stellungen.
»Durchgebrochen?« fragte Chindler.
»Hier jedenfalls.«
»Und wo ist er jetzt?«
Der Meldegänger zuckte die Achseln. Nach einer Weile sagte er: »Wenn er so weiter gelaufen ist, wie er über uns hinwegstürmte, wird er wohl bald am Rhein ankommen.«
»Wo ist der Hauptmann?«
»Neben Ihnen.«
Chindler drehte sich zur Seite und sah, was von dem Hauptmann noch übrig war, ein Rumpf ohne Kopf. Die rechte Hand des Toten, die in einem neuen, braunledernen Handschuh steckte, war in die Höhe gestreckt. Die gespreizten Finger spannten das Ziegenfell, und die erstarrte Bewegung sah aus wie der Arm einer Kleiderpuppe im Schaufenster eines Herrenkonfektionsgeschäftes. Der jähe Anblick krampfte Chindlers Magen zusammen, und ehe er noch aufstehen konnte, mußte er sich übergeben. Dabei trat ihm kalter Schweiß auf die Stirne. Nach fünf Minuten war ihm wieder besser. »Wie viele sind wir noch?« fragte er die Soldaten, die ihm aufmerksam zugesehen hatten.
»Siebzehn mit Ihnen, Herr Oberleutnant«, sagte jemand.
»Dann sind wir zu viele, um hier zu bleiben«, sagte Chindler. »Die Frage ist nur, in welcher Richtung man gehen soll.«
»Im Süden ist der Feind«, sagte der Meldegänger, »und im Norden ist er jetzt auch. Ich würde meinen, man geht am besten nach Nordosten. Vielleicht halten sich da noch welche von den unsern.«
Chindler wollte Marschbefehl geben, als ein Soldat rief: »Da kommen sie zurück!«
Der Meldegänger sah in die angezeigte Richtung. Dann warf er mit einem gewaltigen Ruck ein Maschinengewehr, das er neben sich hatte, herum. »Wenn der Franzmann Keile be-

kommen hat, ist er böse«, sagte er. Chindler sah, daß der Mann in diesem Augenblick zum ersten Male Angst zu haben schien. »Aber an mir soll er seine Rache nicht nehmen«, fuhr der Meldegänger fort. Chindler stand auf, um weiter sehen zu können. In ziemlicher Entfernung erblickte er französische Abteilungen, die aber nicht sehr stark sein konnten. Sie kamen näher, und das heißt von den rückwärtigen deutschen Reservestellungen her zurück. Doch hielten sie nicht auf das kleine Häuflein Chindlers zu, sondern gingen mehr rechts ab. »Nicht schießen«, sagte er leise. »Sie sind noch zu weit.« Die gesichteten Kolonnen verzogen sich wieder. »Wie heißen Sie eigentlich?« fragte Chindler den Meldegänger.
»Urbschat«, sagte der Mann, »mit Rufnamen Georg.«
Als der Hauptmann gefallen war und Chindler blutig und verschmiert wie tot dalag, hatte sich Urbschat neben die anderen auf die Erde gelegt, untätig verharrend oder richtiger gesagt, lediglich nach drohenden Gefahren ausspähend. Als Chindler wieder lebendig wurde, regte auch er sich wieder, wie eine Forelle, die ins Wasser zurückgeworfen wird. Er gehörte zu jenem Typ kluger und gebildeter Arbeiter, die sofort die Führung übernehmen, wenn eine Führung da ist, der sie auf eine bestimmte, sachliche Art beibringen können, was im einzelnen geschehen soll.
Aber während der Meldegänger nun wieder ganz ruhig in einem Erdloch saß, war Ernst nervös und zappelig. Jeden Augenblick konnten französische Truppen auftauchen und seine Gruppe zusammenschießen oder gefangennehmen. Vor Gefangenschaft hatte er eine höllische Angst; andererseits wußte er nicht, wie er sich verhalten solle, wenn plötzlich eine Übermacht auftauchte. Sehen kann man uns so und so, dachte er und steckte sich eine Zigarre an, um sich zu beruhigen und den widerwärtigen, beißenden Geschmack der Magensäure zu vertreiben. Auch dem Meldegänger gab er eine, die sich Urbschat unter den Helm legte. »Was machen wir, wenn wir plötzlich bei den Franzosen landen?« fragte Chindler.
»Was Sie meinen«, sagte der Mann lauernd.
Chindler schwieg. Die Leute würden wahrscheinlich tun, was er befahl. Vielleicht aber würden sie sich auch gefangengeben. »Tritt gefaßt marsch«, kommandierte er. Wie auf dem Kaser-

nenhof standen alle sechzehn Mann mit einem Ruck auf. Chindler war über die schweigende Tapferkeit so erschüttert, daß er imstande gewesen wäre, den Boden zu küssen, auf dem die unbeholfenen Schuhe der Männer sich soeben in Bewegung gesetzt hatten.
Das Gelände war hügelig. Da es stundenlang geregnet hatte, war der Boden weich wie ein Sumpf und besät mit größeren und kleineren Seen, die sich aus Granattrichtern gebildet hatten und mit gelbem, schlammigem Wasser gefüllt waren. Das Geschrei der Kanonen war wieder stärker geworden und schien von allen Seiten zu kommen. Nach einer Viertelstunde Marsch verließ die kleine Gruppe den Hang eines Hügels, der sie bis dahin gedeckt hatte, und die ganze Abteilung blieb ohne Kommando stehen. Rechter Hand feuerten auf freiem Feld zwei Batterien, die man für deutsche halten mußte, weil von links her neue gewaltige französische Abteilungen gegen sie vormarschierten.
Nun aber stießen an jener Stelle zwei Straßen in spitzem Winkel aufeinander. Da beide mit marschierenden Kolonnen gefüllt waren, entstand am Zusammenfluß ein wüstes Gedränge. Die Heranmarschierenden, die auf beiden Straßen von ihren Hintermännern vorgedrückt wurden, stießen sich an der Spitze des Winkels gegenseitig von der Straße herunter, die Angestoßenen stießen zurück, die Zurückgestoßenen wieder vor, bis schließlich eine Art Handgemenge entstand. »Wir waren zuerst da!« riefen die von links Kommenden, junge Soldaten, denen gesagt worden war, die deutschen Stellungen seien erobert, diesmal sei alles gelungen. »Macht doch keinen Quatsch«, riefen die von rechts Kommenden. »Wartet doch! Wir sind ja gleich vorüber! Werdet noch früh genug sterben!«
»Ihr benehmt euch ja wie Engländer«, riefen die Linken. Offiziere, welche von hinten nach vorne zu laufen versuchten, um den Knäuel zu entwirren, dessen Ursache sie nicht zu erkennen vermochten, blieben in dem sumpfigen Gelände stecken oder versanken bis zum Hals in den Tümpeln der Granattrichter.
Die beiden deutschen Batterien hatten sich eingeschossen und jagten Schuß auf Schuß in die dichtgedrängten, hilflosen fran-

zösischen Kolonnen, die weder vor noch zurück konnten. Die Verluste waren entsetzlich. Einen Moment lang sah es so aus, als würden die Toten den Nachrückenden den Weg zum Sturm nach vorne freimachen. Dann aber waren es zu viele Leichen, die sich wie Hügel türmten und ein neues Hindernis bildeten. Joffres so sorgfältig vorbereiteter Angriff erstickte auch an dieser Stelle in seiner eigenen Masse.
Der Meldegänger stellte sein Maschinengewehr auf den Boden und begann ebenfalls in den sich drängenden Menschenhaufen hineinzuschießen. Die Franzosen merkten, daß sie nun auch noch Maschinengewehrfeuer erhielten, und fingen an zu schreien. Einzelne Gruppen lösten sich aus den Kolonnen heraus, verließen die Straße und versuchten querfeldein gegen Chindler und seine Leute im Sturmangriff vorzugehen.
Aber der Sumpf war unüberwindlich. Die Soldaten, welche Mann für Mann ihre sechzig Pfund auf dem Rücken schleppten, versanken im Dreck oder stolperten mühsam von Loch zu Loch, jeder einzelne eine Zielscheibe. Einige warfen sich hin und schossen. Aber viele Gewehre waren mit Lehm bedeckt und verstopft.
Mit weit aufgerissenen Augen sah Ernst Chindler, wie hier Tausende vernichtet wurden. »Jetzt aber schießen!« brüllte er so laut er konnte. Die sichtbare Niederlage, welche das Pech dem Gegner vor seinen Augen bereitete, berauschte ihn. »Schießen!« brüllte er wieder und mußte dabei zum zweiten Male brechen. Aber diesmal bemerkte er es kaum.
Plötzlich erhielt die deutsche Batterie Feuer. Chindler sah es, aber im gleichen Augenblick sah er auch, daß es zu spät war. Der Versuch, die noch warmen Hügel der gefallenen Vordermänner zu überklettern, schien die Nachrückenden mit allzu großem Grauen zu erfüllen. Einige wandten sich um und machten kehrt, andere folgten, bis alles kehrt machte und zurückging. Einzelne Menschen oder gar Gesichter konnte man auf die Entfernung nicht erkennen. Nur die bald stehenden, bald hin und her wackelnden, endlich zurückflatternden Fahnen, zeigten die heillose Verwirrung, die beim Gegner herrschte.
»Drauf! Drauf!« brüllte Chindler wie verrückt und schoß

nach der viel zu weit entfernten Straße. Aber der Meldegänger schoß nicht mehr, und die übrigen Soldaten hörten ebenfalls auf.
»Jetzt nach Norden«, sagte Chindler, sich den Schweiß vom Gesicht wischend. Es war 9 Uhr und schon dunkel, als das Häuflein in der deutschen Reservestellung anlangte. Wo er gerade stand, warf sich jeder hin und schlief ein.
Die zurückflutenden französischen Kolonnen wurden bald zum Stehen gebracht. Aber die Truppen waren so verwirrt und erschöpft, daß sie erst am folgenden Tage zu neuen Angriffen eingesetzt werden konnten.

22

Die Schlacht dauerte noch bis zum 14. Oktober. Immer wieder unternahm der Gegner neue Angriffe, die abgeschlagen wurden, bis Joffre das Feuer einstellen lassen mußte. Die französischen Batterien besaßen keinen Schuß Munition mehr.
Verloren aber war die Schlacht bereits am Abend ihres ersten Tages. Der Durchbruch war an keiner Stelle gelungen. Nachdem die Angreifer die vorderen deutschen Gräben überrannt hatte, waren sie an allen Stellen vor den deutschen Reservestellungen zum Stehen gekommen.
Joffre hatte sich geirrt. Dort, wo das Trommelfeuer noch Lebende zurückgelassen hatte, hatten sich diese weder ergeben, noch war es gelungen, ihre Nerven durch das anhaltende Feuer so zu zerstören, daß sie kampfunfähig wurden. Nur einige Abteilungen, welche keine Patronen mehr hatten, gaben sich gefangen. Während die russischen Bauern dem unvorstellbaren Schrecken des ersten Trommelfeuers bei Gorlice erlagen, schien das Geschrei der Städte, das Gebrüll der Fabriken, der Lärm der Maschinen die Söhne des Kapitalismus vorbereitet zu haben.
In der Mitte des Oktobers brachten die beiden Gegner ihre Gräben wieder in Ordnung und prüften ihre Verluste. Engländer und Franzosen hatten in der Doppelschlacht Artois–Champagne 250000 Mann verloren, die Deutschen

150000. Allein in der Champagne waren auf deutscher Seite 80000 Soldaten und 17000 Offiziere gefallen, einige 1000 gefangengenommen worden und 200 Geschütze verlorengegangen.
Der größte Zorn herrschte dort, wo am meisten und am freiesten nachgedacht wurde, in London. Der englische Marschall French wurde seiner Stellung enthoben. »Nun werden es nächstens auch die Kinder wissen, daß diese Generale üble Pfuscher sind«, erklärte der Kriegsminister Lloyd George.

23

Ernst Chindler mußte bis zum 4. Oktober im Graben bleiben; dann wurde er abgelöst. Der erste Bekannte, den er in der Etappe traf, war Konrad Hey.
Elegant, wohlgenährt und durch die erfreulichen Berichte von der Front in bester Laune, begrüßte er Chindler herzlich. Ernst litt an einem nervösen Hautausschlag, hatte sich durch ständiges Rauchen eine Nikotinvergiftung geholt und war brummig. Hey betrachtete ihn und verstummte. Sollte Chindler von seinem Abenteuer mit Lilli erfahren haben? Er hatte die Sache, die fast ein Jahr zurücklag, ganz vergessen. Jetzt, wo er Lillis Mann gegenübersaß, fiel sie ihm wieder ein. Als Chindler bei Tisch hartnäckig schwieg und Brotkügelchen drehte, stand er unter einem Vorwand auf und verließ das Kasino.
Zu seinem Erstaunen kam Chindler abends wieder an seinen Tisch, obwohl noch viele Tische leer waren. »Wissen Sie eigentlich, daß Horn tot ist?« fragte Hey, um ein Gespräch in Gang zu bringen. Ernst erschrak und mußte sich mit Gewalt zusammennehmen, um nicht in Tränen auszubrechen. Seine Nerven waren in einem sehr schlechten Zustand. Auf seinen Wunsch erzählte Hey den Hergang. Der alte Artillerist war nach Pont à Vendin gefahren, um das Ausladen von Munitionszügen auf dem dortigen Bahnhof persönlich zu überwachen. Der erste Zug war halb entleert, als der Bahnhof von Fliegern angegriffen wurde. Eine Bombe traf den Zug, und

von dem Bahnhof, den Güterwagen und allen Menschen, die in der Nähe waren, blieb nichts übrig.
Chindler stand auf und wanderte nach dem nahegelegenen Pont à Vendin. In dem Trümmerhaufen, der einmal Pont à Vendin gewesen war und zwischen den Löchern, die einmal Straßen und Gassen genannt worden waren, versuchte er, sich an Horn zu erinnern. Es wollte ihm nicht gelingen. Das einzige, was er sich noch vorstellen konnte, war ein weißer, etwas struppiger Bart, der sich an einem Kinn bewegte. Es war dunkel und still; Ernst setzte sich auf einen verlassenen Pflug und weinte lange.
Gegen Mitternacht kam er ins Kasino zurück. Hey saß noch am Tisch, umgeben von einigen Offizieren. Alle tranken Rotwein. »Haben Sie Ihrem Freunde Horn eine Blume aufs unbekannte Grab gelegt?« fragte ein Leutnant, der anscheinend über Chindlers gute Beziehungen zu dem toten General informiert war. Chindler lächelte, und Hey betrachtete ihn verwundert, während er zur Seite rückte, um ihm Platz zu machen. Der Mann war ja völlig verändert, er sah frisch aus, sein Gesicht war gespannt und gesund.
»Denken Sie, was ich getan habe...« sagte Ernst.
»Sie haben geweint!« unterbrach ihn der Leutnant.
»Woher wissen Sie das?« fragte Chindler erstaunt. »Aber das ist egal. Sie scheinen ein Menschenkenner zu sein. Ich habe wirklich geweint.« Die Tafelrunde betrachtete ihn, wie man einen Menschen ansieht, der plötzlich etwas ganz Unbegreifliches sagt. Chindler fuhr fort: »Wenn ich auch nicht Achilles bin, so habe ich doch geweint, wie unser Schulkamerad an der Leiche des Patroklus. Und denken Sie, meine Herren, ich fühle, daß ich richtig gehandelt habe...«
»Na, na«, sagte ein älterer Mensch, der ebenfalls Oberleutnant war. »Wo kämen wir hin, wenn plötzlich die ganze Armee weinen wollte?«
»Nach Paris!« sagte Ernst Chindler scharf.
»Das müssen Sie erklären«, sagte Hey. »Ich verstehe das nicht.«
Ernst Chindler erzählte etwas umständlich die Geschichte der beiden französischen Kolonnen, die an dem Zusammenfluß der beiden Straßen aufeinandergestoßen waren, und die dar-

aus folgende Niederlage. Dann fuhr er fort: »Es waren zu viele. Darum gelang der Angriff nicht. Wären es weniger gewesen, so hätten sie unsere zwei Batterien in zehn Minuten überrannt. Was folgt daraus? Der Mensch ist auch in der Masse nur dann etwas wert, wenn er Platz genug hat, um ein einzelner zu bleiben.«
Von allen Seiten wurde Chindler zugerufen, man verstehe ihn nicht. »Ich weiß nicht, warum dieser Krieg geführt wird«, fuhr Chindler fort.
»Oho, oho!« rief jemand. Ernst betrachtete ihn und sah an dem feindlichen Gesicht, daß er im Begriffe war, gefährliche Äußerungen zu tun. Aber er dachte an das zusammengeschossene Pont à Vendin und beschloß, auf jede Gefahr hin weiterzusprechen. »Lassen Sie mich doch ausreden, wenn ich etwas erklären soll«, sagte er.
»Jawohl, ausreden lassen«, rief der ältere Oberleutnant, der sich schon darauf freute, das letzte Wort zu bekommen. Er wollte diesem sonderbaren Philosophen einmal etwas über tränenlose Vaterlandsliebe mitteilen. Während Chindler weitersprach, hörte er nur halb hin und bereitete sein Schlußwort vor.
»Ich will mich kurz fassen«, sagte Chindler. »Als ich aus der Schlacht hierher zurückkam, war ich (und bin es übrigens jetzt noch) sehr angegriffen, elend, krank, von den fürchterlichen Bildern, die ich sehen mußte, bedrückt, von Träumen gepeinigt, ich möchte sagen, von der knöchernen Hand des Todes geohrfeigt, wenn auch nicht niedergeschlagen. Ich traf Kameraden und versuchte, ihnen einiges zu erzählen, wobei ich Ihnen nicht verschweigen will, daß ich auch von mir sprach, kurz gesagt, so redete, wie mir zumute war. Zu meinem Erstaunen bemerkte ich, daß niemand zuhören wollte. Dagegen verwandelten sich die eben noch Unwilligen in bereitwillige Zuhörer, wenn ich das Vergangene vergangen sein ließ und über die Zukunft schwadronierte, oder auch über nichts quatschte, zum Beispiel über Weiber.«
»Über Weiber... natürlich... das nennt er nichts... ha... ha«, sagte ein Hauptmann. Dann lehnte er sich in seinen Sessel zurück und schlief ein, da er total betrunken war.
»Warum verhalten wir uns so?« fuhr Chindler fort. »Warum

spielen wir mit uns selber Krieg? Warum behandeln wir uns selbst als die Vordermänner unserer Hintermänner?«
Eine Ordonnanz trat ein, stellte zwei Kerzen auf den Tisch, drehte das Licht im Speisesaal aus und ging wieder hinaus.
»Ich begreife das nicht«, sagte Chindler weitersprechend, »und ich sage... nicht Ihnen, meine Herren, sondern mir selber offen: ich will das auch nicht! Warum denken wir alle über das nach, was morgen sein wird oder in vier Wochen, während für uns der gestrige Tag schon nicht mehr existiert?«
»Weil der Krieg geführt und gewonnen werden muß, denken wir nur an den Krieg«, sagte Hey, der, die Hand am Ohr, Chindler genau zuhörte.
»Ganz recht«, antwortete Chindler, »der Krieg ist da, aber ich bin auch da! Wir sind eben beide da, aber beide. Darum habe ich beschlossen...«
Der ältliche Oberleutnant, ein Rechtsanwalt aus Magdeburg, konnte nicht mehr länger an sich halten. »Sie sind überhaupt nicht da«, rief er, »wenn ich endlich auch mal zu Worte kommen darf, überhaupt nicht! Wenn Sie morgen totgeschossen werden, geht der Krieg ruhig weiter. So! Das mußte gesagt werden.«
»Darum habe ich beschlossen, meine Person wieder aus dem Tornister herauszuholen, in den sie zu Anfang des Krieges geflogen war. Jetzt lache ich, wenn ich froh bin, ich weine, wenn ich traurig bin, ich klage, wenn ich Schmerzen empfinde... ja, das ist besonders wichtig... ich gestatte es mir zu klagen, mit einem Wort, ich benehme mich wie ein Mensch. Das wollte ich sagen.«
»Na«, sagte der Rechtsanwalt, während er sich im Kreise umschaute, »da kann man nur hoffen, daß Ihre Philosophie in der Armee keine Schule macht.«
»Warum, wenn ich fragen darf?« sagte Chindler.
»Das dürfte doch klar sein, oder glaubt jemand, wir könnten mit... Klageweibern Paris erobern?«
Der Betrunkene, der wieder erwacht war, lachte.
»Wollten Sie eben sagen, daß Sie an meiner persönlichen Tapferkeit zweifeln?« Chindler hielt mit der rechten Hand sein Weinglas umklammert, und der Rechtsanwalt betrachtete es, wie man ein Wurfgeschoß anschaut. Dann blickte er sich im

Kreise um. Er war unter den Anwesenden, die alle Aktive waren, der einzige Reserveoffizier. Sämtliche Augen waren auf ihn gerichtet, aber in keinem Gesicht konnte er lesen, ob der Betreffende für ihn oder für Chindler war. »Ich wiederhole meine Frage«, sagte Ernst.
»Ich nehme an«, sagte der Magdeburger, »daß Sie durch das Erlebnis der Schlacht, aus der Sie kommen, momentan für derartige seelische Erwägungen überdisponiert sind.«
»Das ist keine Antwort auf meine Frage! Antworten Sie endlich«, rief Chindler.
Jetzt brauste auch der Rechtsanwalt auf. »Jawohl, denn«, sagte er, »ich kann in meiner Kompanie keine Leute gebrauchen, die klagen, wenn es schießt!«
»Hatte ich gesagt, daß ich klage, wenn es schießt?«
»Sie hatten erklärt, Sie würden sich das Recht herausnehmen, zu klagen. Das hat doch jeder hier gehört.« Der letzte Satz war als Frage an die Umsitzenden gerichtet, aber kein Mensch antwortete. Chindler stand auf und ging um den Tisch herum. »Jetzt will ich Ihnen einmal eine Antwort hinlegen«, sagte er, sich die Hände reibend, »hinlegen! Sehen Sie, Sie gehören zu dem Typ, der nicht Sätze hört, sondern nur einzelne Worte. Zufällig weiß ich, daß Sie den ganzen Tag meckern... von morgens bis abends... jawohl, das weiß ich! Ihnen schmeckt kein Essen, jeder Wein ist Ihnen zu sauer, die eine Schlacht zu früh angefangen, die andere zu spät abgebrochen... aber, wenn Sie das Wort klagen hören, gehen Sie in die Luft. Den ganzen Tag lang tun Sie etwas, was zu tun Sie der Menschheit nicht gestatten. Ja, man kann sagen, wenn Sie das Wort klagen hören, brechen Sie in Klagen aus über Menschen, die es wagen zu klagen. Immer die andern, betrachten Sie niemals sich selber. Ich könnte sagen, daß ich klage, während Sie meckern, aber ich will mich nicht so ausdrücken. Ich tue das, was Sie auch tun! Ich klage wie Sie! Aber ich gebe es zu, anstatt es abzustreiten. Da ich jedoch nun einmal in diesem einen Punkt ein besserer Mensch zu sein scheine als Sie, stelle ich fest, daß ich nicht über angebrannte Salzkartoffeln klage, sondern über den Tod eines Freundes... So, das wäre gesagt«, fügte er hinzu, sich wieder an Hey hinwendend. »Wenn ich mein Gespräch abschließen darf, so möchte ich sagen: als ich weinte,

wurde ich ruhiger, als ich ruhiger wurde, wurde ich klarer, als ich klarer wurde, konnte ich wieder denken. Es ist besser zu denken, als nicht zu denken. Das wollte ich sagen!«
Hey betrachtete den Rechtsanwalt, der mit braunrotem Kopf dasaß. Es schien ihm an der Zeit, das Gespräch zu beenden.
»Denken wir im Bett darüber nach, ob es besser ist zu denken, als nicht zu denken«, sagte er ein wenig zu laut und stand auf.
Auch die andern Herren erhoben sich. Keiner war Chindlers Ansicht. Die Disziplin, wie sie sie auffaßten, verbot es einem Offizier zu klagen. Da ihnen aber Chindlers Art zu reden besser gefallen hatte als die seines Gegners, schwiegen sie.
Lange Zeit hatte Ernst geglaubt, ein einzelner Mensch sei wenig. Nun kam zu seiner neuen Erkenntnis vom Wert des Menschen auch noch die Erfahrung. Da er mit Horn seinen Freund und Fürsprecher verloren hatte, wurde er wieder an die Front versetzt und erhielt Befehl, sich zu seinem Regiment zu begeben, in die Stadt Wilna, die Ende September erobert worden war. Ehe er abreiste, besuchte ihn Hey noch einmal in seinem Quartier. Chindler saß neben einem Ulanen, der sich als von der Mahritz vorstellte, auf dem Sofa.
»Was Sie da neulich ausführten, klang sehr schön, aber doch sehr zivilistisch«, sagte Hey, nachdem er den Fremden einen Moment lang betrachtet hatte. »In der Heimat hat jeder eine Ansicht, das gebe ich zu, aber wir von der Armee sind doch eine geschlossene Gruppe.«
»Machen Sie einen Unterschied zwischen Armee und Heimat?«
»Ich würde sagen«, antwortete Hey, »wir sind die Heimat, was sonst dahinten lebt – abgesehen von unseren Frauen...« (Hey konnte es nicht verhindern zu erröten, als er dies sagte, aber Chindler merkte es nicht)» ... Was sonst da lebt, ist doch alles Zusatz.«
»Lesen Sie«, sagte Chindler, »was mir Herr von der Mahritz eben vorgelesen hat!«
Hey nahm einen zerlesenen Lederband, eine Übersetzung des Agamemnon von Äschylos, und las folgende Verse, die rot angestrichen waren: »Überall ist der Bürger Aufgebot / Fort zu Feld, ohne Trauerzeichen stehen / Rings die Pforten, mutgeduldig / Vieles liegt schwer doch auf der Seele.«

»Sehen Sie«, sagte Chindler, als Hey den Blick wieder von dem Buch hob, »ich weiß, daß ich es noch nicht bin, aber mein Ziel wäre, ein kämpfender Bürger zu sein. Denn auch mir liegt vieles schwer auf der Seele! Finden Sie das komisch?«
»Offen gesagt, trotz Äschylos, ja«, antwortete Hey. Dann verabschiedete er sich und ging, verwundert über das lesende Paar, langsam wieder in das Kasino.

24

Leopold Chindler saß in seinem Zimmer und las die »Buddenbrooks«, als seine Mutter hereinkam. »Dein Bruder Ernst hat geschrieben«, sagte sie, »und dich nach Wilna eingeladen. Ich weiß nicht, ob wir dir das erlauben können. Es liegt doch sehr nahe an der Front. Aber da du dich gut gehalten hast, und den Verkehr mit Vierling wirklich abgebrochen...«
»Ich sehe ihn überhaupt nicht mehr«, sagte Leopold rasch.
»...mag dein Vater entscheiden.«
Am folgenden Morgen sprach die ganze Schule von Leopold Chindlers bevorstehender Reise an die Ostfront. Leopold ging stolz wie ein Hahn umher. In der zweiten Pause stand er im Hof, als Balthasar Vierling langsam und in seiner gemessenen, schwermütigen Art die breite Freitreppe herunterstieg, sich umschaute und auf Leopold zuschritt. Das hatte er seit Monaten nicht mehr getan. Leopold sah ihn kommen und wußte nicht, wie er sich benehmen sollte.
»Guten Morgen«, sagte Vierling. »Ich höre, daß du eine Reise machen wirst.«
Eine kleine Reise«, antwortete Leopold, um seine Begeisterung nicht zu zeigen.
»Könnte man sich vorher noch einmal sehen?« fragte Vierling.
Leopold sah, daß Vierlings Hände blaurot waren und leicht zitterten. »Vielleicht...« sagte er unentschlossen.
Der bucklige Lehrer Schmidt hatte sich einen Weg durch die umherstehenden Schüler gebahnt und trat zwischen Vierling und Chindler. »Darf ich die Herren bitten, sich auseinander

zu begeben«, sagte er wie ein Polizist. Leopold drehte sich achselzuckend um und ging langsam einem anderen Teil des Hofes zu. Vierling blieb stehen und schaute ihm nach. Der Lehrer lehnte sich an einen Baum, kreuzte die Arme und betrachtete Balthasar. Als Leopold in der Masse der Schüler untergetaucht war, drehte sich Vierling um und sah den Blick des Lehrers auf sich gerichtet. »Sie erfüllen Ihre Pflicht bis zum Äußersten«, sagte er.
»Ein Schüler hat nicht das Recht, einem Lehrer Komplimente zu machen«, sagte Schmidt.
»Diese Reise wird für Chindler sehr schädlich sein«, fuhr Vierling fort.
»Das geht Sie nichts an.«
Es schellte. Vierling verließ als einer der letzten den Hof, immer in einem gewissen Abstand von dem Lehrer begleitet, der ihn nicht aus den Augen ließ.
Leopold hatte anfangs dem Befehl seiner Eltern, mit Vierling nicht mehr zu verkehren, nicht gehorchen wollen. Er schrieb einen Brief an Vierling und, als keine Antwort kam, einen zweiten.
Vierling las die Briefe mit brennenden Augen. Er liebte mich also doch, dachte er. Aber er beschloß, diesmal Leopold ganz und gar zu erobern. Er antwortete nicht, sondern ließ Leopold sagen, die Bewachung im Schulhof durch den Lehrer Schmidt sei für ihn so demütigend, daß er auf einen Verkehr verzichte. Zu seinem Schrecken hörte er darauf nichts mehr von Leopold. Nun antwortete er: »Ich fürchte«, schrieb er, »mein geliebter Bub, daß man dir törichte und entstellte Aufträge von mir an dich weitergegeben hat. Ich möchte dich sofort sehen, allerdings nicht unter den Augen dieses Scheusals, dessen Buckel allein schon unerträglich ist.«
Leopold antwortete, ein Wiedersehen sei zur Zeit zu gefährlich für ihn, man müsse sich eine Zeitlang schreiben und dann weitersehen.
Nun antwortete Vierling nicht mehr. Er hatte einen Knaben kennengelernt, der in Leopolds Alter war, aber eine andere Lehranstalt besuchte. Er beschloß, Leopold zu vergessen. Eines Tages ließ er ihm einen Zettel zustecken, auf dem folgende Verse standen:

»Es küßt sich so süß die Lippe des zweiten,
Als kaum sich die Lippe des ersten geküßt!«

Das Wort »kaum« war zweimal unterstrichen. Leopold las den Zettel und zerriß ihn. Einen Tag später aber kam ein neuer Liebesbrief, den Leopold ebenfalls zerriß.

Von Zeit zu Zeit meldete der Lehrer Schmidt, Leopold benehme sich tadellos, er scheine Vierling von sich aus dem Wege zu gehen. Elisabeth war sehr zufrieden. Leopold merkte es, und es begann eine Zeit, in der er hätte glücklich sein können. Man ließ ihn in Ruhe, er las viel, lernte im Sommer Tennis spielen und traf auf dem Sportplatz ein Mädchen, das er anbetete. Trotzdem war er nicht glücklich. Der Verkehr mit Vierling hatte ihn seinen Klassenkameraden entfremdet. Als er zu ihnen zurückkehrte – in der Vierlingszeit war er nur noch mit Balthasar zusammengekommen – empfingen sie ihn spöttisch, sogar feindlich. Als er einige zwang, mit ihm umzugehen, merkte er, daß sie ihn langweilten. Keiner hatte die Bücher gelesen, die er nun kannte, keiner wollte mit ihm die Spaziergänge in den Wald unternehmen, die er mit Vierling gemacht hatte, niemand sprach wie er über den Krieg oder über Deutschland. Er sehnte sich nach Vierling zurück, aber der Weg war mit Hindernissen versperrt. Das größte war die Bewachung durch den Lehrer.

Anfangs hatte sich Leopold vor Wut und Scham über diese Bewachung kaum noch in die Schule getraut; aber eines Tages beschloß er, sich zu demütigen und durch vorbildlichen Gehorsam, wie er sich sagte, die Aufsicht überflüssig zu machen. Sein Versuch gelang nur allzu leicht. Als der Lehrer merkte, daß Leopold von sich aus jedes Zusammentreffen mit Vierling vermied, kümmerte er sich weniger um die beiden. Leopold ärgerte sich über den leichten Sieg und wollte sein Benehmen gerade wieder ändern und im Hof nun extra immer an die Stelle gehen, wo Vierling stand, als er eine Veränderung im Wesen seiner Mutter bemerkte. Die günstigen Berichte des Buckligen über das Verhalten ihres Sohnes stimmten sie so zärtlich, wie sie es bis dahin niemals gegen Leopold gewesen war. Sie erwies ihm kleine Aufmerksamkeiten, brachte ihm sogar einmal zwei Bücher aus der Stadt mit, und der Knabe entflammte in Liebe zu ihr.

Alles dies vollzog sich nach deutscher Angewohnheit wortlos; keine Partei sprach eine Silbe darüber.
Dann kam die Beichte. Ostern hatte Leopold nicht gehen können, weil er krank war, Pfingsten war es vergessen worden, jetzt verlangte seine Mutter von ihm, er müsse seiner österlichen Pflicht genügen. Der Geistliche, der ihn lange erwartet hatte, fragte ihn so genau nach seinem Verhältnis zu Vierling aus, daß der helle Junge mit einem Schlag erfuhr, was zwischen Vierling und ihm hätte vorfallen können, ohne daß es in Wirklichkeit geschehen war. Die erste Reaktion war, daß Leopold Vierlings Schüchternheit bedauerte. Nächtelang versuchte er sich vorzustellen, wie so etwas sei. Dann fiel er um und empfand sich als reinen und, wie man ihm gesagt hatte, unbefleckten Jüngling. Diese Rolle gefiel ihm lange Zeit besonders gut. Er beschloß, Priester zu werden, und konnte von da ab die Sonntage und den gemeinsamen Kirchgang der Familie kaum noch erwarten. Theodor Chindler hatte die Gewohnheit, während des Gottesdienstes zu stehen, anstatt zu knien. Leopold ahmte ihn nach und stand nun, über die kniende Menge, die hauptsächlich aus Frauen bestand, hinwegschauend. Während er mit verschränkten Händen und leicht geneigtem Kopf stand, stellte er sich Szenen aus seinem zukünftigen Leben vor; am liebsten die seiner Weihe. Er sah sich, zur Linken und Rechten von Vater und Mutter begleitet, in die Kirche eintreten und zum Altar geführt werden. Sein Gesicht war bleich und elend und die Gläubigen von seinem Anblick so erschüttert, daß sie die Augen niederschlugen. Er aber ging langsam dahin.
Diese phantastischen Gemälde, die er sich bis in alle Einzelheiten genau vorstellte, erregten ihn bisweilen so, daß er seine Erschütterung kaum noch beherrschen konnte. Seine Mutter, die ihn vorsichtig von der Seite betrachtete, hielt seinen etwas verzerrt-verzückten Ausdruck für Frömmigkeit und freute sich.
Ein Zufall gab ihm Tolstojs »Auferstehung« in die Hand. Diese Lektüre verwandelte ihn abermals, und er vergaß seine religiösen Träume. Ob es auch bei uns Leute wie diesen Nechliudow gibt? dachte er. Er nahm sich einen Bogen Papier und schrieb darauf: »Bauern – ich kenne keine. Weiß nicht,

wie sie denken. Sind bei uns frei, aber unbekannt. Vater – spricht nie ernsthaft mit mir. Macht Politik, aber noch nicht einmal Mama weiß, welche. Ist oft traurig, ich könnte ihn trösten, wenn er mich nicht anschrie. Mama – ist wahrscheinlich interessant, aber zu feige, es zu sein. Will alle Menschen ändern. Karl – im Krieg und mir unbekannt. Ernst hat etwas Unheimliches in seiner Verschlossenheit. Maggie – was aus der werden wird, weiß man nicht. Ist ebenso unaufrichtig wie alle andern. Überhaupt allgemeines Kennzeichen von allen: jeder verbirgt sich vor dem andern. Keiner sagt, was er denkt. Mama zum Beispiel sagt immer nur, was man denken soll. Daher kann ihr niemand glauben; alle fürchten sie. Niemand liebt. Darum kann bei uns kein Nechliudow sein, weil niemand liebt. Ich lieb-te!! (B. Vlg.!). Aber ich habe ihn verraten. Als ich ihn verriet, war ich gehorsam. Vielleicht war es gut für mich, ihn zu verlassen. Vorausgesetzt, daß es für einen Menschen gut ist, gegen einen andern Menschen gemein zu sein. Das ist die Frage.«

25

Anfang Dezember trat Leopold seine Reise an. In Warschau erwartete ihn der Bursche seines Bruders und begleitete ihn bis Wilna. Vor dem Bahnhof, der etwas außerhalb der Stadt liegt, saß Ernst am Steuer eines Automobils. »Ich habe dich in einem kleinen Hotel unterbringen müssen«, sagte er, als er seinen Bruder geküßt hatte, »die größeren sind alle belegt.«
Leopold nickte nur; er hätte auch in einem Stall geschlafen.
Im Hotel wurde der Koffer abgegeben, dann machten sich die beiden an die Besichtigung der Stadt. »Wilna ist eine der schönsten Städte der Welt«, sagte Ernst Chindler zu seinem Bruder. »Du mußt dir genau alles ansehen.« Leopold nickte zum zweiten Male; er hatte mehr Kriegerisches erwartet. »Das ist die Kathedrale«, sagte Ernst, »Klassizismus des 18. Jahrhunderts, aber sehr schön, sehr edel.« Leopold betrachtete den Bau, dessen Eingangshalle von sechs Säulen getragen wurde. »Komm weiter«, sagte Ernst nach einiger Zeit. Sicher, als lebe er seit Jahren in dieser Stadt, ging er durch einige kleine Gassen, manchmal ein Haus, manchmal ein schönes

Tor betrachtend oder eine Inschrift lesend, mit denen die Häuser der Altstadt häufig bedeckt waren. Schließlich blieb er vor einer Kapelle stehen. »Das ist die St.-Anna-Kirche. Kennst du den Stil?«

»Gotisch«, sagte Leopold.

»Richtig! Aber späte Gotik des 16. Jahrhunderts«, sagte Ernst.

»Diese Stadt ist wie München«, sagte Leopold.

»Etwas schmutziger«, sagte Ernst spöttisch, aber gleich darauf fuhr er wieder sachlich und begeistert fort: »Hier ist alles näher beisammen, man kann die Zeiten vergleichen, als ob man sie in die Hände nehmen könnte. In München ist viel, aber hier ist alles! Sieh dir diese Türme an, damit du weißt, was Rokoko ist! Was für ein einfallsreiches Wesen ist dieses stumpfsinnige Tier, der Mensch!« Sie waren vor der Katherinenkirche stehengeblieben. Leopold betrachtete die beiden schönen Türme und wunderte sich gleichzeitig über den sonderbaren Satz, den sein Bruder gesagt hatte. Dann aber hatte er von Bauten genug und schaute die Menschen an, die die Straßen füllten. Neben den deutschen Soldaten, die breit und ernst dahingingen, in der nachdenklichen Gangart, die sie auszeichnet, waren die Straßen voll von Gestalten, wie sie Leopold niemals gesehen hatte. Popen mit langen Haaren und Bärten watschelten über das Pflaster, alle Augenblicke stehenbleibend. An ihnen vorüber huschten katholische Geistliche, lang, hager und ganz anders gekleidet als in Deutschland. Schon dieser Anblick war erstaunlich. Aber was Leopold mit sprachloser Verwunderung betrachtete, war das Elend, das er hier zum ersten Male in seinem Leben sah. Trotz der Kälte und des Schnees gingen viele Frauen und Männer in Lumpen gehüllt, durch die man das nackte Fleisch leuchten sah.

»Was sind das für Menschen?« fragte Leopold.

»Russen, Juden, Polen, Litauer, Tataren, Weißrussen, Zigeuner, alles durcheinander«, antwortete Ernst.

Die Aufzählung verwirrte Leopold noch mehr. Deutschland ist ein Land, das fast nur von Deutschen bewohnt wird. Vielleicht rührt daher die Sehnsucht nach dem Fremden, die rasche Begeisterung für andere Rassen, andere Gesichter, andere Gesten, die uns innewohnt.

»Wo wohnen diese Menschen?« fragte Leopold, »warum sind sie so entsetzlich arm?« Im gleichen Augenblick blieb er stehen und, man muß schon sagen, glotzte in einen Hausgang. In einer Nische, die sie ein wenig vor dem beißenden, sibirisch-kalten Wind schützte, saß eine Frau und nährte einen Säugling. Über ihren langen Rock, der ihre Beine und Füße bedeckte, war ein sackartiges Tuch gebreitet, das aber so viele Löcher hatte, daß es eher ein Einfallstor der Winde als ein Schutz gegen sie war. Neben der Frau stand ein blonder Mensch, der sich an die verschlossene Tür lehnte und in die Ferne schaute. Leopold hatte noch nie gesehen, wie ein Kind genährt wird. Seine Erziehung sagte ihm, es sei unanständig, was er da tue, aber er konnte nicht weitergehen und betrachtete halb gierig, halb verzaubert, die bleiche, blaugeäderte Brust und die schmalen, schöngeformten, schmutzigen Finger der Frau, die sie hielten. Plötzlich schaute die Frau auf. Sie suchte einen Zipfel, um sich zu bedecken; da sie nichts fand, ließ sie die Hand wieder sinken und funkelte Leopold mit ihren Augen wütend an. Der Junge rührte sich nicht. Die Frau kniff die Augen zusammen. Obgleich ihr das Kind in diesem Augenblick weh zu tun schien, machte sie mit ihrem Mund eine Bewegung, welche ihre Verachtung für den Zudringlichen aufs deutlichste ausdrückte. Um wenigstens einen Moment lang wegzuschauen, betrachtete Leopold den Mann und sah, daß dieser ihn die ganze Zeit lang anschaute, aber mit einem so sonderbaren Blick, wie ihn Leopold niemals gesehen hatte. Immer noch unbeweglich stehend, hatte der Mann seine Augen gleichsam aus der Ferne zurück auf Leopold sinken lassen. Nun ruhten sie auf ihm wie der Himmel auf der Erde. Als jetzt Leopold den Mann ansah, verriet keine Bewegung, daß ihn dieser Gegenblick irritierte.
Wiederum betrachtete Leopold die Frau, das Kind und die Brust.
Plötzlich lächelte die Frau. Ob sie bemerkt hatte, daß Leopold weit mehr hingerissen als neugierig war? Ernst, der vorausgegangen war, um ein Haus zu fotografieren, rief, und Leopold ging weiter.
Die Tage vergingen rasch. Die Ankunft des kleinen Zivilisten hatte sich herumgesprochen, und viele Offiziere freuten sich,

dem Jungen allerhand zu zeigen und sich dabei selber eine Unterhaltung zu verschaffen.
Ehe Leopold wieder nach Hause zurückreiste, sollte er noch ein Erlebnis haben, das ihn lange Zeit und aufs nachhaltigste beeindruckte.
Eines Abends war Ernst verhindert, und Leopold ging frühzeitig in sein Hotel. Der Wirt erhob sich und begleitete ihn bis an sein Zimmer. »Wünscht der Herr immer allein zu schlafen?« fragte er, in der Tür stehenbleibend. Leopold, der das gebrochene Deutsch des Mannes schwer verstand, wußte nicht, was die Frage sollte. »Ich will sehen«, sagte der Wirt. »Wenn der Herr nicht will, kann er ja immer noch tun, was er mag.« Damit ging er.
Leopold setzte sich ans Fenster und schaute in die enge Gasse hinunter. Er war glücklich, und sein einziger Wunsch war, dieser Aufenthalt möchte niemals zu Ende gehen. In der Stadt und der weiteren Umgebung herrschte Hungersnot. Um das Elend zu mildern, hatte die Militärverwaltung Volksküchen eingerichtet, die einmal täglich an die Bevölkerung einen Teller warmes Essen austeilten. Dem Hotel gegenüber befand sich eine Verteilungsstelle, und Leopold sah durch sein Fenster eine Schlange graugesichtiger Menschen, welche schweigend wie die Kälte, die sie umgab, warteten, daß sich das Tor der Küche öffnete.
Der Junge war ergriffen, aber gleichzeitig war er neugierig, von dem Fremdartigen angezogen und an der ungewohnten Erscheinung so interessiert, daß er das Bild betrachtete, wie unsere bedeutenden Wissenschaftler die Leiche einer jungen Frau ansehen, die an einer unbekannten Krankheit gestorben ist.
Es klopfte. Die Tür öffnete sich und wurde gleich wieder geschlossen. Ein Mädchen war eingetreten und näherte sich dem Fenster. Als die Fremde in den Lichtkreis der Lampe trat, sah Leopold, daß sie einen komisch-altmodischen Hut trug, einen billigen Pelzkragen und ein schwarzes, aus Jackett und Rock bestehendes Kostüm. Ihre Gestalt erinnerte ihn an eine Hausschneiderin seiner Mutter, in die er sehr verliebt gewesen war. Er stand auf. Die Fremde dachte wohl, er fürchte sich, und lächelte. Dann hob sie beide Arme, zog mit der ei-

nen Hand eine Hutnadel heraus, legte mit der andern den Hut auf einen Stuhl, dann den Pelz und schließlich die Jacke.
»Soll ich bleiben?« fragte sie in dem merkwürdigen Deutsch, das die jüdische Bevölkerung zu sprechen versteht. Leopold wußte nicht, was er antworten und wie er sich benehmen sollte. Zum ersten Male in seinem Leben war er mit einer Frau allein in einem Zimmer, weitab von jeder Aufsicht, frei und ungehindert zu tun, was er wolle. Das Gesicht des Mädchens war geschminkt und die Bewegung, mit der es die Arme gehoben hatte, hatte ihn erstaunt und entzückt. Was sollte er tun? Was sagen? Er erinnerte sich, daß ihn sein Bruder vor der Bevölkerung gewarnt hatte; man sei im Lande des Gegners, und er dürfte unter keinen Umständen Straßen betreten, in denen kein Militär stehe. Schickte man eine Spionin zu ihm?
Das Mädchen war nähergetreten und betrachtete ihn ungeniert. »Ah, du bist jung«, sagte es überrascht. »Aber magst du sein jung. Mir ist es recht!« Dabei lachte es. »Komm, wenn du es willst. Ich habe keine lange Zeit.«
»Warum nicht?« fragte Leopold mechanisch.
»Wenn deine Herren schließen die Straße, ehe ich zu Hause, werde ich eingesperrt. Aber ich will frei sein!! Wie du!« Die kleine Liebesverkäuferin griff nun nach Leopolds Jacke, um sie ihm auszuziehen, und ihre Finger blieben auf dem Stoff liegen. »Oh«, sagte sie, »was kostet diese Ware in Deutschland? Oh«, fügte sie hinzu, den Stoff wie ein Schneider zwischen den Fingern reibend, »das möchte ich haben!«
»Wie heißt du«, fragte Leopold, der nun wußte, wen er vor sich hatte.
Das Mädchen trat einen Schritt zurück. »Du bist ja gar nicht jung«, sagte sie erschrocken und kniff die Augen zusammen wie die junge Mutter, die Leopold unter dem Hausgang angestarrt hatte.
»Warum bin ich nicht jung?«
»Doch, jetzt bist du es wieder«, sagte die Kleine wieder nähertretend. »Eure Stimmen immer sind schnarrend, so... rrr...«
»Soll ich anders reden?«
Das Mädchen war ans Fenster getreten, legte seinen Arm um

Leopolds Hals und schaute auf die Straße hinab. »Mach, was du willst, du bezahlst. Da...«, sagte sie dann, »... das ist Fressen... pfui... möchtest du so essen?«
»Besser als nichts«, antwortete Leopold, obwohl er ganz was anderes hatte antworten wollen.
»Nichts ist besser«, sagte die Fremde, »viel besser.«
»Was würdest du tun, wenn du Hunger hättest und nichts zu essen?«
»Deine Milchbacke abbeißen«, sagte das Mädchen, »und wieder ausspucken. Nein, deine nicht. Deine nur so...«
Sie stellte sich auf die Zehenspitzen und gab Leopold einen Kuß.

....

Als Leopold in der Nacht erwachte, erinnerte er sich an zwei Augen. Das Mädchen hatte über ihm gekniet und ihm mit den Fingern die Haut an seinen Augen auseinandergehalten, daß es weh tat. »Deine sind zu klein, müßten so sein!« hatte sie dabei gesagt. Dann erinnerte er sich an einen weichen, weißlichen Körper, zwei winzige Brüste, die ihn enttäuscht hatten, und an das andere. Wo ist sie? dachte er und fühlte mit den Armen neben sich. Das Bett war leer. Sie ist weg, dachte er. Ob sie alles mitgenommen hat?
Er fühlte sich wach und frisch, herrlich frisch, und stand auf. Das Zimmer war kalt wie ein Keller. Im Ofen lag noch Glut, aber der Holzkasten, der daneben stand, war leer. Leopold lachte über einen Einfall, der ihm gekommen war, nahm einen Stuhl, brach ihn durch und legte die Stücke ins Feuer.
Von dem Lärm mußte der Wirt erwacht sein. »Gott der Gerechte«, sagte er, als er das Zimmer betreten hatte, »was machen Sie?«
»Ich tue, was Sie unterlassen haben! Ich heize!« sagte Leopold.
»In der Nacht«, sagte der Wirt, »in der Nacht!«
Dann lief er ins Erdgeschoß, holte Holz und heizte.
Nach dem Frühstück kam Ernst. »Da«, sagte er, und legte eine Reithose und ein Paar Stiefel auf den Tisch. »Zieh das an. Ich werde dich auf ein Pferd setzen.«

Leopold hatte dreimal an seinen Knöpfen abgezählt, ob er seinem Bruder sein Erlebnis erzählen solle oder nicht. Die neue Überraschung machte ihn überschwenglich froh und dankbar.
»Warum hast du mich eigentlich eingeladen?« fragte er.
»Gefällt es dir?« fragte Ernst erstaunt zurück.
»Es ist herrlich«, sagte Leopold. Er wollte noch mehr sagen, aber die Worte fehlten ihm, um seine Gefühle auszudrücken. Immer fehlten ihm die Worte, und er erinnerte sich Vierlings, der ihm gesagt hatte, daß wir Deutschen nicht die Gabe haben, zu sagen, was wir empfinden. »Wir Deutschen«, sagte Leopold etwas pathetisch, »haben selten die Gabe, auszudrücken, was wir empfinden.« Ernst Chindler schaute verwundert auf. »Besonders wir Chindlers können nur unsere Antipathien formulieren«, fuhr Leopold etwas natürlicher fort. »Ich glaube, das kommt daher, daß man mit unserer Mutter nicht reden kann. Ich würde dir sehr gern sagen, wie ich das alles finde... diese himmlische Reise... ich meine... Hergott, es ist auch zwischen uns Brüdern so sonderbar... wenn ich dir jetzt sagte, was ich sagen möchte, würde ich fürchten, daß du mich auslachst. Ist das nicht so?«
»Ich habe dich noch nie ohne Grund ausgelacht...«
»Weil ich dir keine Gelegenheit gegeben habe«, sagte Leopold rasch.
»Sei nicht kompliziert, sei einfach«, sagte Ernst, »und zieh jetzt meine Hosen an... Was ist das?« fragte er plötzlich und zog unter seinem Hosenboden einen Gürtel hervor, dessen Schnalle ihn gedrückt hatte. »Gehört das dir?«
»Ich habe heute nacht... eine Frau hier gehabt«, sagte Leopold. »Ach so... na... hoffentlich war sie gesund... Bist du fertig? Komm!«
Leopold folgte und war zum zweiten Male enttäuscht, daß sein Bruder so wenig Worte machte. Er wäre lieber im Hotel geblieben und hätte sich mit Ernst ausführlich besprochen.
Die militärische Übung, zu der ihn Ernst mitnahm, dauerte bis ein Uhr. Am Ende ordneten sich die Truppen und rückten in die Stadt zurück. Als die Spitze des Zuges die ersten Häuser erreichte, setzte die Musik ein und spielte einen Marsch. Leopold ritt neben seinem Bruder hinter der dritten Kompanie.

Die Rücken der Männer, die vor der Nase seines Pferdes marschierten, strafften sich, und die schweren Stiefel knallten aufs Pflaster. Von allen Seiten liefen Menschen herbei, und stellten sich längs des Weges auf, um den feierlichen Einzug zu beobachten. Die Gewalt der geordneten Bewegung so vieler Männer, der Rhythmus der Musik und vor allem das ungewohnte Gefühl, daß Leopold zum ersten Male im Leben von oben herab auf eine halb neugierige, halb furchtsame Menge schaute, welche von der Spitze des Zuges wie vom Bug eines Schiffes zerteilt wurde, erzeugten in ihm ein Gefühl von Befriedigung und Hochmut, Glück und Gleichgültigkeit. Lässig, als ob er das seit Jahren so tue, zog er die Zügel durch die Finger seiner linken Hand und legte die rechte auf den Schenkel. Das ist schön, dachte er. Hier braucht man nicht zu denken. Das geht alles von selber... ach, wenn es doch immer so weiter ginge und niemals aufhörte...

Am Abend dieses Tages fuhr er nach Deutschland zurück.

26

Nach Leopolds Abreise führte Balthasar Vierling einen Plan aus, an dem er schon lange grübelte. Er ließ sich durch einen gemeinsamen Bekannten zu Caspar Koch bringen, um dort Margarethe Chindler zu treffen. Über die Schwester hoffte er den Weg zum Bruder zurückzufinden, den er nicht vergessen konnte. Der Plan schien zu gelingen. Koch unterhielt sich gleich das erste Mal lange mit Vierling und forderte ihn beim Abschied auf, wiederzukommen, wenn er Zeit habe.

Vierling ließ drei Tage verstreichen, ehe er wieder zu Koch ging. Der Weg war weit. Koch wohnte in einem möblierten Zimmer in der Altstadt. Als Vierling geläutet hatte, erschien eine alte Frau an der Tür und meinte, Herr Koch sei heute wohl nicht zu sprechen. Aber nach einigen Minuten kam sie zurück und ließ Vierling eintreten. Koch lag auf dem Sofa und sah elend aus. »Man lehrt mich wieder gehen«, sagte er, »und die Folge davon ist, daß ich weder stehen, noch sitzen, noch liegen kann.«

Gleich zu Anfang des Krieges waren ihm beide Knie durch-

schossen worden. Jetzt mußte er täglich Übungen machen und wurde elektrisiert, um die Gelenke wieder beweglich werden zu lassen. Diese Prozedur war äußerst schmerzhaft und sehr anstrengend.
»Wenn ich störe«, sagte Vierling, »will ich lieber ein andermal kommen.«
»Setzen Sie sich hin und unterhalten Sie meinen Kopf, damit ich meine Knochen vergesse«, antwortete Koch. »Was macht unser Freund Leopold?«
Vierling war überrascht. Koch hatte sich von Margarethe die Geschichte der Freundschaft erzählen lassen und wußte seitdem, warum ihn Vierling plötzlich besuchte. »Haben Sie eigentlich keine anderen Sorgen als diesen Knaben?« fuhr er fort.
Vierling krümmte sich zusammen.
»Entschuldigen Sie, daß ich so kurz frage, aber die Zeiten sind dieser Art. Wie alt sind Sie eigentlich?«
»99 geboren«, antwortete Vierling. »Im Februar werde ich 17.«
»Da werden Sie bald in den Krieg müssen. Freuen Sie sich?«
»Nein!«
»Aha, Sie scheinen ein gescheiter Mensch zu sein.«
»Aber ich kümmere mich nicht um Politik«, sagte Vierling.
»Das schränkt das Lob wieder ein, das ich Ihnen soeben erteilte.«
»Ich mag mit einem Manne wie Ihnen nicht Verstecken spielen. Sie wissen, daß ich über Leopold sprechen möchte.«
»Über Leopold sprechen, heißt über Politik reden«, sagte Koch. »Natürlich, Sie brauchen gar nicht den Kopf zu schütteln, junger Mann. Ich habe da trübe Dinge gehört! Sie fangen in voller Öffentlichkeit ein Verhältnis mit einem Bürschlein an, dessen Vater Abgeordneter der Zentrumspartei und frommer Kirchgänger ist. Das geht nicht, und Sie spielen den Erstaunten. Haben Sie denn keine Augen im Kopf?«
»Ich habe nie ein Verhältnis mit Leopold gehabt«, sagte Vierling.
»Erstens«, sagte Koch, »weiß das kein Mensch, zweitens ist eine halbe Sache nicht besser als eine ganze, drittens wird mancher Mann denken: was nicht ist, kann noch werden. Sie

sehen, Sie haben sich in Ihrer Berechnung getäuscht.«
Vierling spürte, daß er seine Sicherheit vor diesem Mann verlor. Er kam sich vor wie ein Tennisball, der bei jedem Sprung, den er macht, getroffen wird. Diese Unterredung hatte für ihn keinen Zweck. Aber er wollte das Zimmer nicht wie ein dummer Bub verlassen. »Sie irren sich«, sagte er und schaute aus dem Fenster, »wenn Sie glauben, ich hätte in meiner Liebe zu diesem Knaben jemals eine Berechnung angestellt, wie Sie sich eben ausdrückten!«
»Das ist noch schlimmer«, sagte Koch. »Da Sie keine Berechnungen anstellten – Sie scheinen dieses Wort übrigens für ein sehr minderwertiges Wort zu halten –, da Sie das, wie gesagt, unterließen, sind Sie halt hereingefallen wie ein Mensch, der mit geschlossenen Augen geht, in das Wasser hineinfällt. Was seid Ihr für eine sonderbare Generation«, fuhr er fort, als Vierling schweigend aus dem Fenster starrte. »Da hat ein junger Mann, wie Sie, eine große Liebe... im... ich weiß nicht wo, und nun rennt er los, auf sein Ziel zu. Mister Chindler, der Geliebte, wohnt in einem Haus, dessen Mauern aus Stein sind, dessen Türen fest und verschlossen; bewacht von einer Mutter, die alle sechs Teufel der Moral im Busen nährt, von einem Vater, der wie alle Politiker unseres Landes das Licht der Öffentlichkeit scheuen muß, und zu guter Letzt noch von einem Schulmeister, der sich mit Polizeidienst 25 Mark im Monat extra verdient. Sie aber setzen sich Ihre Liebe sichtbar auf und gehen los! Das ist nicht klug, aber es ist auch durchaus nicht etwa schön, wie Sie vielleicht annehmen...«
»Sie finden es schöner, Berechnungen anzustellen?« sagte Vierling.
»Denken Sie bloß, junger Freund, ich finde das wirklich schöner. Es ist menschlicher. Ich kann mich nicht dazu entschließen, Klugheit dumm zu finden! Wenn Sie allerdings so wenig Charakter haben, daß Sie sofort niederträchtig werden müssen, wenn Sie schlau sein wollen, dann ist es nicht schade um Sie!«
Vierling stützte den Kopf in beide Hände. »Das hat alles gar keinen Zweck, so zu reden«, sagte er leise. »Sagen Sie mir nur eines«, fuhr er fort, »glaubt man überall in der Stadt, ich hätte ein Verhältnis mit Leopold gehabt?«

»Die Stadt ist groß«, antwortete Koch. »Aber diejenigen Leute, welche sich für dergleichen interessieren, glauben das.«
»Dann ist alles verloren«, sagte Vierling.
Die Tür öffnete sich und Margarethe trat ein. Da sie als Krankenschwester Gummiabsätze trug, hatte man sie nicht kommen hören. Vierling sprang auf und begrüßte sie mit einer Verbeugung. Margarethe beantwortete den Gruß des Schülers, ohne ihn anzusehen, legte zwei Pakete auf den Stuhl, auf dem Vierling gesessen hatte, und trat zu Koch. »Wie geht es dir?« fragte sie. Dann verbesserte sie sich: »Haben Sie Ihre Übungen gemacht, Koch?« Der Liegende lächelte: »Ich habe bereits unserem Freunde Vierling gesagt, daß ich mich völlig außer Form geübt habe«, antwortete er.
»Sie hätten danach ruhen sollen, statt sich zu unterhalten«, sagte Margarethe energisch.
Vierling spürte, daß der Vorwurf ihm galt, und verabschiedete sich. »Kommen Sie bald wieder«, rief ihm Koch nach, »unser Gespräch ist in den Anfängen steckengeblieben.« Vierling lächelte etwas verzerrt. Margarethe begleitete ihn zur Türe. Jetzt oder nie müßte ich ein Wort sagen, dachte Vierling. Aber das Gesicht des Mädchens war kalt und abweisend, in Margarethes Augen schien ein so schlecht verborgener Zorn zu schlummern, daß Vierling sich schweigend mit einer zweiten Verbeugung entfernte.
Es schneite. Er schlug den Kragen seines Mantels hoch und lachte über die unnötige Vorsicht. Wenn es schon soweit war, daß man ihn für so einen hielt, der statt mit Mädchen mit Knaben... Er seufzte tief auf.

27

»Soll ich Abendbrot kochen«, fragte Maggie, als sie mit Koch allein war.
»Nein, danke«, sagte Koch, »ich will dir zuerst erzählen, was ich erlebt habe. Diese jungen Leute sind rätselhaft. Da kommt der Vierling zu mir, und wie ich ihm sage, er solle sich klüger anstellen, geht er hoch und erklärt wie ein Tenor, er lehne es

ab, Berechnungen anzustellen. Was anders aber führt ihn zu mir als die Berechnung, dich hier zu treffen, oder mich zu bewegen, bei dir für ihn zu sprechen? Wie reimt sich das zusammen?«
»Du sollst ihn nicht mehr empfangen«, sagte Maggie.
»Er tut mir leid«, sagte Koch. »Man könnte ihn ja mal hier unter Aufsicht mit deinem Bruder zusammenbringen. Was meinst du?«
»Nein, unter keinen Umständen«, sagte Maggie rasch. »Es ist genug, daß ich hinterm Rücken meiner Eltern zu dir komme. Du bist mein Mann, aber unser Zimmer soll kein Nest sein, in dem sich alles trifft, was... was... ich weiß auch nicht... ich will diesen Menschen nicht... ich finde das alles ekelhaft... ich will keine Verbündeten im Kampf gegen Mama... besonders nicht solche...« Sie setzte sich aufs Sofa neben Koch, nahm seine Hand und betrachtete ihn. Koch hatte den Kopf zurückgelegt und die Augen geschlossen. »Jetzt bist du müde und vielleicht überanstrengt, und ich hatte mich so sehr auf diesen Abend gefreut«, sagte Maggie traurig.
Sofort schlug Koch die Augen auf. »Du irrst dich«, sagte er, »ich fühle mich abgelenkt und gekräftigt!«
Maggie lächelte. Dann stand sie auf und ging in die Küche, um das Essen zu bereiten.
Koch blieb liegen. Weiß der Teufel, dachte er, vielleicht sind diese Menschen anders als unsereiner. Unter anderen Menschen verstand er das Bürgertum. Er, Dr. phil. Caspar Koch, war der uneheliche Sohn einer Haushälterin. Als ihn seine Mutter unter dem Herzen trug, hatte sie sein Vater, ein Inspektor, verlassen, um ein wohlhabendes Bauernmädchen zu heiraten. Der Graf K., ein Sonderling, der von seiner Frau getrennt auf seinem Gut in Vorpommern lebte, jagte ihn darauf aus dem Haus, während er Anna, die damals Köchin war, zur Haushälterin machte.
Der junge Caspar studierte Kunstgeschichte und promovierte in München mit einer Arbeit »Über die Ursachen des Verfalls der großen deutschen Malerei im Mittelalter«. Die Schrift mißfiel. Die Zunft warf Koch vor, seine gesellschaftlichen Untersuchungen hätten mit Kunst nichts zu tun, die Historiker erklärten sich für inkompetent. Koch hatte die Behaup-

tung aufgestellt und in geistvollen Ausführungen bewiesen, der Aufschwung der Kunst der Dürer, Holbein, Grünewald und aller anderen sei eine Folge des Aufschwungs des damaligen deutschen Bürgertums gewesen; mit dem Versagen der Reformation und dem daraus folgenden Niedergang des Bürgertums sei auch die Kunst niedergegangen.
Die Ablehnung der Schrift zerstörte Kochs Hoffnung, sich habilitieren zu können. Von den 50 Mark Lohn, die seine Mutter bekam, hatte sie ihm jeden Monat 40 geschickt; davon hatte er neun Semester lang gelebt. Was wollte er nun anfangen? Da erreichte ihn ein Brief einer gewissen Rosa Luxemburg – er hatte diesen Namen bis dahin nie gehört – und gratulierte ihm zu seiner Arbeit. Koch ging nach Berlin, lernte Rosa Luxemburg kennen und kam zur Arbeiterbewegung. Durch die Luxemburg kam er zu Franz Mehring, der damals an einer Schrift über Gustav Adolf arbeitete. Koch bewunderte die kleine Schrift ebenso wie den Autor und fand in Mehring zum ersten Male einen Lehrer. Er beschloß, umzusatteln und Historiker zu werden. Sofort machte er sich an eine größere Arbeit, welche den Titel tragen sollte: »Die Belagerung von La Rochelle und Stralsund oder was der Sieg Richelieus für Frankreich, die Niederlage Wallensteins für Deutschland bedeutet haben«. Als diese Schrift eben fertig geschrieben war, brach der Krieg aus. Koch, der bei den Demminer Ulanen gedient hatte (in diesem Regiment hatte seinerzeit der alte Graf K. gestanden), mußte sofort ins Feld, wurde im Dezember 14 schwer verwundet, aber wegen Tapferkeit vor dem Feind zum Feldwebel befördert. Nach seiner Entlassung aus dem Krankenhaus blieb er aus mehreren Gründen einstweilen in Neustadt wohnen.
Frau Sorge, Kochs Wirtin, öffnete die Tür, und Maggie trug das Tablett mit dem Abendbrot ins Zimmer. Es gab Tee und zwei Eier, Butter, Brot und etwas Käse. Koch aß mit Heißhunger. Während er sich ein zweites Brot strich, sah er, daß Margarethe nur ein halbes Stück trockenes Brot in der Hand hielt. »Ist das alles, was du zu essen gedenkst?« fragte er.
Maggie lächelte und schaute seine Stirn an. Koch aß weiter. Obgleich ihm Maggies Benehmen sonderbar vorkam, schwieg er. Er liebte es nicht, allzu private Gespräche zu füh-

ren. Ein Mensch, dachte er, kann auch einmal keinen Hunger haben. Als er gegessen hatte, lehnte er sich an die Wand.
»Wieviel Uhr hast du?« fragte Maggie.
»Halb neun«, sagte Koch. »Mußt du schon wieder gehen?«
Maggie schüttelte den Kopf. »Ich habe Zeit«, sagte sie nach einer Weile. »Was fehlt dir?« fragte Koch. Er beugte sich vor und sah, daß Maggie Tränen in den Augen hatte, obgleich sie äußerlich ruhig war. »Was hast du?« wiederholte er erschrokken. »Bist du krank? Hat man dir etwas getan? Hat die alte Ziege, die Oberschwester, wieder gemeckert?«
Maggie lächelte und schüttelte den Kopf. Dabei lief ihr eine Träne über die Wange. »Ich bin dumm«, sagte sie, »ganz dumm, viel zu dumm für dich ... da ...« Sie stand auf und warf ein kleines Paket neben Koch auf das Sofa. Koch wickelte es auf und hielt ein kleines zartes Mädchennachthemd in der Hand. Maggie war ans Fenster getreten und preßte ihr Gesicht an die Glasscheibe. »Ich werde bei dir bleiben, wenn ... du willst«, sagte sie leise.
Koch brach in ein schallendes Freudengelächter aus. »Deswegen hast du geweint?« rief er. »Ah, du bist klug, du bist ein Mensch! Man muß vorher weinen, damit man nachher lachen kann.« Er erhob sich mit den eckigen Bewegungen eines Gelähmten und humpelte zu ihr. »Es ist halb neun, bis halb zehn werde ich dich küssen, dann gehen wir schlafen! Wo sind die Tränen? Hier ... gib sie mir ...«
Frau Sorge kam ins Zimmer, um das Geschirr zu holen. Maggie versuchte, sich aus Kochs Umarmung frei zu machen, aber Koch hielt sie fest. »Auf welchem Ohr sind Sie taub, Frau Sorge?« fragte er.
»Auf dem rechten«, sagte die Frau, die es sichtlich vermied, Maggie anzuschauen.
»Dann gehen Sie gleich schlafen, und legen Sie sich bitte auf ihr linkes Ohr. Wir machen Hochzeit, meine Frau und ich!«

Maggie erwachte. Das Zimmer war hell. »Wir sind bei Licht eingeschlafen«, dachte sie, und schämte sich ein bißchen. Koch schlief fest. Maggie betrachtete ihn zärtlich und strich ihm vorsichtig ein Büschel seiner braunen Haare aus der Stirn. Dann zog sie lautlos ein Bein nach dem andern aus dem Bett,

stand auf und begann sich anzuziehen. Selbst ein Wachender hätte ihre Bewegungen nicht hören können. Plötzlich fiel ihr Gürtel auf den Boden, und Koch wachte auf.
»Du gehst?«
»Es ist halb fünf! Ich muß gehen!«
»Ich werde dich begleiten.«
Maggie versuchte, Koch zu bewegen, liegenzubleiben, aber Koch erhob sich. »Ich werde dich bis zum Bahnhof bringen, wo du eine Droschke nehmen wirst«, sagte er.
Das Wetter war umgeschlagen, und es taute. »Ich würde gern hören, daß du glücklich bist«, sagte Koch, als er neben Maggie dahinging.
»Ich bin es und bin es nicht«, antwortete das Mädchen. »Mama hat mich am Anfang meiner Arbeit einmal gefragt, ob ich wohl auch nackte Männer zu sehen bekäme. Damals habe ich sie ausgelacht, denn ich hatte um diese Zeit schon viele zu sehen bekommen. Heute finde ich, daß sie nicht unrecht hatte. Es verhärtet, so abgehärtet zu sein... Wir alle tun Mama oft unrecht.«
Koch schwieg. Als die beiden in die Bahnhofstraße einbogen, kamen ihnen Haufen von Männern und Frauen entgegen, Arbeiter und Arbeiterinnen, die in die Fabriken der Stadt strömten. »Das ist die Munition, welche die Munition macht«, sagte Koch.
Ein junger Mann, der über zwei kecken, braunen Augen eine schwarze Mütze trug, blieb vor Koch stehen. »Na, Casper«, sagte er, Maggie unbekümmert betrachtend, »hast du gebummelt?«
»Nein«, antwortete Koch, »ich bin früh aufgestanden!«
»Ach so«, sagte der Junge. »Nichts für ungut!«
»Auf heute abend«, sagte Koch und ging weiter.
Am Bahnhof setzte er Maggie in eine Droschke.
»Laß doch, bitte, den Vierling nicht mehr zu dir kommen«, sagte Maggie.
»Das kann ich nicht«, sagte Koch, seinen Hut nehmend. »Wenn er kommt, kann ich einem Verzweifelten meine Tür nicht verschließen. Aber ich verspreche dir, daß nichts hinter deinem Rücken geschehen wird, gar nichts.«
Maggie strich ihm mit der Hand über die Haare. Kochs Ant-

wort hatte sie beschämt und glücklich gemacht. Das Pferd zog an. Koch drehte sich um und humpelte hastig einem Trupp Arbeiter nach, der soeben das Stationsgebäude verlassen hatte. Maggie sah ihm nicht nach. Sie schloß die Augen und ließ sich von ihrer Liebe überfluten.

28

Der Ausdruck, er sei der Löwe des Tages gewesen, ist zu schwach, um die Stellung zu bezeichnen, die Leopold einnahm, als er von seiner Reise an die Ostfront in die Schule zurückkehrte. In den Pausen drängten sich nicht nur die Schüler aller Klassen um ihn; auch die Lehrer kamen in den Hof und lauschten seinen Berichten. Der Direktor forderte Leopold auf, in der Aula einen Vortrag über seine Erlebnisse zu halten. Leopold war stolz und glücklich.

Balthasar Vierling fehlte seit Leopolds Rückkehr. Aber er war nicht krank. Wie jeden anderen Tag auch, verließ er morgens sein Elternhaus, aber statt in die Anstalt, ging er in die gegenüberliegenden Anlagen, versteckte sich dort und beobachtete durch ein Gebüsch niedriger Tannen das Gedränge der Schüler um Leopold. Jetzt war sein Junge schön und berühmt, wie er ihn sich geträumt hatte... Jetzt der Freund dieses Knaben sein... jetzt... jetzt... aber seit dem Gespräch mit Koch hielt er alles für verloren. Seit jenem Abend verstand er, was es bedeutete, daß man ihn mied und Familien, die ehedem mit seinen Eltern verkehrt hatten, die Beziehungen zu Vierlings abgebrochen hatten.

Was sollte er tun? Mit seinem Vater sprechen, der niemals Zeit hatte? Seiner Mutter die Gefahr beichten, in der er schwebte? Die Liebe gestehen, die ihn mit der Heftigkeit eines Rückfalls verzehrte?

In welcher Gefahr schwebte er denn? Sie können mir nichts tun, denn ich habe nichts getan, dachte er. Aber sie werden mich aus der Schule nehmen, man wird alle meine Bücher fortschließen, nie mehr werde ich Leopold sehen...

Leopold muß mir helfen, dachte er. Der Junge selber muß den

Kampf durchbeißen, mit mir zusammen... Wenn ich ihn zurückerobere, werde ich ihn für immer besitzen...
Am zweiten Tag hielt Vierling seine freiwillige Verbannung nicht mehr aus. In der dritten Pause verließ er sein Versteck und bummelte gelassen, als wäre es die natürlichste Sache von der Welt, drei Stunden zu spät zu kommen, über die Straße in den Schulhof. Zwei Lehrer, von denen der eine dazu noch sein Klassenlehrer war, sahen ihn kommen, erwiderten seinen Gruß und setzten ihre Unterhaltung fort.
Vierling blieb erschrocken stehen. Hatte man ihn bereits aus der Schule geworfen? Gehörte er gar nicht mehr zur Anstalt? War alles schon abgemacht? Er beschloß, um eine Bestrafung wegen Zuspätkommens zu bitten.
Der Lehrer hörte ihn, den Kopf etwas zur Seite wendend, an. War es nun, daß er Vierling nicht verstand, der immer heiser flüsterte, wenn er erregt war, oder war es, daß er ihn nicht verstehen wollte, jedenfalls antwortete er Vierling höflich, aber gleichgültig, wenn Vierling sich schlecht fühle, so möge er ruhig wieder nach Hause gehen.
Sie ohrfeigen mich nicht, sie boxen mich bereits, dachte Vierling, während der Lehrer weiterging.
In seiner Klasse wurde er mit lautem Hallo empfangen.
»Du fehlst«, rief ihm ein älterer Schüler zu, ein häßlicher Kraftmensch, den Vierling nicht ausstehen konnte, »du fehlst, während Leopoldinchen täglich berühmter wird?«
Der Ausdruck Leopoldinchen war neu. Vierling wurde bleich und rot. Er setzte sich auf seinen Platz und schwieg. Zu seiner Verwunderung betrat sein Vater die Klasse und gab Mathematik. »Haben wir nicht Deutsch?« flüsterte er seinem Nebenmann zu.
Dieser, einer der wenigen, die zu Vierling hielten, beugte sich vor und schrieb einen Zettel, den er Vierling zusteckte. Vierling las: »1. ist heute Donnerstag und nicht Freitag. 2. mußt du Seppl, der vorhin Leopoldinchen gerufen hat, unbedingt!! stellen. Er rief es schon gestern, der Direktor fragte ihn, was er damit sagen wolle, und nahm ihn schließlich mit ins Konferenzzimmer. Dort scheint S. übles Zeug geschwätzt zu haben. Du bist in Gefahr!«
Als es schellte, brach Professor Vierling ab und sagte ein we-

nig verlegen: »Unsere morgige Stunde fällt leider aus, weil der Schüler Chindler über Reiseabenteuer berichten wird.«
Warum sagt er das? dachte Vierling. Warum spricht er zu mir von dem Schüler Chindler? Warum dieser Haß gegen Leopold? Was soll das alles?
Er verließ als letzter die Klasse. Seine Hände waren kalt und die Handflächen mit Schweiß bedeckt. Die breite Treppe in den Hof hinabsteigend, sah er das nun schon gewohnte Bild. Leopold stand inmitten eines Haufens von Schülern und erzählte, während ihm die Knaben mit jenem Ausdruck von Neugier und Bewunderung an den Lippen hingen, den nur Kinder haben.
»Ich werde langsam hinuntergehen, ihm ›Guten Tag‹ sagen und alle zwingen, mich wie einen Menschen zu behandeln. Das werde ich...«
Plötzlich stand der Bucklige neben ihm und sah ihn scharf an. Vierling griff mit der Hand in die Gesäßtasche. Der Bucklige sah es, stützte seine beiden Hände mit den Handflächen nach außen in die Hüften und ging langsam auf Vierling zu.
Ach was, dachte Vierling, der nicht... und lief die Treppe hinab, während der Bucklige laut hinter ihm her lachte und, schmunzelnd über die rasche Flucht des Herrn Primaners, stehenblieb. Daß Vierling nach seinem Revolver gegriffen hatte, das ahnte er nicht.
Im Hof bahnte sich Vierling mit Gewalt einen Weg durch die Gruppe, die Leopold umstand. Einige riefen unter seinen Püffen oho!, aber als sie sahen, daß es Vierling war, ließen sie ihn durch. Leopold erzählte von einem Museum, das man in den Wäldern bei Wilna angelegt hatte. Vierling mit den Augen streifend, sprach er ruhig weiter.
Da schellte es wieder. Automatisch drehten sich die Schüler um und begannen in das Gebäude zurückzufluten. Vierling trat auf Leopold zu. »Guten Tag«, sagte er. »Könntest du mir nicht auch ein wenig von deiner Reise erzählen?« »Ich erzähle ja von morgens bis abends«, sagte Leopold. »Ach so... entschuldige die Belästigung... außerdem muß ich dich dringend sprechen!«
Leopold schaute Vierling prüfend an. »Ich bin in Gefahr«, sagte Vierling heiser.

»In welcher Gefahr?« fragte Leopold spöttisch. Er fand Vierling komisch, und das gerötete Gesicht des aufgeregten Menschen war ihm nicht angenehm. Er erinnerte sich des Mädchens von Wilna (an das er ein wenig mehr dachte, als für ihn gut war) und fühlte sich wie ein Mann. Vierling aber kam ihm wie ein lächerlicher Schüler vor.

»Du mußt mich retten«, sagte Vierling langsam und sich so beherrschend, daß er völlig ruhig sprach. »Sie wollen mich vernichten, weil ich dich, den Sohn eines Zentrumsabgeordneten, geliebt habe. Ich verlange von dir nur eine Geste...«

»Ich verstehe das nicht«, unterbrach ihn Leopold.

»Ich kann es hier nicht erklären. Ich erwarte dich heute nachmittag um...«

»Das ist unmöglich«, unterbrach Leopold zum zweiten Male. »Ich muß meinen Vortrag vorbereiten!«

»Dein Vortrag steht meinem Leben im Weg!«

Ein gellender Pfiff ertönte. Leopold zuckte zusammen und sah nach der Anstalt hinauf. Auf der obersten Stufe der Treppe stand der Lehrer Schmidt und hielt noch die beiden Finger im Mund, auf denen er soeben gepfiffen hatte. Als Leopold trotz des Signals neben Vierling stehenblieb, pfiff der Bucklige ein zweites Mal, gellend wie eine Lokomotive. An den Fenstern erschienen die Köpfe neugieriger Schüler. »Du siehst, es geht nicht«, sagte Leopold und schritt langsam der Treppe zu.

»Es muß gehen«, bettelte Vierling, hinter ihm hergehend.

Vierlings Schwäche reizte den Jungen. Er überlegte, was er Vierling antworten könnte. Plötzlich fiel ihm das Wort seines Bruders ein, das ihn in Wilna so sehr erstaunt hatte. Schon im voraus über den guten Einfall lächelnd, sagte er: »Sei nicht kompliziert, Vierling, sei einfach!«

Die Wirkung des banalen Satzes, der durch Leopolds Lächeln noch verstärkt wurde, war fürchterlich. Vierling blieb mit verzweifelt-verzerrtem Gesicht stehen.

Leopold war an die Treppe gekommen und lief sie, immer zwei Stufen auf einmal nehmend, hinauf.

»Sie haben seine Seele gemordet«, keuchte Vierling. Dann lief er Leopold nach. Er konnte schneller laufen und holte den Jungen ein, der in der Gesellschaft der letzten Schüler, welche

die Treppe im Schulhaus hinaufstiegen, wieder langsamer ging.
»Leopold«, rief Vierling so laut, daß es durch das Gebäude hallte. Der Junge drehte sich nicht um. Jetzt ist Schluß mit diesem Theater, dachte er. Vierling stieß einen schmächtigen Sextaner, der ihm zwischen die Beine gelaufen war, mit einem Ruck beiseite. Da sah er, daß Leopold seinen Arm um die Schulter eines Schülers legte, der neben ihm ging, um (was Vierling nicht mehr sah) mit einem Sprung drei Stufen auf einmal zu nehmen. Das werdet ihr alle bereuen! dachte Vierling, blieb stehen und holte seine Pistole aus der Tasche. Die Augen schließend, öffnete er den Mund, und als ihn die Berührung seiner Zunge durch das kalte Eisen erschauern machte, drückte er ab. Welch ein entsetzlicher Kuß!!!!
Zehnmal lauter als ein Donnerschlag knallte der Schuß durch das Gebäude. Vierling bäumte sich, stürzte zusammen und kollerte von Stufe zu Stufe die Treppe hinab, bis er auf dem untersten Absatz liegenblieb. Nur ein kleiner Bach aus Blut, der durch seine verbrannten Lippen rann, rollte weiter.
Leopold wagte nicht sich umzusehen und blieb unbeweglich stehen, bis ihm ein Lehrer zu Hilfe kam und den Knaben, der wie Espenlaub zitterte, sanft in ein Zimmer führte. Der Unterricht fiel aus, alle Schüler mußten in ihren Klassenräumen bleiben. Noch ein zweitesmal gellte es durch das Haus; Frau Vierling, die herbeigerufen worden war, um ihrem Mann beizustehen, diesem armen, alten Gelehrten, der ganz von Sinnen auf dem Fußboden des Konferenzzimmers saß, hatte sich mit einem entsetzlichen Schrei über die Leiche ihres einzigen Kindes geworfen.
Man mußte zwei Wagen kommen lassen, und in dem einen die Leiche des Schülers, in dem andern die beiden völlig gebrochenen Eltern nach Hause fahren.
Als Leopold bleich und verstört nach Hause kam, sagte seine Mutter zu ihm: »Siehst du nun, daß deine Eltern recht hatten, als sie dich aus der Nähe eines solchen Menschen entfernten?«
Leopold antwortete nichts. Aber zum ersten Male in seinem Leben hätte er seine Mutter gern auf den Mund geschlagen.

VIERTES BUCH

I

Leopold war krank geworden.
Elisabeth Chindler betrat sein Zimmer und betrachtete ihn. Er schien zu schlafen. Das ist gut, dachte Frau Chindler. Der Arzt hatte Ruhe, Ruhe und noch einmal Ruhe verordnet. Sie zog die Decke hinauf, um die Schulter des Schlafenden zu bedecken, und ging auf Zehenspitzen wieder aus dem Zimmer.
In ihrem Salon saß Friederike Chindler, die aus Wiesbaden gekommen war, um ihrer Schwägerin bei der Pflege zu helfen.
»Er schläft«, sagte Elisabeth. »Das ist das beste«, antwortete Fräulein Chindler.
Elisabeth lehnte sich im Sessel zurück und ließ ihre Augen durchs Zimmer wandern. »Die Abendpost müßte schon da sein«, sagte sie. Plötzlich sah sie, daß Friederikes Kleid am Ärmel geflickt war. »Du brauchst ein neues Kleid...«
»Ich brauche viel« sagte Friederike, »aber von was soll ich die Anschaffungen bezahlen? Ich habe nichts als Mexikaner und Russenpapiere. Das Zeug bringt keinen roten Heller mehr. Mich haben die Banken schön hereingelegt. Wenn man gegen die Krieg machen könnte, da wäre ich von ganzem Herzen bei der Sache!«
Therese brachte die Post. Elisabeth riß einen Brief auf, während Friederike die Zeitung nahm.
»Bei eurem Licht kann kein Mensch lesen«, sagte Friederike.
»Du mußt dir halt eine Brille kaufen«, sagte Elisabeth.
»Bei euch wird immer gleich gekauft...« brummte Friederike. Dann lasen die beiden Frauen weiter.
»Ernst und Lilli kommen zu mir«, sagte Elisabeth, als sie ihren Brief gelesen hatte. »Wie mich das glücklich macht...«
Friederike schaute die Schwägerin verwundert an. Gestern abend noch hatte Elisabeth wieder einmal auf ihre Schwiegertochter geschimpft, jetzt saß sie ganz verklärt da, weil Lilli zu kommen geruhte.
Elisabeth stand auf. »Ich muß noch einmal nach Leopold sehen«, sagte sie.

Fräulein Chindler nickte mit dem Kopf und las weiter.
»Das haben die Menschen davon«, sagte Elisabeth, als sie nach einiger Zeit wieder ins Zimmer trat, »das hat so eine Frau davon, daß sie nur ein Kind haben wollte...«
»Von wem sprichst du?« fragte Fräulein Chindler.
»Ich muß immer an Frau Vierling denken, die nun nichts mehr auf dieser Welt besitzt.«
»Es fallen so viele in diesem Krieg...«
»Wenn ich aber einen Fehler gemacht habe, wenn ich... wenn ich... wie soll ich sagen, um nicht zu viel zu sagen... wenn ich auch einen Teil Schuld an diesem entsetzlichen Tod habe, dann wird mich Gott strafen. Er kann mir jeden Augenblick zwei Söhne nehmen, die im Feld stehen... jeden Augenblick kann er das tun...«
»Denk einmal an, was hier steht«, sagte Friederike, »sie haben Liebknecht verhaftet, weil er in Berlin auf dem Potsdamer Platz gegen den Krieg gesprochen hat! Der Krieg geht rascher zu Ende als wir ahnen!«
»Ich muß mit Therese das Abendessen besprechen«, sagte Elisabeth, die nicht zugehört hatte, und verließ das Zimmer. Friederike seufzte über die Nervosität ihrer Schwägerin und begann die Familienanzeigen im Inseratenteil zu lesen. Oh, lieber Gott, dachte sie... auf dem Feld der Ehre... mein geliebter Mann, Rechtsanwalt Dr. Hamburger... das war doch der einzige Sohn der Anna Roßbach... ich muß ihr schreiben... und hier, Hermann Hauser... das war der hübsche Junge, der immer in Wiesbaden...
Elisabeth betrat zum dritten Male das Zimmer. »Kannst du das verstehen«, sagte sie ganz außer Atem, weil sie die Treppe zu hastig heraufgestiegen war, »kannst du das verstehen, was mir Therese eben erzählt hat? Bei der Beerdigung des Vierling war fast kein Mensch, nur die Mutter, ohne den Vater. Als man den Sarg in die Erde hinabließ, trat sie vor, nahm einem Totengräber das Seil aus der Hand und half selber mit, den Sarg in die Grube gleiten zu lassen! Die arme Frau... wie entsetzlich ist das alles... wenn mir nur ein Mensch sagen könnte, daß ich keine Schuld habe... Aber ich konnte mein Kind doch nicht diesem Menschen ausliefern. Hätte ich das tun sollen? Wäre das besser gewesen? Kannst du nicht diese

dumme Zeitung weglegen und mir Antwort geben? Ich leide so... ich leide wie diese Mutter... aber ich habe fünf Kinder und einen Mann und doch keinen Menschen auf der ganzen Welt, der sich auch nur fünf Minuten Zeit nähme, um einmal mit mir zu sprechen...«

Friederike stand auf, legte die Zeitung auf den Tisch und beugte sich über Elisabeth, die ganz zusammengesunken auf ihrem Stuhle saß. »Ich bin doch nicht aus Wiesbaden gekommen, um euer bißchen Fleisch zu essen, Liesel«, sagte sie. »Ich bin doch zu dir gekommen! Natürlich hast du richtig gehandelt. Jede Mutter hätte an deiner Stelle das gleiche getan. Das war ein Narr, dieser Vierling!«

»Das war kein Narr«, sagte Elisabeth, »das war ein gescheiter Mensch!«

»Es gibt auch gescheite Narren, mehr als man weiß!«

»Sprich jetzt keine Sätze, die ich nicht verstehen kann«, bat Elisabeth. »Du wirst es noch erleben, daß ich nächstens euch alle nicht mehr verstehe... Ich kann es jetzt schon nicht mehr aushalten, immer von einer Post zur andern zu leben... mit der Stange im Nebel herumfahren, um nachzufühlen, ob meine Söhne noch leben... oder ob sie auch eine Kugel im Hals haben, wie dieser Vierling... ich kann alles nicht mehr aushalten... das kannst du vielleicht nicht verstehen, weil du keinen Mann und keine Kinder hast...«

»Etwas muß man wenigstens davon haben, daß man nichts hat«, sagte Friederike.

Elisabeth schaute ihre Schwägerin an und erblickte wieder den nachlässig geflickten Ärmel. »Ja, du hast nichts«, sagte sie nach einer Weile, ohne sich dabei etwas zu denken.

»Und du hast alles, was du dir wünschtest, als du verlobt warst, Mann und Kinder und Haus und Geld.«

»Ja, das habe ich alles«, sagte Elisabeth. »Das habe ich alles«, wiederholte sie nach einer Weile. Ihre Kraft zu klagen war erschöpft und sie hatte bereits begonnen, an etwas anderes zu denken.

Friederike nahm wieder die Zeitung. Die Bemerkung Elisabeths, sie habe nichts, hatte sie gekränkt. Eigentlich hatte sie schon lange vor, derartige unbedachte Bemerkungen, die im Hause ihres Bruders gang und gäbe waren, sich nicht mehr gefallen zu lassen. Aber sie schwieg. Seit sie (durch den Krieg) arm geworden war, war sie auch ängstlich geworden, und obwohl sie die Veränderung ihres Charakters bemerkte, fand sie nicht die Kraft, sich dagegen zu wehren.

2

Theodor Chindler erhielt die Nachricht von Vierlings Tod in München. Das ist eine dumme Geschichte, dachte er. Er überlegte noch einmal alle Maßnahmen, die getroffen worden waren, um Leopold von Vierling zu trennen, mußte sich aber eingestehen, daß er sich kaum noch an die einzelnen Vorgänge erinnern konnte. Wer hätte dieser Schülerfreundschaft solche Bedeutung beigelegt? Außerdem mußte sich Chindler sagen, daß auch in dieser Sache alles von seiner Frau besorgt worden war. Was man nicht selber macht, wird falsch gemacht, dachte er. Schließlich beruhigte er sich mit dem gleichen Argument, das sich Elisabeth zu Hause vorsagte, indem er zu der Ansicht kam, gerade der Selbstmord Vierlings beweise, wie recht diejenigen gehabt hatten, die ihren Kindern den Verkehr mit einem solchen Subjekt nicht gestatteten.
»Gerade der Selbstmord beweist, daß wir recht hatten«, sagte er mehrmals zu sich selber.
Außerdem hatte er andere Sorgen. Er mußte sich auf eine Unterredung vorbereiten, die er am folgenden Tag haben sollte, eine ihm übrigens höchst unangenehme Unterredung. Chindler war von seinen Freunden nach München gerufen worden, weil das Ministerium Hertling, das einzige katholische, das es damals gab, in Gefahr war, gestürzt zu werden.

3

Der Stoß, der dieses Gebäude einzuwerfen drohte, kam von weit her. Das Jahr 1915 hatte die militärische Lage Deutschlands nicht gebessert. Die Zeit erwies sich als Verbündete der Alliierten. Die Lebensmittel wurden knapp. An den Fronten kam man nicht vorwärts. In dieser bedrohlichen Lage fingen

gewisse Leute an, den sogenannten uneingeschränkten Unterseebootkrieg als Mittel zur Niederwerfung Englands zu empfehlen. Eine Propaganda, die von unbekannter Seite ausging, erzeugte eine gewaltige Stimmung in der Bevölkerung. Auch die Geistlichkeit, die evangelische wie die katholische, beteiligte sich an der Kampagne. Von dort her drohte dem Ministerium Hertling Gefahr. Hertling war ein Freund und Anhänger des Kanzlers Bethmann. Er versuchte jene Propaganda zu bremsen, welche nicht nur dem Kaiser, sondern auch dem Kanzler und der Obersten Heeresleitung unerwünscht war. Dafür sollte er beseitigt werden.
Einige Männer, welche die Gefahr kommen sahen, baten Chindler, er möge sich zum Erzbischof von München begeben, ihm die Lage erklären und ihm nahelegen, es möchte sich doch die Geistlichkeit in dieser rein militärischen Frage der Propaganda enthalten. Chindler erfüllte die Aufgabe ungern. Aus Erfahrung wußte er, daß die hohen Würdenträger der Kirche, im Gegensatz zu der in weiten Kreisen verbreiteten Meinung, durchaus nicht geneigt waren, Ratschläge ihrer katholischen Partei entgegenzunehmen. Obendrein war sich Chindler selber über den Wert der U-Boote im unklaren. Die einen redeten so, die andern anders. Einige meinten, man könne mit dieser Waffe England in kurzer Zeit niederwerfen, andere behaupteten, Amerika werde auf dieses Kriegsmittel mit sofortiger Kriegserklärung antworten.
Dieses Argument bestimmte Chindler hauptsächlich, in der U-Boot-Frage die Ansicht des Kanzlers zu teilen. Außerdem wollte er Hertling jenen Gefallen tun.
Der Erzbischof weilte zur Erholung auf dem Lande. Chindler verließ München mit einem frühen Zug und kam gegen 11 Uhr in den Bergen an. Es war ziemlich heiß. Chindler wanderte durch ein verlassenes Dorf, auf dessen Feldern man Frauen und russische Kriegsgefangene sah, und kam schließlich vor dem Kloster an, in dem der Bischof wohnte. Auf sein Läuten erschien hinter der verschlossenen Pforte eine Nonne, die ihn einließ, als sie seine Visitenkarte genau durchgelesen hatte. Im Wartezimmer wurde ihm ein sehr gutes Frühstück serviert. Eine halbe Stunde später führte man ihn in den Garten, wo ihn der Bischof erwartete. Chindler küßte den Ring

an der Hand des Geistlichen und war angenehm berührt, als das Gespräch bald auf den Zweck seines Besuches kam.
»Meine Ansicht«, sagte er, »und die Ansicht vieler meiner Freunde in dieser Sache ist diese: Wir alle sind in keiner Weise besondere Gegner dieser Waffe. Aber wir glauben, daß es die Aufgabe der Reichsleitung und der Heeresleitung ist, zu entscheiden, ob und wann diese Waffe eingesetzt werden soll.«
»Dieser Ansicht bin ich auch«, sagte der Erzbischof.
Aha, dachte Chindler, erst zustimmen, um nachher desto besser widersprechen zu können... Dann sagte er: »Aber im gegenwärtigen Moment handelt es sich nicht um die U-Boote sondern um die Propaganda, welche gegen die Regierung gemacht wird...«
»Sie sagten *gegen* die Regierung?« unterbrach ihn der Erzbischof.
»Ja«, antwortete Chindler, »besonders gegen die bayrische Regierung. Das Ministerium Hertling hat sich loyal hinter die Reichsregierung gestellt. Gelingt es der Propaganda, Hertling zu stürzen und an seiner Stelle ein U-Boot-freundliches Ministerium in München zu bilden, dann werden wir den zahlreichen traurigen Situationen noch eine weitere hinzufügen. Dann nämlich wird unser Volk auch das noch erleben, daß sich die Länder in rein militärischen Fragen gegenseitig bekämpfen. Bayern wird gegen das Reich stehen. Das Reich wird nicht zögern, Verbündete unter den übrigen Bundesstaaten zu suchen, und der alte Streit ist da.«
»Sie reden«, antwortete der Bischof, »als wenn wir im schönsten Frieden lebten.«
Chindler schwieg. Er pflegte grundsätzlich nie auf solche allgemeinen Phrasen einzugehen, die jedes Gespräch verwirren.
Als der Bischof keine Antwort bekam, ärgerte er sich und fuhr fort: »Je länger der Krieg dauert, desto schlimmer wird unsere Lage. Darum muß England, der Hauptfeind, mit allen verfügbaren Waffen getroffen werden. Was geschieht aber statt dessen? Man schont ausgerechnet England. Unsere U-Boote und unsere Zeppeline werden gegen das Urteil und gegen den Willen der Marine und zum großen Kummer des Grafen Zeppelin nicht in der einzig wirksamen Weise angewendet. Man versucht, an einem Feind ritterlich zu handeln,

der diese Schonung zu unserem Verderben benutzt!«
Der Bischof schwieg. Auch Chindler antwortete nichts. War wirklich die gesamte Marine für den U-Boot-Krieg? In Berlin sagte man, die Marine sei in zwei Lager geteilt. Aber da er darüber nichts Genaues wußte, konnte Chindler nichts sagen und ärgerte sich, daß man ihn wieder einmal vorgeschickt hatte, ohne ihn vorher genau zu informieren.
»Hindenburg, Tirpitz und Zeppelin, diese Männer, um die uns die ganze Welt beneidet, sind für den U-Boot-Krieg«, sagte der Bischof.
»Und wenn uns Amerika den Krieg erklärt?« fragte Chindler.
»Ach was! Überlegen Sie einmal ruhig, ob uns Amerika mehr schaden kann, als es uns heute schon schadet.«
»Es ist mir nicht bekannt«, antwortete Chindler, »daß Amerika Truppen gegen uns gelandet hätte.«
»Amerika hat gar keine Truppen«, sagte der Bischof. »Es hat Granaten, und diese Granaten wird es weiter an die Entente liefern, wie es sie heute schon liefert, ob wir U-Boot-Krieg machen oder nicht... vorausgesetzt, lieber Freund, daß es später noch ein einziges Schiff übers Wasser bekommt!«
»Ich glaube«, sagte Chindler, »wir sind von unserm Thema abgekommen. Ich wollte über das Ministerium Hertling sprechen.«
»Ich bin nicht der König«, antwortete der Bischof, »folglich kann ich das Kabinett Hertling weder halten noch stürzen.«
»Eure Eminenz geruhen, Ihre Macht zu verkleinern. Wenn der Klerus fortfährt, von allen Kanzeln herab für den U-Boot-Krieg zu predigen, werden sich die sachliche Haltung Hertlings und der Mann selber nicht mehr lange halten lassen.«
»Der Klerus ist patriotisch, Herr Abgeordneter, und ich wünsche, daß er es bleibe! Wenn Kaiser und Kanzler in der U-Boot-Frage auf die Ansicht der Gegner dieser Waffe hören, bleibt dem Volk nichts übrig, als selber seine Stimme zu erheben, um auch eine abweichende Meinung vor die Ohren der verantwortlichen Staatslenker zu tragen.«
»Wenn das Volk in dieser Frage gegen den Kaiser geführt wird, wird es auch gegen den König geführt, der des Kaisers

Standpunkt teilt. Ich mache daher darauf aufmerksam, daß hier der Klerus (selbstredend nicht direkt) gegen die Monarchie geführt wird.«
»Sie hatten bis zu diesem Moment immer nur von dem Grafen Hertling gesprochen«, sagte der Bischof, der sich in die Enge getrieben fühlte.
»Das Volk weiß, daß der Ministerpräsident Hertling der Vertraute des Königs ist. Greift man den Minister an, so greift man damit den König an.«
»Der König steht über den Parteien. Wenn sich der Monarch von Hertling trennt und einen andern Ratgeber beruft, so wird ihm das Volk, wie ich zu wissen glaube, begeistert zujubeln.«
»Der nachfolgende Ratgeber dürfte schwerlich ein Zentrumsmann sein.«
»Das wäre vielleicht für Ihre Partei nicht angenehm«, sagte der Bischof, unter einem Apfelbaum stehenbleibend, »aber es kann eben nicht alles für Ihre Partei angenehm sein.«
Das war der Satz, auf den Chindler gewartet hatte. Ihre Partei! Diese Formulierung hatte er schon allzuoft schlucken müssen. Nur das Volk (und diejenigen Abgeordneten des Zentrums, die ihrer inferioren gesellschaftlichen Stellung wegen niemals mit dem hohen Klerus in Berührung kamen), hielten Kirche und Zentrumspartei für eine Sache. In Wirklichkeit war der hohe Klerus eine Macht für sich, und eine von besonderer Art. Die Erzbischöfe, welche mit den Fürsten und Kanzlern zusammenkamen, verachteten die Parlamentarier genauso, wie die weltlichen Würdenträger den Reichstag verachteten. Da es die Aufgabe des Zentrums war, für die katholischen Interessen zu kämpfen, liebte der Klerus die Taktik, sich nicht allzu eng mit der Partei zu liieren, um, im Falle einer Niederlage, von dieser Niederlage keinen Schaden zu haben. Siegte jedoch in einer Frage die Partei, erntete die Frucht des Sieges sowieso das katholische Volk und damit in erster Linie diejenigen, die ihm vorstanden.
Chindler war ebenfalls stehengeblieben. Das hat wenig Zweck, hier weiterzureden, dachte er, als er sah, daß der Erzbischof alle Argumente der Anhänger des U-Boot-Krieges vorbrachte, auf Gegeneinwände aber nicht einging. Jedoch

Chindler war nicht der Mann (er war alt und hatte es in seinem Leben zu nichts gebracht), hier einzulenken und abzugehen. »Unsere Ansichten über Patriotismus sind beträchtlich verschieden«, sagte er, wobei er sich bemühte, diese Formulierung in einem wissenschaftlichen Ton vorzutragen.
»Wieso?« fragte der Bischof etwas schärfer, als eigentlich einem bejahrten Politiker gegenüber zulässig war.
»Ich habe bislang für patriotisch gehalten, in einer so ernsten Frage, welche dazu noch militärischer Natur ist, der Leitung des Reiches, des Heeres und des Staates keine Schwierigkeiten zu bereiten...«
Der Bischof, wütend über diese Belehrung, überlegte eine Antwort. »Ich wundere mich«, sagte er schließlich lächelnd, »so viel kritiklose Regierungsbewunderung aus dem Munde eines Abgeordneten zu hören. Ich erinnere mich, manche Klage des von Ihnen so bewunderten Kanzlers Bethmann über... wie sagte er doch... ja über die Obstruktion des Reichstags in diesen schweren Zeiten vernommen zu haben.«
Nun war es an Chindler zu antworten, und obgleich er wußte, daß die Antwort, die zu geben er im Begriffe war, unangenehme Folgen für ihn haben würde, konnte er sich nicht beherrschen und sagte: »Das mag sein, aber es ist ein Unterschied, ob die berufenen Vertreter des Volkes über eine Maßnahme der Regierung debattieren, oder ob dies unerfahrene Landpfarrer tun, die den Bauern erzählen, was sie in der Zeitung gelesen haben.«
Aber Chindler hatte Glück. Der Erzbischof ärgerte sich über diese Antwort derart, daß er einen Fehler machte. Als der Abgeordnete eben geendet hatte, trat eine ältere Nonne an den Erzbischof heran und fragte, für wie viele Personen man decken solle. Der Priester überhörte ihre Frage. »Ach, liebe Schwester Placida«, sagte er zu der wartend Stehenden, »erzählen Sie doch einmal dem Herrn, was man so im Lande denkt, warum wir unsere tapferen U-Boote im Hafen liegen lassen.« Die Nonne errötete, aber als sie der Bischof noch einmal aufforderte, sagte sie: »Die Bauern glaubten allgemein, der Kaiser wolle England schonen, weil er sein Vermögen dort liegen habe.«

Chindler lächelte, und der Bischof merkte, daß er einen Fehler gemacht hatte. Mit solchen Argumenten durfte er nicht gegen das Ministerium Hertling arbeiten.
»Ich will mir Ihre Ansichten noch einmal durch den Kopf gehen lassen«, sagte er, als die Schwester gegangen war. »Sollte das, was Sie die Agitation des Klerus genannt haben, nur das Ministerium des von mir verehrten Grafen Hertling bedrohen, kann ich natürlich in dieser Frage in keiner Weise Stellung nehmen. Denn ich bin kein Politiker und kann, wie ich Ihnen bereits sagte, Ministerien weder halten noch stürzen. Sollte allerdings das Unwahrscheinliche der Fall sein, daß die Dynastie davon berührt würde, so würde ich dem Klerus Anweisung geben, seine Bewunderung für unsere Heroen Tirpitz und Zeppelin zu zügeln.«
Er nickte mit dem Kopf. Die Audienz war beendet.

4

Es war halb ein Uhr. Der Zug nach München ging erst um zwei Uhr. Chindler wanderte nach dem Dorf zurück und kehrte in einem Wirtshaus ein, über dessen Tür folgende Verse standen:

»Kommt herein, eßt und trinkt,
Solange das Faß frisch ist.
Wer weiß, ob wir die andere Welt sehen werden!
Wer weiß, ob es im Jenseits Bier gibt!«

Die Bayern sind Heiden! dachte Chindler und freute sich. Eine steinalte Frau kam angeschlürft und fragte, was der Herr wünsche. Chindler antwortete, er sei hungrig und wolle etwas essen. »Oh, mein Gott«, sagte die Alte und schlug die knochigen Hände zusammen. »Wir haben ja selber nichts zu fressen.«
Nach langem Zureden erreichte Chindler, daß man ihm ein Stück Brot und eine Scheibe Wurst brachte. Während er aß, machte er sich Aufzeichnungen über seine Unterredung mit dem Bischof.
Die Alte hatte sich einen Stuhl vor die Tür gestellt und schaute mit ihren kleinen, entzündeten Augen schweigend in die lautlose Landschaft.

»Wem gehört die Wirtschaft?« fragte Chindler.
Die Frau antwortete lange Zeit nicht.
Dann sagte sie: »Mir!«
»War kein Sohn da?«
»Doch.«
»Ist er auch gefallen?«
»Ja. Im vierzehner Jahr schon.«
»Kinder hat er nicht gehabt?«
»Bloß eine Frau.«
»Na ja«, sagte Chindler.
»Die ist auch tot«, sagte die Alte.
»Wer?«
»Die Frau! Die war närrisch!«
»Wer?«
»Ach wer? Mit Ihnen ist nicht zu reden! Wo ich jetzt schon zweimal gesagt habe, die Tochter.«
»Natürlich die Tochter«, sagte Chindler.
»Natürlich«, wiederholte die Alte. »Sie sollte ein Kind haben, aber weil der Vater ein Rußki war, haben die Leute... na... da hat sie's weggemacht und sich mit. Da ist er!«
Ein riesiger Mensch trat in die Stube und setzte sich auf eine Bank.
»Haben Sie gelesen, was an der Tür steht?« fragte die Frau.
»Die Verse?« sagte Chindler.
»Nein, nicht Verse. Ich mein' das Gedicht.«
»Ja, das Gedicht!«
»Der Pfarrer sagt, darum sind alle tot, weil mein Mann das hat anschreiben lassen.«
Chindler wußte nicht, was er antworten sollte. Die Alte betrachtete ihn mit ihren tiefliegenden Augen. »Ich hab' gemeint, Sie sind einer, der darüber Bescheid weiß. Aber Sie wissen es auch nicht, gell?«
Sie lachte plötzlich. »Ob sie jetzt miteinand Bier trinken, weiß keins, aber daß sie tot sind miteinand, ist gewiß. Das mein ich... Komm Rußki«, sagte sie leise, und der Riese erhob sich wie ein Waldgeist, den eine Hexe verzaubert hat.
Als Chindler in München ankam, erfuhr er, daß Falkenhayn gestürzt war und Hindenburg und Ludendorff die Heeresleitung übernommen hatten. Das ist ja ein beinahe parlamenta-

rischer Verbrauch an Generalen, dachte er. Auch seine Freunde waren von dieser Nachricht so beeindruckt, daß sein Bericht über die Haltung des Erzbischofs nur mit geringem Interesse aufgenommen wurde. Chindler nahm Helmberger beiseite. »Was ist eigentlich los?« fragte er zornig. »Gestern habt ihr mich alle mit erhobenen Händen beschworen, zum Erzbischof zu fahren; heute wollt ihr von dem Ergebnis der Unterredung nichts mehr wissen.«

»Ja, lieber Freund«, antwortete Helmberger und prüfte eine Zigarre, die ihm Chindler gegeben hatte, »jetzt ist alles anders. Das ging nicht mehr mit diesem Falkenhayn. Der Mann hat überall versagt!«

»Seid ihr jetzt *für* den U-Boot-Krieg?«

»Nein, nein«, antwortete Helmberger. »Aber man muß erst einmal hören, was die neuen Männer wollen. Das sind erstklassige Generale. Wie war denn Seine Eminenz persönlich? Sehr ungnädig?«

Das Wort »ungnädig« reizte Chindler, der schon ungehalten genug war. In jedem Deutschen, welcher Konfession immer er angehört, steckt ein Stück Luther, und die berühmte Begegnung zwischen dem großen Reformator und dem Botschafter des Papstes in Augsburg ist nie zu Ende gebracht worden. »Ich will mit diesem Tier nicht weiter verhandeln«, hatte damals der Legat zu sagen gewagt, als Luther, ohne zu widerrufen, gegangen war, und dieser grobe Ausdruck bezeichnet die Lage gut. Denn selbst die Frömmsten unter den römisch-katholischen Deutschen haben immer wieder Momente, wo sie, selbst wenn sie gehorchen, nur widerwillig der fremden, so weit entfernt wohnenden Gewalt der Römer gehorchen, bockig wie große und schöne Stiere, die manchmal unterwegs stehenbleiben und nicht weitergehen, bis sie sich plötzlich und unvermutet zu besinnen scheinen und weitertrotten.

»Du weißt doch, wie diese Herren sind«, sagte Chindler, »wenn man nicht a priori alles billigt und bewundert, was sie sagen! Aber ich bin auch, wie ich bin, und ich habe mir erlaubt, ein Privatissimum über Patriotismus zu lesen, welches das Gleichgewicht des Ärgers auf *beiden* Seiten wiederherstellte!«

Helmberger lachte so, daß ihm die Tränen über die Wangen liefen. »Du bist unveränderbar«, brüllte er, »diesem Mann bringst du Patriotismus bei... o mein Gott, kannst du mir die Szene für mein Tagebuch aufschreiben?«
»Was geschieht jetzt?« fragte Chindler, den das Gelächter Helmbergers langweilte.
»Ich fahre abends nach Berlin!«
»Ich auch«, sagte Chindler kurz entschlossen.
Ehe er abreiste, wurde Chindler noch kurz von Hertling empfangen. Er sprach offen, nach seinem alten Rezept: dixi et salvavi animam meam. Der Minister hörte ihm schweigend zu. »Wie es auch immer herauskommt, ich danke Ihnen in jedem Falle«, sagte er zum Schluß. »Jetzt werde ich den König besser informieren können, als ich es ohne Ihre Aufklärung gekonnt haben würde!«

5

Die demokratisch und parlamentarisch regierten Staaten Frankreich und England konnten in der kritischen Situation, in welche sie der Krieg brachte, ihre Kräfte zusammenfassen. In Frankreich bildete sich die »union sacrée«; in England nahm der Ministerpräsident Lloyd George die Opposition in sein Kabinett.
Was mußte in einem halbautoritär regierten Staat wie Deutschland geschehen, der wie alle Diktaturen schon im Frieden mit einem unnatürlich zusammengeballten Zustand seiner Kräfte lebte? Nach dem Gesetz der Dialektik mußte seine Regierung auseinanderfallen. Während die westlichen Staaten die im Frieden gewährten Freiheiten einschränken konnten, mußte der deutsche Absolutismus solche mindestens versprechen, und während die Demokratien aus den Stäben ihrer Bürger das unzerbrechliche Bündel banden, verlangten in Deutschland die schon zu lange gefesselten Untertanen nach Freiheit. Wo man so allgemein seine Pflicht tat, wollte man endlich auch Rechte haben, und allerseits wurden Ansprüche angemeldet. Statt daß die Regierung Konzessionen erhielt, mußte sie solche machen.

Diese Lage der Regierung wurde von vielen ausgenutzt.
Als Chindler in Berlin ausstieg, sah er zum ersten Male in seinem Leben die Wirkung politischer Propaganda, systematischer Beeinflussung von Massen, die damals auftauchte und sich weiterentwickeln sollte.
Berauscht von der allgemeinen Forderung nach dem uneingeschränkten U-Boot-Krieg, schien die ganze Hauptstadt in Opposition gegen die Regierung zu stehen. Das Volk, und die Gebildeten an der Spitze, reagierte genau nach dem Gesetz, in dem es erzogen war; da es militärisch erzogen war (und nicht politisch), reagierte es in den militärischen Kategorien von Gehorsam und Widersetzlichkeit, statt in den politischen falsch oder richtig, gut oder schlecht. Das Bürgertum kam sich plötzlich erwachsen vor, höhnte über seine alte Gouvernante, die Regierung Bethmann, und verlangte seinen U-Boot-Krieg.
Chindler betrachtete diesen Zustand erschrocken. Auch in seiner Partei gab es zwei Lager, die sich in der U-Boot-Frage bekämpften. Beide argumentierten lediglich mit Schlagworten. »So geht das nicht«, sagte Chindler zu Helmberger, der mit ihm in einem Hotel am Potsdamer Platz abgestiegen war, »was ist hier falsch oder richtig? Ich muß dieser Sache auf den Grund gehen!«
Helmberger nickte mit dem Kopf. Seine Sympathie für verwickelte Probleme war gering.
Nach einer Woche angestrengter Arbeit, zahlreicher Besuche, hartnäckiger Fragen und systematischer Lektüre (denn in Deutschland wird zwar wenig geschrieben, aber alles aufgeschrieben) glaubte sich Chindler im Bilde. Er nahm sein Material untern Arm und ging zu Helmberger, der zwar jeden Tag vorsichtiger wurde, aber auch immer anhänglicher an Chindler.
»Die ganze Kampagne geht von Tirpitz aus«, sagte Chindler.
»Einen Augenblick, verehrter Hitzkopf«, sagte Helmberger.
Chindler schwieg. Helmberger schwieg ebenfalls und lauschte. Dann ging er an die Tür, öffnete sie rasch, sah nach, ob jemand dahinterstand, machte sie wieder zu, drehte den Schlüssel zweimal um und kehrte zu Chindler zurück.
Chindler lächelte, aber Helmberger machte ein ernstes Ge-

sicht und flüsterte: »Sprich bitte leise; das Nebenzimmer ist bewohnt, und ich weiß nicht von wem. So, nun kann's losgehen!«
»Die ganze Kampagne geht von Tirpitz aus«, wiederholte Chindler.
»Das ist bekannt...« sagte Helmberger und leckte das gerissene Deckblatt seiner Zigarre.
»Wer ist aber dieser Tirpitz... Der *Gegner* der U-Boote. Ja... mein Lieber, da schüttelst du den Kopf... und doch ist es so. Bis zum Kriege war er gegen den Bau von U-Booten, die er für wertlos hielt und die Ewigblinden nannte. Jetzt ist er plötzlich für den uneingeschränkten U-Boot-Krieg! Was glaubst du nun, wie viele U-Boote haben wir?«
»500, hat man mir gesagt.«
Cindler schlug mit der Hand auf den Tisch. »1914 hatten wir 28 Stück, von denen 24 hochseefähig waren. Da man, auf Befehl des Tirpitz, fortgefahren hat, große Schiffe zu bauen, besitzen wir heute sage und schreibe... 47!«
»Was du nicht sagst!«
»Ich sage die Wahrheit, etwas sehr Seltenes, mein Lieber, und mit diesem armseligen Häuflein will man England ruinieren und Amerika in Schach halten! Unsere Marineleute sind verrückt geworden!«
»Halt!« sagte Helmberger, »kennst du das?« Er holte eine Denkschrift aus seiner Mappe, die auf Befehl des Admiralstabs hergestellt worden war und sich in schwungvollen Sätzen über den sicheren Sieg verbreitete, den die U-Boote erkämpfen würden.
»Natürlich kenne ich das«, antwortete Chindler, »aber ich hoffe, daß mein alter Freund Helmberger nicht der Ansicht ist, daß die Provinzbankiers und Krautjunker, die dieses Machwerk unterschrieben haben, etwas von moderner Seekriegführung verstehen.«
»Na ja«, sagte Helmberger.
»Außerdem erhebt sich die Frage, warum hat Ballin, der doch in unserem Lande am meisten von dieser Sache versteht, das Ding nicht unterzeichnet? Ich will dir die Antwort gleich geben: weil man ihn gar nicht gebeten hat. Das traute man sich denn doch nicht, und so will ich dir sagen: Wie mir Ballin sel-

ber gesagt hat, laufen heute noch täglich in den englischen Häfen mindestens 200 Überseedampfer aus und ebenso viele ein. Was will man mit 50 U-Booten gegen diese 400 Schiffe? Nein... nein... die Kampagne ist ruchlos, und wenn die Regierung nicht mehr die Kraft hat, einen Haufen revoltierender Marineoffiziere zur Vernunft zu bringen, wird das allgemeine Ende entsetzlich sein!«
»Was willst du mit deiner Wahrheit anfangen?« fragte Helmberger.
»Das Zentrum muß sich in dieser Sache hinter den Kanzler stellen! *Wir* müssen die Regierung zwingen, gegen die Urheber dieser irrsinnigen Kampagne vorzugehen, solange noch Zeit ist!«
»Mach dir doch keine Illusionen, Chindler. Herr von Tirpitz kann in seiner Presse veröffentlichen, was er will, weil seine Schwindeleien den Widerstandsgeist des Volkes stärken. Wenn du aber eine Zeile von dem publizierst, was du mir eben vorgelesen hast, wirst du wegen Miesmacherei eingesperrt und kannst sitzen, bis dir Haare und Zähne ausfallen. Nein... nein, mein Lieber, nach dem Krieg werden wir eine Demokratie sein, heute ist das noch nicht soweit, heute müssen wir das Maul halten und gehorchen!«
Chindler vergaß, daß ihn Helmberger gebeten hatte, leise zu sprechen. »Wir sind längst eine Demokratie geworden, wenn ihr das alle auch noch nicht seht. Aber eine Generalsdemokratie! Herr von Tirpitz reicht drei Abschiedsgesuche pro Woche ein. Was ist das für ein Staat, in dem die Politiker schweigend wie Soldaten gehorchen, während die Offiziere (und zwar im Krieg!) Rücktrittsgesuche einreichen wie parlamentarische Minister?«
»Willst du dein Material in der Fraktion vortragen?«
»Morgen früh«, sagte Chindler, »heute abend werde ich noch einige Informationen bekommen...«
»Ich werde dich unterstützen«, sagte Helmberger, »aber du wirst sehen, daß man dich zudeckt! Bei unserem Volke herrscht nicht die menschliche Gewohnheit, einander zuzuhören.«

6

Auf acht Uhr war Chindler in Dahlem bei dem ihm lange bekannten Bankier Schlappert eingeladen. Er sollte einen Hamburger Kaufmann treffen, der sich in Fragen der Schiffahrt vorzüglich auskannte. Als er Helmberger verließ und in sein Zimmer zurückkehrte, war es halb fünf. Er überlegte, was er tun könnte, legte sich schließlich aufs Sofa, um sich ein wenig auszuruhen, konnte aber keinen Schlaf finden und sprang plötzlich auf. Es war ihm eingefallen, das beste sei, selber noch einmal mit der Regierung zu sprechen.
Der Staatssekretär Dr. Helfferich empfing ihn sofort.
Chindler hielt ihm, wenn auch mit anderen Worten, den gleichen Vortrag, den er Helmberger gehalten hatte. Helfferich hörte schweigend zu. »Einiges von dem, was Sie mir vorgetragen haben, war mir, offen gesagt, neu«, sagte er, als Chindler geendet hatte. »Immerhin will ich Ihnen sagen, daß man natürlich die ganze Sache auch mit andern Augen ansehen kann...«
»Hat die Regierung ihre Ansicht geändert?« fragte Chindler.
»Das nicht«, sagte Helfferich, »das nicht... aber Sie müssen bedenken, daß... ich meine, ein Mann wie Sie, der, wenn ich recht unterrichtet bin, einen Sohn im Felde stehen hat...«
»Zwei Söhne«, unterbrach Chindler.
Der Staatssekretär betrachtete seinen Besucher eine Zeitlang. Darauf fuhr er fort: »Kurz gesagt, daß die Regierung dem Volk nicht den Mut nehmen kann, weiterzukämpfen!«
»Lassen wir das Versteckspielen. Es ist schlimm genug, daß gewisse Leute von der Flotte gegen die Regierung schreiben können, und die Regierung nicht einmal antworten kann. Aber ich bin nicht zu Ihnen gekommen, um Material für Volksreden zu sammeln. Davon kann jetzt keine Rede sein. Ich komme zu Ihnen, weil ich morgen früh meine Fraktion vertraulich informieren möchte...«
»Das ist etwas anderes«, sagte der Staatssekretär. »Unter diesen Umständen würde ich Ihnen empfehlen, auch die außergewöhnlich guten Ernten, ja man kann sagen, die Rekordernten zu erwähnen, die England und die ihm zunächst gelegenen Versorgungsgebiete in diesem Jahr gehabt haben.«

Chindler machte sich Notizen.
»Diese bedauerlicherweise ungewöhnlich günstigen Ernten verringern naturgemäß unsere Aussichten, England aushungern zu können, beträchtlich.«
Chindler empfahl sich und ging. Unter vier Augen gesprochen, waren diese Beamten allesamt tüchtige, gebildete und nachdenkliche Leute. Nur wenn sie in der Öffentlichkeit auftraten, bekamen ihre Stimmen manchmal etwas Krähendes, und sie benahmen sich wie Hähne, welche ihre Augen schließen, ihren Kopf zum Himmel heben und die Pracht ihres Gefieders für überwältigend halten.

7

Für einen Fremden sind die Berliner Entfernungen schwer zu schätzen. Chindler, der es nicht liebte, zu spät zu kommen, nahm sich ein Taxi.
»Wilhelmsplatz 4«, sagte er zu dem Führer.
»Da sind wir ja«, antwortete der Chauffeur.
»Ach so, ich meine Dahlem!«
»Dahlem is nich Pankow«, sagte der Chauffeur und gab Gas.
Die Villa des Bankiers Schlappert war ein schloßartiges Gebäude, das in einem großen Garten lag. Das schmiedeeiserne Tor stand offen und der Chauffeur fuhr in den Garten hinein. Ein weißhaariger Diener öffnete, betrachtete den Abgeordneten verwundert und ließ ihn, als er Mantel und Hut abgenommen hatte, in ein Zimmer eintreten. Das Zimmer war leer. Chindler sah auf die Uhr und stellte fest, daß es erst zehn Minuten vor acht war. Er war also viel zu früh gekommen.
Er trat an eines der türgroßen, offenstehenden Fenster und blickte in den Garten, der weit und hügelig wie eine Landschaft war. Hinter einer Gruppe von Tannen lag ein Tennisplatz. Der Abgeordnete sah zwei weißgekleidete, weibliche Wesen hin und her laufen. Einmal lachte die eine laut auf. Ihre Stimme erinnerte Chindler an Lilli. Das habe ich alles niemals in meinem Leben gemacht, dachte er, niemals Tennis gespielt, nie eine Frau gekannt außer der eigenen... immer nur Politik... na ja, ist so ein Wort... und fünf Kinder... Er trat vom

Fenster zurück und betrachtete das Zimmer, dessen Wände mit Bildern behängt waren wie ein Saal in einer Galerie. Auf die Rahmen waren kleine Messingplättchen geschraubt und Chindler las, langsam umherwandernd: Ingres, Tintoretto, Renoir, Cézanne, Liebermann, Seckendorff, Marées, wieder Renoir. Er kehrte zu dem Bild, das mit Seckendorff unterschrieben war, zurück, und betrachtete es lange. Es war ein Porträt, offenbar ein Selbstbildnis, und zeigte den Kopf eines jungen Mannes, der den Beschauer mit festen Augen anschaute. Diese Augen, eine hohe, sonderbar gewölbte Stirn, zwei mächtige Augenbrauen, eine etwas spitze Nase, ein kleiner Schnurrbart – alles zusammen fesselte Chindler so, daß er sich von dem Bild nicht abwenden konnte. Er beugte sich vor und las, was auf dem Messingplättchen stand: Götz von Seckendorff, geb. 1889, gefallen am 25. August 1914. Selbstbildnis 1913.

Entsetzlich, dachte Chindler, so alt wie Karl... und schon zwei Jahre tot, schon völlig vermodert, so daß seine eigene Mutter kein Stück von diesem klugen Gesicht mehr erkennen könnte... Er drehte sich um und zündete sich eine Zigarette an.

Sie werden ja auch fallen, sie müssen ja fallen, dachte er, warum sollen denn meine Söhne übrigbleiben?

Abermals hörte er die Stimme von vorhin laut und jubelnd im Garten lachen.

In der Mitte des Raumes stand ein gewaltiger, braunschwarzer Eichentisch mit schön geschnitzten Füßen, dessen Platte einem Gebirge glich. In regelmäßig geordneten, aber ungleich hohen Stößen lagen eine große Anzahl Zeitschriften und Zeitungen nebeneinander. Kreuzzeitung, Berliner Tageblatt, Times, Temps, Corriere della Sera, Neue Züricher Zeitung, Neue Rundschau, Nouvelle Revue Française, Economist, die Stimmen der Welt ruhten ordentlich und friedlich nebeneinander, wenn sie sich auch durch Format und Druck deutlich voneinander unterschieden. Chindler beugte sich über den Tisch und las mal hier, mal dort die Titel von Artikeln.

»Ich begrüße Sie«, sagte eine tiefe Stimme. Chindler drehte sich um. Der Hausherr war durchs Nebenzimmer eingetreten. »Wie angenehm ist Ihre süddeutsche Pünktlichkeit«, fuhr

der Bankier fort, »bei uns in Berlin kommt man grundsätzlich zu spät, um sich empfangen zu lassen!«
»Ich wunderte mich eben«, sagte Chindler, als er den Gruß des Hausherrn erwidert hatte, »daß diese Zeitungen so schweigsam sind.«
»Ja«, antwortete der Bankier, »das ist der Fehler alles Geschriebenen, daß man sich anstrengen muß, wenn man es hören will... und wer will sich noch anstrengen?... Wie wird sich Ihre Fraktion in der U-Boot-Frage verhalten?« fragte er nach einer Weile.
»Ich weiß es nicht«, sagte Chindler aufrichtig.
Der Bankier wackelte mit dem Kopf. Wie viele reiche und mächtige Männer war er nie geneigt, das zu glauben, was man ihm sagte. Da er nun Chindlers einfache Antwort nicht zu deuten vermochte, überlegte er sich eine neue, deutlichere Frage.
Ein junges Mädchen – ob es wohl diejenige war, die vorhin im Garten gelacht hatte? – betrat, einen Tennisschläger und ein Netz mit Bällen haltend, das Zimmer, begrüßte Chindler etwas schnippisch, gab ihrem Vater einen Kuß und ging wieder mit langen Schritten aus der Tür, einen raschen verwehenden Duft von Parfum in der Luft und eine kleine weiße Spur ihrer Schuhe auf dem roten Teppich zurücklassend.
Es waren 25 Personen geladen, und das Zimmer füllte sich mit Gästen. Chindler hatte sich wieder an das Fenster zurückgezogen und beobachtete die Eintretenden. Die meisten Gäste machten mißmutige oder verschlossene Gesichter. Niemand schien sich zu freuen. Besonders die Frauen schauten sich so ungeniert und prüfend um, als wären sie in einen Laden getreten, um etwas zu kaufen, was sie eigentlich gar nicht kaufen wollen, in keinem Falle aber nötig haben. Der Hausherr ging hin und her und stellte die einzelnen einander vor. Dabei murmelte er die Namen so leise, daß man fast nie verstand, wen man vor sich hatte und einander so fremd blieb wie zuvor.
Die Gesellschaft war etwas bunt zusammengewürfelt. In der Mitte des Raumes hatte sich der Herzog von M. aufgestellt, ein alter Herr an die siebzig Jahre. Er trug Uniform und sehr viele Orden. In einer gewissen Entfernung von ihm ließ sich

der Fürst von S. von einigen Damen unterhalten, die ihn mit allzu sichtbarer Bewunderung umstanden. Der Fürst spielte den Engländer, gab sich leutselig, lachte viel und schien der einzige zu sein, dem alles gefiel, wie es war.
In Chindlers Ecke hatten sich einige Industrielle zurückgezogen, die ihre geschäftliche Sitzung vom Nachmittag fortsetzten und sich um keinen andern Menschen kümmerten. Einige junge Leute endlich, die niemals fehlenden Attachés des Auswärtigen Amtes und einige Offiziere standen ebenso wie einige junge Mädchen etwas verloren im Raum herum, Statisten, die bereits kostümiert auf der Bühne angetreten sind, aber noch auf den Regisseur warten.
Kurz nach acht kam der amerikanische Botschafter Mr. G. Als diese letzte Säule des ehedem so stolzen und weiträumigen Gebäudes des diplomatischen Korps der Reichshauptstadt den Saal betrat, verstummten die meisten Gespräche für einen Augenblick.
Chindler ging aus seiner Ecke hervor, um dem ihm bekannten Botschafter »Guten Tag« zu sagen. Da sah er, daß der alte Herzog eine Bewegung machte, als wünschte er den Botschafter nicht zu begrüßen, bis er sich schließlich sichtlich gezwungen in das Unvermeidliche schickte.
Die Tafel war schön gedeckt, aber das Essen schlecht und dürftig. »Was glauben Sie«, wurde Chindler von seinem Nachbarn gefragt, »spielt unser Gastgeber den Patrioten, der von Fleischkarten lebt, oder kann sogar die Schlappertsche Brieftasche nichts Eßbares mehr kaufen?«
Der Nachbar, der die etwas indiskrete Frage stellte, war jener Hamburger Kaufmann, von dem sich Chindler noch einiges Material für seine Enquete über die U-Boot-Frage erhofft hatte. Aber das Ergebnis war ebenso mager wie das Fleisch, das serviert wurde. Der Hamburger sabberte wie aufgezogen und kam dabei vom Hundertsten ins Tausendste.
»Die Amerikaner fürchte ich nicht«, sagte er, »die kenne ich. Die können gar nichts machen...«
Chindler hörte schließlich nicht mehr hin und betrachtete die Tafel. Ihm gegenüber saß die Frau eines Bankiers, die er schon mehrmals in Gesellschaften getroffen hatte. Chindler sah sie an und merkte, daß sie den Erzählungen seines Nachbars

lauschte. Sie hatte einen spöttischen Zug um den Mund, und Chindler erinnerte sich, daß sie eine geborene Amerikanerin war. Wenn der Kerl doch endlich schwiege, dachte Chindler und wünschte sich und die ganze Tafel zum Kuckuck.
Die Amerikanerin schaute plötzlich weg. Chindler drehte sich zur Seite und hörte, daß sein Nachbar angefangen hatte, von den U-Booten zu sprechen.
»... das ist der wirkliche Grund dafür, daß keine Boote gebaut werden«, sagte der Hamburger.
»Welcher?« fragte Chindler.
»Ich sagte Ihnen doch eben, daß für die Offiziere die Beförderungschancen auf den großen Kampfschiffen erheblich besser sind. Wer kann denn noch Admiral werden, wenn man keine Dreadnoughts mehr baut?«
»Das ist interessant, was Sie da sagen...«
Der Hamburger lachte dröhnend. »Ich meine, alles, was ich sage, sei interessant...«
Der Hausherr hob die Tafel auf. Chindler suchte die Amerikanerin, um mit ihr ein Gespräch anzufangen. Als er ins Wohnzimmer trat, stand sie bereits in einem Kreis von Männern, die Chindler fast alle nicht kannte.
Der Kaffee war das Beste. Der Abgeordnete ließ sich eine zweite Tasse geben und lehnte sich gegen die Wand. Die Gäste hatten sich in mehrere Räume verteilt. Überall wurde laut gesprochen; das Gesumme war angenehm. Chindler schräg gegenüber hatte sich der alte Herzog postiert und unterhielt sich mit mehreren Offizieren. Chindler beobachtete die Gruppe und sah, daß der Herzog dozierte, während die Offiziere zuhörten. Plötzlich betrat der Botschafter das Zimmer. Er blieb unter der Tür stehen und sah sich um, als suche er jemanden. Der Herzog, der ihn beobachtete, brach sein Gespräch ab, drehte sich um und sagte unvermittelt mit so lauter Stimme, daß man ihn im ganzen Raume hörte: »Sie, mein Herr, sind der amerikanische Botschafter, und ich will Ihnen sagen, daß das Verhalten Amerikas mit seinen Waffen- und Munitionslieferungen an die Feinde Deutschlands tief in das deutsche Herz eingegraben ist, daß wir das niemals vergessen werden!«
Der Botschafter sah überrascht auf den Mann, der ihn in so

außergewöhnlicher Weise angerempelt hatte. Der Abgeordnete verließ seinen Platz und trat näher. Aber der Botschafter blieb ruhig. »Die Vereinigten Staaten«, sagte er ebenso laut wie der Herzog, »können das Völkerrecht nicht von Zeit zu Zeit je nach der Kriegslage abändern. Sie haben es vielleicht vergessen, mein Herr, daß auch Ihr Land, während unserer Verwicklungen mit dem General Huertas, Waffen und Munition an Mexiko lieferte...«

Der Herzog wandte sich ab und nahm seine Unterhaltung mit den Offizieren wieder auf, so daß der Botschafter nun erst recht allein stand. Endlich kam der Hausherr, den jemand verständigt zu haben schien, auf eiligen Sohlen herbei und führte den Botschafter ins Nebenzimmer.

Damit wanderte er nur aus dem Regen in die Traufe. In diesem Zimmer stand, übrigens gerade unter dem Seckendorffschen Selbstbildnis, der Fürst von S., der nur auf das Vorüberkommen des Botschafters gewartet zu haben schien. Als nun der Amerikaner vorbeiging, sagte er gleichfalls so laut, daß es sogar Chindler deutlich hörte, zu seiner Umgebung: »Wenn uns die Vereinigten Staaten den Krieg erklären, so kann uns gar nichts Besseres passieren. Dann bekommen wir unsere Handlungsfreiheit zurück, auf die wir bisher leider verzichtet haben!«

Das geht zu weit, dachte Chindler. Jetzt muß man sich entweder prügeln oder man muß das Haus verlassen...

Aber nichts davon geschah. Überall unterhielten sich die einzelnen Gruppen weiter, und je mehr Wein in die wenig gefüllten Mägen floß, desto angeregter wurden die Unterhaltungen.

Chindler war müde und ging nach Hause. Im Hotel ließ er sich sofort auf sein Zimmer fahren. Als er am Office seines Stockwerks vorüberkam, sah er das Zimmermädchen damit beschäftigt, einen Staubsauger zu putzen.

»Was machen Sie denn da?« fragte er verwundert. Das Mädchen antwortete, sie putze den Apparat.

Jedesmal ging es Chindler so: wenn er irgendwo genügend Wut und Zorn in sich aufgespeichert hatte, mußte sie wie das Feuer aus der Esse entweichen. »Was seid ihr doch für ein närrisches Volk«, sagte er zornig. »Nachdem ihr den ganzen

Tag lang die Sklaven der Menschen gewesen seid, werdet ihr in der Nacht auch noch die Diener eurer Maschinen.« Das Mädchen schaute ihn überrascht an.
Aber Chindler war nun einmal in Wut. »Diese Maschine ist dafür gemacht, damit der Mensch mit ihr putze, nicht aber, daß der Mensch sie putze! Verstehen Sie das nicht?«
»Das Ding ist doch kaputt... verstopft«, sagte das Mädchen.
»Dann werfen Sie es zum Fenster hinaus und lassen Sie ein neues kaufen...«
Das Mädchen, das Chindler für betrunken hielt wie manchen Gast, der spät abends nach Hause kam, wendete sich wieder seiner Arbeit zu, und Chindler ging, noch wütender als vorher, auf sein Zimmer. Der etwas matte Prunk, der den Abgeordneten umfing, als er das Licht angedreht hatte, vergrößerte seine Verlassenheit und machte sie schwankend wie das Licht den Schatten, den sein Körper warf.
Es ist wahr, in der Lage, in der sich Chindler befand, konnte kein Mensch Politik machen. Um Politik zu machen, muß man genau so einige Dinge zur Hand haben, wie ein Schreiner Werkzeug braucht. Um Politik zu machen, braucht man Freunde, eine Plattform und ein Ziel. Chindler aber hatte nur seine Partei, einen Haufen Männer, der seinen Vorsitzenden für alle denken ließ, den Reichstag, der nichts zu sagen hatte, und kein Ziel.
Chindler warf Hut und Mantel auf einen Sessel. Sollte er wirklich am kommenden Morgen seiner Partei einige Ratschläge geben, die niemand wünschte und keiner von ihm erwartete?
»Ich will diese Subalternbeamten dazu veranlassen, Politik zu machen«, sagte sich Chindler, »und das heißt, ich will... die Menschen ändern... Leute, die nichts sehnlicher wünschen, als das zu tun, was man ihnen sagt, die will ich veranlassen, andern zu sagen, was sie tun sollen... Ich bin ein Idiot...«

8

Es kam schlimmer, als Chindler in einer Anwandlung von Klarheit gefürchtet hatte.

Beim Frühstück las der Abgeordnete sein Material noch einmal durch. Es war ausgezeichnet; er durfte zufrieden sein.
Auf dem Weg zum Reichstag überlegte er, was er sagen wollte. Seine Absicht war, der Fraktion zwei Wege zur Auswahl vorzulegen. Entweder sollte sie, gestützt auf die von ihm bewiesene Tatsache, daß das Land noch nicht den zehnten Teil der notwendigen U-Boote hatte, der Regierung die Erlaubnis zum uneingeschränkten U-Boot-Krieg strikte verweigern, oder die Sache selber in die Hand nehmen, die Kontrolle über den Bau der notwendigen Fahrzeuge verlangen und an Stelle des läppischen Admiralsgezänkes eine kräftige, eindeutige Angriffstaktik mit dieser Waffe verfolgen. Hierzu war nötig, einige saftige Personalveränderungen im Reichsmarineamt vorzunehmen.
Helmberger stand in der Wandelhalle des Reichstags und wartete auf Chindler. Als Chindler die Treppe heraufkam, ging er auf ihn zu und drückte ihm ein Papier in die Hand. Chindler blieb stehen, setzte seinen Zwicker auf und las: Namens sämtlicher Mitglieder der Zentrumsfraktion im Ausschuß für den Reichshaushalt ist folgende Erklärung abgegeben worden: Für die politische Entscheidung über die Kriegführung ist dem Reichstag gegenüber der Reichskanzler allein verantwortlich. Die Entscheidung des Reichskanzlers wird sich dabei wesentlich auf die Entschließung der Obersten Heeresleitung zu stützen haben. Fällt die Entscheidung *für* die Führung des rücksichtslosen U-Boot-Krieges aus, so darf der Kanzler des Einverständnisses des Reichstages sicher sein.
Chindler stand sprachlos. Helmberger betrachtete ihn und lachte. »Ich bin ein dämlicher Hund«, sagte er, »aber für diese Zeiten scheine ich geeigneter zu sein als du!«
»Das Zentrum ... wir ... du und ich ... wir unterstellen also auch noch den Reichskanzler der Diktatur der Militärs? Der U-Boot-Krieg wird einfach so beschlossen?« fragte Chindler. Aber Helmberger war schon vorausgegangen und Chindler folgte ihm.
Der Staatssekretär Helfferich redete mit leiser Stimme, als Chindler mit Helmberger den Saal betrat. Chindler setzte sich auf seinen Platz und hörte zu seinem Erstaunen, daß Helffe-

rich anderer Meinung über die Ernährungslage in England geworden war. Er schien die Ernte Englands nun weniger günstig zu sehen. Dieser Teil seiner Rede war außerdem fad und schwunglos. Dafür wurde der zweite heftiger. Helfferich wies auf die drohende Gefahr einer Kriegserklärung Amerikas hin. Als Zwischenrufe gemacht wurden, erhob er seine Stimme.

»Es scheint hier die Meinung vertreten zu sein, gerade der uneingeschränkte U-Boot-Krieg werde es Amerika unmöglich machen, Truppen und Munition nach Europa zu verfrachten. Ich mache darauf aufmerksam, meine Herren, daß in Saloniki mehr als 400000 Mann Ententetruppen stehen. Diese ganze Armee ist abtransportiert worden und erhält ihren Nachschub an Ersatz, Munition und Proviant, *trotzdem* unsere U-Boote ihre Tätigkeit im Mittelmeer ausüben! Ich warne vor Illusionen und bitte zu bedenken, daß Truppentransportdampfer auf ihren Fahrten erheblich besser geschützt werden als andere Dampfer!«

Helfferich setzte sich, und es erhob sich der Staatssekretär im Reichsmarineamt, Herr von Capelle.

»Ich, meine Herren, schätze«, sagte er gleich zu Anfang seiner Rede, die er hastig und mit künstlichem Schwung vortrug, »ich schätze die Gefahr, daß Amerika irgendwelche Truppen nach Europa werfen könnte, mit Null ein! Mit Null«, wiederholte er, sich dabei im Saal umsehend. Auf der Rechten wurde geklatscht. Der Staatssekretär schaute lächelnd nach der Rechten hinüber und fuhr fort: »Sollten aber die Amerikaner wirklich kommen, so freuen sich meine U-Boote schon im voraus auf die Beute, die sie machen werden...«

Auf der Rechten wurde prasselnd geklatscht, während die Sozialdemokraten ihren Gefühlen in Bemerkungen wie »Oho!« oder »Nanu!« Luft machten.

Chindler stand auf und ging aus dem Saal.

»*Meine* U-Boote sagte dieser Kerl«, sagte er zu Helmberger, der ihm gefolgt war, »meine U-Boote! Als ob sie ihm gehörten... Und diese Art, auf Helfferichs Darlegungen zu erwidern. Helfferich hat bewiesen, was in Saloniki geschehen ist und noch geschieht! Darauf schätzt Herr Capelle die Gefahr einfach gleich Null... Das ist alles unwürdig, Helmberger,

das ist schamlos... Dieser Capelle ist unsere Grabkapelle... und wir setzen uns hin und weihen sie selber ein...«
Die Fraktionen zogen sich zur Beratung zurück.
Chindler, der als erster das Wort erhielt, redete mit großer Leidenschaft.
»Ich denke, daß sich die Kollegen aus dem Material, das ich für sie habe abschreiben lassen, selber ein Bild der Lage machen können. Die Situation ist verwirrt. Aber die Verwirrung ist absichtlich herbeigeführt worden. Der Urheber der Verwirrung ist Herr von Tirpitz...«
»Das weiß man...« rief jemand.
»Ich hoffe, daß man es endlich weiß, aber ich sehe nicht, daß unsere Partei aus dieser Wissenschaft die Folgen gezogen hat. Die Erklärung *für* den U-Boot-Krieg, die wir abgeben sollen, ist eine Verbeugung vor der Straße, die der größte Gegner der U-Boot-Waffe, Tirpitz, durch Propagandakünste für den U-Boot-Krieg aufgeputscht hat...«
»Was haben Sie gegen die Straße?« rief ein Abgeordneter, der von sich behauptete, er stehe auf dem linken Flügel der Partei.
»Die Straße, meine Herren, ist das Volk. Ich protestiere dagegen, daß man sich unehrerbietig gegen das Volk benimmt, indem man mit falschen – ich will nicht sagen gefälschten – Argumenten den arbeitenden Männern und Frauen blauen Dunst vormacht. Alle ernsten Fachleute geben zu, daß wir mindestens 300 Boote brauchen. Was wir haben, sind keine 50. Das aber, meine Herren, das wird dem Volk wohlweislich verschwiegen!«
»Was nicht da ist, das kann gebaut werden!« rief der kleine, dicke Abgeordnete Weber.
»Sehr gut«, antwortete Chindler, über diesen Zwischenruf sichtlich erfreut, »sehr richtig. Man könnte bauen, aber die Frage ist, ob man bauen will...«
»Unsere Erklärung fordert ja die Regierung auf, zu bauen, wenn das für richtig gehalten wird«, rief der ›Linke‹.
»Dieser Zwischenruf, übrigens der vierte bereits, bringt uns aufs Wesentliche. Das Material, meine Herren, das Sie vor sich liegen haben, beweist, daß das Reichsmarineamt den Bau von U-Booten in sträflicher Weise auf Kosten großer Kampf-

schiffe vernachlässigt hat. Das gleiche Material beweist, daß die Herren des gleichen Amtes die Drahtzieher jener Kampagne *für* den U-Boot-Krieg sind. Was sollte das, meine Herren? Hier wird ein unehrliches Spiel gespielt. Hier wird mit den U-Booten nicht gegen die Engländer, sondern – gegen den Reichskanzler vorgegangen, weil jemand anders diesen Posten haben will! Unsere Erklärung nun fordert den Reichskanzler auf, das zu tun, was die Oberste Heeresleitung wünscht... Ist es wirklich unsere Absicht, die Regierung auch noch in dieser Frage der Befehlsgewalt einer Behörde zu unterstellen, welche 1. statt Krieg zu führen, innenpolitische Intrigen spinnt; 2. statt U-Boote zu bauen, Schiffe baut, die in vier bis fünf Jahren fertig sein werden; 3. statt sachliche Angaben zu machen, die Ausführungen des Herrn Helfferich mit so läppischen und gefühlsmäßigen Argumenten beantwortet, wie das soeben Herr von Capelle getan hat?«

»Was wollen Sie eigentlich?« rief jemand. »Wollen Sie Admiral werden?«

Der Zwischenruf löste auf allen Bänken schallendes Gelächter aus. Chindler wartete ruhig, bis wieder Ruhe herrschte. »Sie lachen, meine Herren! Man hat mich gefragt, ob ich Admiral zu werden wünsche. Ich antworte: ja...«

Abermals lachte ein Teil der Abgeordneten laut heraus, während die übrigen Chindler mit sichtlich fassungsloser Verwunderung betrachteten.

»Meine Herren«, sagte Chindler jetzt sehr erregt, »wenn wir uns herausnehmen, und es ist unsere Pflicht vor dem Volke, uns dies herauszunehmen, die Frage U-Boot-Krieg oder nicht zu entscheiden, dann müssen wir uns auch wie Admirale benehmen. Ich werfe Ihnen aber vor, daß Sie sich wie Leutnants benehmen, indem Sie, anstatt selber nachzudenken, die OHL für uns alle denken lassen. Warum sitzen wir hier, wenn wir nicht denken wollen? Warum lachen Sie, wenn man Sie fragt, ob Sie Admiral werden wollen? Die Frage U-Boot-Krieg oder nicht ist in keiner Weise eine militärische Frage, sondern in doppelter eine politische und innenpolitische, welche sich gegen eine der größten Mächte der Erde, gegen die Vereinigten Staaten richtet. Wenn man es aber unternimmt, hier, diesem Kreis, eine politische Frage vorzulegen, erklärt man sich für unzuständig und versteckt sich hinter dem breiten Rücken von Männern, die man darum für Fachleute ausgibt, weil sie Uniformen tragen! Wann endlich wird dieses alte Märchen keine Leser mehr finden, daß eine Uniform entpolitisiert? Darum wiederhole ich: Die Erklärung, die wir abgeben sollen, ist eine Feigheit, weil sie die Regierung der OHL und den Intrigen des Reichsmarineamtes ausliefert. Darüber hinaus ist sie unwürdig deutscher Männer, welche es bei Clausewitz gelesen haben sollten, daß im Krieg erst recht die Armee die Dienerin der Politik sein muß, wenn nicht beide, Armee und Regierung, zum Teufel gehen sollten! Ich beantrage, die Abstimmung über die Erklärung zurückzustellen und noch einmal die gesamte Frage U-Boot-Krieg oder nicht ernsthaft und genau zu prüfen. Ich verweise dabei, meine Herren, auf das traurige Beispiel der Arbeiterschaft. Glauben Sie nicht, daß man mal so, mal so kann. Wenn Sie sich heute in einer so eminent politischen Frage aufgeben, werden Sie sich aufgegeben haben. So handelnd, gehen Sie den gleichen Weg wie die Arbeiter, welche sich in die Hände ihrer Führer gegeben haben und heute tun und lassen müssen, was Ihnen befohlen wird...«

»Das ist doch ein Glück«, rief jemand.

Chindler stampfte mit dem Fuß auf. »Ein Glück für uns«, sagte er, »aber...«

»Na also!« rief man.

»Aber, meine Herren, können Sie nicht eine politische Frage politisch betrachten? Wenn Sie sich so benehmen, wird man auch bei den Militärs feststellen, daß unsere Haltung ein Glück für jene ist...«

Der Vorsitzende schloß die Debatte. Der Antrag Chindler wurde mit allen gegen zwei Stimmen abgelehnt. Danach wurde die Fraktionserklärung zur Abstimmung gebracht und abermals mit allen Stimmen gegen zwei, die Stimmen von Chindler und Helmberger, angenommen.

Chindler fuhr müde und niedergeschlagen nach Hause.

9

Vierzehn Tage später saß die Familie Chindler beim Abendbrot, als das Mädchen ins Zimmer kam und meldete, zwei Herren wünschten den Herrn Professor dringend zu sprechen.
»Ich empfange jetzt nicht, ich esse«, sagte der Abgeordnete. Das Mädchen ging hinaus. Nach zwei Minuten klopfte es an der Tür. Die ganze Familie wandte sich um. Da öffnete sich die Tür, und ehe noch jemand »herein« gerufen hatte, standen zwei Männer auf der Schwelle.
»Sie wünschen?« fragte Chindler.
»Kriminalpolizei!«
»Was?! Wer?« fragte Elisabeth Chindler, die vor Schrecken weiß im Gesicht geworden war. Theodor Chindler sprang auf und ging mit den Männern, die ihm bereitwillig folgten, in sein Zimmer.
Elisabeth Chindler, die Kinder und die Erzieherin saßen wie versteinert auf ihren Stühlen. Niemand sprach ein Wort, nur der Hund knurrte, stand auf und setzte sich mit gespitzten Ohren vor die Salontür. Nach einer Weile wurde die Schiebetür, die vom Eßzimmer in den Salon führte, auseinander geschoben, und Theodor Chindler trat wieder ins Zimmer. Sein Gesicht war verzerrt, sein Schnurrbart hing wie abgerissen herunter. »Margarethe ist verhaftet worden«, sagte er zu seiner Frau. »Wegen hochverräterischer Umtriebe verhaftet...«
»Ich habe es gewußt... ich habe es kommen sehen... dieses Krankenhaus...« rief Elisabeth und sprang auf.
»Beruhige dich und gib mir die Schlüssel von Maggies Schränken«, sagte Chindler.
»Die Schlüssel... die Schlüssel...« sagte Elisabeth tonlos, »ich habe diese Schlüssel nicht.«
»Vielleicht können wir uns einmal das Zimmer ansehen«, sagte der ältere Beamte, ein dicker Mensch mit geschorenem Kopf, der neben Chindler getreten war.
Leopold spürte eine rasenden Haß gegen die beiden Beamten, die in den Zimmern seines Elternhauses herumstanden, als ob sie ihnen gehörten. Als sein Vater mit den beiden Männern in den ersten Stock hinaufging, wo Maggies Zimmer lag, stand

er auf und ging seinem Vater nach. Er wollte den alten Mann und seine Schwester beschützen.
Die Beamten durchsuchten die Schränke und Maggies Schreibtisch, der nicht verschlossen war. Leopold blieb unter der Tür stehen. Plötzlich drehte sich sein Vater um und erblickte ihn.
»Scher dich zum Teufel!« sagte er.
Leopold ging langsam über den Vorplatz und wieder die Treppe hinunter. So hätte er nicht seinen Sohn, sondern diese Kerle anschreien sollen, dachte er.
Abermals schellte es. Der Polizeipräsident war vorgefahren und begrüßte Frau Chindler, die auf alles gefaßt war, mit ausgesuchter Höflichkeit. Als er den Abgeordneten erblickte, ging er ihm die Treppe hinauf entgegen und murmelte, sichtlich verlegen, er hoffe, es handle sich um ein Mißverständnis.
»Meine Tochter«, sagte Elisabeth, die Hände ringend, »meine einzige Tochter!«
Sie wandte sich an den Präsidenten und bat ihn, ihre Tochter sofort sehen zu dürfen. Der Polizeipräsident, der sich wie ein Chirurg benahm, wehrte ab, heute gehe es nicht mehr, morgen dagegen werde er es zu jeder Zeit einrichten. Theodor Chindler, der sich immer wieder in die Haare fuhr, so daß ihm einige Büschel wie Skalplocken zu Berg standen, fragte, was seine Tochter eigentlich getan habe. Abermals redete der Präsident mehr mit beiden Händen als mit dem Mund. Er könne nur soviel sagen, es sei aus Berlin telefoniert worden, worauf man leider zur Verhaftung von Fräulein Chindler habe schreiten müssen. Vielleicht verhöre der Untersuchungsrichter die Verhafteten bereits, dann werde man ja morgen alles wissen.
»Und das alles im Krankenhaus, wo uns jeder Mensch kennt!« sagte Frau Chindler.
»In welchem Krankenhaus?« fragte der Präsident.
Nach einigem Hin und Her stellte sich heraus, daß Maggie nicht im Krankenhaus, sondern in der Wohnung einer alten Arbeiterin, genauer gesagt, im Zimmer von deren Untermieter und mit diesem zusammen, einem gewissen Koch, verhaftet worden war.
Das war eine neue Hiobspost.

»Glauben Sie, daß es Zweck hat, wenn ich die Regierung anrufe?« fragte Chindler.
Der Präsident, der keinen Augenblick vergaß, daß er sich im Hause eines Mannes mit weitreichenden Beziehungen befand, antwortete ausweichend, er glaube, er könne Chindler mehr fragen als Chindler ihn, verriet aber bei dieser Gelegenheit, daß die Verhaftung auf Befehl der Militärbehörden erfolgt war. Da kann nur Helmberger helfen, dachte Chindler.
»Darf ich bitten, sich morgen an mich zu wenden, wenn Sie Ihre Tochter besuchen wollen«, sagte der Präsident unter der Haustür. Dann ging er.
»Welcher Tag ist heute?« fragte Elisabeth.
»Dienstag.«
»Dienstag...« wiederholte Elisabeth, »und am Donnerstag kommen alle Kinder! Mir ist, als kämen sie zu einer Beerdigung. Stütze mich ein wenig, Leopold!« sagte sie, und der Knabe führte die schwere Frau vorsichtig die Treppe hinauf.

10

Das Gefängnis lag mitten in der Stadt. Chindler wünschte seine Tochter nicht zu sehen, bevor er nicht wußte, was eigentlich gegen sie vorlag. Auch Helmberger benachrichtigte er vorläufig nicht. Vielleicht war die Verhaftung wirklich ein Mißverständnis. Dann machte man die Sache nur schlimmer, wenn man große Glocken läutete. Auch Elisabeth ging erst am Abend folgenden Tages ins Gefängnis. Es war ihr einfach eingefallen, daß gerade gegenüber dem Eingang ihr Hausarzt wohnte, und sie genierte sich. Gegen sechs Uhr betrat sie das Gebäude, von dem sie bis dahin lediglich in der Zeitung gelesen hatte.
Man wies sie in ein Zimmer und ließ sie warten. Chindler hatte ihr eingeschärft, sich nichts gefallen zu lassen und sich in jeder Hinsicht so zu benehmen, wie es der Frau eines Mannes seiner Stellung zukomme. Aber Elisabeth merkte gar nicht, daß man sie warten ließ. Was soll ich ihr nur sagen? dachte sie, was soll ich nur sagen? Wie soll ich sie behandeln? Wie eine Gefangene? Das kann doch nicht... Sie war so aufgeregt, daß sie plötzlich nicht mehr wußte, wie ihre Tochter

aussah, und fortwährend das verrunzelte Gesicht Friederikens vor ihren Augen erschien.
Endlich kam jemand und blieb vor ihr stehen. Elisabeth stand auf und sah, daß sie ihre Tochter vor sich hatte.
»Guten Tag, Mama«, sagte Maggie und lächelte.
Dieses Lächeln brachte Elisabeth um den Rest ihrer Fassung.
»Wo du weißt, was ich leide! Wo du weißt, daß ich zwei Söhne, deine Brüder, im Felde habe, die jeden Augenblick getötet werden können... wo du das alles weißt, tust du mir auch das noch an...«
Maggie lächelte nicht mehr. Sie legte die Hände auf den Rükken und betrachtete ihre Mutter schweigend, erstaunt, traurig. Elisabeth merkte nicht, daß Maggie schwieg, oder richtig gesagt, sie nahm es nicht zur Kenntnis. »Nur Verbrecher kommen hierher«, sagte sie, weiterplappernd, als ob sie neben ihrer Schwägerin säße, »nur Verbrecher! Sage mir wenigstens, was du getan hast, damit ich weiß, woran ich bin... damit ich es auch deinem Vater sagen kann, der ein anständiger Mensch ist, als daß er sich hier noch auskennte... Sprich doch endlich... mir kannst du alles sagen! Denn nun siehst du ja vielleicht selber, wohin dich die Geheimnisse gebracht haben, die du vor deiner Mutter gehabt hast!«
»Warum lachst du denn in einem fort so entsetzlich?« fuhr Elisabeth fort. »Wie kann man denn in einem solchen Hause überhaupt noch lachen? Setz dich doch! Ich kann nicht stehen. Ich bin gebrochen. Setz dich, damit ich dich sehen kann...«
Maggie schaute in die Ecke des Zimmers. »Zuerst hast du wie ein Polizist gesprochen«, sagte sie leise, »dann wie ein Untersuchungsrichter, zuletzt wie... ich weiß auch nicht wie... wie eine alte Gouvernante. Und du bist meine Mutter!« Sie ging um den Tisch herum, das einzige Möbel, das in dem engen, vergitterten Raum stand, und setzte sich ihrer Mutter gegenüber.
Elisabeth mußte ihre Tasche auf den Tisch legen, so heftig zitterten ihre Hände. »Wie hast du mich eben genannt?« fragte sie, sich mühsam beherrschend, »was hast du eben zu deiner Mutter...« Sie hielt inne. Ihre Augen hatten nun lange genug ihre Tochter betrachtet... wer saß ihr denn da gegenüber?

Maggie hatte sich, obwohl sie noch so jung war, zum zweiten Male in ihrem Leben sehr verändert. Die Lippen ihres hübschen, frischen Mundes waren schmal geworden und an den Enden eingekerbt. Unter den Augen hatte sie zwei braune, tiefe Ringe. Ihre Wangen waren bleich, und auf ihren zerarbeiteten Händen traten die Adern deutlich hervor.
»O lieber Gott, wie du dich verändert hast«, sagte Elisabeth.
»Ja, ich habe viel erlebt, ich habe mich sehr geändert, Mama...«
Die beiden Frauen schwiegen.
»Willst du nicht mehr mit deiner Mutter sprechen?« fragte Elisabeth, und ihre Stimme klang zitternd und bittend. Sie erinnerte sich, daß es der Fluch ihres Lebens war, immer alle Menschen, ihren Mann, ihre Kinder bitten zu müssen, sie möchten doch mit ihr reden. Kam sie denn nicht zu allen? Rieb sie sich nicht für alle auf? Ach, von Gegenliebe und Dankbarkeit merkte sie keine Spur, aber ihr Herz dürstete danach wie ein Baum in der Sonne durstet.
Und hier... hier im Gefängnis... nein... das war doch die Welt auf den Kopf gestellt, daß sie hierher kam, sie die Untadelhafte, zu diesem Mädchen, das man hatte einsperren müssen, und daß nun sie hier um Liebe betteln sollte, statt daß man ihr zu Füßen sank, weil sie gekommen war! Das ging zu weit. Elisabeth wollte aufstehen und das Zimmer verlassen. Aber sie konnte sich doch nicht aufraffen.
»Ich habe in letzter Zeit oft darüber nachgedacht«, sagte Maggie, während sie das Gesicht ihrer Mutter auf das genaueste betrachtete, »oft darüber gegrübelt, woher es wohl kommt, daß wir so verschieden sind, wir Kinder und ihr Eltern...«
»Wir sind nicht verschieden«, sagte Elisabeth hastig. »Du bist vom rechten Weg abgewichen.« Dann aber schaute sie ihre Tochter furchtsam an. »Glaubst du wirklich, daß du nun gar nicht mehr wie wir bist?« fragte sie, als Maggie schwieg.
Maggie nahm die Hand ihrer Mutter zwischen ihre Hände.
»Seit zwanzig Jahren bin ich so wie ich bin, aber du hast es nie gemerkt.«
»Nein, nein«, sagte Elisabeth, »früher warst du nicht so! Früher warst du ganz anders!«

Die Tür wurde aufgeschlossen. Ein Wärter ließ einen jüngeren Assessor eintreten. Maggie mit einem Blick maßloser Neugier betrachtend, näherte er sich Frau Chindler und teilte ihr mit, er bedauere außerordentlich, der Überbringer einer schlechten Nachricht zu sein, aber die Sprechzeit sei abgelaufen. Außerdem habe der Herr Untersuchungsrichter ein neues Verhör anberaumt. Elisabeth schaute den Assessor an. War sie nicht eben erst gekommen? Hatte man nicht eben gerade begonnen, sich zu unterhalten? Maggie hatte ja noch gar nichts gesagt... Weswegen war sie denn im Gefängnis? Was sollte Elisabeth ihrem Mann berichten?
Der Assessor betrachtete die Krankenschwester, die er sehr hübsch fand, ein seltener Gast in diesen Räumen.
Elisabeth erhob sich; den Untersuchungsrichter konnte man nicht warten lassen. Auch Maggie stand auf. »Ich erwarte von euch«, sagte sie, »besonders von Papa, daß ihr mich hier so rasch wie möglich herausholt...«
»Du hast mir noch nicht gesagt, was du getan hast«, sagte Frau Chindler leise. Sie genierte sich vor dem Assessor.
»Ich habe nichts getan«, antwortete Maggie laut, »ich bin eure Tochter... Papa soll herkommen! Ich will ihn sprechen!« Dann folgte sie einer Wärterin, die eingetreten war.
»Ich komme morgen wieder«, rief Elisabeth.
Maggie winkte mit der Hand, und die Tür fiel zu.
»Darf ich Sie zum Ausgang begleiten?« fragte der Assessor, »unser altmodisches Haus hat so viele Gänge, daß sich ein Fremder leicht verirrt.«
»Danke sehr«, sagte Elisabeth.
Die Unterbrechung ihrer Unterhaltung hatte sie noch mehr verwirrt als das Gespräch selber, das ihr jetzt erst langsam ins Bewußtsein kam. Wie hochmütig war dieses Mädchen, wie unsagbar hochmütig, wo es doch verhaftet war...
Der Assessor machte eine knappe Verbeugung und verabschiedete sich. Elisabeth blieb in der gotisch gewölbten Eingangshalle stehen, um sich zu sammeln. Was sollte sie ihrem Mann sagen? Sie beschloß, ihm die ganze Unterredung zu berichten, genau so, wie sie gewesen war. Dann verließ sie das Gefängnis.
Es war Abend geworden, und auf der Straße brannten die La-

ternen. Ein feiner Sprühregen schlug der Gehenden ins Gesicht. Elisabeth öffnete ihren Schirm.
»Wie war's denn in diesem hübschen Häuschen?« fragte plötzlich eine Stimme direkt an ihrem Ohr, eine die s-Laute zischende Stimme, die so fürchterlich war, daß Elisabeth vor Angst beinahe um Hilfe gerufen hätte. »War's schön? Na, schön wird's nicht gewesen sein... aber etwas fürs Mutterherz...«
Elisabeth drehte sich um und erblickte Frau Vierling, die sie mit funkelnden Augen, wie sie Verrückte haben, starr ansah.
»Was wollen Sie denn von mir!« sagte Elisabeth, »lassen Sie mich los... ich rufe die Polizei...«
»Haben Sie noch nicht genug Polizei im Haus?« fragte die Stimme, die immer an ihrem Ohr blieb, »laufen Sie doch nicht so, das macht die Leute erst recht auf uns aufmerksam.«
Elisabeth ging langsamer. Sie hatte sich wieder gefaßt.
»Was wollen Sie von mir?« fragte sie, ihren Schirm senkend.
»Mein Beileid aussprechen, mein herzlichstes Beileid. Sie haben es zwar nicht getan, als ich mein einziges Kind verlor, mein einziges Kind, denken Sie einmal daran, aber warum soll man Gleiches mit Gleichem vergelten? Schauen Sie mich doch nicht so bös an. Ich habe *so* lange auf Sie gewartet. Seit man Ihre Tochter Bisdorferstraße 74 einlogiert hat, stehe ich hier. Sie haben sich Zeit gelassen, Mutterherz, das muß ich sagen, viel Zeit gelassen... Das dauerte ja beinahe so lange wie die Beerdigung meines Sohnes... Ob Sie sich wohl noch an meinen Sohn erinnern, der einmal der Freund Ihres Sohnes war? Oder vergißt man so was? Na, jetzt kann ich ja gehen.«
Sie machte eine Bewegung, als ob sie gehen wollte.
»Ja, gehen Sie«, sagte Elisabeth.
Sofort blieb Frau Vierling stehen. »Weswegen wollen Sie mich denn los sein?« fragte sie. Sie wollen immer die Menschen los sein! Meinen Sohn wollten Sie doch auch los sein! Jetzt sind Sie ja ihre Tochter los! Wie schmeckt das wohl! Immerhin! Ihnen bleiben noch vier Kinder... Mir blieb... Ja, wenn ich das wüßte, was mir eigentlich geblieben ist!«
»Wie sehr ich unter dem Tod Ihres Sohnes gelitten habe, kann ich Ihnen mit Worten gar nicht sagen«, flüsterte Elisabeth.
»So... Sie haben gelitten? Ach...« Frau Vierling schüttelte

den Kopf, so daß die langen, herabhängenden Ohrringe wakkelten. Überhaupt war sie, wie Elisabeth jetzt erst bemerkte, sonderbar aufgetakelt, mit einer maskenhaften Eleganz angezogen.
»Vielleicht habe ich einen Fehler gemacht, daß ich nicht vorher, als noch Zeit war, mit Ihnen sprach...«
»Einen Fehler... einen...« sagte Frau Vierling gellend. »Sie haben viele Fehler gemacht, werte Dame, einen Sack voll, einen Wald, eine Logarithmentafel voll!«
Die ist verrückt, dachte Elisabeth plötzlich.
Frau Vierling beobachtete sie genau. »Sie denken, ich sei verrückt... Da täuschen Sie sich, ich bin normal wie eine alte Jungfer... ich bin nämlich eine alte verheiratete Jungfer und dazu haben Sie mich gemacht... oder können Sie vielleicht meinen Schoß reparieren und meinen Mann dazu? Das können Sie nicht, sagen Sie. Ja, wenn das so leicht wäre wie schießen... bumm... fertig... tot. Ich muß jetzt zu meinem Sohn gehen... sehen Sie... ich mache auch meine Besuche wie Sie... Guten Tag, Frau Chindler, nein... geben Sie mir nicht Ihren Handschuh... o Hölderlin, mein größter Wunsch wäre, Sie nie mehr wiederzusehen! Aber diese Stadt ist klein und die Straßen sind so eng... man wird immer angerempelt, und dann sind Sie es... Was wohl mein Sohn sagen wird, wenn ich ihm erzähle, was Ihnen passiert ist? Ob er lachen wird? So...?«
Sie öffnete ihre schwarzbehandschuhte Hand und ließ einen kleinen, aus Elfenbein geschnitzten Totenkopf sehen, wie man ihn manchmal an Kruzifixen findet.
Elisabeth erschrak so heftig, daß sie zusammenfuhr.
»Herrjemine, wie Sie erschrocken sind«, lachte Frau Vierling. »Da merkt man doch, daß Sie noch keinen Toten im Haus haben... Kommt noch... kommt alles noch...«
Wie eine Tänzerin drehte sie sich auf dem Absatz um und ging fort. Elisabeth blickte ihr lange nach.

11

Maggie wanderte in ihrer Zelle auf und ab. Nun war eingetroffen, was Caspar Koch ihr viele Male vorausgesagt hatte:

wenn ihr etwas zustoße, werde ihre Familie die letzte sein, die sich um sie kümmere. Maggie hatte es nicht glauben wollen; sie sei die einzige Tochter, ihre Brüder seien auch noch da, ihre Mutter habe zwar eine harte Haut ums Herz, aber trotzdem ein Herz.
Schließlich hatte sie mit Koch nicht mehr über das Thema gesprochen. Sie liebte es nicht, wenn er solche Erörterungen zum Anlaß nahm, Eimer voll beißender Bemerkungen (an denen er unerschöpflich war) über ihre Familie zu schütten. Sie betrachtete sich als seine Frau, hatte sie ihm ein für allemal geantwortet, und sie handle mit ihm und für ihn, sowohl aus Liebe als auch aus Überzeugung. Jawohl, er habe sie überzeugt, sie teile seine Ansichten, und brauche keine Rückversicherung. Wenn sein Weg gefährlich sei, so sei es ihrer eben auch; die tausend andern, die ihn gingen, hätten auch keine Eltern für alle Fälle im Hintergrund. Auf Koch wolle sie bauen, auf sonst niemanden.
Koch hatte geschwiegen, nach seiner Gewohnheit, fruchtlose Erörterungen an einem gewissen Punkt abzubrechen. Aber Maggie wußte, daß er das, was sie ihren Stolz und er ihre Hartnäckigkeit nannte, nicht billigte; seinen Ansichten entsprach mehr, Hilfsmittel, die in Reichweite waren, zu gebrauchen, mindestens zu versuchen, sie zu gebrauchen.
Maggie setzte sich auf die Pritsche. Das Licht war ausgelöscht worden; aber ihre Gedanken verscheuchten den Schlaf. Jetzt, wo es zu spät war, erkannte sie, daß sie sich noch weit falscher benommen hatte, als ihre Mutter. Daß es in dieser verd... Zelle kein Telefon gab! Mit fünf Sätzen hätte man alles wiedergutmachen können, was man nun bis zum nächsten Wiedersehen mit sich herumschleppen mußte, giftiges Gepäck für die Nerven.
Natürlich war das Jammern ihrer Mutter aufreizend. *Ich leide, ich* bin gebrochen, *ich* bin, ich weiß nicht was, *ich*, ich, ich, ich, ich...! bis zum Überdruß immer nur ich und noch einmal ich!
Aber das wußte sie doch... das war ihr doch nun im Umgang mit Koch klar geworden, daß diese... nun ja... die Sorte von Menschen so reagierte, um die Wahrheit zu sagen – nicht besonders mutig.

Wie dumm, wie widerwärtig, wie demütigend, daß Koch recht behielt, der dieses Verhalten vorausgesagt hatte!
Ach, ich verlange ja gar keine Hilfe, dachte Maggie, obgleich ich jetzt jede Hand anfassen würde, die mich aus diesem stinkenden Loch herausholen könnte... aber wie langweilig war das alles.
Sie verspürte Lust, eine brennende Lust, die ihr das Blut zu Kopf trieb, ihrer Mutter oder jedem, der sonst kommen würde, vor Beginn der nächsten Unterredung zu sagen: Es gibt zwei Seiten in dieser Sache: Meine und die andere, auf der die Polizei sitzt. Entscheide dich für eine. Wenn du dich entschieden hast, stell dich auf die gewählte Seite, aber ganz und gar, ganz und gar!
Wie dumm der Untersuchungsrichter war. Der Mensch hatte ja keine Ahnung von dem, was in der Arbeiterschaft vor sich ging.
Wie still es war... Viel stiller als im Krankenhaus. Was man wohl dort dachte?
Ach, das war ja ganz gleichgültig. Immerhin, ihre Verwundeten würden ihr alle den Daumen halten!
Ja, wie dumm der Richter gewesen war, halb frech, halb verlegen. Bis jetzt hatte er ihr nicht das geringste nachweisen können. Koch mußte sich wunderbar benommen haben. Klug, listig, ach, wie sehr liebte sie ihn! Sein gespanntes Gesicht, seine scharfen Augen, seine kräftigen Hände...
Wenn Mama morgen kommt, werde ich nett mit ihr sein und sie trösten, dachte Maggie und benickte ihren Entschluß mehrmals mit dem Kopf. Dann nahm sie ein Adalin, das sie gut versteckt gehalten hatte, und schlief ein.

12

Karl Chindler kam, seit zwei Jahren zum erstenmal, wieder in sein Elternhaus. Er hatte sich die Haare wachsen lassen, war bleich und schweigsam. Die Verhaftung seiner Schwester interessierte ihn sehr. Er ließ sich jede Einzelheit erzählen und hörte zu, ohne viel zu sagen. »Das ist sehr ärgerlich«, sagte er schließlich.

Sein Vater wunderte sich über diesen Ausruf.
»Sehr ärgerlich...« wiederholte Karl nach einer Weile. »Ich habe nämlich die Absicht, mich zu verloben...«
Diese unter anderen Umständen erfreuliche Nachricht wurde mit bedrücktem Schweigen aufgenommen.
»Mit wem? wenn man fragen darf?« sagte Theodor Chindler nach einer Weile.
»Mit Fräulein Viegabel...«
Da niemand diesen Namen bisher gehört hatte, wurde weiter geschwiegen.
»der Name ist nicht sehr hübsch... was?... Sie schreibt sich übrigens ohne h... aber sie ist sehr reich... Sehr vermögend«, wiederholte Karl nach einer Weile. »Übrigens auch sehr nett... aber jetzt... kann man da gar nichts machen? Wenn Maggie vor Gericht kommt, wird das sehr unangenehm für unseren Namen...«
Nach dem Essen kam Ernst Chindler, und der Bericht über Maggies Verhaftung wurde aufs neue durchgesprochen.
»Ach was«, sagte Ernst. »Im Krieg werden viele Leute verhaftet. Ich möchte wissen, was Maggie getan hat, und ich sage euch offen, ich verstehe nicht, daß ihr hier herumsitzt, als wäre eines gestorben, statt euch den besten Rechtsanwalt aus Berlin kommen zu lassen.«
Dieser Betrachtung der Dinge wunderte Elisabeth. Daß man unschuldig ins Gefängnis kommen kann, das war ihr bis jetzt nicht eingefallen.
Theodor Chindler widersprach. »Es hat sich herausgestellt, daß der Koch, bei dem man eure reizende Schwester verhaftet hat, ein übler Umstürzler ist. Wenn meine Söhne Lust haben, sich hinter eine Sozialistin zu stellen, so mögen sie tun, was sie wollen, ich denke jedenfalls nicht daran!«
»Einen Rechtsanwalt nehmen bedeutet noch nicht, mit Maggie einverstanden sein«, sagte Elisabeth ängstlich.
»In meinem Haus wird kein Sozialismus verteidigt«, sagte Chindler.
Damit verließ er das Zimmer.
»Ich wollte, ich wäre tot«, sagte Elisabeth und weinte.
Als sie ins Gefängnis zu ihrer Tochter ging, begleitete Ernst sie ein Stück. Dann bog er ab und ging zum Bahnhof, wo seine

Frau gegen sechs Uhr ankommen sollte. Elisabeth ging so rasch sie konnte. Sie zitterte davor, abermals von Frau Vierling angesprochen zu werden.
Die Droschke, in der Lilli vor der Villa Chindler vorfuhr, ächzte unter der Last zahlloser Koffer. Luise hatte sich neben den Kutscher setzen müssen, während Ernst seitwärts zur Hälfte heraushing. »Uff«, sagte der Kutscher, als der Wagen hielt, »das hätte man auf zwei Fuhren verteilen können.«
Lilli stellte sich auf die Straße und zählte nach, ob kein Stück fehle. Dann drehte sie sich um und betrachtete das Haus. »Was für ein närrischer Turm ist euer Haus«, sagte sie, »warum hat man denn das alles so in die Luft hinaufgebaut? Wie verrückt... wie viele Treppen muß ich denn da hinaufsteigen, bis ich im Fremdenzimmer bin? Nein, das ist blödsinnig! Auf jedem Treppenflur wird ein Verwandter stehen und mich anstarren... wenn ich das bedacht hätte, wäre ich nicht gekommen... Weißt du, Ernst... Ernst... wo bist du denn, ach da, ja, weißt du, ich werde uns in Berlin ein Haus bauen lassen, das nur ein Stockwerk hat, alle Zimmer müssen nebeneinander zu ebener Erde liegen... ich habe schon mit einem Architekten gesprochen... einem reizenden Architekten... man hat ihm den rechten Arm abgeschossen, aber er zeichnet mit der linken Hand... ganz vorzüglich... ich habe die Pläne bei mir... ach, muß ich wirklich auf diesen Turm klettern, gibt es keinen Hinteraufgang? Sicher wird die ganze Familie im Halbkreis versammelt sein... Ernst... ich bitte dich, gehe vor und sage, daß ich Kopfschmerzen habe und niemand sehen kann... bitte, gehe vor... Luise... bleiben Sie bei mir... so... also jetzt auf, hinauf zu den Raben und Adlern!«
Ernst war solche Ausbrüche seiner Frau gewohnt und wunderte sich lediglich über Lillis Absicht, sich in Berlin ein Haus bauen zu lassen. Was sollte er, ein bayrischer Militär, in Berlin? »Wie kommst du auf den Gedanken, nach Berlin zu ziehen?« fragte er.
»Ach ja, das habe ich dir noch gar nicht geschrieben. Wenn der Krieg aus ist, ziehen wir nach Berlin. Dann mußt du sowieso immer Zivil tragen, weil ich nie mehr eine Uniform se-

hen will. Wir sprechen noch darüber... Gehe jetzt und begrüße deine Familie. Komm Luischen...«
Darüber werden wir allerdings noch sprechen, dachte Ernst und ging ins Haus.
Elisabeth kam das zweite Mal weit verwirrter aus dem Gefängnis als am Tag zuvor. Gestern hatte sie klagen können, was sie beruhigt hatte; heute hatte ihr Maggie, die still und zärtlich gewesen war, mancherlei von Koch, diesem entsetzlichen Koch, den sie also wirklich liebte, erzählt und von ihren sozialistischen Ideen gesprochen, von denen sie anscheinend völlig überzeugt war. Diese Irrlehren in Maggies Kopf (und vor allen Dingen das Liebesverhältnis mit einem Agitator) bedrückte Frau Chindler weit mehr als Maggies Verhaftung. Auf dem Weg zum Gefängnis hatte sie beschlossen, dem Rate ihres Sohnes Ernst zu folgen und einen guten Rechtsanwalt zu Rate zu ziehen. Jetzt, nach Maggies Erzählungen, mußte sie ihrem Mann recht geben; als gläubiger Katholik und Zentrumsmann konnte er sich nicht hinter eine Sozialistin stellen! Und wie frech Maggie geworden war! Als sie ihr Karls Absicht, sich zu verloben, erzählte, hatte sie wörtlich geantwortet: »Koch stößt sich ja auch nicht an Karl, also braucht sich Fräulein Viegabel auch nicht an Koch zu stoßen!«
Die Suppe war längst kalt, und das Fleisch, das kostbare Fleisch sicher verhuzzelt, als Lilli endlich die Treppe herunterkam. Elisabeth, ständig nervöser werdend, hatte bald auf die Uhr, bald auf ihren Mann gesehen; aber auf Lilli wartete Chindler schweigend, ohne ein Wort des Vorwurfs zu sagen.
Strahlend, lächelnd und schöner als je, ja sogar jünger als je, wie Elisabeth voller Verwunderung sah, betrat Lilli endlich den Salon und begrüßte ihren Schwiegervater so herzlich, daß der Professor vor Glück und Rührung keine Worte fand.
Einen Augenblick schien mit Lilli bessere Laune unter die Anwesenden gekommen zu sein; aber bei Tisch erlosch sie wieder. Niemand wußte, worüber er reden sollte. Die Fremde, wie Karl seine Schwägerin nannte, wenn er unter vier Augen mit seiner Mutter sprach, störte. Er lehnte sich zurück und betrachtete Lilli. Sie war schöner als Anna Viegabel, das mußte er zugeben, aber lange nicht so reich und seiner An-

sicht nach affektiert, wo Anna natürlich war. Diese Erwägungen besserten seine Laune.
»Wie geht es Maggie?« fragte Lilli plötzlich und unbekümmert, als wieder einmal alle schweigend löffelten.
»Hat dir Ernst nicht erzählt, was geschehen ist?« fragte Elisabeth ängstlich.
»Doch, doch, sie ist im Gefängnis, ich weiß es. Wie geht es ihr dort? Wird sie gut behandelt?« Leopold strahlte. Lillis mutige Art, über Maggie zu reden, gefiel ihm sehr.
»Man wird sie behandeln wie alle anderen Gefangenen auch«, sagte Karl.
»Und das erlaubt ihr?« fragte Lilli.
Elisabeth sah nach ihrem Mann, ob der nichts sagen wolle. Als er schwieg, antwortete sie: »Was sollen wir tun?«
Nach dem Essen ging Lilli schweigend im Salon auf und ab. Ernst hatte seinen Bruder in ein Gespräch über die Lage an dessen Frontabschnitt verwickelt. Elisabeth strickte, der Professor rauchte.
»Kann man Maggie besuchen?« fragte Lilli plötzlich, ohne sich an jemand Bestimmten zu wenden.
»Das wird nicht gehen«, sagte der Professor, während Elisabeth aufatmete, weil sie nicht antworten mußte. »Außer ihrer Mutter und mir hat niemand die Erlaubnis, sie zu sehen.«
»Ich werde den Polizeichef bitten«, sagte Lilli.
»Das wirst du nicht tun«, sagte der Professor. Erstaunt, aber auch erschrocken, hörte Elisabeth, daß er zum ersten Male in seinem Leben so scharf gegen Lilli wurde.
»Dann reise ich ab«, sagte Lilli.
Allgemeines, jähes Schweigen.
»Komm, Ernst«, sagte Lilli in das Schweigen hinein, »ich will sofort reisen.«
»Geliebtes Kind«, sagte Elisabeth, »versetze dich doch ein wenig in unsere Lage... ich meine, verstehe doch...« Sie fand keine Worte.
»Nein«, sagte Lilli kalt. »Ich habe es satt, mich von euch wie eine Hergelaufene behandeln zu lassen. Das könnt ihr mit eurer Tochter machen, die sich nicht wehren kann, aber nicht mit mir.«
Elisabeth rang die Hände. »Wer behandelt dich denn schlecht?

Wenn du wüßtest, wie sehr mein Mann dich liebt...«
»Ich frage, aber man antwortet mir nicht. Das... gehört sich nicht. Aber das ist alles egal. Entweder gehöre ich zu euch, dann habt ihr mit mir über Maggie zu sprechen, oder ich gehöre nicht hierher, dann will ich nicht stören, sondern abreisen, und zwar umgehend.«
»Niemand spricht von Maggie«, sagte Elisabeth. »Was soll man denn sprechen? Sie ist doch gefangen! Sie ist doch gegen die Regierung...«
»Papa ist auch gegen die Regierung«, sagte Lilli. »Dann müßte er auch gefangen werden...«
»Du sprichst kühne Worte«, sagte der Professor.
»Man hat mir erzählt, was du mit dem Erzbischof gesprochen hast, als du das letzte Mal in Bayern warst«, sagte Lilli trotzig und triumphierend. »Du hast gegen Tirpitz und gegen Ludendorff gesprochen...«
»Herr von Tirpitz ist nicht die Regierung«, sagte Karl.
»Das ist gleichgültig«, sagte Lilli. »Eure Schwester macht genau das gleiche wie ihr alle. Sie hat Politik gemacht wie ihr alle. Du brauchst gar nicht mit den Achseln zu zucken, lieber Karl, ich habe die Briefe gelesen, die du an Ernst geschrieben hast. Ist es wahr oder nicht, daß du den Krieg zum Kotzen findest?«
»Ein Mann, der seit zwei Jahren im Graben kämpft, hat das Recht auf eine Meinung.«
»Eure Schwester kann nicht im Graben kämpfen, weil sie eine Frau ist. Daraus folgt nicht, daß sie keine Rechte hat.«
»Natürlich hat Maggie Rechte«, sagte Elisabeth, »aber doch nicht diese...«
Lilli betrachtete ihren Mann.
Er saß im Sessel und streichelte den Hund. Sie wandte sich wieder an ihre Schwiegermutter.
»Es kann sein, daß ihr mich alle nicht kennt. In diesem Falle muß man sich kennenlernen...
Ich bin keine Sozialistin«, fuhr Lilli fort, »ich weiß gar nicht genau, was das überhaupt ist. Aber ich...«
Das Mädchen kam ins Zimmer und sagte, Herr Professor Chindler werde am Telefon verlangt. Chindler ging hinaus. Lilli, die mitten im Satz unterbrochen worden war, blieb

nachdenklich stehen. Dann ging sie langsam durchs Zimmer und setzte sich in den Erker, der nach der Straße angebaut war. Leopold beobachtete sie und fand, daß das elegante Kleid, das sie trug, plötzlich nicht mehr zu ihr paßte. Es war nicht dazu geschaffen, eine Frau zu bedecken, die nachdachte.
Lilli saß mit übereinandergeschlagenen Beinen, halb schauend, halb denkend. Die gelbe Tapete des Zimmers war mit Bildern behängt. Über dem Sofa, auf dem Elisabeth Chindler saß, hingen mehrere Porträts von Männern und Frauen, dicke und dünne Gesichter, solche mit weißen Perücken, andere in Uniformen versunkener Zeiten. Sie waren nicht tot, das Haus, in dem sie verstaubten, hatte sie ausgelöscht. Auf der gegenüberliegenden Wand hingen Seestücke und Landschaften, in holländischer Manier, aber von mittelmäßigen Malern gemalt. Schiffe, Bäume, Reiter. Nichts fuhr, nichts blühte, nichts bewegte sich. In welchen Zeiten lebten die Menschen, die dieses Zimmer bewohnten? Wie sehr hatte ihre Familie gespottet, erinnerte sich Lilli, als sie Ernst Chindler geheiratet hatte. Das Leutnantchen sei ja hübsch und elegant, aber die Familie... Parlamentsstänkerer, verkrachter Professor. Erstens heiratet man nicht eine Familie, sondern einen Mann, hatte Lilli geantwortet, zweitens... Sie betrachtete Elisabeths verblühtes Gesicht, nicht alt, sondern abgenutzt, nicht gereift, sondern trocken geworden, nicht durch Erfahrung gebildet, sondern müde, nicht glücklich, aber auch nicht unglücklich, nicht froh, aber auch nicht traurig, nicht stolz, nein, wahrhaftig nicht stolz, noch nicht einmal selbstbewußt, aber gierig, energisch, auf der Truhe sitzend, in der sie Besitztümer verwahrte.
Sie betrachtete Karl. Bleiches Gesicht, aber klug, sehr klug. Sie erinnerte sich seiner gesalzenen Bemerkungen in Briefen an seinen Bruder, über den Krieg, die Kriegführung, die Dummheit der Politiker, die mit den Generalen nicht fertig würden, über das Mißverhältnis zwischen Armut und Reichtum in einem Krieg, in dem die Armen die Armee bildeten. Anna Hey hatte ihr erzählt, daß er schon zweimal wegen hervorragender Tapferkeit öffentlich erwähnt worden war. Davon sprach er nicht. Lilli wußte nichts von Karls Absicht, sich zu verloben, und daß er sich darum über Maggies Verhaftung

ärgerte, die ihn störte. So entging ihr dieser Zug seines Charakters, aber daß er berechnend war, wie alle Menschen in diesem Zimmer, das wußte sie auch so.
Theodor Chindler kam ins Zimmer zurück. »Maggie ist aus der Haft entlassen«, sagte er. »Man hat ihr nichts nachweisen können, sie scheint wirklich nur einen harmlosen Verkehr mit diesem Koch gehabt zu haben.«

13

Alles hatte sich auf seine Zimmer begeben.
»Wenn Maggie schon um zehn Uhr entlassen wurde, müßte sie doch hier sein«, sagte Elisabeth zu ihrem Mann, der gerade seine Schuhe auszog, was seines Bauches wegen kein einfacher Vorgang war.
»Laß mich in Ruh!« sagte Chindler und dehnte die befreiten Zehen, »sie wird wohl ins Krankenhaus zurückgegangen sein.«
Leopold lag im Bett und las Büchners Briefe an seine Familie.
Karl hatte Ernst in sein Zimmer geholt, um ihm Näheres über die Familie seiner Braut zu erzählen. »Diese Industriellen«, sagte er, »sind eine andere Rasse. Wenn ich dir meinen Schwiegervater schildern wollte, müßte ich bis morgen früh sprechen. Er ist dick und reich, völlig ungebildet, aber klug, gegen den Lehmann, aber besoffen chauvinistisch, ein kahler Heide, aber streng lutherisch, was übrigens auch für mich der katholischen Trauung wegen sehr unangenehm ist.«
»Wann willst du heiraten?« fragte Ernst.
»Wenn ich das wüßte. Ich kann doch die Frau nicht an die Front mitnehmen ... wozu also heiraten? Ich bin ganz unentschlossen ... Ich könnte mir natürlich ein Schloß kaufen, wenn ... aber schließlich heiratet man ja nicht ein Haus ... Du scheinst müde zu sein«, sagte er, als Ernst kein Wort sagte.
»Es ist spät«, antwortete Ernst. »Ich habe eine Frau, die mich erwartet. Gute Nacht, und bis morgen!«
Lilli saß auf einem niedrigen Sessel, während Luise hinter ihr stand und ihr die Haare bürstete. Der Anblick der schönen

Haare machte Ernst vergnügt. Als Luise das Zimmer verlassen hatte, setzte er sich auf einen Stuhl und fing an, sich auszuziehen. Lilli schaute ihm zu. »Was tust du eigentlich?« fragte sie plötzlich. »Ich gehe schlafen«, antwortete Ernst. »Willst du etwa noch aufbleiben?«
»Ja!« Lilli trat ans Fenster, öffnete beide Flügel und sah in den Garten hinab. »Dieser Turm«, sagte sie, »daß man hier nirgends hinaus kann... in jedem Zimmer schläft ein Mensch... ich hätte nicht kommen sollen...«
»Was hast du denn?«
»Nichts!«
Ernst wußte aus den Erfahrungen seiner Ehe, daß dieses Nichts eine ganze Menge bedeutete. Er schlüpfte in seine Pantoffeln und ging ans Fenster. Lilli stieß ihn sanft, aber fest zurück. Ihre Augen waren weit aufgerissen, aber sie starrten ins Leere.
»Laß mich!« sagte sie, und etwas milder: »Ich bitte dich, laß mich.«
»Hat dich Maggies Verhaftung so aufgeregt?« fragte Ernst. »Sie ist ja wieder frei... es ist ja alles in Ordnung.«
Lilli antwortete nicht. Maggie war ihr gleichgültig. Trotzdem hatte ihr die überraschende Mitteilung des Professors, Maggie sei wieder frei, einen Schock versetzt. Das Verhalten ihrer Verwandten, das ihr Gelegenheit gegeben hatte, eine Flut von Haß und Zorn auszuströmen, die seit langer Zeit in ihr war und alle ihre Gedanken beherrschte, war plötzlich und allzu einfach abgelöst worden, und was bedeutend schlimmer war als der kümmerliche Widerstand, den man ihrer Leidenschaft entgegengesetzt hatte, war die Leere, die nun wieder schwieg, und die alte Ordnung, die sich aufs neue niedergelassen hatte.
Ernst hatte sich abgewandt und leerte Zigaretten aus einer Schachtel in sein Etui. Lilli betrachtete ihn. Da er bereits angefangen hatte, sich auszuziehen, stand er in Hosenträgern und blauen Socken vor ihr.
Ernst klappte das Etui zurück, bückte sich über seinen Handkoffer, der auf einem Stuhl stand. Dabei straffte der Steg seine Hose, und Lilli bemerkte, daß er Hey ähnlich sah. Ich werde es ihm sagen... dachte sie und ehe sie noch nachdenken

konnte, wie sie zu diesem überraschenden Entschluß kam, und ob er gut sei, fühlte sie sich tief erleichtert und von einer Last befreit.
Bis zu dieser Stunde hatte Lilli mit keinem Menschen von der Sache mit Hey gesprochen. Selbst bei ihrer Freundin hatte sie geschwiegen, teils weil sie zu mißtrauisch war, teils aber auch, weil ihr gerade das Geheimnis das Beste von jenem Vorfall bildete. Daß sie es hatte und zu bewahren wußte, gab ihr, wenn sie manchmal daran dachte, innere Sicherheit. Sie konnte also selbständig handeln, oder, wie sie in solchen Fällen zu sich selber sagte, alleingehen. Die Erkenntnis, daß dies so war, machte sie mutig und half ihr, die übrigen Teile des Erlebnisses, an denen sie lange mit Bitterkeit getragen hatte, zu vergessen.
Lilli nahm einen Stuhl und setzte sich. Ernst kramte immer noch in seinem Koffer. »Hast du mein Lavendel-Wasser gesehen?« fragte er, ohne Lilli anzuschauen. Lilli gab keine Antwort. Ja, sie wollte ihn verwunden, sie gestand es sich ein. Sie wollte ihn verletzen, um ihn aus dem unerträglichen, selbstgefälligen, ahnungslosen, so blöd-sicheren Gehabe zu wecken, das er an den Tag legte. Ja, sie wollte alles aufs Spiel setzen und auf die Probe stellen: ihre Ehe, aber auch ihre Kraft, ihren Mann, aber auch sich selbst – alles. In zehn Minuten sollte in diesem Zimmer alles anders sein – kaputt oder neu. Einen Augenblick kam ihr der Gedanke, ihrem Mann die Wahrheit zu sagen, sei auch moralisch das Rechte... (Der Gedanke, der ihr durch den Kopf fuhr, wie einem ein Zitat aus einem Klassiker einfällt, lautete: Man soll keine Lügen zwischen sich dulden.) Aber sie war zu stolz und zu kritisch gegen sich selber, um sich mit diesem Einfall etwas vorzumachen. Nein! Sie wollte ihr Geheimnis zerreißen, weil ihr das stehende, unbewegliche Leben um sie herum so verhaßt war wie ein toter Teich im Garten ihres Vaters, in den sie als Kind die schwersten Steine, die sie nur werfen konnte, geschleudert hatte, um ihn aufzurühren (ihm Wellen zu schenken) und um ihm weh zu tun, weil er ihr weh tat.
Ernst drehte sich um, lehnte sich an den Tisch, und Lilli sah seine Augen auf sie gerichtet, nachdenklich, ein wenig traurig, bittend, zu ihm zu kommen. Sollte sie noch einen letzten Ver-

such machen, um ihm zu zeigen, wie sehr er sich täuschte, wenn er sie für eine treu wartende Penelope hielt? »Ich bin«, sagte sie, »nicht mehr die Frau, welche du verließest, als du in den Krieg gingst.«
Aber Ernst war müde. Er hatte sich auf seinen Urlaub gefreut, er verlangte sich auszuruhen, nicht und mit niemandem zu kämpfen, das Leben zu genießen (das Leben daheim! sagte man im Schützengraben). Die Auseinandersetzungen mit seiner Schwester waren ihm schon zu viel gewesen. Jetzt wollte er schlafen, und nicht allein, und dort war das Bett. Genug!
»Ich kann nichts mehr von Maggie hören«, sagte er und machte eine Bewegung mit der Hand, als schöbe er etwas zur Seite. »Außerdem«, fügte er hinzu, »ist Menschen nicht zu helfen, die sich nicht raten lassen.«
Lilli stand auf. »Ich muß dir etwas von mir sagen!« Ernst sah ihr helles Kleid und hörte zu. Lilli erzählte von Heys Besuch und was daraus entstanden war; kurz, aber ohne Scheu. Zum Schluß fügte sie wahrheitsgemäß hinzu, sie habe Hey nicht mehr gesehen und auch nicht mehr den Wunsch, ihn wiederzusehen.
»Warum hast du das getan?« fragte Ernst.
»Weil ich mich langweilte.«
Ernst zündete sich eine Zigarette an und antwortete nichts. Langes Schweigen folgte, in dem Lilli nervös mit ihrem Gürtel spielte. »Warum sagst du nicht, daß es unrecht von mir war, dich zu betrügen?« Ernst schwieg und starrte vor sich hin.
»Es ist alles kaputt«, sagte sie, »siehst du, alles ist kaputt... das macht mich rasend! Ich glaube, daß ihr alle tapfer seid, wenn es schießt, entsetzlich tapfer, aber wenn es nicht schießt, seid ihr feige, unerträglich feig... Wenn man mir von dir erzählt, sehe ich einen Mann, aber wenn ich dich sehe, sehe ich nichts. Wenn ich meine Augen zumache, und meine beiden Zeigefinger ins Ohr stecke, liebe ich dich... sonst nicht! Ich wünschte, du würdest deine Uniform wieder anziehen. Denn wenn du nackt bist, bist du nur ein... ein... Ding, das nichts anhat. Das ist unerträglich. Nein... laß... bewege dich nicht... hör zu...«
»Ich bin ein einfacher Mensch«, sagte Ernst, »ich weiß es.«

»Wenn ich das könnte«, sagte Lilli, auf die nebeneinanderstehenden Betten deutend, »diese weißen Schiffe nie mehr besteigen. Wenn ich allein liege, und ich lag immer allein, ausgenommen eine einzige Nacht, fährt das dahin, und ich weiß nicht, woher es kommt und wohin es geht. Ich bin weniger als der Aal, der gegen den Strom schwimmen kann, ich bin wie eine Mücke. Du siehst aus wie ein Mann. Tu doch etwas, damit ich auch etwas tun kann... Sage mir nicht, daß du kämpfst! Ich spreche nicht von dem Teil von dir, der Franzosen totschießt! Ich habe euch alle, auch dich, heute abend beobachtet und gesehen, wie ihr seid. Eure Schwester, die mir ganz egal ist, weil ich sie nicht kenne, saß in einem vergitterten Haus. Ihr standet davor, in ziemlicher Entfernung übrigens, und schieltet manchmal abgewandten Gesichtes ein wenig hin. Keiner von euch ging auch nur einen Schritt näher an das Haus heran. Oh... du brauchst nichts zu sagen, ihr ward alle ein wenig mit einem Fenster dieses Hauses beschäftigt, das sah ich wohl. Aber wieviel mehr war jeder mit sich selber beschäftigt! Es war erniedrigend für mich, diesen Anblick aushalten zu müssen... Aber so sind sie in München auch alle. Wenn sie zu mir kommen und das Zimmer ist leer, krempeln sie ihre Seelen um, die bis zum Rand voll Mißmut sind. Aber kaum auf der Straße, lächeln sie wieder, und wenn irgendwo eine Trompete erschallt, legen sich diese Gesichter in ein Lächeln hinein und die dazugehörigen Beine fangen an, sich im Gleichschritt zu bewegen... Was soll eine Frau mit so was? Was soll ich mit dir? Ich bin ja noch nicht einmal deine Matratze. Dich anzusehen, wenn du da bist, ist schlimmer, als dich aus Erinnerungen und Hoffnungen zu bilden, wenn du fort bist.«
Ernst, der bis dahin aufrecht gesessen hatte, stützte den Kopf in die Hände. Das war die Verzweiflung, die er aus allen Briefen Lillis, selbst aus den lustigen, gespürt hatte. Nun hatte ihm der Krieg auch noch seine Ehe zerstört. Dieser Hey... dieser dreimal verfluchte Hey! Natürlich mußte man ihn niederschlagen, aber der Schuldige war er nicht. Schuldig war allein diese Frau, dieser unfaßliche Charakter, den man nicht zehn Minuten lang sich selber überlassen durfte. Was sollte er tun?

»Sprich etwas«, sagte Lilli.
Ernst schaute auf und sah, daß sie Tränen in den Augen hatte
»Wieviel Uhr ist es?« fragte Lilli.
»Zehn Minuten vor drei...«
»Komm«, sagte Lilli und faßte Ernst abgewendeten Gesichtes an der Hand, »komm, laß uns fortfahren, schlafen zu gehen, ohne müde zu sein. Heute abend kann man sich nicht mehr scheiden lassen. Oder willst du mich gleich verlassen?«
Ernst Chindler lag im Bett und schlief nicht. Von einem klaren Himmel kam helles, gläsernes Licht in das Zimmer. Ohne sich zu rühren, schaute er gegen die Decke, in deren Ecken sich die Dunkelheit verbarg. Er war ganz wach, und Fetzen von Gedanken fluteten über sein Gehirn. Er erinnerte sich der Schwarzhaarigen, mit der er in Berlin Lieder gesungen hatte, sah ihr Gesicht vor sich, aber nur die Augen, an den Mund konnte er sich nicht mehr erinnern. Dann sah er den dicken Hauptmann auf dem tief eingebuchteten Sofa. Was war aus ihm geworden?... Seines Vaters Stimme sagte etwas in seinem Kopf, das er nicht verstand, und plötzlich packte ihn genau das gleiche Gefühl, das er in Berlin empfunden hatte, ehe er sich nach Wilmersdorf mitschleppen ließ: Der Wunsch, aufzustehen und an die Front zu fliehen, einem maschierenden Bataillon nachzulaufen und sich unter die ihm bereitwillig Platz machenden Männer einzureihen. Rechts... links... rechts.... links... einer lacht... einer sagt etwas... einer antwortet... viele lachen... dann wieder Ruhe... rechts... links. Die Luft ist kalt, aber im Bataillon ist es warm... das Bataillon ist sogar stärker als die Kälte!
Ernst bewegte sich, um den Anblick der Marschierenden zu vertreiben, und sah, daß Lilli ebenfalls wach lag. Ohne ein Wort zu sagen, umarmte er sie und preßte seine Gesicht gegen ihren Hals. Ich sollte es nicht tun, dachte er dabei, es ist sicher falsch, wenn ich mich jetzt wie ein müder Junge benehme. Aber als er sie lächeln sah, hörte er auf zu denken und nahm sie.
Gegen acht Uhr erwachte er. Lilli stand in einem blauen Nachthemd vor dem Spiegel und begrüßte ihn in das Glas hinein. Dann zog sie ihren Bademantel an und ging aus dem Zimmer.

Die Sonne, die durch das weit geöffnete Fenster kam, beleuchtete eine glitzernde Unordnung. Überall standen offene Koffer, auf allen Stühlen lagen Kleider, an jedem Haken hing ein Hut. Eine Flaschensammlung, die einen Apotheker bereichert haben würde, sprühte in allen Farben über dem Waschtisch. Der Offizier betrachtete alles und dehnte sich in dem warmen Bett. Nach einiger Zeit langte er mit der Hand zu seiner Brieftasche, nahm ein Bild Lillis heraus und betrachtete es. Ich liebe sie, dachte er. Dieses Gesicht ist das einzige auf der Welt, das mir gefällt. Früher duellierte man sich... Er wälzte sich auf die andere Seite, um die blöde Gedankenverknüpfung zu vergessen, denn bei dem Wort Duell waren ihm zwei Flammenwerfer eingefallen, die sich gegenseitig mit Feuer bespritzten und dabei aufrecht und ruhig wie Feuerwehrleute standen.
Sie will sich ein Haus bauen... mag sie es tun... es wird sicherlich schön sein, darin zu wohnen... schöner als nirgends zu wohnen... ich wohne... nirgends... mag sie ein Haus bauen. Überhaupt muß sie Beschäftigung haben.
Er stand auf. Lilli kam ins Zimmer zurück. Sie trat hinter ihn, strich ihm mit der Hand übers Haar und sagte: »Im Bad ist mir das ganz klar geworden, wenn du da bist, liebe ich dich, nur wenn du fort bist... Ach nein, wahrscheinlich liebe ich dich immer. Nur... weißt du... vielleicht könnte ich drei Männer auf einmal lieben... Sei nicht böse... starre nicht so. Ich kenne ja niemanden außer dir.«
Ernst starrte geradeaus in die Wipfel der Bäume des Gartens. Wenn ich nach Hause komme, dachte er, werde ich sie zähmen.

14

Maggie war verschwunden. Auf der Polizei befand sie sich nicht mehr und ins Krankenhaus war sie nicht zurückgekehrt. Wo konnte sie sein?
Elisabeth war außer sich. Sie hatte schon zweimal mit der Polizei telefoniert, aber die Beamten wußten auch nichts. Am Nachmittag beschloß sie, in die Wohnung zu gehen, in der

Maggie verhaftet worden war. Lilli bat, sie begleiten zu dürfen. Elisabeth war verlegen, aber sie wußte nicht, wie sie das freundliche Angebot ablehnen sollte und nahm Lilli mit. Frau Sorge öffnete und musterte die beiden Frauen. Nein, Fräulein Grete sei nicht hier. Seit man sie geholt habe, sei sie nicht zurückgekommen. Herr Koch sei auch nicht da, der sitze ja noch, den habe man nicht freigelassen.
Elisabeth bat, eintreten zu dürfen. Die Alte ging voraus und führte die Frauen in ihre Küche. Elisabeth wollte das Zimmer sehen, in dem Maggie gewohnt habe. »Sie hat nie bei mir gewohnt«, sagte die Alte zornig.
Aber sie sei doch hier verhaftet worden! Na ja, sie sei halt gerade zufällig auf Besuch gewesen. Lilli hob eine Kartoffel auf, die auf den Boden gefallen war. Die Alte bedankte sich und musterte sie von der Seite. »Sind Sie die Schwester?«
»Nein, die Schwägerin.«
»Ist auch keine Ähnlichkeit.«
»Hören Sie«, sagte Lilli, »ich lasse Ihnen unsere Adresse da. Wenn Fräulein Chindler kommen sollte, sagen Sie ihr, sie möchte ihrer Mutter Nachricht geben; man ängstige sich sehr um sie.«
Die Alte legte den Zettel mit der Adresse in den Küchenschrank, und die beiden Frauen gingen fort.
»Was wird deine Familie von uns denken?« sagte Elisabeth.
Lilli dachte, meine Leute denken so und so nichts Gutes von euch, aber laut sagte sie: »Die Gedanken meiner Familie sind ganz gleichgültig.«
Elisabeth seufzte. Die beiden Frauen waren in die Kaiserstraße eingebogen, und Elisabeth blieb vor einer Konditorei stehen. In der Auslage standen zwei Torten, wie man sie damals buk, schwankende Gebilde, die sich auf einer dünnen pappdeckelartigen Unterlage aus gefärbtem Schaum erhoben.
»Komm«, sagte Elisabeth, »ich lade dich zu einem Kaffee ein, weil du so lieb warst, mich altes, trauriges Mütterlein zu begleiten.«
Lilli wehrte ab, Elisabeth sehe müde und angegriffen aus, es sei besser, sie gehe nach Hause und lege sich ein wenig hin.
»Ich wollte dir gern eine Freude machen«, sagte Elisabeth.
»Du hast sie mir mit deiner lieben Absicht gemacht«, ant-

wortete Lilli und drückte ihrer Schwiegermutter die Hand. Elisabeth war dankbar und gerührt und machte sich Vorwürfe, so oft gegen Lilli gesprochen zu haben. Sie wolle es nie mehr tun, dachte sie, nie mehr.
Als die Frauen zwanzig Schritte weitergegangen waren, trat Maggie aus der Tür des Ladens. Sie schaute sich um und sah ihre Mutter langsam die Straße hinunter gehen, den runden Hut mit dem Schleier auf dem Kopf, den langen, weiten schwarzen Rock hin- und herwehend. Einen Augenblick schien sie ihr nachgehen zu wollen, dann drehte sie sich um und ging rasch in entgegengesetzter Richtung davon. Bei der ersten Seitenstraße bog sie rechts ein und ging nun durch eine Anzahl kleiner Gassen dem östlichen Stadtteil zu. Sie wollte keine Bekannten treffen. Vor dem Seiteneingang eines kleinen Warenhauses blieb sie stehen. Sie wartete schon eine Viertelstunde, als zwei Soldaten auf sie zukamen. »Na, Fräulein«, sagte der eine, »was stehst du so einsam?«
»Ich warte auf jemanden«, sagte Maggie. An ihrem reinen Hochdeutsch merkten die Männer, daß sich hier jemand aus dem Westen in diese Gegend verirrt hatte und dies keine Adresse für sie war. »Na, da entschuldigen Sie«, sagte der Mann, der sie angesprochen hatte. Aber der andere ärgerte sich: »Sie würden sich besser eine andere Gegend aussuchen«, sagte er.
»Warum?« fragte Maggie.
»Weil eine wie Sie hier nichts verloren hat! Darum!«
»Ich habe hier zwar nichts verloren, aber viel gefunden.«
Der Zornige verstand die Antwort nicht. »Hör mal, Kleine«, sagte er drohend, »wenn du frech werden willst...«
»Wenn Sie den Krieg satt haben, lieber Mann«, sagte Maggie, obgleich sie zitterte, »brauchen Sie Ihren Zorn nicht an mir auszulassen. Da gibt es bessere Gegner als ein Mädchen, das auch genug hat.«
Der Mann verbarg seine Verlegenheit in einem schallenden Gelächter. »So was hat genug«, sagte er und schlug sich mit beiden Händen auf die Schenkel. Sein Begleiter, der mit offenem Mund zuhörte, packte ihn am Arm. »Adjöh, Fräulein«, sagte er und sich zu seinem Kameraden wendend kommandierte er: »Marsch jetzt!«

Endlich öffnete sich eine Seitentür, und einige Verkäuferinnen traten auf die Straße. Eine ging auf Maggie zu.
»Du hast sicher lange gewartet«, sagte sie, »aber der Chef ist wieder einmal verrückt.«
Bei ihrer Entlassung aus dem Gefängnis hatte Maggie in ihrer Handtasche einen Kassiber gefunden, in dem ihr Koch schrieb, sie solle nicht mehr ins Krankenhaus zurückkehren, sondern vorderhand bei Gerda Riemer unterschlüpfen und weitere Nachrichten von ihm abwarten. Am folgenden Tag brachte ihr ein Kind einen neuen Zettel Kochs, auf dem stand, das beste sei, sie ginge einstweilen nach Berlin. Er habe seinen Freund Granowski bereits verständigen lassen. Bei dessen Mutter könne sie wohnen, bis er nachkomme. Bis jetzt sei auch ihm nichts nachzuweisen gewesen; er hoffte ebenfalls bald frei zu sein.
Gerda Riemer, Verkäuferin und eine Bekannte von Koch, wohnte fünf Minuten von dem Warenhaus entfernt bei ihrer Mutter. Während Frau Riemer das Abendessen richtete, berieten die beiden Mädchen. Gerda war nicht Kochs Ansicht.
»Was sollst du ohne Geld anfangen?« sagte sie. »Ich würde an deiner Stelle nach Hause gehen und mindestens Geld von meinen Eltern verlangen. Wenn du Geld hast, kannst du nach Berlin fahren.«
Maggie hörte zu. »Meine Eltern werden mir keinen Pfennig geben«, sagte sie. Gerda konnte das nicht verstehen.
»So reiche Leute lassen doch ihre einzige Tochter nicht betteln gehen.« Reiche Leute machen das so, dachte Maggie.
Gerda zog ihre Schuhe aus und staubte sie mit einem Lappen ab. Dann zog sie Pantoffeln an. »Wenn ich noch ein halbes Jahr in der Bude herumstehen muß, habe ich Plattfüße«, sagte sie. »Mein Bauch tut mir auch so weh...« Sie zog Sweater und Hemd aus dem Rock und betrachtete ihren Leib, einen kleinen weißen Bauch, dem von außen nichts anzusehen war. »Schau mal«, fuhr sie fort und führte Maggies Hand auf ihre Haut, »hier tut alles weh, wenn man drückt und hier auch.«
»Du mußt zum Arzt gehen«, sagte Maggie.
Das Mädchen schüttelte den Kopf. »Der schneidet einem den Bauch auf, dann ist man häßlich.«
Auch Frau Riemer, eine stille, blasse Frau, redete Maggie zu,

es doch wenigstens bei ihren Eltern zu versuchen. Maggie gab ihr recht. Während Frau Riemer sprach, merkte sie, daß es ihr unmöglich sein würde, die Stadt zu verlassen, ohne sich von ihrer Mutter zu verabschieden. Schweren Herzens ging sie wieder dem Westen zu. Gerda begleitete sie ein Stück.

15

Ernst Chindler saß neben seiner Frau und betrachtete die Pläne des Architekten, von denen Lilli gesprochen hatte. »Das sind nur Pläne«, sagte Lilli, »wenn sie dir nicht gefallen, kann man neue machen.« Ernst erwiderte, das meiste gefalle ihm sehr. Es kam ihm etwas sonderbar vor, mit Lilli Pläne anzusehen. Aber er gab sich Mühe, seine Gedanken zu verbergen. Auch Lilli sah glücklicher aus, als sie war. Ihr Geständnis vom vergangenen Abend ärgerte sie. Und wie sonderbar war das Verhalten ihres Mannes. Warum hatte er nichts, kein Wort gesagt, was sollte das bedeuten? War sie ihm gleichgültig? Oder brütete er Rache? Obgleich sie immer wieder daran denken mußte, wagte sie nicht, das Gespräch noch einmal darauf zu bringen.
Karl Chindler ging mit rotem Gesicht und wütend verkniffenem Mund im Zimmer seines Vaters auf und ab. Er hatte von dem Abgeordneten 7000 Mark verlangt, um Schulden zu bezahlen. Gerade von einer vermögenden Frau könne er unmöglich als erste Gabe die Zahlung alter Schulden verlangen. Theodor Chindler weigerte sich. Er lebe von seinen Zinsen, jetzt müsse man obendrein sehen, wie man Maggie wieder auf rechte Wege bringe, er sei außerstande, einen solchen Betrag herzugeben. Karl, der sich immer von allen Menschen vernachlässigt fühlte, erklärte, unter diesen Umständen müsse er seine Verlobung rückgängig machen. Den Professor erweichte auch diese Drohung nicht. Ihm habe auch niemals jemand Schulden bezahlt, infolgedessen habe er auch keine gemacht. Elisabeth, die schon zweimal ins Zimmer gekommen war, um im Notfall Wasser ins Feuer zu gießen, kam zum dritten Male herein und holte Karl unter einem Vorwand auf

den Flur. »Hör doch auf mit ihm zu reden. Ich habe mir die Sache überlegt. Du bekommst das Geld, aber sprich jetzt nicht mehr davon. Ich werde es einrichten. Meine Mutter wird es von meinem Erbteil vorstrecken.«
Karl gab seiner Mutter einen Kuß, aber im Grunde freute ihn dieser halbe Sieg nicht. Er hätte lieber seinen Vater bezwungen.
»Geh jetzt wieder hinein und sprich von etwas anderem«, sagte Elisabeth. Da öffnete sich mit ihrem allen Hausbewohnern bekannten Quietschen die Küchentür, und Maggie trat über die Schwelle. »Maggie ist gekommen«, sagte Frau Chindler, »da bin ich aber sehr froh.« Sie umarmte ihre Tochter. Dann rief sie der Köchin zu, sie solle frischen Tee aufbrühen, und führte Maggie in den Salon. Lilli zog sich in den Erker zurück und beobachtete die Familie, die sich um Maggie gruppierte. Jeder stellte Fragen, und das Mädchen antwortete vorsichtig. Auch die Köchin, die selber den Tee ins Zimmer brachte, begrüßte Fräulein Chindler mit einem Händedruck, wobei sich auf ihrem offenen Gesicht unverhohlenes Erstaunen malte. Maggie lehnte sich zurück. Als sie die Tasse an den Mund führte, merkte sie, wie leicht und dünn das Porzellan war, wie schön seine blaue Farbe, wie vollendet die Formen der Kanne, der Zuckerdose und der Teller. Der alte Salon, in dem sie doch schon tausendmal gewesen war, kam ihr so groß wie ein Tanzsaal vor. Die helle Tapete, die Bilder, die Möbel, alles gefiel ihr, als sehe sie es zum ersten Male.
Elisabeth hatte ihren Stuhl ganz nahe an Maggie herangerückt und hielt die Hand ihrer Tochter fest, die sie manchmal mit einer leisen Bewegung ihrer Finger streichelte. Maggie war über den Empfang, den ihr die Familie bereitete, sehr gerührt. So ging eine Stunde herum, als Theodor Chindler seine Tochter fragte, was sie nun zu tun gedenke, ob sie ins Krankenhaus zurückkehren wolle oder ob sie lieber zu Hause bliebe. Maggie beugte sich ein wenig vor und antwortete, sie habe die Absicht, nach Berlin zu gehen.
»Was willst du denn in Berlin tun?« fragte Elisabeth, die sofort das Schlimmste befürchtete.
»Wie ihr gesehen habt«, antwortete Maggie, »habe ich vierundzwanzig Stunden gebraucht, ehe ich mich nach allem, was

sich begeben hat, entschließen konnte, zu euch zu kommen.«
»Das haben deine Mutter und ich weniger zu sehen als zu fühlen bekommen«, sagte der Abgeordnete trocken.
Maggie ließ die Hand ihrer Mutter los und zündete sich eine Zigarette an, um sich zu beruhigen. Dann erklärte sie, ins Krankenhaus könne sie schon deshalb nicht mehr zurückgehen, weil man dort Schwierigkeiten mache, sie wieder zu nehmen. Zu Hause bleiben wolle sie nicht und könne sie nicht, denn... sie zögerte. »Ich weiß nicht«, sagte sie nach einer Weile, »ihr sitzt hier alle um mich herum wie ein Gerichtshof um eine Angeklagte. Aber ich bin nicht mehr angeklagt... Ich bin aus dem Gefängnis entlassen«, fügte sie lächelnd hinzu, jedoch niemand antwortete ihrem Lächeln. »Ich habe die Absicht, nach Berlin zu gehen. Mehr kann ich nicht sagen.«
»Das ist neu«, sagte Theodor Chindler. »Darf ich fragen, von welchem Geld du deine Reise zu machen gedenkst? Ich hoffe, daß dir gewisse Ideen nicht derart den Sinn für die Wirklichkeit getrübt haben, daß du etwa annimmst, *ich* würde solche Ausflüge bezahlen.«
»Ich sehe nicht ein, warum du mir verweigerst, was du den Brüdern gewährtest, als du ihnen Geld für ihre Ausbildung gabst.« Das Wort Ausbildung entfesselte einen Sturm der Entrüstung, am dem sich diesmal auch Karl Chindler beteiligte. Als Maggie zu allem schwieg, konnte Elisabeth eine Frage nicht länger zurückhalten, die sie vom ersten Augenblick an bedrückt hatte. »Wird dieser Koch auch in Berlin sein?« fragte sie.
Maggie zerdrückte ihre Zigarette auf dem Teller. Was sollte sie antworten? Wie war das alles verrückt und verdreht in diesem Raum. Sie, die gegen Bohèmewirtschaft war, für die Ehe, was sie Koch hundertmal gesagt hatte, und für geordnete Verhältnisse, sie saß nun hier als die Vertreterin der Unzucht. Sie schaute sich im Kreis um und sah in allen Augen die gleiche Härte. »Man hat mir«, sagte sie nach einer Weile, »im Gefängnis ein Buch gegeben, in dem ich einen schönen Satz wiederfand: Wo du hingehst, da will auch ich hingehen; wo du bleibst, da bleibe ich auch. Dein Volk ist mein Volk und dein Gott ist mein Gott! Nach diesem Satz will ich handeln,

und wenn es auch ein wenig schwer ist, mein Verhalten zu verstehen, so bitte ich euch inständig, es zu versuchen.«
Während sie die Bibelworte laut aufsagte, hatte Maggie aufs neue gemerkt, wie schön sie waren und wie richtig. Ja, wo Koch hinging, da wollte sie auch hingehn, und wo er blieb, da wollte sie auch bleiben. Nun erst war sie völlig entschlossen, nach Berlin zu gehen, und zwar sofort.
Aber Elisabeth war nun wirklich böse. Keines einzigen Systems Anhänger ertragen es, wenn es jemand wagt, auf die Quellen zurückzugehen, die vor Zeiten einmal die gegenwärtige Doktrin gebildet haben. »Ich sehe, daß du vom Teufel besessen bist«, sagte sie, »sonst würdest du es nicht wagen, in deinem Elternhaus die Heilige Schrift zu mißbrauchen.«
Ernst Chindler wollte eingreifen. Ihm hatte Maggies Zitat, das er längst vergessen hatte, gut gefallen. Da betrat Leopold den Salon. Als er seiner Schwester die Hand gab, drückte er sie so fest, daß Maggie die ihre erschrocken zurückzog. Sie war zu sehr mit sich selber beschäftigt, um die Bewunderung und Verehrung zu bemerken, die ihr Bruder mit diesem Händedruck bezeigen wollte. Sie lächelte ihm zu und stand auf. »Ich will gehen«, sagte sie, ohne jemand von ihrer Familie anzuschauen. »Es gibt nur Streit, wenn wir weiterreden, und ich will mich nicht mit euch zanken!«
Elisabeth weinte. »Ich kann dich nicht in dein Verderben rennen lassen«, sagte sie.
»Du hast immer deine großen Worte sehr geliebt, Mama«, sagte Maggie spöttisch. Aber das Wort Verderben hatte sie zu sehr gereizt. Sie konnte sich nicht länger beherrschen. »Dein Verderben ist noch lange nicht mein Verderben. Pfui, nein, ich will das nicht mehr. Schimpft über mich, wenn ich draußen bin, aber achtet mich, solange ich hier stehe. Mein Herz klopft ohne eure Erlaubnis, meine Lunge atmet ohne euren Befehl... Ihr seid so und ich bin so...« Sie brach in Tränen aus und teils weil sie sich ihrer Tränen schämte, teils auch weil die ewigen Reden doch keinen Zweck mehr hatten, lief sie nach der Tür und hatte schon die Haustür hinter sich ins Schloß geworfen, als die Familie zur Besinnung kam.
Theodor Chinder trat an die offene Tür, wo er stehen blieb. Er kam sich wie ein Narr vor, weil ihm absolut nicht einfallen

wollte, was hier zu tun war. Auch die Brüder standen verdutzt. »Man war doch erst am Anfang der Unterredung«, sagte Karl. Elisabeth unterbrach ihn. »Nein«, sagte sie mit geballten Händen auf- und abgehend, »eine Mutter muß auch ihren Stolz haben. Wer mich verschmäht, der ist meiner nicht würdig. Wer meine Liebe nicht haben will, der bekommt sie nicht nachgeworfen... Man muß Gott mehr lieben als die Menschen... Unsittliche Verhältnisse... dann könnte ich ja nicht mehr beichten gehen. Nein, nein, Gott prüft uns, aber das ist sein Recht. Mag sie in dieses verfluchte Berlin gehen.«
Lilli trat aus dem Erker hinunter. »Daß du gerade jetzt kommen mußtest...« sagte Elisabeth zu ihr.
Lilli schaute mit Runzeln auf der Stirne die Platte auf dem Ofen an. »Maggie ist die Beste von euch allen... von uns allen...«
Theodor Chindler, der noch an der Tür stand, fuhr herum. »Ich möchte bitten, keine Kommentare zu geben«, sagte er. Ernst, der erschrocken bald seine Frau, bald seinen Vater anschaute, sah, daß der alte Mann zitterte.
Lilli lachte. »Ich bin reich«, sagte sie, »jawohl reich, unabhängig reich! Mir könnt ihr nichts befehlen, gar nichts, und auch kein Geld verweigern! Wenn ich euch sage, daß ich nach Berlin gehe, so müßt ihr vor Freude lachen.«
Theodor Chindler bewegte sich. Einen Augenblick schien er auf Lilli zugehen zu wollen, dann drehte er sich um und verließ das Zimmer. Ernst ging auf seine Frau zu. Aber Lilli stieß ihn zurück. »Immer, wer weniger Geld hat, muß hinaus«, schrie sie. »Zuerst Maggie, dann er, ich habe am meisten Geld, ich bleibe.«
Elisabeth schaute Lilli an. Ihr alter Haß gegen diese geschminkte Person wogte in ihr wie eine Flamme, aber eine ebenso flackernde Angst, ihre ganze Familie könnte an diesem fürchterlichen Abend auseinanderbrechen, kämpfte dagegen wie beißender Rauch. Wortlos ging sie auf Karl zu, reichte ihm ihren Arm und ließ sich aus dem Zimmer führen.
»Du hast recht gehabt, aber unrecht gehandelt«, sagte Ernst.
»Ah, mir ist so wohl«, sagte Lilli, »so wohl, ich bin befreit, ich könnte fliegen.«
»Maggie hätte nicht so überstürzt weglaufen sollen.«
»Sie hat sich herrlich benommen.«

Theodor Chindler kam ins Zimmer zurück. Leopold sah, daß er eine Zigarette rauchte, was er sonst nie tat. »Meinen Hut und meinen Mantel«, sagte er zu Leopold. Dann wandte er sich an Lilli. »Ich muß mein eigenes Haus verlassen, aber ich kann nicht hier bleiben. Du hast mich nicht nur gekränkt. Du hast mich beleidigt.«

»Ihr schlagt auf meine Freundin Maggie mit Fäusten ein«, antwortete Lilli, »und wundert euch, wenn ich meine Zähne benutze.«

»Ich würde meiner einzigen Tochter alles Geld zu Füßen legen, das ich besitze«, sagte der Abgeordnete, »aber ich kann es vor meinem Gewissen nicht verantworten, sie auf ihrem Weg zur Sittenlosigkeit und Volksverhetzung auch noch zu unterstützen.«

»Du unterschätzest meinen Verstand, Papa«, sagte Lilli, »wenn du mir alte Schriftsteller aus deiner Jugend zitierst. Es handelt sich hier nicht darum, Maggie zu unterstützen, sondern darum, sie nicht zu unterjochen. Niemand erwartet von dir – und sie wahrscheinlich am wenigsten –, daß du billigst, was sie tut, aber ich hätte gedacht, du würdest mindestens verstehen, daß sie einen eigenen Weg geht.«

»Jede Mark, die ich ihr gebe, bedeutet eine Mark Zustimmung zu ihrer Verblendung.«

»Darum verachten euch die Generale, weil ihr so denkt! Aber so können wir nicht weiterreden. Lege, bitte, deinen Hut wieder ab. Ich habe dein Haus zu verlassen, nicht du, und ich gehe.«

»Kannst du mir sagen, wie du an meiner Stelle gehandelt haben würdest?« fragte der Professor. Dabei versuchte er vergebens, sich mit wackelnder Hand eine neue Zigarette anzuzünden.

Lilli nahm ihm das Streichholz aus der Hand und gab ihm Feuer. »Loslassen, immer loslassen«, antwortete sie. »Ich weiß es von mir. Wer mich zwingt, der macht mich kaputt.« Sie dachte einen Augenblick nach, dann fuhr sie fort: »Dein Fehler liegt tiefer. Warum hast du nicht gewußt, daß sich deine Tochter für öffentliche Dinge interessiert? Warum hast du ihr keinen Platz bei dir angeboten? Warum hast du sie nicht gekannt?«

»Man kennt die Menschen nicht. Wer mir gesagt hätte, daß du mich beleidigen würdest...«
Abermals öffnete sich die Tür, und Elisabeth trat ein. Sie war im Nachthemd, über das sie eine Jacke aus Fuchspelz gezogen hatte, und ihre Haare hingen in einem dünnen Zopf nach hinten. »Er ziemt sich nicht, daß man in dieser Stunde hier unten redet und mich allein oben läßt«, sagte sie, ohne Lilli anzusehen. »Komm, Theodor!«
Lilli ging rasch aus dem Zimmer. »Bleibt bis morgen, halte sie fest«, sagte der Professor zu Ernst. Dann führte er Elisabeth hinauf.

16

»Das ist der Krieg«, sagte Ernst, als er mit seiner Frau in ihr Zimmer gegangen war. »Er verwirrt uns alle!«
Lilli ging auf und ab und packte ihre Koffer.
»In meiner Kompanie war ein Mann, der war gescheiter als alle Menschen zusammen, die ich kenne. Eine kleine Kugel machte ihn tot. Aber was rede ich da? Anfangs dachte ich auch, Maggie würde besser tun, ihren Eltern zu gehorchen. Dann hast du mich ganz durcheinandergemacht.«
»Bist du immer noch dieser Ansicht«, fragte Lilli, von einem Koffer aufschauend.
»Ich muß auch gehorchen«, sagte Ernst.
Lilli stand auf, stellte sich dicht vor ihren Mann und sah ihm ins Gesicht. »Du gehorchst? Du erbärmliches Schaf! Dann werde ich dich mit allen Männern betrügen, die ich finde.«
Ernst packte sie an ihren nackten Armen. »Ich werde dich nicht töten, aber ich werde dich krumm schlagen, hörst du?«
»Au«, sagte Lilli und zerrte sich frei. »Daß deine Hände stärker als dein Gehirn sind, das brauchst du mir nicht zu zeigen. Das weiß ich!«
»Jetzt ist's genug«, sagte Ernst. Er nahm den Koffer und drehte ihn um, so daß Wäsche, Schuhe, Kleider und Flakons in einem wüsten Haufen in die Ecke flogen. »So! Jetzt wirst du schlafen, bis du wieder zu Verstand kommst. Marsch ins Bett.«

»Du schreist! Du schreist wie deine Mutter!« sagte Lilli. »Du bist wohl verrückt, was?« Sie wollte aus der Tür laufen, aber Ernst kam ihr zuvor, drehte den Schlüssel um und steckte ihn in die Tasche. »So!« wiederholte er, »jetzt wird geschlafen.« Er war knallrot im Gesicht, und seine Augen funkelten bösartig. Lilli stand immer noch vor ihm und versuchte ihn spöttisch und verächtlich anzusehen. Es gelang ihr nicht. Er gefiel ihr. Er hatte ja recht, und sein Zorn hatte wahrhaftig eine Menge Gründe. Sie wollte es ihm sagen, aber weil er stumm dastand – statt wenigstens weiterzuschreien – schwieg sie auch. Nach einer Weile drehte sie sich um und legte sich ins Bett.

Ernst betrachtete sie. Da lag ein Mensch vor ihm, keine zwei Meter von ihm entfernt, lebte, atmete, dachte nach ... aber was lebte, was dachte diese Frau, die nicht zu bezwingen war? Seinen Worten gehorchte sie nicht, seine Liebe bezwang sie nicht – was sollte er tun?

Lilli schlief. Ernst trat neben ihr Bett und kniete sich hin, um sie deutlicher zu sehen. Die Schlafende hatte die Arme unter den Kopf gelegt, und ihr Gesicht ruhte seitwärts geneigt auf dem Kissen. Einer der langen Ohrringe, die sie abends zu tragen pflegte, lag auf ihrem Hals wie ein Schmetterling, der sich ausruht. Die fest geschlossenen Augen und die ein wenig geöffneten Lippen bildeten einen sonderbaren Kontrast. Aber ihr Widerspiel war der Schlaf, die lautlose Neuordnung der erschöpften Kräfte. Wie diese Augen von der Welt abgewandt waren! Wie aber dieser Mund nicht aufhörte, die süße Luft der Nacht einzuatmen!

Über dem Bett hing ein Bild, und Ernst erinnerte sich, daß es früher nicht dort gehangen hatte. Ach ja, dies war sein Zimmer, in dem er fünfzehn Jahre lang gewohnt, gespielt, geschlafen und Schulaufgaben gemacht hatte, hier hatte man ihn gelehrt zu sprechen, sich die Zähne zu putzen und sich zu verbeugen, wenn Besuch kam. Er dachte an die Schlacht und sah die beiden französischen Kolonnen am Zusammenfluß der Straßen und die zwei Batterien, die so ruhig und gleichmäßig Tausende von Menschen in Fetzen feuerten. Damals hatte er gedacht, ein einzelner Mensch sei viel, der einzelne sei, worauf alles ankomme. Plötzlich kam ihm dieser Ge-

danke lächerlich vor. Was für eine Narrheit, sich um einen Menschen so zu quälen, wo es Millionen gab. Mag sie tun, was sie will, dachte er, ich kann sie nicht ändern. Niemand kann zwei Dinge auf einmal tun, Krieg führen... und... mit Worten kann man eine Frau nicht halten... mit Auseinandersetzungen ist nichts getan... man muß ihr zeigen, daß man sie nicht braucht... also kämpfe ich doch um sie?
Ernst stand auf, ging an den Tisch und schrieb auf ein Stück Papier: »Morgen abend wäre mein Urlaub sowieso zu Ende gewesen. Es ist besser, wenn ich schon jetzt gehe. Ich werde dir schreiben, und ich bitte dich, schreibe mir auch. Sage mir, was du willst. Deine Leidenschaft scheint mir planlos zu sein. Natürlich wäre vieles leichter, wenn wir wieder eine Zeitlang zusammen leben könnten. Aber das geht nicht. Leb wohl. E.«
Er nahm seine Mütze, drehte aber an der Tür noch einmal um und schrieb: »PS. Das Kennzeichen dieser Zeit ist ihre Langweiligkeit, alles hat keinen Sinn. Wir sind wie Vögel, die man ins Wasser geworfen hat, kleine, strampelnde, mit Recht nervöse Tiere. Leb wohl. Ich liebe dich.«
Auf dem Bahnhof wartete er, bis ein Zug kam, und fuhr an die Front zurück.

FÜNFTES BUCH

I

Dem Rate Kochs folgend, war Maggie nach der Auseinandersetzung mit ihren Eltern nach Berlin gereist. Emil Granowski, Kochs Freund, holte sie am Anhalter Bahnhof ab und brachte sie nach Lichtenberg in seine und seiner Eltern Wohnung. Dort lebte Maggie nun seit zwei Monaten. Die Wohnung bestand aus drei Zimmern und Küche. Im ersten Zimmer wohnte Frau Ritter, Emils Schwester, mit ihren drei Kindern. Ihr Mann war seit 1914 im Feld; sie selbst arbeitete in einer Fabrik. Im zweiten Zimmer schliefen die alten Granowskis, Johann und Marie. Das dritte Zimmer hatte Emil an Maggie abgegeben; er selber schlief seitdem in der Küche. Da Maggie noch ein wenig Geld besaß, waren die äußeren Verhältnisse ihrer Existenz soweit in Ordnung; die inneren waren es nicht. Der Krach mit ihren Eltern hatte sie allerdings weniger berührt, als sie gefürchtet hatte. Sie hätte es verstanden und mit Liebe zu heilen versucht, wenn ihre Eltern traurig gewesen wären; die Trennung hatte ihr ja weh getan. Aber die schulmeisterliche Art, mit der man sie hatte unterkriegen wollen, die bösartige Verständnislosigkeit (Maggie fand kein anderes Wort dafür), welche von ihr gefordert hatten, ihre Gedanken zu vernichten, ihre Erfahrungen zu vergessen, ihre Liebe zu zerstören, mit einem Wort, wieder das Mädchen zu werden, das sie einmal gewesen war, hatte sie abgestoßen.
Je öfter Maggie darüber nachdachte, desto klarer wurde ihr, daß der Mensch zwar die Pflicht hat, die Kinder zu erziehen, aber nicht das Recht, den erwachsenen Menschen zu ändern; niemand ist ein solcher, daß er das Recht hätte, zu einem zweiten zu sagen, höre auf zu sein wie du bist, und werde anders, nämlich so, wie ich dich haben will!
Zu ihrem Schrecken bemerkte Maggie in Berlin, daß die Menschen von der Art ihrer Eltern weit verbreitet waren. Ja, mit wachsender Verzweiflung glaubte sie zu sehen, daß gerade in jenen Kreisen, zu denen sie nunmehr als Kochs Freundin (oder wie sie sagte: Frau) gehörte, die übergroße Mehrzahl

sich weit weniger damit beschäftigte, die politischen Zustände zu bekämpfen, um sie zu ändern, als vielmehr sich gegenseitig zu erziehen, zu korrigieren, zu unterjochen, zu ändern. Diese Beobachtung machte sie unsicher und nervös und ließ sie manchmal gereizter auftreten als gut war.

Um sich von der Fülle der neuen Eindrücke nicht verwirren zu lassen, las Maggie viel und ging, so oft sie nur Gelegenheit hatte, in Versammlungen. Tiefen Eindruck machte auf sie eine kleine Schrift Rosa Luxemburgs: Die Krise der Sozialdemokraten, die sogenannte Juniusbroschüre. Das dort im Sinne von Engels vorgetragene Programm einer aktiven revolutionären Landesverteidigung mit dem Ziel der Machtübernahme durch das Proletariat begeisterte sie. Aber ihre Umgebung dachte anders. Dort lehnte man den Krieg ab, und Maggie, welche diese Haltung nicht begreifen konnte, hatte darüber erbitterte Diskussionen. »Ihr könnt doch nicht etwas ablehnen, was nun einmal da ist«, sagte sie, »eure Verzweiflung, eure Erbitterung, Hunger, Not, Diktatur, das ist ja alles verständlich, aber wenn ihr euch der Verzweiflung überlaßt, statt eine kluge, die politischen Realitäten richtig einschätzende Politik zu machen, werdet ihr nie ans Ziel kommen.«

Besonders Emil Granowski schüttelte über solche Äußerungen Maggies den Kopf. Achtundzwanzig Jahre alt, war er 1914 ins Feld gegangen. 15 hatte man ihm infolge einer schweren Verwundung die rechte Niere herausschneiden müssen. Seit seiner Entlassung aus dem Lazarett arbeitete er wieder als Dreher in Berlin. Da er einen beträchtlichen Teil seiner blonden Mähne verloren hatte, wirkte seine Stirne hoch. Darunter saßen zwei nicht sehr große Augen von grünlicher Farbe, die kräftig funkeln konnten, eine schöne Nase, ein breiter Mund und zwei Reihen schneeweißer, fehlerloser Zähne. Maggie schätzte ihn sehr und man muß sagen, daß sechs Brüder nicht besser für Maggie hätten sorgen können als dieser still überlegende, aufmerksame Mensch, der immer zur Stelle war und Maggie jeden Wunsch erfüllte.

2

Eines Tages holte er sich eine Blutvergiftung an der linken Hand und konnte nicht arbeiten. »Kommst du mit?« fragte Maggie, »ich muß Geld beschaffen.« Emil nahm seine Mütze und die beiden gingen Unter die Linden, wo Maggie einen Ring verkaufen wollte. Sie trug einen kleinen Strohhut, der von zwei Nadeln gehalten wurde, eine weiße, hochgeschlossene Bluse und ein blaues Kostüm, dessen langen Rock sie mit der linken Hand lupfte. Emil betrachtete sie mit Vergnügen.
Der Juwelier, der an den beiden kleinen Fingern je zwei Ringe trug, betrachtete den Stein und bot 50 Mark. Maggie hatte auf mehr gehofft und schaute auf den blauen Stein, den sie von ihrer Großmutter bekommen hatte. Dann wanderte ihr Blick über die weitausgedehnten Vitrinen, die sich an der Wand hinzogen. Der Ring war das Letzte, was sie besaß. Sollte sie ihn um diesen geringen Preis hergeben?
»Wollen Sie oder wollen Sie nicht?« sagte der Kaufmann in einem so groben Ton, daß sogar Emil verwundert aufschaute. »Zum Handeln habe ich keine Zeit!«
Maggie gab ihm den Ring. Als sie wieder auf der Straße stand, fragte sie: »Warum hat er keine Zeit zum Handeln, wo er doch Händler ist? Das ist das Schlimmste, daß man wie ein Hund behandelt wird, wenn man arm ist.«
Emil lachte schallend. Er hatte schon öfter mit Maggie über diese Dinge gesprochen und war fest überzeugt davon, unverschämtes Benehmen, Grobheit, Anmaßung, Geschrei, schnarrendes Sprechen, alles das gehöre zum Kapitalismus wie die Schale zum Ei. Maggie war anderer Ansicht.
»Grobheit«, sagte sie, »ist eine Form der Faulheit. Die meisten Menschen sind faul. Da ihr Arbeiter euch alles gefallen laßt, machen sichs die Leute bequem und behandeln euch, wie's ihnen bequem ist. Außerdem«, fügte sie hinzu, »seid ihr auch faul...« Granowski blieb stehen und schob die Mütze ins Genick. »Mädel«, sagte er, »du bist richtig. Eine Zunge hast du wie ein Drehbohrer.«
Am Alexanderplatz war Maggie hungrig und müde.
»Wenn man Geld hat«, sagte sie, »soll man essen.« Emil meinte, seine Mutter werde schon etwas aufgehoben haben.

Maggie nahm ihn am Arm und ging in ein großes Speisehaus, das von außen freundlich aussah.
»Wenn Sie Fleischkarten haben, können Sie Roastbeef bekommen«, sagte die Kellnerin. Maggie bestellte zwei Portionen. »Mädel«, sagte Granowski, »der Tag bessert sich. Deinen Caspar werden wir schon noch herausholen.«
Die Kellnerin brachte zwei Platten, auf denen je zwei Scheiben braunes, total durchgebratenes Fleisch lagen, zwei Kartoffeln, die bleich wie Kalk waren, und ein grüner Mehlbrei, den die Speisekarte Spinat titulierte. Maggie betrachtete die Platten. »Nein«, sagte sie plötzlich, »das lohnt sich nicht.« Sie stand auf, ging auf die Straße und kam zwei Minuten später zu Granowskis sprachloser Verwunderung mit zwei Kindern zurück. »Sag ihnen auf richtig berlinisch, sie könnten das essen!« Aber die Kinder, denen man Armut und Hungersnot gleichzeitig ansah, ließen sich nicht lange bitten, und die Teller waren nach fünf Minuten wie gespült. Maggie bezahlte die Kellnerin, die ein wütendes Gesicht machte. »Meine Mutter«, sagte Maggie, als sie mit Granowski das Lokal verließ, »meinte immer, für einfache Leute sei einfaches Essen gut genug. Aber daß dieses Proletenmädel der gleichen Ansicht ist, wird mich noch wundern, wenn ich achtzig Jahre alt bin.«
Maggie sprach vom Essen. »Der Mensch ist kein Tier«, sagte sie.
»Engels«, widersprach Emil, »hat uns gelehrt, daß wir vom Affen abstammen.«
»Und was beweist das?« fragte Maggie. »So, wie mir Koch eure Lehre erklärt hat, dient sie dazu, zu erkennen, daß die gegenwärtigen Verhältnisse weder ewige noch gute sind. Seit ich aber unter euch lebe, erkenne ich zu meiner Verwunderung, daß ihr eure Lehre hauptsächlich dazu benutzt, euch selbst als elend und miserabel zu erkennen. Niemand auf der ganzen Welt weiß so gut, was Ausbeutung ist, wie ihr, aber niemand wird so ausgebeutet. Das ist ja der Grund, warum ich mit dir essen ging. Warum erlaubt ihr, daß ein Wirt am Alexanderplatz, der nur von euch lebt, euch das Fleisch so viehisch brät, euch solche Kartoffeln hinstellt und den Spinat mit Leim streckt? Warum? Warum?«
Unter solchen Gesprächen waren sie nach Lichtenberg ge-

kommen. Der Wald von Generalen, aus dem Berlin besteht, was die Straßennamen anbetrifft, war in der Gegend, in der Maggie wohnte, mehr eine Mischung von Gestrüpp und Unterholz, und der General, nach dem die Blumenthalstraße genannt ist, kann weder großartig noch besonders gut aussehend gewesen sein, wenn man von seiner Straße auf ihn schließen darf. Schon von der Tram aus hatte Maggie gesehen, daß vor einem Haus ein Menschenauflauf war. Emil wollte vorübergehen, aber Maggie hielt ihn fest. »Ich bin neugierig, daß muß ich mir ansehen«, sagte sie.
Männer, Greise, alte Frauen und Kinder, die ihre Markttaschen knapp über dem Pflaster trugen, drängten sich vor einer Ladentür, die von zwei Polizisten bewacht wurde. »Was ist hier los«, fragte Maggie.
Der Laden war eine Freibank des Schlachthofes, in dem billiger Abfall verkauft wurde. Viele Käufer standen seit Mitternacht an; manche Frauen hatten sich Hocker und Schemel mitgebracht und warteten strickend oder häkelnd darauf, eingelassen zu werden. Jedesmal, wenn sich die Tür öffnete, und ein neuer Schub Käufer in den Laden gelangte, entstand ein Rutschen und Drängen unter der Masse; alles schrie, stieß, gestikulierte, bis es den beiden Schutzleuten wieder gelungen war, die gebrechliche Tür zu schließen.
»Na, Großmutter«, sagte Emil zu einem alten Weib, das auf einer Kiste saß, »kannst mich ein bißchen durchlassen. Ich will nichts kaufen, nur mal schauen.«
»Geh weg, du Lümmel«, sagte die Alte. »Vor einer Stunde kam einer und sagte, seine Braut sei im Laden, wie er wieder herauskam, hatte er sich ein Ende Wurst gekauft.«
»Siehste, Großmutter, jetzt weißt du auch, daß die Menschen schlecht sind!«
»Genau so schlecht wie du«, antwortete die Alte, streckte ihm die Zunge heraus und strickte weiter.
Maggie bewunderte die zuckende Geschwindigkeit, mit der die harten, bläulichroten, ganz verkrümmten Finger die Stricknadeln bewegten. In diesem Augenblick fuhr ein Auto vor, dem drei Herren entstiegen. Maggie erkannte den Oberbürgermeister von Berlin, Dr. Wermuth, der sich schweigend bald den Laden, bald die Menge betrachtete, während ihm ei-

ner seiner Begleiter etwas ins Ohr flüsterte. Niemand schien das Oberhaupt der Stadt zu kennen; wenigstens nahmen die Wartenden keinerlei Notiz von ihm, ließen sich vielmehr gleichgültig wie Enten, die auf einem Teich schwimmen, anschauen.
»Der Bärtige ist der Oberbürgermeister«, sagte Maggie zu Emil, mit einer Kopfbewegung auf den schwarzgekleideten Mann deutend.
»Das glaub' ich nicht«, sagte Emil, während er das Auto ansah.
»Das ist wieder eine echte Antwort«, sagte Maggie. »Ich lüge wohl immer, was?«
Emil war verlegen. »Was soll so ein Mann hier?« sagte er, »das kannste mir doch nicht erzählen, daß der etwa auch hier sein Fleisch kauft?«
»Der schaut euch halt an.«
»Und was hat er davon?«
»Einen Eindruck mehr!«
Die Menge wuchs an. Als der Oberbürgermeister fortgefahren war, mochten an die tausend Menschen vor dem kleinen Laden warten. Abermals wurde ein Schub Käufer eingelassen. Dann erschien eine Frau an der Tür, sagte den Polizisten etwas und verschwand wieder. Der rechtsstehende Polizist hakte seinen Kollegen unter und verkündete, der Laden sei leer für heute, die Leute möchten heimgehen. Ein wilder Tumult erhob sich. Alles schrie durcheinander, und die Vordersten riefen, das sei gemeine Lüge, im Keller läge noch haufenweise Fleisch. Ein alter Mann, der vor Aufregung zitterte, rief, man solle eine Kommission wählen und in den Laden schicken. Aber die Umstehenden beachteten ihn nicht. Maggie, welche den Vorschlag des Alten vernünftig fand, sah zum ersten Male, daß das Wort ohnmächtige Wut auf guter Beobachtung beruht. Der Zorn jedes einzelnen der hungrigen und verzweifelten Menge war so groß, daß jeder nur noch sich selber sah und fühlte, und der einzige Gegenstand des allgemeinen Hasses schließlich die Ladentür war, ein paar braungestrichene Bretter aus Tannenholz.
Als der alte Mann, der immer wieder nach seiner Kommission rief, merkte, daß kein Mensch auf ihn hörte, warf er vor Wut

seine Tasche auf den Boden und ging weg. Ein Kind sah das schwarze Ding liegen, schlüpfte zwischen den Beinen der Umstehenden herbei, hob das Stück genähtes Wachstuch auf, betrachtete es und machte Miene, seinen Fund zu behalten. Aber eine Frau, die den Vorgang beobachtet hatte, trat herzu, hieb der Kleinen eine schallende Ohrfeige herunter und lief dem Alten nach. Als sich der Mann umdrehte und seine Tasche wieder in Empfang nahm, sah Maggie, daß er vor Schluchzen bebte. »Wie entsetzlich, wie fürchterlich«, sagte sie. »Warum hält der Mensch so viel aus?«
Ein bleicher, rothaariger Mann drehte sich um: »Das will ich Ihnen sagen Fra... Fra... Fräulein«, stotterte er grinsend, »das will ich Ihnen ge... genau beantworten, wie es unser Hin... Hin... Hindenburg gesagt hat: weil der Mensch für die Zukunft lebt!«
Maggie erschrak und ging rasch weiter. Aber sie konnte die Worte nie vergessen, und immer wieder, wenn sie in späterer Zeit jemanden von der Zukunft reden hörte, in der alles besser und anders sein werde, mußte sie an jene denken, die von solchen Rednern und solchen Sätzen um ihre Gegenwart und das heißt um ihr Leben betrogen werden.

3

In ihrem Zimmer hatte sich Maggie eben hingelegt, um sich auszuruhen, denn die endlosen Straßen der großen Städte machen den Menschen sehr müde, als sich die Tür öffnete und Emil eintrat. Als er Maggie auf dem Bett liegen sah, ging er rasch durchs Zimmer, stellte sich dicht vor sie hin, schaute sie an und schwieg.
Emil betrachtete das Bett von oben bis unten und von unten bis oben. »Mädel«, sagte er nach einer Weile, »... ich... wollte dir sagen... ach was... ich weiß auch nicht.... eine Zunge wie du hab ich nicht... kannst du mich nicht ein bißchen zu dir lassen... du... du...«
Er beugte sich über die Liegende, aber Maggie sprang auf und schob ihn vorsichtig zurück. »Ich kann nicht«, sagte sie leise, »Emil, das mußt du verstehen.«

Der Mann drehte sich mit einer jähen Bewegung um, aber Maggie hielt ihn fest. »Ich kann zu einem Mann wie dir keine großen Worte machen... Emil... ich habe auch über das nachgedacht, was man Treue nennt...«
»Oller Quatsch...« sagte Emil.
»...aber das ist doch anders... Koch ist gefangen... er ist wehrlos... er hat nur mich... soll ich ihm das antun, während er zwischen den bekritzelten Mauern sitzt?«
»Na, denn nicht«, sagte Emil, »denn Schluß... aber Schluß.«
Maggie nahm seine Hand, die eiskalt war, aber der Mann riß sich los und ging wütend über seine Niederlage aus dem Zimmer.
Drei Tage waren vergangen, ohne daß Emil nach Hause gekommen war. Maggie traute sich nicht mehr aus ihrem Zimmer. Marie Granowski hätte keine Mutter sein müssen, um nicht zu merken, weswegen ihr Sohn nicht mehr heimkam. Von Anfang an hatte sie Maggie als Eindringling behandelt. Besonders ihre Küche verteidigte sie, indem sie ihren schmächtigen, gekrümmten Rücken als Schild benutzte und sich schirmend vor alles stellte, was ihr einziges Eigentum war, ihre Wasserhähne, ihre Töpfe, kleine Blechbüchsen, in denen sie ein Kompott der sonderbarsten Gegenstände aufbewahrte, und die Schublade des Küchentisches. Seit Emil die Wohnung verlassen hatte, sprach sie kein Wort mehr mit Maggie.
Ich muß hier fortziehen, dachte Maggie. Aber wohin soll ich gehen? Ein kranker Vogel ist nicht so einsam wie ein Mensch, der ohne Bekannte allein in einer großen Stadt sitzt. Sie dachte an ihre Brüder. Aber erstens waren die im Feld und zweitens... Sie dachte an Lilli und schüttelte den Kopf. Ach was, hier bin ich und hier bleib ich. Sie setzte sich an ihren Tisch, nahm ein Buch und las. Es war Tolstojs »Krieg und Frieden«. »Je schlechter sich die allgemeine Lage der Dinge und besonders seiner eigenen Verhältnisse gestaltete, um so freudiger war Pierre...«
Maggie hielt inne. Dann klappte sie das Buch zu. So muß man es machen, dachte sie, nahm ein Stück Papier und schrieb mit ihrer steilen Mädchenschrift: »Jede Lage (sagte Koch!) hat ihre zwei Seiten. Mein Fehler ist, immer die unangenehme zu

groß zu sehen! Was will ich? Kinder? Mann? Ja! Koch und vielleicht noch andere, wenn dies hilft, klüger, verständiger, widerstandsfähiger, sicherer zu werden! Emil? Nein! Nein! Revolution? Frieden? Ja, beides, aber das hängt nicht von mir ab, oder doch nur dann auch ein wenig von mir, wenn ich nicht so weibchenhaft umhergetrieben bleibe, wie ich jetzt bin, sondern mich irgendwo anbaue und von dort aus etwas tue, mich verbessere und dann vielleicht auch noch die Verhältnisse.«
Als sie das Geschriebene durchlas, gefiel es ihr. Aber als sie es zum zweiten Male durchlas, seufzte sie tief auf und merkte, daß sie allein, ohne Koch, nichts war, zu klein in diesem großen Land, zu schwach, zu arm, zu unwissend...
Sie öffnete das Buch und las weiter.

4

»Fräulein«, sagte eine Stimme, »Sie wollten mir doch die Miete geben?«
Maggie schaute auf und sah den schieläugigen Johann Granowski vor sich stehen. Emil hatte ihr seine Abneigung gegen seinen Vater so plastisch geschildert, daß sich Maggie keine Mühe gab, ihn nett zu finden. Er war ungelernter Arbeiter, mürrisch, oft krank, wortkarg, grüblerisch, von den Ideen einer religiösen Sekte besessen, der er einmal angehört hatte, und vor allem ein Säufer. Als man ihn vor einem halben Jahr wieder einmal in seiner Fabrik entließ, hatte er geschworen, nie mehr »unter einem dieser verfluchten Meister« zu arbeiten. Aus den Rädern eines Kinderwagens, einer alten Kiste und einer Stange verfertigte er sich einen Handkarren und verlegte sich aufs Lumpensammeln. Nach kurzer Zeit wurde er des Umherziehens müde. Eines Nachts öffnete er den Keller des Unternehmers, für den er die Lumpen sammelte, stopfte sich zwei Säcke voll und verkaufte sie andern Tags einem andern Händler. Von dieser »Tätigkeit« lebte er gegenwärtig.
»Haben Sie kein Geld?« fragte er wieder.
Maggie holte ihre Börse. Sie besaß noch 28 Mark, von denen

sie 20 Granowski gab. »Das ist gut«, sagte der Alte überrascht, »das langt.«
Als er das Zimmer verlassen hatte, schaute er sich um, nahm seine Mütze und huschte aus der Wohnung. Auf der Straße reckte er sich. Dann knallte er vor Vergnügen die Schuhe aufs Pflaster. An der Ecke war die Kneipe, durch deren Tür er diese elende Welt, welche ihn seit 51 Jahren mißhandelte, wieder einmal für einige Zeit zu verlassen gedachte. Der Einfall, sich das Geld für die Miete geben zu lassen, was ihm Emil strengstens verboten hatte, machte ihn fast noch fröhlicher als das Geld in seiner Tasche. »Sechs Becher!« sagte er, als er sich an einen Tisch gesetzt hatte. Der Wirt, der ihn kannte, war an diesem Tag gut gelaunt und stellte sechs Becher vor Granowski. Sofort geriet der Alte in Wut. »Bist du verrückt?« schrie er, »du oller Chemiker. Nimm das Zeug wieder weg!« Der Wirt verteilte fünf Becher unter die anderen Gäste. Granowski trank sein Glas auf einen Zug leer, seufzte über den faden Geschmack und rief: »Numero zwei!«
Zu jener Zeit hatte der Mensch wenigstens noch eine Möglichkeit, den Menschen zu entgehen: er konnte arbeiten, Geld verdienen und für sich leben. Maggie beschloß, sich eine Stelle zu suchen und die Wohnung in der Blumenthalstraße zu verlassen. Dann schlief sie ein.
Sie hatte einen Traum, in dem sie Koch sah. Er lag auf seiner Pritsche und sprach mit ihr. Plötzlich drehte sich das Gefängnis um sich selbst, und alles stürzte zu Boden. Nur Koch blieb in den Ketten hängen, unter seinem Lager schwebend, wie ein Pferd, das an Bord eines Schiffes verladen wird. Ein Wärter guckte durchs Fenster und sagte: »Euch werden wir die Gedanken schon aus den Köpfen kollern lassen.« Dabei lachte er schmetternd.
Maggie erwachte. Da war das Gelächter wieder. Sie richtete sich in der Dunkelheit auf. Im Nebenzimmer klirrte Glas, ein Mann brüllte, eine Frau weinte. Maggie verwünschte sich, weil sie vergessen hatte, sich von Emil den Schlüssel zu ihrem Zimmer geben zu lassen. Das Weinen im Nebenzimmer ging ins unerträgliche Wimmern über. Maggie stand auf, zog sich einen Mantel über und klopfte bei Frau Ritter. Niemand antwortete. Selbst die Kinder schienen sich unter ihre Federbet-

ten verkrochen zu haben. Die Küche war leer. Abermals schrie Marie Granowski. Maggie sprach sich Mut zu, wie sie es im Krankenhaus gelernt hatte, wenn sie nachts zu Verwundeten gehen mußte, die im Fieber tobten, und betrat das Schlafzimmer Granowskis. Johann stand im Hemd vor dem Kleiderschrank und betrachtete die Scherben einer Schale, die am Boden lagen. Marie Granowski lehnte in einer Ecke des Zimmers an der Wand und weinte, beide Hände vors Gesicht haltend. »Wollen Sie nicht in mein Zimmer kommen?« fragte Maggie. Marie nahm Maggies Hand. »So verrückt war er noch nie!« sagte sie.

Dem Betrunkenen war Maggies Eintritt ganz egal. Als er die Scherben eine Zeitlang angeglotzt hatte, wandte er sich um und stieß einen neuen Wutschrei aus. »Was guckst du so dämlich? He?« rief er und deutete mit der Hand auf einen Blumentopf, der auf dem Fensterbrett stand. »Ich möchte wissen, was du mich so anzustieren hast!« Dann ging er auf Zehenspitzen, die Zunge wie ein Irrsinniger aus dem Mund hängend, auf den Topf zu. »Mein bißchen Grün!« schrie Marie Granowski und sprang herbei, um die kleine Zimmerlinde zu retten, die sie so sehr liebte. Sie packte ihren Mann am Arm und versuchte, ihn vom Fenster wegzuziehen. Maggie half ihr und ergriff den andern Arm des Mannes. Aber Granowski riß sich mit einem Ruck seiner erheblichen Kräfte los, sprang auf den Blumentopf zu und feuerte das arme Ding haarscharf am Kopf seiner Frau vorbei gegen die Wand. »So!« sagte er, »du hast ausgeguckt.« Nunmehr stieg er ins Bett, aber nicht wie ein normaler Mensch, sondern wie ein Mondsüchtiger, der eine Treppe hinaufgeht. Auch legte er sich, als er das Bett bestiegen hatte, nicht nieder, sondern blieb stehen und schaute auf die beiden Frauen herab. »Kleines Gesindel«, sagte er und mußte über den Ausdruck so lachen, daß er hinfiel. Der Sturz erzeugte einen neuen Wutanfall.

»Euch werde ich helfen«, schrie er. »Wenn ihr nicht sofort alles tut, was ich will, schlage ich die ganze Wohnung in Klump! In Klump!« Als er das Wort zehnmal wiederholt hatte, fiel er zurück und schlief ein. Mit Maggies Hilfe packte ihn Frau Granowski ins Bett. »Wenn sie doch einmal den holen kämen«, sagte die alte Frau, »das wäre eine Erlösung!«

Am nächsten Abend erschien Emil in der Wohnung. Als er von der Sache erfuhr, machte er seinem Vater Vorwürfe. Der Alte hörte seinen Sohn schweigend an. Plötzlich stand er auf, ging an den Schrank, holte einen alten Offizierssäbel heraus, den dort aufbewahrte, stellte ihn vor sich hin und machte Miene, sich in die Waffe zu stürzen. Dabei rief er mit weinerlicher Stimme seiner Frau zu: »Adjüs Marie! Meine Mutter heißt Maria!«

Emil, der dreimal stärker als sein Vater war, nahm ihm die Waffe weg. Der Alte schüttelte mehrmals den Kopf, dann ging er auf seine Frau zu und streichelte sie, während er am ganzen Körper zitterte.

In diesem Augenblick erschien Maggie, die nichts ahnte, in der Küche, um sich Wasser zu holen. Als sie Emil sah, blieb sie verwundert stehen, aber Emil nahm sie am Arm und führte sie in ihre Stube zurück. »Willst du Freitagabend mit mir in eine wichtige Versammlung gehen?« »Gern«, sagte Maggie. »Abgemacht«, sagte Emil und wollte wieder gehen. »Bist du mir wieder gut?« fragte Maggie. »Man hat so seine Mucken«, sagte Emil. »Ach du«, sagte Maggie, »bleib noch ein wenig. Ich habe in diesen schrecklichen Tagen so viel Unsinn zusammengedacht. Diese Stadt ist wie ein Meer, und ich kann sehr schlecht schwimmen. Ich bin so froh, daß du wieder da bist. Man kann nicht leben, wenn man keine Freunde hat und allein ist... und selbst wenn man es möchte... nein, ohne Menschen könnte ich nicht leben... ohne Liebe ist mir alles egal!«

»Nein, nein«, sagte Emil, um seine Bewegung zurückzudrängen, »die Partei ist wichtiger.« Aber er war froh, daß er wieder in Maggies Nähe war und ließ sich einen Brief von Koch vorlesen, der mit der Abendpost gekommen war.

Die Versöhnung war allgemein. Als Maggie am Abend von ihrer Krankenhauszeit erzählte, eroberte sie Marie Granowskis Herz für alle Zeit. Es kam zutage, daß es einmal Frau Granowskis großer unerfüllter Wunsch gewesen war, Krankenschwester zu werden. Mit verklärtem Gesicht, das eine unfaßliche Seligkeit zeigte, lauschte sie Maggies Erzählungen, und wie ein Kind, dem man ein Märchen erzählt, wollte sie immer wieder dasselbe hören.

Der Freitag kam, an dem Maggie mit Emil in jene Versammlung gehen wollte, von der er gesagt hatte, sie sei wichtig. Als sie erwachte, stand Johann Granowski vor ihrem Bett, schielte gegen die Wand und sagte, sie möge sich rasch anziehen, man wolle einen Ausflug machen. Maggie hatte wenig Lust, aber Fritz Ritter, Granowskis ältester Enkel und der einzige Mensch, den er liebte, kam herein und bettelte, bis Maggie nachgab. In der Küche schmierte Marie einen Haufen Stullen, in eine sonderbare Flasche, welche die Form einer Gurke hatte und ein behütetes Familienerbstück der Granowskis war, wurde dünner Kaffee gefüllt, dann ging man los, der Alte, Fritz Ritter und Maggie. Die Dämmerung zerstreute sich eben, als die kleine Gruppe die Straße betrat, und ein strahlender Tag brach an. Granowski marschierte schweigend dahin, immer den endlosen Berliner Straßen nach. Er hatte eine grüne Jacke an, die ihm viel zu groß war, so daß die Ärmel bis an die Fingernägel reichten und der Rücken fast bis auf die Kniekehlen fiel. Dazu trug er gestreifte Hosen, was seine O-Beine noch unterstrich. Trotzdem sah er keineswegs lächerlich aus, sondern ernst, ja würdig, von hinten ein wenig wie ein alter Gorilla, von vorne aber wie ein armer Philosoph.

Längst fuhren die ersten Straßenbahnen, aber niemand dachte daran, sie zu benutzen; das hätte ja Geld gekostet. Die Sonne stand hoch am Himmel, als man endlich das Ziel der Wanderung erreichte, die Jungfernheide. Maggie war zum Umfallen müde, aber der Alte erwachte erst. »Horch mal«, sagte er zu seinem Enkel, den er an der Hand führte, »da pfeift ein Fink. Wollen einmal sehen, wo er sitzt!« Er schlich sich an den Baum heran. »Da!« sagte er leise zu dem Knaben, der seinen Hals reckte und selber wie ein magerer Vogel aussah, »da sitzt er. Siehst du ihn? Da oben! Schau ihn dir genau an!«

Der alte Granowski ging über die Wiese. »Links!« rief der Alte wieder. »Das ist ein Hänfling. Das sind die einzigen Biester, die man mit Kanarienvögeln paaren kann. Alle andern machen das nicht.«

Auch Maggie schaute sich den Hänfling an, der sich paaren läßt. »Ja, ja, die Vögel«, sagte der Alte, »die muß man alle kennen, wenn man ein Mensch sein will. Was ist denn das für einer?« fragte er, seinen Enkel auf die Probe stellend. »Eine

Drossel«, sagte Fritz, und der Alte freute sich, weil es wirklich eine Drossel war.
Gegen Mittag setzte man sich ins Gras und verzehrte die mitgebrachten Stullen. Nach dem Essen legte sich Maggie hin und schlief ein. Als sie erwachte, war sie allein. In einiger Entfernung ging ein Liebespaar vorbei und verschwand wieder. Nun war weit und breit kein Mensch zu sehen. Wie sonderbar war das doch, hier allein in der Jungfernheide auf einer Wiese zu liegen, so weit entfernt von allen Menschen, die sie kannte, ohne Nachricht von ihren Eltern, wie ein Boot, das sich vom Schiff losgerissen, von der Gewalt der Wellen dahingeführt wird. Maggie dachte an Koch, der immer noch im Gefängnis war, und mußte sich zusammennehmen, um nicht zu weinen.
Die Stille eines Sommertags, die wir lautlos nennen, ist nur ein Geräusch anderer Art, das der Mensch im allgemeinen nicht hört. Maggie erwachte davon aus ihren Träumen. Sie richtete sich auf und betrachtete die Gegend, die eintönig und langweilig war. Nach einer Viertelstunde sah sie Granowski und seinen Enkel auf sich zukommen.
»Sie hätte man lebendig beerdigen können«, sagte Johann, »so fest habe ich meiner Lebtag noch nichts Menschliches schlafen sehen.« Maggie lachte. In diesem Augenblick rief Fritz: »Großvater, da läuft ein Hase!«
Granowski schaute hin. »Nein, das war ein Karnickel«, sagte er so erregt wie sein Enkel. »Da ist er reingesprungen ... nein, dort in den Haufen.«
Maggie folgte den beiden, die an die Stelle gingen, wo das Tier verschwunden war, und hörte den Alten lange Ausführungen über die Technik der Karnickel bei ihren Bauten anstellen. Schließlich bückte er sich und erklärte, das sei gar kein Bau, nur ein Sprungloch. Diese Entdeckung schien ihn sehr zu freuen und er befahl Fritz, sich mit einem Stock vor das Loch zu stellen. »Wenn ich hier hereinstochere«, sagte er, »muß das Vieh bei dir rauskommen. Dann schlag ihm einen kräftigen über.« Der Alte stieß ein Holz in den Eingang, das Karnickel kam auch wirklich auf der anderen Seite heraus, aber ehe Fritz seinen Stock auch nur recht gehoben hatte, war das Tier bereits über alle Berge.
Alles lachte über das Abenteuer, während man nach Spandau

zu ging, um dort die Straßenbahn zu nehmen und nach Hause zu fahren.

Als man sich der Havelstadt näherte und der Alte seinem Enkel von dem Kriegsschatz erzählte, den er im Juliusturm verborgen glaubte, liefen drei Hühner über den Weg. Sofort erwachte in Granowski der Wilderer, und mit den plumpen Bewegungen eines Mannes, dessen Muskeln von Alter und Arbeit abgenutzt sind, jagte er hinter den Tieren her. Der Hahn flog davon, aber die beiden Hühner wurden erbeutet und ihnen, wie Granowski befriedigt feststellte, ein schlimmer Hals gemacht, das heißt, der Kopf abgedreht. So war der Tag doch nicht ganz ohne Ergebnis vorübergegangen.

»Hast du dich gut unterhalten?« fragte Emil, als er mit Maggie zur Versammlung ging.

»Weißt du«, antwortete Maggie, »ich habe nachgedacht, wie sonderbar das alles ist. Bei uns Bourgeois hält man euch Arbeiter für böse und gefährliche Menschen, die in den Zeitungen hauptsächlich in der Rubrik: ›Unglücksfälle und Verbrechen‹ vorkommen. Aber als ich heute deinen Vater betrachtete, fiel mir ein, daß ihr eigentlich zu gut, zu harmlos, zu anständig für diese Welt seid!«

»Wir werden schon noch bös werden«, brummte Emil.

5

Etwa fünfzig Männer und sechs bis sieben Frauen saßen im Hinterzimmer einer kleinen Gastwirtschaft in der Petersburger Straße. Als Maggie mit Emil die Stube betrat, hatte die Versammlung schon begonnen. Ein dicker Mann, dem man den berufsmäßigen Vorsitzenden ansah, hatte, wie unsere Sprache so treffend sagt, das Wort ergriffen. Dabei lag seine rechte Hand wie ein Deckel auf seinem Bierglas, während er sich mit der linken den Kragen abknöpfte. Als ihm dies endlich gelungen war, machte er eine Pause, wischte sich mit einem riesigen Taschentuch den Schweiß von der Glatze und sprach weiter. »Einige Zwischenrufe«, fuhr er fort, »haben mir, wenn ich mich so ausdrücken darf, die Brücke gebaut zu dem, was ich jetzt sagen will. (Was für eine Brücke? dachte

Maggie) Der Vorstand, Genossen und Genossinnen, der Zentralvorstand ist von ernster Sorge erfüllt. Aber ich will nicht lange meinen Senf sagen, sondern euch vorlesen, was uns der Vorstand zu sagen hat.«
Er holte ein Papier aus der Tasche, setzte einen Zwicker auf und las: »Verschiedene Erscheinungen im Parteileben der jüngsten Zeit veranlassen den Zentralvorstand zu folgender Kundgebung: Der Zentralvorstand des Verbandes der sozialdemokratischen Wahlvereine Berlins und Umgegend kann das Verhalten derjenigen Parteimitglieder, die in besonderen Zusammenkünften außerhalb des gegebenen Organisationsrahmens in parteitaktischen und Organisationsfragen auf eigene Faust Aktionen unternehmen, nicht billigen. Diese Zusammenkünfte bergen die Gefahr in sich, die Einheit der Partei zu untergraben. Wie auch immer die Genossen in der Beurteilung von Parteifragen stehen mögen, so kann und darf nicht geduldet werden, daß Mitglieder Bestrebungen fördern, die geeignet sind, das gegenseitige Verstehen der Parteigenossen zu erschweren.«
»Was ist das für eine Sprache, die er spricht?« fragte Maggie. »Ist das Japanisch?«
Emil, der gespannt zuhörte, hielt den Finger vor den Mund.
»Deutsch ist es jedenfalls nicht«, flüsterte Maggie trotzig.
»Der Zentralvorstand gibt zu, daß der aus dem Kriegszwang sich ergebende unbefriedigte Betätigungsdrang der Genossen erklärlich ist. Er richtet darum an Parteivorstand und Reichstagsfraktion von neuem das Ersuchen, keine Gelegenheit vorübergehen zu lassen, ohne den Wünschen der Volksteile Rechnung zu tragen, die zum Frieden drängen und mit der Lebensmittelteuerung unzufrieden sind, sowie eine freiere Gestaltung der politischen Zustände im Innern fordern. Der Zentralvorstand fordert die Berliner Parteimitglieder auf, ohne Unterlaß für die Entfaltung eines möglichst regen Vereinslebens Sorge zu tragen, damit allen Genossen Gelegenheit gegeben ist, im Rahmen der Parteiorganisation, ich wiederhole, im Rahmen!« sagte der Sprechende, »ihre Anschauungen zu vertreten. Reger Besuch der Zahlabende, lebhafter Meinungsaustausch, Agitation für die Partei usw.«
Als der Redner geendet hatte, blieben die Zuhörer stumm sit-

zen. »Willst du nicht sprechen?« fragte Maggie. »Das lohnt ja nicht«, antwortete Emil, der weiß vor Wut war.
»Verlangt jemand das Wort?« fragte der Vorsitzende, wobei er Maggie und Emil wie ein Lehrer fixierte. Niemand meldete sich. »Also niemand«, sagte er befriedigt.
Da hob Maggie die Hand. »Nanu«, sagte der Vorsitzende, »es belebt sich ja. Das Wort hat eine Genossin.«
Maggie stand auf, ging um den Tisch herum und trat neben den Vorsitzenden. Als sie in die undurchdringlichen, aber aufmerksamen Gesichter der Zuhörer blickte, klopfte ihr Herz so heftig, daß sie nicht sprechen konnte. Ihre Hände waren naß von Schweiß. Ich muß doch anfangen, dachte sie, ich stehe ja schon zehn Minuten hier. Aber sie wußte nicht, was sie sagen sollte. Ein älterer Mann in der ersten Reihe fuhr sich mit beiden Händen durch die Haare. Warum tat er das? Plötzlich hörte sie sich sprechen; der Bann war gebrochen.
»Ich bin noch nicht lange in eurer Bewegung. Aber ich denke, meine Ohren sind noch frisch. Darum hat mich der Erlaß des Vorstandes sehr gewundert, ja, ich will die Wahrheit ganz sagen, er hat mich empört.«
»Nanana!« rief jemand.
»Wollt ihr«, rief Maggie, die durch den spöttischen Zwischenruf angefeuert wurde, »so handeln, wie es euch in diesem Erlaß befohlen wird? Der Vorstand erklärt uns, er werde nicht erlauben, daß wir Mitglieder auf eigene Faust Aktionen unternehmen. Da frage ich mich und euch: haben wir nicht schon genügend Regierungen in Deutschland? Die Reichsregierung! Die Oberste Heeresleitung! Die kommandierenden Generale! Die Zensur! Sollen wir jetzt noch eine dazu bekommen? Was denkt sich eigentlich der Vorstand? Ist er unser Vorstand oder sind wir seine Untergebenen? Ich denke, wir haben ihn gewählt und daraus folgt, daß er zu tun hat, was *wir* wollen, und nicht, daß wir zu tun haben, was er will.«
»Bravo!« rief eine Frau. Aber der Vorsitzende erhob sich.
»Das geht zu weit«, unterbrach er. »Wir haben hier keine Erwägungen über Rechte und Pflichten eines Vorstandes anzustellen!«
»Einen Moment«, rief Maggie.

»Wer sind Sie eigentlich?« fragte der Dicke.
»Kochs Frau!«
»Wer ist Koch? Es gibt viele Köche!«
Niemand lachte, und Emil, der aufgestanden war, rief: »Der Caspar Koch, den sie seit Monaten widerrechtlich in Haft halten!«
»Weiterreden!«
»Nein«, fuhr Maggie fort, »wir wünschen nicht, daß uns der Vorstand das Maul verbietet, oder sollen wir, wir die Vorkämpfer der Freiheit und des Friedens, nicht einmal das Recht des Ochsen haben, der da drischt? Indem wir aber dieses Verbot zurückweisen, wünschen wir auch von der ihm folgenden gütigen Erlaubnis keinen Gebrauch zu machen. Der Vorstand erlaubt uns gnädig, für die Partei zu agitieren. Wir danken. Die Partei ist fett genug...«
»Das ist nicht wahr!«
»Doch! Aber der Wille des Volkes ist, dieser Krieg möge rasch und auf eine vernünftige Weise beendet werden! Der Wille des Volkes ist, daß wir eine Regierung des Volkes brauchen, und nicht, wie sich der Vorstand auszudrücken beliebt, eine freiere Gestaltung im Innern...«
»Zur Geschäftsordnung!« rief der Dicke.
»Wenn ich fertig bin, bekommen Sie Ihre Geschäftsordnung«, sagte Maggie. »Der Vorstand wünscht nicht, daß wir uns mit den Arbeitern und Arbeiterinnen unterhalten, die ein wenig anders denken als der Vorstand. Ich frage euch: Haben wir noch nicht genug Diktatur? Brauchen wir noch die des Vorstandes? Oh, wie das Herrn Ludendorff freuen wird, wenn er hört, daß wir, gehorsam wie Schulkinder, aufhören, uns mit solchen Arbeitern zu unterhalten, die sich ihre Gedanken machen.«
»Schluß der Debatte!« rief der Dicke.
»Sie hat ja erst angefangen«, sagte Maggie. »Glaubt mir, liebe Freunde, wie können wir uns befreien, wenn wir uns von unseren eigenen Leuten so tyrannisieren lassen? Wir spotten über die Bourgeois, aber glaubt nicht, ein Bourgeois würde sich etwas Derartiges bieten lassen! Oder glaubt ihr vielleicht, die Liberalen Krupp und Stinnes und wie sie alle heißen, würden sich von ihrem Parteivorstand derartig schurigeln lassen?

Die schauen jedem auf die Finger, den sie bezahlen, und der dümmste Bourgeois würde in schallendes Gelächter ausbrechen, wenn sein Parteivorstand sich erdreisten wollte, nicht die Politik zu machen, die ihm befohlen wird... wie es sich gehört! Darum beantrage ich, den Erlaß des Vorstandes als unverschämt abzulehnen!«
Der Vorsitzende sprang auf. »Hier wird gar nichts abgestimmt!« schrie er. »Genossen, ich warne euch. Wo kommen wir hin, wenn jedes dumme Frauenzimmer das Recht hat, Abstimmungen zu verlangen?«
Ein alter Arbeiter erhob sich. »Der Ausdruck Frauenzimmer, den der Genosse Thiele gegen die Frau eines Gefangenen gebraucht hat, ist ungehörig. Aber, wo er recht hat, hat er recht. Hier kann nicht abgestimmt werden...«
»Warum nicht?« fragte Maggie.
»Weil das nun einmal nicht geht. Wir schließen also und danken der Genossin für ihre interessanten Ausführungen, über die man nachdenken kann. Ich glaube, das ist die Ansicht aller Anwesenden!«
Die Ansicht der Anwesenden war, es sei spät, man habe jetzt genug geredet, außerdem sei es ja diesmal wirklich ein lebendiger Abend gewesen. Also erhoben sie sich, um nach Hause zu gehen, während sich der Vorsitzende erleichtert hinsetzte, um sein Bier auszutrinken.
»Das hast du gut gemacht«, sagte Emil, als er mit Maggie auf der Allee war. Aber Maggie hörte ihn nicht. Sie nahm seinen Arm und ging mit fliegenden Schritten die Straße hinunter, um ihre Erregung zu überwinden. An der Ecke der Blumenthalstraße rief ein Junge Extrablätter aus. »Hast du Geld?« fragte Maggie. »Keinen Groschen«, sagte Emil.
»Das geht nicht mehr«, sagte Maggie. »Morgen muß ich mir eine Stelle suchen. Man verkommt ja, wenn man sich noch nicht einmal mehr eine Zeitung kaufen kann.«

6

Am nächsten Abend kam Emil zu Maggie ins Zimmer und sagte, wenn sie arbeiten wolle, könne sie anfangen, er habe

eine Stelle in der Fabrik für sie. Maggie schaute ihn erschrokken an, und Emil lachte. »Na«, sagte er, »macht dir scheint's doch keinen Spaß, ein richtiger Prolete zu werden, was?«
»Nicht den geringsten«, sagte Maggie, setzte sich aufs Bett und stützte den Kopf in die Hände. »Deine kleinen, feinen Spinnefingerchen werden allerdings Blasen bekommen.«
»Das freut dich wohl?«
»Freuen ist nicht das richtige Wort, aber es kann euch nichts schaden, wenn ihr einmal merkt, was unsereins schuften muß, um fressen zu können.«
Maggie betrachtete den Mann, der sich an den Tisch setzte. »Wenn du so gescheit wärst, wie du hübsch bist, wärst du mir lieber, leider Gottes bist du ein Kamel!«
»Der Koch ist nicht der richtige Mann für dich«, sagte Emil. »Du müßtest meine Frau sein. Ich würde dich einmal an einem Samstagabend solange durchwalken, bis dir alle deine Ausdrücke aus dem Schnabel fielen. Verdammt noch eins, man sagt immer, unsereiner hätte ein ungeschliffenes Maul. Aber wenn ich dich reden höre, komme ich mir direkt wie ein General vor.«
»Na ja, du bist eben ein Kamel«, sagte Maggie.
Emil war beleidigt. Maggie sah es, legte ihm die Arme um den Hals und sagte: »Weißt du, warum du ein Kamel bist?«
Granowski machte sich aus der Umarmung frei und sagte kurz: »Nein.«
»Weil du mich unterkriegen willst anstatt die Reichsregierung!«
»Verstehe ich nicht«, sagte Emil.
»Du hast mich sehr gern, und trotzdem kannst du es nicht lassen, dich an mir für das zu rächen, was dir und deiner Klasse angetan wird. Wenn du dich erforschst, wirst du mir zugeben müssen, daß es dich befriedigt, mich zu demütigen.«
»Soll ich vielleicht für dich arbeiten?«
»Davon kann gar keine Rede sein. Aber du sollst endlich aufhören, mir zu mißtrauen!«
»Du bist ein patentes Mädel, aber du bist nicht wie wir und wirst es nie werden. Das ist nun einmal so!«
»Du bist auch nicht wie die andern. Keiner ist wie ein zweiter. Die Menschen sind verschieden.«

Maggie, die seit einiger Zeit stark rauchte, bot Emil eine Zigarette an und ließ sich Feuer geben. Emil betrachtete sie. Was ihn jedesmal reizte, wenn er sich mit ihr unterhielt, war, daß sie seinen Hochmut verletzte. Man hatte ihn gelehrt, daß es richtige und falsche Ansichten gebe, und daß die Ansichten seiner Partei die richtigen, die aller anderen Menschen aber falsch seien.
Aber die Lehrer, welche Hunderttausenden von Arbeitern von der Art Emils diese Lehre vermittelten, waren von besonderer Art. Um ihre merkwürdige Politik, welche weder den Absichten noch den Interessen des Volkes entsprach, durchführen zu können, hüteten sie sich wohl, die Arbeiter daran zu gewöhnen, auf schlechthin alle Fälle der Willkür und der Unterdrückung, der Gewalttätigkeit und des Mißbrauchs der Gewalt zu reagieren, sondern sie lenkten das Bewußtsein der Arbeiter vorwiegend, ja man kann sagen ausschließlich, auf die Arbeiterklasse selbst. Damit erzeugten sie in den Arbeitern eine Stimmung, sich als eine Art auserwähltes Volk zu fühlen. Diese Stimmung wurde noch durch theoretische Abhandlungen unterstützt, welche den Arbeitern einredeten, der Gegner sei dumm, korrupt, heruntergekommen, er verfaule bei lebendigem Leib, und es nähere sich ein besonderer Tag, an dem alles anders aussehen werde.
So wurden die Arbeiter von zwei Dingen abgelenkt: von dem Gegner und von ihrer eigenen Führung, welche unterdessen ihre eigene, von niemand kontrollierte Politik machte.
Ein Mann wie Emil war zu klug, um nicht zu erkennen, wie sonderbar manches war, was der Parteivorstand machte. Da man ihn aber gelehrt hatte, Politik sei etwas, das man ausschließlich aus Büchern lernen könne, und da der Vorstand, der ihm, wie gesagt, oft reichlich sonderbar vorkam, hauptsächlich aus Arbeitern bestand, die mehr gelesen zu haben schienen als er, nahm er mit der Zeit eine Haltung ein, welche auch noch den Vorteil hatte, sehr bequem zu sein: er hielt sich für ungenügend aufgeklärt, um alles zu verstehen. Damit billigte er praktisch, was er in Gefühl und Verstand durchaus mißbilligte: das heißt, er hielt seinen Mund und ließ der Führung ihre Ruhe, die sie haben wollte.
In die Welt für sich, in die der Parteivorstand Emil eingesperrt

hatte, war Maggie eingebrochen, welche von diesen Dingen keine Ahnung hatte, sondern wie ein natürlicher Mensch auf die Ereignisse reagierte. Aber Emil konnte nicht anders empfinden und denken, als Maggie für einen Vertreter einer fremden, der feindlichen Welt halten, während sie dies in keiner Weise war, sondern nur ein unverbildeter Mensch, ja man kann sagen ein Mensch, der noch nicht im Interesse des Vorstandes gezähmt war.

Jedoch die Sache hatte neben der geschilderten theoretischen noch eine sehr praktische Seite. Maggie zustimmen bedeutete für Emil den Vorstand kritisieren, den Vorstand kritisieren bedeutete, aus der Partei ausgeschlossen zu werden, aus der Partei ausgeschlossen zu werden, bedeutete seine Freunde zu verlieren, ja diffamiert zu werden, denn auch dies hatte man allgemein gelehrt, daß der Mensch nicht nachdenken solle, sondern gehorsam sein müsse.

Emil ging auf und ab. Maggies Antwort, die Menschen seien verschieden, ärgerte ihn. Maggie dachte nach und rauchte. Die Zigaretten waren damals schlecht; plötzlich fiel die glimmende Spitze herunter und brannte in Maggies Rock ein Loch. »Mein bester Rock«, sagte sie ärgerlich. »Dreh dich, bitte, einen Moment um, ich will einen andern Rock anziehen und das Loch gleich stopfen.«

Emil, der noch keine Antwort gefunden hatte, blieb stehen. »Was ist denn das wieder für ein neuer Unsinn«, sagte er bebend vor Wut. »Kannst du dir so 'ne bürgerlichen Finessen nicht abgewöhnen? So was gibt es bei uns aber nun wirklich nicht. Kannst mir wahrhaftig glauben, daß du nicht das erste Weib bist, das ich in Hosen sehe.«

Maggie stand auf, ließ ihren Rock fallen, zog einen andern an und begann den ersten zu flicken.

»War es schlimm?« fragte Emil spöttisch.

»Für mich nicht«, antwortete Maggie, »aber für dich.«

»Für mich?« Granowski brüllte vor Lachen. »Für mich? Du wirst alle Tage besser. Glaubst du wirklich, daß ich jetzt Herzklopfen vor Aufregung habe? Willst du mal fühlen? Nein...? Hast du mal wieder Angst vor mir?«

»Ich bin überzeugt, daß du nicht das zarteste Herzklopfen hast. Das ist ja das Schlimme!«

»Das soll nun ein Mensch verstehen«, sagte Granowski, seinen Kopf schüttelnd. »Manchmal könnte ich beinahe glauben, du seist verrückt.«
»Du glaubst, lieber Junge«, sagte Maggie, den Faden im Mund spitzend, »du befreitest dich, wenn du deine Sinne abhärtest. Glaube einer alten Krankenschwester, daß du deine Empfindungen abstumpfst.«
Das Nähen langweilte sie. Sie erhob sich und legte einen gelben Schal um die Schultern, der ihr gut stand. Emil fühlte, wie ihm die leuchtende Farbe vor den Augen tanzte. »Ach, Gretl«, sagte er, »ich bin ja man bloß ein armer Hund, und ich glaube manchmal, du treibst einen schlimmen Spott mit mir. Ist es nicht so? Sagst mir so kalt, meine Sinne seien stumpf, wo du weißt, daß ich meinen besten Finger abhacken würde, wenn du mich mal in das Bett da ließest... einmal... nur ein einziges Mal... Wahrhaftig, nächstens werde ich es wie die auf dem Theater machen und vor dich hinknien, als wenn du so eine lausige Prinzessin wärst...!«
Maggie stand auf und sagte, vor ihm stehenbleibend: »Ich sag es nicht kalt... nicht... aber das gehört nicht hierher... aber niemals werde ich mich dir geben! Niemals! Aber ich will dir den Grund sagen. Ich kann vieles nicht verstehen, weil Koch nicht da ist, den ich fragen könnte. Aber ich fühle sehr gut, und weißt du, was ich fühle? Daß du mich halb willst und halb nicht willst. Du willst meinen Körper haben, aber meinen Kopf willst du nicht! Du willst meine Beine küssen, aber ich will auf den Mund geküßt werden...«
Emil wollte etwas sagen, aber Maggie hielt ihm den Mund zu. »Sei still. Wenn du mich liebtest, anstatt mich nur zu begehren, so würdest du mit mir reden und versuchen, mich zu überzeugen. Das tun die Männer so, und wir Frauen lieben es auch, ganz und gar die ihren zu werden, uns völlig hinzugeben. Aber vor dir weiche ich zurück, weil du etwas in mir zerstören willst, das dir unbequem ist. Du verlangst von mir alles, aber du bist zu feig, dich mir zu geben, ganz und gar. Du willst mich nicht in deine Arme nehmen, sondern unterkriegen. Du willst dich nicht an mir erfreuen, sondern deine größte Freude würde sein, mich zu bändigen, zu zähmen, und wenn es nicht anders geht, kaputt zu schlagen... Nein...

nein... sag nichts, ich bitte dich, sag jetzt nichts... denke nach... Ich weiß, daß es so ist... du bist ein schöner Mensch... es wird dir nicht an Mädchen fehlen... du liebst mich nicht, weil du noch nicht lieben kannst... Du willst nur einmal über mir sein. Du glaubst, ich sei verrückt, aber ich sage dir, ich liebe dich tausendmal mehr als du mich.«
Emil ging an die Tür. »Gehen wir morgen früh zusammen in die Fabrik?« rief ihm Maggie nach.
»Um zehn vor sechs geh ich«, sagte Emil, ohne sich umzuwenden, und verließ die Wohnung.

7

Seit seiner Flucht aus Lillis Zimmer und aus seinem Elternhaus lebte Ernst Chindler in Widze, einem Dorf in der Nähe der polnisch-russischen Grenze. Die Februarrevolution hatte den Kämpfen an seinem Abschnitt einstweilen ein Ende gesetzt. Dafür waren andere Kämpfe entbrannt. Wie in Belgien war auch in dem von den deutschen Truppen eroberten Polen eine Zivilverwaltung errichtet worden, welche der militärischen zwar unterstand, aber einen eigenen Bezirk, eben die zivile Verwaltung besaß, in der sie ziemlich selbständig schaltete. Diese Behörde ließ Straßen bauen, Wälder und Fluren meliorisieren, kümmerte sich um den Zustand der Elendsviertel in den größeren Städten und nicht zuletzt um das Schulwesen, das von einer Anzahl Lehrer einer gründlichen Reorganisation unterworfen wurde.
Diese Art Kriegführung war reichlich sonderbar, entsprach aber so sehr den damaligen Vorstellungen, daß nur wenige Menschen über sie nachdachten. War es nicht die natürlichste Sache von der Welt, ja die einfache Pflicht des Siegers, diesen Gebieten, welche um Jahrhunderte hinter der westlichen Zivilisation zurückgeblieben waren, wenigstens bescheidene Dosen europäischer Errungenschaften, Sitten und Ordnung zu bringen?
Die Bevölkerung erlaubte sich, darüber anders zu denken. Nicht allein die Zivilverwaltung, sondern besonders deren Tätigkeit kostete Geld, und den Land- und Forst- und Schul-

räten, welche sich niederließen, folgten die Steuerbeamten auf dem Fuß, welche jene Gelder einzogen, die gebraucht wurden. Die Polen bemerkten, daß sie unter russischer Verwaltung zwar weniger kultiviert, aber freier und billiger gelebt hatten.

In dem Bezirk, in dem Ernst Chindler stand, lag noch ein anderes Land, das weder polnisch noch russisch sein und bleiben wollte, Litauen. Erfreuten sich nun die Polen der Hilfe mächtiger, wenn auch nicht gerade geistvoller Politiker und Generale, so hatten die Litauer weniger Glück. In diesem Land, das vor Jahrhunderten seine Selbständigkeit verloren hatte, lagen die Dinge insofern kompliziert, als die größeren Güter fast ausnahmslos in den Händen des polnischen Adels lagen und das wohlhabende Bürgertum in den Städten halb polnisch, halb jüdisch war. Litauisch waren nur die Bauern und die Intelligenz, welche auch die politische Führung hatte. Zu ihrem Unglück waren sie zu jener Zeit auch noch Demokraten.

Ernst Chindler interessierte sich für das merkwürdige Gemisch von Völkern: Russen, Polen, Weißrussen, Juden und Litauern, das in seinem Gebiet zusammenlebte, und besonders für die Litauer. Er hatte einen jungen Lehrer kennengelernt, der fehlerfrei Deutsch sprach, ebensogut aber auch Russisch, Polnisch und Griechisch, und Chindlers Freund Mahritz griechischen Unterricht gab.

Der Mann weckte Chindlers Interesse für seine Landsleute. Eines Tages überreichte ihm der Lehrer eine Denkschrift, welche sich gegen eine Broschüre richtete, die eine Anzahl polnischer Adeliger an die Deutsche Reichsregierung gerichtet hatte. Die Polen verlangten eine Vereinigung der Staaten Polen und Litauen, wogegen sich die Litauer, unter Hinweis auf »den aggressiven Charakter des neupolnischen Imperialismus« wehrten.

Chindler, dem der leidenschaftlich-flammende Stil des Aufrufs gut gefiel, gab die Denkschrift, die übrigens ordnungsgemäß nach Berlin gegangen war, einem Forstbeamten, der sich ebenfalls für Minderheitenfragen zu interessieren schien. Zwei Tage danach kehrte er vom Dienst (man hatte vier Stunden Handgranatenwerfen geübt) in sein Quartier zurück, als

ein General ins Zimmer trat und Chindler in äußerst schroffer Weise zur Rede stellte. Das Quartier war die enge und niedrige Stube eines Holzhauers, die Chindler mit seinem Freunde Mahritz und einem dritten Offizier teilte. Mahritz lag auf einer Matratze und las Euripides, während Chindler am Fenster saß und in die Gegend schaute. »Ich muß meiner allerschärfsten Verwunderung Ausdruck geben«, schrie der General noch unter der Tür, »daß sich unter meinen Offizieren Herren befinden, welche Hetzschriften (der General fuchtelte bei diesem Wort mit den Schreibmaschinenblättern in der Luft herum) nicht allein lesen, sondern verbreiten!«
Chindler, der sich erhoben hatte, war maßlos überrascht. Er gestatte sich zu bemerken, antwortete er, daß die gesamte Schrift in keiner Weise ein illegales Produkt sei, sondern in voller Öffentlichkeit hergestellt und an die Berliner Regierung abgesandt.
Der General wurde erst recht wütend. Krebsrot im Gesicht brüllte er: »Sie wissen vielleicht besser als mancher andere unter uns, daß die Regierung, oder was sich so nennt, bedauerlicherweise gezwungen ist, auch zu den Hetzschriften der Sozialdemokraten Stellung zu nehmen. Ich möchte aber denn doch nicht annehmen, daß Sie daraus folgern, diese Schriften seien infolgedessen keine Hetzschriften. Wenigstens denke ich und gottlob auch *meine* Verwandtschaft so.«
Chindler empfand die doppelte Anspielung des Generals auf Maggie als Ohrfeigen. Als der General gegangen war, blieb er unbeweglich stehen. Mahritz machte sich am Tisch zu schaffen und sagte schließlich: »Jetzt hat der Kerl die Schrift wieder mitgenommen. Und ich hätte sie so gern gelesen.«
Chindler mußte lachen, und Mahritz redete ihm zu, den dummen Büffel (wie der General genannt wurde, weil er immer Büffel schießen wollte) nicht ernst zu nehmen.
»Gestern«, sagte Chindler, »war ich der größte Gegner meiner ahnungslosen Schwester. Heute fange ich an, ihr Verbündeter zu werden. Dieser Terror ist unerträglich. Wir müssen dahin kommen, daß in einem großen Land mehrere Ansichten nebeneinander existieren können.«
Drei Tage später verunglückte der »Büffel« tödlich auf der Jagd. Mahritz war froh, denn Chindler hatte geschworen, die

Sache bis zu jeder Konsequenz durchzufechten. Chindler blieb bedrückt. Warum war alles so miserabel?
Am Nachmittag, als Chindler müde und völlig durchgeregnet von der Beerdigung des Generals kam, traf er den Litauer, der auf dem Wege zu Mahritz war. »Denken Sie nur, was jetzt wieder geschehen ist«, sagte der junge Mensch, der übrigens erschreckend unterernährt aussah, »jetzt hat Ihre Verwaltung deutsche Lehrer in unsere Schule geschickt, die unsere Kinder in eurer Sprache unterrichten!«
Mahritz, der die beiden hatte kommen sehen, war ihnen entgegengegangen und hörte dem Lehrer zu. Als der Litauer schwieg, sagte er: »Ihrem Schmerze sind Grenzen gesetzt, mein Verehrtester. In unserer Sprache – ich möchte Sie übrigens bitten, die amtlichen Bekanntmachungen nicht unbedingt für deutsche Erzeugnisse zu halten – in unserer Sprache gibt es einige sehr hübsche und einige sehr gute Bücher, die zu lesen und kennenzulernen euren Kindern nichts schaden kann.«
Der Litauer blieb stehen und hob die Arme empor, als ob er Mahritz umarmen wolle. »Wo bist du?« begann er zu deklamieren:

»... trunken dämmert die Seele mir
Vor aller deiner Wonne; denn eben ist's
Daß ich gelauscht, wie, goldner Töne
Voll, der entzückende Sonnenjüngling ...«

»Wem sagen Sie das, Herr Baron?« fuhr er fort, während seine Augen vor Begeisterung glänzten. »Kann jemand eure Bücher besser kennen und mehr lieben als ich? Aber ich habe sie freiwillig lieben gelernt, und darum fürchte ich, daß eure Lehrer, die von Bajonetten beschützt unsere Schulen betreten, in unseren Kindern sogar gegen einen Hölderlin Abscheu erregen werden.«
Chindler nickte mit dem Kopf, während Mahritz nach einer Weile sagte: »Lasset uns fortfahren, Griechisch zu lernen!«
Ernst ließ die beiden Herren allein weitergehen und setzte sich in die Sonne, um seine Uniform trocknen zu lassen. Der kleine Schulmeister trippelte aufgeregt neben dem riesigen Mahritz her, der sein Monokel zwischen Daumen und Zeigefinger auf dem Rücken hielt und weitausgreifend dahinschritt.

Der Zufall hatte Mahritz wieder mit Chindler zusammengeführt und die Freundschaft der beiden, die nach der Champagneschlacht entstanden war, hatte sich in den letzten Monaten noch vertieft. Mahritz besaß zwei Güter in der Uckermark und gehörte einer alten preußischen Familie an. Im ersten Jahr des Krieges war sein bester Freund, der Maler Seckendorff, gefallen, eben jener, dessen Selbstbildnis Theodor Chindler im Hause Schlappert in Dahlem bewundert hatte. 1915 fielen Mahritzens einziger Bruder und kurz darauf sein Schwager, der Mann seiner einzigen Schwester. Da seine Eltern vor dem Krieg gestorben waren, stand er nun allein in der Welt, und wenn sein Herz auch viel echte Sympathie für Chindler hatte, so war doch Chindlers Zuneigung zu ihm weit größer. Mahritz war durch die furchtbaren Verluste, die er erlitten hatte, zu tief getroffen; er hatte nicht mehr die Kraft, sich noch einmal an einen Menschen anzuschließen. Sein Leben sei abgeschlossen, sagte er eines Abends zu Ernst Chindler, er warte nur noch darauf, dem Tod zu begegnen und ebenfalls zu fallen. Dazu kam, daß seine Entwicklung nicht die übliche seiner Sippe gewesen war. Durch Seckendorff war er vor dem Krieg nach Paris gekommen und lernte dort Männer wie Gide und Picasso kennen und bewundern. Damals machte er auch selber Verse, und Übersetzungen von Gedichten Claudels, die er in der »Neuen Deutschen Rundschau« veröffentlichte, erregten Aufsehen und wurden von Rilke gelobt.
Dann kam der Krieg.
Mahritz, der nicht viel redete, aber eine ungewöhnliche Menschenkenntnis besaß, beobachtete scharf und genau alles, was um ihn herum vorging. Zum ersten Male in seinem Leben kam er im Feld (wie übrigens Tausende andere auch) mit dem Volke zusammen, dem er angehörte, mit Bayern, Hessen, und Sachsen, mit Arbeitern, Bauern, Kaufleuten und Gelehrten. Bis dahin hatte er nur seine Verwandten, die Arbeiter auf seinen Gütern und einige Franzosen gekannt. Je länger der Krieg dauerte, desto deutlicher sah er den entsetzlichen Widerspruch unseres Volkes zwischen seiner beispiellosen Tapferkeit und seiner politischen Unbildung. Ein Schriftsteller, Wilhelm von Schramm, hat viele Jahre später formuliert, was

Mahritz damals empfand und tödlicher verwundete, als die persönlichen Verluste, die ihn trafen. »Man wollte in Deutschland das Volk im Heere erfassen, aber man hat es versäumt, unser Volk, die einfachen, gerade gewachsenen tüchtigen jungen Männer zu ihrem natürlichen Stolze, zu Selbstbewußtsein, zu Selbstverantwortung kommen zu lassen. Es entstand eine Abhängigkeit von der Führung im deutschen Heer, die im Krieg gefährlich geworden ist. Der deutsche Soldat wurde leicht hilflos, wenn die Offiziere gefallen waren oder versagten. Wir haben nie jene bewegliche praktische Einzeltaktik des wahren Volksheeres beherrscht, wie die Franzosen bereits zu Anfang des Krieges, die oft mit einzelnen Baumschützen, versteckten Maschinengewehren manchen schwungvollen Angriff zum Scheitern brachten. Gerade jenes Legere, halb Zivilistische, das uns an fremden Heeren so unzulänglich schien, entsprach sehr gut dem Geist dieser Zeit und dem späteren unheroischen Geist des Krieges. Man hatte den Eindruck, als wäre von jeher der einfache Mann im französischen Heer mehr auf sich selbst gestellt gewesen, er war im Gelände geschickter, im Stellungskrieg entschieden aktiver als wir, während wir oft, gerade im Graben, über die mangelnde Initiative des einzelnen Mannes zu klagen hatten. Aber jetzt rächten sich der starre Geist und die uniformierte Erziehung des alten Heeres. Man hatte vielfach statt Unterordnung nur eine unsoldatische Servilität gefördert, aber den Stolz, die Unternehmungslust, den natürlichen Sinn des Mannes für Kriegerisches gebrochen.«

Die Sklaverei, die aus jedem Leutnant einen Aufseher, aus jedem Hauptmann einen Oberaufseher und aus jedem General einen Aufseher der Aufseher machte, peinigte Mahritz so heftig, daß er, der nicht nur ein hochintelligenter Mensch war, sondern auch den kalten Hochmut eines preußischen Granden besaß, sich wiederholt zu Äußerungen hinreißen ließ, die seiner militärischen Karriere schadeten. Sein Selbstbewußtsein und seine Klugheit machten ihn der Kamarilla verdächtig, die vom ersten Tag des Krieges an offen und zynisch weniger daran dachte, den Krieg zu gewinnen, als ihre ererbte soziale Stellung zu behaupten. Als der Kammerherr von O. in der Zeit der wachsenden Hungersnot erklärte, er lasse seine

Felder brach liegen, die Preise seien ihm zu niedrig, schickte ihm Mahritz eine Forderung. Er bekam nie eine Antwort. Maggies Weg nach Berlin, von dem ihm Ernst Chindler erzählt hatte, gefiel ihm. Denn hierin war er total ein oppositioneller Bourgeois, daß er wohl deutlich alles Falsche und Verhängnisvolle sah, aber alles Heil von irgendwelcher Tätigkeit irgendwelcher anderer Leute erwartete. Er selber blieb, was er war, ein Offizier, der gehorchte und seine Pflicht tat. »Geh doch nach Berlin, laß dich in den Reichstag wählen und sag den Kerlen deine Meinung«, sagte ihm Chindler einmal. Mahritz lachte. »Siehst du nicht, wie ohnmächtig dein Vater ist? Soll ich auch ein solcher Regierungszuhörer werden? Und dann... sich wählen lassen... du bist naiv, lieber Freund... glaubst du, bei uns würden die Abgeordneten vom Volke gewählt? Ja, wenn dem so wäre...! Bei uns werden die Herren Reichstagsbeamten von den Parteien gewählt, und Parteien sind Apparate, in denen Männer entweder zerquetscht oder zu Angestellten gemacht werden. Frag einmal deine Schwester... sie wird dir bestätigen, daß sie vor ihrem Ebert genau so stramm stehen muß, wie vor meinem Hindenburg. Wozu die Farbe wechseln, wenn alles der gleiche Dreck ist?«

8

Wie angenehm die Sonne war. Ernst Chindler drehte sich und mußte lachen, als er auf der anderen Seite der Straße einen Mops liegen sah, der sich genau so dehnte, ehe er sich erhob, um sich im Schatten einer Mauer wieder hinzulegen. Eine Ordonnanz ging vorbei. Chindler zog seinen linken Ärmel zurück. Es war vier Uhr. Auf sechs Uhr war Dienst angesetzt. Der »Büffel«, der nun in die ewigen Jagdgründe übergesiedelt war, hatte ein strenges Regiment geführt. Da sich die Russen nicht rührten, hatte er seinen Leuten Bewegung verschafft. Die Ordonnanz kam wieder zurück. Der Mann war von Beruf Gärtner, aber das Glück, nun eine Art Beamter geworden zu sein, hatte ihn so verändert, daß er sich haargenau die Bewegungen eines Landbriefträgers angewöhnt hatte. Er blieb vor Chindler stehen und überreichte ihm die Post, einen Brief

seines Vaters und eine Postkarte. Ernst überflog die Karte, die von Lilli war, und öffnete den Brief.
Beim Lesen hielt er öfters das Papier dicht vor die Augen; die Schrift des Abgeordneten war stellenweise fast unleserlich, und man merkte dem Brief die große, mühsam verhaltene Erregung an, in der sich der Schreibende befand. »Mein Kampf gegen die unfaßliche U-Boot-Politik war vergebens; um so mehr haben mir die Ereignisse recht gegeben. Jetzt hat uns Amerika den Krieg erklärt, und mir graut, wenn ich gezwungen bin, das hochmütige Gespött unserer Pfahlbürger über die militärische Inferiorität dieses Landes anzuhören, das ein ganzer Erdteil ist!«
Noch sind die Amerikaner nicht gelandet, dachte Ernst. »Ob wir uns jemals wiedersehen? Manchmal ist mir alles gleich. Meine Niederlage in der U-Boot-Frage hat mich fast zerstört. Ich kann es nicht überwinden, daß ich so feig war, trotzdem in der Partei und in der Fraktion zu bleiben. Als diese Knechte der Regierung einen Blankowechsel ausstellten, hätte ich meinen Hut nehmen und gehen sollen! Warum blieb ich still? Ich will es Dir sagen. Wenn Du Dich einmal nach dem Krieg um die Politik Deines Vaterlandes kümmern wirst, wirst Du erkennen, daß bei uns die Politik leider nicht vom Volke gemacht wird, sondern von Apparaten. Von Natur aus ist die Politik ein flüssiges Element, wie die Beziehungen der Menschen, der ewig wandernden, sich und ihre Verhältnisse immer wandelnden Menschen flüssige sind. In unserem Land hat man sie zu etwas Starrem gemacht. Wenn ich also heute den Apparat Zentrum verlasse, bleiben mir nur zwei Wege: entweder schließe ich mich einem anderen Apparat an. In diesem Fall muß ich meine bisherige, alleinseligmachende Zentrumsdoktrin abschwören und, was schlimmer ist, eine neue Doktrin beschwören, eine linke oder rechte, eine nationalistische oder sozialistische. Du siehst, wir sind Wagenräder geworden, und wenn ich den Zentrumskarren nicht mehr rollen will, muß ich einen andern an meinen Buckel binden. Oder, ich muß ins Nichts gehen. In andern Ländern kann man in einem solchen Fall Journalist werden oder eine Zeitschrift gründen. Man wird gelesen, beachtet, diskutiert. Bei uns sind Zeitungen ohnmächtige Gebilde. Selbst wenn wir die

miserable Zensur nicht hätten, die unserem Volk den Verstand nimmt, indem sie es daran hindert, zu denken, wären die Zeitungen so einflußlos, wie sie sind. In meiner Verzweiflung habe ich mich (gegen den Rat eurer klugen Mutter!) hinreißen lassen, eine kleine Versammlung meiner Wähler einzuberufen. Sie kamen, sie hörten mich an, und um ein Haar hätten sie mich gesteinigt. Für diese armen Teufel hat nicht das Argument recht, sondern die – Partei. Sie hörten mir zu, aber als sie bemerkten, daß ich in der U-Boot-Frage einen anderen Standpunkt als die Partei einnahm, wurden sie unruhig. Im ganzen Saal war kein einziger Mensch, der bereit war, einmal ruhig und sachlich über die Frage U-Boot-Krieg oder nicht nachzudenken. Jeder einzelne vielmehr war nervös und befürchtete, ich wolle seine geliebte Partei beschädigen, und dafür war keiner zu haben. Mag geschehen was will, die Partei des katholischen Volkes muß bleiben, dies war ihr Kampfruf! Das ist zwar gut katholisch, aber politisch ist es nicht, doch halten diese Männer genau das für Politik.«
Ernst gähnte und legte den Brief neben sich auf einen Feldstein. Was ihm sein Vater schrieb, war genau dasselbe, was ihm Mahritz gesagt hatte. Aber wie quälend war es, wie niederdrückend! Gerade weil er sich so gern trüben Gedanken überließ, konnte Ernst Chindler jammernde Menschen nicht leiden.
Ein Automobil fuhr vorbei. Ein Insasse, den Chindler nicht erkannte, winkte ihm zu; dann war der Wagen vorübergesaust. Er lehnte sich zurück und nahm den Brief wieder auf, um ihn zu Ende zu lesen. »Deine Frau hat uns geschrieben und gebeten, für einige Zeit zu uns kommen zu dürfen. Wir haben sie natürlich herzlich eingeladen. Man muß unsere wirren und verwirrenden Zeiten in Rechnung stellen; darum sagen wir, was auch immer geschehen ist, sie wird uns sehr willkommen sein. Allerdings wäre es vielleicht gut, Du, als ihr Mann, würdest ihr schreiben, sie möchte doch vermeiden, von Deiner Schwester zu sprechen. Deine Mutter hat eben angefangen, sich zu beruhigen. Für mich selber ist der Fall erledigt, der das Ansehen unserer Familie auf das schwerste geschädigt hat.«
In einem Postskriptum stand: »Warum kämpft ihr eigentlich

noch im Osten? In Rußland ist doch Revolution! Man mache doch Frieden! Aber ich sehe schon kommen, daß die polnischen Junker die preußischen bewegen werden, euch für die Interessen podolischer Gutsbesitzer in neue Schlachten zu führen.«

Lillis Entschluß, wieder nach Neustadt zu gehen (von dem auf ihrer Karte nichts stand), wunderte Ernst. Ich muß ihr schreiben, dachte er, aber was? Was? Was? Seit seiner Flucht aus ihrem Zimmer hatte er sich nicht entschließen können, ihr jenen Brief zu schreiben, der fällig war.

Er stand auf und schaute nach Westen. Das Dorf Widze bestand aus einem Dutzend Holzhäuser. Sie lagen rechts und links von der Straße, welche die übliche flußartige Breite und Bodenlosigkeit polnischer Straßen hatte. Die Mauer, in deren Schatten der Mops lag, umzäumte einen Friedhof. Einen Teil der Anlage hatten die Schlachten des vergangenen Jahres verwüstet, ein anderer war neu hergerichtet. Dort ruhten deutsche und russische Gefallene nebeneinander beerdigt. Am Ende der Siedlung erhob sich eine hölzerne Synagoge. Chindler schaute der Straße nach, die sich bald hinter dem Dorf im Walde verlor. Hinter dem Wald lagen Dörfer, hinter den Dörfern lagen Wälder, hinter den Wäldern lag Deutschland; 1000 Kilometer weit entfernt. Niemand konnte so weit sehen. Man sieht sie nicht, dachte er, es ist zu weit. Aber selbst, wenn man dort ist, wenn man in Berlin auf dem Potsdamer Platz steht, sieht man es nicht, das ist das Sonderbare! Und man kennt es gar nicht.

Er ging in seine Stube, setzte sich an den Tisch, ließ sich einen Kaffee machen und schrieb an seine Frau.

»Liebste Lilli. Ich danke Dir, daß Du meine kurzen Karten richtig verstanden hast. Um Dir den Brief zu schreiben, den zu verfassen ich jetzt versuche, brauche ich Ruhe und Sammlung. Seit meiner Flucht aus Deinem Zimmer hatte ich weder die eine noch die andere. Du hast mir zwar meine Karten auch nur mit Karten beantwortet, aber das habe ich gut verstanden, die Reihe der Erklärungen ist jetzt an mir. Ich liebe Dich genau so, wie ich Dich immer geliebt habe...« Der Schreibende hielt inne, es ist die Wahrheit, dachte er, diese Frau, wie sie ist, oder keine... Er tunkte die Feder wieder ein.

»Wenn ich das sage, weiß ich wohl, daß ich die Wahrheit sage, und bin gleichzeitig erstaunt. Wie kommt es, daß die Sache mit H., die Du mir erzählt hast, meine Liebe nicht getötet hat? Warum empfinde ich so wenig Haß gegen H.? Nun, ich möchte ihm nicht raten, mir zu begegnen, aber als ich heute früh wieder einmal daran dachte, ihn zu fordern, merkte ich, daß mir dieser Gedanke nicht aus einer gebieterischen Empfindung kam. Begehe ich einen Fehler, wenn ich mich so selber mit des Gedankens Blässe ankränkele? Bin ich ein Schwächling geworden? Ich lege mir diese Frage vor und beantworte sie nach reiflicher Überlegung mit ja und mit nein! Seit dieser Krieg von irgendwelchen Leuten eingeleitet worden ist und wir die Aufgabe hatten, ihn weiterzuführen, ist jeder einzelne von uns gezwungen, soviel Kraft an seinen Beruf und die Erfüllung seiner Pflichten zu geben, daß einem fast keine Kraft mehr für das eigene Leben bleibt. Wenn Du mich im Feld sehen könntest (was eine schlechte Organisationswut viel zu generell verbietet), würdest Du merken, daß ich kein Schwächling bin. Ich kann sagen, daß ich verhältnismäßig kaltblütig kämpfe, wenn auch ohne besonderen Elan, weil diese Maschinenschießerei mich schon längst langweilt. Siehst Du mich aber, wenn ich auf Urlaub bei Dir bin, siehst Du einen Mann, der wirklich auf Urlaub ist, das heißt einen Menschen, der, wenn er bei Dir ist, nicht dort ist, wo er hingehört, sondern dort, wo er nicht hingehört. Dies wird ganz allgemein zu wenig beachtet! Außerdem siehst Du dann einen Menschen, der nur mehr über jenen *Rest* von Kraft verfügt, der ihm für das bleibt, was wir das private Leben nennen (oder richtiger gesagt einmal genannt haben). Einfach ausgedrückt könnte man also sagen, daß ich ein guter Offizier bin (entre nous: man sollte nicht mehr Offizier sagen, sondern Verteidigungs- und Angriffsbeamter!), aber ein schlechter Ehemann; und dies ist die Wahrheit. In der offiziellen Propaganda, die ins Volk geschossen wird, gibt es das nicht. Aber wenn Du mich und alle meine Freunde ansiehst, ja alle Männer, die Du etwas genauer beobachten kannst, wirst Du sehen, daß es dies gibt...

Ich wurde unterbrochen. Mahritz kam ins Zimmer, verstaubt, verdreckt, müde und von gestern auf heute so gealtert,

daß ich ihn im ersten Augenblick gar nicht erkannte. Er legte sich auf unser ›Sofa‹. Als ich fortfahren wollte, Dir zu schreiben, kamen wir ins Gespräch. Er meinte, man solle keine Briefe schreiben; schon Sprechen sei gefährlich, Schreiben aber habe jedesmal die entsetzlichsten Folgen. Wir disputierten darüber. Jetzt, wo ich wieder allein bin, scheint er mir recht zu haben. Wenn ich Dir alles schreiben wollte, was mir durch den Kopf geht, so würde ich Dich wahrscheinlich ein wenig erschrecken. Indem ich Dir aber dies schreibe, begehe ich wahrscheinlich den Fehler, mich in Deinen Augen als hinterhältig und unaufrichtig darzustellen. Du siehst, die Beziehungen zwischen den Menschen sind unklar, verwirrt, regellos, überkompliziert geworden. Der Gehorsam hat unsere Individualität zerstört. Und das Schlimmste ist, daß es überhaupt keine Wahl mehr gibt. Denn wir sind zwar Menschen gehorsam, aber wir erkennen dabei, daß wir es den Verhältnissen sind...
Mahritz hat mich abermals unterbrochen. Er kam zurück und erzählte, daß unser Unteroffizier Oberholzer gestern abend gefallen ist. Mahritz war schon um vier Uhr früh aufgebrochen, um ihn zu suchen. Oberholzer, übrigens ein Münchner, war ein Mann, mit dem verglichen Egmont ein langweiliger Waschlappen ist (ich habe dieses Stück bei einem hiesigen Rabbiner gefunden und wieder gelesen). Aber der Krieg ist, wie gewisse Leute richtig bemerkt haben, eine Auslese der Besten, und so hat der alte Mörder sich auch diesen besten Mann für seine feuchten Gräber ausgelesen.
Was grüble ich? Wir sind von dieser Zeit, die sich groß nennt, verpflichtet, nicht mehr zu denken und nichts mehr zu empfinden. Ein unbrauchbarer Narr, wer darüber nachdenken wollte, warum ein Mann wie Oberholzer krepieren mußte, ein halber Deserteur, wer sich erlaubte zu weinen! Wie das verhärtet! Wie man beginnt, ruchlos und phlegmatisch zu sagen: Mann ist Mann, Weib ist Weib, macht was ihr wollt! Ich bin Dein Mann, aber bin ich Dein Besitzer? Besitz... wie mich das langweilt, wo ich nicht einmal mein Leben besitze, da ich es doch vermietet habe! Um wieder der Mann zu werden, den Du (vielleicht?) haben willst, müßte ich mit Dir in die Schweiz fliehen, aber ich fürchte, daß ich bereits so son-

derbar geworden bin, daß ich dort vor Langeweile zugrunde gehen würde. Genug der verrückten Sätze. Ich möchte einen Brief von Dir haben. Noch lieber hätte ich Dich hier, in diesem schmutzigen Holzhaus, das gar nicht so übel ist. Vorhin habe ich zwei Stunden lang nach Deutschland hingeschaut. Warum ist dort alles so still, langweilig? Man hört nichts, wenn man lauscht. Seid ihr alle eingeschlafen? Und falls es dort keine Männer mehr geben sollte, könntet nicht ihr Frauen ein bißchen eure Stimme erheben, Lärm machen, ein wenig Bewegung in dieses allzu zahme Gebilde bringen, für das man neuerdings den Namen Heimat erfunden hat?
Ich umarme Dich! E.«
Zwei Tage später riß ihm eine Granate den Bauch auf.

9

Keiner unter den Arbeitern wußte, wem die Fabrik gehörte, in der Maggie neuerdings arbeitete. Nachdem Maggie mehrere Kollegen vergebens gefragt hatte, verspottete man sie.
»Die Hauptsache, Mädel, ist, daß du dein Geld kriegst«, sagte ein Dreher, »hast du deine Tüte bekommen?«
»Ja«, sagte Maggie.
»Na, also, da hast du Wissenschaft genug!«
Endlich erfuhr Maggie, daß die »Maschinenfabrik Spandau A. G.« zu einem Viertel einer Berliner Bank und zu drei Vierteln einer Familie Müller gehörte, die in Westfalen auf zwei Gütern wohnte. Bis zum Krieg war das Unternehmen schlecht gegangen; seit 1915 wurde Tag und Nacht in drei Schichten gearbeitet.
Emil Granowski hatte gut vorgesorgt. Maggie wurde in der elektrotechnischen Abteilung als Lageristin beschäftigt, brauchte also nicht an der Maschine zu arbeiten und Granaten zu drehen, wovor sie sich gefürchtet hatte. Das Lager befand sich am Ende der Halle, hinter der Werkstatt der Monteure. Außer Maggie arbeiteten dort noch zwei Männer, ein Franzose und ein Russe, beides Kriegsgefangene. Auf der Leiter stehend und die Regale einräumend, begann Maggie sofort eine Unterhaltung mit dem Franzosen. Sie erfuhr, daß er Jean

Duval hieß und bis zum Krieg Taxichauffeur in Paris gewesen war. In St.-Denis warteten eine Frau und zwei Kinder auf ihn. Der Russe Sergei Potemkin, ein Arbeiter aus Kiew, der kein Wort Französisch und knapp zehn Worte Deutsch konnte, hörte mit strahlendem Gesicht zu; glücklich, daß sich endlich jemand mit ihm unterhielt, ob er es verstand oder nicht.
Eine Woche verging, als der Meister ins Lager kam (ein weißhaariger Mann namens Robert und ein Freund von Emil) und Maggie beiseite nahm. »Von mir aus«, sagte er mit ernstem Gesicht, »kannste den Franzosen heiraten, aber schwätzen geht nicht. Die Werksleitung hat Spione im Betrieb. Wenn man dich anzeigt, kommst du vors Militärgericht! Dazu bist du mir zu schad!«
Maggie dankte ihm und setzte ihre Unterhaltungen mit dem Franzosen flüsternd fort. »Könnten Sie mir nicht einmal eine Zeitung besorgen?« zischte Duval eines Tages. Am folgenden Tag brachte ihm Maggie alle Zeitungen mit, die sie nur hatte auftreiben können, »Matin«, »Gaulois«, »Temps«, »Humanité«. Mit Hilfe des Russen, der aus dem Strahlen überhaupt nicht mehr herauskam, versteckte Duval die Blätter unter seinem Hemd und in seinem Brotbeutel. »Prenez garde!« sagte Maggie. Duval salutierte. Aber er war nicht vorsichtig. Als Maggie am nächsten Morgen über den Fabrikhof ging, wo die Gefangenen in Reih und Glied aufgestellt auf das Signal zur Arbeit warteten, ging ein Ruck durch die Reihe und wie ein General wurde Maggie mit einem donnernden »Bonjour, Mademoiselle Maggie!« begrüßt. Maggie wurde rot bis hinter die Ohren. Die Posten, zwei Landsturmmänner, schauten den Vorgang verwundert an.
Am Abend sprach Emil Granowski Maggie an, die er auf seine Weise überwachen ließ. »Das geht schief, Grete«, sagte er. »Die ganze Bude spricht schon von dir.«
»Besser *es* geht schief, als ich gehe schief«, sagte Maggie.
Die Lageristin hatte nicht nur das Hauptlager in Ordnung zu halten, sondern auch die Bestände in den verschiedenen Abteilungen des Werkes zu ergänzen. Vom Schraubenlager herab, das auf einer Galerie in halber Höhe der riesigen Halle untergebracht war, hatte Maggie einen Rundblick über das Werk. Über dem Getriebe stehend, betrachtete sie das sinn-

voll organisierte Durcheinander von Treibriemen, Maschinengestängen und Rädern. Auf jedem Quadratmeter Boden, der nicht unbedingt für die Dynamos benötigt wurde, standen Drehbänke, an denen Mädchen und Frauen, bespritzt von Seifenwasser und mit feinen Metallspänen übersät, Granaten drehten. Auf hohen Leitern standen Arbeiter, die endlose Rollen von Seidenband abspulend, vorsichtig die einzelnen Drähte und Kabel voneinander isolierten. Maggie sah, daß ihre Bewegungen in erstaunlicher Weise den Bewegungen von Krankenschwestern glichen, die Verwundete verbinden. Über dem Getriebe von Männern, Frauen, Mädchen, Maschinen, Rädern, Lederbändern und dem worteverschlingenden Lärm kreiste der schwere Kran, der unaufhörlich damit beschäftigt war, Eisenblöcke an einer Stelle aufzuheben, um sie an einer anderen wieder niederzusetzen. Unter allen Arbeitern bewunderte Maggie den Kranführer am meisten und seine rasche, präzise und vorsichtige Arbeit. »Die Fabrik gefällt mir«, sagte sie zu Emil. Granowski lachte. »Ich hatte mir so was viel eintöniger, stumpfsinniger gedacht«, fuhr sie fort. »Aber es ist bewegt, man sieht etwas, man bewegt sich ... nur der Lärm ist unerträglich, und ich kann mir noch nicht vorstellen, wie ich das fürchterliche Getöse auf die Dauer ertragen soll.«
»Du hast noch nicht an der Maschine gestanden«, sagte Emil.
Maggie schwieg. Emil hatte recht. Der Unterschied zwischen ihrer Arbeit und der Arbeit der Frauen, die acht Stunden (und viele länger) an einer Maschine standen und unausgesetzt dieselben Handgriffe machten, dieser Unterschied mußte groß sein.
Duval brachte Fotos seiner Frau und seiner Kinder mit und zeigte sie Maggie. »Wenn der Krieg vorbei ist, müssen Sie zu uns kommen. Oh, wenn Sie wüßten, wie meine Kinder Sie lieben werden!« Potemkin stand dabei, und Maggie sah, daß er Tränen in den Augen hatte. Wie viele russische Gefangene wurde er immer bleicher und dünner. Unter der allgemeinen Hungersnot litten auch die Gefangenen und unter diesen wiederum am meisten die Russen, die schon längst von ihren Angehörigen keine Pakete mehr bekamen. Überhaupt wur-

den sie geringer geachtet, und im Werk schanzte man ihnen die schwerste Arbeit zu. Eines Tages, als Maggie auf der Galerie arbeitete, sah sie, wie ein Monteur Potemkin aufforderte, einen schweren Motor zu nehmen und fortzutragen. Potemkin, der ein schwächlicher Mensch war, weigerte sich; selbst zwei Potemkins hätten diesen Eisenblock nicht zu heben, geschweige denn zu tragen vermocht. Potemkins Weigerung schien den Monteur rasend zu machen. Ohne die Worte verstehen zu können, sah Maggie den Monteur sprechen, dann Potemkin, dann wieder den Monteur und plötzlich sah sie, wie der Monteur mit wutverzerrtem Gesicht einen massiven Schemel hochhob, um ihn dem Russen auf den Schädel zu schlagen. Maggie, über die Brüstung gelehnt, schrie so gellend, daß ihre Stimme den Fabriklärm übertönte. Im letzten Moment sprang ein Arbeiter herbei und schlug den Schemel mit einer Stange zur Seite.
Am nächsten Tag erschien Potemkin nicht; wahrscheinlich war er bestraft worden. Statt seiner kamen zwei andere Russen, die beide etwas Deutsch verstanden. Nach einer Woche faßten sie Vertrauen zu Maggie und erzählten ihr sonderbare Dinge, die ihr großen Eindruck machten. »Ich weiß nicht«, sagte der eine einmal, »was ich nach dem Krieg anfangen werde. Ich bin so sehr von allem abgefallen, daß ich es gar nicht sagen kann. Hier bist du wie ein kleines Kind, was man dir befiehlt, das tust du. Darfst an nichts denken, kannst hier mit deinen Gedanken nichts ausrichten ... ich tue, was der andere tut, und der andere tut, was alle tun ... man ist wie eine Maschine.«
Der andere erzählte: »Es war in Galizien ... ich klopfte ans Fenster ... eine Frau macht auf, zittert vor Angst und schweigt. Ich bitte um Brot. An der Wand ist ein Schrank, sie holt von dort Brot und Käse heraus und fängt an, Wein auf dem Kocher zu wärmen. Ich esse, daß mir die Kinnbacken krachen. Ich denke mir, es gibt keine solche Gewalt, die mich von dieser Stelle bringen könnte ... da klopft es wieder an das Fenster. Die Frau macht genau so auf wie mir. Ich sehe, ein Österreicher kommt in die Stube. Wir schauen einander an, der Bissen bleibt mir in der Kehle stecken ... ich könnte erbrechen. Wir wissen nicht, was wir tun sollen. Er setzt sich,

nimmt Brot und Käse. Er frißt mit dem gleichen Appetit wie ich. Die Frau brachte heißen Wein und zwei Tassen. Wir fingen an zu trinken, als wären wir Schwäger... Wir aßen und tranken und legten uns dann auf die Bank, Kopf an Kopf. Am Morgen gingen wir auseinander... Es war eben niemand da, der uns hätte befehlen können.«

Der erste sagte: »Ich sitze unter einem Baum und warte. Da kommt ein Mädel, die Haare sind lang und grün, sie riecht nach Wiesengras. Sie geht, und die Wiese schwimmt hinter ihr her wie ein Nebel. Ihre Augen leuchten durch den Nebel wie Sterne...«

»Das Weib«, sagte der zweite und schüttelte den Kopf. »Ich hatte ihr lange zugeredet, sie gab sich mir nicht. Da fing ich sie sehr zu achten an, weil sie ihre Ehre so wahrte. Nun entschloß ich mich, wenn ich wiederkomm, heirat' ich sie und nehme sie mit den Kindern zu mir... aus Achtung. Ihr Mann ist tot... ich heirate sie... sie ist ein treues Weib... nun aber bin ich gefangen.«

Der erste fragte Maggie, wie groß Berlin sei. Maggie erklärte es ihm. »Ja«, antwortete er, »wer in der Stadt lebt, der weiß, was die Wissenschaft ist. Und wie sie den Menschen erhöht. Nehmen wir z. B. ein großes städtisches Haus. Es ist groß wie ein Berg, schön und groß wie ein Kirchhof, erbaut ist es aber von einfachen Menschen, die nicht zu lesen verstehen... Sie kriechen auf den Gerüsten wie die Ameisen herum, fügen die Steine nach fremden Angaben zusammen und sehen dabei gar nicht die Schönheit und die Ordnung dieses Hauses. Und wenn so einer mit dem Bau fertig ist, frißt er sich mit Brei voll, fällt von dem Hause ab und kotzt hinter seiner Hütte. In diesem Haus aber wohnen lauter gelehrte Menschen...«*

Maggie beschloß, die Reden dieser einfachen Männer aufzuschreiben. »Das ist ein großes Volk«, sagte sie zu Emil. Granowski war nicht dieser Meinung. »Die Franzosen sind groß, die Engländer... die haben eine Arbeiterbewegung wie wir... aber die Russen...«

* Aufzeichnungen der russischen Krankenschwester Sofie Fedortschenko. B. B.

Schlimmer als die Hungersnot war die Kohlennot. Wenn Maggie aus der Fabrik nach Hause kam, saß Granowski manchmal in der Ecke und heulte; die alles zerfressende Kälte war unerträglich. Eines Tages waren Kohlen da. Niemand sprach darüber ein Wort, aber Maggie wunderte sich und ging der Sache nach. Bald entdeckte sie, daß Ella, die älteste Tochter der Frau Ritter, die Kohlen herbeibrachte, und überredete Emil, mit ihr zusammen dem Kind einmal nachzugehen, das sie beide gern hatten. Sie paßte auf, und als sie Ella mit einem Sack aus dem Hof laufen sah, rief sie Emil und folgte ihr. Das Kind, das elf Jahre alt war, ging die Simplonstraße hinunter bis zum Bahnhof Stralau-Rummelsburg. Am Bahngelände angekommen, kletterte die Kleine den Damm hoch und verschwand. Maggie folgte ihr, während sich Emil prüfend umsah, ob auch kein Schupo in der Nähe sei. Als er Maggie eingeholt hatte, sah er mit einem Schlag, woher die Kohlen kamen. Auf einem Nebengeleis entschaufelten einige Arbeiter einen Waggon. Ella stand in einiger Entfernung von den Männern und sammelte Brocken, die man ihr zuwarf, in ihren Sack. Das sind nette Kerle, dachte Emil. Die ... er dachte nicht weiter. Denn nun sah er, warum die Männer so freigebig waren. Als das Kind die Brocken verstaut hatte, hob es plötzlich sein Röckchen in die Höhe und zeigte den Männern seinen kleinen, nackten Bauch. Die geschwärzten Burschen hielten mit der Arbeit inne, lachten und warfen neue Kohlenbrocken herüber. Maggie war außer sich. Auch Emil war bekümmert, aber er riet Maggie, sich zurückzuhalten. Mit seiner Schwester sei nicht gut Kirschen essen; wenn die Kohlen brauche, sei sie zu allem fähig. »Der Tag kommt, wo wir abrechnen«, fügte er hinzu, »jetzt ist es noch nicht so weit.«

Maggies Beziehungen zu Emil hatten sich wieder gebessert. Emil hatte ein hübsches Mädchen kennengelernt, und seit er verliebt war, konnte er wieder mit Maggie ungezwungen und frei umgehen wie am Anfang ihrer Bekanntschaft. Maggie, die ihn täglich lieber mochte, war glücklich. Da sollte durch ein belangloses Ereignis alles wieder zerschlagen werden. Wie er seit einiger Zeit fast regelmäßig tat, wartete Granowski eines

Abends mit seiner Braut vor der Fabrik auf Maggie, um gemeinsam nach Hause zu fahren. Es war ein schöner Abend. Maggie schlug den beiden vor, einen Zug zu überspringen, sie wollte ihnen etwas zeigen. Emil war einverstanden, und Maggie ging um den Fabrikhof herum nach den nicht weit entfernt liegenden Gefangenenbaracken. »Sie singen schon«, rief sie, »kommt rasch, das ist es, was ihr hören sollt!«
Die Gefangenen standen hinter Stacheldraht, links in einer Gruppe die Franzosen, rechts die Russen. Als sie die drei Menschen kommen sahen, drängten sie sich näher an das Gitter heran. Die Russen hatten eben aufgehört zu singen, da fielen schon die Franzosen ein. Ihre Melodien waren rasch, hastig, man konnte dabei an den Galopp eines Pferdes denken. Jean Duval stand ganz dicht am Gitter. Als er Maggie erkannte, bewegte er seine Arme wie ein Dirigent und feuerte seine Gefährten an, noch lauter, noch schöner zu singen. Als die Franzosen schwiegen, sangen die Russen, leiser, langsamer, trauriger als die Franzosen. Aber ihre Stimmen waren wie Glocken aufeinander abgetönt; man konnte sie nicht mehr vergessen.
Plötzlich brach der Gesang ab. Eine Pfeife schrillte; die Gefangenen wurden gefüttert. Während sich die Franzosen in die Baracke begaben, blieben die Russen stehen. Emil hatte sich schon zum Gehen gewendet, als ihn Maggie am Ärmel festhielt. »Da geschieht etwas«, flüsterte sie.
Zwei Russen, welche diese Woche den Kellner zu machen hatten, brachten Körbe heraus, in denen Brot und Wurst lag, das heißt eine rötliche Masse, die hauptsächlich aus geronnenem Blut zu bestehen schien, das in Pergamentpapier gewikkelt war. Die Gefangenen drehten sich ab, als die Männer mit den Körben herankamen. Plötzlich ergriff einer ein Stück der sogenannten Wurst und warf es in hohem Bogen über den Zaun. Andere folgten seinem Beispiel.
Die Reaktion der drei Zuschauer war sehr verschieden. Granowski begriff zuerst gar nicht, was vorging. Friedl, seine Braut, schüttelte mißbilligend den Kopf. Maggie konnte sich vor Freude kaum noch beherrschen. »Das ist richtig«, jubelte sie. Da sah sie, daß Friedl sich bückte, ein Stück der verschmähten Wurst aufhob und hineinbiß. »Das kann man

doch essen...« sagte sie kauend... »feine Kalbsleber ist es nicht... aber wat denken die sich eijentlich?«
In diesem Augenblick erschienen mehrere Soldaten und drängten die stumpf brummenden Gefangenen in die Baracken. Die drei Zuschauer machten sich auf den Heimweg.
»Siehst du nun«, sagte Maggie triumphierend zu Granowski, »daß die Iwans begabte Burschen sind, wie ich es gesagt habe?«
»Nein«, sagte Emil, »das ist Quatsch, was die gemacht haben... Individueller Terror... jetzt müssen sie hungrig ins Bett gehen und davon werden sie schwach...«
»Hundertmal haben sie recht gehabt«, sagte Maggie mit geballten Fäusten sprechend, »und wenn sie alle miteinander heute nacht krepieren...«
»Das könnte euch so passen, daß sich die ganze Arbeiterschaft wegen irgend so einem bürgerlichen, doofen Stolz umbringt.«
Maggie blieb stehen. Friedl klammerte sich an Emils Arm. Sie fürchtete sich förmlich vor der ihr unverständlichen, fremden Person, die da Dinge sagte, die sie nie im Leben gehört hatte.
»Wenn ich dich so reden höre«, fuhr Maggie fort, »schwillt mein alter Zorn gegen dich wie ein Gasometer. Wenn du ahntest, wie dir deine verquatschten Theorien das Gehirn verklebt haben. Genau wie meine katholische Mutter vom Jüngsten Tag, träumst du von einer Zeit, die da kommen wird. Du reagierst nicht politisch, wie du dir einbildest, sondern pfäffisch, religiös, hirnverbrannt... Man müßte euch gegen die Wand werfen, damit ihr aufwacht...«
Emil blieb stehen. Diesmal schien er endgültig beleidigt zu sein.
»Vielleicht wirfst du dich auch noch auf den Boden wie ein zweijähriger Bub«, spottete Maggie. »Hört mich doch wenigstens an... Hast du wohl je in deinem Leben das Wort Menschenwürde gehört?«
Granowski machte eine verächtliche Geste. »Das ist alles bürgerlicher Unsinn«, sagte er. »Komm, Friedl!« Er drehte sich um und ging mit seinem Mädel davon, ohne sich von Maggie zu verabschieden.

11

Tagelang dachte Maggie über den Vorfall nach. Aber je länger sie nachdachte, desto verwirrter wurde sie. Auf jedem Quadratmeter Berlins marschierten Menschen. Aber sie hätte gar nicht ihre Lieder hören brauchen, die immer von der Zukunft handelten, es genügte, ihre Augen zu sehen, um zu erkennen, daß sie alle ganz woandershin marschierten, als in die Kasernen, in welche sie tatsächlich geführt wurden.
Maggie flüchtete zu Kochs Briefen. Sie hatte ihm seinerzeit von dem Vorfall an der Freibank geschrieben und ihm erzählt, wie sehr sie erschrocken war, als der Rothaarige von der Zukunft stotterte. »Dein Bericht ist brauchbar«, hatte Koch geantwortet, »und der Mann hatte recht. Die Zukunft ist das Bessere, aber in unseren Tagen ist das Bessere nicht mehr des Guten Feind (denn nichts ist gut und darf bleiben, wie es ist), in unseren Tagen ist das Bessere des Schlimmen Freund.«
Manchmal meinte Maggie, das gesamte Volk sei von einer Krankheit besessen. Waren nicht alle miteinander allen miteinander gleich? Ihr Vater, der, wenn auch oft mit den Zähnen knirschend, den Befehlen Roms, den Anordnungen der Bischöfe und seiner Partei gehorchte, um ... ja, um ... der Zukunft des katholischen Volkes willen? Ihre Brüder, welche in den Krieg gezogen waren, um ... für ein besseres Deutschland zu kämpfen! (Das ist den Generalen ziemlich schnuppe, wofür deine Brüder kämpfen, hatte Koch einmal gesagt, wenn sie nur kämpfen!) Und Emil, der in seinem Kampf für eine bessere Welt seit Jahr und Tag auf das Klingelzeichen des Parteivorstandes wartete?
Das zweite, was Maggie niederdrückte, war die Erkenntnis, daß die Arbeit in der Fabrik einschläferte. Die körperliche Tätigkeit machte einen so müde, daß man nachts gut schlief, und da man keine Verantwortung trug, wäre es sinnlos gewesen, außerhalb der Fabrik an eine Arbeit zu denken. Woran sollte man also denken? An die Politik? Maggie versuchte es nach wie vor, aber zu ihrem Entsetzen merkte sie, daß es ihr immer schwerer fiel. Was war der Grund dafür?
Eines Abends fand Maggie in einer Jacke, die sie lange nicht mehr getragen hatte, einen Zwanzigmarkschein. Da sie wie

immer in dieser Zeit niedergeschlagen war und obendrein allein, zog sie sich um und ging aus. Am Alexanderplatz nahm sie die U-Bahn und fuhr nach dem Westen. Als sie an der Uhlandstraße ausstieg und den Kurfürstendamm betrat, war sie überrascht; sie glaubte nicht nur in einer anderen Stadt zu sein, sondern in einer anderen Welt. Im Gegensatz zu den Funzeln auf der Allee, die wie erfrorene Glühwürmchen auf den Pfählen saßen und kein Licht mehr weitergaben, war der Damm hell erleuchtet; Tausende von Menschen füllten ihn, welche vergnügt und sich angeregt miteinander unterhaltend flanierten. Sechs, sieben, acht Straßenbahnwagen stauten sich hintereinander; Droschken und Fuhrwerke verstopften die Seitenstraßen. Alle Lokale waren voll. Maggie betrat ein gutes Restaurant und schaute sich um. Wahrhaftig, das war die herrschende Klasse, diese wispernde, lachende, flirtende, schlürfende, schmatzende, gierig essende Masse, welche alle Tische bedeckte und die Luft mit überschüssiger Kraft erhitzte. Ein Zeitungshändler kam durch die Drehtür, schob dem unbeweglichen Portier ein Abendblatt in die Manteltasche, hängte seine Mütze an einen Haken und ging von Tisch zu Tisch. Maggie kaufte den »Lokalanzeiger« und das »Berliner Tageblatt«, überflog den Heeresbericht und legte die Blätter zusammen, um sie auf der Heimfahrt zu lesen.
Am Nebentisch wurde diskutiert; Maggie hörte die Namen Michaelis, Ludendorff, Bethmann, Belgien, Polen... Das ist es, dachte sie, das ist es. War es nicht einfach unvorstellbar, daß diesen Menschen, welche hier aßen und zahlreichen Parteien und Gruppen angehörten, ihre Chefs verbieten würden, mit dem Angehörigen einer anderen Partei zu debattieren? Nur die Arbeiter ließen sich das gefallen, nur die Arbeiter lasen ein einziges Blatt, in dem ihnen irgendein Parteivorstand eine Politik zurechtmachte, wie sie ihm paßte! Sie sind wie die Chinesen, dachte Maggie, die sich Vorkauer halten... aber warum tun sie das? Warum? Warum?
Maggie zahlte und stand auf. Als sie an der Drehtür einen Augenblick warten mußte, trat ein älterer Mann neben sie und sagte ihr irgend etwas, das sie nicht verstand.
Verwirrt und erschrocken flüsterte sie mehrmals: »Nein, danke, nein, danke«, und lief hinaus. Auf der Straße sah sie,

daß ihr der Mann folgte. Da kam ein Autobus angefahren. Sie stieg ein, der Wagen fuhr an, und der Mann kehrte langsam in das Lokal zurück. Unterwegs fiel ihr ein, daß sie den Mann, während sie auf das Essen wartete, längere Zeit angestiert hatte, aber ganz in Gedanken und ohne ihn eigentlich zu sehen, mit leeren Augen, wie einem das manchmal geschieht, wenn man über eine Sache nachdenkt, mit der man nicht fertig wird.
Jetzt fuhr sie also wieder nach Lichtenberg zurück! Als sie am Alexanderplatz umsteigen mußte, zögerte sie eine Weile. Ach was, dachte sie dann, hier habe ich auf Koch zu warten, und hier werde ich auf ihn warten!
Der folgende Tag war Zahltag. Ihre Tüte in der Tasche wanderte Maggie langsam dem Bahnhof zu, während links und rechts von ihr die Kollegen mit ihren Mädels die Straßenbahnen stürmten, um sich einen vergnügten Abend zu machen. Was sollten sie sonst mit dem Geld anfangen, wo es fast nichts mehr zu kaufen gab?
Auf dem Bahnhof setzte sie sich auf eine Bank. Ein Zug fuhr ein. Ob er nach Süddeutschland fährt... heim? dachte Maggie. Aber an diesem Bahnhof gab es keine Fernzüge; hier rollte nur die Stadtbahn vorbei, welche sich wie ein Karussell um Berlin dreht oder wie der Kran in der Fabrik, der Eisenblöcke an einer Stelle aufnimmt, um sie an einer anderen niederzusetzen.
»Dir haben sie wohl versetzt?« sagte jemand.
Maggie schaute auf und erkannte Elsa, eines von den Mädchen aus der Fabrik, die auch aus Lichtenberg war. »Komm doch mit uns. Wir sind vier Herren und bloß drei Mädels, weil die Anna Halsweh hat. Wir gehen tanzen.«
Maggie stand auf und ging mit. Nach einer langen Straßenbahnfahrt landete die kleine Karawane in der Hasenheide. Man betrat ein Lokal, das mit Girlanden und Lampions geschmückt war. Die Männer bestellten acht Biere und vier Korn. Jeder trank einen Schluck: dann wurde getanzt. Es geht ja noch, dachte Maggie vergnügt und erinnerte sich, daß es drei Jahre her war, seit sie ihren letzten Ball mitgemacht hatte. Ihr Tänzer hielt sie so fest umschlungen, daß sie sich wie eine Granate im Schraubstock vorkam. Aber sie war plötzlich so

glücklich, daß er sie noch zehnmal fester hätte umschlingen dürfen.
Als der Tanz zu Ende war, blieb sie mitten im Raum stehen und schaute nach der Musik hinüber. »So, wie Sie meinen, ist das nicht«, sagte der Tänzer lachend. »Das sind faule Kumpane, die Musiker!« Maggie drehte sich um. »Du kannst ruhig du zu mir sagen«, sagte Maggie, die sich über das in Parteikreisen geringschätzige Sie ärgerte.
Der Tänzer schlug sich mit der Hand auf den Schenkel. »Das haste fein gesprochen... und was wird Emil dazu sagen?«
»Emil geht mich gar nichts an«, sagte Maggie. Sie nahm den Arm des Mannes und ging an ihren Tisch zurück. Die Mädchen rückten zusammen, um Maggie Platz zu machen, als die Musik einen neuen Tanz spielte. Maggie blieb stehen. Ihr Tänzer, der sich bereits hingesetzt hatte, stand auf und schaute in eine Maggie entgegengesetzte Richtung des Saales, wo zwei Mädchen allein an einem Tisch saßen. Maggie umklammerte mit beiden Händen die Lehne ihres Stuhles. Eine rasende Wut hatte sie überfallen, und sie versuchte den Stuhl zu heben, der glücklicherweise zu schwer war. Lange Zeit später noch erinnerte sie sich, daß sie den Stuhl hochgehoben und dem Mann über den Schädel geschlagen haben würde, wäre er nicht, wie gesagt, zu schwer gewesen, und hätte sich der Mann nicht im gleichen Augenblick zu ihr umgedreht. Als Maggie seine Augen wieder auf sich gerichtet sah, lächelte sie so glücklich, daß der junge Mensch errötete, was ihm nicht oft passierte. »Wir kennen uns übrigens«, sagte Maggie, während sie sich wieder zum Tanzplatz führen ließ. »Natürlich«, sagte der Mann, »aber ich will ehrlich sein, daß du ein so großartiges Weib bist, das habe ich nicht gewußt.«
Die Musik spielte einen Walzer. »Du mußt den Arm nicht so hinausstrecken«, sagte Maggie und bog ihren rechten Arm und damit zugleich den linken ihres Tänzers zurück, ihrem Gesicht zu. Dann tanzten sie schweigend weiter.
In den Pausen zwischen den Tänzen wurde nicht viel gesprochen. Maggie betrachtete ihren Tänzer, welcher der rote Richard genannt wurde, weil er immer, sogar auf Beerdigungen, eine rote Krawatte trug. Sie hatte ihn zwei- oder dreimal in Emils Gesellschaft getroffen und wußte, daß er sehr radikal

war und seit einiger Zeit für den Spartakusbund arbeitete. Emil schätzte ihn.
Zwei Männer kamen an den Tisch, beugten sich ungeniert zu Richard hinunter und flüsterten mit ihm. Zum zweiten Male wurde Maggie zornig. Richard stand auf und wollte den beiden eben folgen, als er sich plötzlich zu Maggie wandte und sagte: »Geh nicht weg, Mädel: Ich bin gleich wieder da... selbst wenn sie mir unterwegs einen Stellungsbefehl anhängen!« Dabei streichelte er mit seiner riesigen Tatze ihre Hand. Nichts tut so gut, wie einem Menschen gefällig zu sein, den man gern hat. Maggie lehnte sich befriedigt im Stuhl zurück. Ihre Nachbarin war bereits auf dem Schoß ihres Tänzers gelandet. Maggie wollte nicht stören und schaute den Tanzenden zu. Ihre Niedergeschlagenheit war verflogen. Als sie wieder einmal zu ihrer Nachbarin hinschaute, mußte sie lachen; das Mädchen saß so schwermütig von Liebe und Bier auf den Knien seines Verehrers! Maggie hätte vor Vergnügen singen können! Ein junger Mann kam an den Tisch und fragte Maggie, ob sie mit ihm tanzen wolle. Maggie dankte; sie wollte diesen Abend nur mit Richard tanzen. Der Jüngling machte halb aus Unsicherheit, halb aus Ärger eine ordinäre Bemerkung und ging wieder weg.
Obgleich Maggie sehr erschrak, rührte sie sich nicht. Richard war von hinten an sie herangetreten und hatte ihr seinen Arm um die Schulter gelegt. »Schläfst du?« fragte er. »Ich denke über euch nach.« »Was denkst du denn da?«
»Wie dumm diese Stühle sind... ich mag es überhaupt nicht, wenn man nebeneinander sitzt...«
»Na, denn andersrum«, sagte Richard und setzte sich auf den Tisch vor Maggie.
»Das ist lustig«, lachte Maggie.
»Und was denkst du also?«
»Ich wundere mich, daß ihr nicht denkt!«
»Was sollen wir denn denken?«
»Bei... bei uns... ich meine, wo ich herkomme, denken die Männer so über die Mädchen, während sie tanzen: Was ist ihr Vater? Ihre Brüder? Hat sie Geld? Wie ist ihr Kleid? Ist sie hübsch? Hübscher als die anderen...«
»Daß du einen schönen Busen hast, sehe ich auch...«

Maggie wurde rot. »Vielleicht hast du das gesehen... aber...«
»Was habe ich davon, wenn ich weiß, daß dem einen Mädel sein Vater Polier ist und dem andern seiner bei der Stadt?«
»Warum gefalle ich dir?«
Richard beugte sich vom Tisch herunter auf Maggie zu. »Weil ich ganz verrückt nach dir bin...«
»Wie ist mein Charakter?«
Richard setzte sich wieder zurück und stützte sein Gesicht in beide Hände. »Du stellst aber Fragen«, sagte er, »da wird einer ja ganz ernst dabei... Wie wirst du sein? Wie alle Weiber, rechthaberisch, eifersüchtig... ich weiß nicht... anders als die Mädels, die ich kenne, bist ja auch aus einem andern Kietz. Aber gefällst mir halt... Außerdem habe ich Gutes von dir gehört... Wollen wir weitertanzen?«
»Nein... noch nicht... was hast du gehört?«
»Du sollst es dem Thiele, dem ollen Bonzen, tüchtig gegeben haben!«
»Hat dir das gefallen?«
»Wenn du denen ihren Laden kaputt schlägst, lach ich natürlich... für so was seid ihr ja gut... Ihr habt ja keine Disziplin...«
»Deinen dürfte ich nicht kaputt schlagen...«
»Da wärst du an der Luft, bevor du noch aufgestanden wärst...«
»So, sind bei euch die Mitglieder auch bloß Stimmvieh?«
Die Musik spielte einen Tusch. Der Wirt trat in die Mitte des Raumes und verkündete, die Polizeistunde sei heute ausnahmsweise um eine Stunde verlängert worden. Abermals spielte die Musik einen Tusch, aber man hörte ihn kaum, so wild wurde an allen Tischen geklatscht und geschrien.
»Los jetzt«, rief Richard.
Maggie stand auf, um ihm zum Tanzplatz zu folgen. Ihr Glas war noch voll und sie nahm einen Schluck Bier. Das Zeug schmeckte bitter. Maggie trank noch einmal. Plötzlich sah sie die Augen des ganzen Tisches auf sich gerichtet. Sofort setzte sie das Glas auf den Tisch zurück und nahm das Glas ihrer Nachbarin. »Ihr habt Schnaps hineingeschüttet«, sagte sie.

Die Mädchen hielten die Hände vor den Mund und prusteten los. Maggie trank aus dem andern Glas, das genau so schmeckte. »Ach je«, sagte sie, »ist überall Schnaps drin?« Nun konnten sich die Männer vor Lachen kaum noch auf ihren Stühlen halten. Sie wieherten förmlich. Nur Richard betrachtete den Vorgang ohne zu lachen. »Laß die«, sagte er zu Maggie und zog sie fort. Er ging mit ihr an die Theke, kaufte ein frisches Bier, und als Maggie ein wenig getrunken hatte, schüttete er den Rest hinunter. Dann tanzten sie.
»Maxe«, sagte Richard zu einem Musiker, »die ganze Woche leierst du, heute könntest du mal spielen.«
Der Musiker stand auf und folgte den beiden, während er, so süß er konnte, auf seiner Geige fiedelte. »So ist es richtig«, flüsterte Richard.
Als der Tanz zu Ende ging, drehte er beim letzten Takt Maggies Hand im Gelenk so heftig herum, daß sich Maggie wie ein Kreisel um sich selber drehte und in seinen Arm fiel, den er weit ausgestreckt hielt. Der ganze Saal klatschte. »Das hast du gut gemacht«, sagte Maggie lachend und richtete sich wieder auf.
»Gefällt dir wohl, wenn sie klatschen?«
»Dummkopf! Weißt du nicht, was einer Frau gefällt?«
»Mußt du immer das letzte Wort haben?«
»Das erste läßt du mir ja nicht!«
»Da hinaus«, sagte Richard.
Maggie sah die Tür an, die auf den Hof führte. Jetzt will er mich küssen, dachte sie und folgte ihm. Unter einem Baum stand ein Paar, das umeinandergewachsen schien wie zwei Glyzinienstöcke. Maggie sah es gerade noch, da riß sie Richard auch schon an sich und preßte und küßte sie, daß ihr Hören und Sehen verging. Plötzlich spürte sie seine Hand an ihrem Körper. Sie erschrak und ärgerte sich.
»Nicht hier... nicht hier...« flüsterte sie.
»Doch...«
Ist ein Esel, dachte sie, stiehlt sich, was er geschenkt haben könnte... dumm... küssen kann er... wie hübsch war die Musik, wenn sie nur leise durch die Tür kam... und dieser gelbe Berliner Himmel, den man niemals betrachtete... wie schön... wie unfaßlich schön...

Eine Woche später steckte Maggie Duval eben zwei französische Zeitungen zu, als plötzlich jemand hinter ihr stand. Sie drehte sich um und sah, daß ein Dreher, ein bleicher, stiller Mensch, der öfters ins Lager kam, ins Zimmer getreten war.
»Was wünschen Sie?« fragte Maggie und deckte eine Zeitung zu, welche auf dem Tisch lag.
Der Werkspion lächelte sie an. »Na«, sagte er darauf zu Duval, der ihn mißtrauisch musterte, »hast dich wohl gleich gefangennehmen lassen, Franzmann, damit der Krieg für dich zu Ende ist?«
Duval verstand ihn nicht und schaute zu Maggie hinüber. »Er meint...« sagte Maggie und übersetzte, was der Spitzel gefragt hatte. Beim letzten Wort fiel ihr ein, daß sie einen Fehler gemacht hatte.
Duval hörte sie ruhig an. Dann wendete er sich zu dem Spion und zog sein altes, verblichenes Käppi vom Kopf. Die Haare des dreißigjährigen Mannes waren grau. »C'est la guerre«, sagte er, auf seinen Kopf deutend. Aber der Spitzel beachtete ihn gar nicht.
»Sieh einer an, was Sie nicht alles können!« sagte er zu Maggie. »Da kann man ja bloß staunen!« Dann ging er hinaus.
Zwei Stunden später wurde Maggie verhaftet. Zwei Beamte fesselten sie und führten sie mitten durch die Maschinenhalle ab. Diesmal wird mich niemand besuchen, dachte Maggie. Diesmal ist es überhaupt ernst.
Sie hatte Angst und fürchtete sich vor den Beamten, die sie brutal angefaßt hatten.

12

Helmberger saß im »Schwarzen Ferkel« und aß zu Mittag, als ein Redakteur des »Berliner Tageblatt« an seinen Tisch kam und ihm erzählte, am Vormittag sei die Tochter seines Parteifreundes, Fräulein Margarethe Chindler, zu drei Monaten Gefängnis verurteilt worden. »Ach, wissen Sie«, sagte Helmberger, »heutzutage kommt sowas in den besten Familien vor.« »Na«, sagte der Journalist, »die Zeiten der Christenverfolgungen sind an sich ja vorüber... wird sich Ihre Partei um

die Sache kümmern?« »Mein Verehrtester«, antwortete Helmberger und legte Messer und Gabel beiseite, »wo denken Sie hin? Das geht uns gar nichts an, außerdem glaube ich zu wissen, daß Herr Chindler mit dieser Tochter keinerlei Beziehungen mehr unterhält.« »Dafür unterhält das Zentrum eine Koalition mit den Sozialdemokraten...« »Da wissen Sie mehr als ich... waren Sie übrigens im Gericht?«
»Nein... aber ich kann Ihnen unseren Herrn Sal holen, der dort war.«
Der Journalist winkte nach einem Nebentisch hinüber, und ein kleiner, schwarzhaariger Mensch kam sofort heran. Der Redakteur stellte ihn vor, und Herr Sal machte eine Verbeugung. Helmberger fand ihn nett. Er freute sich jedesmal, wenn man ihn nicht fühlen ließ, daß er nicht zur ersten Garnitur seiner Partei gehörte. Der Mann hatte nichts zu erzählen, denn der Prozeß war unter Ausschluß der Öffentlichkeit verhandelt worden. Trotzdem sprach er wie aufgezogen. »Ein schönes Mädchen ist diese Chindler«, sagte er, »das muß ich sagen, sie war bleich wie das Salzfaß hier, als sie über den Gang geführt wurde... na ja, das wird alles ziemlich neu für sie gewesen sein. Wenn man die interviewen könnte... das gäbe ein Feuilleton...! Als ich einmal...«
»Wo hat man sie hingebracht?« unterbrach Helmberger.
»Wenn man sie in Berlin läßt, wird sie im Weibergefängnis in der Niederbarnimstraße sein.«
»Bringen Sie die Nachricht groß?«
»Überhaupt nicht«, sagte der Redakteur.
»Das ist aber mal wieder nett von euch!« sagte Helmberger.
»Sollen wir den Alldeutschen auch noch Material liefern?«
»Was meint man denn bei Ihnen über die Aussichten unseres neuen Kanzlers, des Herrn Michaelis von Gottes Gnaden persönlich?«
Der Redakteur rückte näher an Helmberger heran. Es war seine alte Methode, die Abgeordneten mit Neuigkeiten zu ködern, um sich dafür von ihnen Nachrichten geben zu lassen. Das »Schwarze Ferkel« war teuer, aber es rentierte sich.
Schon im März 1917 hatte die Unabhängige Sozialdemokratische Partei im Reichstag eine Resolution eingebracht, welche einen annexionslosen Frieden und die Einführung des

parlamentarischen Systems verlangte, das heißt, das Recht des Volkes, nicht nur selber sterben, sondern sich auch selber regieren zu dürfen. Die Minister sollten nicht mehr von oben nach unten dem Volk auf den Bauch gesetzt werden, sondern den erwachsenen Deutschen verantwortlich sein. Diesen Antrag unterstützten nicht nur die Mehrheitssozialdemokraten, sondern (erstaunlicherweise) auch die Liberalen. Endlich hatten die Verhältnisse einen Teil des Bürgertums aufgeweckt. Diese Konstellation führte zum Sturz des bisherigen Reichskanzlers von Bethmann Hollweg. Aber während der Reichstag vor Freude über den Sturz dieses allseits erledigten Mannes jubelte, handelte die Oberste Heeresleitung, welche in Wirklichkeit den Kanzler gestürzt hatte. Ehe man noch im Reichstag merkte, was geschah, hatte der Kaiser auf Vorschlag der Generale einen neuen Kanzler ernannt, einen gewissen Michaelis. Dieser sechzigjährige Biedermann war, nach seinen eigenen Worten, bisher »als einfacher Zeitungsleser neben dem Wagen der großen Politik hergelaufen«.

Herr Michaelis war noch keine vierundzwanzig Stunden im Amt, als er eingeweihten Kreisen ein Schauspiel bot, das wahrhaft beispiellos war. Mit dem einen seiner beiden unförmigen Ohren hörte er die Vertreter der Reichstagsmehrheit an, welche ihm ihren Wunsch nach Frieden vortrugen; mit dem andern lauschte er den Generalen. »Wir müssen Frieden machen«, erklärte ihm der Sprecher der Mehrheitsparteien, der schwäbische Demokrat Haußmann, »solange wir stark sind. Denn die Verhandlungen werden lang hingezogen, und wer vor ihrem Abschluß nicht mehr militärisch stark ist, ist verloren. Jetzt sind wir noch militärisch stark, aber höchstens noch ein Jahr. Deshalb ist jetzt der Zeitpunkt zum Handeln gekommen.«

Michaelis hörte zu. Dann kamen die Generale und erklärten jedes Gerede von Frieden für untragbar. Michaelis nickte. So kam der 19. Juli 1917, an dem der neue Kanzler im Reichstag den Friedenswillen des deutschen Volkes aussprach mit dem Zusatz: Wie er ihn auffasse.

»Was meinen Sie«, fragte Helmberger den Redakteur, »wie lange kann sich so was wie dieser Michaelis halten?«

»Sehen Sie«, antwortete der Journalist, »dieses unselige Jahr

hat uns gleich zwei neue Gegner gebracht: die Amerikaner und unsere eigene Oberste Heeresleitung. Das Volk will den Frieden...«
»Das walte Gott«, sagte Helmberger.
»Aber die Alldeutschen und die Generale wollen den ›Siegfrieden‹, das heißt den Sieg, der unmöglich ist. So ist die Generalität gezwungen, mitten im Krieg auch noch gegen das eigene Volk zu kämpfen. Und das tut sie nach Kräften, denn die Herren haben noch mehr zu verlieren als diesen Krieg...«
»Nämlich?«
»Ihre Privilegien!«
Als der Redakteur gegangen war, ließ sich Helmberger einen Fahrplan bringen. Während er seine Zähne reinigte, fand er einen Zug und beschloß, über Neustadt nach München zurückzukehren und seinen alten Freund Chindler zu besuchen.

13

Auf dem Bahnsteig in Neustadt erwartete ihn Leopold Chindler, den seine Mutter beauftragt hatte, Herrn Helmberger abzuholen. »Wie geht es daheim?« fragte Helmberger. »Sie sind aber mächtig hochgeschossen!«
Er betrachtete den hochgewachsenen Knaben, der für sein Alter ernst aussah; vielleicht machte ihn auch die schlechte Farbe seines Gesichtes älter.
»Papa ist sehr krank«, sagte Leopold.
»Da bin ich ja im rechten Moment gekommen. Hat er sich die Sache mit Ihrer Schwester arg zu Herzen genommen?«
»Er hat eine Magenvergiftung... über Maggie wird gar nicht gesprochen.«
»Ihre Frau Mutter ist wohl?«
Leopold schwieg. Seiner Ansicht nach war in seiner Familie überhaupt niemand mehr gesund, und erst gestern hatte er seiner Freundin, der sechzehnjährigen Tochter eines Lehrers, geschrieben, er wachse in einem Altersheim auf, eine Jugend sei das nicht zu nennen. Seit sie ihre Tochter verloren hatte (wie sie sich ausdrückte), lebte Elisabeth Chindler nur noch

von einer Post auf die andere, und das heißt von den Briefen ihrer Söhne, welche ihr berichteten, daß sie noch lebten. Theodor Chindler war überreizt und sprach oft tagelang mit niemandem. Lilli schrieb ihm nicht mehr; Vierling war tot; so war der Junge ganz allein und manchmal fast nicht mehr imstande, mit seinem Leben fertig zu werden.
»Sie sehen verdammt schlecht aus«, sagte Helmberger, als man sich dem Haus näherte. »Habt ihr denn so wenig zu essen?«
»Ach«, sagte Leopold, »die werden doch mit gar nichts fertig zu Hause... wie wollen sie da mit dem Schleichhandel zurechtkommen?«
»Sie scheinen bitter zu sein, junger Freund?«
»Meine Generation kennt nur noch eins: die Wut«, sagte Leopold. Dann genierte er sich und ging rascher, um den Fremdling, einen von jener Sorte, die »einen ja doch nicht verstand«, bald abzuliefern.
Elisabeth Chindler machte selber die Haustür auf.
»Ich habe Sie erwartet«, flüsterte sie. »Kommen Sie einen Augenblick zu mir.«
Im Salon beschwor sie Helmberger, möglichst wenig über Politik mit ihrem Mann zu sprechen. »Er stirbt«, sagte sie, »ich weiß es, ich kenne ihn doch, die Sache mit unserer Tochter zerfrißt ihn... lenken Sie ihn ab... es ist ja auch ein so furchtbares Unglück, das dieses unerfahrene Mädchen über seine Eltern gebracht hat.«
Während Elisabeth sprach, betrachtete Helmberger die Frau seines Freundes. Wie sehr hatte sie sich verändert. Ihre Haare waren grau geworden, und das Gesicht, das Helmberger früher zwar immer ein wenig zu streng gefunden hatte, aber doch unberührt, war von tiefen Querfalten entstellt, die rechts und links den Mund verlängerten.
»Gehen Sie jetzt zu ihm, er liegt im Bett, er hat sicher gehört, als Sie klingelten... er lauscht immer!«
Als Helmberger die Treppe hinaufstieg, kam er sich wie ein Hausarzt vor, der zu einem Patienten geht. Sind halt feine Leute, dachte er, als er im Vorübergehen den schönen antiken Schrank betrachtete, der auf dem Vorplatz im ersten Schrank stand.

Theodor Chindler hatte sich im Bett aufgesetzt und die Lampe auf seinem Nachttisch angezündet, da auf seinen Wunsch die Läden heruntergelassen waren. »Das ist reiner Balsam, daß endlich mal ein Mann in mein Zimmer kommt«, sagte er. »Setz dich. Du kannst ruhig rauchen! Was macht denn Michaelis?«
Helmberger, der sich auf ein Gespräch über den Fall Maggie vorbereitet hatte, überlegte eine Antwort.
»Ist es menschenmöglich, daß so was Kanzler bleibt? Ich kann das manchmal gar nicht glauben!« sagte Chindler.
»Er fährt fort, die Abgeordneten von rechts bis links zum Tee einzuladen, und das hält man doch bei uns für Parlamentarismus«, sagte Helmberger.
»Was sagt man in Berlin dazu, daß er die Friedensresolution mit dem Satz ›wie ich es auffasse‹ torpediert hat?«
»Hast du von seinem Brief an den Kronprinzen gehört?«
Chindler warf ein Kissen auf den Boden, das ihn gedrückt hatte. »Ich bin doch krank, ich liege doch in diesem Loch, wie soll ich denn etwas hören?«
»Na, dann höre!« Helmberger rückte näher an die Lampe und nahm einen Zettel aus seiner Brieftasche. »Berlin, den 25. Juli. Durchlauchtigster Kronprinz! Gnädigster Kronprinz und Herr! Ich bin nun zehn Tage im Amt...«
»...das Katzbuckeln hat er ja rasch gelernt...«
»...das konnte er schon... also: und ich kann natürlich noch kein abschließendes Urteil haben und auch noch nicht endgültig über die Erledigung der Krise berichten...«
»Welcher Krise?«
»Der Krise, daß die Gefahr bestand, das Volk könne seinen Wunsch nach Frieden durchsetzen. Die berüchtigte Friedensresolution ist im Reichstag mit 212 gegen 126 Stimmen angenommen worden. Aber durch meine Interpretation derselben habe ich ihr die größte Gefährlichkeit geraubt. Man kann schließlich mit der Resolution jeden Frieden machen, den man will.«
Chindler ächzte. »Das ist ein Briefchen«, sagte er, »so interpretiert also der oberste Beamte des Reichs seine eigene Rede!«
»Tschia, die Herren wollen halt keinen Frieden.«

»Wie ist dieser Hindenburg? Ich habe gehört, daß er geruht hat, euch Händchen zu geben.«
»Äußerlich annehmbar. Wenn er spricht, sind seine Züge feiner, die Augen tiefer und größer als auf den meisten Bildern.«
»Und sonst?«
»Wie sein Programm.«
»Wie ist das?«
»Man hat vierzig neue Hochöfen gebaut, kann sie aber nicht in Betrieb nehmen, weil die Eisenbahnen nicht ausreichen, um sie mit Kohlen und Erzen zu versorgen. Man hat monatlich 3000 Feldgeschütze in Auftrag gegeben und hinterher festgestellt, daß man kaum den vierten Teil benötigt. Aber die Aufträge laufen, und man erzeugt dreimal mehr, als man braucht.«
»Und wer bezahlt das alles?«
»Der Krieg kostet bis jetzt vierzig Milliarden.«
»Das verstehe ich nicht«, sagte Chindler, »solche Zahlen verstehe ich nicht!«
»Hast du viel Kriegsanleihe?«
»Dreiviertel meines Vermögens! Und du?«
»Ich habe mir einen Bauernhof gekauft.«
»Du warst immer ein kalter Hund!«
»O nein«, sagte Helmberger, »auch ich war ein Jüngling in lockigem Haar. Aber seit einiger Zeit mache ich nicht mehr mit. Ich kann unsere Zustände nicht ändern. Aber daraus folgt nicht, daß ich mich sehenden Auges zugrunde richten lasse. Ich habe diesen Krieg nicht gewollt.«
Chindler steckte sich eine Zigarette an und legte sich in die Kissen zurück. »Was sagst du eigentlich zu meiner Tochter?«
»Bist du ihretwegen krank geworden?«
»Da sieht man, was man für Freunde hat. Keine Ahnung hast du von mir. Ich habe mir den Magen verdorben.«
»Einmal wird dieser Krieg zu Ende gehen, und das heißt, einmal wird die SPD an die Macht kommen. Daraus folgt, daß deine Tochter richtig liegt, obgleich sie zur Zeit auf einer Pritsche liegt...«
»Du meinst, sie wird noch Minister werden?«

»Bleiben wir auf der Erde. Ich meine, daß Zeiten kommen werden, in denen es der Vater dieser Tochter nicht so schwer haben dürfte wie mancher andere Mann.«
»Du weißt nicht, was du sagst, Helmberger. Du bist einer der wenigen anständigen Leute, die mir in meinem Leben begegnet sind, aber weil du innerlich über unsere Zustände genau so heulst wie ich, sagst du Gemeinheiten. Ich spekuliere nicht mit meiner Tochter.«
»Ich sage, was ich denke.«
Chindler stieg mit einem Ruck aus dem Bett, schlüpfte in seine Pantoffeln und ging im Zimmer auf und ab. Die dünnen, schwarzbehaarten Beine und der etwas gewölbte Bauch, den das Nachthemd betonte, waren kein schöner Anblick. »Geht dir das auch so«, sagte er, sich durch die vom Liegen gesträubten Haare fahrend, »immer, wenn ich krank bin, besonders wenn ich Fieber habe, habe ich Momente, in denen ich besser und... entschuldige das Wort... größer bin als gewöhnlich. Ich habe in diesen Tagen viel über Maggie nachgedacht. Das mit dem Sozialismus ist natürlich entsetzlich... das sind gottlose Menschen, und so was gibt es für mich nicht, aber die Methode... der Mut... wie soll ich sagen... wer von uns geht gegen die Regierung ins Gefängnis?«
»Ich nicht!«
»Ich auch nicht, aber das macht uns so unfähig, wie wir sind. Meine beiden Söhne stehen jetzt im vierten Jahr im Feuer, meine Tochter ist im Gefängnis... und ich...? Das Volk achtet uns nicht... Helmberger! Das ist so eine Sache mit unserem Volk, überhaupt mit den modernen Massen... Massen sind feig, aber sie wollen Tapferkeit sehen, weil sie eine riesige Sehnsucht nach Zivilcourage haben... Aber welche Tapferkeit zeigen wir? Wer, außer dem Parteivorstand, kennt unsere Taten?... Ach, Helmberger, du hast mit deinen ewigen Frauenzimmerchen ein unmoralisches Leben geführt. Du kannst dir nicht vorstellen, wie man eine einzige Tochter liebt.«
»Ich habe auch eine Tochter!«
»So... na, dann weißt du es ja...«
»Sie ist allerdings erst vierzehn...«
»In dem Alter sind sie herrlich... Sind noch Kinder und sehen schon wie Frauen aus. Man kann sie bewundern, aber nicht

anrühren. Später ist das umgekehrt! Aber etwas anderes, Helmberger... Verstehst du meine Frau? Warum fährt sie nicht nach Berlin? Warum geht sie nicht zu ihrer Tochter?«

»Du gehst ja auch nicht hin...«

»Das ist es ja...«

Chindler zog seinen Schlafrock an und setzte sich in einen Sessel. »Ich kann nicht hingehen... wenn ich mich heute auf die Seite meiner Tochter stelle, schmeißt ihr mich doch aus der Partei heraus...«

»Hm... ja... Deine Feinde könnten mit dem Argument den Widerstand deiner Freunde besiegen...«

»Das ist es, was mich zerfrißt. Ach, wenn ich dich fühlen lassen könnte, wie ich alle diese Scheißweltanschauungen hasse, die uns unsere letzten anständigen Empfindungen zerstören. Verstehst du jetzt meinen Gedankengang...? Wenn ein Mann wie ich sich hinstellt und für den Frieden spricht, und es kommt ein zwanzigjähriger Leutnant von der Front und sagt, ich sei ein Feigling, dann hau ich ihm zwar in sein Gesicht, aber recht hat er doch. Wenn ich Reichskanzler bin, kann ich Politik machen und ein anderes Leben führen... das ist so in der Welt, aber wenn man oppositionell ist, muß beides zusammenpassen. Bei uns Politikern ist es immer so, daß die einen auf dem Balkon stehen und die andern auf der Straße auffordern, sie mögen endlich die Regierung stürzen.«

»Ich bin ein ungebildeter Mensch«, sagte Helmberger, »ich lese nur Zeitungen... ich weiß nichts, und will auch nichts wissen... das zeigt sich neuerdings als sehr gut für meine Gesundheit.«

»Jetzt habe ich mich ausgesprochen und bin wieder ganz normal«, sagte Chindler zu sich selber. »Das Schlimmste ist, daß alles so langweilig ist, so unerträglich langweilig.«

»Nanu«, sagte Helmberger etwas einfältig, »das ist aber nun das einzige, was man unserer Zeit nicht absprechen kann, daß sie groß und interessant...«

»Ich meinte, es sei langweilig, immer mit derselben Frau zu leben, immer mit derselben... und immer im selben Bett zu liegen... und außerdem ist euer Krieg auch langweilig... die blöde Schießerei, diese sinnlose, die kein Mensch mehr will... und Herr Michaelis, der solche Briefe schreibt? Ist der viel-

leicht interessant? Ist das ein Gegner? Was für ein Wort für eine solche Kreatur! Das ist ein von einer bewaffneten Eskorte umgebener Nachtwächter... Findest du das interessant? Groß?«
Die beiden Männer schauten sich an. Manchmal, dachte Helmberger, sagt er Dinge, die einen direkt zu einem andern Menschen machen könnten... Aber was habe ich davon? Was nützt das alles?

14

Die Unterredung der beiden Herren im Schlafzimmer dauerte schon zwei Stunden. Elisabeth verließ den Salon und ging in die Küche. Friederike saß neben dem Herd und probierte ein Rezept aus, das Kohlrüben schmackhaft machen sollte. Aber schon der Geruch, den die Speise ausströmte, machte Elisabeth übel, und sie kehrte in ihr Zimmer zurück.
Helmbergers Beobachtung war richtig. Elisabeth hatte sich sehr verändert. Als man ihr die Nachricht von Maggies Verurteilung brachte, verstand sie – man war im vierten Jahr des Krieges – statt Urteil Hinrichtung und stürzte bewußtlos zusammen. Man mußte den Arzt rufen, der sie wieder zu sich brachte, aber als sie erwachte, war sie schweigsam und müde. Friederike wurde herbeitelegraphiert, und Elisabeth gestand ihr, daß sie nur noch den einen Wunsch habe, nach Berlin und zu ihrer Tochter zu fahren. Friederike fand dies begreiflich und richtig und bot an, Elisabeth auf der Reise zu begleiten.
Aber in der Nacht, als Elisabeth schlaflos lag, machte sie eine Bilanz ihres Lebens. Bis zum Krieg hatte sie ihr Leben nach einfachen, nie bezweifelten Grundsätzen gelebt und keine andere Überlegung gekannt als die, ihre Familie aufwärts zu führen, das Leben bis zur Höhe, die Seelen zum Himmel. Klüger sein als die anderen, fromm und tugendhaft leben, zäh und zielbewußt arbeiten, sparen und zu Geld kommen, Karriere machen, brave, aber vermögende Frauen heiraten (nur nicht solche armen Mädchen, wie sie selber gewesen war), sich auszeichnen, das waren die Grundsätze, die sie ihre Söhne lehrte. Der Krieg hatte alles umgeworfen. Wieviel An-

strengung hatte es gekostet, die Söhne auf die steil emporführende Leiter vornehmer Regimenter zu stellen! Nun schrieb Karl zynische Briefe, wenn er aus dem Krieg komme, werde er Europa auf Nimmerwiedersehen verlassen und in Australien Bauer werden. Ernst schrieb noch konfuser und zitierte Nietzsche und andere gottlose Philosophen. Neuerdings erwähnte er auch seine Frau, aber Elisabeth hätte dieser Briefe nicht bedurft, um überzeugt zu sein, daß er ein Hampelmann in Lillis Händen war, die unbesiegbar über ihn und sein Glück hinweggehen würde. Und Maggie?
Elisabeth stöhnte, als sie erkennen mußte, daß sie eine alte Frau war, die niemandem helfen konnte und deren Hilfe keines ihrer Kinder verlangte. Sie wollen mich nicht, dachte sie, sie ziehen das Gift ihrer Feinde der Liebe ihrer Mutter vor.
Nun blieb ihr nur noch Theodor, ihr Mann, der zusehends verfiel, zernagt von Pessimismus, Zorn und Verzweiflung. Wie ein gefangener Wolf lief er verbittert und vergrämt zwischen den Stäben seiner Weltanschauung auf und ab, mit der er nichts mehr anzufangen wußte. Elisabeth sah es wohl. Seit Wochen war er nicht mehr in die Kirche gegangen.
Sie beschloß, nicht nach Berlin zu fahren. Ihre nächste Pflicht war, bei ihrem Mann zu bleiben, ihm zu helfen und ihn zu pflegen an Leib und Seele. Dieser Pflicht mußte sie Maggie aufopfern.
Helmbergers Besuch war ihr nicht recht. Theodor hatte ihr einmal erzählt, daß Helmberger heimlich in wilder Ehe lebte. Seitdem schätzte sie ihn nicht mehr.
War nicht eben das Tor zugeschlagen worden? Elisabeth lauschte. Dann hielt sie es nicht mehr aus und stieg ins Schlafzimmer ihres Mannes hinauf. Der Abgeordnete saß allein im Sessel. Helmberger war leise gegangen, ohne sich von Frau Chindler zu verabschieden. »Du wirst dich erkälten, Theo«, sagte Elisabeth, als sie den Professor im Hemd im Sessel sitzen sah, »du mußt ins Bett gehen oder dich anziehen.«
»Ich muß gar nichts.«
Was wird er mit Helmberger besprochen haben? dachte Elisabeth. Dann sagte sie: »Willst du zum Mittagessen aufbleiben?« Der Abgeordnete erhob sich. »Willst du zu Maggie nach Berlin fahren?« fragte er.

Elisabeth hatte eben die alte grüne Decke ergriffen, um Theodor zuzudecken; nun blieb sie starr stehen. Was war in diesem Zimmer besprochen worden? Sie schaute ihren Mann an, aber der Abgeordnete erwiderte ihren Blick. Helmberger hat ihn schwach gemacht, dachte Elisabeth, ich soll nach Berlin fahren... er gibt nach, er fällt von seinem Glauben ab... es ist zu viel für ihn... es ist alles verloren... die ganze Familie ist verloren... die Söhne werden protestieren... Karls Verlobung... Ernsts Zusammenstoß mit dem General... ich muß stark bleiben! »Ich habe das Opfer schon gebracht, Theodor«, sagte sie so ruhig, daß Chindler sie erschrocken betrachtete, »ich werde nicht nach Berlin fahren.«
»Maggie soll sehr bleich gewesen sein, als man sie zur Verhandlung führte«, sagte er.
»Der Krieg ist verloren, unser Vermögen ist wahrscheinlich verloren, wenn Gott will, kann er uns zwei Söhne nehmen, das einzige, was uns niemand nehmen kann, ist unsere Ehre und unsere Religion.«
»Was hat denn das mit einem Besuch bei Maggie zu tun?«
»Sie ist gottlos, Theodor, sie hat mir geschrieben, daß sie nicht mehr glaubt... vielleicht ist ihr Schicksal eine Prüfung, die über sie und uns verhängt ist... aber ich halte die Wahrheit... sie muß zu mir zurückfinden, nicht ich zu ihr... sie ist in die Nacht des Unglaubens gestürzt. Wenn ich nicht stehen bleibe, wo ich stehe, so sieht sie das letzte Licht flackern, das in ihre Finsternis leuchtet... und selbst wenn sie nie mehr zurückfindet... ich habe fünfzig Jahre geglaubt und will mit meinem Glauben sterben.«
»Dann werde ich hinfahren...«
»Ich bin ein schwaches Weib... ich kann dich nicht zurückhalten, wenn du fahren willst, aber das sage ich dir, es ist deiner unwürdig, dich von einer unreifen und gottlosen und, wie ich leider hinzufügen muß, einer sittenlosen Närrin bekehren zu lassen!«
»Du übertreibst fürchterlich... Maggie denkt noch nicht einmal im Traum daran, aus mir einen Sozzen zu machen!«
»Dein Besuch wird sie in ihrer Verbohrtheit bestärken.«
»Sie wird sich freuen...«
»Sie darf sich nicht freuen, wo wir so furchtbar leiden.«

»Du hast alle deine Kinder auf dem Gewissen... wenn Maggie nur halb so fanatisch ist wie du, so werden wir sie niemals wiedersehen... ich habe genug von diesem Dreck, ich bin ein alter Mann, ich will meine Ruhe haben, ich will meine Kinder haben, sie sind alt genug... sie sollen denken, was sie wollen!«
»Gut, dann werde Sozialdemokrat...«
»Das ist doch eine entsetzliche Unterstellung. Wenn ich zu meinem Kind gehe...«
»Wird das katholische Volk sagen: er hat die Prüfung nicht bestanden. Ich werde dich nicht verlassen, aber was dann kommt, wird für dich furchtbar sein... Deine Freunde werden dich verlassen, aber in deinem Alter findet man keine neuen mehr... du wirst einsam sein, und ich weiß, daß du die Einsamkeit nicht ertragen wirst...«
Die alte Drohung mit seiner Existenz traf Chindler zum zweiten Malé mitten ins Herz. Vor einer halben Stunde hatte ihm Helmberger das gleiche gesagt.
»Gut, ich bleibe, aber wenn ich meine Tochter nicht mehr sehen soll, will ich überhaupt keinen Menschen mehr sehen. Dann schlafe ich von heute an in diesem Zimmer allein, und wer es betritt, bekommt einen Hammer an den Kopf.«
»Das ist in deinem Alter ein Recht, das du verlangen kannst, und ein Opfer, das ich schweigend bringen muß...« sagte Elisabeth, »ich werde ins Fremdenzimmer ziehen.«
Diese Methode, ihm nachzugeben, wenn er tat, was ihm befohlen wurde, hatte Chindler von jeher rasend gemacht und zugleich wehrlos.
»Dann geh hinaus und laß mir das Essen heraufbringen. Ich wohne jetzt hier.«
»Es wird geschehen«, sagte Elisabeth, »aber bedenke, wenn du wieder ruhig sein wirst, daß wir momentan nur ein Dienstmädchen haben.«
Elisabeth ging hinaus. Als sie aus dem dunklen Zimmer auf den hellen Vorplatz trat, kam Friederike die Treppe hinauf.
»Oh, Liesel«, sagte die Jungfer und schlug die Hände zusammen, »bist du krank?«
Elisabeth schüttelte den Kopf und legte den Finger auf den Mund.

»Komm«, flüsterte Friederike. Während sie ihre Schwägerin vorsichtig in Maggies ehemaliges Wohnzimmer führte, schaute sie nach der Schlafzimmertür des Ehepaars und schüttelte den Kopf.
Am Abend ging Elisabeth zu einer Sitzung des katholischen Frauenbundes und nahm die Wahl zur 1. Vorsitzenden, die man ihr vergangene Woche angetragen hatte, an. Sie hielt eine so schöne Rede über die Dornenkrone, welche um ein Mutterherz liegt, daß alle Frauen weinten und das Ansehen der Familie Chindler gewaltig stieg.
Leiden gibt Kraft, dachte sie, als sie nach Hause ging. Theodor hat leider in seinem Leben niemals richtig gelitten. Sein Jähzorn hat ihn eigentlich immer erleichtert.

15

Am 8. Oktober fuhr Theodor Chindler nach Berlin und begab sich gleich in den Reichstag. Auf der Tagesordnung stand ein Antrag der Sozialdemokratie: Interpellation Antrick und Genossen, betreffend Agitation durch Vorgesetzte im Heere zugunsten alldeutscher Politik. Der Abgeordnete blieb neben der Tür zum Restaurant stehen, vor dem einige Journalisten auf und ab gingen.
»Guten Morgen, meine Herren«, sagte Chindler, »wer spricht im Saal?«
»Dittmann von den Unabhängigen.«
Den will ich mir anhören, dachte Chindler und betrat den Sitzungssaal. Der Abgeordnete Dittmann war gerade dabei, seine Rede zu beenden. »Ich frage den Herrn Staatssekretär von Capelle, ob es wahr ist, daß bei der Marine annähernd zweihundert Jahre Zuchthaus über Matrosen verhängt worden sind, und ob es weiter wahr ist, daß mehrere Todesurteile vollstreckt wurden, daß man Matrosen wegen Bekundung ihrer politischen Gesinnung erschossen hat?«
»Immer diese demagogische Sentimentalität«, sagte Chindler zu seinem Nachbarn. »In jedem Heer der Welt wird gestraft. Was hat denn das mit Politik zu tun?«
Der Reichskanzler erhob sich und antwortete. Was die Aus-

führungen des Herrn Dittmann im einzelnen angehe, so werde sie der Staatssekretär der Marine beantworten, er wolle nur soviel sagen, sein Wort, er stehe allen Parteien mit voller Objektivität gegenüber, gelte nur mit der Einschränkung, sofern diese Parteien nicht staatsgefährdende Ziele verfolgten, die Partei der Unabhängigen stehe für ihn jenseits dieser Linie.

»Im Schützengraben auch?« rief jemand.

Darauf erhob sich der Staatssekretär von Capelle. »Es steht aktenmäßig fest«, rief er, »daß der Hauptagitator der aufrührerischen Matrosen hier im Reichstag im Fraktionszimmer der Unabhängigen den Abgeordneten Dittmann, Haase und Vogtherr seine Pläne vorgetragen hat!«

Diesen Worten folgte gewaltiger Tumult, den der Sekretär mit Befriedigung beobachtete. Alles rief nach Beweisen, und einen Augenblick sah die Lage für die Unabhängigen sehr unangenehm aus. Da stellte sich durch Zwischenrufe und verlegene Antworten der Regierungsbank heraus, daß der Staatssekretär außerstande war, seine Behauptung zu beweisen. Nun schlug die Stimmung um. »Nehmen Sie sich in acht, meine Herren«, rief Chindler zur Regierungsbank hinauf. »Es ist schon vor hundert Jahren festgestellt worden, daß Preußen nicht ein Land ist, das eine Armee, sondern eine Armee, die ein Land hat, in welchem sie gleichsam nur einquartiert steht. Auf diesen sinnlosen und widernatürlichen Zustand ist bereits einmal ein 1806 gefolgt!«

Aber nicht allein die Sozialdemokraten, für die der Abgeordnete Ebert sprach, auch die Nationalliberalen, das Zentrum und die Fortschrittler erklärten sich gegen die Ausnahmegesetzstimmung der Regierung. Verärgert, aber doch etwas ängstlich verließ Capelle das Rednerpult. Am folgenden Tag wurde offenkundig, daß Capelle seine diffamierende Behauptung aus der Luft geschöpft hatte, um die ihm verhaßte Partei zu schädigen. Die Stellung der Regierung war erschüttert. Alle Welt war es leid, sich mit solchen Methoden regieren zu lassen. Vierzehn Tage darauf mußte Michaelis demissionieren.

Am Mittag dieses Tages ging Chindler in den »Kaiserhof«, um bei Lilli zu frühstücken, die ihn eingeladen hatte. Als er

in die Halle trat, sah er seine Schwiegertochter neben Helmberger auf dem Sofa sitzen; an ihrer rechten Seite saß der Bankier Schlappert. Jemand mußte einen Witz gemacht haben, denn Lilli lachte so, daß sie sich beinahe an die Schulter des Bankiers anlehnte. Als Chindler näher kam, stand sie auf und begrüßte ihn. »Nein, weißt du«, sagte sie, »dein Freund Helmberger erzählt zu komische Sachen, wir sind hier alle ganz krank vor Lachen.«
»Ich habe lediglich deiner Frau Schwiegertochter Vorhaltungen gemacht«, sagte Helmberger. »Wo soll das hinführen, wenn sie von Jahr zu Jahr schöner wird?«
Chindler begrüßte Schlappert und betrachtete Lilli. Sie war wie immer sehr elegant angezogen, aber zum ersten Male fand er sie nicht mehr so schön wie ehedem; sie hatte etwas Verlebtes in ihren Zügen, das sie alt aussehen ließ.
»Du aber«, fuhr Helmberger fort, Chindler ansehend, »brauchst mal wieder Arznei. Dir haben sie unterernährt, mein Bester, wie der Berliner sagt.« Er öffnete seine gewaltige Aktenmappe und holte eine rotglänzende Wurst heraus. »Iß das mal«, sagte er, »das ist kein Wurstersatz, sondern reines Fleisch, garantiert bayrische Sau, mein Lieber. Kennen Sie das schöne Münchener Lied, gnädige Frau: O Blutsau ist bei alt und jung ein Ausdruck der Verwunderung?«
Lilli mußte lachen. Chindler ließ sich Brot bringen und probierte die Wurst, die vorzüglich war. Dann fragte er Helmberger nach der Lage. Der Bankier rückte näher heran. Man unterhielt sich leise, da fast alle Tische der Halle besetzt waren.
»Wir haben gerade darüber gesprochen«, sagte Helmberger, »die Lage ist geneigt, ich meine zur Seite, man könnte auch sagen schief oder wie die Hessen sagen: schepp und krumm. Wenn keine Dame bei uns wäre, würde ich sogar sagen besch... lämmert. Dieser heilige Krieg dürfte verloren sein.«
»Hält sich Michaelis immer noch fest?«
»Man verhandelt schon über seine Pension.«
»Das habe ich auch gehört«, sagte Chindler.
»Und wer wird Kanzler?« fragte der Bankier.
»Wenn Gott auf Erzberger hört, der Fürst von Bülow, wenn er seines im Adlon sitzenden Knechtes Flehen aber nicht er-

hört, sein Stellvertreter auf Erden, unter den Frommen der Scheinheiligste, der Ritter Georg von Hertling.«

»Das wäre gut«, sagte der Bankier.

»Fragt sich für wen...« antwortete Helmberger. »Außerdem meckern die Protestanten, es sei ein eigenartiges Geschenk zum bevorstehenden Reformationsjubiläum, wenn der Zentrumsführer und Katholik Hertling jetzt Reichskanzler würde...«

»In dieser Lage«, sagte der Bankier.

»Die Katholiken meinen, man ließe besser einen Protestanten die kommenden Friedensverhandlungen führen.«

»Das ist alles Unsinn«, sagte Chindler. »Aber Hertling ist seit Jahr und Tag nicht mehr im Reichstag. Man kennt ihn nicht. Der Reichstag wird ihn mit Mißtrauen empfangen und die Folge davon wird sein, daß sich Hertling wieder an die Generale anlehnen wird!«

16

In den Oktobertagen des Jahres 1917 konnte jeder, der Augen hatte, sehen, daß ein moderner Krieg nur dann zu gewinnen ist, wenn, wie es der russische Politiker Lenin einmal gesagt hat, die Sache des Volkes die Sache der Nation ist.

Davon war in Deutschland keine Rede. Von einem kaiserlichen Anführer und einer Anzahl Militärs geführt, welche das Volk mit Sporen und Kandare ritten, war das Volk in diesen Krieg gelockt worden, den es, je länger er dauerte, um so weniger verstand. Nun zerbröckelte die Macht dieser Führung. Aber eine neue war nicht da. Weder das Bürgertum noch die Arbeiterschaft hatte den Willen oder die Einsicht, selber die Führung zu übernehmen. Das Bürgertum war verängstigt und klammerte sich um so heftiger an die Generale, je deutlicher sich kommende Schrecken vom schwarzen Horizont abzeichneten. Die Arbeiterschaft war müde und wollte den Krieg abbrechen. Aber das geht nicht.

Michaelis war seit Bestehen des Reiches der erste Kanzler, der vom Parlament und das heißt vom Volke gestürzt wurde. Verbittert, aber schon mutlos, mußte sich der Kaiser ent-

schließen, einen Mann zum Kanzler zu machen, der das Vertrauen des Volkes besaß. Er ernannte den 74jährigen Hertling.
Das Parlament war einverstanden. Zu schwach, zu unerfahren in politischen Dingen und vor allen Dingen zu feig, um aus seiner Mitte heraus selber eine Regierung zu bilden, akzeptierte man den bayrischen Minister.
Ende Oktober begab sich eine Delegation zu dem alten Mann, der in Berlin eingetroffen war, und legte ihm die Forderungen des Reichstags vor. Der Graf empfing die Herren höflich, aber unnahbar und las sich die Forderungen durch. Man verlangte, er möge die Wahlrechtsvorlage einbringen, welche das immer noch in Preußen herrschende Dreiklassenwahlrecht abschaffen sollte, forderte Milderungen in der Handhabung des Belagerungszustandes, mehr Verständnis der Zensur und dergleichen banale Dinge mehr. Von einer Änderung der Innenpolitik und vor allem der verhängnisvollen Außenpolitik stand in dem Dokument nichts.
Der Graf erklärte sich bereit.
Die Delegation war zufrieden. Als Chindler am Nachmittag Helmberger traf, spottete er. »Wir sind Narren«, sagte er, »komplette Narren. Wir gehen zu einem alten Mann und legen ihm Forderungen vor. Er akzeptiert sie, aber er kann sie niemals erfüllen. Denn noch nicht einmal meine zwanzigjährige Tochter kann aus ihrer Haut heraus, wieviel weniger dieser Greis, der das Volk sein Leben lang verachtet hat. Wie unmoralisch ist das, wie blöd. Weil wir zu schwach sind, selber zu regieren, verlangen wir von einer Regierung, sie möge so sein, wie wir sein möchten, wenn wir die Regierung wären!«
Kaum war der Graf im Amt, als man in den Kreisen, die ihn begrüßt hatten, etwas zu merken begann. Man beschloß, sich zu sichern und noch einen zweiten Kanzler zu schaffen, einen sogenannten Vizekanzler, und einigte sich auf den Demokraten Payer. Der war ein Mann des Volkes, zwar ebenfalls ein 70jähriger Greis und ein biederer Leisetreter, aber immerhin...
Jedoch Hertling, der der Ansicht war, er habe genug Parlament gespielt, als er jene Delegation empfing, wollte nicht. Als er Anfang November aus Potsdam, wo er dem Kaiser

einige Angelegenheiten zur Unterschrift vorgelegt hatte, nach Berlin zurückkehrte, erfuhr man, daß er über Herrn Payer mit dem Kaiser überhaupt nicht gesprochen hatte. Jetzt wurden die Parteien der Linken böse. Sie hatten zwar einen Mann zum Kanzler gemacht, der nicht ihr Mann war, aber sie verlangten von diesem Mann, er solle ihr Mann sein.

Das Zentrum setzte sich mit den übrigen Parteien des Mehrheitsblockes ins Einvernehmen. Alles redete sich in Zorn. Am Abend wurde zum zweiten Male eine Delegation in die bayrische Gesandtschaft gesandt, welche Herrn von Hertling auffordern sollte, unverzüglich vom Kaiser Herrn Payer ernennen zu lassen. Diesmal empfing der Graf die Herren nicht. Gereizt und verärgert, ließ er durch seinen Sekretär bestellen, er denke nicht daran, nachzugeben, und sich weitere Bindungen aufzuerlegen. Er sei Kanzler und damit Schluß. Außerdem sei er durch die langen und anstrengenden Verhandlungen so erschöpft, daß er gesundheitlich nicht imstande wäre, noch irgend etwas zu bereden.

Die Delegation blieb fest und ließ sich nicht heimschicken. Da erschien der Gastgeber des Kanzlers, der bayrische Gesandte Graf Lerchenfeld, im Zimmer. »Meine Herren«, sagte er, mit erhobenen Händen von einem zum andern gehend, »die Pressionen, wie sie hier von den Parteien ausgeübt werden, müssen ihre Grenzen haben. Sie irren sich, wenn Sie glauben, bei uns herrsche nunmehr das parlamentarische System. Soweit sind wir, gottlob, noch nicht. Die Ernennung von Ministern ist nach wie vor das ausschließliche Recht Seiner Majestät!«

Die Delegation wiederholte dem Gesandten, was sie schon einmal dem Sekretär gesagt hatte, und empfahl sich. Als die Oberste Heeresleitung sich einige Tage später vergewissert hatte, daß mit Hertling zu regieren sei, ließ sie die Ernennung Payers zu, der daraufhin zum Vizekanzler gemacht wurde.

Eine Woche später wurde Chindler auf seinen Wunsch von Hertling empfangen. Er betrat das schöne alte Palais Radziwill in der Wilhelmstraße, wurde in den ersten Stock geführt und mußte lange warten. Nach einer Stunde kam ein Diener und geleitete ihn zum Kanzler. Hertling erhob sich hinter einem großen Schreibtisch.

Chindler war überrascht, wie deutlich man dem alten Mann seinen Stolz auf die neue, hohe Stellung ansah. Nachdem das Gespräch eine Zeitlang persönliche Fragen zwischen den beiden, lange miteinander bekannten Männern berührt hatte, sagte Hertling: »Hören Sie, lieber Freund, machen Sie sich verdient. Zerstreuen Sie irrige Vorstellungen, die man sich über mich machen könnte. Ich fühle mich in keiner Weise als Kanzler der gegenwärtig im Reichstag bestehenden Mehrheit von Zentrum, Liberalen und Sozialdemokraten. Sie wissen, daß ich Wahlen weder für die Stimme des Volkes halte, noch der Ansicht bin, daß das Volk klar sehen und erkennen kann. Was den sogenannten Verständigungsfrieden angeht, so ist der Krieg eine Sache der Militärs!«
Chindler nickte mit dem Kopf.
Er hatte nichts anderes erwartet.
Das war der alte Mann, der sich gleichgeblieben war.
»Was die Militärs angeht«, sagte er nach einer Weile, »so ist man hier am rechten Platz, um sich Ihres Vorgängers Bismarck zu erinnern.«
Hertling runzelte die Stirn. Bismarck, sein alter Gegner aus dem Kulturkampf, war niemand, an den er sich gern erinnerte. Von diesem Menschen trennte ihn eine Weltanschauung.
»Es war klug und mutig gehandelt«, sagte Chindler, »als der große Mann im Jahre 66 einigen Generalen in den Arm fiel, denen der Krieg nicht lange genug dauern konnte, und er handelte wie ein Staatsmann, als er erklärte, daß Völker nicht vergeltende Gerechtigkeit zu üben, sondern Politik zu machen haben. Lesen Sie die Stelle in seinen Erinnerungen nach. Ich finde sie großartig... Auch dieser Krieg muß beendet werden. Unsere Industrie hat vor dem Krieg ohne Belgien und Polen existiert; sie wird es auch nach dem Krieg können.«
Hertling hörte nicht mehr zu. Er brauchte keine Belehrungen, und besonders nicht von Parteifreunden, die keine Karriere gemacht hatten.
Chindler merkte die verdrossene Abweisung seiner ernsten Mahnungen, aber er wollte noch eine Mine springen lassen. »Das katholische Volk beginnt an uns zu zweifeln«, sagte er

und hob die Hand. »Bedenken Sie, daß Sie der erste Katholik auf diesem Platz sind! Die einfachen Leute betrachten die Industrie und ihren Annexionismus und sagen: Die machen aus unserem Verteidigungskrieg etwas anderes.«
»Ach was«, sagte Hertling, »es ist mir unverständlich, was so viele Leute sagen, und ich mache doch schließlich auch meine Erfahrungen, der Glaube werde unter dem Krieg leiden. Ob wir verlieren, was Gott verhüten möge, oder ob wir gewinnen, wir werden bald die Notwendigkeit des Geschehenen erkennen, und wenn nicht wir, so unsere Kinder. Was heute noch dunkel und unfaßlich erscheint, wird man als weise Voraussicht Gottes erkennen. Ein Volk wie ein Mensch bedarf der Läuterung. Für mich ist und bleibt der Weisheit letzter Schluß: Tu nos fecisti ad te, et cor nostrum inquietum est, donec requiescat in te!«
Der Abgeordnete erhob sich.
Als er das Zimmer seines Hotels betrag, lag ein kleines, gelbes Telegramm auf dem Tisch, das ihm die schwere Verwundung seines Sohnes Ernst mitteilte. Er fühlte, wie sein Herz unregelmäßig schlug, und setzte sich langsam an den Tisch. Da machen sie Philosophie, dachte er, sich der Worte des Kanzlers erinnernd, da sitzen sie mächtig an der Gurgel des Volkes und wünschen immer, die andern möchten geläutert werden... jetzt hat der Junge eine Granate im Bauch... das kann er nicht überstehen... vielleicht ist er überhaupt schon tot... sie teilen es einem ja immer tropfenweise mit... jetzt ist er geläutert... Herr Kanzler... ach, der geliebte Bub... und so ein hübscher Mensch... ach, Ernst... und bald wird er niemals gelebt haben... umsonst... niemals... ganz umsonst...

17

Lilli erfuhr die Nachricht von der Verwundung ihres Mannes durch ihren Vater, der sie von Warschau aus anrief.
Sie erschrak bis ins Innerste und fühlte, daß sie nur einen Wunsch hatte: Ernst sofort zu sehen. Sie ließ sich das Amt geben und versuchte, ihren Vater anzurufen. Aber nach einiger Zeit teilte das Fräulein mit, von Berlin aus könne Warschau

zur Zeit nicht angerufen werden. Der Widerstand der Entfernung und der dunklen mechanischen Macht, welche sie schon so lange von ihrem Mann getrennt hielt und ihr auch jetzt, im Augenblick seiner Schmerzen und ihrer Angst nicht erlaubte, das Natürliche zu tun, zu ihrem Mann zu eilen, ihn anzusehen, ihn zu streicheln, ihm zu helfen, brach ihren Schmerz entzwei und zerstörte ihn auf die Dauer vollends.
Am Nachmittag kam Theodor Chindler. Als Lilli ihn unter der Tür erblickte, fiel ihr ein, daß sie ihn völlig vergessen hatte, und daß es ihre Pflicht war, den alten Mann, der sicherlich schrecklich litt, zu trösten. »Wir müssen es tragen«, sagte der Abgeordnete und versuchte, mit ungeschickter Bewegung den Arm seiner Schwiegertochter vorsichtig und ihn kaum berührend zu streicheln.« »Ja, Papa«, antwortete Lilli, »ich glaube, die Ärzte können heutzutage sehr viel. Mein Vater hat mir gesagt, daß Ernst in einem guten Lazarett liegt. Er fährt morgen früh zu ihm.«
»Ich werde ihm schreiben und ihm für seine Güte danken«, sagte der Abgeordnete. Er setzte sich auf einen Stuhl vor das Fenster und grübelte vor sich hin. Sein Zug nach Neustadt ging erst um acht Uhr. Seit er das Telegramm gelesen hatte, wartete er nur noch auf diesen Zug. Die große Stadt, die kalte, unnatürliche Atmosphäre der Hotelzimmer, die schreckliche Einsamkeit, welche einen so leicht überfällt, wenn man in Berlin ist, ohne etwas zu tun zu haben, peinigten ihn. Auch er hatte, ähnlich wie Lilli, ein Gefühl, als müsse er traurig sein, könne es aber hier nicht sein. Er wollte heim, zu seinen Büchern, in sein Zimmer, in seine Höhle, wo ihn sein Schmerz über das Unglück erwartete, das ihn getroffen hatte, ein tröstender Schmerz, der besser sein würde als die stumpfe, angstgeladene Verzweiflung, die ihn hier umfangen hielt.
»Fährst du nach Hause?« fragte Lilli.
»Um acht Uhr.«
»Ich bleibe hier, weil mich mein Vater morgen hier anrufen will«, sagte Lilli.
»Das ist sehr richtig gehandelt. Hier bist du näher bei deinem Mann.«
Der Bankier Schlappert rief an, um Lilli seiner Teilnahme zu

versichern. »Das ist ein guter Mensch«, sagte Chindler. »Weißt du, daß er eine Besitzung in der Nähe von Neustadt hat?« fragte Lilli. »Er will euch besuchen, wenn er im Herbst hinunterfährt.«

»Ich will lieber noch ein bißchen spazierengehen«, sagte der Abgeordnete. »Ein trauriger alter Mann wie ich ist sowieso kein heilender Anblick für dich.«

Als Lilli allein war, holte sie alle Bilder ihres Mannes hervor, die sie besaß, und betrachtete sie aufmerksam. Je länger sie die flachen Aufnahmen ansah, desto schlechter fand sie alle miteinander. »Wenn ich morgen nicht nach Warschau kann... wenn ich nicht spätestens morgen nach Warschau kann...« Sie stand auf und zündete alle Lampen ihres Zimmers an. Wenn ich nicht spätestens morgen nach Warschau kann, dachte sie zum dritten Male, aber diesmal gelang es ihr nicht, den Satz wie das vorhergehende Mal abzubrechen und den Schluß zu verdrängen, »dann werde ich ihn noch weiter vergessen, wie ich ihn schon halb vergessen habe, denn... ich kann nicht auf die Entfernung empfinden«, sagte sie laut vor sich hin, »ich kann nicht, kann es nicht, ich kann mich nicht ändern.« Sie weinte ein bißchen. Dann zog sie sich lange und sorgfältig um und ging in den großen Speisesaal hinunter, um unter Menschen zu sein und etwas Musik zu hören.

SECHSTES BUCH

1

Als der grüne Wagen vor dem Gefängnis hielt, dachte Maggie einen Augenblick daran, hinauszuspringen und zu fliehen. Drei Monate Gefängnis ... das war nicht auszuhalten. Angst, Entsetzen und Grauen würgten das Mädchen. Da aber hatte sich das schwere eiserne Tor bereits hinter ihr geschlossen.
»Legen Sie alles, was Sie bei sich haben, auf diesen Tisch«, sagte eine untersetzte strohblonde Wärterin, »Ihre Handtasche, Geld, Spiegel und so weiter ... übrigens will ich Ihnen gleich sagen, daß Ihr Haar bei uns nicht so unordentlich ins Gesicht hängen darf ... merken Sie sich das morgen früh beim Anziehen ... verstanden?«
Die Anstaltskleidung bestand aus einem Hemd, das bis auf die Füße reichte und hart wie ein Brett war, Unterrock, Jacke, Rock, Strümpfen und Filzpantoffeln. Alles war von grauer Farbe, alles hart und jedes Stück viel zu groß. Nach ihrer Einkleidung mußte Maggie einer Wärterin folgen, die am Ende eines langen und leeren Korridors eine Zelle aufschloß.
»Stehen Sie unter Sitte?« fragte die Beamtin, als Maggie zögerte, die Zelle zu betreten.
Maggie war starr vor Empörung. »Wollen Sie nicht lieber meinen Begleitschein ansehen, ehe Sie solche Fragen stellen?« sagte sie. Die Wärterin las das Papier durch, ohne es zu verstehen. »Verurteilt zu drei Monaten Gefängnis wegen Übertretung des Paragraphen 37b des Gesetzes über den Belagerungszustand.« »Wollen Sie mir vielleicht antworten?« sagte sie, den Zettel in ihre Schürze steckend. »Ich habe einem ausländischen Arbeiter französische Zeitungen gegeben«, sagte Maggie.
»Sind Sie Arbeiterin?«
Maggie überlegte einen Moment. »Ja.«
Dann war sie allein. Am Nachmittag brachte die Wärterin eine Gefangene in Maggies Zelle, welche Papier und Kleister zum Tütenkleben trug. »Lassen Sie sich das Notwendige erklären«, sagte die Wärterin und schloß wieder ab.

Die Gefangene stellte sich als Else vor und musterte Maggie von oben bis unten.
»Warum bist du hier?« fragte sie nach einer Weile. Maggie, vergnügt, ja glücklich, wieder einen Menschen neben sich zu haben, einen richtigen, sprechenden und zuhörenden Menschen, erzählte die Geschichte mit Duval. Das Mädchen schob die Lippen vor und sagte, so was fände sie doof.
»Was haben Sie denn gemacht?« fragte Maggie etwas begossen.
Die Gefangene, eine Prostituierte vom Alexanderplatz, hatte eine Strafe wegen Beihilfe zum Diebstahl abzusitzen. Ihr Freund hatte sie im Auto auf der Straße warten lassen, während er ein Warenlager um ein paar Ballen Stoff erleichterte. Dabei hatten sie ihn erwischt. Else erzählte ihr Pech gelangweilt und wie eine gleichgültige Nebenangelegenheit, um dann ausführlich von ihrem Beruf zu plaudern. »Sie haben mir meine Schuhe weggenommen«, sagte sie, als sie ihre gewaltigen Erfolge bei Männern genau geschildert hatte, »Maßarbeit bis zum Knie hinauf, prima Chevreauxleder, aber meine Beine konnten sie nicht absäbeln... und mies machen können sie mir sie auch nicht... sieh mal...« Sie streifte ihre Strümpfe herunter und ließ Maggie zwei Beine sehen, die tadellos gewachsen waren. Dabei war sie wie immer vom Anblick ihrer eigenen Schönheit so überrascht, daß sie schweigend und beglückt ihre Waden betrachtete und mit beiden Händen streichelte. Maggie schaute das Mädchen an. Das Gesicht war, obgleich zu klein, niedlich. Aber das Köpfchen saß unvermittelt auf einem gewaltigen Nacken, was einen unangenehmen Eindruck machte. So was lieben die Männer, dachte Maggie verwundert... Für Geld... Küssen sie das? Sie konnte es nicht verstehen.
»Wie sind denn deine Beine?« fragte das Mädchen.
»Nicht so schön«, sagte Maggie aufrichtig und ein wenig verlegen.
»Zeig mal«, sagte das Mädchen. Maggie, die auf ihrer Pritsche saß, glättete den Rock, der sowieso schon bis auf die Füße fiel, über die Knie. Aber das Mädchen nahm ihn hoch und betrachtete, ohne ein Wort zu sagen, Maggies Beine und Knöchel, welche etwas zu kräftig waren.

»So, jetzt müssen wir aber kleben, sonst gibt's Strafe«, sagte das Mädchen.
»Ich denke gar nicht daran«, sagte Maggie, »erzähl mir noch ein bißchen von dir.«
Die Prostituierte betrachtete ihre Mitgefangene erstaunt. Aber sie hielt nichts davon, andere Menschen, besonders wenn sie alt genug sind, zu überreden oder zu ändern.
»Wie du meinst«, sagte sie, »ich habe meinen guten Willen gezeigt, das kannst du ja bestätigen.« Sie wollte eben anfangen, etwas zu erzählen, als die Türe wieder aufgeschlossen wurde und die Wärterin eintrat. »So«, sagte sie zu der Prostituierten, »du kannst wieder gehen.« Das Mädchen stand auf, warf Maggie einen aufmunternden Blick zu, streckte dem Rücken der Wärterin die Zunge heraus und verließ die Zelle.
»Sie wissen jetzt, was Sie zu tun haben«, sagte die Wärterin. »Wenn Sie fleißig sind, können Sie sich bis zu 20 Pfennig am Tag verdienen.«
»Ich denke gar nicht daran«, antwortete Maggie, »auch nur eine einzige Tüte zu kleben. Ich bin eine politische Gefangene, und ich möchte Sie bitten, mir Bücher, Papier und Tinte zu bringen.«
»Was sind Sie?« fragte die Wärterin. »Eine solche Bezeichnung habe ich in meinem Leben noch nicht gehört! Ich warne Sie im guten. Wenn Sie sich meinen Befehlen nicht fügen, werde ich Sie dem Inspektor melden.«
Maggie zuckte die Achseln und drehte sich um. Die Wärterin betrachtete die Zelle. Dann ging sie hinaus und schloß wieder ab.
Als die Wärterin am nächsten Tag sah, daß sich Maggie tatsächlich weigerte, Tüten zu kleben, ging sie wortlos aus der Zelle. Eine Stunde später kam sie mit dem Inspektor zurück. Maggie saß auf der Pritsche und stierte die Wand an.
»Haben Sie die Hausordnung nicht gelesen?« fragte die Wärterin. »Wenn ich Achtung sage, hat sich die Gefangene zu erheben, mit dem Gesicht zur Tür an die hintere Zellenwand zu treten und zu grüßen.«
»Es ist in meinen Kreisen nicht üblich«, sagte Maggie leise und höflich, »daß eine Dame aufsteht, wenn ein Herr ins Zimmer kommt.«

Als der Inspektor, ein grauhaariger, dünner, kurzsichtiger Mensch, hörte, daß sich Maggie als Dame bezeichnete, wurde er rot vor Zorn. Aber als er weiter hörte, daß Maggie ihn einen Herrn nannte, beruhigte er sich ein wenig. Er bückte sich und fuhr mit dem Zeigefinger langsam über den Tisch, der unterm Fenster stand, um zu sehen, ob Staub gewischt worden war. Aus Langeweile hatte ihn Maggie gereinigt, und als der Inspektor seine Finger dicht unter seine Brille hielt, konnte er nichts entdecken.

»Wenn die Gefangene bis morgen mittag keine Tüten geklebt hat«, sagte er zu der Aufseherin, »bekommt sie drei Tage Dunkelarrest bei Wasser und Brot. Die Strafe kann wiederholt werden, bis die Hausordnung nicht mehr übertreten wird.«

»Das ist unerhört«, sagte Maggie aufspringend, aber der Inspektor drehte sich um und verließ wortlos die Zelle.

Am nächsten Tag holten zwei Aufseherinnen Maggie, die nach wie vor fest blieb, zur Verbüßung ihrer Strafe ab. Der Raum, in den sie gebracht wurde, war an sich so groß wie die Zelle, die sie verlassen hatte, aber in der Mitte durch ein dickes eisernes Gitter geteilt, das obendrein noch wie das Gestänge eines Raubtierkäfigs mit einem Drahtgeflecht überspannt war. Die Einrichtung des Verlieses bestand aus einem Kübel, einem Wasserkrug und einer Holzpritsche. Das winzige Fenster verschloß ein dicker Laden so fest, daß der Raum dunkel wie ein Grab war.

Als die Tür geschlossen wurde, war Maggie in der grauenhaften Finsternis allein. Sie versuchte auf und ab zu gehen und stieß dabei bald gegen die kalte Wand, bald gegen das Eisengitter. Nach einiger Zeit legte sie sich auf das hölzerne Bett. Sie dachte an Koch... ob er wohl auch so mißhandelt werde... an die Fabrik, an Duval, an den Krieg und plötzlich an ihre Mutter. In der schwarzen Nacht, die sie lautlos und so dicht umhüllte, daß sie nicht einmal ihre eigenen Hände sehen konnte, selbst wenn sie sie dicht vor die Augen hielt, ihre weißen, langen Hände, deren Adern sie immer wieder mit ihren Daumen befühlte, mit dem unerträglichen Gespinst aus Stille und Lichtlosigkeit, in dem sich allmählich noch eine schleichende Kälte verfing, sah Maggie plötzlich das alte

schwarze Klavier stehen, das im Zimmer ihrer Mutter stand, und ihre Mutter davor sitzen, ein wenig schief, wie sie immer vor den Tasten saß, und, als ob es neben ihr klänge, hörte sie ihre Mutter das Lied von dem Postillon singen, das Leopold so sehr geliebt hatte, als er noch klein war. »Siehst du drei Rosse vor dem Wagen und diesen jungen Postillon...« Diese Erinnerung war süß, und Maggie seufzte, als ihr die folgenden Verse nicht mehr einfallen wollten.
Sie erhob sich mit einem Ruck und zuckte dabei zusammen, aus Angst, sich an dem unsichtbaren, widerlichen, dicken Eisengitter zu stoßen. Jetzt ist vielleicht eine Stunde herum, dachte sie... dreimal zwanzig ist sechzig... dreimal vier ist zwölf... zweiundsiebzig... also noch einundsiebzig Stunden... wenn man nicht denkt, wie sie, sperren sie einen so ein... nein, nein, sie sperren einen ja nicht nur ein... sie ziehen sich vor einem zurück... sie machen einen ganz allein, ganz wehrlos... mit dickem Eisen... tausend gegen einen... ich muß jetzt denken... französisch repetieren... hier kann man verrückt werden, wenn man sich gehen läßt... fürs ganze Leben verrückt!
Die Ankunft der Nacht über der Welt, von der man sie ausgeschlossen hatte, merkte Maggie daran, daß jemand kam und das Wasser ihres Kruges erneuerte. Sie wollte etwas sagen, aber zu stolz, um von diesen verkniffenen Marionetten, den Aufseherinnen, wie ein ungezogenes Kind keine Antwort zu bekommen, schwieg sie lieber.
Sie mußte geschlafen haben. Jedenfalls war ihr, als wäre sie aufgewacht. Die Finsternis war undurchdringlich, um keine Abstufung, nicht um die leichteste verändert, starr, widerwärtig, unerbittlich, gefühllos, dumm, unmenschlich wie diese Aufseherinnen. Nur die Kälte war neu, eine beißende Kälte, die von Minute zu Minute ärger zu werden schien. Das kann man nicht aushalten, dachte Maggie, »das kann man nicht aushalten«, wiederholte sie und erschauerte so vor dem hohlen, ganz veränderten Klang ihrer Stimme, daß sie mit den Zähnen klapperte. Dann gaben ihre Nerven nach.
Sie sprang auf und warf sich mit solcher Gewalt gegen das unsichtbare Gitter, daß sie ihr Fleisch dagegen knallen hörte. Aber das Metall war hart und gefühllos. Maggie drehte sich

um, trat mit den Füßen gegen die Wand und schrie so laut und so lange um Hilfe, bis ihr Herz nur noch rasselte. Vielleicht zerspringt es, dachte sie und schrie weiter, aber ihre Kraft verströmte, sie röchelte und zuckte schließlich nur noch und sank plötzlich zusammen. Die fürchterliche Erregung hatte den Kreislauf ihres weiblichen Organismus vorzeitig in Bewegung gesetzt.

Sie fühlte ihr Blut rinnen, einen Augenblick war es wenigstens warm, etwas Lebendiges, dann wurde es auch kalt, und Maggie brach ohnmächtig zusammen.

Eine Wärterin hatte das Schreien gehört und war vor die Tür getreten. Als sich die Tobende beruhigt zu haben schien, öffnete sie die Zelle, löste die Bänder, die den Rock der Bewußtlosen hielten, nahm zur Vorsicht den Krug mit und ging wieder hinaus.

Am zweiten Tag hatte Maggie, als sie das kleine Stück Brot in einem Happen aufgegessen hatte, Hunger. Am dritten spürte sie den Hunger nicht mehr. Am vierten führte man sie hinaus. Sie nahm alle Kraft zusammen, um sich nicht an die Wärterin anzulehnen, aber sie konnte kaum gehen. Man brachte sie nicht in ihre alte Zelle zurück, sondern überwies sie im vierten Stock der Anstalt einer neuen Abteilung und einer anderen Aufseherin. »Was haben Sie denn getan?« fragte diese, die sonderbar weit aufgerissenen Augen der Gefangenen anschauend. Maggie, von dem Ton gerührt, erzählte langsam die Geschichte mit Duval und die Affäre mit den Tüten.

»Sie sind eine Sozialistin?« fragte die Aufseherin. »Da kennen Sie wohl Rosa Luxemburg?«

»Ich kenne sie nicht, weil sie auch gefangen ist«, sagte Maggie, »aber mein Mann kennt sie gut.«

»Ich hatte sie in meiner Abteilung unter mir«, sagte die Aufseherin, »das war eine Dame. Wenn ich Nachtwache hatte, ruhte sie nicht, bis ich von ihrem Tee und ihrem Gebäck nahm, denn sie konnte unser Essen nicht vertragen und bekam ihre Verpflegung von draußen. Sie war ja so zart, so angegriffen... sie durfte auch länger Licht brennen, weil sie gar nicht schlafen konnte. Ja, das war eine Dame, eine feine Dame, wir haben sie alle heimlich bewundert... sie verstand

auch alles ... so ... Ihr Mann hat sie gekannt ... sind Sie denn verheiratet?«
»Noch nicht ...«
»Ach, das geht mich nichts an«, unterbrach die Aufseherin ... »in diesen Zeiten ... ich weiß nicht ... hören Sie ... seien Sie jetzt vernünftig ... kleben Sie zehn Tüten pro Tag ... das übrige lassen Sie meine Sache sein ... ich werde Ihnen auch Bücher besorgen.«
»Würden Sie mir einen Augenblick einen Spiegel geben?« fragte Maggie.
»Das darf ich nicht«, sagte die Aufseherin und reichte Maggie einen kleinen Spiegel, den sie aus ihrem Unterrock holte. Maggie betrachtete sich. Sie war bleich und ihre Lippen aufgesprungen und rissig; die neue sogenannte Frisur stand ihr übrigens gar nicht so schlecht.

2

Aber Maggie hatte sich nicht nur äußerlich, sondern auch innerlich sehr verändert, und Caspar Koch sah es auf den ersten Blick.
Am 22. Januar 1918 wurde Maggie entlassen. Da sie um halb zwei eingeliefert worden war, durfte sie erst um halb zwei gehen. Noch einmal klebte sie also ein paar Tüten, dann war der Vormittag herum. Sie verabschiedete sich von den ihr bekannten Gefangenen, besonders von einer älteren Arbeiterin, die zu fünf Monaten Gefängnis verurteilt worden war, weil sie ihre Brotkarten verkauft hatte, um ihrer vierjährigen Tochter einen Wintermantel kaufen zu können.
»So, jetzt sind Sie wieder ein freier Mensch«, sagte die Aufseherin, »jetzt darf ich Ihnen die Hand schütteln – wenn Sie wollen, heißt es.«
»Ich werde Sie nie vergessen«, sagte Maggie.
»Sie werden mich vergessen«, sagte die Aufseherin. »Aber das macht nichts. Deswegen habe ich Sie doch gern.«
Als Maggie die Straße betrat, stand Caspar Koch unter einer Laterne. Sie sah ihn sofort, aber im gleichen Augenblick sah sie, daß neben ihm ein Mädchen mit einer Pelzkappe stand, dessen Arm Koch untergehakt hielt.

Das ist also auch aus, dachte Maggie und drehte sich um, um wegzulaufen. Aber sie konnte keinen Schritt machen, ihre Beine zitterten nur und bewegten sich nicht.
»Hast du uns nicht erkannt?« fragte Koch, der auf sie zugetreten war. Er nahm ihr Gesicht in beide Hände und küßte Maggie lange auf den Mund. »Warum weinst du denn, kleines Füchslein?« sagte er und küßte ihre Augen. »Haben sie dich in diesem ollen Kasten so gequält?«
»Nein, nein«, sagte Maggie und lachte. Während Koch sie umarmt hielt, hatte sie in seiner Begleiterin Gerda Riemer, die kleine Neustädter Verkäuferin, erkannt. Unter Kochs Küssen schämte sie sich ihrer dummen Eifersucht, und während sie ihre Tränen trocknete, gab sie auch Gerda Riemer einen Kuß.
»Du hast dich sehr verändert«, sagte Koch. »Du siehst wie eine Frau aus... beinahe wie eine Mutter... weißt du, wem du ähnlich siehst? Der Bavaria von Hildenbrandt. Wahrhaftig, sei mir nicht bös, du siehst aus wie eine schöne Furie!«
»Deine Komplimente sind wenigstens noch die alten.«
»An mir haben die Gefängniswärter gar nichts geändert.«
Gerda Riemer hatte Maggie aufmerksam betrachtet. Sie hielt Maggies Hand fest und streichelte sie mit den Fingern. Maggie bemerkte die Liebkosung. »Wißt ihr, warum ich vorhin geweint habe? Soll ich es sagen? Ich erkannte Gerda nicht und bekam einen furchtbaren Eifersuchtsanfall, als ich euch per Arm stehen sah. So... jetzt habe ich's gesagt!«
Gerda erschrak und zog ihre Hand zurück, aber Maggie hielt sie fest. Koch rief eine vorüberfahrende Droschke an, die drei stiegen ein und fuhren fort.
Koch war am 12. Januar entlassen worden. Am 24. Dezember war seine Mutter gestorben. Die Nachricht traf ihn tief, und als sich der Mann zwei Tage bei Gerda Riemer ausgeruht hatte, fuhr er auf das Gut, auf dem seine Mutter gelebt hatte. Der Graf empfing ihn nicht, aber der Friedhof stand allen offen. Während der Mann das armselige Kreuz betrachtete, das den Namen der Toten verkündete – Amalie Koch, geb. am 14. 12. 1864; gest. am 24. 12. 1917 –, kam der Pfarrer und händigte Koch 3000 Mark ein, das Vermächtnis der Toten. Auf einen dicken Stock gestützt, den er in einem kleinen Laden des

Dorfes erstand, fuhr Koch nach Berlin zurück und quartierte sich in einem Hotel am Schlesischen Bahnhof ein.

3

Maggie ging hin und her und versuchte die beiden ineinandergehenden Zimmer des Hotels, die sie nunmehr mit Koch bewohnte, halbwegs wohnlich zu machen. Koch lag auf einem braunen mit Wachstuch bezogenen Sofa, wie man sie in den Behandlungsräumen armer Kassenärzte findet.

»Hast du Schmerzen?« fragte Maggie. »Dein Mund hat sich übrigens auch verändert.«

»Als ich das Zimmer meiner Mutter sehen wollte«, sagte Koch, die rechte Hand unter seinen Kopf legend, »ließ mir der Graf ausrichten, Zuchthäuslern sei der Zutritt nicht gestattet. Und das wundert mich nun: man weiß genau, daß es die politische Kampfesweise dieser Leute ist, ihre Gegner nicht so sehr zu bekämpfen als zu diffamieren, uns nicht etwa als Politiker zu behandeln, sondern als unbotmäßiges Pack. Trotzdem, und obgleich man das genau weiß, gelingt ihnen die Verwundung. Der Verstand ist kein Panzer.«

»Heute nacht«, antwortete Maggie, »habe ich über dieselbe Frage nachgedacht. Die Dunkelhaft war entsetzlich, und Gott allein weiß, ob ich die Kraft hätte, diese Folter ein zweites Mal auszuhalten... ich glaube es nicht. Aber das Schlimmste war etwas anderes. Das Schlimmste war, daß am dritten Tag die Aufseherin zu mir sagte, die Erziehung scheine ja bei mir anzuschlagen. In diesem Augenblick hätte ich ihr ruhig und langsam ein Messer in den Hals stechen können...«

»Sag nicht solche Sachen...«

»... ruhig und langsam«, wiederholte Maggie. »Ich hatte einen solchen Haß gegen das Brett der Pritsche, daß ich auf dem nackten Boden saß... ich muß diese Tage übrigens vergessen... rasch vergessen... also... ich wollte sagen, wenn jemand vor dir steht, und bloß weil er eine andere Ansicht hat als du, dir sagt, du müßtest erzogen werden... das ist eine so hundsgemeine Äußerung unmenschlichen Hochmuts... das ist so schamlos zu vergessen, daß der Mensch das Recht hat zu denken... ach... reden wir nicht mehr darüber.«

Es klopfte und Emil Granowski trat ein. Maggie freute sich sehr, und Emil sah, daß sie immer noch so schön mit den Augen lachen konnte.
»Soll ich euch Abendbrot kochen?« fragte Maggie. »Ich habe dich schon dreimal gebeten«, sagte Koch gereizter als nötig war, »nicht die Köchin zu spielen. Wenn wir Hunger haben, gehen wir in die Kneipe. Du bist meine Frau, nicht meine Dienerin.«
»Die 3000 Mark werden bald alle sein...«
»Jawohl, sie werden es... dann werden wir weitersehen. Wie steht's?« fragte er darauf Granowski.
»Diesmal steht's gut«, sagte der Arbeiter.
Im Dezember hatten in Brest-Litowsk die Friedensverhandlungen zwischen Deutschland und Rußland begonnen. Endlich schien eine Bresche in diesen sinnlosen Krieg geschlagen zu sein. Aber die Verhandlungen gingen nicht vom Fleck. Beide Parteien waren formell gegen Annexionen und für das Selbstbestimmungsrecht der Völker, aber beide legten sich diese Forderungen in ihrem Sinne aus. »Wenn die deutsche Regierung«, erklärte Trotzki immer aufs neue, »den Frieden will und keine Eroberungsabsichten mehr hegt, muß sie dies der Welt zeigen, indem sie unverzüglich die von ihren Truppen besetzten russischen Gebiete räumt. Tut sie das nicht, so hat sie Hintergedanken und Annexionspläne.« Verärgert über dieses unwiderlegbare Argument schlug der Vertreter der deutschen Generalität mit der Faust auf den Tisch und erklärte den Russen, sie möchten gefälligst bedenken, daß Deutschland der Sieger sei. Damit hatte Deutschland die Pose vom Verständigungsfrieden aufgegeben. Nun hing von der Reichstagsmehrheit ab, was geschehen sollte. Würden Zentrum, Sozialdemokraten und Fortschrittler die von ihnen immer wieder proklamierte Forderung nach einem Verständigungsfrieden fahren lassen? Sie ließen den Dingen ihren Lauf. Die Illusion, Rußland besiegt zu haben, benebelte sie, und das Schlagwort, man dürfe den Russen die von den deutschen Truppen befreiten Länder der Polen, Litauer und Letten nicht wieder ausliefern, tat das seine.
Da riß zum ersten Male die Geduld der Arbeiter. Die gewaltige Bewegung in Rußland hatte sie gepackt. Zeigte nicht

jedes Wort Trotzkis, daß die russische Regierung zum Frieden ohne Annexionen und Entschädigungen bereit war? Und zeigte nicht das Verhalten des Generals Hoffmann, daß die deutsche Regierung diese alte Forderung des kämpfenden und hungernden Volkes sabotierte?
Mitte Januar drangen Nachrichten nach Berlin, in Wien und Budapest sei Generalstreik, die Völker hätten den Krieg satt. Die Betriebe begannen zu rebellieren, und die oppositionellen Vertrauensleute versammelten sich zu einer Sitzung. Noch waren die Meinungen für oder gegen Streik geteilt. Da fand am 27. Januar in Berlin eine Versammlung der Dreher statt, zu der alle Großbetriebe Vertreter entsandt hatten. Wie es üblich war, wurden zunächst einige Fragen der Geschäftsordnung behandelt, dann ergriff Richard Müller, der Vorsitzende der revolutionären Betriebsobleute das Wort. 1500 Männer hörten ihm zu, als er aufforderte, am folgenden Tag, einem Montag, die Arbeit niederzulegen. »Genossen«, sagte er in die unheimliche Stille der Versammlung hinein, »was in Brest geschehen ist und dort weitergeschieht, kann so nicht weitergehen. Die Russen haben der Welt gezeigt, daß sie Frieden wollen, unsere Regierung hat dieses Angebot sabotiert. Darum sage ich: Bleiben jetzt kräftige Willenskundgebungen der werktätigen Bevölkerung aus, so könnte es scheinen, wir wären mit diesem Treiben einverstanden, die Massen des deutschen Volkes hätten noch nicht genug von dem grauenhaften Elend des Krieges. Nein! Jetzt ist keine Zeit mehr zu verlieren. Nur ein Frieden ohne Annexionen und Kontributionen auf der Grundlage des Selbstbestimmungsrechtes der Völker kann uns retten. Die Stunde ist gekommen, eure Stimme, Männer der Arbeit, für einen solchen Frieden zu erheben. Ihr habt das Wort!«
Ohne ein Wort zu sagen, verließen die Arbeiter die Sitzung. Am nächsten Tag legten in Berlin 400000 Arbeiter und Arbeiterinnen die Arbeit nieder.
Koch war mit Maggie zu dem Betrieb gefahren, in dem Emil arbeitete. Es war kalt, und ein dicker Nebel ließ nur Ausschnitte der Straße erkennen. »Die arbeiten«, sagte Maggie, auf einen Betrieb deutend, eine kleine Fabrik, die neben Emils Werk lag. »Die Kleinen«, antwortete Koch, »können nicht

vorangehen.« Er überquerte die Straße und stellte sich vor den Eingang einer Wirtschaft, von wo aus er den Fabrikhof von Emils Werk überblicken konnte. Es war neun Uhr und nichts regte sich.

Plötzlich öffnete sich das Tor und drei Arbeiter traten auf die Straße, gleichmütig ihren Kaffeekrug unterm Arm haltend. Als sich das Tor wieder hinter ihnen geschlossen hatte, blieben sie stehen und zündeten sich Zigaretten an.

»Immerhin schon drei«, sagte Koch. Da sah er eine Gruppe über den Hof kommen und hinter ihr eine zweite. Danach riß die Schlange nicht mehr ab. Immer mehr Männer und Frauen kamen aus dem Werk, ruhig, gelassen, manche lächelten, einige unterhielten sich. Koch ging über die Straße. »Wie steht's?« fragte er einen Arbeiter. »Alle kommen«, sagte der Mann, »alle!«

»Was machen die anderen Betriebe?« fragte eine Arbeiterin, Koch am Ärmel ziehend. »Alles streikt«, antwortete Koch. »Da könnte man vor Freude heulen«, sagte die Frau.

Am Nachmittag versammelten sich die Vertreter der Streikenden im großen Saal des Gewerkschaftshauses, 414 Männer. Der Vorsitzende, Richard Müller, leitete die Versammlung, gab einen Situationsbericht und begründete die Forderungen der Arbeiter, welche, wie folgt, lauteten: 1. Schleunige Herbeiführung des Friedens, ohne Annexion, ohne Kriegsentschädigung, auf Grund des Selbstbestimmungsrechtes der Völker, entsprechend den Ausführungen, die dafür von den russischen Beauftragten in Brest-Litowsk formuliert wurden. 2. Zuziehung von Arbeitervertretern aller Länder zu den Friedensverhandlungen. 3. Ausgiebigere Nahrungsmittelversorgung. 4. Der Belagerungszustand ist sofort aufzuheben. Das Vereinsrecht tritt wieder in Kraft, ebenso das Recht der freien Meinungsäußerung in der Presse und in Versammlungen. Alle Eingriffe der Militärverwaltung in die gewerkschaftliche Tätigkeit sind rückgängig zu machen, neue zu verhindern. 5. Die Militarisierung der Betriebe ist aufzuheben. 6. Alle wegen politischer Handlungen Verurteilte sind sofort freizulassen. 7. Durchgreifende Demokratisierung der gesamten Staatseinrichtungen in Deutschland, und zwar zunächst die Einführung des allgemeinen, gleichen, direkten

und geheimen Wahlrechts für alle Männer und Frauen für den preußischen Landtag.
Koch saß in einer Ecke des Saales. Als er sah, daß die Forderungen angenommen wurden, stand er auf und verließ den Raum. Emil lief ihm nach. »Wohin gehst du?« »Spazieren«, antwortete Koch. »Euer Streik ist verloren!«
»Du bist verrückt!«
»Ich bin Politiker.«
»Du hast uns jetzt nicht zu verlassen!«
»Ich habe die Pflicht, nachzudenken«, sagte Koch und ging fort. In der inneren Stadt herrschte das alltägliche Treiben. Aber je näher Koch den Außenbezirken kam, desto deutlicher sah er, wie gefährlich die Lage war. Wo nur drei Arbeiter auf der Straße miteinander debattierten, griff Polizei, und fast immer mit blankem Säbel, ein.
Am Abend streikten bereits 500000 Arbeiter. Die Regierung wurde nervös. Da warf sich Ludendorff in den Kampf. Am 31. Januar wurde über Berlin der verschärfte Belagerungszustand verhängt und außerordentliche Kriegsgerichte eingesetzt. Der »Vorwärts« wurde verboten, alle Versammlungen der Streikenden gesprengt, Redner wie der Abgeordnete Dittmann verhaftet und sofort zu fünf Jahren Festung verurteilt. Am 1. Februar ließ die Regierung, welcher Ludendorff jede Art von Verhandlungen mit den Arbeitern auf das strengste verboten hatte, Tausende von Arbeitern verhaften. Am Nachmittag erhielten weitere Tausende Stellungsbefehle. Am Abend verkündete der kommandierende General, daß er sieben Berliner Großbetriebe, darunter die AEG und die Borsigwerke, unter militärische Leitung gestellt habe. Plakate forderten die Arbeiter dieser Betriebe auf, bis spätestens den 4. Februar, sieben Uhr früh die Arbeit wieder aufzunehmen, andernfalls sie sich schweren Strafen nach den Vorschriften des verschärften Belagerungszustandes aussetzen würden.
Am 3. Februar brachen die revolutionären Obleute den Streik ab.
Koch hatte bei einer Versammlung im Treptower Stadtpark einen Säbelhieb über den Schenkel bekommen und lag verbunden auf dem Sofa. Maggie pflegte ihn, was nicht leicht war, da er seit zwei Tagen kein Wort sprach.

Als er eine Woche später wieder notdürftig gehen konnte, berief er eine Versammlung seiner Freunde zu sich.
Zu seinem Erstaunen kamen außer Emil und dem roten Richard noch an die zwanzig Arbeiter, so daß das Zimmer des Hotels zu klein war. Die Männer trennten sich und begaben sich in kleinen Gruppen in eine Kneipe, die als polizei- und spitzelsicher galt.
»Ordnung muß sein«, sagte Koch, »ich empfehle, einen Vorsitzenden zu wählen und schlage den roten Richard vor, der sich im Gegensatz zu seinem Namensvetter Richard Müller beim letzten Streik ausgezeichnet hat.«
»Ich nehme die Wahl an«, sagte Richard und setzte sich an die Spitze des Tisches. »Da ich nun einmal am Reden bin«, fuhr er fort, »will ich gleich weiterbabbeln und sagen, daß ich die Haltung unseres Freundes Koch nicht verstehe und nicht billige. Das heißt, ich verstehe sie, wenn ich mir klarmache, daß Caspar innerlich immer noch Sozialdemokrat ist. Vielleicht aber ist ihm jetzt, wie man bei uns sagt, eine Stallaterne aufgegangen, vielleicht hat er jetzt gesehen, daß seine Partei auch diesen Streik verraten und abgewürgt hat. Wir vom Spartakusbund, die wir weiterkämpfen wollten, reichen ihm zum letzten Male die Bruderhand.«
Einige Arbeiter klatschten.
Koch stand auf.
»Dieser Streik«, sagte er, »ist von niemandem verraten und von keinem Menschen abgewürgt worden. Er wurde von euch verloren, weil ihr alle miteinander nichts von Politik versteht und Kindsköpfe seid, alle miteinander. Das geht daraus hervor, daß ihr immer noch nicht begriffen habt, wer euer Gegner in diesem Streik war. War es die Regierung, mit der ihr vergebens zu verhandeln versuchtet? Nein. Es war Herr Ludendorff. Und das wußtet ihr mal wieder nicht. So wart denn ihr und euer Streik in dem Moment verloren, als ihr jene hirnverbrannten sieben Forderungen aufstelltet. Denn was verlangtet ihr? Ihr verlangtet mehr zu essen. Ja, das ist nett von euch und verständlich, aber ihr habt gut verlangen, wo nichts da ist. Denn es ist Krieg, meine lieben Freunde, und die Entente hat uns blockiert. Ihr verlangtet eure alten Vorkriegsfreiheiten zurück, ihr wolltet wieder eure Zeitungen

haben, aber wie kommt ihr dazu? Seid ihr Deutsche oder seid ihr Mondbewohner? Wir stehen im Krieg, aber weil ihr den Krieg nicht gern habt, glaubt ihr, ihr braucht euch nicht um ihn zu kümmern. Dieser Streik – ihr könnt mich anspucken wie ihr wollt – war verloren, als ihr euch auf die Straßen Berlins stelltet und, statt die Führung der Nation zu übernehmen, was alle Welt von euch erwartete, an die Führung der Bourgeoisie läppische Forderungen stelltet. 500000 Mann wart ihr stark und 50 Millionen schauten auf euch. Da verlangtet ihr das Wahlrecht für Weiber und Kinder, wo ihr die Regierung und alle Wahlrechte der Erde hättet übernehmen können. Welche Forderungen waren aufzustellen? Herr Ludendorff, der in drei Tagen mit euch fertig wurde, hat eine Million deutscher Soldaten im Osten stehen. Er hält die Ostseeprovinzen besetzt. Er schickt deutsche Truppen nach Finnland, um die dortigen Holzhändler gegen die russischen Arbeiter zu beschützen. Er knechtet die Polen, um Warschau nicht österreichisch werden zu lassen. Er schlägt sich in der Ukraine herum, um kosakische Granden zu beschirmen. Und das alles tut der Mann, den man in Deutschland für einen Feldherrn hält, während im Westen Frankreich, England und Amerika gegen unsere Schützengräben stürmen. Darum sage ich: Eure erste Forderung hätte sein müssen: Deutschland braucht den Frieden im Osten, um den Krieg im Westen zu gewinnen. Hättet ihr dem Volk mit dieser Forderung bewiesen, daß Herr Ludendorff ein Idiot ist, so hättet ihr euch nicht mehr um die Verteilung der Brotkarten bemühen brauchen. Dann säßet ihr heute in der Regierung und könntet sie selber und nach eurem Gutdünken verteilen. So, das wollte ich sagen.«
Die Männer hatten schweigend zugehört.
Keiner billigte, was Koch sagte.
»Wenn du Krieg machen willst«, sagte schließlich ein Arbeiter zu Koch, »mußt du General werden. Wir wollen das nicht. Wir wollen, daß Schluß ist.«
»Zum Schluß machen gehören drei«, rief Koch, »unsere Regierung, die Entente und ihr. Wenn ihr die Macht nicht an euch reißt, wird niemals Schluß sein, und wenn ihr die Waffen hinwerft, werden die Franzosen in Berlin einziehen! Nennt ihr das eine Revolution?«

»Wenn die Franzosen in Berlin sind, ist dann Schluß«, sagte der Arbeiter.
»Pfui Teufel!« sagte Koch.

4

»Du hast sie nicht überzeugt, du hast sie vor den Kopf gestoßen«, sagte Maggie, als sie mit Koch wieder in ihren Zimmern war. Koch antwortete nicht. Er legte sich aufs Sofa und starrte die schmutzige Decke an, die knappe zwei Meter hoch das Zimmer wie ein Deckel abschloß. »Ich werde Berlin verlassen und nach Neustadt gehen«, sagte er nach einer Weile. Maggie hielt einen Moment im Bügeln inne, dann drückte sie das Eisen um so fester auf den Stoff.
»Du aber mußt hier bleiben«, sagte Koch.
»Nein«, sagte Maggie, »in meinem ganzen Leben will ich mich nie mehr von dir trennen.«
Sie faltete das Hemd zusammen, das sie geplättet hatte, stellte das Eisen hoch und setzte sich zu Koch auf den Rand des Sofas. Die beiden betrachteten sich. Im Gefängnis war Koch vor Sehnsucht nach Maggie fast krank geworden. Jede Nacht hatte er von ihr geträumt, selbst am Tage hatte er manchmal Worte von ihr gehört, als wäre sie in seiner Zelle. Aber seit Maggie zu ihm ins Hotel gezogen war, bedrückte ihn das Zusammenleben. Wenn sie da war, konnte er nicht nachdenken; wenn sie nicht da war, mußte er an sie denken. »Hier bin ich niemand und nichts«, sagte er seufzend, »in Neustadt kann ich vielleicht die Führung der Partei an mich reißen. Das ist es, worauf alles ankommt.«
»Störe ich dich dabei?« fragte Maggie.
»Ja«, antwortete Koch zerstreut. Sein Blick streifte Maggies Gesicht, blieb eine Sekunde auf ihren Augenbrauen und dem Ansatz ihrer schönen Haare ruhen, dann runzelte der Liegende die Stirn und schaute wieder zur Decke hinauf. Maggie haßte diesen Blick, der ihr Vorgänge in Kochs Seele anzeigte, von denen sie ausgeschlossen war. Immer, wenn er so weltentrückt über sie hinwegsah, hielten sich seine Gedanken in Gefilden auf, zu denen sie keinen Zugang hatte.
»Du hast mich satt«, sagte sie zitternd, »ich weiß es, ich habe

es schon am Abend des ersten Tages gefühlt, als wir in dieses schmutzige Loch gegangen waren.«

»Ich habe dich nicht satt, Maggie, ich liebe dich zu sehr.«

»Was für dumme Worte. Man liebt oder man liebt nicht. Alles andere sind Ausreden.«

»Als ich dich kennenlernte, warst du ein selbständiger Mensch. Seit wir hier leben, bist du eine Ehefrau geworden. Du hast aufgehört zu leben und angefangen auf mich zu warten. Eine Frau kann keinen größeren Fehler begehen als diesen. Ich bin kein Eichbaum, und selbst wenn ich einer wäre, wünschte ich nicht, daß du Efeu wärest, der sich um mich herumklammert.«

»Du mußt ja schon einen ganzen hübschen Haß gegen mich haben, wenn du mich mit Efeu vergleichst, pfui, dieser stinkigen Schattenpflanze. Du irrst dich, ich kann dich auch betrügen, wenn ich will... du hast mal wieder keine Ahnung von mir.«

»Unsere Freunde sind nicht besonders diskret. Man hat mir erzählt, daß dir der rote Richard sehr gut gefallen hat.«

Maggie sprang auf und beugte sich über den Liegenden.

»Werde ich deswegen von dir verstoßen?«

Koch zog Maggie zu sich herab, die sich tränenüberströmt über ihn warf und das von ihr so sehr geliebte Gesicht mit Küssen bedeckte.

»Ach«, sagte er, »ich liebe dich, und ich weiß, daß ich gegenwärtig nicht imstande bin, das Problem der Ehe zu lösen. Ich liebe dich, und wenn du mich liebtest, so würdest du mir erlauben, zu leben, wie es für mich gut ist. Aber du liebst dein Leben ebenso wie mich. Du hast zu viel gelitten, du hast zu viel verlassen. Nun, da du nur mich allein gegen alles eingetauscht hast, was du aufgabst, willst du mich behalten. Das ist alles ganz einfach und alles tödlich.«

»Bin ich dir denn wirklich im Weg?«

»Ja, du bist es. Denn du bist ganz und gar auf meinem Weg, weil du deinen eigenen zerstört hast. Aber das ist nun einmal so, und ich werde versuchen, damit fertig zu werden.«

»Nein«, sagte Maggie aufstehend, »nein, danke, ich werde dir nicht zur Last fallen. Entschuldige, wenn ich es gegen meinen Willen bisher getan haben sollte... ich gehe... ich... ach,

warum bist du so gemein wie alle andern... aber das ist auch egal... alles ist egal... ich gehe...«
»Komm«, sagte Koch.
Maggie schüttelte den Kopf und wandte sich ab. »Soll ich gleich gehen oder erst morgen früh?« fragte sie.
»Morgen früh«, sagte Koch. »Komm.«
»Nein, ich schlafe nebenan.«
»Komm«, sagte Koch. »Ich bin doch ein alter Narr. Ich habe mal wieder Volksreden gehalten, in der Nacht... wo man sich küssen soll... komm... siehst du nicht, daß ich dich liebe?«
»Ich sehe es«, sagte Maggie, immer noch schluchzend, »ich fühle es, aber das ist es ja, was dich ärgert, daß du mich liebst... daß du...«
»Ja, ja, das ist es, was ich liebe, daß du mich ärgerst«, sagte Koch.
»Zuerst mußt du das Wort Efeu zurücknehmen.«
Sie will unter keinen Umständen so gesehen werden wie sie ist, dachte Koch. »Ich nehme es zurück«, sagte er laut und lachte.
Maggie drehte sich um und setzte sich wieder neben den Liegenden. Koch umarmte sie und küßte ihr die Tränen aus den Augen. »Eigentlich hast du das Recht, mich zu verstoßen«, flüsterte Maggie und wühlte ihren Kopf so tief sie nur konnte in seine Schulter.
»Sag nichts«, sagte Koch, »sag nichts. Wenn du eine Frau bist, die die Männer verrückt macht, bin ich verloren, ganz verloren... Ach, wie ist das süß, geliebt zu werden... und diese Welt, welche doch gar nicht schön ist, wie schön ist sie... wie schön! Als ich noch jung war, fürchtete ich mich davor, mich hinzugeben und gänzlich nehmen zu lassen. Es war mir süß, in den Armen einer Frau an eine andere zu denken. Welch ein Esel war ich damals! Du? Schläfst du schon? Hörst du mich? Könntest du mich nicht ein wenig töten... oder meinetwegen ganz?«

5

Gegen vier Uhr früh klopfte es an der Tür. Maggie, die einen leichten Schlaf hatte, stand auf öffnete, und der rote Richard trat ein. »Ihr müßt mich verstecken«, sagte er. »Sie haben den Emil verhaftet und mir einen Stellungsbefehl geschickt. Aber ich gehe nicht. Mädel«, fügte er hinzu, Maggie mit einem verlegenen Blick umfangend, »es ist mir scheußlich, daß ich euch störe, aber ihr könnt mich ja in den gelben Schrank dort sperren.«

Koch wachte auf und ließ sich berichten. »Ist gut«, sagte er, »wir fahren zusammen nach Neustadt. Dort wird dich keiner finden.«

»Daß ich bei einem so verdammten Regierungssozialisten unterschlupfen muß«, sagte Richard und lachte dabei mit den Augen.

»Ja, ja«, sagte Koch, »ich habe noch lange über euch nachgedacht, über das Gebirge von Blödheit, das ihr seid. Richard, nimm mal alles zusammen, was dir deine Bonzen noch an Verstand in deinem Gehirn gelassen haben, und sag mir mal: Was ist eine Revolution?«

»Das, was ich machen werde, wenn es soweit ist!«

»Siehst du, daß du keine Ahnung hast? Also will ich es dir sagen: Eine Revolution ist die Antwort des Volkes auf Zustände, die unerträglich geworden sind. Wir müssen Deutschland retten. Und wer Deutschland rettet, der hat es. Dem gehört es, der kann damit Kutsche fahren, wenn er es versteht. Aber ihr, meine Herren, wollt halt mehr Brotkarten haben.«

»Halt's Maul«, sagte Richard. »Wenn einer recht hat, weiß man es schon von selber.«

Drei Tage später fuhren Koch und Richard nach Neustadt. Richard trug zum ersten Male in seinem Leben eine grüne Krawatte, eine schwarze, die ihm Maggie mitgebracht hatte, hatte er abgelehnt. Sein Gesicht war durch einen Bart und sein Habitus durch einen Filzhut verändert, nur seine kleinen, stolzen und bösen Augen blitzten unzerstörbar. Maggie stand auf dem Bahnsteig und blickte zu dem Wagen hinauf, in den die beiden Männer eingestiegen waren. Koch hatte sie zu überzeugen gewußt, daß es für sie noch nicht das richtige sei, gleich mit den beiden nach Neustadt zu gehen.

»Du mußt uns die Berliner Verbindung halten«, sagte er, und Maggie willigte ein.

Die Verbindungen in Ordnung halten – das war eine Aufgabe und eine Pflicht.
»Wenn Emil (der sich seiner Verhaftung entzogen hatte, und steckbrieflich gesucht wurde) auftaucht, schickst du ihn zu uns. Gerda wird ihn an der Bahn abholen.«
»Schreibe mir wenigstens so oft du kannst«, sagte Maggie. »Das kannst du mir versprechen? Ja?«
»Il n'est plus temps d'aimer, afin qu'il faut mourir!« sagte Koch.
»Wenn du vom Tod sprichst, werfe ich mich sofort unter deinen Zug«, sagte Maggie.
»Ich spreche nicht vom Tod, ich spreche von Corneille«, sagte Koch. »Man muß in Zeiten wie den unsrigen gute Schriftsteller lesen. Kennst du Corneille? Nein? Ach, kaufe dir gleich alles, was er geschrieben hat, und lies es. Hier hast du noch zwanzig Mark für Bücher.« Maggie wollte den Schein zurückweisen. Aber Koch sagte ernst: »Das ist kein Geld, das sind Bücher. Nimm sie. Geh jetzt. Sei tapfer. Neustadt ist nicht weit. Auf Wiedersehen, Maggie. Ich liebe dich!«
Als der Zug am folgenden Morgen gegen sechs Uhr nach Neustadt kam, hatte er keine Einfahrt. Die grauhäutigen Passagiere, Frauen, Kinder, Urlauber stauten sich in den Gängen. Koch stieg aus und ging mit Richard über die Gleise. Der Bahnhof war durch einen Verwundetentransport gesperrt, der seit Mitternacht ausgeladen wurde. Koch blieb stehen und betrachtete die beiden Männer, welche unter dünnen Decken auf den Bahren lagen. Einige ältere Sanitäter und eine Kompanie Schulknaben schleppten die Verwundeten zu Wagen, die in der Halle des Bahnhofs standen. Ist das nicht Leopold Chindler? dachte Koch und betrachtete einen jungen Menschen, der einen dunkelblauen Anzug und eine weiße Sanitätermütze trug. »Herr Chindler?« sagte er, an den Jungen herantretend. »Herr Koch?« antwortete Leopold überrascht. »Ist Maggie auch da? Denken Sie, eben habe ich an sie gedacht.«
»Sie ist in Berlin geblieben.«
»Das ist schade.«
»Sie könnten mir einen Gefallen tun und zu Hause nicht erzählen, daß Sie mich getroffen haben«, sagte Koch.

»Wird gemacht«, sagte Leopold, stellte sich an den Fußrand einer Bahre und trug die schwere Last schwankend über die Gleise.

6

Lillis Vater hatte Wort gehalten und seinen Schwiegersohn Ernst Chindler nach Warschau geschafft, wo man ihn zweimal operierte und rettete.
Anfangs hatte man nur den schweren Bauchschuß bemerkt. Aber als Ernst Chindler in den Wäldern von Widze getroffen zu Boden sank, war ihm ein langer Dorn verrosteten Stacheldrahtes ins Knie gedrungen, und als man, der großen Schwäche des Verletzten wegen, zögernd und zu spät auch das Bein aufschnitt, war alles bereits vereitert und das Gelenk nicht mehr zu retten.
Lilli kam sich im »Kaiserhof« wie in einem Käfig vor. Die Entfernung Berlin–Warschau war für ihre Phantasie zu groß, die Briefe, von einer Pflegerin geschrieben, waren nichtssagend und kamen unregelmäßig. Der Zustand war nicht auszuhalten, und Lilli setzte alle Beziehungen, die sie hatte, in Bewegung, um nach Warschau fahren zu können. Es ging nicht. Das Ludendorffsche System war nun so durchbürokratisiert, daß keine Maus darin ohne Passierschein huschen konnte.
Schließlich fuhr sie nach Neustadt, um mit ihrem Schwiegervater zu sprechen. Wozu war er Abgeordneter?
Theodor Chindler hatte unter dem Einfluß seiner Frau seinen Schmerz über die Verletzung überwunden. »Wenn er nur lebt«, sagte Elisabeth, »alles andere ist egal. Gott hat ihn uns erhalten. Dafür müssen wir dankbar sein.« »Seine Heilung wird länger dauern als der Krieg«, antwortete Chindler. »Das sage ich ja«, meinte Elisabeth. »Jetzt müssen wir nur noch an ein Kind denken, nur noch an Karl.«
Lilli fand das Haus iher Schwiegereltern verändert. »Habt ihr umgeräumt?« fragte sie Elisabeth, als sie in den Salon trat. Elisabeth schüttelte verwundert den Kopf.
»Dann habe ich mich verändert«, sagte Lilli. »Das einzige,

was ich wiedererkannte, war die Tür im Fremdenzimmer oben, aus der Ernst damals vor mir davonlief. Diese Tür habe ich sehr gern. Sie hat mir etwas gesagt, was mir kein Mensch hätte sagen können, denn sie hat mit einer Stimme zu mir gesprochen, die bis dahin schweigend in mir war. Je älter ich werde, desto deutlicher erkenne ich, daß der Mensch die Hilfe der Dinge braucht... mehr als die der Menschen, die einem ja doch nicht helfen können...«

»Da hast du wahr gesprochen, mein Kind«, antwortete Elisabeth.

Lilli ärgerte sich über den Ton und schwieg. Aber nach einiger Zeit redete es wieder aus ihr heraus. »In meines Vaters Garten stand ein Birnbaum. Eines Tages sagte jemand von einer Frau, sie habe birnförmige Brüste, als ich hinter der Tür stand. Ich ging in den Garten und betrachtete den Baum, und am Abend betrachtete ich mich... seitdem wuchsen wir um die Wette... ach, wie sehr habe ich diesen Baum geliebt und wozu... wozu habe ich ihn geliebt? Wozu lebt man überhaupt? Warum ist man eine Frau? Warum ist man schön. Eine Frau ist noch mehr ein Tier als ein Mann.«

Am Nachmittag sprach sie mit Theodor Chindler.

»Du mußt mir helfen«, sagte Lilli zu dem Abgeordneten. »Entweder muß man Ernst nach Deutschland schaffen oder man muß es mir ermöglichen, zu ihm zu fahren.«

Theodor Chindler war erstaunt. »Das ist ganz unmöglich, liebes Kind«, sagte er, »da kann dir Gott selber nicht helfen. Aber es dauert ja nicht mehr lange... er wird ja bald in die Heimat geschafft werden, und der Krieg ist für ihn sowieso herum...«

»Weil er ein Krüppel ist...«

Das Gespräch fand auf der Straße statt. Lilli begleitete den Abgeordneten, der einen Besuch in der inneren Stadt zu machen hatte. Die beiden hatten das Villenviertel verlassen und waren auf die Wilhelmstraße, die Haupt- und Geschäftsstraße gekommen. »Schau mal, wie häßlich das ist«, sagte Chindler, und zeigte mit der Spitze seines Stockes auf ein Warenhaus, wie man es in der Provinz häufig findet, ein dreistöckiges, niedriges Gebilde aus Gotik, Glas und Eisen.

»Liebst du diese Stadt nicht?« fragte Lilli.

»Nein«, sagte der Abgeordnete. »Ich habe sie vom ersten Tag an gehaßt und werde sie bis zum letzten hassen.«
»Ich bin auch heimatlos«, sagte Lilli.
»Wenn der Krieg um ist«, sagte Chindler, »ziehe ich nach Locarno. Dort ist der Katholizismus frei und gelöst, die Menschen gehen aufrecht, und die Kirchen schauen von den Abhängen herunter.«
»Ich ziehe nach Berlin«, sagte Lilli.
»Na«, sagte der Abgeordnete, »das werdet ihr euch auch noch überlegen. Dein Mann wird Ruhe brauchen.«
Sie waren am Ziel angekommen. Chindler verabschiedete sich, und Lilli ging zurück. Chindlers Bemerkung über Ernst hatte sie wieder direkt ins Herz getroffen. Sie strich sich im Gehen mit der Hand über den Nacken, weil sie ein Gefühl hatte, als säße ihr Mann ihr auf dem Buckel und sie müßte ihn schleppen. Als sie das Villenviertel wieder erreicht hatte, blieb sie stehen und betrachtete das Haus eines reichen Fabrikanten, das schräg gegenüber von Chindlers Haus lag. Mit seinen Anbauten und dem geschwungenen Dach sah es wie ein ins Riesige vergrößerter Kanarienkäfig aus. Wollte sie so was besitzen? Einen Augenblick dachte sie ja, dann aber sah sie sich in diesem Haus in ein Zimmer treten, in dem Ernst saß, das Bein steif von sich gestreckt, ein verabschiedeter Offizier, nichts tuend, dahinlebend...
Zu Hause begegnete sie auf der Treppe ihrem Schwager Leopold, der sie mürrisch begrüßte und rasch in seinem Zimmer verschwand. Auch der Junge hatte sich sehr verändert. Tagsüber lief er bleich, mit schlechter Haut und verbissen herum, nachts schloß er sich ein und las heimlich die Dramen Unruhs, die Romane Leonhard Franks und des Barbusse. Da er in der Schule leicht mitkam, kümmerte sich kein Mensch um seine Erziehung, aber man brauchte ihn nur anzusehen, um zu bemerken, daß er mit Fragen und Problemen überladen war, auf die er keine Antwort wußte, und sein junges Gehirn Rat und Hilfe so nötig hatte wie das hagere Gestell seines Körpers das tägliche Brot. Da Ernst neuerdings in seinen Briefen ständig Nietzsche zitierte, entlieh sich Lilli bei Leopold den Zarathustra und versuchte, ein Gespräch über die Anmerkungen anzuknüpfen, die Leopold mit seiner steilen, etwas zu großen

Schrift angebracht hatte. Aber Leopold wich zurück, und Lilli ließ ihn verärgert und beleidigt fahren. Sie war noch zu jung, um zu erkennen, daß sie die Seele des empfindsamen und darum nicht vergeßlichen Knaben verwundet hatte, als sie seinerzeit aus Langeweile den Briefwechsel mit ihm abbrach. Außerdem ist es schwer, zweimal den Zugang zu dem gleichen Menschen zu finden.

Abends kam überraschend Karl Chindler an und erzählte nach Tisch von der großen Märzschlacht, die Ludendorff im Westen geschlagen hatte. Die deutschen Truppen hatten in einem gewaltigen Angriff die englischen Gräben überrannt und waren in wenigen Tagen über 60 Kilometer weit vorgestoßen, wobei sie 90000 Engländer gefangennahmen. Dann war auch dieser Vorstoß an der Mauer der unerschöpflichen Reserven der Entente zum Stehen gekommen.

»Also wieder nichts erreicht«, sagte der Abgeordnete.

»Nichts erreicht, kann man nicht sagen, nichts Entscheidendes erreicht, muß man sagen«, sagte Karl.

»Dieses Mal standen uns auch Portugiesen gegenüber«, sagte Karl.

»Haben die uns denn auch den Krieg erklärt?« fragte Elisabeth.

Niemand gab Antwort, und das Gespräch kam auf andere Dinge.

»Ich habe gestern abend Tacitus gelesen«, sagte Lilli, »was für ein dummes Buch. Er behauptet, die Deutschen schrieben ihren Frauen etwas Heiliges, Seherisches zu, sie verschmähten nicht ihren Rat und überhörten nicht ihren Bescheid. Ich kannte diese Stelle nicht und ich mußte laut herauslachen, als ich sie las. Ich habe noch niemals einen Mann gesehen, der auf den Gedanken gekommen wäre, uns Frauen um Rat zu fragen. Und seitdem dieser Krieg ausgebrochen ist, sind überhaupt alle, welche nicht schießen, so überflüssig, daß sie am besten täten, sich in den nächsten Fluß zu stürzen. Ich habe überhaupt den Eindruck, daß der Mensch ein überflüssiger Gegenstand zu werden beginnt. Wozu leben wir eigentlich, wenn dieses Dahinvegetieren darin besteht, abzuwarten, was kommen wird? Seit vier Jahren warte ich... auf meinen Mann, auf den Sieg, auf die Niederlage, auf den Verlust mei-

nes Vermögens, auf bessere Zeiten, auf... ich weiß auch nicht...«
»Sie ist sehr nervös«, sagte Elisabeth, als Lilli das Zimmer verlassen hatte. »Ernsts Verwundung scheint sie erschüttert zu haben.«
»Sie meint etwas Tieferes«, sagte Karl, »ich weiß auch nicht, was ich mit meiner Frau anfangen soll. Das spüren die Frauen.«
Als Lilli zwei Tage später von einem Spaziergang nach Hause kam, wurde ihr ausgerichtet, ein Herr Schlappert habe für sie angerufen, er lasse grüßen und werde bei Gelegenheit wieder einmal anläuten. Lilli betrachtete die Köchin, welche ihr die Bestellung machte, so durchdringend, daß sich das Mädchen im stillen wunderte. Dann ließ sie sich sofort mit Grünstein, der Besitzung Schlapperts, verbinden und fuhr noch am gleichen Abend dorthin. Elisabeth Chindler war sprachlos, als plötzlich Lillis Koffer die Treppe heruntergebracht wurden. Aber sie sagte nichts und beruhigte auch ihren Mann, der ein Veto einlegen wollte. »Laß sie gehen, sie braucht Ablenkung, die wir ihr nicht bieten können. Du kannst sie nicht ändern... wir haben keine Macht über sie!«

7

Grünstein lag anderthalb Autostunden von Neustadt entfernt, aber abseits von der großen Chaussee. Der Bankier Hermann Schlappert hatte den Besitz mehrere Jahre vor dem Krieg gekauft und von oben bis unten herrichten lassen. Das Herrenhaus war von großer Schönheit. Die Haupteingangstür, welche zwei schmale, hohe Fenster einrahmten, lag in der Mitte des Gebäudes. Rechts und links von der Mittelgruppe erstreckten sich zwei Flügel mit je vier Fenstern, welche sorgfältig aus dem wilden Wein, der das ganze Gebäude umwucherte, ausgeschnitten waren. Obergeschoß und Untergeschoß des nur zweistöckigen, aber weithingezogenen Hauses trennte ein glattes, rechteckiges Bandgesims; und wie das Erdgeschoß durch die edle Tür, so wurde das Obergeschoß durch ein großzügig geschwungenes Halbkreisfenster belebt,

das über dem etwas hervortretenden Hauptportal lag. Vor der zur Terrasse erweiterten Freitreppe begann eine hundert Meter lange Kastanienallee, welche, mit rotem Kies belegt, den Park in zwei Teile schnitt und zu dem eisernen Portal führte, neben dem Garagen, Ställe und Pförtnerhaus lagen.
Der Bankier war über den unerwarteten, raschen Besuch der jungen Frau Chindler nicht besonders erfreut. Er wollte allein sein und hatte seine Tochter und deren ehemalige Erzieherin, mit der Schlappert seit dem Tode seiner Frau ein Verhältnis unterhielt, unter allerlei Vorwänden in Berlin zurückgehalten. Nun sah seine Bemühung plötzlich nach Absicht und Abenteuer aus. Gegen sieben Uhr stieg er in sein Zimmer im ersten Stock hinauf, um den alten Jagdanzug, den er in Grünstein trug, gegen einen Abendanzug zu vertauschen. Während er einen Kragenknopf suchte, hörte er sein Auto vorfahren, das er Lilli geschickt hatte, aber er beeilte sich nicht und kam erst eine Viertelstunde später in die Halle herunter. Lilli war auf ihr Zimmer gegangen. Schlappert steckte seine Pfeife an und betrachtete ein Gebirge von Kisten, das neben der Freitreppe aufgeschichtet war. Da er den Krieg für verloren hielt und fest an eine Revolution glaubte, hatte er die besten Bilder seiner Sammlung und seine berühmte Bibliothek aus Berlin nach Grünstein schicken lassen und war nachgereist, um die kostbaren Stücke selber einzuräumen.
In einem weißen, mit großen grünen und roten Blumen bedruckten Kleid kam Lilli den langen Gang herauf, an dem die Fremdenzimmer lagen. »Ziehen Sie aus oder ein?« fragte sie auf die Kisten deutend. Schlappert begrüßte seinen Gast, fand das Kleid ungewöhnlich schön und sagte, an seiner Pfeife ziehend, er wolle Grünstein ein wenig verschönern, in Berlin gäbe es genug Bilder.
Im Eßzimmer standen schon einige Bilder ausgepackt an der Wand. Während die alte Beschließerin langsam servierte, konnte Lilli kaum stillsitzen. Sowie das Abendessen vorüber war, hockte sie sich auf den Boden und betrachtete die Bilder. Zum ersten Male in ihrem Leben sah sie Meisterwerke der Malerei so nahe vor sich und konnte sich an den Bildern von Renoir, Manet und Cézanne und besonders an einem Selbstbildnis von Marées nicht sattsehen. Der geschmeichelte

Sammler lächelte. »Wollen Sie noch mehr sehen?« fragte er.
»Ach ja«, sagte Lilli, »packen wir weiter aus.«
Die schweren Kisten öffneten sich nicht leicht. Schlappert zog seinen Rock aus, weil er schwitzte, aber er ließ niemanden an die Kisten, sondern brach Stück für Stück selber auf. Plötzlich stieß Lilli einen Schrei des Entzückens aus. Sie hatte eine gute zeitgenössische Kopie des Bildes: »Eine religiöse Allegorie« des Bellini, die in Florenz hängt, ausgepackt. Schlappert, der eben einen Arm voll Bücher in sein Arbeitszimmer tragen wollte, blieb stehen und beugte sich, etwas schief, um seine Bücher nicht fallen zu lassen, über die Sitzende. »Ach«, sagte er, »das gefällt ihnen? Ja, das ist ein schönes Bild... sehen Sie mal, wie der den Hintergrund heranholt... wie der einfach alles hinstellt, damit auch die Augen gewöhnlicher Sterblicher das Sehen lernen... das ist das ganze Übel dieser Zeit, daß sie keine Maler hat... man sieht nichts, weil man nichts mehr gezeigt bekommt. Ich glaube, die im Schützengraben schießen nur, weil sie blind sind. Wenn die Menschen ihre Welt wieder einmal sehen würden...«
Er hielt inne. Lilli saß auf den Fersen ihrer blauen Schuhe, hielt ihre Hände auf dem Rücken ineinandergelegt und schaute auf die Leinwand. Das Bild zeigt eine Marmorterrasse, welche eine Fülle von Figuren belebt: rechts steht Sebastian, von zwei Pfeilen durchbohrt. Neben ihm aufrecht ein betender alter Mann. In der Mitte spielen vier Kinder um einen kleinen Baum, der aus einem breit geschwungenen Topf wächst. Zur Linken gibt es noch einige Figuren von Aposteln und Heiligen, und ganz links, vor dem Marmorgeländer aufgerichtet, steht eine junge Frau, welche mit gefalteten Händen nach Sebastian schaut. Lilli betrachtete diese Frau lange, und plötzlich fiel ihr ein, daß dies beinahe ein Porträt ihrer Schwägerin Maggie war. Schlappert hatte die Bücher auf den Boden gelegt und betrachtete bald das Bild, bald die hockende Frau. Er sah ihren Hals, ihren Rücken, ihre kleinen, in allen Einzelheiten ausmodellierten Ohrmuscheln, und von dem Profil die aufmerksam auf dem Bild ruhenden dunklen Augen. Was war eigentlich hier geschehen? Wieso saß diese Frau in seinem Haus und zu seinen Füßen? Seit wann hatte er aufgehört, nachzudenken? Wie kam denn das alles?

Er nahm sich vor, die Sache aufzuklären. Um elf Uhr erhob sich Lilli, gab ihm die Hand, wünschte ihm gute Nacht und verließ die Halle. In ihrem Zimmer warf sie sich in den Kleidern aufs Bett und dachte lange über ihr Leben nach. Um Mitternacht zog sie sich aus. Da sie nicht schlafen konnte, nahm sie einen Band Pascal, den ihr Schlappert gegeben hatte, und blätterte darin. Ein früherer Leser hatte zwischen einige Seiten Zeichen gelegt. Lilli schlug ein Zeichen auf und las: »Es gibt fast nichts Rechtes oder Unrechtes, das nicht mit dem Wechsel der Himmelsgegend seine Natur wechselte. Drei Grad Polhöhe stürzen die graue Jurisprudenz um. Ein Meridian entscheidet über die Wahrheit. Nach wenig Jahren des Besitzes ändern sich grundlegende Gesetze. Das Recht hat seine Epochen. Eine spaßhafte Justiz, die ein Fluß oder ein Berg begrenzt. Wahrheit diesseits der Pyrenäen, Irrtum jenseits.«

Was ist Wahrheit? Was ist Irrtum, Recht, Unrecht? dachte Lilli.

Dann schlief sie ein.

8

Die folgenden Tage vergingen äußerlich so gleichgültig, wie der blaue nie bewölkte Himmel, der über ihnen stand. Lilli ging durch den Garten und notierte sich in ein kleines Heft die Namen aller Pflanzen, die sie nicht kannte. Ein Teil des Parkes war der Hungersnot wegen in Gemüseland umgewandelt worden. Lilli ging von Beet zu Beet und unterhielt sich mit den Frauen, welche am Boden kniend arbeiteten. Schlappert war noch damit beschäftigt, seine Bilder aufzuhängen. Auf einer reich geschnitzten Leiter stehend, sah er durchs Fenster Lilli im Garten gehen. Er beugte sich zur Seite und zog den Tüllvorhang vor, um sehen zu können, ohne gesehen zu werden. Wie sicher diese Frau mit seinen Leuten sprach! Und wie gut sie in die Schönheit seiner Besitzung paßte! Schlappert fühlte es, aber sofort liefen Zweifel über seine Empfindungen. Was will die Person eigentlich hier? dachte er. Ob da wohl was mit ihrem Mann geschehen ist? Wieso läßt

sie ihn allein im Lazarett liegen und geht hier spazieren? Ich muß mit ihr sprechen. Schließlich ist das hier mein Haus und kein Hotel.
Er stieg von der Leiter und wollte eben aus dem Zimmer gehen, als Lilli, einen Packen Zeitungen und Briefe in der Hand, eintrat: »Schauen Sie mal«, sagte sie, »können Sie mir das übersetzen? Ich kann die Briefe, die mir meine Bank schreibt, nie verstehen. Das einzige, was ich merke, ist, daß ich immer ärmer werde.«
Schlappert nahm den Brief, las ihn und fragte Lilli nach den einzelnen Stücken ihres Vermögens. Lilli beantwortete jede Frage aus dem Kopf so rasch und so deutlich, daß Schlappert staunte. »Sie sagen, Sie verstünden nichts vom Bankgeschäft und sprechen wie ein alter Prokurist«, sagte er. »Ich würde Sie morgen früh engagieren, wenn Sie nicht so schön wären.«
»Ich verstehe gar nichts«, sagte Lilli, »denn ich werde immer ärmer, und ich möchte... ich muß unbedingt reicher werden. Ich brauche nächstens sehr viel Geld.«
»Oh, meine verehrte gnädige Frau«, sagte Schlappert, »da haben Sie sich aber eine falsche Zeit ausgesucht. Ganz Deutschland ist bankrott, und wenn ich Ihnen einen Rat geben darf, so den: kaufen Sie sich ein kleines Gut, ein Stück Land, vielleicht ist das noch das Sicherste in diesen Zeiten.«
»Das habe ich vor«, sagte Lilli, »aber von was soll ich leben, wenn ich meine Geldchen in ein Haus und einen Garten stecke?«
»Verdient Ihr Mann nichts?« fragte Schlappert.
Lilli schaute Schlappert an. »Mein Mann«, sagte sie nach einer Weile, »mein Mann... nein, der kann nichts verdienen.«
»Tschia«, sagte Schlappert lächelnd, »ich will mir mal Ihren Fall überlegen...«
»Ach, bitte, ja, überlegen Sie ihn gut«, sagte Lilli hastig. Schlappert wunderte sich. Will sie mein Geld? dachte er plötzlich. Ist das der Zweck der Übung? Na, dachte er weiter, da wird sie sich aber schneiden. Diese Überlegung freute ihn so, daß er in beste Laune geriet.
Am Nachmittag war Lilli verschwunden. Schlappert suchte sie im Haus, im Garten, im angrenzenden Wald und kehrte schließlich ärgerlich und unruhig ins Haus zurück. Als er

durch den roten Salon ging, saß Lilli gradaufgerichtet in einem Stuhl, den sie sich vor das Fenster gestellt hatte, und sah ins Freie. Sie trug ein braunes Kleid und um den Hals eine dünne Perlenkette. Schlappert blieb unter der Tür stehen. Lilli schien ihn nicht gehört zu haben; sie bewegte sich nicht. Als junger Mann hatte Schlappert einmal eine Frau dadurch erobert, daß er ihr eine Wette vorschlug und als Preis, falls er gewänne, verlangt, sie dreimal küssen zu dürfen, wo er wolle. Dieses alte Erlebnis fiel ihm ein, aber im gleichen Augenblick merkte er, daß er zu alt für solche Scherze war, und daß die Frau, die dort im Stuhl saß, in einer ihm unbegreiflichen Weise über derartige Versuche erhaben war.
Lilli drehte sich um und lächelte.
»Darf ich Sie fragen«, sagte Schlappert, sich neben sie setzend, »wie es Ihnen in Grünstein gefällt?«
»Ihr Haus ist das schönste, das ich je gesehen habe, aber...«
»Aber?«
»Ich habe bemerkt«, sagte Lilli stockend, »daß mir nichts mehr gefällt.«
»Es ist kein Kompliment, es ist nur wahr, wenn ich Ihnen antworte, daß Sie zu jung für solche Äußerungen sind.«
»Wäre ich älter... sehr viel älter, würde es mir sicher gefallen.«
»Sie sind mein Gast... wissen Sie, daß dies meine Position Ihnen gegenüber sehr erschwert?«
»Sie meinen, seine Gäste darf man nicht angreifen?«
Schlappert dachte daran, daß der Mann dieser Frau schwer verwundet im Spital lag und schwieg.
»Eine Frau«, fuhr Lilli fort, »ist in diesen Zeiten ein überflüssiger Gegenstand, wenn sie sich nicht damit abfinden will, ein Gegenstand zu sein.«
»Sie sind unglücklich?«
»Nein... aber unzufrieden, und das ist schlimmer!«
»Kann ich Ihnen helfen?«
»Haben Sie in Ihrer Bibliothek ein Buch über eine Frau, die in der Geschichte unseres Landes eine Rolle gespielt hat?«
»Sind Sie ehrgeizig?« fragte Schlappert überrascht.
Lilli lächelte. »Ich bin es auf meine Weise. Und Sie? Warum sind Sie eigentlich in diesen Zeiten nicht in Berlin?«

Schlappert war von der Frage betroffen. Während er eine Antwort suchte, merkte er, daß er weit weniger über die Frage als über die Fragende nachdachte. »Eine schöne Frau«, sagte er schließlich, »darf sich vieles erlauben, was anderen…«
»Habe ich Sie gekränkt?« unterbrach ihn Lilli.
»Keineswegs«, sagte Schlappert, »aber um Ihre Frage zu beantworten, die meine Existenz berührt, müßte ich wissen, wer Sie sind. Ich gestehe Ihnen, daß Sie mir rätselhaft sind.«
Der Chauffeur kam ins Zimmer und meldete, der Oberst von Hartlieb sei vorgefahren und habe noch einen Herrn mitgebracht.
»Das ist schade für unser Gespräch«, sagte der Bankier, »aber wir werden heute abend einen interessanten Gast haben. Das ist wenigstens ein Trost.«
Bei Tisch stellte sich heraus, daß der Oberst Ernst Chindler kannte. So ergab es sich, daß er Lilli etwas ausgiebiger, als er es sonst vielleicht getan haben würde, nach ihrem Mann fragte. Lilli antwortete ausweichend und schließlich so einsilbig, daß Schlappert, der die Szene verwundert bemerkte, ein anderes Thema anschlug.
»Sind Sie (verzeihen Sie mir die Frage) mit Ihrem Mann auseinander?« fragte er Lilli, als er nach dem Essen zufällig einen Augenblick mit ihr allein war.
»Ihre Frage«, antwortete Lilli, »ist mir nur lieb, wie mir überhaupt Fragen angenehm sind. Ich stehe gut mit meinem… mit Chindler, aber ich kann es nicht vertragen, wenn einen gewisse Leute immer als Anhängsel betrachten, als Bestandteil einer Ehe… ich möchte mich gern mit Ihnen darüber unterhalten, aber sagen Sie mir jetzt rasch, wer Ihre Gäste sind.«
»Der Oberst ist ein alter Freund von mir… ich weiß nicht, wo er im Moment steht, ich glaube, in Berlin, im Kriegsministerium; der andere, Herr Weißling, ist Generaldirektor eines unserer größten Stahlwerke und wohnt in Bochum.«
»Na«, sagte Weißling, als Schlappert mit Lilli die Terrasse betrat, wo der Kaffee serviert wurde, »Sie haben sich der Schweizergrenze schon hübsch angenähert!«
»Von hier bis Basel«, antwortete Schlappert, »sind immer noch fünf Stunden Schnellzug. Von Bochum nach Holland ist es, glaube ich, nicht so weit.«

»Das werde ich gleich beweisen«, sagte Weißling und bot aus einem Etui holländische Zigarren an, die vorzüglich waren. Dann sprach man über die Lage.
»Der Krieg, meine Herren«, sagte Schlappert, nachdem er eine Zeitlang den militärischen Ausführungen des Obersten zugehört hatte, »ist für uns seit dem 2. Mai verloren.«
»Was ist denn am 2. Mai geschehen?« fragte Weißling überrascht.
»Glauben Sie, meine Herren«, sagte Schlappert, »daß die Männer, die nun bald den fünften Winter im Schützengraben verbringen, ein Parlament wie den preußischen Landtag als ihre Vertretung anerkennen, wenn der Landtag den Soldaten zwar das Recht zu sterben zubilligt, aber das Recht zu wählen mit 253 gegen 183 Stimmen ablehnt?«
»Bei uns in Bochum«, sagte Weißling, »kümmert sich kein Mensch um das, was die in ihrer Bude quatschen.«
»Da muß Bochum eine merkwürdige Stadt sein«, sagte der Oberst.
»Das walte Gott«, sagte Schlappert. Wollen Sie mal morgen früh mit mir durch unser Dorf gehen und hören, was die Leute dazu sagen, daß man sogar den Antrag, wenigstens Kriegsteilnehmern ein bißchen Wahlrecht zu geben, abgelehnt hat?«
»Ich verstehe die Herren nicht«, sagte Weißling. »Wir sind ja hier unter uns und können offen reden. Was nützt es, wenn wir den Krieg gewinnen und den Frieden verlieren?«
»Was verstehen Sie darunter?« fragte Lilli, die bis dahin schweigend zugehört hatte.
»Das will ich Ihnen genau sagen, gnädige Frau«, sagte Weißling. »Das allgemeine Wahlrecht, von dem sich die Herren zu meiner Verwunderung etwas versprechen, würde nicht nur für den preußischen Landtag gelten, der mir ziemlich egal ist, sondern auch für die Verwaltung unserer Städte. Das hieße«, fuhr er fort, erregt aufstehend, »daß in Zukunft oder sagen wir deutlicher, als Ergebnis dieses Krieges in einer Stadt wie Bochum hundert oder noch mehr Sozialisten den zehn, zwölf Vertretern, die wir günstigenfalls noch hineinbekämen, in der Stadtverwaltung gegenübersäßen. Man muß sich also klarmachen, meine Herren, daß wir uns in unseren eigenen Städten

den Ast absägen, auf dem wir sitzen, wenn wir jetzt, um irgendeine vorübergehende Laune der Herren Proleten im Schützengraben zu heben, mitten im Krieg französische Revolution spielen.«
Schlappert wollte etwas sagen, aber Lilli fiel ihm ins Wort. »Nehmen wir an«, sagte sie, »mein Mann verliert das kleine Vermögen, das wir besitzen. Das bedeutet, daß er zwar während des Kriegs das Recht hatte, seine Existenz zu zerstören und seine Gesundheit zu vernichten, aber nach dem Krieg keine Rechte mehr hat und zusehen muß, daß Männer, wie Sie, nach wie vor Parlamente herstellen, die ihnen passen.«
»Sie sprechen scharf mit mir, gnädige Frau«, sagte Weißling, »aber ich finde nicht, daß wir hier in einer Volksversammlung sind. Möge Sie der Himmel vor dem bewahren, was Sie eben geschildert haben, aber selbst das könnte verantwortungsbewußte Männer nicht abhalten, das sogenannte Volk von der Regierung unseres Vaterlandes auszuschließen, von der es nun einmal nichts versteht.«
»Dieses Volk, das so tapfer zu sterben versteht...«
»Wir tun alle unsere Pflicht... aber ich denke, wir brechen die Debatte ab. Diskutieren ist immer von Übel.«
»Ich habe Sie verstanden«, sagte Lilli, »... Ihnen ist der Krieg ganz egal, vorausgesetzt, daß sich in Bochum nichts ändert.«
»Sie haben mich völlig richtig verstanden«, sagte Weißling mit einer Verbeugung, »aber das ist nun wirklich mein letztes Wort in dieser Sache.«
Abermals wollte Schlappert eingreifen. Aber zum zweiten Male kam ihm Lilli zuvor. »Sie sind weder besonders liebenswürdig, noch besonders mutig, Herr Generaldirektor«, sagte sie.
»Es ist in meiner Heimat nicht üblich, daß man sich in Gesellschaft derartige Urteile über den Charakter der Anwesenden erlaubt«, sagte Weißling.
Schlappert hatte dem Oberst flehende Blicke zugeworfen.
»Ich denke, lieber Weißling«, sagte der Oberst, »eine Dame, deren Mann schwerverwundet im Lazarett liegt, hat in unserem Vaterland viele Rechte.
»Ich denke das nicht«, sagte Weißling, »aber ich füge mich. Mein Wagen hatte eine Panne. Darf ich mal eben sehen, ob

der Chauffeur den Schaden geheilt hat?« Er stand auf, zupfte sich nervös, den Kopf nach rechts und links drehend, die Krawatte zurecht und verließ die Terrasse. Schlappert folgte ihm.
»Man muß mit diesen Männern nicht über Politik sprechen«, sagte der Oberst, während er Lilli Feuer für ihre Zigarette gab. »Sie machen sich Sorgen, und die Sache mit den Stadtverwaltungen ist ja auch eine böse Geschichte. Was den Landtag angeht, so bin ich ganz Ihrer Meinung.«
»Ich weiß gar nicht, was ich geredet habe«, sagte Lilli. »Überall, wohin ich komme, sitzen Männer herum, deren Gesichter klug zu sein scheinen, und ducken sich. Kein Mensch ist für die Regierung. Jeder flüstert dem andern zu, daß das alles ein Ende mit Schrecken nehmen muß. Aber alles schweigt. Warum ist das so?«
Schlappert kehrte allein auf die Terrasse zurück. »Ist unser Freund noch böse?« fragte der Oberst.
»Er wollte abfahren...«
»Das sind keine erfreulichen Manieren«, sagte der Oberst. »Ich werde mal zu ihm gehen und ihn ein bißchen beruhigen.«
»Sie würden mir einen Gefallen tun«, sagte Schlappert.
»Sehen Sie nun, daß eine Frau bei uns ein überflüssiger Gegenstand ist?« sagte Lilli, als sie mit dem Bankier allein war. Schlappert schaute sie schweigend an. Dann sagte er: »Dieser Mann oder sagen wir richtiger, dieses Mannes Firma ist einer meiner besten Kunden.«
»Habe ich Ihnen Schaden zugefügt?«
»Das werden wir erfahren, wenn der Oberst zurückkommt.«
»Das tut mir leid.«
»Mir nicht. Wenn ich an Ihrer Stelle wäre, würde ich genauso sprechen wie Sie. Vielleicht sollte man überhaupt so sprechen.«
Weißling kam mit dem Oberst aus dem Garten zurück.
»Wissen Sie, lieber Schlappert«, rief Weißling schon von weitem, »die alten Buden sind doch großartig. Wie Ihre Allee das Haus heraushebt... das ist einfach kolossal... Fabelhaft würde ich sagen. Heutzutage können Sie einem Architekten eine Million hinlegen, und er bekommt das nicht heraus.

Weiß der Himmel, warum die Leute ihr Handwerk nicht mehr verstehen...«

9

Gegen elf Uhr ging alles schlafen. Man hatte noch ein Gewitter abwarten wollen, das heraufzuziehen schien, aber es gab nur Wetterleuchten und verzog sich wieder. Lilli setzte sich in ihrem Zimmer auf einen Stuhl ans offene Fenster und schaute in den Park. Sie hatte sich Lichtenbergs Werk genommen, aber da sie nicht wußte, wann dieser Mann gelebt hatte, und wer er eigentlich gewesen war, sprach das Buch nur undeutlich zu ihr.

Auch Schlappert konnte nicht schlafen. Er fand die Hitze in seinem Zimmer unerträglich, ärgerte sich, daß man wieder vergessen hatte, rechtzeitig die Läden gegen die Sonne zu schließen, und stieg in den Garten hinunter. Da der Sand auf den Wegen unter seinen Füßen knirschte, trat er auf den Rasen und ging nun lautlos hin und her. Der Mond war aufgegangen und beleuchtete das rotbraune Dach des Schlosses. Schlappert blieb stehen und betrachtete seinen Besitz, stolz und zärtlich, wie er es schon hundertmal getan hatte. Plötzlich sah er Lilli an dem großen weitgeöffneten Fenster ihres Zimmers sitzen. Alles, was recht ist, dachte Schlappert, ich bin weder ein Schuljunge, noch buckelig... schlimmstenfalls gibt es einen Korb... wozu eigentlich diese dummen Minderwertigkeitsgefühle... wenn ich nicht der Mann bin, der sich eine solche Frau leisten kann, wer dann?

Gleichzeitig aber waren in seinem Kopf, nur eine Etage tiefer, andere Gedanken. Die Zeiten waren schlecht und aufregend genug. Fräulein Schröter war eine sehr bequeme Geliebte, vorausgesetzt, daß sie keinen Grund zur Eifersucht hatte, mit einer verheirateten Frau etwas anzufangen, konnte die lästigsten Verwicklungen bringen...

Aber Lillis Fenster zog ihn immer näher. »Sie können auch nicht schlafen?« sagte er leise.

»Es ist heiß... und ich will auch gar nicht... haben Sie nun Ihren Kunden verloren?«

»Hat meine Bemerkung Sie gekränkt?«
»Ich möchte Ihnen nicht schaden... Ihnen am wenigsten.«
Die kleine angehängte Bemerkung traf Schlappert.
»Sagen Sie, Frau Lilli, Sie spielen mit mir...?«
»Merken Sie das erst jetzt?«
Schlappert prüfte die Höhe des Fenstersimses, machte einen Klimmzug und schwang sich über das Fensterbrett. Lilli beobachtete ihn unbeweglich. Die unerwartete Turnerleistung gefiel ihr. »Warum spielen Sie mit mir?« fragte Schlappert, als er neben Lilli stand.
»Weil Sie mir gefallen, weil ich mit allen Menschen spiele...«
»Ich nicht...«
»Wer war dieser Lichtenberg?«
Der Bankier nahm das Buch, das ihm Lilli reichte, und legte es vorsichtig auf das Fensterbrett. »Ich sagte Ihnen ja schon, wenn Sie nicht mein Gast wären, wäre alles anders.«
»Soll ich abreisen?«

10

Als Schlappert gegen Morgen auf sein Zimmer ging, war er so vergnügt, daß er sich auf der Treppe die Hand auf den Mund legte, um nicht zu pfeifen oder zu singen. Im Badezimmer ließ er kaltes Wasser in die Wanne laufen, sah sich dabei seitlich im Spiegel, schaute lange in das Glas, bald seinen Kopf nahe hinhaltend, bald einige Schritte zurücktretend. Er gefiel sich wie schon lange nicht mehr. Nach dem Bad merkte er, daß er müde war, legte sich auf sein Bett und schlief bis Mittag.
Lilli saß längst im roten Salon, als er eintrat. »Schau mal«, sagte sie, und gab ihm einen Brief, »was mein Mann schreibt, kannst du diese Sätze verstehen?«
Schlappert erschrak über das unbekümmerte Du und nahm den Brief. Daß unter tausend Dingen, die möglich gewesen wären, Lilli gleich am ersten Morgen mit ihm über ihren Mann sprach, ja ihm sofort einen Brief dieses Mannes gab, erschreckte ihn, aber er nahm den Brief und las.
»...nur die Stellen, die ich blau angestrichen habe«, sagte Lilli.

Schlappert suchte sie und las: »Ich lese Tag und Nacht Nietzsche. Der Mensch ist etwas, das überwunden werden soll. Was habt ihr getan, ihn zu überwinden? Was groß ist am Menschen, das ist, daß er eine Brücke ist und kein Zweck: was geliebt werden kann am Menschen, das ist, daß er ein Übergang und ein Untergang ist. Ich liebe die, welche nicht zu leben wissen, es sei denn als Untergehende, denn es sind die Hinübergehenden. Ich liebe die großen Verachtenden, weil sie die großen Verehrenden sind und Pfeile der Sehnsucht nach dem andern Ufer. Solche Sätze richten mich auf und lehren mich so vieles, was unbegreiflich, wenigstens zu ahnen.«
»Ach, wissen Sie«, sagte Schlappert, »weißt du«, verbesserte er sich, »diese Sätze haben wir alle einmal gelesen, als wir jung waren.«
»Kannst du mir sie erklären?« fragte Lilli.
»Heute kann ich das nicht mehr«, sagte Schlappert. »Es ist zu lange her, seit ich mich mit solchen Problemen beschäftigt habe. Aber wenn du willst, können wir nachmittags zusammen ein bißchen Nietzsche lesen.«
»Nein«, sagte Lilli, »ich will gar nicht Nietzsche verstehen, sondern meine Zeit. Ich möchte wissen, wie die Menschen sind, mit denen ich lebe, was sie denken, warum sie so handeln, wie sie handeln, warum sie sich töten lassen, warum sie alle so unzufrieden sind und so demütig zugleich... ich möchte vieles von dir erfahren. Was ist zum Beispiel deine Stellung in Berlin? Welche Macht hast du?«
Schlappert stopfte vorsichtig, um nichts zu verlieren, mit drei Fingern Tabak in seine Pfeife. Er drehte sich, ein Streichholz suchend, ab, um Lilli sein Gesicht zu verbergen, denn wieder hatte ihn das alte Mißtrauen gepackt. Was ging denn diese Frau seine »Macht« an, ganz abgesehen davon, daß ein solcher Ausdruck gar nicht erlaubt war.
»Ich möchte dich auch einiges fragen«, sagte er nach einer Weile vorsichtig.
Zu seiner Verwunderung antwortete Lilli rasch, er solle nur fragen. »Komm«, sagte sie, »es ist heiß, laß uns schwimmen gehen und dabei reden. Ich lechze danach, mich mit dir zu unterhalten.«
Der Weiher, in dem Schlappert täglich schwamm, lag in einem

Wald, eine Viertelstunde vor Grünstein. »Was wolltest du mich fragen?« sagte Lilli unterwegs. »Warum«, antwortete Schlappert, »zeigst du mir Briefe eines Mannes, mit dem du verheiratet bist?«
Lilli wurde rot. »Ich mache Fehler«, sagte sie langsam und den zertretenen Pfad anschauend, auf den sie vor der Landstraße abgebogen waren, »ich mache Fehler, aber ich muß Fehler machen, nur wer nichts tut, macht keine Fehler... ich habe so lange nichts getan... nur so dahingelebt... habe ich dich verletzt? Ich konnte diese unbegreiflichen Sätze nicht verstehen... und meinen Mann auch nicht.«
»Liebst du deinen Mann nicht mehr?«
»Doch...«
»Und mich?«
»Dich auch... anders... mehr... was willst du mit dieser Frage? Bist du eifersüchtig?«
»Man sagt das so, man könnte zwei Menschen lieben... natürlich, eine Frau kann von zwei Männern geliebt werden, ein Mann von zwei Frauen, ob aber einer zwei andere zugleich lieben kann... ich weiß es nicht?«
»Warum«, sagte Lilli, einen Halm, den sie ausgerissen hatte, zwischen den Zähnen zerbeißend, »bist du heute nacht zu mir gekommen?«
Jetzt, dachte Schlappert, unter keinen Umständen sogenannte Wahrheit sagen... jetzt ihr sagen, was sie hören will... aber im gleichen Moment stampfte er (zu Lillis Verwunderung) mit dem Fuß auf und verjagte diese Gedanken aus seinem Kopf. »Ich, ich...« er blieb stehen und sah Lilli an, die nach drei Schritten ebenfalls stehenblieb, »ich...« er trat auf Lilli zu, faßte ihre Hand und küßte sie, »ich bin ein alter vertrockneter Hund, wahrhaftig, es ist so, wie ich es dir jetzt sage, ich liebe dich und wünsche zugleich, ich könnte lieben... dich lieben.«
Den Rest des Weges bis zum Weiher gingen die beiden schweigend. Unter den Bäumen, die bis ins Wasser standen, lag eine Hütte, in der sich Lilli umzog. Als sie in ihrem blauen Badekostüm in die Sonne trat, sah sie Schlappert im Gras liegen. Sie ging zu ihm und legte sich neben ihn. »Du«, sagte Schlappert und küßte Lilli auf die Schulter, »du hast recht,

man sollte reden, wenn man sich liebt, aber ich habe das nie getan... ich wollte immer nur liegen, vergessen... träumen... sprich jetzt nichts... Du bist über alle Maßen schön, aber ich weiß, daß du noch mehr als nur schön... sag jetzt nichts, ich bitte dich.«
Lilli schwieg und schaute in den blauen Himmel. Sind denn, dachte sie, alle Männer so, daß sie weinen, wenn sie lieben, fliehen, wenn sie lieben, sind auch diese Raubritter sentimental?

11

Caspar Koch hatte sich in Neustadt bei Gerda Riemer und ihrer Mutter einquartiert, besuchte alte Freunde und ging von Fabrik zu Fabrik. Das Bild, das er zu sehen bekam, war überall gleich schrecklich. Täglich brachen Männer und Frauen bei der Arbeit vor Erschöpfung und Unterernährung zusammen. Die Hungersnot war allgemein, die Preise für Lebensmittel unerschwinglich. Dabei war die Stimmung sehr gedrückt. »Was sollen wir machen?« sagte ihm ein alter Dreher, der ehedem ein Anführer aller Unzufriedenen gewesen war. »Wenn die Amerikaner mit ihren Tanks kommen, ist es noch schlimmer. Wir werden durchhalten müssen.«
Zuletzt ging Koch auf das Büro der Gewerkschaft, wo er mit großem Hallo begrüßt wurde. Wie es in allen Büros zugeht, wo einer ankommt, der etwas zu erzählen hat, öffneten sich überall Türen, und die Alten und Glatzköpfigen kamen ins Zimmer, in dem Koch saß, die Brillen tief auf der Nase, die Jungen hinterdrein, die Zigarette in der Hand. Zu Kochs Verwunderung herrschte die beste Stimmung. »Die machen es nicht mehr lange«, sagte Diel, der Vorsitzende, ein energischer Vierziger, der sich vom Setzer heraufgearbeitet hatte. »Der nächste Winter bringt sie um. Es ist nichts mehr zu fressen da. Oder sieht es in Berlin anders aus?«
»Nein!« sagte Koch. »Und was macht ihr?«
»Wir warten«, sagte Diel. »Etwas Klügeres kann man nicht tun.
»Also Ablösung vor«, sagte Koch.

»Jawohl, Ablösung vor«, tönte es im Kreis. »Wenn die da oben fertig sind, die Ludendorffe, kommen wir dran.«
»Und was sagen die Arbeiter?«
»Die stehen wie ein Mann hinter uns«, sagte ein junger Mensch. »Hier gibt's keine Unabhängigen, hier gibt's keine Spartakisten, hier gibt es nur uns. Das ist bei uns anders als in Berlin.«
Koch ging aufmerksam durch die Stadt, und das Gefühl, man täusche sich bei den Gewerkschaften, befestigte sich in seinen Gedanken. Mehr als die Hälfte der Bevölkerung war katholisch. Sollte in Neustadt das Wunder geschehen sein und die Katholiken hinter den Sozialisten stehen? Koch konnte nichts davon bemerken. Wie Milch bei großer Hitze gerinnt und dick wird, so sonderten sich vielmehr in der Bevölkerung größere und kleinere Gruppen immer deutlicher und heftiger voneinander ab.
Eines Nachmittags hatte Koch mit drei Arbeitern diskutiert, welche vier Ansichten vertraten, indem einer zweie verteidigte und gegeneinander abwog. Müde und deprimiert verließ er die Kneipe und ging nachdenklich die Straße hinunter, als er an einer Säule ein Plakat erblickte, welches zum Besuch einer politischen Versammlung des katholischen Frauenbundes aufforderte. Die Veranstaltung sollte um sieben Uhr beginnen. Koch zog die Uhr und sah, daß er rasch gehen mußte, um noch zurecht zu kommen. Er humpelte, so schnell er konnte, dahin, aber schon nach einigen Schritten mußte er langsamer gehen; sein linkes Knie schmerzte ihn seit einigen Tagen wieder so, daß er manchmal kaum weiter konnte.
Der Raum war überfüllt. Zu seinem Schrecken bemerkte Koch, daß fast nur Frauen und Mädchen anwesend waren. Die werden mich hinauswerfen, dachte er, da sah er in einer Ecke einige ältere Männer, zu denen er sich gesellte. »Habt ihr keinen Stuhl mehr für den Mann?« fragte ein Mädchen, »das sieht man doch, daß er ein Verwundeter ist.«
»Danke schön, Fräulein«, sagte Koch und setzte sich auf den Stuhl, der ihm herübergereicht wurde. Dann wandte er sich zu den umsitzenden Männern. »Wird man pünktlich anfangen?
»Nein«, sagte jemand, »hier hat man keine Eile.«

»Der da drüben«, fuhr Koch fort, »sieht aus wie ein Kriminalbeamter.«
»Ist auch einer«, antwortete Kochs Nachbar.
»Sind Sie von hier?«
»Nein!«
»Na, da scheinen Sie ja Erfahrung mit der Gattung zu haben. Aber der tut uns nichts. Ist ein frommer Mensch.«
»Warum hat man den Tisch für den Vorsitzenden auf eine Bühne gestellt?«
»Da sieht man die Redner besser!«
»Das sollte man abschaffen«, sagte Koch. »Wenn das Volk wo hinaufschauen muß, wird es gleich gehorsam!«
»Sie scheinen ja ordentlich einer zu sein!«
»Was für *einer*?« fragte Koch lachend.
»Na, so einer, der alles ändern will.«
»Nicht grad alles, aber das meiste«, sagte Koch.
Der Vorsitzende klingelte.
Nachdem er die Versammlung begrüßt hatte, erteilte er das Wort der allseits verehrten ersten Vorsitzenden, wie er sich ausdrückte, Frau Elisabeth Chindler. Da bin ich ja sozusagen daheim, dachte Koch und betrachtete aufmerksam Frau Chindler, die sich erhoben hatte, ihrerseits die Versammlung begrüßte und nach wenigen Worten das Wort dem Redner des Abends, unserm Fährmann und Führer, dem Abgeordneten Chindler, erteilte. Chindler nahm eine Handvoll kleiner Zettel und trat rasch an das Rednerpult, wo er sich reckte und erhobenen Hauptes die schweigende Gemeinde überblickte.
»Wir wollen«, begann er, »der Regierung dafür danken, daß sie es uns gestattet hat, diese Versammlung abzuhalten. Jawohl, wir wollen der Regierung danken, denn in unseren Zeiten, verehrte Anwesende, macht sich unter dem Decknamen von Versammlungen manches breit, was nicht eine ordentliche, menschenwürdige Versammlung will, sondern... Unruhe! (Beifall.) Hat aber nun nicht eine Regierung, jede Regierung, möchte ich sagen, die Pflicht, sich gegen solche Elemente zu schützen? Das katholische Volk ist von ganzem Herzen dieser Meinung. Aber die Sache hat noch eine andere Seite. Die Zeiten sind schwer, ja man kann ruhig sagen, ernst, und wenn die Zeiten stürmisch sind, dann ist einem auch das

Herz schwer, und wenn einem das Herz schwer ist, dann will man sich mal aussprechen. Darum sind wir hier, um uns miteinander auszusprechen, ernst, ruhig, sachlich.«

Koch schaute sich um. Diese verdammten Schulmeister, dachte er, wie sie immer erst den andern Manieren beibringen! Aber die Versammlung saß schweigend da und schien von den Worten des Redners geschmeichelt zu sein.

Nun begann der Hauptteil der Rede, und Koch gestand sich, daß Chindler eine Meisterleistung zeigte. Wie man zu sagen pflegt, zeichnete er in großen Zügen ein Bild der Lage Deutschlands, die er als ernst, aber nicht hoffnungslos bezeichnete. Man könne durchaus Vertrauen zur militärischen Führung haben, aber natürlich seien Generale auch nur Menschen, wenn es auch wohl selten in der Welt so vortreffliche Menschen gäbe, wie unsere herrlichen Chefs. Aber Menschenkraft sei nicht allmächtig, das habe Gott nun einmal so eingerichtet. So aber sei es auch mit den Völkern. Vielleicht seien in der Vergangenheit Fehler gemacht worden, aber dies könnte man sagen, Deutschland habe niemand in den Schatten stellen wollen, aber seinen Platz an der Sonne habe es verlangen müssen.

Jedoch, was sei schon Menschenwerk? Sehe man nicht täglich, wie schwach man sei? Aber sehe man nicht auch täglich, daß der Mensch denke und Gott lenke?

»Wahrhaftig«, rief der Redner, nachdem er eine kleine Pause gemacht hatte, »dieser Krieg ist eine Prüfung. Aber wenn wir uns als Gläubige dieser Prüfung unterwerfen, müssen wir da nicht feststellen, daß sie schon ungeahnte Früchte gezeitigt hat? Steht das katholische Volk nicht heute geachteter da als je? Müssen wir nicht Gottes Finger darin erkennen, daß man uns (wer, liebe Freunde, hätte das je gedacht?) einen katholischen Kanzler, den von Freund und Feind verehrten Grafen Hertling gegeben hat?«

Was will der Mann eigentlich? dachte Koch. Auch der Versammlung schien die besondere Bedeutung der Kanzlerschaft Hertlings nicht besonders einzugehen. Der vom Redner erwartete Beifall blieb aus. Chindler schien es zu merken. Er legte seine Zettel neben sich auf den Tisch des Vorstands und sprach nun frei. Es gingen, donnerte er, in diesen Zeiten, wie

in allen Zeiten der Unruhe viele böse Feinde um, aber man kenne sie. Da gebe es diese Seuche, die Pest der Sozialisten, welche das Wasser trüb haben wollten, um besser fischen zu können. Jetzt auf einmal machten sie allem Volke Versprechungen, aber das katholische Volk sei gefeit. »So wie unsere braven Feldgrauen gegen den äußeren Feind stehen, so wollen wir gegen den inneren Feind stehen, gegen diesen Feind, der unsere Kirchen anzünden will, der nichts Besseres zu bieten hat, als die Ehe zu verspotten, der unseren Frauen ihr Heiliges nehmen will, ihre Kinder. Aber wir haben nicht so lange Krieg geführt, um uns jetzt ein paar Dahergelaufenen zu ergeben. Das katholische Volk schließt sich nur um so enger zusammen. Es weiß die Spreu vom Weizen zu unterscheiden. Es weiß, daß es seine Hirten und Führer hat und auf andere, die sich da anpreisen, dankend verzichten kann.«
Viele Frauen, die schweigend zugehört hatten, klatschten so lange in die Hände, daß die Ordner einschreiten und sie wieder beruhigen mußten. Chindler wartete mit Genugtuung den Sturm ab, der sich erhoben hatte. »Hat man es nicht sogar gewagt, den Heiligen Vater in Rom zu verdächtigen?« rief er. »Hat man es nicht gewagt zu behaupten, er unterlasse es, seine Stimme für den Frieden zu erheben? Tag und Nacht liegt dieser ehrwürdige Mann im Gebet, um den Frieden auf die Welt herabzuflehen, aber davon, werte Anwesende, davon wissen eben jene Herren nichts, welche noch nie in ihrem Leben gebetet haben. Nein, davon wissen sie nichts und davon *wollen* sie nichts wissen! Sie sind ja so superklug, jene Herren, welche zwar nicht Papst sind und von der lateinischen Sprache noch nicht einmal einen Buchstaben kennen, aber was der Papst tun soll, das wissen sie besser als der Heilige Vater, das glauben sie, unverfroren wie alle überheblichen Menschen, kritisieren zu können.«
Der Redner hatte geendet. Koch stand auf. »Diskussion!« rief er. Auch die Versammlung hatte sich erhoben. Einige schauten sich nach der Stimme um, die gerufen hatte; die Mehrzahl strebte den Ausgängen zu. »Diskussion!« rief Koch zum zweiten Male. »Was wünschen Sie?« fragte der Vorsitzende vom Tisch herunter. »Die Aussprache«, rief Koch zurück, »die uns der Redner versprochen hat.«

»Wer ist der Mensch?« fragte Chindler den Vorsitzenden.
»Ich weiß es nicht.«
Auch Elisabeth Chindler war aufgestanden. Als Koch zum zweiten Male rief, erkannte sie ihn. »Das ist der Koch«, sagte sie mit zitternden Lippen zu ihrem Mann. »Ach«, sagte Chindler, »dieses Bürschlein?« Er winkte dem Kriminalbeamten, der eilfertig herbeikam, und flüsterte mit ihm. Inzwischen hatte sich eine kleine Gruppe um Koch gebildet. »Was habt ihr denn von solchen Reden?« fragte Koch.
»Alles haben wir davon!« sagte eine ältere Person bösartig.
»Seht ihr nicht, daß euch solche Redner wie Schafe in den Stall pferchen?«
»Haben Sie eben Schafe gesagt?« fragte ein Mann und trat auf Koch zu.
»Ich habe es gesagt«, antwortete Koch, »und...«
»So, dann will ich Ihnen mal zeigen, wer hier ein Schaf ist!«
»Laß doch den Mann in Ruh«, schrie eine Frau, »der hat doch ein steifes Bein... Gehen Sie doch, lieber Mann«, sagte sie zu Koch, »machen Sie doch die Leute nicht durcheinander.«
»Wißt ihr nicht, daß das alles Lügen waren, was der Redner über die Sozialisten und die Ehe gesagt hat?«
»Gar keine Lügen waren das«, schrie die alte Jungfer, »was fällt Ihnen überhaupt ein, hier von Lügen zu reden? Sie frecher Mensch! Sie!«
Der Kriminalbeamte drängte sich durch die Umstehenden und klopfte Koch auf die Schulter. »Zeigen Sie mal Ihre Papiere«, sagte er.
»Zunächst einmal dieses Papier«, sagte Koch und streckte sein steifes Bein in die Luft.
»Das geht uns hier nichts an«, sagte der Beamte.
»Hier ist der Rest«, sagte Koch und gab dem Beamten seine Ausweise.
Eine junge Frau begann zu weinen. »Ich kann das nicht sehen«, sagte sie schluchzend, »daß man mit dem Mann so umgeht...«
»Wer geht denn hier so um?« fragte der Beamte scharf.
»Ist doch wahr«, sagte die Frau, »er hat doch sein Bein gezeigt, das muß man doch verstehen, daß ein solcher Mensch erregt ist...«

»Gehen Sie jetzt«, sagte der Beamte zu Koch, »aber dalli, hier wird geschlossen.«
»Kommen Sie«, sagte die Frau zu Koch, »stützen Sie sich ruhig auf mich, wenn Sie vielleicht noch nicht gut gehen können...«
»Ich danke Ihnen, liebe Frau«, sagte Koch, »aber ich kam nicht hierher, um mich auf euch zu stützen, sondern euch, ihr Männer und Frauen, auf mich, eure Sorgen auf meine Erfahrung, eure...«
»Schluß jetzt«, sagte der Beamte.
So geht das nicht, dachte Koch, als er nach Hause humpelte, hier muß eine Frau her. Er machte einen Umweg, betrat die Post und telegraphierte an Maggie, sie möge ihn am folgenden Vormittag anrufen.
Dann ging er nach Hause.

12

Maggie war kaum zu verstehen. »Du mußt sofort herkommen«, brüllte Koch in die Muschel. »Was ist mit dir?« antwortete Maggie dünn und weit entfernt.
»Du sollst kommen!«
»Ich habe kein Geld. Hast du meinen Brief nicht bekommen?«
»Was sind das für Antworten? Eine Frau wie du wird in diesen Zeiten auch ohne Geld eine Reise machen können. Geh zu Hannes... verstehst du jetzt besser?«
»Ja, ich verstehe...«
»Geh zu Hannes und sag ihm, sein Bruder möge dich auf der Lokomotive herschaffen, einen Gruß von mir.«
»Ja, aber lies erst mal meinen Brief.«
»Ich erwarte dich. Schluß jetzt. Auf Wiedersehen. Häng ein!«
»Nein, häng du ein!«
»Ach, das beleidigte stolze Mädchen!«
»Ganz recht!«
»Addio. Komm rasch.«
Nach dem Gespräch mit Maggie ging Koch zu Diel auf das

Büro der Gewerkschaft. Ob sich die Zeiten ändern? dachte er, als ihn Diel sofort empfing, der grundsätzlich, wie er gelegentlich sagte, jedermann warten ließ.
»Du siehst schlecht aus«, sagte Koch und setzte sich Diel gegenüber an den Schreibtisch.
»Ein Mann in meiner Stellung muß von den Karten leben.« Koch nickte. Er kannte Karl Diel schon seit 1911. Damals war Diel, der von Beruf Setzer war, Redakteur des »Neustädter Volksblattes« geworden; zwei Jahre später wählten ihn die vereinigten Gewerkschaften von Neustadt und Umgebung zum Präsidenten. »Ich glaube«, begann Koch, »ihr seid ein wenig auf dem Holzweg, wenn ihr glaubt, die Neustädter stünden hinter euch und eurer Politik. Ich war gestern abend ...«
»Ob wir auf dem Holzweg sind, wie du dich auszudrücken beliebst«, unterbrach Diel, »ist eine Frage für sich; aber es ist gut, daß du da bist. Ich muß etwas mit dir besprechen. Du bist vor einiger Zeit von Berlin hierhergekommen und treibst dich seitdem herum. Bei uns weiß man nicht, was du tust, in der Partei wissen sie es auch nicht. Ich meine, das sollte wieder aufhören. Für einen Mann von deinen Gaben ist das keine rechte Tätigkeit«, fügte der Sprechende nach einer Weile hinzu.
»Euer Interesse ehrt mich«, antwortete Koch, »habt ihr vielleicht einen Posten für mich? Oder besser gesagt, zwei Posten... ich habe meiner Frau telefoniert, sie möge herkommen; man braucht hier Frauen.«
»So?« sagte Diel und schaute Koch prüfend an. »Übrigens ist ein Brief für dich gekommen.«
»Ja, richtig, ich wollte schon danach fragen.«
Diel klingelte. Ein Bote kam ins Zimmer, und Diel beauftragte ihn, den Brief zu holen, der für den Genossen Koch gekommen sei. Eine Minute später brachte Kallab, ein anderer Funktionär, den Brief. Während Koch las, sprachen die beiden Männer leise miteinander. »Gestern abend«, schrieb Maggie, »las ich im alten Fontane und fand diese Stelle: die neue bessere Welt fängt erst beim vierten Stand an. Das, was die Arbeiter denken, sprechen, schreiben, hat das Denken der altregierenden Klassen tatsächlich überholt. Die Arbeiter

packen alles neu an, haben nicht bloß neue Ziele, sondern auch neue Wege! Kanntest Du das? Ich habe mich gefreut, als ich es las, wenn es auch ein wenig optimistisch gesagt ist. Mir macht nämlich die Militärfrage Sorge. Der verblasene Pazifismus, den die Bewegung gezüchtet hat, führt hier zu einer Uniformantipathie, die dumm ist. Anstatt gegen die falsche Politik, sind die Arbeiter schlechthin gegen die Soldaten, die doch von ihrem Fleisch und Blut sind, und berauben sich des wichtigsten Bundesgenossen. Das wird schlimme Folgen haben, denn die Truppe hat, wenn sie auch noch so kriegsmüde ist, ein Gefühl dessen, was sie an unvergleichlichen Taten an allen Fronten geleistet hat. Dieser Tage schrieb mir ein Bekannter, der in Kleinasien kämpft, und erzählte, er habe in der Tasche eines gefallenen Engländers einen Brief gefunden, in dem folgendes stand: ›Eine Ausnahme machten allein die deutschen Abteilungen; und hier zum ersten Male wurde ich stolz auf den Feind, der meine Brüder getötet hatte. Sie waren 2000 Meilen von ihrer Heimat entfernt, ohne Hoffnung im fremden, unbekannten Land, in einer Lage, verzweifelt genug, um auch die stärksten Nerven zu brechen. Dennoch hielten ihre Trupps fest zusammen, geordnet in Reih und Glied, und steuerten durch das wirr wogende Meer von Türken und Arabern wie Panzerschiffe, schweigsam und erhobenen Hauptes. Wurden sie angegriffen, so machten sie halt, nahmen Gefechtsstellung ein und gaben wohlgezieltes Feuer. Da war keine Hast, kein Geschrei, keine Unsicherheit. Sie waren prachtvoll.‹ Ich gestehe Dir, daß mir die Tränen kamen, als ich diese Sätze las, und selbst Emil, der anfangs natürlich schimpfte (er nannte das mit einem ihm völlig unverständlichen Fremdwort Sozialpatriotismus), gab mir schließlich recht und meinte, man müsse zu den Soldaten und selbst zu vielen Offizieren eine andere Einstellung durchsetzen...«
Koch schaute auf und sah, daß ihn die beiden Männer gespannt betrachteten. Etwas war hier sonderbar. Er betrachtete noch einmal den Brief, und jetzt fiel ihm erst auf, daß die Stelle über die Truppe Zeile für Zeile blau unterstrichen war. Dies war nicht Maggies Gewohnheit. Er nahm das Kuvert und sah, daß der Brief geöffnet worden war. »Ihr habt«, sagte er zögernd und seine Erregung, so gut es gehen wollte, ver-

bergend, »ihr habt den Brief aufgemacht?«
»Er war nicht gut verschlossen worden und offen, als er hier eintraf«, sagte Diel.
»Dann habt ihr ihn gelesen?«
»Ich nicht«, sagte Diel, »aber ich will dir nicht verschweigen, daß man mir erzählt hat, was drinsteht.«
»Hm«, sagte Koch.
»Ja nun, lieber Freund«, sagte Diel, »unsere Zeit ist bemessen. Es geht mich nichts an, in wen du dich verliebst, und mir fehlt die Zeit, um dir auf diesem Gebiet Vorschriften zu machen. Du wirst aber einsehen, daß jene Dame, welche über sogenannte Heldentaten Tränen vergießt, mit unserer Bewegung nichts zu tun hat und du sie besser in Berlin läßt. Was dich angeht, so hast du ja diesen Brief nicht geschrieben, obwohl wir alle hier der Meinung sind, daß es allerhand ist, solche Briefe zu empfangen!«
Kallab nickte.
»In welcher Welt lebt ihr eigentlich?« fragte Koch.
»In dieser«, sagte Diel kalt und zeigte mit einer Handbewegung auf das Zimmer und seinen Schreibtisch.
Koch schaute Diel an. Diel erwiderte seinen Blick eine Zeitlang, dann lächelte er. Koch verstand dieses Lächeln nicht. War es denkbar, daß erwachsene und erfahrene Männer solche Politik mit den Truppen machen wollten? Ja, sie würden diese Politik machen! Die Männer, die vor ihm saßen, waren sich ihrer Macht bewußt, und Koch fühlte, daß sie nicht gesonnen waren, sich von ihm Ratschläge geben zu lassen.
»Nun?« fragte Diel nach einer Weile.
»Die Sache mit dem Brief hat mir gezeigt, woran ich bin«, sagte Koch. »Ich erfüllte meine Pflicht, als ich zu euch ging, um euch meine Beobachtungen mitzuteilen. Ihr aber...«
Diel warf eine Schere, mit der er gespielt hatte, auf den Tisch.
»Ich habe dir gesagt, daß mir deine Liebesbriefe Wurst sind – welchen Eindruck du damit auf andere Genossen machst, ist deine Sache – aber die Revolution, von der du träumst, wird nicht gemacht. Die Herren, von denen du keine Ahnung hast, stehen vor dem Zusammenbruch. Wir werden alle Hände voll zu tun haben, die Ordnung aufrechtzuhalten, wenn es soweit sein wird. Wenn du uns dabei still und be-

scheiden und an einem Platz, den man dir zuweisen wird, helfen willst, kannst du dableiben. Andernfalls sind wir geschiedene Leute.«
Koch stand auf. »Es ist gut«, sagte er, »dann haltet eure Ordnung aufrecht. Ich aber gehe, Unordnung zu machen.«
»Du«, sagte Diel aufspringend, und zum erstenmal war nicht nur sein Gesicht, sondern auch seine Glatze feuerrot, »ich gebe dir einen letzten Rat: Hüte dich! Es sind genug Narren am Werk, um die Partei zu zerstören.« »Ach was!« sagte Koch, »ihr sagt immer die Partei und meint bloß den Vorstand. Das ist nicht mehr dasselbe, lieber Diel.« Ein Bote kam ins Zimmer und meldete, das Generalkommando sei am Telefon. »Na«, sagte Koch, »da könnte ich ja noch ein wenig im Zimmer bleiben.«
»Mach keine Narrheiten«, sagte Kallab und faßte Koch am Arm, während Diel den Hörer abnahm. »Na ja«, sagte Koch zu Diel, »du hast ja das Gespräch nicht angemeldet. Aber daß du es annimmst, wie hast du vorhin so hübsch gesagt... ist allerhand!« Damit ging er.
Auf der Straße schlurfte er langsam dahin. Ist das nun der ganze Sinn, dachte er, daß man, wenn man den einen nicht mehr gehorchen mag, statt dessen den andern gehorchen muß?

13

»Das ist eine verfluchte Bande«, sagte der rote Richard, als ihm Koch sein Erlebnis mit Diel erzählte, »aber die Sache ist auch schwierig. Der Himmel weiß es, ob sie einem das so eingetrichtert haben, oder ob das unsere Natur ist... ich sage dir offen, wenn ich einen Proleten in Uniform sehe, kriege ich mehr Wut, als wenn ich einen General herumgespenstern sehe. Aber du hast recht und wo du recht hast, hast du recht... die Jungs haben sich ja knorke benommen... aber ich sage dir, wenn es mal losgeht und ich bekomme so einen Diel zwischen die Finger...«
»Schau lieber zu«, sagte Koch, »daß du Einfluß bekommst.«
Das Gespräch fand in der Wohnung der Frau Riemer statt.

Gerda lag seit einer Woche mit Grippe zu Bett, und Frau Riemer war ausgegangen, um etwas Milch und Butter für die Kranke aufzutreiben. Gegen Mittag kam sie zurück. »Das ist alles, was ich bekommen habe«, sagte sie und warf ein Pfund Marmelade auf den Tisch. Richard schaute das Zeug an und schüttelte den Kopf. Frau Riemer hatte sich das Kopftuch abgebunden, das sie immer trug, und wollte eben das Zimmer verlassen, als sie plötzlich kehrtmachte, zurückkam und sich, laut aufweinend, über den Tisch warf. »Nein«, schrie sie, »nein, ich mach das nicht mehr weiter... ich kann nicht mehr... ich bin zu alt, ach, ich bin ja so alt, so müde, geht doch alle weg, ihr Lausehunde, ihr Seeräuber, Pack seid ihr alle miteinander, die ganze Welt ist ein Pack... nichts als Pack...«

»Aber Frau Riemer«, sagte Richard und faßte die schluchzende Frau am Arm. »Weinen Sie man nicht so... ich werd' mal gehen und schon was finden...«

»Du willst was finden?« schrie Frau Riemer und sprang auf, »du mit deinem Affengesicht, deinem ungewaschenen... schau dir mal mein Bettzeug an, das ich dir gegeben habe, wie das versaut ist... du was finden, wo ich fünf Stunden herumgelaufen bin, und zwei Mark für den Scheißdreck da bezahlt habe? Du bist ja so verrückt... ihr seid überhaupt die allerverrücktesten... ja, jetzt glotzest du mich an, aber die Wahrheit ist es doch, euch sollte man hängen, euch zuallererst... ihr habt das Volk durcheinandergebracht, daß jetzt nichts mehr läuft und eine große Hungersnot ist... ach Gott, wenn ich denke, so was will Revolution machen und regieren... nee, nee, da können sich die armen Leute zuerst einen Strick kaufen... jetzt soll ich in den Keller stehen und deine Wäsche waschen, wo ich kein Stück Seife habe... aber euch kümmert das gar nicht, wo das Kind da nebenan krank liegt und so blaß und so dünn ist... es hat ja bald mehr gewogen, als ich's zur Welt brachte...«

»Ein Mann, ein Wort, Frau Riemer«, sagte Richard, »wir haben heute den 15., ich mache den Ersten. Das Geld werde ich Ihnen bringen.«

»Sie und Geld bringen!« sagte die Frau und verließ das Zimmer.

»Na, da werde ich also abhauen«, sagte Richard.
»Du wirst dableiben«, sagte Koch, »wir haben jetzt andere Sorgen als deine Empfindlichkeit.«
»Nee«, sagte Richard, »bei Kleinbürgern, die solche Ansichten haben, bleibe ich nicht.«
»Das Volk«, sagte Koch, »fängt an zu zweifeln. Es wird ein hartes Stück Arbeit kosten, die Leute zum Kampf für eine bessere Ordnung aufzurufen. Sie wollen nicht mehr kämpfen, nirgendswo mehr und für nichts mehr, sie sind müde.«
»Ach was«, sagte Richard, »diese doofen Kleinbürger, die gestern noch für den Lehmann waren, sind es halt heute auch noch.«
»Sollen Sie vielleicht für den Diel sein?«
»Für uns sollen sie sein!« sagte Richard und schlug sich mit der Faust gegen den Brustkasten.
»Aber wir sind doch der Diel, er ist doch der Chef ...«
»Meiner nicht!«
»Quatsch nicht herum. Woher soll das Volk wissen, daß wir mit den Diels nicht einverstanden sind, wo der Diel die Macht hat und wir zwei arme Teufel sind, die nächstens aus der Partei herausfliegen werden? Die Partei, die ihr alle anbetet, hat auch ihre Schattenseiten, wenn sie dem Volk das Denken abgewöhnt und das Handeln austreibt und dem einzelnen den Mut nimmt, er sei ja auch noch da und könne ja vielleicht auch mal handeln ... Komm jetzt, wir wollen mal sehen, ob wir für das Grippemädchen ein bißchen Butter auftreiben. Mit Leuten, wie der Frau Riemer, muß man nicht debattieren, der muß man helfen. Die hat Sorgen genug, mit denen sie sich auseinandersetzen muß, und deine Bettwäsche dazu. Komm!«

14

Das Erlebnis mit Lilli hatte Hermann Schlappert verändert. Er fühlte sich verjüngt und erfrischt, und manchmal sogar glücklich. Auf Lillis Wunsch lud Schlappert einen jungen Dozenten der nahen Heidelberger Universität ein, der ihnen Vorträge über Nietzsche hielt, später auch über Fichte und Kant und die klassische deutsche Philosophie. Schlappert hätte sich gelangweilt, wären nicht Lillis nie versiegende Fragen gewesen, mit denen sie immer wieder unterbrach und den Dozenten ständig in Verlegenheit setzte. Eines Tages sprach er von Hegel und erwähnte in der etwas trockenen Art, die er hatte, 1807 sei Hegel nach dem damals geistig aufblühenden Bayern gezogen.

»Wieso«, fragte Lilli, »blühte Bayern damals auf?«

Nun ging eine Debatte über Bayern und die damaligen Zustände in Deutschland los, in der viele Bücher gewälzt werden mußten. Denn der Dozent wußte zwar einiges über die Männer, von denen er sprach, aber wenig von den Zuständen, unter denen sie gelebt hatten.

Anfang September erzählte Herr Kahn, so hieß der Dozent, sein jüngerer Bruder sei aus Moskau heimgekehrt, wo er die Revolution mitgemacht habe; er wisse interessant zu erzählen. Sogleich wurde er auf Lillis Wunsch eingeladen und erzählte eine Menge damals unbekannter Einzelheiten. Schlappert fand den Mann nicht sympathisch, die Berichte weitschweifig und nicht interessant, während Lilli nicht genug hören konnte. Schlappert erschrak. »Kindchen, Kindchen«, sagte er zu Lilli, »diese Kerle haben ein Feuer angezündet, um unsere Welt zu verbrennen, und du setzest dich an die Flammen und schaust sie an. Wie reimt sich das mit deinem Verstand?«

»Der alte Quark mit dem Kaiser und so ist bei uns auch tot«, sagte Lilli. »Darum muß man die Neuerungen rechtzeitig studieren.«

»Der alte Quark ist unser Quark«, sagte Schlappert seufzend.

»Das sollst du nicht sagen«, sagte Lilli. »Was geht dich dieser Wilhelm an, der hundertmal dümmer ist als du? Du könntest viel besser regieren!« Schlappert schwieg und fand seine alte Überzeugung bestätigt, daß Frauen oft unvermittelt wahnsinnig werden können. Lilli wurde ihm in solchen Gesprächen unheimlich. Länger als einen Sommer, dachte er, darf das nicht dauern; dann muß ich mich losreißen. Oder soll ich sie heiraten? Nein, um Gottes willen nur das nicht! Warum nicht? Wenn ich diese Frau aufgebe, werde ich ein alter verbrauchter Mann sein, der sein Leben gelebt und hinter sich

hat! Ach, in der Nacht ist sie herrlich, aber am Tag... am Tag passen wir nicht zusammen...
Mitte September mußte Schlappert nach Berlin fahren. Lilli wollte auch abreisen, aber Schlappert, der sich dies halb und halb gewünscht hatte, bekam nun, wo die Trennung vor der Tür stand, Angst und bat Lilli, in Grünstein zu bleiben.
»Ich bleibe keine Woche«, sagte er, »verlaß mich noch nicht.«
Als er zum Auto ging, trat Lilli aus dem Haus. Sie hatte sich ein rotes Kopftuch umgebunden, das zu ihren dunklen Augen und braunen Haaren vorzüglich stand. Schlappert hätte sie am liebsten geküßt, aber der Chauffeur stand neben dem Schlag, und Schlappert hatte es ängstlich vermieden, den Angestellten seine Beziehungen zu Lilli zu verraten. »Vergiß mich nicht«, sagte er leise.
»Das«, sagte Lilli spöttisch, »hängt davon ab, was du mir mitbringst.«
»Gottlob, daß du mich daran erinnerst«, sagte Schlappert, »was soll ich dir mitbringen? Was würde dir Freude machen?«
»Sachen habe ich genug«, antwortete Lilli, »ich meinte, was du sehen und hören und was du mir erzählen wirst.« Dann ging sie ins Haus zurück.
Als sich Schlappert in seinem Coupé eingerichtet hatte, dachte er über diesen Ausspruch Lillis und über Lilli selber nach. Aber der Zug entfernte sich immer weiter und weiter von Süden nach Norden, und während Berlin und sein Berliner Leben vor Schlappert aufstieg, versank Lilli, fast so, wie man eine Hotelbekanntschaft vergißt, wenn man aus den Ferien wieder heimkommt. An sich war die ganze Sache mit Lilli eine nicht zu Ende gedachte, und Schlappert wußte das genauer als ihm lieb war. Aber sowohl in Grünstein als in der Eisenbahn konnte er sich nie richtig konzentrieren (dies wenigstens meinte er) und in Berlin sollte nun alles geklärt werden. Beim Frühstück in seinem Dahlemer Haus leistete ihm seine Tochter Gesellschaft. »Du hast wenig geschrieben«, sagte Anita, »erzähl mir doch ein bißchen von dieser Frau Chindler. Ist sie noch in Grünstein? Ist sie hübsch? Wo ist denn ihr Mann?«
So viele Fragen auf einmal waren gottlob nicht zu beantwor-

ten, und Schlappert versprach, mittags alle Auskunft zu geben, jetzt müsse er auf sein Büro fahren.
»Unsere Lage ist übrigens glänzend«, sagte Fräulein Schlappert. »Ich sprach gestern den Sekretär Kühlmanns, der mir sagte, die Engländer seien endgültig am Ende ihrer Kraft. Das hat uns alle besonders gefreut.«
»So ...« sagte Schlappert. »Wo ist eigentlich Fräulein Schröter?«
»Sie sitzt oben und heult.«
»Warum heult sie denn?«
»Du hast sie doch kaum begrüßt«, sagte das Mädchen.
»Na ja, also«, sagte Schlappert, »jetzt muß ich gehen.«
In seinem Büro, das Behren-, Ecke Kanonierstraße lag, ließ Schlappert seinen Prokuristen rufen, der nach einer Minute lautlos wie immer durch die Polstertür trat.
»Sie haben sich gut erholt«, sagte der Prokurist, Schlappert mehr fixierend als betrachtend.
»Danke«, sagte Schlappert, »erzählen Sie mal ein bißchen.«
»Tschia no ... das Stadtgespräch werden Sie ja kennen, unsere Niederlage bei Arras ...?«
»Ich weiß gar nichts.«
»Ach, dann ist allerdings viel zu erzählen. Also am ... warten Sie mal, ja am 8. August sind die Engländer zum ersten Male im Westen durchgebrochen. Wir haben doch keine Tanks gebaut, aber die Engländer haben gebaut, und am 2. September, ja gerade heute vor 14 Tagen sind sie bei Arras zum zweiten Male vorgestoßen und haben uns wieder geschlagen. Der Kaiser soll am Ende sein und Ludendorff auch, was übrigens viel schlimmer ist. Hier glaubt kein Mensch mehr an Sieg. Wußten Sie das nicht?«
»Sagen Sie, Herr Müller«, fragte Schlappert, »haben Sie eigentlich Kinder?« Der Prokurist setzte sich erstaunt in seinem Stuhl zurecht. »Sie kennen doch meine zwei Buben, Herr Schlappert«, sagte er und mußte sich zusammennehmen, um nicht den Kopf zu schütteln.
Schlappert schaute über den Mann weg auf die Tür. Während Müller gesprochen oder richtiger gesagt geplappert hatte, war ihm aufgefallen (und dies war Lillis Werk, wie sich Schlappert eingestand), wie unbeteiligt der Mann die ungeheuerlichen Nachrichten mitgeteilt hatte. Ja, das hatte Lilli sehr gut beob-

achtet, daß gerade im Bürgertum viele Menschen über die Deutschland bedrohende Katastrophe sprachen, als wären sie Spanier oder Schweden, weit vom Schuß, wie Lilli gesagt hatte, weil so weit weg von ihnen geschossen werde. »Ja, lieber Müller«, sagte Schlappert nach einer Weile, »wenn das so ist, wie Sie sagen, werden wir also die Engländer nächstens hier am Tisch haben.«
»Glauben Sie das wirklich?« fragte Müller erschrocken.
»Wenn die Leute dauernd siegen, wie Sie sagen...«
»Na ja«, sagte Müller, »so ist das nicht. Da müssen wir halt Frieden machen. Das meinen hier alle Leute.«
Wer ist wir? wollte Schlappert fragen. Aber das Gespräch langweilte ihn. Er mußte dauernd an Lilli denken und je länger er auf die Tür starrte, desto heftiger wünschte er, sie möchte aufgehen und Lilli eintreten, genauso, wie er sie verlassen hatte, mit dem Kopftuch über den schönen Haaren und den dunklen, unbeweglichen Augen...

15

Herr Müller gehörte zu den gut informierten Leuten; was er Schlappert gesagt hatte, war richtig. Der Kaiser war tatsächlich zusammengebrochen, als ihm die Niederlage vom 2. September mitgeteilt wurde. Seine Frau schickte einen Major Niemann zu ihm, der so lange die Lage als durchaus noch erträglich, ja änderbar schilderte, bis der Kranke wieder Mut faßte. Aber dies war nicht mehr wichtig; der Monarch hatte seit Jahr und Tag nichts mehr zu sagen. Alle Entscheidung lag bei der OHL, bei den Herren Hindenburg und Ludendorff, und Ludendorff war es, der als erster erkannte, daß dieser Krieg verloren war. Am 12. September erhielt der General die Nachricht, Österreich beabsichtige, einen Separatfrieden zu schließen. Als ihn der Major Niemann gegen Abend aufsuchte, fand er Ludendorff so erregt, daß ein sachliches Gespräch über die neue Lage nicht zu führen war. »Mir wurde«, schrieb der Major in sein Tagebuch, »heute zur beklemmenden Gewißheit, daß die Nerven des Unermüdlichen überspannt sind.«
Am 26. meldete jemand, im französischen Heer sei die Lun-

genpest ausgebrochen. »Hoffen wir, daß es wahr ist«, sagte Ludendorff zu einigen Offizieren, welche gleich ihm die Meldung ängstlich hoffend umstanden, wie Nachbarinnen ein neugeborenes Kind, das nicht atmen will, »ich wenigstens klammerte mich an diese Nachricht wie ein Ertrinkender an einen Strohhalm.« Die Meldung wurde dementiert.
Am 28. sah Ludendorff keinen Ausweg mehr und beschloß, der Regierung zu befehlen, sofort ein Waffenstillstandsangebot an die Feinde hinausgehen zu lassen. Gleichzeitig beschloß er eine Umänderung der Regierung; der Reichskanzler solle Katholiken, Sozialdemokraten, alles, was es nur im Reichtstag an Opposition gab, in die Regierung nehmen und parlamentarisch regieren. Jetzt, vier Jahre zu spät, sollte das ganze Volk zur Verantwortung der Niederlage herangezogen werden.
Als der Reichskanzler von Hertling erfuhr, er solle nunmehr parlamentarisch regieren, bat er sofort um seine Entlassung. Der neue Kanzler war Prinz Max von Baden. Aber die Bildung des Kabinetts dauerte eine Zeit. Ludendorff, der alle zwei Stunden nach Berlin telefonieren ließ, mußte immer wieder hören, die Verhandlungen seien noch nicht abgeschlossen. Außerdem erfuhr er, daß sich der neue Kanzler weigerte, das verlangte Waffenstillstandsangebot abzusenden. Eine wachsende Gruppe von Männern war nämlich der Ansicht, aus der Tatsache, daß Ludendorff die Nerven verloren habe, folge nicht, daß auch die Armee sie verloren habe. Man solle Ludendorff gehen lassen und mit einem neuen General und der immer noch kampffähigen Truppe ruhige und sachliche Verhandlungen einleiten. Nun ließ er Hindenburg nach Berlin telegraphieren. Am 1. Oktober verlas der Vertreter der OHL dem Prinzen von Baden ein Telefonat, welches folgenden Wortlaut hatte: »Großes Hauptquartier am 1. 10. 1918. Wenn bis heute abend sieben bis acht Uhr Sicherheit vorhanden ist, daß Prinz Max die Regierung bildet, bin ich mit dem Aufschub des Waffenstillstandsangebotes bis morgen vormittag einverstanden. Sollte dagegen die Bildung der Regierung irgendwie zweifelhaft sein, halte ich die Ausgabe der Erklärung an die fremden Regierungen für heute nacht für geboten. Gez. v. Hindenburg.«

Trotzdem weigerte sich der Prinz, das überstürzte Angebot hinausgehen zu lassen. An der Front war wieder Ruhe. Warum sollte man sich plötzlich bankrott erklären?
Da entschloß sich Ludendorff zu einem Gewaltstreich. Am 2. Oktober versammelte sein Vertreter, der Major v. d. Busche, die Führer der verschiedenen Parteien des Reichstags und gab ihnen eine Erklärung über die Lage. Der Redner sprach kurz, militärisch und trocken. Dafür war der Inhalt seiner Rede um so entsetzlicher. Die Reserven, sagte er, seien erschöpft, der Krieg nicht mehr zu gewinnen. Darum hätten sich die Heerführer entschlossen, dem Kaiser vorzuschlagen, ein sofortiges Waffenstillstandsangebot an die Gegner hinausgehen zu lassen. Der Kaiser sei einverstanden, nun sei keine Zeit mehr zu verlieren. Jede 24 Stunden könnten die Lage entscheidend verschlechtern.
Als der Major seinen Vortrag beendet hatte, saßen die Abgeordneten totenbleich und sprachlos. Nun war alles verloren! Nun war alles zu Ende. Aber wieso eigentlich? Davon hatte doch noch im Tagesbericht des gleichen Tages kein Wort gestanden? Man war also belogen und betrogen worden! Ja, da war nichts mehr zu machen! Der Reichskanzler mußte nachgeben. In der Nacht auf den 4. Oktober ging das Waffenstillstandsangebot hinaus. Ludendorff hatte einen letzten Sieg erfochten; aber diesmal über sein eigenes Volk.

16

In dieser Nacht schlief Schlappert auf einem Sofa in seinem Büro. Gegen Abend hatte ihn sein Kollege Max Warburg besucht und ihm von einem Gespräch mit dem Reichskanzler erzählt. »Ich bleibe bei meiner Ansicht«, sagte der Bankier, »wenn die Militärs die Lage so ansehen, sollen sie selber mit der weißen Fahne hinübergehen. Es kommt mir närrisch vor, daß ich heute als Zivilist den Militärs zurufe: Kämpfen Sie weiter. Ich weiß, daß mein einziger Sohn, der eben ausgebildet wird, in vier Wochen im Schützengraben stehen wird. Trotzdem sage ich, nur jetzt nicht die Nerven verlieren, weil Herr Ludendorff sie verloren hat.«
Wieder allein, ging Schlappert in seinem Zimmer auf und ab,

um, wie er von Zeit zu Zeit stehen bleibend zu sich selber sagte, das Gift, das ihm diese verdammte Lilli eingeimpft hatte, wieder auszuschwitzen. Die Unterredung mit seinem Prokuristen hatte ihn maßlos erregt. Diese Sorte von Menschen, welche ihrem eigenen Untergang gleichsam von einer Loge aus beiwohnten, war wirklich widerwärtig. Aber je länger Schlappert nachdachte, desto klarer wurde ihm, daß es seine Aufgabe nicht war, dieses Volk zu ändern, das sich nun einmal von Generalen regieren ließ und um keinen Preis sein Schicksal selber in die Hand zu nehmen wünschte.
«Nein, nein«, sagte Schlappert wieder laut zu sich selber, »Lilli ist ein Kind, und ein ahnungsloses dazu, wie übrigens alle Weltverbesserer. Das ist nun einmal in diesem Land anders. Hier muß jeder sehen, wie er sich aus der Affäre zieht. Ich bin kein Minister, und ich denke auch nicht im Traum daran, einer zu werden. Es wird grauenhaft werden, wenn die den Krieg verlieren, aber erstens kommt es anders, zweitens als man denkt. Deutschland kann *ich* nicht retten, aber wenn ich meine Bank rette, werde ich mehr für Deutschland retten, als mancher andere. Man muß bescheiden bleiben... dieser Warburg ist ja auch verrückt. Was hat er davon, wenn er seinen Sohn abschießen läßt...? Es hat keinen Zweck mehr... irgend was müssen die Generale ja verstehen; wenn sie wirklich sagen, es sei Schluß, ist halt Schluß.«
Nachdem er diese Feststellungen über Deutschland gemacht hatte, beruhigte sich Schlappert und ging nun, immer weiter auf und ab wandernd, daran, das sogenannte Nächstliegende zu bedenken. Er beschloß, seine Tochter und Fräulein Schröter nach Grünstein zu bringen und dann, je nach der Lage, entweder allein nach Berlin zurückzugehen oder ebenfalls in Grünstein zu bleiben. Aber zu diesem Zweck mußte die Sache mit Lilli ins reine gebracht werden. Als sich Schlappert gegen vier Uhr niederlegte und sofort einschlief, war er sich auch über diesen Fall klar.

17

Das Auto, das unter der Last der aufgeschnallten Koffer nach hinten überhing und, seinen Kühler in die Luft streckend, schief dahinfuhr wie ein schwimmender Hund, hielt genau vor der Terrasse. Lilli stand auf der Treppe. Schlappert sprang heraus und stellte seine Tochter Anita und Fräulein Schröter vor. Lilli schaute Anita an, und die Frauen betrachteten sich, mit einem Blick die Farbe der Schminke, die Form des Gesichts, die Art der Frisur und den Charakter der Gegnerin abschätzend. Als sich Lilli Schlappert wieder zuwandte, fühlte sie, daß sie von vier Augen abgeklopft und Stück für Stück ausgezogen wurde. Nach dem Essen saß man zu viert im roten Salon. Alles schwieg. »Was wird nun werden?« fragte Lilli nach einer Weile. »Ist nun Frieden oder nicht? Als sich im Dorf die Nachricht von unserem Waffenstillstandsangebot verbreitete, wollten Bauern die Glocken läuten, aber es kamen Männer und hinderten sie.«

»Das sieht doch diesen Grünsteinern ähnlich«, sagte Fräulein Schröter, »die Glocken läuten, weil wir verloren haben.«

»Ach Gott«, sagte Anita, »können wir nicht von etwas anderem reden. Hier ist es so schön und so friedlich.«

Lilli ordnete Zigaretten in einen Kasten, den Schlappert mitgebracht hatte. Gegen elf Uhr stand alles auf, um schlafen zu gehen. Lilli war nicht müde, sie warf einen Mantel um und nahm den Spiegel, um ihr Haar zu kämmen. Da klopfte es leise an die Tür; als sich Lilli umwandte, stand Schlappert bereits im Zimmer. Der Ausdruck seines Gesichtes war so ängstlich, daß Lilli lächeln mußte. »Könnte man das Fenster schließen?« fragte er und legte die Flügel ebenso leise ineinander wie er die Türe geschlossen hatte. »Ich wollte noch einen Moment mit dir sprechen«, fuhr er fort und setzte sich in einen Sessel. »Das ist nett von dir«, sagte Lilli. »Du siehst übrigens schlecht aus.«

»Hast du Nachrichten von deinem Mann... Ich meine nur wegen der Lage... wie die Leute denken, die... die in der Nähe der Front sind... unter der Truppe.«

»Er hat mir gestern telegraphiert, daß er nächste Woche nach Neustadt geschafft wird. Von der Lage schreibt er nichts.«

Schlappert fuhr sich mit der Hand über die Stirn. Dieses Telegramm war ein Geschenk des Himmels. »Da wirst du abreisen?« fragte er.

»Ich weiß es nicht... darüber wollte ich mit dir reden.«
Schlappert rückte mit seinem Stuhl neben Lilli. »Wir müssen einige Entscheidungen treffen«, sagte er.
Lilli betrachtete ihre Bürste und legte sie vor den Spiegel.
»Ich mußte«, sagte Schlappert, »wie du gesehen hast, meine Tochter hierher mitnehmen. Ich konnte sie in diesen aufgeregten Zeiten nicht allein in Berlin lassen.« Er schwieg und suchte Lillis Augen; aber Lilli betrachtete ihre Hände, die sie über ihrem Knie gefaltet hielt. »Also sie ist hier«, fuhr Schlappert fort, »und nun müssen wir beide uns entscheiden. Außerdem habe ich in den schrecklichen Tagen in Berlin sehr viel über dich und mich, ja mich auch, nachgedacht. Ich muß dir das dann im einzelnen sagen. Jetzt wollen wir über unsere Lage sprechen. Das Mädchen ist nun hier im Haus, du bist die Frau eines anderen, dazu eines... ja es hilft nichts, eines Verwundeten.«
Schlappert hielt abermals inne. Lilli hatte sich, während sie ihm zuhörte, gedreht, so daß er nun ihr Gesicht von vorne sah und gleichzeitig ihr Profil im Spiegel.
»Daß ich abreisen muß, war mir schon beim Abendessen klar«, sagte Lilli, »...aber ich möchte wissen, was du tun wirst, nachdem wir nun wissen, was ich tun werde?«
»Ich... ich... ja, was werde ich tun? Ich werde in mein altes Leben zurückfallen... ich bin ein feiger Hund, Lilli. Du hast einen Menschen geliebt, den du nie gekannt hast... ich möchte vor dir niederknien und deine Füße küssen... für alles, was du mir gegeben hast, aber ich kann nicht weiter... ich habe dir gesagt, daß ich ein feiger Kerl bin... ich kann mich nicht ändern... Du hast mit deinen schönen Augen Züge in meinen Charakter hineingesehen, die er nicht hat... Du wolltest aus mir einen lebendigen Menschen machen, aber das bin ich nicht, oder vielleicht nicht mehr... ich bin ein reicher Mann... und vielleicht bin ich auch das gewesen... aber ich bin ein vertrockneter Mann... ich will meine Bank retten, aber sonst will ich nichts tun, außer ein bißchen gut essen und so ruhig schlafen, wie es nur geht... und meine Tochter verheiraten. Jetzt kommen entsetzliche Zeiten für Deutschland, für ganz Europa... entsetzliche Zeiten... Herrgott, das ist grauenhaft, was ich tue, daß ich einer Frau wie dir sage, sie

möchte... sie solle...« Schlappert verschluckte das letzte Wort und fuhr hastig fort: »Das verdiente, daß mich einer niederschießt, aber... ich würde mein Hemd aufreißen, wenn du jetzt auf mich schössest, aber...«

»Du irrst dich. Ich habe mich gar nicht in dir getäuscht.«

»Wieso?«

»Ich habe dir nie verschwiegen, daß du mich mehr liebst, als ich dich...«

»Das sagst du jetzt...« Schlappert schwieg. Lillis Bemerkung hatte ihn gekränkt. »Aber vielleicht hast du recht, es jetzt so zu sehen«, sagte er nach einer Weile.

»Ich habe dir mehr als einmal gesagt, was ich tue«, sagte Lilli, »ich probiere, was eine Frau wie ich in diesen Zeiten, in denen ich nun einmal lebe, tun kann. Ich habe kein Talent zum Dasitzen und Warten; darum habe ich es erst gar nicht versucht, oder mindestens nicht über eine gewisse Zeit hinaus versucht, als mein Mann eines Tages fortging in diesen sogenannten Krieg und mich allein ließ. Ich habe auch kein Talent zur Pflegerin. Darum habe ich ihn nicht gepflegt. Ich hätte es außerdem nicht gekonnt, denn man ließ mich gar nicht zu ihm in sein Lazarett, als ich hinreisen wollte. Ich habe dich gesehen und sehr wohl gesehen, daß du ein zwiegespaltener Mensch bist. Ich habe dir alles gegeben, was ich habe...«

»Ja, das hast du getan...« stöhnte Schlappert.

»...und ich dachte, wenn jenem Teil von dir, der so klug, so aufnahmefähig ist, so empfänglich für vieles, was schön ist und auch ein wenig ehrgeizig, wenn diesem eine Frau begegnet, tue ich, was ich soll, was die Natur will und meiner Natur gemäß ist... aber wahrscheinlich muß man klüger sein als ich bin, oder geordneter im Kopf, und wahrscheinlich reicher, ja sicher reicher, um dies wagen zu können. So habe ich gehandelt, aber man weiß ja nicht, was man tun soll, es steht nirgendswo geschrieben und sagen tut es einem erst recht keiner. Wahrscheinlich weiß überhaupt niemand mehr, wie man handeln soll..., du aber weißt es sicher nicht!«

»Sei still, ich flehe dich an, sei still...«

»Nach den landläufigen Begriffen habe ich schlecht gehandelt, aber diejenigen, welche nach jenen Begriffen leben und handeln, sind auch nicht besser. Sie sind alle so gedrückt, von

ihrem Leben zurechtgebogen wie Töpfe, in die der Regen fällt und der Schnee, und sie werden naß und kalt, es friert und taut wieder, die Sonne scheint, alles kommt und alles geht vorüber... das wollte ich nicht... so will ich nicht leben.«
Lilli schwieg. Sie nahm ihre Hände auseinander und strich sich mit beiden mehrmals über die Augen und weiter über die Haare.
»Lilli«, sagte Schlappert und kniete sich etwas unbeholfen vor sie hin, »werde meine Frau, bleibe bei mir, ich werde versuchen, für dich zu leben, und ich werde es lernen...«
»Mein größter Fehler war, daß ich herkam«, sagte Lilli und strich über Schlapperts Haar. »Ich hätte dich zu mir holen müssen, aber niemals zu dir kommen dürfen...«
»Ich war es doch, der hier zu dir kam, ich habe dich überfallen...«
»Geh jetzt auf dein Zimmer... Du kannst auch nichts dafür. Ich habe schlecht und dumm gehandelt... ganz schlecht, ganz dumm... man muß halt... wie heißt das Wort, das ich immer vergesse... durchhalten... Überhaupt nicht leben, überhaupt nichts tun... geh jetzt... es handelt sich gar nicht um Liebe... es handelt sich mal wieder um Genuß, und den hast du gehabt.«
»Ich bin zu dumm für dich«, sagte Schlappert.
»Geh jetzt, ich bin ja morgen früh wahrscheinlich noch da.«

18

Am nächsten Morgen saß Schlappert am Schreibtisch, als Lilli eintrat. »Jetzt ist der Rathenau auch noch wahnsinnig geworden«, sagte er und warf eine Zeitung auf den Tisch. Dann stand er auf, ging Lilli entgegen, küßte ihr die Hand und führte sie an den Tisch. Lilli nahm die Zeitung und las jenen berühmten Artikel des großen Schriftstellers, der mit den Worten begann: »Der Schritt der Heeresleitung war übereilt. Wir alle wollen Frieden. Wir, die wenigen, haben gemahnt und gewarnt, als keine Regierung daran dachte, der Wahrheit ins Auge zu blicken. Nun hat man sich hinreißen lassen, im unreifen Augenblick, im unreifen Entschluß. Nicht im Wei-

chen muß man die Verhandlungen beginnen, sondern zuerst die Front befestigen. Der Gegner muß sehen, daß der *neue Geist* des Volkes auch den Geist und Willen der Kämpfenden kräftigt. Wir sind gewichen, aber nicht geschlagen...«
Den Schluß des Artikels las Lilli zweimal: »Was nützen uns heute noch Expeditionen und Besatzungen in Rußland? Schwerlich ist in diesem Augenblick mehr als die Hälfte unserer Truppen an der Westfront. Einer erneuerten Front werden andere Bedingungen geboten als einer ermüdeten. Wir wollen nicht Krieg, sondern Frieden, aber nicht den Frieden der Unterwerfung.«
»Was hat dich«, fragte Lilli kopfschüttelnd, »so verändert, daß du diesen herrlichen Aufruf wahnsinnig nennst?«
Schlappert, der in der vergangenen Nacht zuviel Zigarren geraucht hatte, sprang auf. »Was mich so verändert hat? Das will ich dir genau sagen. Wir müssen endlich einsehen, daß wir gesündigt haben. Wir müssen das Opfer bringen, uns zu unterwerfen. Unsere Großmannssucht hat uns den Krieg auf den Hals gebracht, jetzt muß Schluß mit dieser Großmannssucht sein. Jeder muß bei sich selber beginnen. Die Entente wird Deutschland vernichten. Jetzt bleibt nur der Mensch übrig. Ich werde meine Bilder verkaufen und, wenn es nicht anders geht, in Grünstein eine neue Bank aufmachen. Auch dieser Kasten wird verkauft... wozu braucht ein Bankier ein Schloß? Das waren alles Narrheiten... jetzt ist die Stunde der Abrechnung gekommen... sie muß uns bereit finden...«
Verängstigte Millionäre, dachte Lilli und betrachtete Schlappert, bieten keinen heroischen Anblick.
»Es trifft auch uns«, fuhr Schlappert fort. »Dich und mich, aber ich bin bereit, mich zu unterwerfen, ja, ich sage dir offen, ich bin entschlossen, in die Kirche zu gehen und zu sagen: ich habe viele Sünden getan, oder wie man da sprechen muß... du hast mir gesagt, ich sei ein zwiegespaltener Mensch. Du hattest recht, ich bin es, aber ich will mich wieder zusammenfinden. Komm mit... ich sage dir, die Zeiten, die nun anbrechen, werden entsetzlich sein.«
»Du zitterst ja«, sagte Lilli verächtlich. »Komm, beruhige dich, lies deine Post, vielleicht enthält sie auch eine gute Nachricht.«

Schlappert riß einen Brief auf. »Sie enthält keine«, sagte er, »und sie soll auch keine enthalten. Jetzt muß es einmal ganz schlecht kommen, das brauchen wir... das brauchen wir alle!«
Er zündete sich eine Zigarette an und las weiter.
Lilli stand auf und ging aus dem Zimmer. Auf dem Vorplatz blieb sie einen Augenblick stehen, dann wandte sie sich um und verließ das Haus. Die Terrasse war leer. In der breiten, mit rotem Kies bestreuten Allee knirschten die Steine unter ihren Sohlen. Lilli trat auf den Rasen und ging an den Kastanien entlang, dem Hoftor zu. Ein Gärtner grüßte und zog das schwere Portal zurück, das sich lautlos auftat. Im Dorf Grünstein gabelte sich der Weg. Ohne den Wegweiser zu beachten, ging Lilli immer geradeaus weiter. Gegen Mittag holte sie einen Holzhauer ein, der mit zwei Pferden drei dicke Baumstämme beförderte. Da sie müde war, bat sie aufsitzen zu dürfen. »Ist aber hart«, sagte der Mann, »warten Sie, ich gebe Ihnen das da.« Er zog seine Jacke aus, faltete sie zusammen und legte sie auf den zweiten Baum, so daß Lilli den dritten, der obenauf lag, als Rückenlehne benutzen konnte. Die Straße führte durch den Wald. Die Fuhre bewegte sich langsamer als ein Fußgänger. Lilli betrachtete die hohen Stämme der Buchen und überlegte, wohin sie gehen solle. Dieses Grünstein und alles, was sich dort zugetragen hatte, war... war... es gab kein anderes Wort dafür, und es mußte eingestanden sein, war schmutzig gewesen, und dumm... so ging das nicht, ohne Liebe zu lieben... aber es war ja herum, vorbei, aus, bezahlt... Aber der Krieg war ja nun auch herum; nun mußte doch etwas Neues kommen, etwas ganz Neues, ganz anderes...
Ob Schlappert wirklich bankrott war, wie er gesagt hatte? Arm? Ruiniert? Dann war er nichts mehr, gar nichts mehr! Dann, dachte Lilli, hat er viel verloren, als er mich verlor!
Aber das Gemenge von Haß und Zorn, das in ihr war, beruhigte sie nicht.
Ich habe, dachte sie weiter, einen Mann. Er kommt zurück, ich komme zurück; wir treffen einander... wird er schreien, wenn er erfährt, was sich in Grünstein ereignet hat? Wer soll es ihm sagen... verraten? Lilli spannte ihr Taschentuch aus-

einander, bis es zerriß. Das waren ja Gedanken eines Schulmädchens, die sie dachte!
Wenn er noch einmal schreit, gehe ich... wohin, Lilli? Wohin? Ich weiß nicht wohin! Vielleicht wird jetzt alles besser, weil dieser Krieg aus ist! Ich bin auch aus. Sollen sie mich nehmen, wie ich bin. Aber ich werde sie auch nehmen, wie sie sind?... Pascal... daß ein Mensch so ruhig und so klar denken kann... wie dieser Franzose!
»Sind Sie von hier?« fragte der Arbeiter plötzlich.
»Aus Bayern«, antwortete Lilli.
»In Bayern gibt es bald was«, sagte der Mann. »Die Bayern lassen sich nicht so uzen wie die hiesigen.«
»Was gibt es denn?«
»Revolution«, sagte der Mann und lachte.
Als Lilli zum Essen nicht erschien, wußte Schlappert, daß sie Grünstein verlassen hatte. Er ging in ihr Zimmer und sah, daß sie nichts mitgenommen hatte. Die Koffer standen auf dem Schrank. Schlappert holte sie herunter und wollte dem Dienstmädchen schellen. Aber er besann sich und packte selber ein. Aus den dünnen, leichten Kleidern stieg der Duft auf, den er so gut kannte. Es ist beinahe, als wäre sie tot, was ich hier tue, dachte Schlappert. Aber Lilli war nicht tot, sie war nur gegangen, eine angenehme Erinnerung, welche noch nicht einmal durch einen Abschied getrübt war. Schlappert merkte, daß ihm die körperliche Arbeit des Packens guttat. Als er ein Buch in den Koffer legte, erinnerte er sich plötzlich einer Biographie Goethes, die er auf der Reise gelesen hatte. Er stand auf und trat ans Fenster. Nun hatte er es also auch erfahren, daß Frauen Erlebnisse sind, welche einen vertiefen und bereichern, vorausgesetzt, daß man die Kraft hat, alles zu überwinden (die andern zu überwinden), wie jener Biograph so schön geschrieben hatte.

19

In anderen Zeiten und unter anderen Umständen würde Lillis plötzliche Rückkehr in das Haus Chindler Aufsehen gemacht haben. In diesen Tagen aber war jeder zu sehr mit der drohenden Katastrophe beschäftigt. Am 10. Oktober, gerade einen Tag, ehe Lilli zurückkam, waren in Neustadt Unruhen ausgebrochen. Die Polizei zerstreute die Ansammlungen; aber in der Nacht bildeten sich neue Trupps, welche in das Villenviertel eindrangen und auch bei Chindlers sämtliche Fenster im Erdgeschoß einwarfen. Theodor Chindler war am frühen Morgen ausgegangen, um sich in der Stadt umzusehen und die wilden Gerüchte zu prüfen, die umliefen. Als er mittags zurückkam, waren die Glaser schon an der Arbeit, neue Scheiben einzusetzen. Im Vorplatz saßen um einen Tisch, den man aus der Küche herausgetragen hatte, mehrere junge Leute. Chindler wußte nicht, was die Einquartierung bedeuten solle, und fragte nach dem Zweck des Besuches. Ein jüngerer Mensch erhob sich und antwortete, das katholische Volk werde nicht dulden, daß dem Herrn Professor etwas geschehe; man sei eine Wache für ihn und sein Haus. Chindler war gerührt. »Wissen Sie, meine Herren«, sagte er, »ich kann noch ganz gut zielen. Wenn die Burschen wieder Steine werfen, werde ich auch etwas werfen, aber so was Piffpaffartiges!«

Die Männer lachten, und Chindler befahl, Bier holen zu lassen. Dann stieg er zu seiner Frau in den ersten Stock hinauf. Elisabeth strahlte. »Ganz von selber sind sie gekommen«, sagte sie, »siehst du, daß meine Arbeit bei den Frauen nicht umsonst war? Das Volk wird uns nicht verlassen.«

Elisabeths Optimismus reizte Chindler. »Der Kegelklub da unten wird uns nicht retten«, sagte er. Aber Elisabeth blieb bei ihrer Ansicht, und Chindler war im Herzen auch zufrieden.

Eine Woche später kam Ernst Chindler. Da er noch nicht gehen konnte, wurde ihm der Salon im Erdgeschoß ausgeräumt und als Schlafzimmer eingerichtet. Mit Lillis und der beiden Mädchen Hilfe schleppte Elisabeth die schweren Möbel aus dem Zimmer, als ihr plötzlich etwas einfiel. Sie ging hastig wie immer, wenn ihr etwas auf der Seele brannte, hinauf und trat in Leopolds Zimmer. »Ich finde das unglaublich von dir«, sagte sie, unter der Tür stehenbleibend. »Dein Bruder, der auch für dich so schwer verwundet worden ist, kommt zu seinen Eltern zurück und du sitzest hier herum und liest dumme

moderne Bücher, statt uns schwachen Frauen zu helfen.«
»Bitte, ich helfe gern«, sagte Leopold und folgte seiner Mutter.
Elisabeth setzte sich auf einen Stuhl und lenkte die kleine Truppe beim Einrichten. »So«, sagte sie nach einer Weile, »den Rest können die Mädchen allein machen. Ich möchte dich sprechen, Leopold.«
Leopold folgte seiner Mutter ins Herrenzimmer. »Du hast uns zwar geholfen«, begann Elisabeth, »aber dein mürrisches Gesicht war so beleidigend, daß ich empört bin. Ich bin entschlossen, mir dein Gesicht nicht länger gefallen zu lassen.«
»Ich bin ein wenig niedergeschlagen, Mama.«
»Du hast keinen Grund dazu. Nimm dir ein Beispiel an jenen tapferen Männern, die spontan gekommen sind, um deinen Vater zu beschützen.«
»Gerade das bekümmert mich. Versteh mich richtig. Ich bin natürlich froh, daß Papas Leben beschützt wird, aber die Art, wie diese Männer hier nebenan den Soldaten spielen statt den Kameraden, bekümmert mich.«
»Dir wäre wohl lieber, man würde uns das Haus stürmen und deinen Vater und mir Gott weiß was antun?«
»Dreh mir doch nicht die Worte im Mund herum, Mama...«
»Du bist uns fremd, du bist anders als deine Geschwister... ist etwa die Heimkehr deines Bruders kein Grund zur Freude für dich?«
»Ach, diese Freude ist getrübt, wenn ich mir Lilli anschaue und ihr sonderbares Verhalten...«
»Lilli geht dich nichts an. Du bist zu jung, um über Erwachsene zu urteilen. Sei selber erst ein Mensch, der seinen Eltern Freude macht.«
»Ich kann meine Augen nicht schließen und selbst wenn ich sie schließe, denken meine Gedanken weiter.«
»Du bist unter allen Menschen, die ich kenne, der kälteste. Wenn du eine Spur von Herz hättest, würdest du dich doppelt anstrengen, um den Schmerz deiner Mutter über meine verlorene Tochter zu mildern.«
»Weißt du, daß Maggie in Neustadt ist?« sagte Leopold.
»Wo?« fragte Elisabeth erschrocken.
»In der Stadt.«

»Das fehlte ja noch«, sagte Elisabeth Chindler. »Na ja, vielleicht war sie der unverschämte Mensch, der die Steine gegen unsere Fenster geworfen hat. Wenn man einmal sinkt, dann ist kein Halten mehr.«
»Du kannst schreckliche Worte sagen, Mama, wenn du erregt bist.«
Elisabeth betrachtete den Jungen. »Ich bin nicht allein«, sagte sie. »Wenn mich alle meine Kinder verlassen, kommt das fromme Volk zu mir, wie diese herrlichen Männer da draußen.«
Leopold verließ das Zimmer. Als er über den Flur ging, auf dem die Wache saß, schaute er die Männer nicht an. Der Teufel soll sie holen, weil sie wieder einmal nicht wissen, was sie tun, dachte er.
»Das scheint ein hochmütiger Patron zu sein«, sagte einer der Männer leise zu den andern, als Leopold die Treppe hinaufgestiegen war. »Für den würde ich hier nicht sitzen bleiben.«

20

»Hast du wieder Schmerzen?« fragte Lilli ihren Mann.
»Die Schmerzen sind mir egal«, sagte Ernst Chindler, »oder fast egal«, und deutete mit der Hand auf sein Bein; »aber das hier, der Kopf, die Stirn, die Gedanken, das macht mich närrisch. Alles wird zusammenbrechen, und dafür hat man gekämpft. Wenn ich wenigstens herumlaufen könnte.«
Da er noch nicht gehen konnte, hatte man ihn auf einer Bahre ins Haus getragen. Seitdem lag er tagsüber auf dem Sofa, abends trug man ihn ins Bett. Seine Hände waren gelblich und dünn, und er trug keine Ringe mehr. In der ersten Zeit pflegte ihn Lilli, aber sie stellte sich so wenig geschickt an, daß Ernst noch nervöser wurde, als er schon war. »Du sollst mich nicht pflegen«, sagte er zu ihr, »geh spazieren, zieh dich hübsch an, geh in die Stadt und komm nach Hause und erzähle mir etwas. Wenn du hier herumsitzest, komme ich mir wie ein Angeklagter vor. Die Kleinbürgerei wird noch früh genug anfangen. Lahm geschossen, wird man mich zum Teufel jagen, die Entente wird dein Geld nehmen... dafür hat man vier

Jahre... ja, was hat man eigentlich gemacht? Wenn ich nur einmal wüßte, wofür ich vier Jahre lang im Schlamm gelegen oder unter Läusen geschlafen habe?«
»Was hattest du denn erwartet?« fragte Lilli.
»Sprich nicht so zynisch«, sagte der Verwundete. »Alles hatten wir erwartet, alles... einen Sieg... ich weiß auch nicht... oder doch mindestens einen neuen Menschen... andere Menschen...«
Elisabeth Chindler kam ins Zimmer, stellte Tee und zwei Tassen auf einen Tisch und beugte sich über ihren Sohn. »Du siehst heute schon viel besser aus, findest du nicht, Lilli? Wenn er nur die Geduld nicht verliert, wir werden ihn schon wieder ins Gleis bringen.«
»Ich finde ihn heute auch frischer«, sagte Lilli.
»Hast du noch die Briefe, die ich euch in den ersten Jahren aus dem Feld schrieb?« fragte Ernst seine Mutter. Elisabeth hatte alle Briefe aufgehoben und Jahr für Jahr kleine Bündel gemacht, die mit blauem Band umschnürt in ihrem Schreibtisch lagen. Auf Ernsts Wunsch brachte sie ihm die Päckchen, und der Verwundete las Satz für Satz, was er seiner Mutter geschrieben hatte. Lilli saß neben ihm. Bei manchem Brief zögerte Ernst, ehe er ihn seiner Frau reichte. »Warum«, fragte Lilli, »hast du mir solche Gedanken deines Herzens nie geschrieben?«
»Welche Stelle meinst du?« fragte Ernst. Lilli las vor:
»Am 10. 10. 15. Wir kämpfen für unser Volk und vergießen unser Blut und hoffen, daß die Überlebenden unserer Opfer würdig seien. Der Krieg ist für mich der Kampf um eine Idee, die Fata Morgana eines reinen, treuen, ehrlichen Deutschlands, ohne Schlechtigkeit und Trug. Gehen wir mit dieser Hoffnung im Herzen zugrunde, ist dies vielleicht besser, als den Sieg errungen zu haben und zu sehen, daß es nur ein äußerer Sieg war, ohne die Menschen innerlich zu bessern...«
»Wann habe ich das geschrieben?«
»Am 10. 10. 15«, sagte Lilli. Ernst erinnerte sich. Solche Gedanken hatte er nach der Champagneschlacht gehabt.
»Mir«, wiederholte Lilli, »hast du das nie geschrieben!«
Ernst schwieg. Wie sollte er Lilli erklären, daß er nur in seltenen Augenblicken den Mut gehabt hatte, sie in seine Seele

blicken zu lassen? Vor seiner Mutter hatte er weniger Scheu empfunden, besonders, wenn er fern von ihr war und an sie schrieb. Aber vor Lilli hatte er sich oft geniert und manchen Brief an sie zerrissen. Vor ihr hatte er immer kräftig wirken wollen, kurz und bündig und verhalten, was er für männlich hielt. Hatte er sich damit eine Schuld aufgeladen?

Die beiden Eheleute dachten über einander nach. Hätte er, dachte Ernst, Lilli anders behandeln sollen? Wäre dann diese Geschichte mit Hey, die er nicht vergessen konnte, nicht passiert? Lilli überdachte den Satz, den Ernst geschrieben hatte. Er gefiel ihr nicht. (Ernst hatte also recht gehabt, als er seinen Gefühlen folgte und Lilli solche Gedanken und Empfindungen nicht schrieb; aber man muß hinzufügen: nur halb recht gehabt, denn etwas nicht tun, ist noch nicht, etwas tun.) Lilli konnte Menschen nicht verstehen, welche sich zu ändern wünschten, statt ihre Verhältnisse. Aber das Schicksal hatte es gefügt, daß sie unter Menschen leben mußte, die entweder nicht handeln konnten oder es nicht wollten. Ihr Vater gehörte zu jenen hohen Offizieren, die viel sahen und ebensoviel schwiegen. Obgleich er manchmal tief bedrückt war, erlaubte er seiner Umgebung niemals ein Wort der Kritik. Ihr Schwiegervater war das Gegenteil. Er grämte sich und sagte aller Welt, wie faul es im Staate Deutschland sei. Aber was tat er? Und Ernst? Was Lilli an Ernst mißfiel (oder, richtiger gesagt, langweilte), war, daß er immer nur an sich dachte, sei es nun, daß er bald hoffend, bald verzweifelnd an seine Zukunft dachte, sei es, daß er über das Opfer grübelte, das er und seinesgleichen für Deutschland brächten.

Hätte er damals Schluß machen sollen, als er die Sache mit Hey erfuhr? dachte Ernst weiter. Wäre das besser gewesen? Sollte er jetzt noch Schluß machen? Gab es überhaupt ein anderes Mittel, um sich diesen Stachel aus dem Fleisch seines Herzens zu ziehen? Aber zu allem übrigen, was ihm dieser Krieg zerschlagen hatte, auch noch seine Frau verlieren … die so schön war und …? Wer würde einen Krüppel wie ihn heiraten? Aber zweihundert Männer würden kommen und danach zittern, Lilli zu nehmen … und Lilli würde gehen …

Lilli las weiter in den alten Briefen. »Was heißt das?« fragte sie nach einer Weile und zeigte Ernst einen Brief, auf eine

Stelle mit ihrem Finger deutend. Ernst nahm ihr den Brief aus der Hand und las: »In ein Exemplar von Hölderlins Gedichten, das mir Mahritz geliehen hat, hat er mit seiner winzigen Handschrift folgenden Vers hineingeschrieben: Te spectem suprema mihi cum venerit hora, te teneam moriens deficiente manu. Das heißt«, übersetzte Ernst: »Dich möchte ich ansehen, wenn meine Stunde geschlagen hat; sterbend möchte ich dich noch halten, wenn mir die Hand schon herabsinkt.«
Lilli schwieg. Die Verse hatten sie erschüttert.
»Mahritz«, sagte Ernst, »hat mir übrigens gestern geschrieben. Er fragt, ob wir Lust hätten, ihn auf seinem Gut zu besuchen. Er will nicht mehr bei der Armee bleiben. Würdest du das tun?«
»Wo liegt das Gut?«
»Zwei Stunden vor Berlin.«
Lilli schaute ihren Mann an. Aber sie sah nicht ihn. Sie sah ein Haus voller Zimmer, einen Hof, Bäume, Wälder, Blumen und ganz nahe bei diesen Dingen das große Berlin. Während sie diese Bilder sah, war ihr, als erwache sie aus einem quälenden Schlaf in einen hellen Morgen.
Man würde diese Frau mißverstehen, wie sie Schlappert mißverstanden hatte, wenn man glauben wollte, sie habe an ihren äußeren Verhältnissen nicht Genüge gefunden. Trotz einiger Verluste hatte sie immer noch genug Vermögen (und war sich dessen unbewußt bewußt). Nein, das war es nicht. Lilli wollte nicht besser leben, sondern leben, und ihre Natur verlangte nach Verhältnissen, die sie bilden könnten, und die sie bilden konnte. Der Mensch, wenn er leidenschaftlich ist, stürmt zu dem, was ihn fördert, und er sieht selbst das Unglück nicht, das er schafft, wenn er es braucht. Lilli verlangte danach, den Menschen zu sehen, der jenen Satz mit winziger Handschrift in ein Buch geschrieben hatte. Sie hatte schon einiges von Mahritz gehört, ohne über ihn nachzudenken. Plötzlich hatte sich dies geändert. Plötzlich war das Leben wieder da. »Weißt du was«, sagte sie, »laß uns gleich hinfahren. Morgen früh. Der Aufenthalt hier tut uns beiden nicht gut. Das Leben auf dem Land ist tief und herrlich.«
Ernst war von der plötzlichen Begeisterung seiner Frau überrascht. Aber die Veränderung in ihrem Wesen veränderte

auch ihn. Seine Verzweiflung lag nicht in seiner Natur, sie war nur ihr Gegendruck auf die Unsicherheit, ja wie er meinte Sinnlosigkeit seiner Lage, die ihn bedrückte. Lilli setzte sich zu ihm auf das Sofa und begann von Grünstein zu erzählen. Sie schilderte das Haus, die Bilder, die Bibliothek, erzählte von Weißling, dem Dozenten, und dem Kursus in Philosophie, den er gegeben hatte. Nur Schlappert erwähnte sie mit keinem Wort. Ernst hörte ihren bunten Sätzen zu. So lebendig hatte sie schon lange nicht mehr mit ihm gesprochen. Plötzlich schwieg Lilli. Mitten in ihrem Bericht war ihr das Ende ihres Grünsteiner Aufenthaltes eingefallen, und sie hatte sich (als sähe sie einen fremden Menschen) in ihrem grünen Kleid auf der Dorfstraße laufen sehen. Würde der nächste Aufenthalt wieder so enden? Nein, dieser S. (sie sagte den Namen nicht einmal in Gedanken), der sie erniedrigt hatte, ohne sie zu zerstören, der sie tief gebeugt hatte, aber nicht gebrochen, mußte vergessen werden. Sie schüttelte ihre Haare aus der Stirn, um die Erinnerung zu vertreiben. Was lag an einem Menschen? Was lag an Krieg und Revolution? Die Welt war groß und voll von Menschen, und sie kamen zu einem wie dieser merkwürdige rufende Brief, den sie zufällig (oder nicht zufällig?) gelesen hatte.
Ernst richtete sich auf. Lilli lächelte ihm zu. Er gefiel ihr, weil er einen solchen Freund hatte, und sie erzählte weiter. Das ist, dachte Ernst, nicht zu bezweifeln, daß ich meine Wunden kaum spüre, wenn sie erzählt. Er nahm eine Flasche Kognak, die neben seinem Bett stand, goß sich seine Teetasse fast zur Hälfte voll, trank sie aus und sagte unvermittelt: »Ja, wir wollen reisen, sobald es nur geht, und wenn es dich glücklich macht!«

21

Maggie stopfte Strümpfe und hörte ihrem Bruder Leopold zu, der im Lehnstuhl am Fenster saß. »Erinnerst du dich«, sagte Leopold, »wie sich unser Vater benahm, als der Krieg ausbrach?«
»Er schloß sich ins Zimmer ein und spielte verrückt, wie der Berliner sagt.«

»Ich muß auch einmal nach Berlin. Die Leute haben herrliche Ausdrücke... Jetzt ist er genau wieder wie damals. Früher war er wenigstens noch in Lilli verliebt, neuerdings mag er die auch nicht mehr. Ich glaube, er weiß etwas von den sonderbaren Sommerferien, die Lilli gemacht hat.«
»Und Mama?«
»Mama ist ganz groß. Dich hat sie abgeschrieben.«
Die Tür ging auf, und Koch hinkte ins Zimmer. »Ah, Herr Schindler persönlich«, sagte er. »Behalten Sie Platz und lassen Sie sich nicht stören.«
»Glaubst du wirklich, daß Mama mich vergessen hat?« fragte Maggie.
»Von wem wird gesprochen?« fragte Koch.
»Von meiner Mutter«, sagte Maggie.
Leopold sah an den Augen seiner Schwester, daß er sie mit seiner Bemerkung verletzt hatte.
Er verstand sie nicht.
»Ich kann nicht verstehen, daß du immer noch an dieser Frau hängst«, sagte er.
»Du bist in einem Alter, wo man sich gegen seine Eltern auflehnt; ich bin darüber hinaus und liebe sie wieder, alle beide... Was sagt Mama zu Lilli?«
»Sie knistert vor Zufriedenheit, daß wieder Ordnung im Haus ist. Karl steht in Rumänien, wo es nicht gefährlich sein soll. Ernst ist zu Haus, Lilli auch, ich auch, der Krieg ist kaputt und ihr ist weiter nichts geschehn. Was Lilli angeht, so benimmt sie sich wie ein Förster, der einen Dackel dressieren will; was nicht ist, kann noch werden.«
»Für eine Mutter«, sagte Koch, »ist das ein vernünftiger Standpunkt.«
Leopold ärgerte sich. »Sie kennen weder meine Mutter, noch meine Schwägerin, Herr Koch«, sagte er, »sonst würden Sie anders sprechen.«
»Ich kenne beide ein wenig, darum spreche ich so«, sagte Koch knurrend.
»Lilli ist ein Biest. Ich kenne sie am besten von der ganzen Familie... (Maggie lächelte über das selbstgewisse Urteil. Aber Leopold merkte das nicht.) Ist das vielleicht keine Schande, daß sich die Person den ganzen Sommer lang Gott weiß wo

herumtrieb, während ihr Mann mit dem Tod boxte? Jetz plötzlich kommt sie heim. Und wie sie heimkam! In de Nacht, ohne Gepäck, die Koffer kamen eine halbe Woch später, und mit einem Ausdruck im Gesicht, so verzerrt, gan verrückt, ich glaube, die muß was erlebt haben! Dazu sag Mama kein Wort, aber von Maggie darf nicht gesprochen werden. Nein, die Heuchelei ist mir zu grob, ein bißchen von dem Zeug braucht man vielleicht, wenn man fromm ist, aber so viel... Nein, das ist kein vernünftiger Standpunkt, Her Koch. Ich sage Ihnen offen, ich wundere mich manchmal, daß Sie als Sozialist solche Äußerungen tun.«
»Ein Idealist«, sagte Koch zu Maggie, »ein Parzival«, und zeigte mit dem Finger auf Leopold.
»Ich spreche von der Heuchelei meiner Mutter, die meine Schwester und mich angeht. Was hat das mit Deutschland zu tun?«
»Ich sprach von Ihrer Schwägerin Lilli, die mir, nach allem, was ich von ihr gehört habe, immer gut gefiel. Erlauben Sie mal«, fuhr Koch fort, als Leopold ihn unterbrechen wollte, »gestern nacht las ich ein Buch über Katharina die Große von Rußland. Glauben Sie, die kleine Pommerin wäre in Stettin so groß geworden, wie sie es in Rußland wurde? Das ist eine verteufelte Sache mit den Frauen in Deutschland. Die sind wie gewisse Bäume, die sich auf unserm Boden nicht richtig entwickeln können. Ich sehe das auch an Ihrer Schwester. In einem andern Land könnte sie mit ihrem Charakter und ihrer ungewöhnlichen Portion gesunden Menschenverstand einen Staat regieren...«
Maggie drehte sich um und hielt Koch den Mund zu. »Was du für Sachen sagst, wenn du ins Reden kommst«, sagte sie lachend. »Andere Länder haben andere Fehler!« Koch machte sich frei. »Aber bei uns kann eine Frau noch nicht einmal in einer oppositionellen Partei etwas werden, vorausgesetzt, daß sie nicht aufhören will, eine Frau zu bleiben... Was macht eigentlich Ihr Vater?« fragte er nach einer Weile, als Leopold schwieg.
»Ich bin kein Spion«, sagte Leopold.
Koch runzelte die Stirn und setzte sich in die Ecke. Maggie arbeitete weiter. Leopold steckte sich eine Zigarette an.

Plötzlich wurde die Tür aufgerissen und Gerda Riemer trat ins Zimmer. Sie war von ihrer Krankheit her noch bleich, und das Stehen hinter dem Ladentisch fiel ihr so schwer, daß sie nur den halben Tag arbeiten konnte. »Wißt Ihr, daß sie Richard verhaftet haben«, sagte sie und weinte im gleichen Augenblick los, aufrecht stehend, zu ergriffen, vielleicht auch zu verzweifelt, um die Hände vors Gesicht zu heben.
»Wir wissen es«, sagte Koch aus der Ecke.
»Wer? Wen?« sagte Maggie. »Was ist geschehen?«
»Sie haben heute mittag Richard verhaftet«, sagte Koch.
Leopold stand auf und bot der weinenden Gerda einen Stuhl an. Maggie, die über den Zusammenstoß zwischen Koch und ihrem Bruder mehr traurig als ärgerlich gewesen war, dankte ihm, indem sie ihn mit einer ihrer scheuen und hastigen Bewegungen streichelte. Dann ging sie um den Tisch herum und setzte sich vor Gerda. »Wißt ihr, wie mir diese Verhaftung vorkommt? Verrückt. Nun haben diese Burschen das ganze Land ruiniert, den Krieg verloren, Bataillone von Menschen in Elend und Verzweiflung gestürzt, aber das Verhaften betreiben sie weiter. Wahrhaftig, das ist das einzige, was sie noch können, ihr eigenes Volk einsperren. Hör auf zu weinen, Gerda. Einer muß auch hier der letzte sein, aber ich verspreche dir, daß Richard der letzte ist, den sie holten, und der erste, den wir holen.«
Leopold mußte nach Hause gehen. Es war ihm peinlich, das Zimmer zu verlassen, ehe durch ein neues Gespräch die Sache mit Koch wieder in Ordnung gebracht war. Aber er mußte rechtzeitig zum Abendessen zu Hause sein. Als er gegangen war, sagte Koch: »Obwohl er kein unebener Bursche ist, gefällt mir Leopold von allen deinen Verwandten am wenigsten.«
»Deine Frage nach meinem Vater war dumm«, sagte Maggie.
»Einverstanden«, sagte Koch, »aber dieser junge Mensch hat etwas Haltloses. Warum kritisiert er Lilli so scharf und so spießig? Ich sah sie gestern auf der Straße. Sie hatte sich von deiner Mutter verabschiedet und ging allein weiter. Gerade wer so unzufrieden ist wie dein Brüderchen, müßte sehen, daß diese Frau zu schön und zu klug für ihre Umgebung ist. Ein verteufeltes Schicksal, so gut auszusehen und in einer

Welt von Raubtieren und Kleinbürgern leben zu müssen.«
»Du kennst sie ja gar nicht«, sagte Maggie mit einem leisen Ton von Spott in der Stimme, den sie oft hatte, wenn sie Koch zurechtweisen wollte, ohne ihm direkt zu widersprechen.
»Ich kenne sie besser als ihr alle«, sagte Koch, »weil ich ein paar kleine Menschlichkeiten nicht kenne, die ihr pflegt. Du bist zu leicht anzustecken. Wenn dein Bruder hier war, sprichst du drei Stunden lang mit seiner Stimme und sogar mit seinen Worten.«
Maggie warf ein Hemd, das sie auf den Tisch gelegt hatte, in den Korb zurück. »Damit ich dir endlich einmal gefallen, müßte mich einer in meine Bestandteile zerschneiden und neu zusammensetzen«, sagte sie zornig. »Aber das geht halt nicht.«
»Verzeih mir«, sagte Koch. »Wisse doch, daß ich dich niemals kränken will.«
»Du kränkst mich manchmal...«
»Es ist so schwer, zu schweigen. Du bist besser als du bist...«
»Das verstehe ich nicht.«
»Du bist groß, aber wenn du deinen Buckel machst, wirkst du ganz klein... Komm jetzt, ich muß dir einen Artikel diktieren.« Er faßte Maggie an der Hand und Maggie gab ihm einen Kuß.

22

Schüttet man über einen Stoß aus Holz und Ästen und Blättern Benzin und hält ein Streichholz daran, flammt alles mit einem leisen Knall auf und brennt lichterloh. So entflammte die Revolution des 9. November. In der Nacht vom 8. auf den 9. überstürzten sich auch in Neustadt die Nachrichten. Theodor Chindler saß neben seinem Sohn Ernst. Er hatte die Läden schließen lassen und alle Lampen bis auf eine ausgeschraubt. In der Ecke des Zimmers, ganz in Schatten gehüllt, saß der Sekretär Sißmaier und machte sich Gedanken über seine Frau, die ihn zu Hause erwartete. In Bayern, hieß es, sei der König bereits auf der Flucht. Auch an der Wasserkante sollte alle Macht in den Händen von Matrosen sein. Nur aus

Berlin war nichts zu erfahren. Einige behaupteten, Nachrichten von fürchterlichen Straßenkämpfen zu haben, andere versicherten, in der Reichshauptstadt herrsche Ruhe. Gegen Mitternacht verabschiedete der Abgeordnete den Sekretär, der eingeschlafen war, und begab sich zu Bett. An den Ereignissen war nichts mehr zu ändern. Der Krieg war verloren, eine der mächtigsten Regierungen der Welt zusammengebrochen.

Als er am Morgen des 9. November ins Erdgeschoß hinabstieg, sah Chindler, daß die Wache im Begriff war, sein Haus zu verlassen. »Wollen die Herren Feierabend machen«, rief er.

Der Anführer der Wache, ein vierzigjähriger Schreiner, kratzte sich verlegen am Kopf, während seine Leute rasch aus der Haustür schlüpften. »Ich weiß auch nicht recht«, sagte der Mann. »Aber eben ist ein Mädel dagewesen und hat gesagt, es sei Revolution.«

»Na, da gehen Sie mal«, sagte Chindler, »damit Sie nicht zu spät kommen.«

»Ich komme dann wieder«, sagte der Schreiner und ging.

Der Abgeordnete überlegte eine Weile, dann nahm er seinen Hut, drückte ihn tief in die Stirn, suchte sich einen kräftigen Stock in der Garderobe und verließ ebenfalls sein Haus. Er schloß die Haustür zweimal ab und steckte den Schlüssel in die Hosentasche. Es war kalt und regnerisch, und die Straße lag still und leer. Chindler schlug den Kragen seines Mantels hoch und ging der inneren Stadt zu. Seit zwei Tagen war sein Magen wieder nicht in Ordnung, und obwohl er sie mehrmals um die Schultern schlug, wie es die Kutscher machten, wurden seine Hände nicht warm. Am Siegesplatz stauten sich die Menschen. Chindler trat unter den Torbogen der Wernerschen Mehlhandlung und betrachtete das Gedränge der streikenden Arbeiter.

Immer neue Züge marschierten heran, rote Fahnen flatterten, und was Chindler besonders auffiel, waren die zahlreichen Soldaten, welche in ihren grauen Mänteln mit umgehängtem Gewehr teils in den Zügen mitmarschierten, teils aber auch neben ihnen herliefen. Einige Soldaten hatten ihre Mützen fortgeworfen und Hüte aufgesetzt.

Eine Freude, wie man sie seit Jahren nicht mehr gesehen hatte lag auf allen Gesichtern. Aus allen Häusern liefen Frauen auf die Straße, jubelten den Revolutionären zu, hoben ihre Kinder hoch oder winkten mit Händen und Tüchern. Der Krieg war aus! Das Volk machte nicht mehr mit! Das Elend schien besiegt zu sein! Eine neue, eine bessere Zeit öffnete ihre Tore!

Chindler hatte eine Weile unter dem Torbogen gestanden, als er plötzlich neben sich einen Mann erblickte, der ihm bekannt vorkam, obwohl er eine besonders wilde Apachenmütze trug. Chindler beugte sich vor, um das Gesicht zu sehen, und erkannte Herrn Pfeiffer, den Sekretär der lokalen Zentrumspartei. Während sich die beiden Männer begrüßten, betrachteten sie einander, der eine des andern Stock, der andere des einen Mütze.

»Der Krieg ist aus«, sagte Chindler.

»O lieber Gott«, antwortete Pfeiffer. »Da ist noch viel mehr aus.«

Chindler war froh, einen Bekannten getroffen zu haben und schlug vor, in eine Konditorei zu gehen, die neben der Post lag. Die Konditorei war leer, und Schindler setzte sich an das gläserne Schaufenster, das einen guten Ausblick auf den Platz bot. »Wie ist denn nun die Lage? Erzählen Sie mal«, sagte Chindler. Pfeiffer nahm einen Schluck Tee und berichtete. In der Nacht hatte sich in der Kaserne ein Soldatenrat konstituiert, der Koch (Pfeiffer hustete, als er den Namen aussprach) zu seinem Vorsitzenden gewählt hatte. Dieser Koch hatte vor einer Stunde die letzten noch arbeitenden Fabriken zum Streik bewogen, später hatte er den Bahnhof besetzt und den Kommandanten entwaffnet und eingesperrt. Vom Bahnhof war er mit seiner Truppe wieder in die Kaserne zurückgekehrt. Mehr wußte Pfeiffer nicht.

Chindler betrachtete aufmerksam den Platz. Das war also das Volk, das nun die Macht hatte. Unter der Menge sah man viele prächtige Gestalten, kräftige Männer, ernste philosophische Gesichter, aber in jedem Zug, der vorbeimarschierte, hinkten auch bucklige Krüppel. Chindler war überrascht. »Seit wann gibt es so viele Krüppel in unserem Land?« fragte er. »Wußten Sie, daß es so viele Krüppel gibt?«

Pfeiffer, der der Sohn eines Werkmeisters war, schaute durchs Fenster. »Das sind die Fabriken«, sagte er. »Die Maschinen schlagen manchen kaputt. Darum sage ich ja, man muß gerecht sein. So wie es ging, konnte es vielleicht nicht weitergehen.«
Chindler antwortete nichts. Das hatte einem also diese dreimal verfluchte Diktaturwirtschaft eingetragen, daß nun der Pöbel regierte. Aber was die vergebens Gewarnten nicht hatten hören wollen, das mußten die Warner nun fühlen.

23

Karl Diel schlief die Nacht vom 8. auf den 9. ruhig in seinem Bett. Auf dem Weg in sein Büro begegnete er den ersten Trupps der Streikenden, die aus den Fabriken strömten. Einige Arbeiter erkannten ihn und winkten ihm lachend und rufend zu. Diel winkte zurück und ging rascher. Er war sehr besorgt. Als er kaum in seinem Büro angelangt war, rief der Oberbürgermeister der Stadt, ein alter Konservativer, der im vergangenen Jahr gewählt worden war, an und bat Diel aufgeregt um seinen Besuch. Diel beschloß, ihn zunächst warten zu lassen, und versuchte mit der Landesleitung seiner Partei zu telefonieren. Es gab keine Verbindung. Daraufhin begab er sich gegen neun Uhr von Kallab begleitet aufs Rathaus. Der Bürgermeister war bleich und zitterte. »Meine Beamten verlangen, daß ich Ihnen die Macht und die Büros übergebe«, sagte er. »Da man die rote Fahne gehißt hat, kann ich sowieso nicht länger in diesem Haus bleiben. Aber die Stadt ist sehr verschuldet«, fügte er hinzu, als Diel schwieg, »man kann sie leicht völlig bankrott machen... Sie werden es nicht leicht haben.«
»Es ist gut«, sagte Diel, »bleiben Sie einstweilen als unser Beauftragter auf Ihrem Posten.« Der Bürgermeister nickte, und Diel ließ sich mit dem Polizeipräsidenten verbinden, der sein Amt ebenfalls zur Verfügung stellte. »Ihr Nachfolger«, sagte Diel langsam und gemessen in den Hörer, »heißt Kallab. Er wird gegen Mittag zu Ihnen kommen und die Geschäfte

übernehmen.« »Bis dahin werden Sie mein Abschiedsgesuch schriftlich vorliegen haben«, sagte der Präsident. »Ich danke«, sagte Diel und hängte ein. Das ging ja wie am Schnürchen. »Die Herren«, sagte er zu dem Bürgermeister, »scheinen auf den Umsturz besser vorbereitet gewesen zu sein als wir.« »Das ist kein Umsturz«, sagte der Bürgermeister und schlug die Hände vors Gesicht, »das ist Deutschlands Ende!«
»Wir haben diesen Krieg nicht gewollt, lieber Herr«, sagte Diel. »Wir auch nicht«, sagte der Bürgermeister. »Möge der König von England vor Gott verantworten, was er getan hat.«
»Warum ist der auf den König von England so bös?« fragte Kallab, als er mit Diel das Rathaus verließ. Diel ging schweigend dem Generalkommando zu. Der stellvertretende General war in Berlin. Sein Adjutant, ein Rittmeister, empfing die Gewerkschaftler höflich. Diel, der den Rittmeister aus einer Kommission kannte, in der er mit ihm zusammensaß, ließ sich in einen Sessel fallen und verlangte die sofortige Anerkennung des Arbeiter- und Soldatenrates.
»Wir haben keinen diesbezüglichen Befehl, meine Herren«, sagte der Rittmeister, »und Sie werden verstehen, daß wir als Soldaten nur Befehlen gehorchen können.«
Diel sah, daß Kallab zustimmend nickte, und im gleichen Augenblick sah er ein leises Lächeln auf den Lippen des Offiziers. »Ich habe weder das Recht noch die Absicht, zu warten«, sagte Diel, »aber ich will kein Unmensch sein. Ich gebe Ihnen Bedenkzeit bis heute abend um sechs Uhr.«
Der Offizier machte sich Notizen. Eine Ordonnanz trat ein und meldete, ein gewisser Müller, Vertreter des Soldatenrates, wünsche den Herrn Rittmeister zu sprechen. Diel stand auf, trat ans Fenster und sah Koch mit annähernd zweihundert Soldaten und Arbeitern auf der Straße stehen.
»Darf ich eine kurze Bemerkung machen, ehe wir Herrn Müller empfangen?« fragte der Offizier, als Diel vom Fenster zurückgetreten war.
Diel nickte und der Rittmeister befahl der Ordonnanz, Herr Müller möge sich gedulden. »Herr Müller«, sagte er dann zu Diel, »ist mir, und nicht nur mir allein, wohlbekannt. Dieser Mensch hat mehr Tage im Arrest als auf dem Kasernenhof

verbracht. Wollen die Herren, welche doch gewiß über eine reiche Erfahrung in Dingen der Verwaltung verfügen, den Oberbefehl über die Truppen von Neustadt einem solchen... Herrn übergeben? Mehr wollte ich nicht sagen.«
Dieser verfluchte Koch, dachte Diel. »Ich danke Ihnen«, sagte er zu dem Offizier, »für Ihre Information, die ich zunächst ohne Kommentar zur Kenntnis nehme. Im übrigen bleibt es bei dem Termin. Um sechs Uhr erwarten wir Ihren Bescheid.«
Da Koch mit seinen Leuten noch auf der Straße stand, verließ Diel die Kommandantur durch eine Hintertür und begab sich sofort auf sein Büro. Dort gab er Befehl, Koch zu suchen und unverzüglich zu ihm zu schicken. Danach diktierte er einen Aufruf an die Bevölkerung der Stadt, welcher im ersten Teil noch einmal die Ereignisse mitteilte, die alle Menschen bereits wußten, im zweiten aber ein strenges Verbot, Waffen zu tragen, aussprach. Dieser Aufruf wurde sofort gedruckt und noch feucht an die Litfaßsäulen geklebt.

24

Die Besitzerin der Konditorei war zweite Vorsitzende des katholischen Mädchenschutzvereins und eine treue Anhängerin von Elisabeth Chindler. Als sie den Abgeordneten, den sie vom Sehen kannte, begrüßt hatte, setzte sie sich zu ihm an den Tisch. »Männer wie Sie, Herr Professor«, sagte die Frau, »sind an dem Unglück da draußen nicht schuld. Aber man muß es sagen, sie haben es zu bunt mit dem Volk getrieben.«
Chindler nickte. »Das habe ich mir gedacht, daß Sie das auch sagen werden«, meinte die Frau. »Aber was wird nun aus uns werden? Glauben Sie, daß uns die Roten alles wegnehmen?«
»Wer kann das sagen«, antwortete Chindler.
»O lieber Gott«, sagte die Frau, »o lieber Gott.«
Auf der Straße hatten einige Arbeiter mit begeisterter Geschwindigkeit eine Rednertribüne aufgeschlagen, welche sich mit Männern und Frauen füllte. Chindler ging hinaus, um einem Redner zuzuhören, der zu sprechen begonnen hatte.
Auch Diel war gerufen worden. Die Massen, die den Platz

und die angrenzenden Straßen füllten, verlangten nach ihm und riefen, er solle sprechen. Diel betrachtete seinen Schreibtisch, auf dem sich die Akten türmten, und verließ sein Zimmer. Als er auf der Tribüne stand und Kallab zuhörte, der mit seiner berühmten Stimme sprach, betrachtete er die lauschenden Gesichter der Massen. Die Begeisterung der Menge, die Kallab zujubelte, griff ihm ans Herz, und stolz, wie er es in seinem Leben noch nie gewesen war, reckte er sich auf. Das Ziel, für das er so viele Jahre gekämpft hatte, war erreicht. Nun war man an der Macht. In diesem Augenblick sah er Koch in der linken Ecke des Platzes stehen. Er winkte mit beiden Händen, aber Koch war in ein Gespräch vertieft und sah nicht zur Tribüne herüber. Diel murmelte einen Fluch, sprang von der Tribüne herunter und zwängte sich durch die Massen.

»Na Karle«, sagte ein Arbeiter zu ihm, »was meinst du, wo stellen wir den Galgen auf?«

Diel klopfte dem Mann auf die Schulter und arbeitete sich weiter. »Ihr macht mal wieder lauter Narrheiten«, sagte er, als er Koch in einen Hausflur gezogen hatte. »Während ich mitten in den entscheidenden Verhandlungen mit den Militärs bin, schickst du einen Menschen herauf, der nur aus Vorstrafen besteht.«

»Nicht so heftig«, sagte Koch. »Die Strafen dieses Mannes sind die Quittungen einer zerbrochenen Zeit für ebenso zahllose Proteste eines tapferen Mannes gegen Übergriffe verrückter Vorgesetzter. Ich denke, einen besseren Mann konnten wir nicht finden!«

»Solche Leute kann man später einsetzen, aber nicht jetzt«, sagte Diel.

»Oder jetzt besser als später. Außerdem ist der Mann nicht von mir gewählt worden, sondern von dem ganzen Rat. Du wirst dich also an die Truppe wenden müssen.«

Einwände, die sich auf formales Recht stützten, wie Diel das Recht nannte, machten Diel von jeher rasend.

»Wenn du Vorsitzender bist, ist es deine Aufgabe, solche Wahlen zu verhindern«, sagte er, »oder du bist kein Chef!«

»Ich bin kein Ebert«, antwortete Koch, »und Diktatur über die eigenen Leute gibt es bei mir nicht.«

»Dann sei so gut und teile deinen Leuten mit, daß *ich* die Verhandlungen mit den Militärs führe.«
»Das kann der Soldatenrat nicht zulassen«, sagte Koch.
»Das werden wir sehen«, sagte Diel.
Mehrere Leute, die neben Koch und Diel standen und aufmerksam den Worten Kallabs lauschten, riefen: »Lauter! Lauter! Wir haben hier nichts verstanden! Was hat der Scheidemann gemacht?« Kallab beugte sich weit über die Brüstung und rief langsam und so deutlich wie er nur konnte, soeben sei aus Berlin die Nachricht eingetroffen, Scheidemann habe die Republik ausgerufen.
»Das ist gut!« sagte Diel.
»Welche Republik?« fragte Koch.
Ein junger Bursche, der die weiße Jacke der Bäckergesellen trug, fing von einer Laterne herab an zu singen:

»Wem ham se die Krone geklaut?
Dem Wilhelm dem doofen,
Dem Oberganoven
Dem ham sie die Krone geklaut.«

Die Umstehenden schauten den Sänger verdutzt an. »Singt doch, ihr Trauerpalmen«, rief der Bäckergeselle. »Oder seid ihr vielleicht traurig, daß ihr nun selber denken müßt?«
»Das Lied ist hier gar nicht bekannt«, rief jemand.
»Na, singt mal mit!

»Wer hat ihm die Krone geklaut?
Der Ebert, der schnelle,
Der Sattlergeselle,
Der hat ihm die Krone geklaut.«

»Mensch, was du da vorträgst!« rief jemand. Aber der Gesang wirkte ansteckend. Kallab schwenkte eine rote Fahne und brachte ein dreifaches Hoch auf die junge Republik aus. Die Menge antwortete mit der Internationale, deren schwermütige Melodie gewaltig über den Platz brauste.
»Weitersingen«, rief der Bäcker, als die dritte Strophe verhallt war.

»Wer will uns das Saufen verwehrn?
Die Polypen, die Herrn
Mit dem silbernen Stern,
Die wolln uns das Saufen verwehrn.«

»Nun aber genug!« rief eine Frau. Ein neuer Redner hatte zu sprechen begonnen.

»Ihr seid mir schöne Demokraten«, sagte der Bäcker und rutschte von der Laterne herab. »Was habt ihr denn von dem Geschwätz da? Ich geh heim und hau' meinem Meister eine herunter.«

Pfeiffer nahm seine Mütze ab und trug sie in der Hand, während er Theodor Chindler nach Hause begleitete.

»Wie friedlich, wie friedliebend diese Arbeiter sind«, sagte Chindler.

»Es tut ihnen ja keiner was«, sagte Pfeiffer, »warum sollen sie da etwas tun?«

»Sie könnten ein Gedächtnis haben«, sagte Chindler. »Immerhin«, fügte er nach einer Weile hinzu, »letzte Woche war ich in Stuttgart im Hotel Marquardt. Kennen Sie das?«

»Nein«, sagte Pfeiffer und verbeugte sich im Gehen.

»Auf dem Korridor saß ein Mann in Uniform, die ganze Brust voller Orden. Ich hätte ihn für einen Feuerwehrhauptmann gehalten, der auf Audienz wartet. Aber es war der König von Württemberg. Vielleicht kann man so was nicht hassen.«

Vor der Tür verabschiedete sich Pfeiffer, und Chindler betrat sein Haus. Auf der Straße war ihm wohl gewesen; die Revolution schien friedlicher vor sich zu gehen, als man gefürchtet hatte. Aber als er die Tür seines Hauses hinter sich geschlossen hatte und im Halbdunkel die alten, stummen, wohlvertrauten Möbel sah, den Spiegel mit dem goldenen Rahmen auf dem Vorplatz, das gute Bild seines Großvaters über der Heizung und den Mantel seines Sohnes in der Garderobe, überfiel den Abgeordneten die Angst. Jetzt mochte das Volk auf der Straße noch friedlich sein. Würde es friedlich bleiben? Was sollte aus ihm und seinen Kindern werden? Die Angst vor der Zukunft, die schlimmste, die Chindler kannte, packte ihn am Hals. Die Mark galt in Zürich noch achtzig Rappen. Das bedeutete, daß ein Rentner wie er ein Drittel seines Vermögens eingebüßt hatte. Wo sollte das hinführen?

Elisabeth kam auf den Vorplatz. Als sie Theodor sah, rief sie ins Zimmer zurück: »Er ist gekommen!« Dann sagte sie zu ihrem Mann: »Man erwartet dich. Wo bist du denn gewesen?«

»Du siehst ja so feierlich aus«, sagte Chindler erstaunt und betrat sein Zimmer. Aus einem Sessel erhob sich sein Parteikollege Dr. Widuwilt, der in der nahegelegenen Hauptstadt des kleinen Landes Rechtsanwalt und Notar war.
»Widuwilt, was führt Sie denn herüber?« fragte Chindler.
»Das Wohl des Landes«, sagte Widuwilt, der sich gern feierlich ausdrückte. Dann zog er Chindler in eine Ecke und trug ihm flüsternd die Bitte der Landespartei vor, Chindler möge in einem Kabinett, das allerspätestens am kommenden Morgen gebildet werden müsse, einen Ministerposten annehmen. Auf Chindlers Frage, wer denn sonst noch in jenem Kabinett sitzen werde, zählte Widuwilt auf: zwei Zentrumsleute, zwei Demokraten und vier Sozialdemokraten.
»Und was sagen dazu die Arbeiter, die zehn Minuten von hier entfernt unter roten Fahnen tanzen?« fragte Chindler überrascht.
»Neustadt ist ein Fabriknest«, antwortete Widuwilt. »Bei uns sieht es anders aus. Bei uns verlangt gerade das Volk nach Ruhe und Ordnung. Außerdem ist es der besondere Wunsch der Sozialdemokraten, daß gerade Sie ins Kabinett eintreten.«
»Und warum nicht Sie, lieber Widuwilt? Sie, als Chef der Landespartei und bodenständiger Hiesiger?«
Der Rechtsanwalt schaute in die Ecke des Zimmers, in der Elisabeth zum Schein in einer Zeitung las, in Wirklichkeit aber auf jedes Wort hörte. Er hatte den Antrag, Minister zu werden, abgelehnt und dafür den Auftrag übernommen, Chindler zu überreden. Ein Auto, das von zwei Soldaten begleitet wurde, hatte ihn zu diesem Zweck nach Neustadt gebracht. »Ich kann nicht regieren«, sagte er, als ihm nach einer ganzen Weile keine überzeugende Ausrede einfiel. »Ich bin ein einfacher Mann, ich habe nicht im Traum an so etwas gedacht. Ich kann das nicht. Außerdem bin ich Monarchist.«
»Ich auch«, sagte Chindler.
»Natürlich, natürlich«, sagte Widuwilt. »Männer wie wir können nicht von heute auf morgen verbrennen, was wir angebetet haben.«
»Angebetet ist ein starkes Wort«, sagte Chindler.
»Das meine ich ja auch«, erwiderte Widuwilt. »Wir müssen

uns klarmachen, daß die alten Zeiten kaputt sind, wenn es einem auch so schwerfällt, daß man es kaum ertragen kann. Jetzt kann man nur noch eins tun: Retten, was zu retten ist. Aber unter uns allen können nur Sie das tun.«
»Plötzlich ist man bei euch der Ansicht, daß ich etwas kann«, sagte Chindler bitter. »Aber ich verstehe das immer noch nicht. Warum werden Sie nicht Minister?«
Widuwilt begann einen längeren Vortrag zu halten. Chindler habe sich durch seine mutige und ständige Opposition, besonders aber durch seinen Kampf gegen den U-Boot-Krieg beim einfachen Volk populär gemacht und die Chance müsse heute ausgenützt werden. Chindler hörte schweigend zu. War er wirklich populär? Sollten die zermürbenden Kämpfe der letzten Jahre nicht vergebens gewesen sein? Der Gedanke tat ihm gut.
»Ich muß in einer halben Stunde zurückfahren«, schloß Widuwilt. »Geben Sir mir die Hand! Sie sind der Mann, der viel retten kann, sagen Sie zu!«
»Unter zwei Bedingungen«, sagte Chindler. »Erstens möchte ich die volle Wahrheit wissen, warum Sie den Posten nicht nehmen...«
Widuwilt schaute Chindler mit seinen blauen, ehrlichen Kinderaugen an. »Ich habe Ihnen gesagt, ich kann nicht regieren, und... und... meine Frau paßt auch nicht auf einen solchen Platz.« Er putzte sich mit gewaltigem Lärm die Nase und schwieg. Chindler sah den Rechtsanwalt an und fühlte, daß er die Wahrheit gesagt hatte. Dieser treuherzige Biedermann hielt nach wie vor Regieren für etwas, das nur höheren Menschen vorbehalten ist. Dieser Widuwilt war der geborene Untertan, wie ihn Chindler zeitlebens verachtet hatte. »Lassen wir das. Geht mich ja schließlich nichts an, was Sie machen«, sagte Chindler. »Aber meine zweite Bedingung ist, daß die Sozialdemokraten selber herkommen und mir den Posten antragen.«
Widuwilt war erleichtert und versprach das mögliche zu versuchen. »Wir wissen«, sagte er zu Elisabeth, ihre Hand mit beiden Händen festhaltend, »wir wissen, was Ihr Gatte für uns alle zu tun im Begriffe ist, und wir danken ihm!« Dann ging er.

Elisabeth trat zu ihrem Mann: »Jetzt mußt du mich auch einmal loben«, sagte sie. »Meine Arbeit unter den katholischen Frauen war nicht umsonst.«
Chindler küßte sie auf die Wange. Die völlig unerwartete Nachricht hatte ihn doch sehr glücklich gemacht. Er fühlte, daß er noch eine ganze Menge Kraft hatte, und fürchtete sich nicht. Beim Abendessen schaute die Familie auf ihr Oberhaupt. Lilli hatte ihrem Schwiegervater als erste gratuliert. Sie hatte sich zwar eine Revolution anders vorgestellt, aber ihre alte Sympathie für den leidenschaftlichen Professor war wieder durchgebrochen, und sie freute sich für den Mann, der schweigend dasaß, aber einen gewissen Stolz nicht verbergen konnte... Auch Ernst hatte seinem Vater gratuliert. Die Armee, dachte er, als ihm Elisabeth alles ganz genau erzählt hatte, ist sowieso kaputt. Da kann mir seine Stellung vielleicht nützlich werden.
Nur Leopold wunderte sich und schlich abseits umher. Daß die Revolution, auf die man auch in seiner Schule seit Wochen gewartet hatte, seinen Vater (diesen ollen Jesuiten, wie sein neuer Freund Beck sagte) zum Minister machen würde, das hatte er nicht erwartet. Hätten sie ihn dazu gemacht, er würde sich weniger gewundert haben.

25

In der Nacht wurde heftig geschossen. Chindler erwachte und trat ans Fenster, aber man konnte keine zwei Meter weit sehen. Die Straße war schwarz und leer. Das Feuer wurde immer heftiger. »Halt deinen Mund mit dem Ministergeschwätz«, sagte er zu seiner Frau. »Die Herren täuschen sich mal wieder. Es ist noch lange nicht aller Tage Abend.« Dann legte er sich wieder ins Bett und lauschte dem Gewehrfeuer, das er zum ersten Male in seinem Leben hörte.
Am Morgen lag die Stadt ruhig. Es hieß, es sei auf Plünderer geschossen worden, aber wo geplündert worden war und wer geplündert hatte, wußte niemand. Chindler saß in seinem Zimmer und wartete. Er versuchte ein Buch zu lesen, aber er war zu aufgeregt. Um zwölf Uhr fuhr ein Auto vor. Der Ab-

geordnete reckte sich in seinem Stuhl und sah Diel von den Gewerkschaften und den Chef der sozialdemokratischen landespartei Jakob Grauert aussteigen.
»Rauchen die Herren?« fragte er, als sich die beiden Männer niedergelassen hatten.
Diel dankte, aber Grauert nahm eine Zigarre und steckte sie umständlich in Brand.
Die Unterredung dauerte zwei Stunden. Chindler, der sich auf harte Kämpfe gefaßt gemacht hatte, konnte seine Verwunderung kaum verbergen. Alle Forderungen, die er stellte, wurden glatt bewilligt. Nur in Personalfragen gab es Debatten. Diel war unerbittlich, als sich Chindler dagegen wehrte, Kallab zum Polizeipräsidenten von Neustadt zu machen. Schließlich einigte man sich auf die Formulierung »provisorischer Präsident«. Dafür erntete Chindler katholische Sonderrechte in vollen Körben. Sämtliche Gesetze gegen Klöster und Orden sollten aufgehoben werden; eine der Kopfzahl der Katholiken des Landes entsprechende Anzahl katholischer Beamter ernannt werden und dergleichen mehr. Von sozialistischen Maßnahmen, gegen die Chindler allerlei Einwände parat hielt, war überhaupt nicht die Rede. Nur beiläufig erfuhr Chindler zu seiner zornigen Überraschung, daß Widuwilt und die hauptstädtischen Zentrumsmänner sich für eine Verstaatlichung der hierfür reifen und geeigneten Großbetriebe ausgesprochen hatten. Er protestierte sofort, aber das war gar nicht nötig. Man beabsichtigte nichts dieser Art, sondern überließ die Initiative dafür der Reichsregierung. Zum Schluß setzten sich die drei Männer um Chindlers runden Tisch, um den Aufruf zu redigieren, den die neue Regierung anschlagen lassen wollte. Der Aufruf lautete: »Wir geben bekannt, daß sich heute eine provisorische Regierung bildete, welche die Macht übernommen hat. Die neue Regierung wird eine Landesversammlung darüber entscheiden lassen, welche Staatsform, ob Monarchie oder Republik, für unser Land maßgebend sein soll. Ohne Rücksicht darauf, wie diese Entscheidung ausfällt, soll unser Land für die Zukunft ein Bestandteil des deutschen Reiches bleiben. Wir fordern das ganze Volk auf, den Anordnungen der neuen Regierung Folge zu leisten und Ruhe und Ordnung zu bewahren. Die

Beamten bleiben in ihren Stellungen und haben in treuer Weise ihre Pflicht zu erfüllen. Die Soldaten werden aufgefordert, in die Kasernen zurückzukehren und den dienstlichen Anforderungen zu gehorchen, soweit sie nicht für den Soldatenrat in Anspruch genommen werden.
Nur wenn diesem Rufe Folge geleistet wird, ist es möglich, Ruhe, Ordnung und gute Verpflegung durchzuführen.«
Der Aufruf trug das Datum des 10. November 1918 und sollte von dem Vorsitzenden des Soldatenrats und allen Ministern unterzeichnet werden.
Chindler unterschrieb und legte die Feder aus der Hand. Dann betrachtete er die neuen Männer. Diel war ein bleicher, dicklicher Mensch, dessen Augen und hohe Stirne eine nicht alltägliche Intelligenz verrieten. Grauert hatte ein zerfurchtes Gesicht und sah gutmütiger aus als sein Kollege. Beide Männer hatten zugleich etwas Offenes und etwas Verschlagenes in ihrem Wesen, wie es Leute haben, die lange Zeit in Vereinen tätig gewesen sind. Dort kommt es immer wieder darauf an, die uneinigen Mitglieder zusammenzuhalten, und man braucht eine tüchtige Mischung von List, Gleichgültigkeit und Brutalität, um das fertigzubringen.
Auch Grauert hatte Chindler, den er vom Sehen kannte, betrachtet und fand ihn annehmbar. Er stand auf. Chindler erhob sich ebenfalls und empfing eine Art Handschlag des neuen Kollegen. Diese Bewegung schien auszudrücken: Komm, alter Junge, du hast nun gesehen, daß wir nicht so schlimm sind, wie du vielleicht gemeint hast.
Wieso, dachte Chindler, biederten sich diese Männer so an, wo sie doch die Macht, alle nur wünschbare Macht hatten? Sollte das katholische Volk wirklich so mächtig sein? Er konnte das nicht glauben. Warum aber in aller Welt wünschten dann diese Männer so heftig, ihre Macht zu teilen? Waren sie klug genug, dies zu tun, oder nicht klug genug, um es lassen zu können? Chindler fand keine Antwort auf seine Fragen und half dem höflich ablehnenden Grauert etwas zerstreut in den Mantel, übrigens einen sehr dünnen und fadenscheinigen Mantel, als es plötzlich schellte und ein Mann ins Haus trat. Er schaute sich verlegen um und verlangte, Grauert unter vier Augen zu sprechen.

Zehn Minuten später kam Grauert zu Chindler zurück, der mit Diel gewartet hatte, und erklärte, der Soldatenrat von Neustadt habe einen Putsch gegen die neue Regierung gemacht und die Ausgänge der Stadt besetzt. Man sei einstweilen gefangen.
»Was werden die Herren tun?« fragte Chindler.
»Das wird in Ordnung gebracht«, sagte Diel.
Chindler bot Quartier in seinem Haus an, aber Diel dankte nervös und zerstreut, nahm Grauert am Arm und verließ mit ihm eilig das Haus, das der Abgeordnete sorgfältig und etwas bedeppert abschloß.

26

Caspar Koch hatte die Entwicklung der Dinge Schritt für Schritt kommen sehen. Die widerstandslose Preisgabe aller Positionen durch die bis dahin herrschenden Mächte war ein großes Unglück für die Revolution. Die Mehrheitspartei und die Gewerkschaften konnten die geräumten Positionen kampflos, ja mühelos besetzen, und die Arbeiter verjubelten ihre Erbitterung, da der Sieg so allgemein, leicht und gefahrlos war. Die Soldaten kamen sich überflüssig vor und wünschten immer heftiger, nach Hause und zu ihren Angehörigen zurückkehren zu können. Der Krieg war doch aus.
Als sich das Gerücht, das in der Stadt umging, als wahr herausstellte, in der Hauptstadt sei bereits eine neue Regierung gebildet worden, in der eine große Anzahl bürgerlicher Minister säßen, waren die Massen, welche immer noch die Straßen füllten, zunächst verwundert. Sollten sie jetzt wieder regiert werden, statt selber zu regieren? Dann aber teilten sich einzelne Gruppen ab, die verschiedene Ansichten äußerten. Die Katholiken waren von der Kandidatur Chindlers begeistert, und besonders der Schreiner, der die Wache in Chindlers Haus angeführt hatte, konnte straßauf und straßab nicht genug von der wahrhaft demokratischen und volksfreundlichen Gesinnung Chindlers erzählen.
Die Sozialisten blieben gespalten. Die Unabhängigen, die in der Brauerei Müller, die Spartakusleute, die in Rudolfs Fest-

sälen tagten, schoben einander die Schuld zu. Schließlich proklamierten die Unabhängigen die Räterepublik und demonstrierten dafür in einem Umzug, dem sich auch viele parteilose Arbeiter anschlossen. Aber die Masse der Bevölkerung konnte sich unter dem neumodischen Schlager nichts vorstellen. Man begann zu diskutieren, und zum ersten Male wurde den Arbeitern, denen man bis dahin gern und freigebig zujubelte, gesagt, man wünsche nicht, daß sie allein herrschten, man sei ebenfalls da und verlange mitzuregieren.
Koch berief eine Versammlung seiner sichersten Anhänger unter den Arbeitern und Soldaten ein. »Ihr marschiert«, rief er mit verzweifelter Leidenschaft, »ihr marschiert auf dem alten Holzweg, wenn ihr in diesen entscheidenden Stunden das Volk zurückstoßt. Es gibt nun einmal in unserm Lande Bauern und Angestellte und Katholiken und Protestanten und ich weiß nicht was alles, die arm sind, und diese Armen sind eure natürlichen Verbündeten!«
Aber das Halseisen des Krieges, das man vier volle Jahre hatte tragen müssen, hatte eiternde Wunden gescheuert. »Wir haben gehungert, während die Bauern gefressen haben, wir sind jetzt dran!« rief ein Arbeiter. »Wenn du auch ein so verräterischer Hund bist wie der Diel, der mit dicken Rechtsanwälten und Jesuiten verhandelt, dann scher dich zum Teufel.«
»Zeigt dem Volk, daß ihr dran seid, laßt die Räte regieren, versteht es, die Führung zu übernehmen«, rief Koch. »Aber wenn ihr ein katholisches Nähmädchen für einen Jesuiten haltet und gegen euer eigenes Fleisch und Blut wütet...«
»Schluß!« wurde gerufen. Koch setzte sich.
Da stand der rote Richard auf. »Die Gewerkschaften haben moniert«, sagte er, »daß die Soldatenräte widerrechtlich die Autos der Militärkommandantur benutzen. Solchem Quatsch muß ein Ende gemacht werden!« Ohne Koch eines Blickes zu würdigen, forderte er die Versammlung auf, kurzen Prozeß zu machen und zunächst einmal die Stadt zu besetzen. »Es gibt drei Ausfallstraßen«, sagte er, »die werden besetzt und dann ist diese Stadt zunächst einmal unser. Dann werden wir weitersehen.«
»Abstimmung darüber«, rief jemand. Sofort flogen alle Arme in die Luft. Richard drehte sich zur Seite, um Koch spöttisch

das Resultat mitzuteilen. Aber Koch hielt seinen Arm ebenfalls in die Höhe. »Einstimmig angenommen«, sagte Richard und sprang von dem Tisch herunter. »Jetzt wird gehandelt.«
Ja, Koch hatte ebenfalls seinen Arm erhoben. Was sollte er anderes machen? Die Revolution hatte die größeren und kleineren Gruppen, in welche die Arbeiterschaft zerteilt war, nicht zusammengeschmolzen. Das wäre an sich noch kein Fehler gewesen, denn es geht nie mit rechten Dingen zu, wenn große Massen völlig einig sind. Aber schlimm war, daß gerade die politisierenden Teile der Arbeiter zwischen dem, was sie trennte, und dem, was sie einte, nicht zu unterscheiden wußten. Alle sahen nur, was sie trennte, obgleich doch alle miteinander nur einen einzigen Gegner hatten.
»Warum hast du für diesen unsinnigen Vorschlag gestimmt?« fragte Maggie, als Koch ins Nebenzimmer getreten war, in dem sie auf ihn wartete.
»Ich habe nur diese Gruppe«, sagte Koch auf- und abgehend, »und ich kann sie nicht verlassen, weil sie sich ins Verderben stürzt.«
»Es gibt tausend andere, die dir folgen werden«, sagte Maggie.
Koch ballte die Fäuse. »Keine Katze wird mir folgen«, sagte er, »kein Mensch. Wenn du einen Arbeiter auf der Straße ansprichst, hört er nicht zu, sondern fragt dich, ob du von seiner Partei bist, und wenn du verneinst, hält er sich die Hände vor die Ohren und läuft davon. Denn er hat seinen Glauben als das einzige, was er besitzt, ganz fest im Busen hat er ihn, den läßt er sich nicht nehmen, das ist sein einziger Halt. Er will nicht darüber nachdenken, was geschieht. Sein Glaube sagt ihm, daß seine Partei recht hat, nur die Partei, zu der er gehört, und an die er so viele Jahre lang Mitgliedsbeiträge bezahlt hat.«
Als sich die Nachricht verbreitete, die Soldaten und eine Gruppe revolutionärer Arbeiter hätten die Ausgänge der Stadt besetzt, um die Regierung Grauert-Chindler zu stürzen, kletterten die Preise der Lebensmittel, die ohnehin schon teuer waren, wie erschrockene Affen in die Höhe. Der Soldatenrat schickte drei Mann zu den Gewerkschaften und verlangte, man solle die Händler zwingen, ihre Sabotage aufzu-

geben. »Gebt die Stadt frei, dann bekommt ihr Lebensmittel«, ließ Kallab zurücksagen.

27

Diel fackelte nicht. Das Postamt hielten die Aufständigen besetzt, aber es gab noch Fahrräder in der Stadt, und in der Nacht radelten zwei junge Leute einen kleinen Feldweg hinunter und benachrichtigten das Militärkommando der nächsten Stadt. Um Mitternacht besichtigte Koch zusammen mit Richard die Wachen. Die Posten waren begeistert, und kein Mann fehlte. Sie erzählten einander, was sie tun würden, wenn sie gesiegt hätten.
»Wenn du bei der Abstimmung deinen Arm unten gelassen hättest«, sagte Richard unterwegs zu Koch, »hätte ich dich über den Haufen geknallt.«
Koch schwieg. Am übernächsten Tag um sechs Uhr morgens erfuhr er, daß Militär gegen die Stadt rücke. Er hatte sich gerade zum Schlafen hingelegt und stand sofort auf.
»Was willst du tun?« fragte Maggie, die vor Wut und Verzweiflung halb wahnsinnig war.
»Es gibt nur eine Möglichkeit«, antwortete Koch, »man muß den Truppen entgegengehen und versuchen, sie von ihren Führern zu trennen.«
Maggie drehte sich umd und preßte ihre Fäuste gegen den Mund. »Sie werden dich töten«, sagte sie zitternd. »Aber ich lass' dich nicht gehen. Ich halte dich fest. Du weißt, daß du in den Tod gehst. Nur weil die Diels eine Narrheit machen, müßt ihr eine andre machen? Seid ihr denn alle verrückt geworden?«
»Wenn geschossen wird«, sagte Koch, »werden wir zuerst schießen.«
»Das ist doch nicht wahr«, schrie Maggie. »Die haben Kanonen, und ihr habt noch nicht einmal Maschinengewehre! Mit was wollt ihr denn schießen?«
»Sei still, ich habe dir gesagt, daß ich nur diesen Weg habe. Soll ich zu Diel gehen und mich unterwerfen? Soll ich vielleicht die glühenden Burschen da draußen verraten?«

»Das ist doch keine Politik, was du da tust!«
»Das ist deutsche Politik«, sagte Koch. »Wir handeln nicht mehr vernünftig, sondern aus Überzeugung! Aber das ist auch Quatsch, was ich eben gesagt habe! Wenn es mir gelingt, die Truppen zu überzeugen, können wir Diel zwingen, das Ministerium Theodor Chindler zu stürzen. Vielleicht machen wir dann ein Kabinett Maggie Chindler«, fügte er lächelnd hinzu. Aber gleich darauf wurde er wieder ernst. »Es muß uns gelingen, die Truppen zu überzeugen. Die Revolution brennt in ganz Deutschland. Sie werden nicht auf uns schießen! Sie werden es nicht wagen!«
Der rote Richard war nicht dafür, den Truppen entgegenzugehen. Er wollte die Arbeiterviertel verbarrikadieren. Aber diesmal schlug Koch auf den Tisch. »Tausend gegen hundert marschieren sie heran«, sagte er. »Da kann man nicht kämpfen. Wir werden den Leuten entgegengehen und ihnen sagen, daß die Zeiten vorüber sind, wo man auf seine Brüder schoß. Das ist der einzige Weg zum Sieg, den wir haben.«
Maggie zermarterte sich den Kopf nach einem Ausweg. Aber die neue Regierung sprach bereits wie die alte. Sie verlangte die bedingungslose Unterwerfung des gesamten Soldatenrates, die Entwaffnung sämtlicher Arbeiter und ließ sich noch nicht einmal auf Verhandlungen ein.
Maggie sah zu, wie zuerst Koch, dann Richard und zuletzt ein junger Arbeiter einen Lastwagen bestiegen, den ein graubärtiger Soldat steuerte. Als das Auto anfuhr, hörte sie die Zurückbleibenden jubeln. »Wenn sie nicht auf euch hören wollen«, rief eine Frau, »werden sie uns zu fühlen bekommen. Die Stadt ist unser.«
Beim letzten Posten an der Landstraße ließ Koch den Wagen halten und wartete. Die drei Männer sprachen nur wenig miteinander. Jeder bereitete seine Rede vor. Um acht Uhr sah man die Regierungstruppen, ein Regiment Infanterie, anmarschieren. Hinter der ersten Kompanie marschierte ganz allein ein Hauptmann. Koch betrachtete die Ankommenden. An Widerstand, das war ihm klar, und dies sah nun auch Richard ein, war hier draußen nicht zu denken. Die Wache war nur 40 Mann stark und völlig ungeschützt. Neben der Landstraße lief ein Fluß. Wir haben einen Fehler gemacht, dachte

Koch, wir hätten uns weiter rückwärts bei der Brücke aufstellen sollen.
»Was machen wir«, fragte Richard, »wenn uns die Soldaten auslachen, anstatt uns zuzuhören?«
»Ich bleibe hier stehen und rede und verhandle. Siehst du, daß wir keinen Erfolg haben, so ziehst du dich mit der Wache zurück...«
»Und was geschieht mit dir?«
»Schlimmstenfalls werden sie mich fangen und einsperren... Unterdessen habt ihr Zeit, die Stadt zu erreichen.«
Die Männer schwiegen. Wieder hing jeder seinen Gedanken nach. Koch dachte an Maggies Brief über die Truppen und Diels Wut über diesen Brief. Nun ließ der gleiche Diel die kaiserlichen Truppen marschieren. Wie närrisch war das alles, wie elend, verknäult, wie unentwirrbar.
Die Truppen hielten. Koch kletterte auf das Verdeck über dem Führersitz, um für alle Soldaten sichtbar zu sein. »Kameraden«, rief er, »wißt ihr eigentlich, was man mit euch vorhat?«
Die Soldaten und sogar der Hauptmann schauten Koch verwundert an. Man war auf Kugeln gefaßt, nicht auf eine Ansprache. Koch sah es, und in diesem Moment wurde ihm frei, fast leichtsinnig zumute.
»Kameraden«, fuhr er fort, »in unserer Stadt hat, wie in allen andern Städten unseres Vaterlandes, der Arbeiter- und Soldatenrat die Regierungsgewalt übernommen. Wir, als die gewählten Vorsitzenden dieser Behörde, fordern euch auf, den von euch gewählten Soldatenrat zu Verhandlungen zu uns zu schicken!«
Schweigen.
»Man hat euch falsche Nachrichten über unsere Stadt zugetragen, wir wissen das. Aber wir sind hierher gekommen, um euch aufzuklären und euch die Wahrheit zu sagen.«
Vom Fluß her kam ein Windstoß und wehte Kochs Haare zurück. Ein junger Soldat, der dem Redner mit offenem Mund zuhörte, trat vor Erregung aus der Reihe. Koch kam ihm wie eine Erscheinung vor, und er meinte, in seinem Leben noch keinen so schönen Menschen gesehen zu haben. Koch hielt einen Moment inne und wartete. Dann sprach er weiter.

Der Oberst hatte das Gelände betrachtet. Plötzlich sah er, daß die Worte Kochs seinen Truppen Eindruck zu machen schienen. Dieser Rederei mußte ein rasches Ende gemacht werden. Er klopfte sein Pferd auf den Hals, ritt um die erste Kompanie herum und hielt direkt neben Koch, der auf dem hohen Verdeck des Wagens über ihm stand.
»Die neue Regierung ist ohne Zustimmung...«
»Du Hund«, rief der Oberst, »wirst du mich sofort grüßen?«
Koch deutete mit dem Zeigefinger der linken Hand auf den Offizier, ohne ihn anzusehen.
»... ohne Zustimmung der rechtmäßigen Behörde...« fuhr er fort.
»... werden wir dir den Arsch bis zum Stehkragen aufreißen«, brüllte der Oberst. Der gemeine Ausdruck brachte die Soldaten zum Lachen.
»Kameraden!« rief Koch.
In diesem Augenblick riß ihn der Oberst so heftig am Bein, daß Koch vom Verdeck herabstürzte. Das Folgende ereignete sich in wenigen Sekunden. Koch wollte sich erheben, als ihm der Oberst den Säbel über den Kopf schlug. Dann wurde der blutüberströmte Mann von zwei, vier, sechs Fäusten gepackt. Immer zwei Männer gaben den schon halb Bewußtlosen nach rückwärts weiter, bis die letzten, die am Ufer des Flusses standen, den halb Toten ins Wasser schleuderten, wo er unterging. Noch eine Sekunde lang war das Rollen eines Donnerschlags in Kochs Ohren, Maggie rief etwas, das er nicht verstand, seine Mutter lachte... dann blieb sein Herz stehen.
Richard war vom Wagen gesprungen und zur Wache gelaufen. »Feuer!« kommandierte er. Aber die Männer, alte gelernte Soldaten, feuerten nicht. Vierzig gegen tausend, das hatte keinen Sinn. Das Regiment rückte vor und entwaffnete die Hälfte der Wache, während sich die andere in die Stadt zurückzog. Richard ergab sich nicht. Er riß einem Soldaten das Gewehr aus der Hand und schlug es dem Nächststehenden, es war der Hauptmann, der an der Spitze der ersten Kompanie marschierte, über den Kopf. Da bekam er eine Kugel in die Stirn und sank um.
Die Kämpfe in der Stadt dauerten sechs Stunden und waren blutig. Am Nachmittag war die neue Regierung Sieger.

Als der Adjutant des Obersten in sein Quartier im Rathaus ging, sah er, daß man einen Anschlag anklebte. Er blieb stehen und las die Namen der neuen Minister. Theodor Chindler, las Konrad Hey und wunderte sich. Einem solchen Menschen hatte er einmal die Hand gegeben. Er spuckte aus.

28

Die Beerdigung Kochs und des roten Richard, der nun zum ersten Male seit vielen Jahren Richard Rebner hieß, war großartig. Die halbe Stadt folgte den Särgen. Jedermann sprach von dem Mut der Überzeugung, für die sich Koch geopfert hatte, und nun, wo die Soldaten in der Stadt standen, als wären sie in Feindesland, und wieder herrschten, als sei die Revolution nur ein Traum gewesen, merkten viele, daß sie falsch gehandelt hatten, als sie die Kämpfenden nicht unterstützten. Man hatte sich um eine Handvoll Kartoffeln gerauft und Jagd auf verschüchterte Händler gemacht, statt das seine zu besorgen.

In einem geschlossenen Wagen folgten Maggie und Gerda Riemer, welche vierzehn Tage lang Richards Frau gewesen war, den Särgen. Plötzlich bog der Trauerzug in die Ludwigstraße ein. Maggie lehnte sich tief zurück, um das Haus Nr. 100 nicht sehen zu müssen.

Der neue Polizeipräsident leitete persönlich die Absperrungen auf dem Friedhof. Nur wenigen wurde gestattet, an die beiden Gräber zu treten. Aber Maggie war so verstört, daß sie nichts sah. Sie hatte mehr verloren als ihren Mann. Was sollte aus ihr werden? Was war geschehen? Was würde noch alles geschehen, wenn dies erst der Anfang war? Aber sie stand aufrecht und sah zu, wie sie Erde auf den braunen Sarg schütteten. Dort unten lag nun der Mann, der sie alles gelehrt hatte, zu lieben, zu leben, zu denken, dieser junge, kräftige, nicht niederzubeugende Mensch, der so viel geliebt hatte, so viel gelebt, so heftig gedacht, und der nun ausgelöscht war, zertrampelt und ersäuft, stumm gemacht für immer und ewig.

Theodor Chindler war in der gleichen Stunde, in der die

Truppen einrückten, in die nahegelegene Hauptstadt gefahren. Man vereidigte ihn, und nach einer kurzen, ersten Sitzung des Kabinetts fuhr er nach Neustadt zurück. Im Zug dachte er an seine Tochter. Der Erfolg, der sein Leben so plötzlich nach oben gerissen hatte, hatte ihn milde und innerlich ruhig gemacht, wie er seit Jahren nicht mehr gewesen war. Es war ihm berichtet worden, wie grausam sie Koch zerschlagen hatten, und wenn es ihm auch nicht in den Sinn kam, Koch für den Mann seiner Tochter zu halten (sie waren ja nicht verheiratet!), so hatte er doch eine Ahnung dessen, was Maggie litt. Er beschloß, Maggie zu sich kommen zu lassen, und der Entschluß, mit Maggie zu sprechen, machte ihn schon im voraus glücklich. Ja, der Wunsch, seine Tochter wiederzusehen und mit ihr zu reden, sie zu fragen und sich von ihr fragen zu lassen, war so heftig, daß ihm der Zug zu langsam fuhr.

Er nahm sich vor, kameradschaftlich und liebevoll mit Maggie zu sprechen. Vielleicht würde sie mit ihm politisch arbeiten, wie das in England Sitte war. Ach, sie war doch immer klug gewesen und sie war doch seine einzige Tochter. Er konnte plötzlich nicht mehr verstehen, warum er so hart gegen sie gehandelt hatte. Hier mußte viel, sehr viel wiedergutgemacht werden. Die Hoffnung, nun vieles tun zu können, machte ihn besonders glücklich, und er wollte Maggie als erstes bitten, ihm hierbei zu raten und zu helfen.

Als er in Neustadt ausstieg, und der Mann mit der roten Mütze salutierte, fiel ihm ein, daß er gar nicht wußte, wo Maggie wohne. Die Adresse war festzustellen, aber die Verzögerung des Wiedersehens tat ihm körperlich im Herzen weh. Da erinnerte er sich, daß Leopold Verbindung mit seiner Schwester hatte, und ging eilig seinem Hause zu. Aber es sollte anders kommen.

Die bösartige Form, in welcher der neue Polizeipräsident die Massen auf dem Friedhof vom Grab und der Beerdigung der beiden nun berühmten und geliebten Toten hatte fernhalten lassen (es waren die alten, wohlbekannten Polizisten gewesen, welche die Massen zurückgetrieben hatten), hatte die Arbeiterschaft aufs neue erbittert. Als sich der Trauerzug in der Dämmerung des grauen Novembertages auflöste, bildeten

sich Gruppen, die vor das Präsidium zogen und unter leidenschaftlichen Schimpfrufen den Genossen Kallab verlangten. Eine neue Bewegung, der alte Haß, züngelte wieder in der Stadt empor. Kallab zeigte sich nicht. Er ging in seinem Zimmer auf und ab und schäumte vor Zorn, daß ihn dieser verfluchte Koch auch im Tode noch ärgerte. »Das Frauenzimmer«, sagte er am nächsten Morgen zu seinem Sekretär, »macht die Leute verrückt. Nur das Frauenzimmer! Aber ich bin den Unfug leid, und ich werde Ordnung schaffen. Die Person wird eingesperrt und so lange beruhigt, bis wieder Ruhe herrscht. Dann mag sie gehen, wohin sie will. Geschehen wird ihr nichts«, fügte er hinzu, als er den erstaunten Ausdruck auf dem Gesicht des Regierungsrates sah, der neben ihm stand. »Geschehen wird ihr nichts, denn wir sind keine Unmenschen.«
Er setzte sich an seinen Schreibtisch, ließ sich ein Formular reichen und unterschrieb den ersten Verhaftungsbefehl seines Lebens.

29

Maggie stand vor einem dreiflügeligen Spiegel, während Gerda Riemer am Boden kniete und ihrer bleichen Freundin ein schwarzes Trauerkleid umsteckte. Leopold saß auf einem Hocker und schaute seine Schwester an.
»Du sagst, Papa sei glücklich?« fragte Maggie.
»Ich habe ihn nie so zufrieden gesehen.«
»Und Mama?«
»Erst war sie auch glücklich. Jetzt hat sie Angst.«
»Ich wüßte nicht«, sagte Maggie... Sie hielt inne und schaute auf Gerda Riemer herab, die einen Faden durch ihre Nähnadel zog. »Sei mir nicht böse, Gerdachen. Kann ich mich setzen? Ich kann nicht mehr stehen. Ich habe beißende Kopfschmerzen!«
Leopold sah, daß seine Schwester in einem fort mit den Augen und der Stirn zuckte. Er brachte ihr einen Stuhl, und Maggie setzte sich. »Ich wüßte nicht«, sagte sie, »vor wem sie sich noch zu fürchten hätte? Man hat uns doch getötet.«

»Unser Vater«, sagte Leopold, »weiß, daß ich bei dir bin. Ehe er zu seiner Sitzung fuhr, sagte ich ihm, ich würde zu dir gehen. Er sah mich an und antwortete nichts. Aber ich glaube, er freute sich und war mit mir einverstanden.«
»Hör auf«, sagte Maggie, »ich kann das nicht hören. Sprich von anderen Menschen!«
»Was wirst du nun tun?« fragte Leopold. »Wohin wirst du gehen? Ich möchte gern mit dir zusammen bleiben.«
Maggie schwieg. In jeder Ecke ihres Zimmers saß Koch. Wenn sie in den Spiegel sah, schien sein Gesicht im Glas aufzutauchen, undeutlich, hin und her schwankend. Auch seine Stimme war immer in ihrem Kopf und der Ton seiner Sprache in ihren Ohren.
»Darf ich noch etwas sagen?« fragte Leopold.
Maggie nahm seine Hand und sah, daß er einen Ring trug. Sie mußte über die kleine Eitelkeit lächeln. »Du darfst alles sagen.«
»Papa ist innerlich verwirrt, glaube es mir. Er ist viel zu klug, um nicht zu wissen, daß er nun nicht plötzlich das ganze Land katholisch machen kann. Aber was er eigentlich tun soll, weiß er bestimmt nicht. Ich hörte zu, als er mit Ernst und Lilli sprach. Er will die Sozialdemokraten bekämpfen, aber das ist doch etwas Widersinniges, wo er mit diesen Leuten in einem Boot sitzt. Er braucht Hilfe.«
»Was spricht man eigentlich in der Stadt? Was sagen deine Schulkameraden zu den Ereignissen?« fragte Maggie und scharrte mit ihrer Fußspitze den Boden.
Als er eine Weile nachgedacht hatte, antwortete Leopold: »Das kann ich dir nicht sagen.«
»Mir... uns kann man alles sagen, nicht wahr, Gerda? Alles... alles. Ich wüßte nicht, wie uns ein Mensch mehr sagen könnte, als man uns angetan hat.«
Leopold schwieg.
»Sprich doch«, sagte Maggie heftig.
»Sie spotten über die Beerdigung.«
Maggie stand mit einem Ruck auf. Auch Gerda wandte sich um und sah Leopold so haßerfüllt an, daß der Junge nicht wußte, wo er seine Hände lassen sollte. Es war dem Mädchen überhaupt nicht recht, daß nach allem, was sich begeben

hatte, noch einer von diesen Reichen in ihr Zimmer kam, und wenn es nicht Maggies Bruder gewesen wäre, so hätte sie sogar ihrer Freundin Maggie die Erlaubnis verweigert.
»Einige gingen übrigens auch im Trauerzug mit«, sagte Leopold.
»Warum spotten die andern?«
»Ich sage dir offen, mir hat es auch einen Schlag gegeben«, sagte Leopold. »Als ihr kämpftet, war keiner da...«
»Das ist nicht wahr.«
»...aber als man eure Männer beerdigte, lief plötzlich das ganze Volk hinterher und machte ein trauriges Gesicht.«
Maggie schluchzte so heftig, daß sie zitterte. Ja, so war es gewesen. Als sie an dem breiten Grab stand, neben dem Haufen brauner Erdklumpen (ach, wie entsetzlich war es gewesen, daß diese Klumpen so feucht waren) und sich umwandte und die Gesichter der Menge sah, die traurig und treu auf den Wegen des Friedhofs stand, bewacht von den gleichen Truppen, die man eben noch bekämpft hatte, war ihre Verzweiflung in Erbitterung gegen diese Menschen umgeschlagen, die niemals wußten, was sie taten, und immer das Falsche machten, und immer nur singen konnten, schön und voll Gefühl singen. Aber die Toten sind mächtig (solange sie noch nicht vergessen sind) und Koch war aus seinem Grab aufgestanden und war vor sie getreten, hatte sie spöttisch-ernst angesehen, wie immer, wenn er sie zurechtrückte, und Maggie hatte sich wieder vorgesagt, was zu glauben ihr so schwer fiel, daß man alle Schuld bei sich selber suchen muß, daß der Tag kommen wird...
Welcher Tag denn? Welcher Tag? Nun lag Koch schon seit so vielen Stunden unter der Erde, daß man sie nicht zählen konnte, ohne vor Schmerz verrückt zu werden, tot, unwiderruflich ausgelöscht, und noch war niemand zu ihr gekommen, kein Mensch, außer ein paar alten Frauen. Welcher Tag denn?
Die Flurtür ging, und Leopold hörte einen Mann sprechen. Plötzlich wurde die hintere Tür des Zimmers leise geöffnet, und Frau Riemer trat ein. Sie hielt den Finger auf die Lippen und während ihre weit aufgerissenen Augen voll Entsetzen waren, flüsterte sie: »Das fängt ja erst an. Du mußt fort,

Grete, sie stehen draußen und wollen dich holen. Steck dich unters Bett«, fuhr sie fort und faßte Maggie am Arm. »Ich setz mich drauf. Ach, das ist bald nicht mehr auszuhalten.« Da öffnete sich die Tür zum Flur, und zwei Männer traten ins Zimmer. »Sind Sie Fräulein Margarethe Chindler?« fragte der eine.
»Das ist mein Name«, sagte Maggie, ohne sich aus dem Stuhl zu erheben.
»Sie sind verhaftet.«
Leopold stand auf. Sollte er Maggie verteidigen und dem Kerl an den Hals springen oder sollte er zu seinem Vater laufen? Maggie betrachtete den Beamten. Sollte sie noch einmal ins Gefängnis gehen? In das Gefängnis der Mörder Kochs? Sie hatte den Gedanken kaum gedacht, als sie auch schon entschlossen war, dies unter keinen Umständen zu tun. Während sie ihr Kleid mit einer Hand über der Brust zusammenhielt und mit dem in der anderen Hand zerknüllten Taschentuch die Spuren ihrer Tränen auswischte, trat sie auf den Beamten zu. »Wollen Sie einen schlechten Scherz machen?« fragte sie.
Der Beamte schaute Maggie an. »Sie werden sich doch nicht widersetzen wollen?« sagte er erstaunt.
»Gib mir die Zeitung«, sagte Maggie zu Leopold und reichte dem Beamten das Blatt. »In welcher Zeit leben Sie denn?« fragte sie. »Haben Sie nicht gelesen, daß wir jetzt eine Republik sind, daß *wir* jetzt an der Macht sind? Sie wollen die Tochter Ihres Ministers verhaften? Sind Sie wahnsinnig geworden?«
»Wieso denn Minister?« fragte der Beamte erschrocken. »Sie sind doch kein Minister?«
»Mein Vater ist Minister, und hier steht mein Bruder, sein Sohn. Ich werde ihm sofort Bescheid geben lassen, und ich versichere Sie, daß Sie dieser merkwürdige Scherz viel kosten wird.«
Der Beamte betrachtete den Verhaftungsbefehl. Auf dem Papier stand Margarethe Chindler. Aber daß der Chindler aus der Ludwigstraße Minister geworden war, das wußte er auch. Da sollte sich der Teufel auskennen. Hatte sich der neue Polizeichef geirrt? Bei diesen ungelernten Neulingen war alles möglich. Himmelsakrament. Das war eine Geschichte, wie sie

einem alten Beamten auch nur in diesen verrückten Zeiten passieren konnte. »Sie heißen aber Margarethe Chindler«, sagte er.
»So heiße ich.«
»Na ja, vielleicht... ich weiß auch nicht... und Sie sind die Tochter...«
Leopold sagte: »Ich werde sofort zu unserm Vater gehen.«
Der Beamte schaute Leopold und den guten Anzug an, den er trug. »Das scheint wirklich ein Mißverständnis zu sein«, sagte er.
»Es muß aufgeklärt werden«, sagte Maggie.
»Beruhigen Sie sich mal, Fräulein«, sagte der zweite Beamte.
»Wir müssen tun, was uns gesagt wird.«
»Dann verhaften Sie mich. Und du gehst gleich zu unserm Vater«, sagte Maggie zu Leopold.
»Nein«, sagte der erste Beamte, »es könnte sein, daß es zwei Ihres Namens gibt. Wohnen Sie hier?«
»Ja«, sagte Maggie.
»Dann bleiben Sie mal zu Hause. Wir werden die Sache überprüfen.«
Die Beamten gingen. Leopold war außer sich, aber Maggie setzte sich auf einen Stuhl und lachte. »Vielleicht muß man es immer so machen«, sagte sie spöttisch. Aber Leopold sah, daß sie zitterte. »Jetzt aber weg, weg«, fuhr sie nach einer Weile fort, »weg aus dieser gräßlichen Stadt, gleich weg.«
Gerda packte einen kleinen Koffer, während Maggie immer wieder innehielt, um dem Mädchen noch einen Kuß zu geben.
»Grete«, sagte Frau Riemer unter der Flurtür, »es ist kein Glück, was wir haben. Aber zu mir kannst du immer kommen. Das braucht deine Sorge nicht sein!«
»Gehst du jetzt nach Berlin?« fragte Leopold unterwegs.
»Nach Berlin«, sagte Maggie.
Leopold suchte ein Wort, das seine Schwester bewegen könnte, mit ihm nach Hause zu gehen. Er fand keines. Er war leer, traurig und bitter und hielt Maggie fest untergehakt. Auf den Straßen sah man wenig Menschen. Die Soldaten, welche neben kleinen Maschinengewehren an den wichtigsten Punkten standen, hatten die Einwohner in ihre Häuser zurückge-

scheucht. Maggie beschloß, eine Straßenbahn zu nehmen, die zu einem Bahnhof in einem kleinen Vorort führte. Die nächste Haltestelle lag auf der Brücke. Leopold stellte Maggies Koffer ab, und Maggie küßte ihn heftig auf beide Wangen. »Ich werde dir schreiben«, sagte sie und ließ ihren Arm auf der Schulter ihres Bruders liegen. Wie bleich er war, der gute Kamerad, ihr bester unter allen Menschen dieser Stadt. »Wenn du älter sein wirst, wirst du verstehen, warum ich diese Stadt fliehe. Man hat uns nicht besiegt, sondern gemordet! Hier ist alles geschändet.« Leopold schwieg und schaute über das Geländer in die Wasser hinab. Maggie folgte seinem Blick. Der Fluß bäumte sich an den Brückenpfeilern zu kleinen Wirbeln. Plötzlich erinnerte sich Maggie, daß es diese Wasser gewesen waren, die dahinströmenden Wellen, welche in ihrer unschuldigen Eile und ihrer ein wenig gedankenlosen Gefräßigkeit das Werk der Hände jener grausamen Soldaten vollendet und Koch getötet hatten. Wie sehr glichen die Wellen den Soldaten! Und wie schrecklich war es, sich sagen zu müssen, daß die Menschen, wenn sie zu vielen sind, immer noch den Wellen gleichen in ihrer unbedachten Eile und ihrer gedankenlosen Gier. Dann kam die Straßenbahn, und Maggie fuhr ab.

Wer hat nicht schon die Empfindung durchgemacht, die uns bewegen will, einem fahrenden Zug nachzulaufen, um doch noch aufzuspringen und mitzureisen? Aber während man steht und wünscht, man liefe, sind einem die Beine wie abgedreht. Bald ist der Zug nur noch ein Pünktchen in der Ferne. Dann geht man weiter. In dieser Lage war Leopold, als der blaue Wagen, den seine Schwester bestiegen hatte, um die Ecke entschwand. Maggie tat ihm über alle Maßen leid, und er liebte sie sehr, aber ihre Flucht nach vorn überzeugte ihn nicht. Er sah kein Ziel, dem sie zustrebte. Aber welchem Ziele wanderte er zu?

An der Ecke der Kaiser- und Ludwigstraße, im Torbogen des Geschäftes von Fräulein Lexa, bei der Leopold seine Schulhefte kaufte, stand ein Posten. Leopold, der nachdenklich die Straße hinuntergegangen war, blieb stehen, um sich einmal ein Maschinengewehr aus der Nähe anzusehen.

»Bitte weitergehen«, sagte der Posten.

Leopold sah auf. Der Soldat, ein junger Bursche von knapp zwanzig Jahren, trug einen Stahlhelm, der ihm zu groß war und die Hälfte seines schmalen Gesichtes verdeckte. Wie lächerlich die schnarrende Stimme eines so jungen Menschen gewesen war. Leopold mußte lachen.
Da sprang der Soldat vor und hätte ihm eine ins Gesicht geschlagen, wenn Leopold nicht rasch zurückgewichen wäre.
»Mach, daß du weiterkommst«, brüllte der Soldat.
Leopold ging weiter. Als er zehn Schritte gegangen war, knirschte er mit den Zähnen über seine Feigheit. Er hätte diesem Lausekerl antworten sollen: Machen Sie, daß Sie weiterkommen oder benehmen Sie sich gefälligst anständig gegen einen Bürger der Stadt!
Aber diese Antwort hatte er nicht gegeben.

ENDE

Die Romane des Jahrhunderts
im suhrkamp taschenbuch

Besonders sorgfältig und aufwendig ausgestattet mit schwarzer Klappenbroschur, geprägten metallischen Farben und gutem Papier, unterstreichen diese Bände den bleibenden Charakter dieser großen Romane des Jahrhunderts – zum Lesen, Sammeln, als persönliches Geschenk.

Bisher erschienen:

Isabel Allende, *Das Geisterhaus*. Roman. Aus dem Spanischen von Anneliese Botond. 504 Seiten. suhrkamp taschenbuch 2887.

Ivo Andrić, *Wesire und Konsuln*. Roman. Aus dem Serbokroatischen von Hans Thun. 500 Seiten. suhrkamp taschenbuch 3308.

Djuna Barnes, *Nachtgewächs*. Roman. Aus dem Englischen von Wolfgang Hildesheimer. 200 Seiten. suhrkamp taschenbuch 2817.

Ingeborg Bachmann, *Malina*. Roman. 360 Seiten. suhrkamp taschenbuch 2700.

Jurek Becker, *Jakob der Lügner*. Roman. 322 Seiten. suhrkamp taschenbuch 2939.

Samuel Beckett, *Molloy.* Roman.
Aus dem Französischen von Erich Franzen. 260 Seiten.
suhrkamp taschenbuch 3302

Thomas Bernhard, *Auslöschung.* Ein Zerfall. 652 Seiten.
suhrkamp taschenbuch 2558.

Thomas Bernhard, *Holzfällen.* Eine Erregung. 328 Seiten.
suhrkamp taschenbuch 3188.

Volker Braun, *Hinze-Kunze-Roman. Berichte von Hinze und Kunze.* 235 Seiten.
suhrkamp taschenbuch 3194.

Bertolt Brecht, *Dreigroschenroman.* 394 Seiten.
suhrkamp taschenbuch 2804.

Bernard von Brentano, *Theodor Chindler. Roman einer deutschen Familie.* 452 Seiten.
suhrkamp taschenbuch 3279.

Hermann Broch, *Schlafwandler.* Romantrilogie.
760 Seiten.
suhrkamp taschenbuch 2586.

Guillermo Cabrera Infante, *Drei traurige Tiger.*
Roman. Aus dem kubanischen Spanisch von Wilfried Böhringer. 742 Seiten.
suhrkamp taschenbuch 2846.

Alejo Carpentier, *Explosion in der Kathedrale*. Roman. Aus dem Spanischen von Hermann Stiehl. 444 Seiten. suhrkamp taschenbuch 2945.

Julio Cortázar, *Rayuela. Himmel-und-Hölle*. Roman. Aus dem argentinischen Spanisch von Fritz Rudolf Fries. 636 Seiten.
suhrkamp taschenbuch 2579.

Alfred Döblin, *Berge Meere und Giganten*. Roman. 544 Seiten.
suhrkamp taschenbuch 3267.

Max Frisch, *Homo faber*. Ein Bericht. 240 Seiten. suhrkamp taschenbuch 2740.

Max Frisch, *Mein Name sei Gantenbein*. Roman. 320 Seiten.
suhrkamp taschenbuch 2879.

Max Frisch, *Stiller*. Roman. 426 Seiten. suhrkamp taschenbuch 2647.

Peter Handke, *Mein Jahr in der Niemandsbucht. Ein Märchen aus den neuen Zeiten*. 632 Seiten. suhrkamp taschenbuch 3084.

Peter Handke, *Die Wiederholung*. 340 Seiten. suhrkamp taschenbuch 3010.

Jaroslav Hašek, *Die Abenteuer des braven Soldaten Schwejk*. Roman. Aus dem Tschechischen von Grete Reiner. 802 Seiten.
suhrkamp taschenbuch 3078.

Hermann Hesse, *Das Glasperlenspiel.* 608 Seiten.
suhrkamp taschenbuch 2572.

Hermann Hesse, *Narziß und Goldmund.* 328 Seiten.
suhrkamp taschenbuch 2640.

Hermann Hesse, *Siddhartha. Eine indische Dichtung.* Mit Texten aus dem Umkreis. 190 Seiten.
suhrkamp taschenbuch 2931.

Hermann Hesse, *Der Steppenwolf.* 280 Seiten.
suhrkamp taschenbuch 2786.

Ödön von Horváth, *Ein Kind unserer Zeit.* Roman. 286 Seiten.
suhrkamp taschenbuch 2716.

Bohumil Hrabal, *Ich habe den englischen König bedient.* Roman. Aus dem Tschechischen von Karl-Heinz Jähn. 304 Seiten.
suhrkamp taschenbuch 2923.

Hans Henny Jahnn, *Fluß ohne Ufer.* Roman. Vier Bände. 2160 Seiten.
suhrkamp taschenbuch 3142.

Hans Henny Jahnn, *Perrudja*. Roman. 814 Seiten.
suhrkamp taschenbuch 2913.

Uwe Johnson, *Jahrestage. Aus dem Leben von Gesine Cresspahl*. In einem Band. 1728 Seiten.
suhrkamp taschenbuch 3220.

James Joyce, *Ulysses*. Roman. Aus dem Englischen von Hans Wollschläger. 990 Seiten.
suhrkamp taschenbuch 2551.

Franz Kafka, *Amerika*. Roman. 314 Seiten.
suhrkamp taschenbuch 2654.

Franz Kafka, *Der Prozeß*. 280 Seiten.
suhrkamp taschenbuch 2837.

Franz Kafka, *Das Schloß*. Roman. 426 Seiten.
suhrkamp taschenbuch 2565.
Wolfgang Koeppen, *Tauben im Gras*. Roman. 240 Seiten.
suhrkamp taschenbuch 2953.

Wolfgang Koeppen, *Der Tod in Rom*. Roman. 208 Seiten.
suhrkamp taschenbuch 3261.

György Konrád, *Der Komplize*. Roman. Aus dem Ungarischen von Hans Henning Paetzke. 478 Seiten.
suhrkamp taschenbuch 3039.

Gert Ledig, *Vergeltung*. Roman. 224 Seiten.
suhrkamp taschenbuch 3241.

Stanisław Lem, *Sterntagebücher.*
Aus dem Polnischen von Caesar Rymarowicz. 526 Seiten.
suhrkamp taschenbuch 3313

José Lezama Lima, *Paradiso*. Aus dem Spanischen von Curt Meyer-Clason unter Mitwirkung von Anneliese Botond. Roman. 648 Seiten.
suhrkamp taschenbuch 2708.

Heinrich Mann, *Die kleine Stadt*. Roman. 434 Seiten.
suhrkamp taschenbuch 3176.

Thomas Mann, *Lotte in Weimar*. Roman. 398 Seiten.
suhrkamp taschenbuch 3051.

Cees Nooteboom, *Rituale*. Roman. Aus dem Niederländischen von Helga van Beuningen. 240 Seiten.
suhrkamp taschenbuch 2862.

Hans Erich Nossack, *Spirale*. Roman. 304 Seiten.
suhrkamp taschenbuch 3233.

Kenzaburo Oe, *Eine persönliche Erfahrung*. Roman.
Aus dem Japanischen von Siegfried Schaarschmidt.
292 Seiten.
suhrkamp taschenbuch 3072.

Juan Carlos Onetti, *Das kurze Leben*. Roman.
Aus dem Spanischen von Curt Meyer-Clason. Mit einem Nachwort von Durs Grünbein. 380 Seiten.
suhrkamp taschenbuch 3017.

Juan Carlos Onetti, *Leichensammler.* Roman. Aus dem Spanischen von Anneliese Botond. 208 Seiten. suhrkamp taschenbuch 3200.

Amos Oz, *Der dritte Zustand.* Roman. Aus dem Hebräischen von Ruth Achlama. 376 Seiten. suhrkamp taschenbuch 3182.

Sylvia Plath, *Die Glasglocke.*
Aus dem Englischen von Reinhard Kaiser. 264 Seiten. suhrkamp taschenbuch 2854.

Marcel Proust, *In Swanns Welt. Auf der Suche nach der verlorenen Zeit.* Erster Band. Aus dem Französischen von Eva Rechel-Mertens. 572 Seiten. suhrkamp taschenbuch 2671.

João Ubaldo Ribeiro, *Brasilien, Brasilien.* Roman. Aus dem brasilianischen Portugiesisch von Curt Meyer-Clason und Jacob Deutsch. 734 Seiten. suhrkamp taschenbuch 3098.

Rainer Maria Rilke, *Die Aufzeichnungen des Malte Laurids Brigge.* 256 Seiten. suhrkamp taschenbuch 2870.

Anna Seghers, *Das siebte Kreuz. Ein Roman aus Hitlerdeutschland.* 400 Seiten. suhrkamp taschenbuch 3025.

Jorge Semprun, *Was für ein schöner Sonntag!*
Aus dem Französischen von Johannnes Piron. 396 Seiten.
suhrkamp taschenbuch 3032.

Sascha Sokolow, *Die Schule der Dummen.* Roman.
Aus dem Russischen von Wolfgang Kasack. Mit einem
Vorwort von Iris Radisch. 240 Seiten.
suhrkamp taschentuch 3255.

Mario Vargas Llosa, *Das grüne Haus.* Roman.
Aus dem Spanischen von Wolfgang A. Luchting.
504 Seiten.
suhrkamp taschenbuch 2827.

Mario Vargas Llosa, *Der Krieg am Ende der Welt.*
Roman. Aus dem Spanischen von Anneliese Botond.
726 Seiten.
suhrkamp taschenbuch 3066.

Martin Walser, *Halbzeit.* Roman. 780 Seiten.
suhrkamp taschenbuch 2657.

Martin Walser, *Ehen in Philippsburg.* Roman. 346 Seiten.
suhrkamp taschenbuch 2974.

Robert Walser, *Geschwister Tanner.* Roman. 358 Seiten.
suhrkamp taschenbuch 2724.

Ernst Weiß, *Der arme Verschwender.* Roman. 504 Seiten.
suhrkamp taschenbuch 3004.

Ernst Weiß, *Der Augenzeuge*. Roman. 298 Seiten.
suhrkamp taschenbuch 3122.

Peter Weiss, *Die Ästhetik des Widerstands*. Roman.
980 Seiten.
suhrkamp taschenbuch 2777.

Oscar Wilde, *Das Bildnis des Dorian Gray*. Aus dem Englischen von Hedwig Lachmann und Gustav Landauer. Herausgegeben von Norbert Kohl. 332 Seiten.
suhrkamp taschenbuch 2732.

Józef Wittlin, *Das Salz der Erde*. Aus dem Polnischen von Izydor Berman, durchgesehen von Marianne Seeger. Mit einem Vorwort von Peter Härtling. 304 Seiten.
suhrkamp taschenbuch 3169.